盛与衰（上）

邢磊　著

序　言

《盛与衰》采用文学形式，凭借历史唯物主义，根据国家起落、党派轮替、家庭兴废、个人成败等典型事例，论证人类社会的盛衰规律。

战争、政治运动及中共党内宗派斗争为当代中国的三大梦魇。在三大梦魇中，全民族发出撕心裂肺的惨叫。我国亿万悲剧的制造者，主要为反人类的毛泽东，约占百分之八十；其次是侵华日寇，约占百分之二十。作者遴选出部份血泪故事以飨读者，并告慰九泉下的亿万冤魂。

作者于1958年划为极右派，被投入滕县劳改队之日起，就开始构思《盛与衰》。但在文字狱肆虐的暴政下，不能再冒险揭露历史真面目。所幸，二十七年鬼哭狼嚎的历史结束了。经过四十七年的思想酝酿，在夕阳即将落山之前的瞬间，坚持了八年有损健康的劳动，梦幻终于成书。

《盛与衰》主要记录了主人公石鸿儒八十年的祸福沉浮。主人公的年龄跨越了十八年战争、二十七年政治运动和三十二年的和平建设。他的金色年华贡献于抗日战争，表现得意气风发、英勇豪迈。他热爱共产党，崇拜毛泽东。出于对革命的忠贞，怕许多党的错误政策把得来不易的天下毁于一旦，于是向毛泽东提出五条《献国策》，因此被划为极右派，投入人间地狱——滕县劳改队，可谓天下奇冤。

周恩来借用毛泽东的政治运动及其内部矛盾，发动了灭毛三大战役，最后消灭了毛家党，中国天空重现阳光。主人公恢复了勤奋创造，对科学文化做出贡献。主人公传奇的一生，反映了中共的畸型历史。

故事开始于百年老字号广德堂药店。兴隆的广德堂在抗日战争中，秘密收藏、治疗八路军伤兵被日寇夷为灰烬，然后广德堂的主人进行重建，又恢复了原貌。祖孙三代医生为抗日战争做出重大贡献。在政治运动中，广德堂被作为封建文化彻底摧毁。石鸿儒被投入监狱，祖父愤世自杀，父亲亡命异邦，三代医生销声匿迹。

国家的盛衰由广德堂的兴废而知，知识分子的悲欢由石家三代医生的祸福而得。

日本军阀喜好战争，结果被战争消灭；毛泽东不但好战更酷爱政治运动，结果被政治运动搞得树倒猢狲散。所谓玩火者必自焚不无道理。

中国的一切灾难都源于日寇侵华战争，不仅给中国造成国破家亡，还给流浪汉毛泽东带来死灰复燃的机会。炎黄子孙命运多难，经八年浴血抗战，刚从前门赶走日本鬼，又从后门进来毛阎王。

我们所以能战胜强大凶险的日寇，有赖于我国出现了三大英雄：蒋介石、宋美龄、周恩来；五虎上将：陈诚、卫立煌、薛岳、李宗仁、白崇禧；少壮派八大金刚：孙立人、王耀武、杜聿明、郑洞国、廖耀湘、邱清泉、胡琏、陈明仁；五大王牌军：新一军、七十四军、新六军、五军、十八军。中共所以取得内战胜利，有赖于共军出现了两大军事奇才：林彪、粟裕。他俩分别打败了五虎上将及八大金刚，并消灭了五大王牌军，建立了共和国，可谓功高盖世。由于功高震主的千古历史规律，林彪与长征大英雄陈光、抗美大英雄彭德怀一样，死于毛泽东刀下。唯有粟裕当年因受到智者周恩来的指点，让帅于无军功的政治家叶剑英，这雷同于曾国藩大功后的大裁军和刘伯承建国后交出第二野战军，所以善终。远比日寇更为强大凶险的毛家帮，却又覆没在周恩来的权变中。出人所料，伟大的周恩来最后反被渺小的癌细胞吞噬。败者灰飞，胜者烟灭！以上这段盛衰相随的历史故事，犹似螳螂捕蝉的精妙续篇。

离开宗派斗争这根线，就读不懂中共党史。内讧愈演愈烈，新中国成立之前，毛泽东在井冈山与延安发动了两次镇压异己的政治运动；建国后二十七年，发动了十六场屠杀人民、镇压知识分子、杀害功臣的政治运动。每场运动持续时间最短一年，最长十年之久。经常是两场运动重叠，以达到毛泽东对人民要天天斗、月月斗、年年斗的目的。全国人民生活在无休止的政治运动中，轮流斗人或被斗。毛家帮唆使恶棍、奴才、浑人、懒汉等败类，斗争善良、清高、睿智、勤奋的精英为运动的常规。人类灵魂中的兽性被激活取代了人性，出卖朋友、六亲不认、大义灭亲、互相检举、溜须拍马蔚然成风。政治运动是毛统治人民的主要手段，再加户口管理、粮食配给、谎言宣传、军事组织，人人受管制，中国变成一个庞大的滕县劳改队。

令人眼花缭乱的内讧要属毛、周、刘三派的十年大混战，就其真假虚实、斗智斗勇、刀光剑影的场面，远比蜀、魏、吴三国的斗争更为惊险绝伦。但党内斗争最华彩的章节，应属周、毛两派惊天地、泣鬼神的格斗。

经反复比较后发现，对国家经济、社会秩序、伦理道德、文化教育、发明创造、寿命健康甚至人类遗传的破坏性，政治运动远远超过战争。最雄辩的例子是，日寇侵华战争杀死我二千万人民，而毛泽东的大跃进饿死农民五千两百万。日寇屠杀对象主要是一般人民；而毛泽东不仅屠杀一般人民，重点是镇压有知识、有思想、有功劳、有财富的优秀分子。日寇侧重奴役中国人民的肉体；毛泽东不仅奴役人民的肉体，重点是奴化其精神与思想。日寇只掠夺中国人民的生产成果及资源；毛泽东的政治运动则破坏生产手段及生产基础。日寇对文化古迹进行掠夺或偷盗；毛泽东的政治运动把文化精品列为封建四旧，进行彻底毁灭。

中华民族很不幸，上天给造了一个到处放火的毛泽东，他利用骗得的军权打倒对手；利用篡夺的党权镇压人民；利用霸占的宣传权造谣撒谎；利用盗窃的皇权发动政治运动。最后，不仅颠覆了人民政府，肢解了共产党，还饿死了五千两百万人民。

中华民族又很幸运，上天造物遵循公平原则，造火必造水，造鼠必造猫，造黑夜必造白昼，以达自然平衡，维护生物繁衍。上天造了到处放火的毛泽东，同时又造了一位救火的周恩来。

上天同时赐予周恩来战胜毛泽东的三种智慧：一是孔子的中庸；二是老子的柔忍；三是孙子的权变。中庸使他广交天下豪杰，处世无过无不及；柔忍令他喜怒不形于色，安全周旋于暴君的鞍前马后；权变帮他成功地发动了消灭毛派的三大战役。第一战役为粉碎高饶集团；第二战役为消灭林彪集团；第三战役为清除江青集团。

第一战役借毛、高之间的矛盾，就坡骑驴，周派的邓小平取代了饶漱石的组织部长，另一盟友李富春取代了高岗夺回国务院的七个工业部，更重要的收获是在二年后的中共八大会议上，根据组织部邓小平的安排，周派在人事分配上取得压倒性胜利，从而壮大了周派，同时又精心设计暂缺一位军人常委的权谋，激起彭毛之间、彭林之间的内部矛盾。

第二战役是最为关键的战役，周恩来雨行旧路，仍利用毛派内部矛盾，以毛制毛。毛泽东硬说林彪要当国家主席，周恩来推波助澜，无风三尺浪，吓得白痴军事家仓皇登机外逃，升空不久机毁人亡。第二次战役是生死存亡之战，成果也远远超过第一战役。周恩来以快刀斩乱麻之势，逮捕了林彪主要亲信，解除了四野的高级将领的权力，任命叶剑英为国防部长，邓小平为总参谋长兼第一副总理及主持中共日常工作的常委。党、政、军大权，周恩来一把抓，达到了清君侧的目的，毛泽东变成孤家寡人。灭毛第三战役是在周总理弥留之际，克隆了诸葛亮暗令马岱杀魏延的计划。叶剑英遵照总理遗愿，一网打尽皇后江青集团。从此，毛派寿终正寝，拔掉了战争及政治运动的老根，结束了党内五十五年的内讧，中共由秃鹫变成鸽子。毛泽东所以胆敢与八亿人民为敌，随心所欲地清除了众多领袖及派系，全凭陈光、彭德怀、林彪三大军事支柱，这三根枪杆子把他推向权力的顶峰。三大军事支柱先后倒在周恩来的权变中，利用毛的多疑善变，诱导毛泽东用自己的手杀自己的人，这是周恩来驾轻就熟的斗争方式，比毛泽东借敌刀杀西路军、新四军及刘邓大军的策略更高一筹。周恩来堪称古今中外无与伦比的政治斗争大师。

医学临床研究必须设对照组，否则毫无科学意义；脍炙人口的文艺作品也不乏对照人物，如没有心胸狭窄的周瑜，就显示不出虚怀若谷的诸葛亮；没有反复无常的吕布，也衬托不出关羽的忠贞义气。同理，没有集万恶于一身的小人毛泽东，周恩来的仁、义、礼、信的君子风范将无从展现。

千载难逢的是，黑白相反的毛与周恰为同代历史人物。毛痴迷荒诞暴虐，周遵循仁义礼信；毛是声色犬马的痞子，周是传统道德的楷模；毛刚愎自用、反复无常，周兼容并包、一言九鼎；毛到处树敌，善把朋友变成敌人，周朋友遍天下，能把敌人变为朋友；毛迷恋极权社会主义，周笃信民主社会主义；毛好大喜功，风头出尽，周埋头治国，默默耕耘；毛对外好战，对内好斗，周对外睦邻友好，对内以和为贵；毛专门放火，周擅长灭火；毛旁若无人，以统治者自居，周平易近人，礼贤下士；毛独裁专制，周开明民主；毛以发动政治运动制造仇恨为基本国策，周以团结各族人民，实现四个现代化为治国方针；毛以仇恨知识，镇压知识分子而著称，周以热爱知识，解救知识分子为己任；毛造谣、撒谎终其一生，周以实事求是为其准则；毛喜好冒险胡来，周长于循序渐进；毛高喊越穷越革命，周主张民富国强为目标；毛满脑袋封建流毒，周具有科学思维；毛突然心血来潮，凡事无章法，周遇事三思而后行，做事有根有据；毛以"破"字当头，周以"树"字为本；毛以斗人为游戏，周以救人为快乐；毛集愚顽之大成，周是智慧的化身；毛嗜权如命，抢夺皇位，周喜权力边沿，只做第三把手；毛泽东患偏执狂精神病，懵懵懂懂，周恩来心灵神明，料事如神。到头来，毛变成孤家寡人，周握党、政、军实力；最后毛被人民唾弃，遗臭万年，周受人民崇拜，流芳千古。

作者秉笔直书，以史为证，态度中立客观，遵守"誉人不增其美，毁人不益其恶"的原则。赞誉周恩来即使不增其美，闻者也肃然起敬；揭露毛泽东即使不益其恶，听者也毛骨悚然。

暴政是毛泽东一人制造的，共产党是他手中的棍子。打人的是棍子的主人，而不是棍子。决定自然界的盛衰，有赖日月星辰的运转；左右人类社会的兴废，全靠仁、义、礼、信的力量。周恩来所以为全民颂扬，毛泽东所以被全民唾弃，那是取决于两人对仁义礼信的好恶亲疏。仁、义、礼、信是中庸的核心内容，中庸是道德的最高标准，有形的暴力可取胜于暂时，无形的道德可得胜于久远.

时止今日，在俗人眼里，视杀一个人的人为杀人犯，而视饿死五千两百万农民，屠杀四百万同胞，捕捉三百万知识分子的人为神，这是民族的悲哀！

面对可爱的祖国，作者理应贡献出更多的劳动成果，可惜！恰在最具有创造性的黄金年龄段，却被毛泽东专政二十六年。无奈，立志在行将就木之前，争分夺秒，吐出最后一口丝！

十八年的战争与二十七年的政治运动随长江流水而逝去。回顾过去十年，我们奋起直追，分别超过了意、法、英、德、日等五大列强，获得世界第二大国的位置。展望未来十年，如果我们去浮躁，戒腐败，无战争的话，必将超越美国，荣登世界第一。我们的第一不是指奥林匹克竞技场上的五十一枚金牌，而是令人叹为观止的经济力量。届时，幸福的小孙孙们将把老爷爷饱尝七两毛粮及三尺布票的寒酸、饿殍五千万的凄凉、政治运动的惨忍及战争的血腥、毛泽东的昏庸嗜杀错当成远古荒诞的神话！

2013年2月23日作者写于杭州溪月竹屋

作者简历

邢磊，山东省医学科学院资深研究员。

1930年正月初五，生于山东省德县王蛮街（现属陵县）。在兵荒马乱中读完七年小学。

1944年2月，刚满十四岁参加山东八路军。十六岁参加共产党。先后在德县县大队，渤海军区卫生处任卫生员等。1944年参加了德县大队伏击战与阻击战；1945年参加渤海军区主力对利津城、田柳庄据点、无棣城与商河城的攻坚战。1945年日寇投降后，随渤海军区主力第七师进驻东北，先后参加了1945年11月山海关防卫战。1946年4月第一次攻克长春及四平街保卫战。1946年8月第七师整编为第六纵队，先后任纵队卫生部看护长、手术室长、医助、保健科科员等。曾参加了1947年1月第一次冬季攻势，消灭新一军三个团。7月攻坚四平街失利；秋天围攻长春。10月参加第二次冬季攻势，攻克辽阳、鞍山、大石桥战役。

1948年初，在新民县参加消灭国军新五军。1948年10月参加第三次冬季攻势的辽西会战，攻克锦州，消灭廖耀湘兵团，解放沈阳。

1949年1月参加平津战役，攻克天津，围困北平。平津战役结束后，第六纵队改称为四三军。这支可爱的部队曾是孙中山的禁卫队，是叶挺的子弟兵，是周恩来南昌起义军的主力，是朱德、陈毅撒在井冈山的火种，是毛泽东的起家王牌，是林彪的羽林军，是陈光、罗荣桓、黄克诚的撒手锏，是肖华、杨得志、杨勇、杨成武、彭明智、赖传珠、黄永胜、李作鹏、龙书金、洪学智、徐斌洲的娘家。同时，也是一支致抗日名将薛岳、孙立人、陈明仁丢盔弃甲的部队。

1949年10月，经王斌校长推荐，就读于中国医大。

1956年毕业前夕，因思想独立被校方扣上反党、反社会主义、反马克思主义的观点、立场和思想方法等帽子，被留党察看两年。毕业后分配到山东省医学科学院寄生虫病研究所任医生。

1956年10月，出于对党的热爱，对毛主席的崇拜，怕革命胜利毁于一旦，上书毛泽东，曰《献国策》，共三千言，内容有五条：

一、取消政治运动，政治运动不但消灭不了敌人而且制造了敌人；

二、天下是农民打下的，胜利了反而吃不饱饭；

三、工人只有做苦役的权力，没有管理工厂与国家的权力；

四、对知识分子不能采取斗争专政的政策，要改为团结重用的政策；

五、对建国功臣不能采取狡兔死走狗烹的政策，要卸甲归田或养起来。

1958年3月，被当局根据《献国策》划为极右派，借故判徒刑三年，投入人间地狱——滕县劳改队。滕县劳改队每天有十个以上犯人被饿死，几乎都是活着进来，死了出去。共产党员变成囚徒，人变为鬼。一生同情司马迁，但自己的遭遇比他更惨。三年徒刑，投进滕县劳改队等于死刑，进入劳改队的犯人多数在七个月内被饿死。

刑满释放后，流浪全国一年。要住没房，要吃没粮，要穿没衣，偌大的中国没有立锥之地。返回老家农村后，被当作牛马拉犁耕田、拉耧播种、拉耙整地。

在令人窒息的黑暗中，一丝光亮突然透进来。在三十三岁时，一位二十七岁的美丽姑娘宋福莲，宁愿冒着巨大的政治风险嫁给了作者。她毕业于天津产科学校，婚后，因夫君是右派，由天津下放到农村老家。她的勇敢抉择无疑于自动跳入阶级斗争的火海，亲戚与之断绝关系，朋友不敢与其往来，这位传统的女性，决心活为邢家人，死为邢家鬼。在她的眼里，右派都是优秀知识分子，不但不以右派为耻，反以为荣。她在农村开展接生，接一例收费两元，每月接十五到三十个婴儿。作者的生命不但得救，心灵也得到无限抚慰，与这段真实的爱情故事相比，《梁山伯与祝英台》及《罗米欧与朱丽叶》显得苍白无力。这桩婚姻很像《天方夜谭》般的荒诞，但又是出奇地真实。感谢我们伟大的民族，竟造就出如此伟大勇敢的女性，为了爱情，敢于挑战极权社会，蔑视毛泽东的暴政。在人哭鬼笑的黑暗社会里，夫妻俩相依为命。

毛家党覆灭后，1978年中共中央下达了为右派平反的五十五号文件，全家欢呼雀跃。但山东省统战部金部长在全省统战工作会议上，把邢磊给毛泽东的《献国策》向与会者宣读后说："什么样的右派不可以平反呢？像邢磊这样的右派是全省的典型。"

从此，宋福莲陪丈夫开始了漫长而艰辛的六年上访历程。向山东省委及原工作单位所在地的济宁连续上访，达十七次之多。上访的痛苦远远超过被专政的痛苦。

1984年12月，在中国医大阙森华校长的鼎力帮助下，右派终于得到平反，是全国最后被平反的右派。王斌校长赐予作者科学技术；阙森华校长赋予作者政治生命。两位恩师与妻子拯救了作者，在一生中有幸能得到三位优秀人物的爱，也就心满意足了。因比其他右派晚平反六年，耽搁了改革初期的几次涨工资及职称晋升，工资仍停留在二十六年前的七十五元，比原同级别的同事低三级。于是，作者给总书记胡耀邦去信称：经济上的不平等等于政治上的歧视，表面的右派平反毫无意义，只是摆摆样子罢了。始料不及的是，此信发出三个月后，中共中央居然下达红头文件，为平反晚没赶上涨工资的右派涨工资两级再套一级。作者感慨万端，三十年前给毛泽东的信被划为极右派专政二十六年，今日给胡耀邦去一信涨了三级工资。两者相比，孰贤孰昏彰明昭著。

1986年，在山东省医科院院长阮景纯及兼管人事的副院长张青林（后为卫生厅厅长）积极帮助下，越级晋升为研究员，这为安定的家庭生活与以后的课题研究创造了条件。平反前的三位恩人是王斌、阙森华、宋福莲；平反后的三位朋友是胡耀邦、阮景纯、张青林。精神上感到极为富有。

五十五岁开始收集中医治疗乳糜尿的资料，日夜攻读、总结、写文章，没料发现了新事物。发表了中医临床分为南补北泻两大流派的理论，引起中医界的关注。又完成了中医对乳糜尿的研究课题，发现了新规律，建立了新学说，发明了新方法，否定了西方学说，课题鉴定为国际先进。退休后，又创立了中医治疗高血压、高血脂、慢性胃炎、慢性盆腔炎等近似特效的方剂。

目　次

第一章　广德堂志

　　石开山归心似箭，放寒假的第一天一大早就去前门站买返乡的车票。

　　火车到达德州已近半夜，德州到石庄还有五十里土路，前几天鲁北普降大雪，路滑难行，道路难辩经纬，难免迷路。如夜宿旅馆，虱子、臭虫的啃咬令人难以入睡；如借宿教师或同学家，夜深人静，羞于打扰。妻子预产期已到，如果能陪伴妻子生产，她会更有安全感。温良今年春天去北平探夫怀孕的，据推算，也许今夜就临产。

　　石庄位于德州东南方，根据北极星坐标，一直向东路过土桥再往南拐就到了，不管路明路暗，总能走到家。正逢年轻火旺，加上心事重重，开山脚步如飞。出城后，开山把经过的村名及各村间的里程都记得清清楚楚。目前，已进入第九个村，村名是刘庄、刘庄距石庄还有七里路，经过一个破砖窑，东边是一大片耸入云霄的松树林，松林里有明朝嘉靖年间一位状元的坟墓，是童年开山捉松鼠的地方，他心里一阵欢喜，马上要见到亲人了。

　　俗话说："天有不测风云"，前几天肆虐的西北风刚安静下来，东南风又随之而来，气温回升，拂晓时分大雾迷漫，北极星不见了，能见度伸手不见五指，走出松林，开山心生几分惊恐，少儿时代听过的鬼怪故事好像在眼前浮动。大地死一般地沉寂，尽管极力放轻脚步，足下还是发出"当唧当唧"的声音，令人毛骨悚然，开山不禁直出冷汗，好像全世界的人都睡着了，只有他和鬼怪在活动。虽然他是个无神论者，但还是恐惧万分。

　　他加快步伐，恨不能一步到家。松树林过后还有三里路就是石庄，走了很久，眼前又呈现一片松树林，仔细瞅了瞅几棵大松树的模样，好像有些熟悉，他又向松林的西边走，西边没有砖窑，费了很长时间，围着松林转了一圈，发现砖窑移到松林的东边去了，开山明白自己已经迷路。

此时松林的浓雾稍微变淡，恐惧开始消退，他弯腰拾起一块土块投向窑门，壮壮胆子，不料，"飕"地一声，蹿出一只像狗一样的动物，"吱吱"地叫着逃向远方。根据声音开山判断是一只獾。獾喜欢穴居，这可能是十年前他常追逐的那一只，也许是牠的子女或兄弟姐妹，牠和人类一样，肯定也是个大家族。他想入非非，不觉中完全忘记了恐惧，好似与獾是久违的老友。他清了清嗓子，唱起了马连良的"借东风"。破窑又转向西边，开山辨清了方向。

天还没亮，"咚咚"地敲门声响起，惹得邻家的狗不约而同地狂吠。所谓一犬吠形百犬吠声，跟人一样喜欢随大流凑热闹。东方即白，公鸡鸣叫此起彼伏，鸡犬叫声似一个庞大的合唱团演出，虽没有指挥，但他们的和声既协调又优美。歌颂着黑暗将消亡，光明即将降临，与贝多芬《欢乐颂》异曲同工。

连续几天由于伺候温良、迎送乡亲道喜等等，石振铎夫妇劳累异常，通常到半夜以后才能休息，往往一觉到天明，睡得很深，根本听不到敲门声，直到犬吠大作，才把他们唤醒。宫氏闭着眼捅了捅老伴："有人敲门，快醒醒。"这时西里间屋传来了喊声："娘，他回来了！"石振铎一咕噜爬起来："是开山吗？"还没扣好衣服，光着头，趿拉着鞋跑出去开门。父子想见激动异常。父亲问："你走回家的？""走回来的"儿子笑着回答。父亲惊讶地又问："走了一宿？""嗯，走了一宿，嘿嘿。""傻小子，大雾天，你不迷路吗？怎么不在德州住一夜？""我知道她要生了，急着赶回来。"石开山不好意思地摸了摸头。

这时宫氏也穿好衣服走了出来："孩子已经六天了，生了个孙子，大人孩子都好。"石开山激动万分，脸上带着疲倦，但眼睛发着亮亮的光芒："爹娘受累了，原谅孩儿不孝，没能为二老分忧。"说着声音变得呜咽。

西里间炕上的温良也流着泪，外间说话的每个字她都听得一清二楚，一家五口只有复生儿身处感情世界之外，仍酣然深睡，既不知四位亲人为他付出了些什么，更不觉亲人们的爱都凝聚在他身上。所谓爱在爱者的心里，被爱者处于不知不觉之中。

妈妈叫儿子先在东里间炕上暖和暖和，赶赶身上的寒气再去西里间。儿子说他不冷，还出一身汗呢。宫氏脱下儿子的外套，让开山穿上老伴的皮袄，戴上高筒帽子去了西里间，会见妻儿。

夫妻相见无言，只有泪先流，石开山握着妻子的手，用手绢擦着妻子的眼泪说："你受苦了。"妻子破啼为笑："给你生了个儿子，受苦也甜。"石开山也笑了："我计算着预产期是今天，没料天气剧变，产期提前几天。这符合'天人相应'的理论。我们的祖先多么隽智！几千年前就创立了这个理论。"石开山用好奇的眼光看着熟睡的孩子说："我手凉，你把儿子逗醒，我要跟他说说话。"温良一面用乳头逗弄着孩子的嘴，一面笑着说："乖乖，快醒醒，你爸爸要给儿子说说话。"孩子果然醒了，一睁开眼睛就仔细瞅着来客。对目前这个新的面孔有些陌生，他不能决定是哭闹还是让妈妈冷淡他。来人虽然穿戴古怪，但对他笑眯眯的，异常和善。复生子不忍心用哭声赶走他，还是让妈妈冷淡他，让他体面地自动离开吧。

年终是全年最忙碌的时候，明天是腊月二十七，花花集又是小年，更是忙上加忙。两百多亩土地的出租、耕种、长工的雇佣、粮食的买卖、车马的倒换、草料的积存、农具的增修、三十多间房屋的修缮，都要做出年终总结及来年计划。不过这些杂乱的家政管理用不着石振铎操心，胞弟石振玺是他的大管家，一切由弟弟料理。石振铎只是将流水账过过目，把总结核实一下，对计划提提意见就是了。

石振铎对管家的弟弟很放心，原因有二，其一弟弟在农业生产方面比他精明得多；其二，弟弟的产业远远超过自己的家产，弟弟不会沾他的小便宜，即使沾点也不是外人并不在乎。石振铎有两大志向，一是行医救人；第二是培养优秀子孙。石振铎对广德堂的业务倒是一丝不苟。每年进药量、药材质量、药材炮制火候都事必躬亲。他最痴迷的是病案记录，诊察每个病人都要根据阴阳、表里、虚实、寒热、八纲辩证，准确得出诊断，按理选方、凭方遣药，开药根据君臣佐使加加减减；用药后观察临床疗效，加以详细记录，根据疗效验证理法方药。他把每份病案记录都看成是自己的科学论文，其严谨性不亚于《吕氏春秋》，添一字、减一字、改一字都有损论文的完整性。父亲严肃的治学态度，石开山自童年即得以耳濡目染，今年利用寒假，石振铎还是想对儿子进行言传身教，因为他已经是大学四年级的医学生了，虽然自己没攀登上医学之巅，希望儿子能做到。

明天花花集，石振铎放手让儿子独自担负广德堂的一天业务，这等于一堂临床实习课。药工老田因嫁闺女，请假回家了，抓药一工序也要由石开山一人完成。二十七日早，为了迎接一天的忙碌，宫氏提前做好早饭。为了节省时间，全家早饭与温良的饭同样，都吃了小米粥、白水煮鸡蛋、油条和香油拌豆腐。宫氏先打整好两份，叫开山端进西里间陪媳妇一起吃；另两份她端进东里陪老伴一起吃。可宫氏吃饱后，老伴还没起床，宫氏理解近几天他过分劳累，需要多睡一会儿，今天的工作由儿子替他应酬，所以不忍心唤醒他。儿子已经准备去药店上班了，进东里间向父母打个招呼，他发现父亲还在躺着，便说："爹，你多睡会儿，我先上班去了。"其实，石振铎并未睡着，只是闭着眼睛，他浑身酸痛，头痛欲裂，抬了抬眼皮，想开口说话，嘴张了张没发出任何声音。

石开山感觉不妙，他本能地摸了摸父亲的手腕，脉浮紧，又迅速摸了摸父亲的额头，烫手。"爹，拂晓给我开大门时没穿好衣服，受凉了，最近一周天气严寒，温良难产，小儿休克，您昼夜不得休息，风寒乘虚而入。""你给我抓两付药喝。""麻黄汤加味射干、牛蒡子各二钱，怎样？""嗯，对症。"石开山马上跑到药店为父亲抓药，父亲是他今天的第一个病人。

自1840年鸦片战争后中国就没有停止过战争，不是外战就是内战。满清中期，实行文字狱，种下落后失败的种子。如果自康熙开始以百家争鸣代替文字狱；以西学中用代替闭关锁国；以三人行必有我师代替夜郎自大，中国的世界地位也许继续领先。但现在的现实完全相反，满清后期，极具创造性的伟大民族变成可笑的侏儒。工业国家肢解农业国家那是理所当然的，就像狼吃绵羊的道理，弱肉强食是永恒的定理。鸦片战争后，经过近百年的屈辱，致使经济凋零，文教颓废，政治腐败，国防虚弱，治安无力，饿殍遍野。整个中国长期处于病危之中。

相距鲁北较近的大城市有济南、天津和青岛，这三座城市没有先进的工厂，除了几家面粉厂、纺纱厂外还有两家自行车厂。其中一家是德国的，另一家是英国的。我们自称为天下第一的泱泱大国连自行车都不会制造。据说相距遥远的上海挺先进，那里化学工业很发达，能造出固本肥皂，还会生产黑人牙膏。以上是复生儿诞生以前的国家实际情况。

诞生的第二年是九.一八，我国更是雪上加霜。为此，全国人民为了摆脱屈辱，兴旺祖国，前赴后继付出了惨重代价。鲁北也受全国大气候的影响，民国初叶，人们用上了洋油、洋火、洋布、洋袜、烊烟等，但总体仍保持着自给自足的农业经济社会。外寇侵略越猖狂，人们的保守意识越浓厚，认为闭关锁国就是爱国。鲁北地区也有其特殊性，其地处华北平原的东南，如同华北的腋窝，在中原地区的东北角，其坐标远离政治经济中心，东边虽靠海岸，既无高山又无低丘，一望无垠的平坦海滩，海水深度不足一米，不具海港的条件。鲁北平原无险可守，也无兵家必争之地，无回旋余地。历史上无大兵团作战史，不管是安史之乱、黄巢起兵，还是闯王进京、长毛子造反，兵祸都很少殃及鲁北，即使民国军阀混战，鲁北也不是战场。另外鲁北虽有漫长的海岸，但无海港，所以不管是列强的炮舰还是倭寇的贼船都无法登陆袭扰掠夺。

平淡无奇的地理环境，给社会带来相对安宁，人们往往知道大都会或城市的好处，而忽略了它致命的害处，人们又往往夸大了地处腋窝的尴尬，而忽略了千金难买的好处。事物发展没有常规可循，有时弊变利；有时利成弊。由于历代在鲁北没有大规模战争，这儿的传统文化保存较为完善，各县城都有完好文庙、道观、寺院、佛塔、学校、医院、药店、书屋、武术馆等；书法家、教育家、画家、名医、方仗等也喜欢定居此处。广德堂就是保留完整的文物之一。

石开山是家承中医第四代。第一、二代是满清时期；第三代处于满清与民国之间，正是兵荒马乱之际。石开山的祖父当时已是名医，广德堂药店是曾祖的遗产，历史有百年有余。石开山自童年就陪伴祖父居住在广德堂，帮着炮制药材，配药，但对广德堂并无兴趣。今天变成家庭的主人，他已经为人之父，儿子赋予他力量、责任，他必须负责对儿子的教育、抚养，还得留下可观的遗产，对家庭儿女的爱，是动物本能，今天石开山的本能，被出世只有几天的儿子挖掘出来了，萌生出父亲的责任感。他独自一人来到广德堂，广德堂的担子就要卸给他，即将成为广德堂的主人，突然对广德堂爱屋及乌，这里的一草一木都令他感觉有了灵性，这一切说明他已经成熟了。

石开山对每个房间都仔细地打量着，每个房间的物什、摆设、布置都仔细察看、琢磨。

广德堂面北朝街，共五间北房、三间南房、四间东房、四间西房、大门在东南角朝东，通南北胡同，药店南的院子是住宅，建筑格式及大小两院相同。住宅之南是南苑子，面积为北面两院之和，大门朝南可以进大车，这里是生产基地，牲畜、家具、车辆、碾房、磨房、榨油房、猪圈、牲口棚等都在此处，这里住有长工和短工。管家石振玺每天来布置生产及严格检查，态度非常严肃，一丝不苟，人们都敬畏他。石开山每次节假日回家都跟叔叔礼节性地见见面，叔叔每每见了侄子有说有笑，一扫昔日的严肃，他从心眼里爱这个侄子，认为侄子是个人才，能给石家争光耀祖。南苑子南面隔一条道是石家的大场苑，建一间场苑房子，以备避雨或放小农具。

石开山今天第一次发现药店和住宅两个院落面积大小、设计模式、建筑结构所用材料以及建成年代都是相同的，说明曾祖父当年的经济处于鼎盛期，否则不可能同时建设两个同为砖木结构的大院子，连门楼共三十二间瓦房。住宅的使用由母亲安排，药店的布置由父亲规划。母亲主持家务堪称高手，父亲把握医药可谓行家。

广德堂门面五间、诊疗室一间、起居室一间、药房三间。诊疗室留一门通院子，在三间药房朝北开两米宽的大门，大门是由二十厘米宽、二米长、两厘米厚的条状木板构成，随意可关可开，本地叫板大门。板大门的木板是枣木做成，木质坚硬不变形，关门时扇扇相撞声音清脆，犹如钢琴里倾泻而出的音符，每块板条上、中、下各有两颗像桃子大小的铜钉，虽然比孔庙门板上的小不少，但在农村也够气派了。药橱是红松木漆成紫黑色，自右向左横写着："川广药材地道炮制"八个大金字。药斗上药名是用白漆写就，字体为隶书，蚕头燕尾，赏心悦目。

墙壁上挂满字画，其中一条幅写着"把握阴阳提挈天地"；另一帧写着"天人相应三因制宜"。这两条条幅点明了中医药是根据辩证唯物哲学思想为背景的整体观发展起来的。西医是头痛治头，脚痛治脚的机械唯物论局部观。石开山对每张条幅、横幅的哲学含义进行分析，对每张字画进行了对比，自愧不如祖辈知识渊博。

四间东房是药库。药材怕潮，潮湿容易发霉生虫，地面铺着地板，靠墙竖着药架子，西壁北壁留着大窗户，东壁和南壁留有吊窗，保持良好的通风。四间西屋有三间是膏、丹、丸、散的加工作坊，作坊设备齐全有像乒乓球案子般大小的工作台，四壁竖着药架、药柜，上边的药罐药瓶摆得满满的。加工工具有大秤、小秤、戥子、量杯、筛子、锣、簸箕、刀具、药碾，摆得整齐有序。辅佐配料容器有盐缸、蜜缸、白酒缸、黄酒缸等等都摆放得井然、干净。最北头的一间西房是炮制工作间，生有炉子，为防火，此间和另三间西房隔开。院子中央是晒药场，约二十平方米，下面铺有二层砖，上面磨上水泥，石开山小时候爱在上边翻跟头，他喜欢这块又干净又滑溜的地面。院子四面各伫立着一口注满水的大水缸，以防患未然。三间南屋是重病观察室兼针灸室，下雨阴天的时候也是药工们的休息室。

石开山看着、走着，用手轻轻抚摸着，像又回到难忘的孩童时代。他明白，石家几代人建立起鲁北同仁堂，实令后代子孙感到骄傲，可是他有没有能力接承祖业，心里没有把握。如果能顺利毕业，他计划引进西医，成立一个小型手术室、简易化验室和X光室。西医的优势是诊断，中医的优势是临床。西医诊断对疾病的定性定位定量较精确而中医较模糊；中医临床对慢性疑难病不仅治标更能治本，西医只能做到临床缓解不能治本。但是中医诊断也并非一无是处，例如对肾虚、气虚、脾虚、血瘀、肺寒、胃热等等，根据脉象、舌相的特点，诊断也很准确，这是西医诊断学望尘莫及的。同样，西医临床医生也并不都是江湖骗子，他们的外科手术及麻醉学消毒学极为先进，够中医赶一阵子的，也许永远赶不上。如果中西医取长补短，建立一种新的世界医学，那是最理想不过了。可是，西方医学是解剖学发展起来的，擅长微观分析，局部治疗；中国医学根据天人相应发展起来的，擅长宏观观察，整体调理。两种文化两种医学很难融合为一。虽然石开山在协和还没毕业，但对中西医的长短比较似乎不无道理。

他决定有朝一日，把西医外科和诊断引入广德堂，做一次中西医合璧试验，建立一种新的世界医学，抱负好大！他观察了各个角落之后坐在诊室的椅子上冥思苦想，将来他也许是个眼高手低的幻想家，也许是个勤奋进取的实干家，但他的祖辈个个是实干家，不知这种精神能否得以传承。

糟糕，父亲的药熬干了。石开山腾地一声站起来，掀开砂锅盖，幸好，才点的炉子不旺，锅没干。把第一煎倒出准备给父亲送去服用，这时，一位满脸横肉的黑大汉手提大包小包直奔诊疗室，一进门便操着大嗓门："振铎叔不在？你是大兄弟吧？"石开山丈二和尚摸不着头脑，听口气像熟人，但又不认识。他连忙站起来礼貌地回答："请坐，家父有恙，今日小弟代劳，您贵姓？"。来人坐在诊桌边的凳子上说："尽管我俩没见过面，但听振铎叔介绍过，知道你在北平念书，我姓张，叫小二，没文化，嘿嘿，我排行老二，所以叫小二子，是马颊河西张庄人。"，"噢，去德州张庄是必经之路，我对张庄很熟悉。"张小二不是来诊病的，每年腊月27他都会来看望石振铎，送点年货。"我们虽不是亲戚，但比亲戚还亲，你家两代医生是我父亲的救命恩人。父亲二十多岁时，张庄流行伤寒，我父亲高烧不退，患病的人都是青壮小伙子，张庄有六个病人死了五个，就是俺爹活了。当时俺爹烧得不省人事，七天不吃不喝，都说没救了，已经准备好了棺椁，因为前面已经死掉了五个。也请了德州名医来，也抓了几付药吃，都不管用。一天白桥村俺大舅来看望病人，说东乡石大夫看瘟疫很拿手，不过年事已高行动不便，不大出诊。俺爷爷借一家财主的轿车，好说歹说把你家爷爷央告来了，喝了三付药，烧退了。又一回俺爹肚子疼得要命，德州东地医院说得了盲肠炎，必须开膛破肚割盲肠，手术费三百大洋，俺家砸锅卖铁也不值三百块啊，爹叫俺还是请广德堂石先生，老先生不在，就请了少先生，不但没花三百块，一文钱也没花，喝了三副大黄牡丹皮汤治好了盲肠炎，振铎大叔就是不收钱，天下还有这等好行善的大夫，所以说咱两家不是亲戚胜似亲戚。"，张小二扯着大嗓门激动得还要说下去，这时赶集的人多起来了，病人蜂拥而至。他慌忙起身要告辞，石开山把他送出门留他中午回来吃饭再走，张小二说还有事要办，便大踏步地远去了。

　　一位腼腆的小伙子小心地打量着石开山："你，是石老先生的相公？""是的，我今天替家父坐诊。""看面相，讲话的音调跟老先生一模一样。就是个头比老先生高许多，老先生是中上等身材，你是上等高个。"年青人说着笑起来，一双眼睛眯成两道缝。接着向前倾着身子小心地问："弟妹生了吗？""生了，谢谢你。""太好了！太好了！是千金还是相公？""谢谢你，是犬子"，石开山满脸流露出幸福与快乐。"恭喜！恭喜！太好了，广德堂有第五代传人了，这也是我们本乡本土的福气啊，哈，哈，哈"满屋的病人也跟着笑，屋子里顿时活跃起来。"你今天来……有什么不适？""我今天想给俺娘捎几付药。""医生的规矩是不见病人不开方，要亲手检查，运用四诊给出结论，依发病机理拟定药方，还是请你家老人家亲自来一趟吧。""老先生也是这么说的。几天前你家弟妹生产，老先生不方便出诊，因为俺娘是老先生的老病人，先查出去年有疗效的方子，又照旧开了三付药，吃了就好了，现在也不咳嗽也不气喘，也能躺下睡觉，脚面也不肿了。再有三天过年，俺想叫娘过个好年，再叫她老人家吃三付，预防故病复发，你根据上次老先生的处方开就是了，俺娘叫王冯氏。"。石开山找出老处方说："你家大娘是我父亲的老病人，我回家和父亲商量一下，你稍等一会儿。"。

石振铎挂心儿子能否完成一天的门诊任务，儿子进门来介绍王清泉母亲要捎药的事情。问儿子："你准备怎么处理？""不见病人不开方这是必须遵循的规矩，可她是老病人，目前病情没有复发，能否给她长期服用预防药物？所谓'上工治未病'，今天按你上次处方开三剂小青龙汤合三子汤备用，如稍有复发咳喘迹象，立刻服用，能起到迎头阻断的作用，这样她一家人就能放心过个好年，在病情稳定时，长期服用紫河车粉，一日二次；一次半钱，坚持服用半年至一年也许呈现事半功倍的疗效。"看来是儿子向父亲请示的，并无推卸责任或敷衍病人之意。恰恰相反，他胸有成竹，既有应急治疗方案又有长期预防方法。也许青出于蓝胜于蓝，儿子不必不如父，父不必贤于子。石振铎欣然接受了儿子的方案，广德堂后继有人，石振铎感到无限安慰。他又向儿子交待，他糊了许多中药袋，袋装比包装省时间。装好了许多经方和验方备用，这样能节省抓药时间，又可仔细察看药袋上的方名及临床主治范围。药价也都划算好。

石开山回到广德堂，屋里挤满了人，他安排病人在诊室长板凳上依次坐好候诊，陪人请在外间等候。诊室坐下十几个人，多数咳嗽。先给王清泉抓好三付小青龙汤合三子汤、二十包紫河车粉，收好钱说明服用方法打发走了。同时分别给每个病人放好体温计，凡喘咳发热、苔白脉滑、听诊肺底有湿性罗音者，都选用麻杏石甘汤加黄芩、沙参治疗；凡发热咽痛不咳、苔黄脉浮者选用银翘散加射干治疗；凡恶寒头痛无汗气喘苔白脉滑者宜用小青龙汤加陈皮、丹参为主。石开山一面诊查记录，一面开方抓药。另外，父亲及老药工也备有装好的药袋，也派上用场。

石开山很快就处理完毕多例呼吸道病。有一例婚后多年不孕，月经不规律，量不大但迁延不止，五心烦热，小腹冷痛，经血色淡、面色无华、舌边有明显牙印、苔白薄、脉弦细。治宜温经、散寒、祛淤、养血为法，予以温经汤七剂加味菟丝子、枸杞子，嘱咐春节后继续不间断服药。另外还陆续来了几例疑难重病，一例是脊柱痹痛，弯腰受限、翻身疼痛、走路困难、晨僵严重。病机为肝肾两亏、气血不足，治宜祛风湿、止痹痛、益肝肾补气血为法，予独活寄生汤。另一例是胸痛，行路急速或干活劳累时轻则胸闷气短，重则胸痛、出汗。本病以胸中血淤、气机不畅所致。选用瓜蒌薤白半夏汤合血府逐淤汤治疗，治宜行气止痛活血化淤。还有一例是半身不遂三个月，左上下肢运动不灵，口眼歪斜、语言功能受阻、小便失禁。证由正气亏虚、脉络淤阻所致，治宜补气活血、舒筋通络为法。选用补阳还五汤治疗。另外还有农村多发病胆囊炎、胃病等。对胃病不管是胃炎还是胃溃疡都加味苦参和白及。统计了一下共诊疗三十一例病人，其中呼吸道病十一例，为35.5%；胃病七例，为21.6%；胆囊炎五例，占16%；前列腺炎三例，占9.7%；妇科二例，占6.50%；心脏病一例占3%；脑病一例占3%；关节痛一例占3%。自上午九时至下午三时共六个小时。平均十一分三十秒处理一例病人，没出现任何差错。

随着太阳西移，花花集的人海逐渐散去，石开山刚要拿起早已经晾凉的茶，又进来一拨拨感恩送礼的人。礼品中有猪肉、猪头、猪下水、点心、蜡烛、鸡鸭、白酒、灶王爷、对联等，也有鞭炮、年画、财神像等等，凡过年的东西无所不包。石开山望着这些淳朴的乡亲，心中十分感动，一股暖流，遍及全身。把送礼的人名及所送礼品记在本子上，好让父亲过目。下班前，添满药斗子，扫地倒垃圾，冬天夜幕降的早，六点钟天色已黑。上好大门板，锁上锁，带上今日全部病案与处方回家，等待父亲检验。中午母亲送来饭也没吃，一连六个小时也没空拉尿。

天气仍旧异常地冷，走在回家路上的石开山深深吸了几口清凉的空气，空气中似乎夹着清淡芬芳的乡土味。来到东里间先看望生病的父亲，父亲已经好多了，额头上有汗，头痛消失了。

一整天没见到丈夫的温良，脑海中不断浮现丈夫忙碌的身影，药店里一定吵吵嚷嚷，还有人吞云吐雾，药店像闹市一般嘈杂无序，一个人应付这个杂乱的局面，连中午饭都没顾上吃，温良愈加牵肠挂肚。丈夫尚未进屋她就辩出那熟悉的脚步声，侧耳听着爷儿俩的简短对话，那轻松快活的语音证明一天顺利，没出差错，让她一天紧缩的心放松下来。

石开山进屋看妻儿，孩子安详地睡着，长长的睫毛、红红的脸蛋、明亮的前额、高高的鼻梁像个洋娃娃。石开山轻轻拉着温良的手，笑眯眯地问道："恶露还有吗？奶子够吃吗？身体舒服些了吗？"，这时孩子似乎听到爸爸妈妈的声音，睁了亮晶晶的双眼四处张望，突然看见窗户上的剪纸，一只长尾巴的大红公鸡挺着脖子呼唤黎明，他目不转睛地盯着。石开山举起手挡住宝宝的视线，孩子不耐烦地看了他一眼，反抗他的霸道，然后哇哇地大哭起来。温良连忙抱起孩子："宝宝，爸爸是跟你玩哩，别哭，别哭。"，一面又嗔怪丈夫。宫氏听到孩子的哭声，在外面嚷着"是爸爸把我的宝贝惹哭了？小祖宗，不要哭，叫爸爸给你赔不是。"

石开山笑着给妻子端来一杯红糖水，靠着妻子坐下来，这时宫氏叫他去给温良端饭。

当地月子里的常规食谱是小米稀饭、白水煮鸡蛋，香油炸油条。石开山把食物端进来，给妻子剥鸡蛋。腊月二十七的传统食谱是猪肉包子。今天宫氏蒸了一笼包子，石开山尝了包子觉得挺得，腌花生米味道挺香，他要给妻子拿一个包子一碟花生米。宫氏不允许："不出满月，不能吃普通饭菜，以免落下病根，产妇身子虚，肉食害胃，硬食伤牙。"宫氏的理论似是而非，她对儿媳的疼爱之心溢于言表。石开山只是抿着嘴笑而不语，他从不跟母亲争论，只能入乡随俗，遵守传统。母亲为一家之主，儿子对母亲的旨意理解的要服从，不理解的也要服从，因为母亲对儿女的爱胜过一切，所以对母亲的盲目服从亦是天经地义的。

饭后湖上一壶茉莉花茶，爷儿俩开始讨论一天的工作。石振铎吹了吹茶水面上的茉莉花，慢悠悠地聊开了："每年腊月二十七是我和田老七最紧张的一天，已经二十多年了，有时你也帮帮忙，不过在花花集这一天，你玩的时间多于帮忙。十三岁之前，往往越帮越忙，不是添错药，就是称错药量。十六七岁以后，偶尔帮忙，就不大出错了。今天碰巧老七有事，我又感冒，其他五个学徒工都已放假，不放假也帮不上多少忙。今天你居然一个人完成了今天的工作，不错，我以后可就放心喽。我二十三岁那年，你刚两岁，你爷爷六十六岁，他在切黄芪的时候心肌梗塞突然病故，我中途辍学，肄业齐鲁，回家支撑这个祖宗传下来的药店，已过了二十一个年头。二十一年来，我守业有余，拓展不足，所谓'创业容易守业难'，其实创业更难。当代中医受西洋医学冲击很大，国民政府出西医题考中医，这等于围歼中医。如果我不念这几年齐鲁大学，我这个中医也就被淘汰了。国民政府所以要消灭中医，是受学过西医的一些当代名人的影响，凡是对中医成见最大的人往往是学过西医的人，其中两个最有代表性的人物一个是国父孙中山，一个是鲁迅。即使最伟大的人物，他们也有偏见，也有无知的领域，这两位可敬的人物可惜对中医无知，赞成对中医的伤害。你今天的病案和处方我都看过了，很高兴。由于家承祖业，你的中医功底很扎实，即使学好西医也不会像孙、鲁二位来伤害中医。未来，我国医学界最需要的人才是即通中医又懂西医的双料医生。发扬中西医的长处，扬弃其短处，建立一种新世界医学，这是未来医学的发展方向。但道路并不平坦，囿于门户之见，会互相排斥。一些中医认为不懂西医是美德，渲染西医的短处，对其不屑一顾；另一方，一些西医中伤中医的不足，他们认为不懂中医是光荣，用显微镜放大中医的瑕疵。其实这两种人都是井底之蛙。要想纠正这种可笑的局面，必须从医学教育入手，医学院校需要用四分之一的课时讲授中医学概论，医师资格考试时，中医题要占四分之一，每个医生必须会中医辨证施治。中国医生不懂中医就像将军不懂孙子兵法一样愚昧。"。

石开山听了连连称是，眼前的父亲好像格外高大起来，他说："竞技场上的田径冠军都长着两条飞毛腿，医生也需要两条腿，一条是中医，另一条是西医，否则拿不到冠军。".石振铎听了儿子的比喻很形象，不由地坐直身子，继续说："我发现你在治疗咳嗽的处方中有新的创意，都加有活血药，经方治咳有两大原则：寒咳治脾；燥咳治肺。没有加活血化瘀的先例。你说说用丹参的根据？"。石开山也来了精神，回答说："西医外科炎症有五个特征：痛、肿、红、热、失功能是细菌引起的。从中医角度分析，炎症是血瘀、湿热、痰滞所致，不管寒咳或燥咳，血瘀、水停、痰滞为其共性。丹参有活血化瘀的功能，肺小叶或细支气管血液获得畅通，水肿的基础也就消除，血瘀水肿已不存在，也就不具备生痰的条件，没有痰刺激支气管，咳嗽也不会发生。当然可根据痰色或黄或白增加清热或温阳药。"石振铎听着轻轻地点着头："很好，很好。你把西医炎症的病理，用在中医选方遣药上，这就是有创意的辨证施治嘛，如果能观察几十例总结成文章，这就是临床理论，如再加上动物试验及试验室数据，这就是科学论文。"

石振铎略停顿了一下，又问："你再讲讲你开的胃病方加用白及、苦参的理由。"，石开山喝了口茶，神态自若地向父亲娓娓道来："根据西医病理解剖所见，胃炎病人的胃粘膜有轻重不同的炎症和糜烂，胃溃疡或十二指肠溃疡面及其周围也有不同程度的炎症和糜烂，所以我把胃炎、胃溃疡当成外科病治疗。苦参有清热利湿的作用，能消灭病灶上的细菌，消除水肿，对胃粘膜有消炎作用；白及有粘性，可给糜烂的胃粘膜及溃疡面铺上一层粘稠的保护膜，防止胃酸及细菌继续侵蚀，其次还有止血消肿生肌的作用。其实，胃炎或胃肠溃疡只用苦参、白及两味药就能治愈，疗程可定为四至六周。我开学后您继续帮我观察这几例咳嗽及胃病的疗效，暑假回来我再进行随访，准备写成毕业论文。如果协和教师帮我造模成功，进行动物实验，就可写成博士论文发表在英国《柳叶刀》杂志上。"

原来石振铎侧卧在炕头上和儿子任意自由交谈，听了儿子的课题计划及远大理想远远超过自己的思想境界。他的最高理想是准备在五十岁之后把自己的临床经验写出一本验方出版，没有动物实验及博士论文的更高追求，现在他正襟危坐对儿子刮目相看。对今天以前的儿子是溺爱，因为他永远是自己的孩子，现在不同了，坐在面前的是儿子，也是平起平坐的同仁、朋友，由溺爱升华为尊敬。由父亲单方面的说教，进步到双方平等座谈专业，这是父子关系的一次转折点。儿子已经不是孩子了，他不仅在生理上已为人之父，在专业上已为父之友，并很可能超过自己，石振铎高兴地说："将来你也许能成为科学家，成为名医，但成功者要具备十个条件。"石振铎把多年在心中酝酿了无数次的想法说出来，有知音是最大的快乐，更何况这知音恰是自己的儿子。"十大条件有：：一、国家太平；二、家庭殷实；三、身体健康；四、独立思想；五、眼光犀利；六、勤奋好学；七、献身创新；八、制约欲望；九、善于总结；十、朋友与机遇。"

石振铎对儿子连续讲了一个多小时，中间只是喝了几口茶。在他脑海中反复酝酿了几十年的观点，今晚一股脑地讲给儿子，以前想说但没有知音，没人能懂。

石开山坐在父亲的对面全神贯注地听讲，很少发言，有时给父亲冲冲茶，父亲讲完后，他才缓缓地说："父亲对成功者的条件，什么是创新，什么是科学，什么是科学家的见解独到，如果把你今晚讲解的内容整理成文稿投给《新青年》的陈独秀，他会欣赏你的观点，我是《新青年》的长期读者，还没见到有如此真知灼见的文章，我已二十多岁了，今晚第一次了解父亲！"

宫氏端着包子和鸡蛋汤说："爷儿俩拉吧，甭吃饭了，包子快凉了，爷儿俩吃了再聊。

第二章　欢度新年

离过年还有三天，新年的准备工作千头万绪，一家五口各有分工。

男主人石振铎主管广德堂年终业务总结及农业生产全年收支及来年计划。新年前后病人随叫随到，不在药店定时坐诊。其次与弟弟石振玺商量南苑子新年期间值班人选，安排家畜喂养、看管油坊及节日防火防盗等事务，并确定给值班人的工资补贴及物质奖励。大管家石振玺还要向哥哥做年终财物总结汇报及来年预算和生产计划。年前没完成的工作推迟到节后正月初九以后，因为初九这天年味渐淡，走亲访友互相拜年已经结束。初十是广德堂放鞭开市的日子，自建店开始规定正月初十开市，初十是十全十美的吉利日子。每年年终德州药材公司来清总账，全年中药赊账一次付清。年年进药材约两千元左右，德州药材老板为了拉住广德堂这一大客户，年终有时不来催账，反而给石振铎送件荣宝斋的艺术品或名家书画，经常两年一清账，等于给广德堂四千元的无息贷款，这是个大数字。不过老板心中挺有把握，凭广德堂的名誉，石先生的为人及其雄厚的家庭资产绝没有坏账的可能，同时还增加一位莫逆之交的朋友，借石先生的名声可提高本公司的威望，商人考虑的当然是自身利益，为朋友两肋插刀的人不会成为优秀的商人。

女主人要比男主人忙得多，因为逢年过节佣人都提前回家过年，女主人往往身兼两职，一职是最高统帅，人人都得以她马首是瞻；另一职是炊事员，负责全家吃、喝，所以统帅的办公室设在厨房，不过女统帅权力之大毋庸置疑，她对家庭成员有呼之即来挥之即去的绝对权威，别人只有无条件服从，没有质疑的权力。例如说叫你和面，你不能问和多少；叫你切菜切肉剁菜馅，你不能问切多少，包饺子不能问包多少，更不能说包完了。过年的东西最忌讳说"少"和"完"，如果谁忘记忌讳，轻则被白眼，重则挨骂。不过女统帅的权威有时限性，通常在腊月十五至元旦之间，半个月后就功成身退恢复平民生活。

按传统，每年进了腊月门，女主人就开始做新年的准备工作。首先保证让每个成员都能穿上新衣、新鞋、新袜、新帽。优先照顾儿童，其次是新婚夫妇，再次是公公婆婆。如果手头宽敞男女主人也能混件质地较次的新衣裳，如手头拮据，就把旧衣翻新。过新年嘛，都得焕然一新，身上的一切陈旧东西不能带到新年那边去。换新衣是过新年开支最大的一个项目。

进入腊月中旬，女主人准备新年食物。首先是碾米磨面，米面准备多少，根据家庭情况而定。一般情况是一人一斗米一斗面，过年的东西准备的越多越好，最好能吃到来年谷雨或者立夏。腊月下旬采购禽、鱼、肉、蛋、蔬菜、糖果、佐料等。采购中留心一家人的食谱，小孩爱甜食，老人喜肉食，所以糖要多买，肉挑肥的，达到全家皆大欢喜。燉鸡、煮肉，包括上贡的猪头、鲤鱼、龙虾、方块肘子肉等都在下旬准备好，腊肉制作也在此时间段完成。

女主人的第三项任务是拆洗被褥，洗刷食具、炊具、茶具、酒具等。拆洗任务在腊月十五前完成，多为女主人包揽。大扫除要在腊月十五后进行，多为全家分工，负责擦门窗桌椅的一个人；扫顶棚、墙壁的一个人；清地面、旮旯、橱底、柜下垃圾的一个人。扫除结束后女主人验收，不合格者要返工。至于扫院子、挂家谱、写对联、糊灯笼、接神、放鞭炮、门旁悬挂松树枝那是男主人的事，女主人不干涉。

明天是腊月二十八，新年准备远没就绪。一是天公不作美，大雪纷飞七、八天，天寒地冻，滴水成凌，干活不方便；二是喜添小孙孙，把精力都放在侍侯月子及逗弄小孙孙上，整天马不停蹄，有做不完的活。从今晚开始决定全家加夜班。温良月子里不能劳动，老头子感冒没好利索，不能下炕，儿子加班做药店全年总结也不能参加，算来算去全家能参加夜班的人只有女主人一人。她准备今夜干完两天的活，首先拆洗被褥、洗衣服、洗刷炊食用具。明天上午大扫除，下午开始蒸馒头，二十九煮肉做菜腌腊肉，年三十包饺子。新衣服都有几身不另准备，今晚宫氏的工作场地设在西屋厨房。

厨房共四间，分为厨房、茶炉、餐厅、仓库各一间。宫氏把炉子烧旺，一面供热水一面取暖，一面拆洗衣服、冲刷餐具。一切准备就绪，夜班开始。

夜班第二位主角是石开山，他要完成父亲安排的广德堂全年医疗总结。虽然工种不同，但紧张的程度与娘不相上下。石开山的办公室设在卧室，守着妻儿工作，会激发出无限热情，能提高工作速度及质量。妻子守着丈夫会睡得更踏实，这有利于健康的恢复。儿子守着双亲会有安全感，更无忧无虑地成长。石开山把父亲全年病案、药材进出、成药制作和外销账目及往年统计表册都由广德堂搬进卧室，摞在八仙桌上。炕的西头横放着一个樟木床头柜，靠西墙是红木梳妆台，梳妆台前是一个鼓形的玲珑剔透的红木墩，上面镂刻着一条舞动着的龙，靠北墙中央放一张镂刻着腊梅的红木桌，桌子两侧各摆一张大红木椅，椅子的靠背，翡翠花鸟镶嵌其中，椅子一侧各置衣柜一个，衣柜周边刻有龙凤呈祥的图案，衣柜中央门上嵌有岁寒三友，旁边站着一只栩栩如生的丹顶鹤。以上家具是小两口结婚时温良的一部分嫁妆，其余部分放置在南屋客厅里。石开山为了与妻儿靠得近一些，他把梳妆台与八仙桌调换了位置，准备工作劳累时好握着妻子的手说说话，也可以欣赏欣赏娘儿俩的幸福的睡态。他沏好一壶茉莉茶，准备好纸、笔、算盘等工具，夜班即将就绪，时针指在七时十五分。全年总结分为四部分。第一为临床；第二是方剂；第三为中药；第四为成药，其中最费时的是第一部分，按顺序先难后易，先从第一部分开始。根据民国十九年病案记录，共接治病人7361例。其中初诊5183例，占70.4%，复诊2178例，占29.59%。复诊2178例中内科病1162例，占53.35%，儿科405例，占18.59%；妇产科228例，占10.46%，传染病213例，占9.77%；外科与皮肤科104例，占4.77%，其他五官科、牙科、神经科、精神病科、眼科、痔漏共66例。在内科病1162例中，肠胃病366例，占31.49%，呼吸疾病329例，占28.31%，营养不良231例，占19.87%，胆囊病107例，占9.21%，其他杂病由多到少排列顺序是：类风湿病、脊柱强直、心律失常、头痛、玄晕、精神病、神经痛、神经麻痹、甲状腺功能亢进、甲状腺功能低下、尿路感染、肾炎、高血压、脑中风、胸痹、消渴等。儿科病排列是寄生虫病、消化不良、贫血、痢疾、肠炎、腮腺炎、伤寒。妇科病排列为：崩漏、月经量少迁延不止、痛经、不孕、乳房结节、盆腔炎、宫外孕。临床疗效分为治愈、显效、进步、无效、恶化。其中月经病治愈率最高为90%以上；胃炎、胃溃疡治愈率达70%以上；胆囊病约60%；呼吸器疾病治愈率较低，不足30%.其他疾病疗程较短，样本较小不足30例，没有统计价值。临床部分总结统计结束，这时已经是凌晨三时多，整整工作了八小时多。他回头看看娘儿俩，温良那双美丽的大眼睛正凝神着石开山的背影，见他回转过头来便问："进度怎么样？""你醒了？""我一直没睡。""那怎么不跟我讲讲话呢？""我看你全神贯注的样子，怕打扰了你。"，石开山深情地握住了妻子的手。这时孩子动了起来，小脸胀得通红。"孩子尿布可能湿了，我来换。"，说着，石开山打开襁褓，"哟，小子，臭气熏天啊！"原来孩子大便了，小屁股上沾满了粘粘的黄巴巴。小两口手忙脚乱，却不时地发出幸福甜蜜的笑声，这笑声如此美妙动人，打破了夜的宁静。

腊月二十九，当然是忙上加忙了。儿子负责杀鸡宰鱼，剐猪头、燉肉。石振铎也终止了病假，洗刷食具、酒具、茶具。温良受到这热火朝天的过年气氛的影响，躺不住了，自告奋勇要加入大扫除的队伍。可宫氏怎么会同意呢？最忙的还是女主人宫氏，今日任务是蒸干粮，先做供神用的花糕。花糕呈金字塔形，较矮的高度为一尺高，最高的三尺，底座是一个圆形大饼，下边是一圈一圈排列的糕鼻，糕鼻为钝三角形，俨然像一圈荷花花瓣，花瓣中间塞一棵大红枣，糕顶盖上大于糕鼻的伞形盖子，盖子再按上一棵个头最大的红枣，形态蔚为壮观，宛似一座佛塔。不难看出，佛教对饮食文化的影响。第二个是蒸枣卷子；第三还要蒸馒头；第四要蒸包子；第五要蒸粘黍米豆沙包；第六要蒸小米黄豆面香饽饽；第七个是豆面窝窝头。香饽饽与窝窝头是打发乞丐的。女主人除了完成自己的任务外，还得督促检查其他人的工作质量与进度，而且要及时回答技术咨询。

糕底和糕鼻都准备好，现在放进笼屉开始烧火。枣卷子也发好坐上第二个笼屉，同时烧两个锅灶。十二点前宫氏检查别人的劳动质量。第一个被批评的是老伴，个别茶碗边沿及茶壶嘴下的茶渍清除不彻底，重新返工。儿子刮猪头没经验，猪脸皱纹内及外耳道猪毛没刮干净，猪舌头猪咽部及鼻腔内很黏糊，需再冲洗，鸡身上细毛没拔净，要返工。爷俩根据总指挥的批示，快速返工。宫氏抓空熨平晾干的衣服，整理好拆洗过的被褥。同时宣布午饭没炒菜，每人吃个刚出笼的枣卷子垫垫肚子，但对儿媳妇的饮食质量不能含糊，有准备下奶的卿鱼汤，还有鸡蛋软糕。正在午饭时，大门口来了一名叫花子，穿着一件千疮百孔的棉袍，头发像冬季寒风中的枯草，石开山忙拿了两个枣卷子给他，宫氏又找出石开山的一件旧袍子给他披上，叫花子乐得一个劲地朝石开山叫少爷。

下午各就各位继续干自己份内的活。继续刮猪头的石开山向母亲叫苦不迭："娘，今天最累的活就是刮猪头，这活需要细心、耐心，又费时，如按计件工资制，洗刷一千只酒杯与刮一个猪头的工资应该相等。"他的话把一家人逗乐了。宫氏笑着说："你这小子，一语双关啊，一面埋怨我这个统帅没因才点将，又影射你爹的活简单轻巧。好吧，你爹的工作快完成了，让他帮你炖肉做腊肉。不过我也是故意把困难的事放给你，你已为人之父了，你得学会过日子，学会干点家务。这是给你一次锻炼当父亲的机会。"石振铎大声地说："你娘讲得有道理，看来还真是块当统帅的料。"石开山只是张着大嘴笑。

晚十二点，一天的任务都顺利完成，每个人都已筋疲力尽。过新年的准备工作即将结束，衣、食、住都已就绪。明日上午氽丸子、炸鱼、虾、松肉、炒菜、烹豆腐泡、炸藕荷、炖肉煮猪头、煎肉夹子，下午包水饺，又累又开心。明天的食物准备主要是女成员的专业，男成员还另有重任。过新年既是欢乐团圆，大饱口福、劳动扫除的节日，同时也是慎终追远、祭祀祖先的节日。

石振铎对儿子说："今天太累了，我们做一下药店总结，然后好好休息一宿。"石开山说："临床总结已经结束，等于工作已完成一多半，我觉得年终总结比刮猪头容易的多。"大家哈哈地又笑起来。

石开山原本继续开夜车，唯怕妻子陪他不睡，只好上了床，头刚在枕头上放稳，就发出深沉均匀的呼吸声。温良每逢听到丈夫熟睡的呼吸声，心里就会很踏实，就能随即入睡，这呼吸声比苯巴必妥的效果快若干倍。

结婚前，温良认为母亲是天下最亲的人；结婚后渐渐对丈夫如痴如迷，拿不准母亲与丈夫谁更亲。十天前生了儿子，儿子是从身上分离出的一块肉，对儿子的亲是无与伦比的，她觉得自己太富有了，在这个世界上竟拥有三个至亲的人，她心中无比安祥宁静。幸福的构成主要是亲人间心灵的互相抚慰、感情的相互依靠；其次是物质的满足，这些条件她都具备了，所以她是天下最富有最幸福的女人。

凌晨四时不到，石开山在睡梦中醒来，悄悄穿上衣服，点亮煤油灯，找一片布搭在炕沿上方的绳索上，光线被挡在炕沿以北，这样就不会干扰到妻儿。在翻阅病案排列方剂时，他尽量不发生沙沙地翻动声音，拨动算盘珠快速又不令其相互碰撞。方剂统计像驾轻车就熟路，快捷又开心，比刮猪头有趣多了，结果很快统计出来，全年处方共7361张，其中经方317个；验方224个，家传秘方6个。根据采用次数多少，排列在前十位的经方依次为：麻黄汤、麻杏石甘汤、理中汤、半夏泻心汤、小青龙汤、四物汤、补中益气汤、清营汤、银翘散。验方都是根据经方加加减减而成，少有独到之处。家传秘方有湿疹方、女不孕方、男不育方、面瘫方、斑秃方、破伤风方。快早晨八点时统计结束，一气呵成。冬季夜长，早晨八点太阳也只刚刚爬上地平线。

石开山揭下挡灯光的布，小家伙正躺在妈妈的怀中吃早饭，温良的瓜子脸红润而光亮，真是一幅美丽而温馨的图画，一家人被幸福浸泡着。"你什么时候醒的？""你往绳上挂布的时候我就醒了。""真是个敏感的小耗子，我动作很轻，根本没发出任何声音，怎么还是惊动了你？""是感应。我们的喜怒哀乐不但有传染性，互相间的行为动态也有感应性，这很奇妙，你能给我解释清楚吗？"石开山嘴角扬了扬说："你提的问题高深莫测，哲学家弄不明白，心理学家也说不清楚，我更无能为力了。以后我留意这方面的资料，一旦有答案马上告诉你。"，温良听了低下了头轻声说："用不着这么复杂，我知道答案。""喔？快说来听听。"，温良顿了顿说："一个字：'爱'"石开山听了把妻子拥在怀中，两人的脸紧紧地贴在了一起。宫氏五点就起身忙活着，宫氏进入"办公室"，先洗菜洗肉，洗高粱杆做成的锅盖，准备摆放水饺用。剁饺子馅。然后宫氏就开始炸鱼氽丸子、炸肉夹子、燉鸡、熏肉、煮猪头及祭祖拜神用品。早饭后，宫氏又开始布置一天的任务："开山上午在我的办公室烹、炸、煎、炒、燉、熏，还要学剁馅、和面，一个人必须要学几手家务，不管男女，一生受用。下午门旁挂松枝、扫院子、撒岁、糊灯笼、筛香炉、搭天地棚。你爹写对联，这个任务很重，全村人都请他写，写好对联如果有剩余的时间就帮你忙。"石开山高兴地说："我保证完成您的劳动任务。"，宫氏听了给了儿子一个白眼说："不是我的任务，是全家的任务。过年从腊月十五开始到正月十五终止，年三十之前是准备过程。其实忙也是一种享受，真正过年从初一开始，吃、喝、玩、穿、看节目、走亲访友，直到十五，要忙半个月，玩半个月。小孩子最喜欢过年，吃香的喝甜的、穿新衣、放鞭炮，可以玩整整一个月。"，石开山听了故作夸张地长叹一声说："不知哪个朝代哪个人发明过年？过年固然好，但过年前规定的这套烦琐的劳动也真够那个的。"这句话又引得满堂大笑。宫氏收起笑容接着说："享受自己的劳动成果觉得香甜，享受别人的劳动成果觉得索然无味，所以年前谁付出的劳动最多谁就最幸福。""娘，我多干，我会抢着干""你抢的不是活，抢的是幸福。""俺娘真高明，比老子更隽智。"，这下宫氏不明白了，她回头问老伴："他这话是什么意思？"石振铎脸上一直挂着笑，这次听了儿子的话，笑得眼睛都眯在了一起，"老子主张虚心、实腹、弱志、强骨的愚民政策。你把劳动与幸福划上等号，迷惑他，说明你比老子主张更高明了。"宫氏听了大笑，众人也一起笑了起来。宫氏接着说："我只当半个月的司令，明天就放假，让大家过伊甸园的生活。

石开山从小就心灵手巧，在厨房里，他边学边做，很快就很熟练。汆丸子、做糖醋鱼、熏猪肉、制腊肉等已经学会了十几道菜。宫氏笑逐颜开，不断地夸奖儿子手巧聪明，说将来医生当不成，就当一名厨师也成。石开山说："娘越是夸我，我就越有干劲，天下没有难倒我的事情，不信过了年我给娘盘个炉灶烤面包，烧牛排，吃洋鬼子的西餐。"石开山逗得宫氏越加高兴了，说："我可不吃西餐，不然变成洋鬼子了。"，娘俩儿开心的笑声引得石振铎跑了过来："你娘俩儿笑的什么？厨房变成俱乐部了。"，宫氏说："你儿子说过了年让你狠吃面包，变成洋鬼子。"，石振铎也诙谐道："你娘俩儿真是科学奇才，发现中国人吃面包就能变成洋鬼子，咱家厨房也由俱乐部变成魔术馆了。"大家更笑得厉害了，直到油锅中的夹子散发出焦糊味才停止了笑声。

下午石开山奔向松林砍松枝，再把松枝分扎成若干束，分别挂在各门框中央，以备烧香时好插进松枝内，权当香炉用。然后筛香炉、把灶王、财神、门神、祠堂、泰山老母的香都筛上新谷子，再在北房正面的神龛前搭天地棚，接着扫院子，扫干净后再在院子里撒一层高粱穰子，最后准备晚间接神用鞭炮及火把。石振铎贴完对联、糊好灯笼、排好祠堂的条山几、八仙桌、椅子、黄蒲墩、悬挂家谱、摆列神位、置放供品。宫氏和媳妇下午开始包水饺。

　　除夕夜是年节欢乐的高峰，接神仪式是高峰的开始，午夜零时是高峯的顶尖，各家一夜不停地上供、焚香、烧纸、磕头、拜祖求神。小孩子们三五成群地捉迷藏放鞭炮，女孩子们一起比花衣、比新鞋，比头上的插花，比窗户上的剪纸。

　　接神开始了，大街上传来密集的此起伏彼的鞭炮声。各宗族较亲近的支分，在街头巷尾集聚在一起，提着灯笼，点起火把，鸣放鞭炮。石庄以石姓为主，杂姓不多，全村有三百多户，石家祠堂设在石振铎的南屋。跟石振铎支分近的有二十多家，他们聚在大街一角相对宽敞的场地接神。二十多家围在一起点火把放鞭炮，二十多挂鞭炮同时响起，二踢脚升入高空，响声震耳欲聋；几十个花炮先后腾空而起，宛似天女撒花，整个天空被照得如同白昼。全村有数十处这样的场面，汇成一片欢乐的海洋，持续了两个多小时，接神仪式结束，各人都叫着去世的爷爷奶奶回家过年了。

　　晚饭各家都吃大圆火烧，即大馅饼。直径达三十多厘米，厚约五厘米。有猪肉馅的，有鸡蛋馅的，有白菜馅的，有萝卜馅的。圆火烧象征全家团圆。吃完火烧全村石姓都来祠堂上供、拜祖。供品有猪头、鲤鱼、烧鸡；也有饺子、柿子、点心、花生；还有肉丸子、花糕、炸夹子、醉枣、麻花、糖油饼等等，整个祠堂满满当当。

　　石振铎与石姓家族年龄最老、辈份最高的老族长轮流守夜。有些年青人也来祠堂凑热闹，听老族长讲老祖宗的故事，听石庄的发展简史。来人先给老祖宗的神位磕头，然后再给在座的长辈们磕头。祠堂内人头攒动，拥挤不堪，院子里也站着人。天气太冷，石振铎叫年轻人到南苑子扛来几捆红荆烤火。石振铎字万桥，所以年轻人有叫万桥爷爷、万桥伯、万桥叔、万桥哥的，他们吆喝着叫石振铎来段京戏，有两个老年人拉胡琴，石振铎也不推却，清了清嗓子唱了一段《借东风》和一段《苏三起解》，赢得了大家的热烈掌声，场面极为活跃。之后有唱《窦尔敦盗马》的；有唱《望江亭》的；有唱李逵的，还有说山东快书的。一直玩到零点，大家向祖宗及长辈拜年，小辈分的向石振铎一家拜年，石开山夫妇又向爹娘拜年。紧接着全村又响起一阵鞭炮声，迎来今夜的第二次高潮。同一家族的人相互拜年，然后人们聚在祠堂内继续唱戏。

宫氏守夜不断的焚香烧纸磕头，祈求上天保佑来年全家平安。石振铎留在祠堂陪着族长守夜，跟人们拉二胡唱京戏、聊家族史。温良揽着儿子已经睡熟了，石开山静静地瞅着妻儿恬静的睡态入神，享受了这甜美的幸福后，他起身要总结中药与成药。中药品种共516味，应用频率最高，剂量最大的前三十味药排列如下：黄芪、党参、白术、茯苓、熟地、山茱萸、山药、神曲、山楂、麦芽、内金、枳壳、当归、白芍、丹参、川芎、麦冬、黄芩、黄柏、双花、干姜、生地、桔梗、陈皮、瓜蒌、桂枝、甘草、菟丝子。生产成药68种，销量最多的前十种是：十全大补丸、藿香正气丸、香砂枳术丸、木香顺气丸、人参蛤蚧散、六味地黄丸、固经丸、附子理中丸、小儿回春丹、拔毒膏。

全年总结终于结束了，临床与方剂的总结是在去年也就是前半夜完成的；中药与成药在今夜零点后也就是今年完成的，所谓"一夜连双岁，五更分二年"嘛。

石开山异常疲倦，想躺下再睡一会儿。母亲已经在下水饺，天快亮了，大家准备吃新年的第一餐。第一锅水饺为供品，让祖宗、神仙先尝；第二锅是大家吃；第三锅给家畜吃。石开山吃一碗后，端一盆水饺去南苑子，给猪、狗、牛、马、驴、骡吃饺子，人要过年，家畜们忙了一年了，也要过年。南苑子也灯火辉煌，各槽头门旁贴着对联，香火缭绕，年节气氛浓郁。

吃过饺子后，天尚未大亮，全村人走街窜巷，互相拜年。先是男人们，根据支派辈分分层次，组成不同的团队，提着灯笼，从庄东头走到庄西头，从村南走到村北，挨门挨户拜年，如在大街上、胡同内人群相遇，先向对方高喊恭喜发财，然后跪下相互磕头，整个村子沸沸扬扬。"恭喜发财"声响彻云霄。石开山也不例外地参加拜年的洪流中。天亮后，男性拜年人群逐渐消退，青年妇女及儿童又充满大街小巷，掀起第二次高潮。与粗声野气的男人不同，她们打扮地花枝招展，说话柔言细语，整个村子变成了模特的海洋，呈现出一片靓丽灿烂的风景线。此时此地，每个人都品尝到新年是一个多么令人神往的节日，古老的中华文化熏陶出高度文明的子孙。

两个拜年高潮过后，大约在上午十点开始是老年人走家窜户，给长辈拜年。因老年人少，长辈更少，掀不起高潮，少数老年人虽年岁高，但辈分低，也得给中青年的小叔、少爷爷、花婶、少奶奶拜年，但都不磕头，只拱手作揖，口喊发财，小长辈一面口说免礼免礼，一面快速向前搀扶老侄老孙请坐问安，这种老少互敬互爱的场面别有滋味，十分动人。他们的感情是真诚的，尽管年龄相差悬殊，长幼颠倒，可是血管里流着同一个祖宗的血液，因此他们的心靠得很近。这是拜年的第三个景观，这个景观虽没有前两个声势浩大、美丽绚烂，但在精神价值方面，前两个远远逊于后者，只有老少有序，男女有别，宗族才能和睦，邻里才有礼让。

中午饭后是休息，有人一直睡到翌日清晨，把半个月的劳累一觉睡去。初二下午是送神上坟的日子，各大家族裹帮结伙，去茔地烧纸、焚香、磕头、放鞭炮。这是男性各家庭成员第二次也是最后一次团聚。上坟前各家把祠堂的供品端回，桌椅恢复原位，收藏家谱，取走各家神牌。

初三各村远路的亲戚朋友开始来拜年。通往各村的道路上人流不息，有徒步的、有骑驴的、有骑马的，有坐花轱辘车的、有坐马拉轿车的、有背着小娃娃的、有领着大娃娃的、有新婚男女，也有中年夫妇，穿戴新颖艳丽，面孔洋溢着欢乐幸福，他们胳臂挎着竹篮或车上载着木制礼品盒子，里面装着美食来孝敬爹娘、姑姑、姨妈、舅舅、姐姐等亲人。

上午九点，石开山的姐姐、姐夫及小外甥女是第一批客人，给爹娘拜完年后，又接受了弟弟及弟媳的拜年，然后就来看望小侄儿。外甥女才三岁，不知道拜年，光知道收压岁钱。石开山的姐姐给小侄儿缝了一个棉道士帽，面料是红缎子黄菊花，戴上像传教布道的老子，这象征小侄儿不但像老子一样有学问，还要像老子一样长寿。另外还缝制了棉袄棉裤，面料都是黄锻子，里面絮的丝棉，既柔软又暖和。给小复生子穿戴好，长短肥瘦挺合身，宫氏说："明天复生子去姥姥家拜年，就穿上这身吧，我正愁他没有合身的衣服呢，原来做的都太大，你帮我解了燃眉之急，不然我得加夜班赶紧做。"女儿说："我就怕他三口子明天去姥姥家拜年，见不着复生子，所以俺今天提前来给爹娘拜年，往年都是初四或初五来。"小表姐坐在小表弟身旁，叫他叫姐姐，还把一块糖凑在他嘴上说："叫姐姐，我就给你糖吃，不叫姐姐就馋你。"，复生子瞅着表姐，虽不会说话，但一双乌溜溜的大眼睛转来转去，嘴角向上翘着，就好象要"咯咯咯"地笑出来。姑母凑在复生子的脸庞面前说："复生子跟姐姐的脸型一模一样，就像亲姐弟。弟妹你瞧两个孩子都是双头顶，两个头旋，眼睛圆圆的，眼角上挑，鼻子也一样，都是高鼻梁，小嘴像熟透的桃子，连酒窝的位置都一样……"

姐姐与温良正说得热闹，外面又来了拜年的客人。新来的两个客人是娘的姨外甥，是石开山的姨表弟，两个都是不到二十岁的大男孩，进门就给姨夫、姨母磕了头，然后坐在东里间，吃花生喝茶也没话可说。紧接着又来了两个男孩，一个是十岁多点；另一个不足十岁的样子。他们是石振铎妹妹的孩子，进门二话没说，按顺序给舅舅、舅母、表姐、表姐夫、表哥、表嫂子磕头拜年，并对前面来的两个大男孩分别称大表哥、二表哥拜年，连续磕了八个头，大家连喊带让好不热闹。人们笑弯了腰，笑的肚子痛。天已晌午，石振铎催大家快喝酒吃饭，饭后叫儿子领着五个男客人向亲门近支家拜年。酒还没喝足，饭还没吃饱，石开河领着七八个亲戚来拜年，石开山迅速落下门帘，叫爹娘去外间屋迎接客人，隐蔽正在吃饭的客人，避免见面互相礼让添些麻烦。当客人们拜完年要走的时候，石振铎的小外甥喊了一声："开河哥"，这一声令客人们停下了脚步，掀开帘子一看，原来一屋子客人，大家汇集在一起互相磕头，哪管辈分大小，磕完头就等于完成任务了，真是快乐非凡。饭是不能继续吃了，石开山领着众弟兄给本家拜年去了。

下午客人已散去，明天初四，石开山三口能否去岳父家拜年的事还犹豫不决。按传统新婚前三年的正月初四是回娘家拜年的日子，可孩子只有半个月，日子太浅加上天气又冷，一旦有个头痛脑热的那可不得了，所以宫氏坚决反对。温良当然是归心似箭，她渴望见到爹娘，特别想念弟弟妹妹。错过初四弟弟妹妹又要到千里之外的地方上学，半年见不着面。宫氏说过了正月十五把两个亲家请到家里来，明天让开山去岳父家拜年把弟弟妹妹接来住几天，这样温良就不用带着孩子来回奔波了。石开山左右为难，只要娘反对的事，他不好明显地和温良搞统一战线，如果同意了母亲的方案，又怕伤害温良的感情，他只能投弃权票。

看来最后总裁判非石振铎莫属。不过，还是石振铎想得缜密，他说："过年是欢乐的日子，特别添了小孙子，更是喜上加喜。按照生理卫生的说法，产后八周，产妇的生理功能尚可恢复正常，按民间传统，婴儿出了满月才能安然无恙。为了大人孩子安全，又得皆大欢喜，我想了一个既安全又能回娘家的办法。咱家轿车已经破旧，到处透风，你二叔才制了一辆新车，窗门严实，借他的轿车用。拉轿车不用骡马，骡马速度太快，向车内灌风，借个老兕牛拉车，一是速度缓慢不带风，二是趸不了车，牛老跑不快，轿车周围都摽上棉被，车内铺上棉被，行前把火炉放进车内，将整个轿子烘暖，临走时把火炉搬下来，放进几块热砖。这样使车内微小气候和室内一样温暖，保温两小时没问题，路程用不了两小时。"大家听了都拍手称是。

一切安排就绪。吃过早饭，石振玺牵来一头步态蹒跚的老牛拴在车轮上。孩子穿着姑姑缝制的一身衣帽，外面裹着一件绿色棉斗蓬。石开山穿着一件灰色羊毛衫，白衬衣打着一条蓝底白纹的领带，中间穿一件丝绵袄，外加一件灰色雪花呢大衣，一条深灰色法兰绒长裤。这焕然一新的装扮更加显得石开山温文尔雅、清高俊秀。

温良妆扮很费时间，早晨五点就起床洗脸、描画。她把头发挽成一个像椭圆形花卷一样轻轻地扣在后脑勺上，一根银钗一根玉簪分别插在头发的左右侧，一根红玉雕花的发夹别在右边鬓角处，一条紫色的珍珠项链愈加显得她肤如凝脂，唇红齿白。一件黑色羊毛衫外罩一件红底银花的丝绸棉袄，下身是一条黑色呢西裤。温良自有了孩子，身材比以前稍显丰满，愈加玲珑标致，穿上红色的高跟鞋更显窈窕，宫氏怕她冷，非要让她披上一件黑色羊毛披肩。这时的温良如此端庄高雅，引得大家啧啧称赞。

石开山在旁边看得入迷，他最喜欢温良的一双大眼睛，亮晶晶的总像两颗美仑美奂的宝石嵌在一张白玉般的瓜子脸上，闪着淡淡柔和的光亮，让人感到恬静温柔。更重要的是温良有良好的文化教养，传统文化赋予她的高尚品德远比父母给予的美丽外壳更加珍贵，因此，石开山对妻子爱的成分，精神上的欣赏胜过生理上的驱动，这就是人类的爱有别于动物之间的互相追逐。在石开山的眼里，妻子化妆、打扮绝不是虚荣心的满足，更不是社会层次的区分，而是文化教养的必然，是心灵对美的向往。

黑子把老牛推进车辕子，整装待发。这时石开山才把火炉搬出车外，放进热砖。宫氏催儿媳快上车。石开山抱着儿子，先进了车厢，温良在外间屋给公婆告别。轿车周围堆满了观看的人们，像看新娘一样看着温良，都一言一语地夸着温良长相出众，穿戴入时，比当新娘时还漂亮。石开山娶了一位倾国倾城的妻子一直是人们津津乐道的故事。温良红着脸上了车，黑子打了老牛一下，老牛没反应过来，瞪着两只傻眼盯着黑子，黑子又打了两棍子，牠才低下头晃悠着迈开了艰难的步伐，人群爆发出一片笑声，这时有人喊了一声："这么个脏牛，却拉了一位漂亮的花媳妇，真不般配。"，这更引得大家笑声震天，引得车里的小夫妻也偷笑起来。

　　温良的娘家在王庄，方向在东北，距石庄十二里路。温良毕业于曲阜师范学校，小名叫玉兰，真是人如其名。温良在家里是长女。大名温良的意思是根据温、良、恭、俭、让以得之，在夫子的五大美德中取其二。但民间对结婚的女孩不管你身价高低、学问深浅，均不称大名更不能直称小名。晚辈根据自己辈分年龄称之为大嫂子、小嫂子、大婶子、小婶子、大奶奶、小奶奶之类的；大辈分的称之为开山家、复生子他娘，或叫老大家，丈夫在家排老几，就叫老几家。如果长辈的年龄小于晚辈，就称你嫂子、你婶子，"你"的意思是指长辈的孩子，就等于称孩子的嫂子或孩子的婶子。娘家人对出嫁的闺女称呼也挺有意思，如果你嫁到石庄去，长辈就称你是石庄的，如果你嫁到北京去就称你为北京的，小辈称之为姑姑、姑奶奶等不变。对女婿称为贵客，小辈称姐夫、姑夫、姑爷爷等；长辈称之为你姐夫、你姑夫之类。

　　车行得很慢。石开山掏出怀表，已经整整过了两个小时了，王庄仍旧很遥远。石开山幽默地说："这是全国最稳健的一头老牛，被我们选中了。"，令人放心的是，车内依旧暖和，车子摇摇晃晃象个摇蓝，小宝宝一路酣睡。

　　石开山温良夫妇结婚不到两年，这是第二次去岳父家拜年，但人们还是像看新女婿一样，村头站满了人，时已晌午，石家的轿车还不见踪影，大家一致认为月子里他们可能不来了。人们嘀咕着。这时，从西南方好像来了一辆车，车上装着鼓鼓跶跶的棉花包，车辕是一头半死不活的老牛，像患了半身不遂一样举步维艰。这肯定不是玉兰姐姐的车，她家的车至少套两三匹马，也一定是个花轿车，不会用老破牛，再说了，这车也不是拉人的，明明拉的是棉花包嘛。大姑娘小媳妇喊喊喳喳地你一言我一语，边说边笑，好不热闹。

车子越来越近，咦？车上好像拉的不是棉花，还是妹妹俭让的眼尖："哥哥，你瞧，驾车的人好象是姐家扛活的黑子哥，去年拜年就是他驾车来的。"，弱志仔细一看："可不是嘛，一个黑大个，像散步一样，慢悠悠地在车旁走着，不断地打牛，不住地吆喝，是！是黑子哥，不过，他不可能套牛拉车呀。"语音刚落，石开山从车里钻出来，跑到老兕牛前面，向村头人群打着招呼。大家嚷嚷着："还真是玉兰姐姐的车呢。"，大家看清楚了，车上不是棉花包，是摽着棉被，大家快步涌上去接车。

石开山快步迎上来和弱志、俭让兄妹握手，拱手向人群高喊："向姐姐、妹妹、哥哥、弟弟们拜年。"大家也笑着喊着向姐姐姐夫拜年。温良也走下车向大家拜年。

黑子年纪已近三十岁，眼前都是些年轻人，他也高喊着向弟弟妹妹们拜年。俭让是个机灵鬼，她喊一、二、三，大家齐喊："给黑子哥拜年。"，村头好不热闹。这群年轻人围着黑子哥问："黑子哥，你怎么挑了这么一头好牛啊？"，黑子慢条斯理地说："这是给宝宝特制的专车，因骤马走路快，怕带风，所以找了这头老牛，是宝宝的二爷爷在全村挑了又挑，捡了又捡才选中的。它必须具备五个条件，第一，牙口最老；第二走路最慢；第三脾气最小；第四要老兕牛；第五没有趸车记录。全村只有这头牛具备这五个条件，所以牠被光荣地选中为慢跑冠军。"，大家听了，有的笑弯了腰，有的捂着肚子喊疼，有的边笑边擦着眼泪。董明德夫妇不断进进出出，站在家门口向西南方向眺望，渴望尽快见到小外孙。家中的火炕火炉烧得正旺，整座北屋暖融融的。中午的饭菜已经备好，给女儿女婿留的饺子也已煎好，陪客也都到齐，现在只少女儿一家子。一个十来岁的小子一溜烟似地跑进院子里喊："奶奶，姑姑来到了，车里还有一个小娃娃，刚一进庄，他就嗷嗷地哭，他可能不认识你，不愿到你家来。"，奶奶给送信的孩子一挂鞭炮，一袋柿饼。

俭让这时抱着小外甥走来，孩子被包得严严的。俭让两只胳臂上下抖动着，孩子一路哭着。大家簇拥着进了屋子，把孩子放在炕头最暖和的一侧，这才敢打开包，露出小脸。孩子发现一群陌生的人围着他，都满脸堆笑，好像对他并无恶意，他似乎很懂事的样子，张着圆圆的大眼睛四处望着。

石开山夫妇向爹娘及陪客长辈磕头拜年。弱志与俭让随后向姐夫姐姐拜年，黑子喂好牛也给明德夫妇拜年。拜年结束后，佣人先把象征团圆的饺子端上来分别放在石开山夫妇面前，然后端来花样繁多的菜肴及花糕。一张大八仙桌摆得满满的，大家一面吃饭一面谈些祝福吉祥的话。董姓本家及外姓故交请董家贵宾赴宴者络绎不绝，但石开山一家因停留短暂不能应邀，只能一一婉言谢绝。

刘氏晚间，叫人熬了一锅玉米面地瓜粥，每人喝一碗，借以驱散深夜的寒气。饭后开始家庭座谈会，大家各抒自己的志向。俭让最小，父母最疼爱，在父母面前不知含蓄，还时不时地撒娇。她首先发言："我考入同济大学艺术系不是最终理想，我要努力苦练钢琴，争取考取巴黎音乐学院钢琴系，毕业后献身于祖国的钢琴教育。"，说完还沾沾自喜地扫视了在座的各位。这时弱志发话了："你的手指又细又短，不会是弹钢琴的料，还不如选小提琴合适。"，大家都同意弱志的说法。石开山说："若学小提琴，不如学大提琴，大提琴是坐着拉，体力可支。"温良说："我觉得妹妹的嗓音很好，人又活泼，从小是出名的百灵鸟，不如学声乐，学女高音或花腔都很有前途。"，这时俭让倒没了主意，便扭头问爸妈的意见。

父亲笑眯眯地说："他们三个说的都有道理，但到底做何种选择还是由你自己决定，不管你选择什么专业，我们都支持，关键是你自己要热爱，才会投入极大的热情，才有可能有好的未来。弱志，谈谈你自己的打算。"

弱志从小腼腆，但只要谈起自己的理想，他却一改平时的不擅言辞："我国所以落后于西方列强，是由于机器制造业落后，机械制造是区分国家强弱、先进落后的重要指标。英国没有工业革命，它现在仍是一个弱小落后的岛国。由于十八世纪后叶，如英国的工业由手工业作坊转为机器大工业，因之它成为世界一霸。我国若由弱变强，必须有强大的机械制造业。我的目标是当一名机械制造工程师。机器不但能够制造飞机、轮船，还能制造机器。交大毕业后我将去机器的祖国英国留学，剑桥为首选。"

董明德对儿子的远大理想当然支持，一边听，一边若有所思地点着头。刘氏态度严肃："又是英国，跑那么远。你们大学毕业后不准留洋，都给我回到德州来工作，最远不能远于济南、天津，青岛也不能去。都去法国、英国念书，还能回家过年吗？一年到头全家不能团聚，还有什么家庭幸福？"刘氏语气很强硬，反对留洋，这样对后来发言人有一定导向性的影响。

温良向来体贴母亲，她连忙说："娘不必担心，如果他俩出国后，我在家伺候爹娘。反正我师范毕业了，现在又有了孩子，已经失去了念大学的机会，甭说留洋，我连德州都不会去，就在家乡教书，守着爹娘近。我是咱家的留守兵团。"，刘氏刚才的发话，使原本热烈的气氛冷却许多，大家都沉默不语。温良发言后，又是一阵沉默。还是俭让打破了僵局，她说："我们听听姐夫的打算。"。

石开山很谨慎，在岳父母面前远不如在爹娘面前自由，语言不能有棱角，要照顾各方面的情绪："我胸无点墨，谈不上什么雄心大志。我毕业后将继承祖业，把纯中医的广德堂办成中里参西的广德堂，努力使广德堂更上一层楼，为广大病患服务，是一种责任，更是一种乐趣。我是留守兵团的军需处，随时孝顺两位老人，做到呼之即来，挥之即去。如果弟弟妹妹留洋成行，将无后顾之忧。协和医学院是美国人创办的，美国的科学水平尚赶不上英国。例如英国刚毕业的博士到美国大学能当教授，而美国博士到英国只能当助教。协和的水平还达不到美国国内水平，尽管协和的教授、大夫多为美国本土人。即使这样，在协和学上七八年，西医知识也就够用了。我还是致力于中医的研究，在临床方面，只有外科除外，西医落后于中医，所以我不用远渡重洋了。如果中国医生不懂中医，就像面食店的师傅只懂烤面包而不会蒸馒头一样可笑。不过弟弟妹妹的专业与我不同，他们选择的专业都起源于西方。良好的文化传统与学术环境对人才的培养也不无裨益。"。刘氏一边听，脸色逐渐变暖："还是你姐姐、姐夫脚踏实地，没有那么多好高骛远。"，孩子们见母亲恢复了笑容，都松了一口气。这时复生儿的哭声打断了一家人的高谈阔论。大家也都准备休息了。第二天，石开山一家坐着儿牛车返回了石庄。

初七过后，亲友间的拜年走访基本结束。新年的最后一个欢乐节日是元宵节看花灯、猜灯谜、欣赏文艺节目。各村锣鼓震天，排练的节目有：踩高跷、打花棍、扭秧歌、耍龙灯、跑旱船等。当地最精彩的节目莫过于踩高跷，其难度也最大。一个村分为若干队，根据化装及舞蹈动作不同，分为：桃园三结义队、群英会队、白蛇传队、西　记队、唐生取经队、梁山好汉队、穆桂英队、杨门女将队等等。高跷演员们随着乐器声边舞边唱。各文艺团队自正月初十开始互相串演，正月十五汇演达到高潮，当晚人潮涌动，万民空巷。皎月花灯相映成辉，真是人间极乐世界。

随着一阵阵的鞭炮声、锣鼓声、欢笑声，新年的脚步渐行渐远。

第三章　七七抗战众志成城

民国26年7月7日是中华民族大灾大难的开始。复生子和许多光着屁股的孩子站在庄头几棵大榆树下观看从北平方向撤下来的军队。军队如潮水般向南方败退，他们灰色的军装满是尘土，脸上的尘土被汗水冲刷成一道道的泥沟。大树底下，村民们摆放了一排八仙桌，桌子上摆放着一摞摞的粗瓷碗，桌前摆一溜盛满凉开水的木制水桶，以备口渴的战士们饮用。这是石振铎与村长及乡绅们协商后，决定在村头设置的开水站，因为天热口渴的士兵目前最需要开水。村长专门分派两个农民联络各家各户，轮流送开水并在村头照应军队。

在石庄每天夜晚几乎都有军队驻宿，住宿人数少为一个团，多为一个旅。晚饭后他们抓紧时间烧水烫脚，因长途行军，战士们的足底都磨出了水泡，烫脚后可以促进足部血液循环，加速水泡吸收，消除足部疲劳。第二天拂晓吃完早饭，再继续向南方撤退。最近的日子每天如此，各家各户的柴禾被军队烧水、烧饭几乎用光了。当驻有骑兵时，井里的水也被淘光。村里的水、米、柴出现三光；田里的萝卜、地瓜也被士兵们扒得乱七八糟。饥饿使他们不管生、熟、脏、净统统填进嘴里吃。中国大地开始了兵慌马乱的时代，这个混乱的历史舞台，就是一面镜子，谁是英雄，谁是败类，谁是浑水摸鱼的阴谋家将一目了然，他们都有极为精彩的表演.中华民族苦海无边。

卢沟桥战役中我军的英勇杀敌获得了全国上下的喝彩，二十九军的英名妇孺皆知，宋哲元的大名家喻户晓。宛平守军二一九团，毙贼寇三千，长城内外无不为之欢心鼓舞。但是二十九军后无援军，只是两万多人的孤军奋战，不可能挡住日寇的强大攻势，为了避免全军覆没的危险，不得不沿着津浦铁路缓慢南撤。

自7月7日卢沟桥抗战开始到现在已一个多月，自7月28日北平沦陷也近半个月，可是仍无石开山的消息，全家人夜不成寐。即使自北平徒步回家的话，半个月也能走完这七百多里路程，可是现在仍不见回来。

邮局系统已经瘫痪，电报信件是不可能收到了。石振铎心急如焚，三天两头去德州火车站一趟，幻想能接到儿子。

火车站的秩序乱成一团，站里站外垃圾成堆，苍蝇遮天蔽日，售票处已经关闭，十多天来窗口一直贴着停止售票的通告，调度室仍有人值班，站长室虽没锁门，但要找站长难上加难，他已经脱掉了铁路职工的工作服，化装为普通百姓，尽管他在调度室、站长室出出进进，在站台上游来荡去，碰个对面也不会认出。

火车已不分客车、货车，车上都是难民，甚至客车与闷罐车的顶上也挤满了人，太可怕了。好处是因国难当头，司机们都具有恻隐之心，开车的速度很慢，以免车顶上的人头晕坠车。德县政府在车站内设有开水站、熟食店，难民们每人可以享受一杯凉开水，一个窝窝头。哺乳妇女开水不限量，享受三个德州烧饼。如果有钱的话可以买一只德州扒鸡。婴幼儿的开水也不限量，可分给三个德州包子，如家长有钱可买半斤糖果。

因为石振铎连续不断出现在站台上，引起了站长的注意，猜想这位老人一定是来寻找亲人的。但站长事务繁多，每天睡眠不足三个小时，他没精力面面俱到。再说，有许多问题不是他一个小小站长所能解决的，即使是省长也无法解决，甚至蒋介石也不能解决。他脱掉制服，换成便服的目的就是为了逃避难民的难题，如果难民不主动向他提出难题，他不会自动找难题。可是这位常来站台的老人满脸愁绪，好像曾见过面，老人经常上午九点钟来到车站，表明他不是德州城里的人，但距德州不会远，老人常常在车站等一天，晚八时离去，中午不吃不喝，对每辆难民车上的每个人瞅了又瞅，看了又看，见穿戴入时的人就问："你是从北平逃出来的吗？"这位老人肯定有儿女陷在平津。

一天又到了晚八点，天色渐渐暗下来，老人又白白地等了一天。带着无尽的苦闷、惆怅、迷惘，徐缓地走出德州车站，两只脚好像有千斤重，一步挪不了几厘米，走几步回头看看，期望有新的难民车开进车站。尽管站长忍受着一天的忙碌、紧张和饥饿，他还是想打听一下这位老人的情况。

站长走到老人面前问："请问大叔，我好像在哪见过你。"石振铎无精打采地回答："对不起，我老了，眼花了不太认识你。"站长问：

"请问大叔贵姓？"石振铎回头向车站里张望着说："免贵姓石。"站长试探着问："难道您是名医石振铎先生？"石振铎心里很烦躁，心想这人真不懂人情世事，求医看病也不看是什么时候，他不耐烦地回答："不客气，我是石振铎。"因为天色朦胧，站长并没有看清石振铎不耐烦的表情，他高兴地握住石振铎的手说："我抽屉里有你儿子的一封信，叫我转交给您。"石振铎简直不敢相信自己的耳朵，他激动地用颤动着的双手攥住站长的手，用发抖的声音说："啊，啊……我儿在哪？我儿在哪？"说着，脸上热泪纵横。

原来，十天前，石开山带一列车伤兵负责转往南京，从北平开来一列车伤兵，前面靠近火车头是四节闷罐，受机车震动小，里面躺卧着重伤兵，石开山也坐在闷罐里照顾重伤员。轻伤兵在八节客车厢里，伤兵车在德州站停了二十分钟，石开山写了一封家书，把信交给了站长，还留下十块大洋，拜托站长尽办法把信送到父亲手中。

站长搀扶着石振铎来到站长室，随后在抽屉里取出信和十元大洋，石振铎不接大洋。站长说："石先生不收大洋，我就不能给你信。石先生，你想想，我收您十块大洋等于发国难财啊，国家有难，大家团结一致互相支援，互相帮助才对，我不能为了十块钱卖掉我的人格呀。你家大兄弟参加抗战，可是冒着生命危险啊，我再收他十块钱，还有中国人的良心吗？"石振铎感激地说："我今天碰上好人了，我不勉为其难，以后的日子长着呢，我就不客气了。"

站长倒了杯水，拿来两个包子，石振铎喝了口水，马上要走，站长说天黑了，要石振铎到家中住一宿，明天再走不迟。可全家都在等石振铎的消息呢，一夜不归，可以想象家人如何焦急不安。

已经晚上十点多了，温良和婆婆坐在昏暗的煤油灯下一声不响，说话的心绪完全消失了。这个世界一片黑暗，公公该回来了，今天可能又是失望而归。复生子年小，不理解大人的心事，吃饱饭后睡神就跳进他的眼帘。婆媳二人一天没吃没喝，整日翘首北望，望眼欲穿。一是盼望亲人安全归来，二是渴望公公在难民中获得消息。有心到村外道口接公公，可全村驻满了军队，年轻女人需要注意自身安全。

屋子里静得发慌，温良走到院子里不停地走来走去，累了就依在枣树上仔细听着外面的脚步声。大约过一个半时辰，传来一阵快速的脚步声，温良分辨出是几个男人的脚步声，她躲进了屋里。随后几个士兵进了院子说肚子饿了，要干粮吃。今晚娘儿俩贴了一大锅黄豆小米面饼子，准备明早给长工、短工们吃。宫氏就分给士兵们每人两个。这拨人刚被打发出去后，又来了第二拨、第三拨，结果一锅饼子很快分光了。宫氏对士兵们说："告诉弟兄们吧，没饼子了，叫他们不要来了。"

宫氏坐在椅子上，撮了撮灯花，温良有气无力地坐在对面，被亲人的安危所折磨，婆媳俩眼神互相安慰，没力气说出互相安慰的话，因为那些话毫无价值。突然巷子里出现了马蹄声，随后石振铎在外面高声喊："复生子啊，爷爷回来了！"温良从椅子了腾地站起来："娘，爹回来了！听他的声音像是有好消息。"娘儿俩一起往门口跑去，石振铎在门口兴奋地说："来信啦！来信啦！"他把信递给温良又说："开山十天前带了一千多伤兵向南京转送，没空回家，在车站上留了一封信。今天站长转给我的。"这时黑子也跑来，听到有了石开山的消息他也放心了。黑子牵过马，摸了摸，马浑身大汗。

温良回到屋，迫不急待地展开信笺念道："父母在上，孩儿叩禀：中日大战终于在7月7日爆发了。北平一片混乱，人们背井离乡像一窝蜂般外逃，儿哭娘叫，骨肉离散，惨不忍睹。国破则家亡，所谓覆巢之下，安有完卵？8日清晨数百日本野兽向我卢沟桥守军发起进攻。二十九军奋起自卫，抢起大刀冲进敌阵，贼寇死伤惨重。苑平县城是战争的焦点，在二十三天的争夺战中，二一九团打死贼寇三千余人，平均每个战士毙敌两个以上。英雄的二一九团也付出巨大代价，伤亡千余人。全团撤离阵地时只剩三百多人。我很荣幸，和许多外科医生一道报名参加了医疗队，随二一九团进行战场救护，用我所学为英雄们服务令我深感光荣。我带领二一九团等千名伤兵乘火车向南京转送，今天路过德州。亲爱的父母及妻儿，我很对不起你们，不能下车回家探望，一家人不能团聚。战争给全国家庭带来生死离别，当忠与孝不可得兼时，我选择了忠。先贤大禹治洪水三过家门而不入的高尚情操已成为中华民族的精神遗产，对子孙万代影响深远。当年大禹的大敌是洪水，今天中华民族面临的大敌是比洪水更凶恶的日寇。

根据目前军事局势的发展，日寇下一个目标就是山东。宋哲元的二十九军两万多人在无险可守的地理条件下，顶住日寇二十三天。韩复架第三集团镇守山东，拥兵十万，即使没有外援的话也可以与敌人打个一年半载。鲁中南地势险峻，重峦叠嶂，宜守不宜攻，能长期与敌人周旋，让敌人疲于奔命。这样一来，可牵制大量敌军致其无力分兵南下。不过各路军阀对庶民百姓如虎似狼，对外寇强敌如鼠似羊，军阀均为人所不齿，所以对他们不要抱过多希望。但是话又说回来，如果韩复榘手下有十个吉星文团，倘能在山东消灭三万日寇，以长中国军队的志气，急转直下的战局仍有扭转的可能。抗战的胜与败不能未卜先知，不过要做最坏的打算。

最好的战局是双方军事力量出现胶着状态，日本吞并不了中国，中国也战胜不了日本。日本的优势是工业发达，技术进步；劣势是幅员狭小资源贫乏。中国相反，日本的优势恰好是中国的劣势，日本的劣势正是中国的优势。但中国还有一种精神优势，那就是全民团结、众志成城、一致对外。战时一旦拖长，日本兵源枯竭物资短缺，在国内会引起天怒人怨。人是战争的主要资源，战争不仅需要人的肉体，更需要的是支配肉体的精神。侵略者与被侵略者的精神状态是不一样的，侵略者骄傲，被侵略者哀伤。骄兵必败，哀兵必胜，这是常理。二一九团的胜利对二十九军起到鼓舞作用，期盼全国出现千百个二一九团。

日本侵略中国有二个原因，一个是他们的工业发达，与欧洲争夺殖民地市场；第二个是中国封建割据，国家不统一。日本军国主义分子对各省军阀软硬兼施，个个击破，几个月就可以灭亡中国。但日本军阀没有考虑，由于全民族被侵略，会不会迫使各路军阀互相团结，出现一致抗战的局面？宁愿败在自己人手里，也不愿亡在异族脚下？目前的局势很难预测，但停止军阀内战一致抗日的可能性是存在的，如果出现这种局面，中国一定能胜利。

即使中国能取胜，那也是一个漫长的过程。十年、二十年或更长。我们的家又怎么办？现在我已投笔从戎，参军抗战了。我年青力壮，经得住千辛万苦的折磨。可是一家老小实令人担忧，德州地区将变为战场或成为沦陷区，像今日的平津一样到处是难民，难以想象一家四口将逃往何处。每当想到此，心如火燎，恨不能一步到家，一家人能同生共死。战争的残忍将使每个家庭支离破碎，明日大难将降临到德州每个人的头上，邮政被中断，一家人天隔一方，信息全无，过着暗无天日的日子。我的眼睛将日夜向北方瞭望，全家永远翘首南望，祈求全家团聚，重享天伦之乐。德州站到了，就此住笔。

万福金安

儿再拜民国26年7月30日于德州车站

另：下车后我把此信交给刘站长，他是黄河涯人，会把信送到家中。

温良哽咽着断断续续把信念完，最后泣不成声，两位老人也早已成为泪人。孩子睡得很熟，全家的忧愁与哭泣是不会传染给他的。第二天，复生子清理书桌，准备背诵《难经》的时候，发现在《内经》与《瘟病条辨》之间有一封信。他看了后知道父亲已经参加抗战，就对母亲说："娘，爹参加北平七.七抗战是件很光荣的事，这不是为抗战出力嘛！"温良说："孩子，你不知道，我们一家何时才能团聚呢？"孩子轻松地说："把鬼子赶走就团聚了。"

我国军队继续向南方退却，石庄每天都有军队路过，每夜都有军队宿营。有许多部队队列不齐，纪律不严。9月下旬，一支部队进村夜宿石庄。这支部队进村是三列纵队，连长在最前头领队，后边是排长，排长后是三个班并列前进，后边两个排也是如此排列前进。一个连为一个战斗单位，在行军中途出现敌情，连长对全连的兵力及火力就近指挥，部队反应快速，火力集中，全连会立刻投入战斗。这支部队不仅队列整齐、军纪也严格。尽管天气炎热，他们军帽端正，风纪扣扣严，裹腿绑得花样一致。他们进村后的队列随口令而变化，扛在肩上的枪也是一个姿势。把枪卸下，坐下休息或起立都根据口令统一行动。这支部队给全村留下深刻的印象。部队的番号不胫而走，传说这就是二十九军，驻扎在石庄的部队就是血洒卢沟桥、镇守宛平县城的二一九团。

晚间一位中将军衔的人住进广德堂南屋，石振铎叫药工把南屋打扫干净，沏上茶。将军每到一地立刻找老乡了解本地地形地貌。他命令护兵叫来房东，石振铎与将军互相寒暄后说："听将军的口音像德州人？"将军说："我是故城人，在德州西二十五里，距你村六十里。但故城不属山东，属河北。""请问将军贵姓啊？""我姓冯，名治安。"石振铎听了为之一振，连说："久仰久仰，我听说故城有一位抗日名将在二十九军任师长，今日在家乡相会实在是缘分呀。"将军也快活地笑起来。石振铎为将军倒完茶接着说："将军知道宋哲元将军是乐陵人吧？乐陵在东北方向，故城在正西，都距我们村六十里，看来二十九军是咱们德州的子弟兵了。"冯治安喝了口茶说："我们三十七师多为冀、鲁两省的子弟。三十八师也一样，张自忠师长是临清人，临清距德州不足一百里，都在运河沿岸。我只顾说话了，还没问先生大名呢。"石振铎客气地回答："我姓石，名振铎，字万桥。将军有什么吩咐尽管说，我随时可为抗日英雄服务，这药店名为广德堂，为抗日英雄服务也等于为国效劳了。"

冯治安四十几岁，比石振铎小不了多少。冯治安见石振铎气度不凡，举止文雅，心生几分敬意。他对石振铎说："我今天特向大哥请教本地的地形地势的情况，虽然我有地图但不如本地人更清楚。"石振铎连忙说："我家祖祖辈辈住在当地，对本地的地形当然很清楚，我今天给你介绍一下，先由近及远吧。本村地势较高，村周围有许多自然道沟，深度在一米半到两米之间，长度二至四里不等。向正北、东北、正东、东南、正南、西南共有六条道沟，这些道沟是自然形成的呢还是春秋时代的军事工事，可不得而知。道沟既有利于打埋伏又有利于退兵。在古代本地是齐、燕或齐、赵的边界，有许多村名都有军事含义，例如边临镇、佟家寨、会王庄等。这些道沟也可能是古代的军事工事。本村的西面与西北面虽没有道沟，有众多的土岭子，这是千万年来农民治理盐碱地堆积而成。土岭子很高大，上面都种植了红荆，是设伏兵的好地方；村西北有二三百亩松树林及上千个坟包，松林两旁有旧窑洞。二里外有一条小河，河堤可作为防御工事。再往西六里路是一条较大的马颊河，河水较深，西南、东北流向，河堤可作为自然防御工事。再向西北十里路是黄河故道，故道北堤好像是地壳自然断层，形成海湾，堤上与堤下落差十多米，长有百余里，呈西南、东北走向，这又是一条自然防御线，可能也是齐燕两国的分界线。这个大堤与马颊河之间有一片大松林，可以隐藏一个营。德州城无险可守，德州东南的地势既有利于防守，又有利于设埋伏圈。如果日寇很顺利地占领山东第一个城市德州，必然很骄傲，这时我们把敌人引诱到马颊河以东，此地是一个消灭敌人较为理想的战场。"

冯治安听得津津有味，连连点头说："万桥兄不仅是个好医生，而且是个军事家，如果能在家乡打一次胜仗，那是很惬意的事。山东是韩复榘的防区，他同不同意我们打还在两可。不管怎么样，明天你为我们当向导，领着我们上校以上军官察看地形，同时带上测绘员及参谋人员，如何？"

第二天，石振铎骑着黄白花的骒马，领着三十多个军官，察看马颊河两岸的地势，出发之前各旅、团长集合在广德堂药店，军官们对古色古香的广德堂赞不绝口。吉星文从悬挂的条幅、锦旗中得知药店主人姓石，从全家福的照片中发现了石军医。石军医的面相与眼前这位老人一模一样，吉星文惊奇地问石振铎："请问老先生，这是石开山的家吗？"石振铎激动地反问："将军，你认识开山？"吉星文高兴地说："是啊，我们不仅认识，而且是同一个战壕的战友。"石振铎既高兴又诧异："我是他的父亲，你是……"

石振铎看了看冯治安，冯治安充满感情地对石振铎说："你面前这位青年是二一九团吉星文团长。前几天最高统帅部晋升他为少将旅长，他就是全国家喻户晓的卢沟桥抗日英雄。你家贤侄在宛平县城巷战的时候，三天三夜没睡，浑身上下都是血，穿梭在火线上把百名伤兵背到安全地带进行抢救，石医生极大地鼓舞了将士们的斗志，因为他是协和医院的专家，具有高深的文化修养，有可观的收入和舒适的生活环境，但这些对他都不重要，他渴望的是钻进战壕里和我们这些目不识丁的战士们共赴国难，主动报名上前线医疗队。他强烈的爱国热情也影响了其他医生，许多医生纷纷报名参军。不巧，他负责二一九团伤兵的后方转运工作，如果不负责转运伤兵的话，今天正好住在这里啦。你昨天说二十九军是德州人民的子弟兵，一点不假，你儿子也是二十九军的一分子嘛。我提议为石老先生给二十九军培养了一位英雄鼓掌。"大家一阵热烈的掌声，将校们用亲热的眼光望着石振铎，把他看成自己的父兄。石振铎笑容可掬地致答："感谢冯将军的夸奖，希望各位将校对开山多多帮助。和诸位相比，他还很不成熟。8月30日伤兵列车经过德州站，他让站长给我捎了一封家书，在信中对二一九团及吉团长倍加赞扬。好吧，咱们以后再聊，现在一起察看地形，为消灭日寇做准备。"

石振铎带领大家观察了村周围的道沟、松林、破窑、土岭子、小河沟、黄河旧堤岸。重点察看了马颊河上的李桥、仙人桥、土桥、宋桥、任桥等五座桥梁，以及任桥旁的大松林。冯治安在马上简单地总结了一下："把其他桥都拆掉，只留土桥，由土桥诱敌向南，在旧黄河堤岸实施阻击杀伤一部分敌人后，诱敌继续南下，然后派一支部队把土桥炸掉，阻断敌人的增援及退路，把敌人赶到设定的几个村庄。事先居民要转移，把水井填封，在炎热的夏天，水就是消灭敌人的武器。挖一条南北壕沟通往石庄，以资转运伤病员及输送弹药，可把石庄作为师指挥部及伤兵收容站。我们二十九军以大刀摸营名震遐迩，各旅、团统计一下，不管军官士兵每人一把，一定配齐，至于手榴弹、炸药，要求韩复榘将军供给我们一部分。"石振铎说："我负责筹措一千伤兵的药材敷料，组织一个手术室，参加伤兵救治。我动员本村妇女给伤兵喂饭护理。"各位将校都认定，此处是消灭敌人的好战场，并称赞石振铎："儿子英雄爹好汉，老当益壮，有老先生的支援，军民同心，叫小鬼子有来无回！"

即使有抗战热情和杀敌的决心，又有有利地势和人民的支援，还不一定胜利在握，还得需要后勤保障和上司旨意。冯治安原为河北省主席兼平津警备司令、二十九军三十七师师长、代军长等职，退出北平后二十九军改编为第一集团军，冯任七十七军军长。根据中央军事委员会命令，冯治安部沿津浦路一面阻击敌人一面南撤，主动打一次阻击战是在情理之中。当时韩复榘是山东省主席、第三集团军司令兼第五战区副司令。现在冯治安已离开自己的地盘，驻扎在山东，出于礼貌凡事得和韩复榘商量，不能直接与中央军委或第五战区司令部联系，以免得罪韩复榘。再说他也属于冯玉祥的西北军，跟二十九本为兄弟部队，估计与韩复榘搞好关系应不在话下。

冯治安派吉星文旅长向韩复榘报告目前的作战计划并要求支援弹药、手榴弹及伤兵住院治疗问题。吉星文在山东省政府会见韩复榘，向他致举手礼，报告了自己的姓名及军衔。韩复榘很客气，站起来跨前几步与吉星文握手寒暄："俺老韩久闻抗战英雄吉将军的大名，如雷贯耳，请坐，快请坐，欢迎欢迎……，无事不登三宝殿，你今天来济南必然对俺山东抗战有利，俺想听听你对山东抗战有何高见。"吉星文很礼貌地说："目前我军驻扎在德州东南地区，今天来第一件要务是代表冯军长向韩主席致敬并聆听指示；第二要务是我军制定了一个在德州东南抗敌计划，经察看当地地势适合设伏击圈，故请示韩主席；第三件要务是上月我军在天津南、静海、双塘、陈官屯、唐官屯作战，弹药、大刀消耗较大，望韩主席给予补充。另外，伤兵的收容救治要以济南为后方……"

韩复榘听了第一段眉开颜笑、得意洋洋并频频点头；听到第二段要打仗的事，眉头紧锁；听到第三段要补充弹药、收容伤兵并以济南作后方，他连连摇头不断摆手。态度严肃地说："目前大敌当前，我韩某人泥菩萨过河自身难保，无力支援友军。在德州我有两个师正在积极布防，无需友军涉足。鲁北是平原一片，不宜选为战场。河北省是二十九军的地盘，被日本人打败了，跑来山东，山东可做为二十九军的退兵通道，不能成为避难所，更不能给我惹乱子。"韩复榘把二十九军看成丧家之犬，百般羞辱。吉星文怒发冲冠、火冒三丈，腾地一声站起来："不许你侮辱我二十九军，我们在山东抗日是给你惹乱子？我倒是要看看你这个懦夫的下场！"吉星文扬长而去。

韩复榘冲着吉星文的背影忿忿喊道："不许你无理！我是山东省主席，我是五战区副司令，你不过是个小小的团长，我手下的小团长就有一百多个，谁敢不礼貌我就崩谁。你二十九军有能耐回河北，回北平跟日本人拼呀，到山东来耍什么威风？你这个婊子养的。"吉星文已远去了并没听见后面的脏话。韩复榘气急败坏地继续骂着："你不就是在卢沟桥杀了几个日本兵吗？有什么了不起！你杀了几个日本兵给国家惹了大祸，若不，日本鬼子还不进攻中国呢。你现在又来山东给我惹祸，没门！"

吉星文返回部队后，冯治安率三十七师沿津浦路继续南撤，与兄弟部队张自忠三十八师向第五战区靠拢，临行前石庄宰猪杀羊设宴犒劳英雄部队。石振铎招待了上校以上军官为之饯行。1937年10月3日，日寇一支小部队在德州北门外打了几炮，韩复榘一个军像兔子一样向济南方向逃窜。

10月10日国庆日本应放假一天，但今年双十节打破惯例，校门口布告栏上写着："明天双十节，全体师生届时到校，举行降旗仪式。校长：王秀敏。民国26年10月9日。"

10月10日7时30分，全体师生和往日一样到校等候在教室里，所不同的是往常在上课前孩子们会兴奋地唧唧喳喳说笑不断，今天各教室异常肃静。降旗仪式的消息不胫而走，各村学生家长及民众不约而同地来到校园。八时正，各班组按往日队列整齐地站在旗杆南面。民众摩肩接踵，站满操场的各个角落。农民弟兄们跟学生一样，心情凝重，内心满是忧伤。两千多人鸦雀无声，空气像凝固了一样。旗杆前用几张课桌搭起临时讲台，司仪宣布开始降旗仪式。国旗随着国歌徐徐降落着，每降一寸都深深刺痛每个人的心。

温良缓步站上了讲台，指挥着大家唱起义勇军进行曲、大刀进行曲，复生子也站在母亲身旁，跟大家一起唱着。那愤怒的歌声凝聚成一团怒火，随时烧向敌人。

王秀敏校长脸上布满了憔悴，但这憔悴掩不住他心中积蓄的怒火与愤恨，他用沉重而有力的声音说："老师们，同学们，乡亲们，日本鬼子夺去了我们东北四省，昨天夺去了我们的北平天津，今天又夺去了我们的家乡德州，明天将夺去我们的济南青岛，后天将夺取我们的上海、南京。但是我们相信，日本军国主义者夺不去全中国，全国人民团结起来，像义勇军进行曲里号召的那样，用我们的血肉筑成我们新的长城！冒着敌人的炮火前进，直把鬼子赶出中国。我们要活，我们要胜利！我们每个人要举起大刀向鬼子的头砍去，向鬼子的头砍去！"操场上爆发出经久不息的暴风般的掌声。

司仪领导大家高呼："打倒日本帝国主义，举起大刀向鬼子头上砍去！"王校长继续讲："鬼子已经打进我们的家，你不杀他，他就杀你，我们没有后退的余地，只有鼓足勇气与敌人拼命。不是他死就是我活，我们每个中国人有力的出力，有钱的出钱，全国上下团结一致，最后的胜利一定是我们的！蒋委员长号召我们……战端一开，那就将地无分南北，人无分老幼，无论何人皆有守土抗战之责……今天，我向大家转达一个令人鼓舞的消息，董温良老师的丈夫，也就是广德堂石老先生的公子石开山先生，在宛平巷战中参加了火线救护，他把百名伤兵从火线上背下来进行抢救。7月30号，他带领二一九团的一千多名伤兵转运南京，路经德州，过家门而不入，经刘站长转交一封家书。论家庭他比我们都富，论学问比我们都深，论身份他比我们都高，论抗日他比我们都勇。石开山的英雄行为不仅仅是董温良老师的光荣，也不仅仅是他爹娘的光荣，也是我们家乡的光荣！我们全德州人向石开山英雄学习！"

司仪振臂高呼："向英雄石开山学习！向英雄家属致敬！我们为英

雄的家乡而骄傲！"司仪请温良上台讲话，温良走上讲台，王校长也把复生子抱了起来。温良未曾开口，台下的掌声雷动。

温良向大家深深鞠躬。温良庄重而紧张："开山在家信中并没有诉说他在宛平参加巷战，也没说在火线上抢救伤兵的事，可能他怕亲人害怕担忧，只是写他和许多外科医生一起参加了二十九军的医疗队。关于他参加宛平火线抢救伤兵的事还是前几天冯治安将军和二一九团的英雄团长吉星文介绍的。开山和吉星文曾在同一条战壕里，在同一个掩体里，在同一堆废墟里和鬼子厮杀。真不可思议，一个斯文内向的医生居然成了战场的英雄，我既为之担心又感到无上的自豪。现在通信中断，不可能再得到他的家信。我估计，他现在可能在上海战场参加救护。我预祝他为抗战继续作出贡献！也预祝我们早日把日本鬼子打出我们的国家！"台下又是掌声雷动。降旗完毕，大家自发地上街游行，他们敲着鼓，举着旗，喊着口号，发泄着心中仇恨。

德州全县共有四所小学，两所在城内，两所在城外。石庄小学是距德州最远的一所，国旗也是最后降落的。国旗的降落象征着中华民国在德州的消失，德州已经成为沦陷区。

敌人自5日占领德州后经短暂休息开始对山东全面进攻。日本鬼子的部队由北而南穷追不舍，如入无人之境。鲁北人民每天逃荒或准备逃荒，东乡凤凰店一村村民被鬼子杀了五百多口，烧房上千间；北乡宋堤口村被杀四十多口。

10月19日阴历9月16日晚，日寇矶谷第十师团一个大队五百人侵占石庄，全村人顺着东道沟逃往四野，人们隐藏在一望无际的红荆灌木丛与土岭子之间。入夜鬼子焚烧房屋、柴草，全村火光冲天。因为各家都有逃跑准备，听到毛信没等鬼子进村，大家都扶老携幼地逃之夭夭，只有一位半身不遂的老太太及伺候她的小孙女没逃出来。

复生子光着膀子，穿着小裤衩跟大人跑出来。节气已经近霜降，后半夜天凉，容易诱发哮喘，全家人都只有身上穿的衣服外，没任何遮风保暖的物件。石振铎脱下布衫穿在孙子身上，背起复生子说："走，咱们奔刘大脚庄表哥家去。"温良和婆婆跟在后边。虽已过半夜时辰，刘大脚庄的人们仍不敢睡觉，都站在庄西头观望石庄的火势。庄头上的人发现西边来了几个人影，人们就拉着要逃跑的架势，等仔细一瞧又不像鬼子。人影越走越近，好像是一个男人背着一个孩子，后边跟着两个妇女。走近一看，都认出是石先生。大家爆发出一阵笑声，笑的是把石大夫一家当成鬼子，石振铎以为大家笑他光着膀子，于是忙解释说："怕孙子着凉，所以我把衣服给他穿上啦。"他不解释人们倒没注意，因为大家的注意力都集中在他是不是鬼子上。他一解释，人们方发现这受人景仰的名医光着膀子确实稀罕，大家笑声更高了，这令石振铎大为尴尬，自己也跟着笑了起来。石振铎的表哥也在人群中，他麻利地脱下布衫给表弟穿上。大家都纷纷邀请石先生到自己家过夜，石振铎一一道谢，还是跟着表哥回家了。

第二天一早，鬼子离开石庄继续南进。石振铎和所有难民回到自己家园，发现每家每户的房子都被烧得所剩无几。全村到处是哭泣声，几百年的家产财富瞬间化为灰烬。广德堂连同东南角门楼共十六间房子，中间居住的院子也是十六间，共三十二间全部被烧。南苑子距村中心较远，因处于边缘幸免于难。一家四口蹲在院子里泣不成声。昨日的家园，几代人的心血一夜间成了残垣断壁。事后统计，全村四百二十六户人家，被焚烧房屋3804间，半身不遂的七十三岁的刘姓老太太被强奸后葬身于火海，十二岁的孙女遭轮奸后精神失常。鬼子宰杀了402只鸡，吃了47头羊。由于鬼子进村时太阳没落山，牲畜都在田间运输耕作，故并没大受损失。这是石庄有史以来遭遇的第一次浩劫，第一次尝到亡国的滋味。全村把阴历九月十六作为村难日，成立了村难纪念委员会，由村长、乡绅、各家族代表九人组成，并推举石振铎为会长。

第四章　日落大上海

1937年12月20日，日军千余人在周村北强渡黄河，韩复榘率四个军十多万部队未发一枪一炮在不到半个月内退出济南、济宁，从此山东沦陷。该千刀万剐的韩复榘于1938年1月在开封被捕，24日被枪杀，解除了山东人民的心头之恨，这件事也表明了蒋介石的抗战决心。

石开山把伤兵送进南京陆军医院，他完成了转送任务，应该归队二十九军，目前二十九军已改编为第一集团军，已开到徐州附近，但没有固定驻地，没有稳固留守处，部队每天在行军、打仗。徐州第五战区司令部可能有第一集团军的准确消息，准备北上徐州寻找部队。

正在搭车北上之前，日寇在8月13日开始进攻上海。为了支援上海抗战，联勤总部建立四个医疗队。根据第一集团军上报资料，石开山因为学历上乘、技术优秀、才能出众、作战勇敢被委任为第一医疗队少校队长。他迅速建立起手术室、急救室、消毒室、化验室、医务科、护理部、麻醉科、药材科、轻便X光室等。调集外科医师四十九名、护士九十一名；西药师三人；放射技师两名；化验技师2名。

医务科有五人组成，其中一名为担架队长，另有担架队员三十六名。后来又增添了两名司机、司务长一名、炊司员四人、理发员一人，并建立了庶务科。各科室所需药品、器材列出清单，备齐后装满两辆汽车，开往淞沪前线。

石开山的医疗队组建最快。三个月后，上海前线我军撤退的时候，其他三个医疗队仍没投入战场。医疗队设在苏州东吴大学的教室、学生宿舍及礼堂。手术室可同时对四个伤兵进行手术，一天可收容转运五百名伤兵，每个伤兵都能获得初步治疗，包括止血、上夹板、交换敷料、清创、整复骨折、截肢、肠管断端吻合等等。

虽然医疗队组建成功，但有些急需器材并不具备。战伤外科除了外科敷料、消毒药、麻醉药外，夹板是不能缺少的。可是目前一块夹板也没有，只好在苏州临时聘来木匠，制作长短不一、宽窄不等、薄厚不同的木质夹板。另外石开山为铁匠画好样式各异的托马氏夹板图纸，令铁匠按图制作。石膏绷带对单纯性骨折的作用优于夹板，可是医疗队一克石膏也没有，苏州缺货，派人到无锡也没买来，最后无奈派人到农村找几家豆腐房，凑了三百多斤。石开山考虑有必要召集医生护士开个座谈会，订出战伤外科的一些治疗常规。在座谈会上，他指出，一、炎热的夏季伤口容易召蝇生蛆，需要制作香油纱布块覆盖，但油脂不能直接接触伤口，否则延缓肉芽组织及皮肤组织的生长，伤口不益愈合，必须在伤口处先敷盖干燥的消毒纱布块，然后再敷盖香油纱布块；二、对骨折病人除了进行西医外科处理外，要普遍口服或外用接骨散；三、对失血过多伤员要服增液汤合四物汤；四、对细菌感染发热伤员服黄连解毒汤；五、破伤风服玉真散合止痉散；六、炭疽服清瘟败毒饮；七、伤口消毒用白矾、苦参、黄连液，简称参黄液，煮好过滤再蒸气消毒后备用。以上为本医疗队战伤处理临时试用常规。

参加座谈会的人员都是西医，不懂中医，对石开山的中医战伤治疗常规的态度各持不同看法。一部分人认为目前在战争状态下，西医外科药材极端缺乏，用中药进行补充治疗也未尝不可，这种应急措施也能解燃眉之急，用土法为战争服务是一种超越时空的先进思维。大部分人认为，中医不如西医先进，不急于否定或肯定，根据最后临床实践观察，择其善者而从之，其不善者则改之。令人百思不解的是石开山毕业于协和，为何热衷于这些中药土法？还有小部分人认为，医疗队用中药治疗战伤等于离经叛道，科学向愚昧低头，先进向落后让步，也有意无意地愚弄为国流血的英雄，违犯政府的中医法规，因此对石队长的异想天开难以恭维。

石开山面对各种观点不加肯定和否定，即使对少数人的刻薄讥讽也不反唇相讥。他最后说了几句话："目前，全国上下一切为抗战服务，在大敌当前，物资极端匮乏的情况下，我们要想尽办法度过难关。但中医治疗不是土法，也不是因陋就简。中医是国宝是科学，我们不能端着金饭碗讨饭吃，不要因为我们学的是西医就认为西医完美无缺，而认为中医一无是处，我们要摒弃门户之见。坦克兵不必吹捧坦克是武器之王，飞行员也勿需歌颂飞机决定胜败，两种武器各有千秋。优秀的指挥员可扬两种武器之长而避其所短。坦克可在平原地区冲锋陷阵，飞机可作纵深轰炸、破坏交通、摧毁运输工具、侦察敌情。"

石开山即席还编了一首寓言："一天，水面上的鸭子和天空的老鹰对话，鸭子说：'我在水上快活地游玩，水把我的羽毛洗得干干净净，饿了水中有吃不完的美食，你在天空太寂寞了，又没食物可吃，一不小心掉在湖里会淹死，掉在地上会摔死。'老鹰说：'我在天空可任意翱翔而极目远望，东顾大海西盼昆仑，海阔天空令我心胸舒畅。说者无心，听者有意，恰好在老鹰和鸭子之间飞来一只海鸥，意味深长地对他们说：'我既能浮在水上觅食，也能在天空自由飞翔，我的本事比你俩都强。'我们要当海鸥式的医生，既善于飞翔又精于游泳。"大家对石开山做庄子式的比喻心悦诚服，即使发言刻薄的那部分人也面露喜色。

石开山在苏州专门聘请一位伤科中医师和一位中药师，建立了中医科及中药房。

8月23日，医疗队的中西药材大致备齐。各科室组建就绪，但床位只有三百多张仍差一百多张。第二天晨，大家正在睡梦中被唤醒，由罗店前线运来的八百多名伤兵接受抢救治疗。石开山虽然很紧张但指挥若定，本医疗队的最高收容量是五百名伤兵，第一次接受任务就是八百多名，超负荷工作量压在他身上。

他命令担架队抬重伤员，轻伤兵坐汽车运输，正队长在车站指挥，副队长负责分配病房。庶务料为轻伤兵买来草席，重伤兵睡床。同时联系地方政府组织的护理队负责喂水、喂饭。根据目前的任务，召集全体医护人员进行编组。两位军医、两位护士为一组，医疗组共十六个，每组负责40-60例伤兵的医疗任务。第一、二、三组负责收容重伤员，病房设在手术室附近，以方便手术及重点护理。列出各组名单，指定组长及负责人，赶快去药材科领取备用药材。

四个手术组各安排一位主治军医，一位住院军医，二位手术护士，一位麻醉师，立刻去药材科领器械及药材。并指示中药房准备足量参黄消毒液，增液四物汤、黄连解毒汤以及玉真止痉散。各医疗组分别进入指定病房。

天亮前，六百多名轻伤兵先下车离开车站，暂在附近商店及住宅等候。集中力量搬运一百多名重伤兵，租用汽车、地排车、人力车若干，在六点半之前重伤兵全部住进临时病房。然后又召集齐轻伤兵，分别送到十个医疗组。各居民区组织的护理队给伤兵喂水、喂饭、擦澡、更换血衣。各医疗组同时进行伤口检察、清洗、止血、消毒、换药、包扎、上夹板等，一直忙到下午两点，医疗组的工作才结束。连续工作八个小时，因为大部分伤兵是躺在地板上，医务人员必须蹲着或弯着腰检查，所以工作很累。

急需手术的伤兵有93人，陆续写出手术申请单及中药协定方和西药止痛剂。中午十二时四个手术组开始工作。中药房开始煎药。每个手术组的工作速度平均每小时手术一例，四个手术组连续工作二十四个小时，直到26日中午一时全部手术结束。

手术进行中，医生护士的手都是经过消毒的，手术衣也是消毒过的，所以他们的喝水、吃饭、大小便都严格受到限制。吃饭、喝水还比较好办，非手术组人员可帮他们摘下口罩喂他们一杯水，拿着馒头叫他们啃几口，可暂缓饥渴，但大小便别人无法帮忙。四个人实在无法忍耐的时候，只好在手术空间集体方便，然后重新洗手消毒、换新消毒的手术衣，这至少耽误半小时的手术时间。为了闲人不闲枪，石开山建立了一个机动手术组，由他本人和其他三人组成。每八个小时替换一个组吃喝拉撒。医疗队的管理事物千头万绪，石开山分身无术，他不能固定在任何医疗组工作。

25日，罗店前线又转来一千二百名伤兵。石开山与手术组16位同志已经工作了一夜，疲惫不堪，现在新任务又压了上来，真是愁煞人。

石开山批示医务科与当地政府联系把拙政园、玄妙观、文庙临时当作伤兵收容站，政府当然积极配合。这些伤兵来自十一师。石开山让医务科长在轻伤兵中找出一位团长，帮我们建立伤兵连。连长、排长都找同一部队的担任，把昨天的轻伤兵编成三个连，同时编好班排，他们生活可自理，医生定期为他们检查治疗。昨日的轻伤兵被移出东吴大学，三个伤兵连分别搬往拙政园、玄妙观及文庙。

十一师的一位负伤的团长出面组织伤兵连，他指名道姓地叫着他手下的连排长们的名字，继续为国家带领负了伤的兵，服从医疗队的安排，为我们同一个师的战友腾出房子治疗，他主动和大家一起住大房子。伤兵很听从团长的指挥，编队搬迁都非常顺利，也没用运输工具。伤兵们互相搀扶着离开东吴大学。

新到伤兵的运送按部就班地进行，比昨天的速度也不慢。各治疗组昨天的任务是收容40-60个伤兵，今天加量，每组负责80名伤兵的治疗任务。经一天的忙碌，治疗组的工作量虽已达到极限，但仍可勉强完成。最令石开山犯愁的是手术室的工作量太大，不能按时完成任务。组织结构必须按实际需要调整。石开山计划十六个医疗组留下十个，另外再组建四个手术组和两个巡回医疗组，前者是保证重伤兵能获得手术治疗，后者为伤兵连的轻伤服务。但是手术器材不足，药材科的人火速去联勤总部苏州兵站领取。

　　自增加了四个手术组后，工作很顺利。24小时内可完成两百例手术。根据统计，重伤兵占伤兵总数的23%，一天可收容千名伤兵，每个伤兵都能获得初步救治。8月26日转来苏州的伤兵由当地医院收容，医疗队没有收容任务。但26日晚医疗队的两千名伤兵要做转运准备，由两列火车向南京转送，再由南京乘船转送至九江或武汉。

　　南京以东水面不安全，敌舰经常突破江阴要塞，对我船只进行袭击。白天敌机封锁铁路、水路，伤兵运转只能在夜间活动。南京以西水运较为安全，两个巡回医疗组的四位军医分别负责两列伤兵车的护送。

　　晚八时开始搬运伤兵，十一时搬运结束，火车离开苏州站。石开山已经三天两夜六十个小时没合眼了，伤兵运转后应该睡一会儿，但这三天的工作总结很重要。他把十二个医疗组和八个手术组的病案集中起来，对两千例战伤外科进行总结，设计表格进行统计、分类、归纳、总结。

　　这两千份病例统计一夜是不能完成的，因为大家都很疲劳，石开山决定自己一个人做。在统计中突然发现一个问题，两千名伤兵无一例死亡，其原因是重伤员及时获得手术治疗呢？常规服增液四物汤呢？还是及时喂水、喂饭等良好的护理呢？也许三方面的原因都有，也许有一个主要条件，目前尚不能定论，要与其他医疗单位对比后方能了解真相。

　　病例统计完第一批八百名伤兵后，已是凌晨三点多，尽管石开山不断地用凉水冲头，但还是不知不觉地睡在椅子上。在梦中他回到家乡，回到爹娘妻儿身边，温良问："开山，你这些天去哪了？叫我日夜挂心！"石开山拉着温良手说："我去了江南。去了南京、苏州。江南是好地方，那的老百姓对山东知识分子不薄。历史上诸葛亮、王羲之、李清照、辛弃疾都是吃江南大米干出成绩来的。"温良流着眼泪说："我不需要你的成绩，我要你这个人。儿子需要爸爸，父母需要儿子。一家人老的老，小的小，我们在家度日如年，三天两头逃难，你好狠心，远走高飞了。"夫妻俩一起痛哭起来。

他抬起流满泪水的脸伸手去抓温良的手，可温良已经无影无踪。此时此刻，庶务科长推门进来，发现石开山坐在椅子上满脸是泪，他不好退回，也不好询问。石开山抹了一把泪，向科长点了点头。科长说："兵站来电话，四点钟去车站接伤兵，有一千多名。唉，一天的战斗又要开始了。"这批伤兵仍属罗店防线十一师的，这也是罗店最后一批伤兵了。据伤兵说，罗店已经失守。前线风云变幻、胜败得失的消息几个小时就能传到医疗队，因为伤兵就是广播员。

十一师在罗店守了六天，伤了三千名，亡一千多，伤亡近五千，全师已经失去战斗力了，如不撤出阵地，有全师覆没的危险。上海第三战区司令部转发中央大本营的命令，决定十一师在十七日拂晓前撤出罗店。罗店是上海的北大门。

日寇驻在本土的第三及第十一师团五万人，以松井石根为总司令。在我浏河口以东登陆，直扑罗店。以后又有六、九、十三、十六、一零一师团及第十军的三个师团陆续在吴淞口或杭州湾登陆，共三十万敌人。如在罗店站稳脚跟，我军就有全军覆没的可能。如占领了罗店就可以迂回宝山及吴淞口。宝山与吴淞口处于水陆夹击的危险境地，两地一旦失守，登陆敌军就在滩头地站稳脚跟，为攻占上海创造了胜利条件。

自罗店失守后，医疗队每日接收的伤兵数量明显减少，一天只有三百到五百例。伤兵少，不意味前线战斗不激烈。据保安团及九十八师的伤兵说，守吴淞炮台的保安团1200多人，坚守宝山城的583团第三营营长姚子青以下500多人分别于9月6日和7日全部遇难。疯狂的敌人昼夜不停地向东南方市中心攻击，罗店、吴淞镇、宝山城的失守，动摇了北面防线，全线暴露在敌人的炮火之下。像野兽般的武士道愚民，能为天皇死在疆场感到无限光荣。他们在战场上每当身处绝境的时候，会用军刀或匕首剖腹自杀，视被俘虏为奇耻大辱，是对天皇背叛。所以我军在战场上打了胜仗，打死打伤成千上万的鬼子，也抓不住几个活的，甚至负了伤的鬼子也会突然捅你一刀，咬你一口。我们的士兵在战场上往往被失去武器的鬼子伤兵所杀。

在国内战争中，战场上的胜者向败者喊："交枪不杀"，败者只要把枪丢掉就没有生命危险，这句话对鬼子喊就等于对牛弹琴。你不杀他他杀你。在抗日战争中，即使我军打了胜仗，我们的伤亡也远超过被消灭的敌人数量，甚或超过数倍。只有少数极为优秀的指挥员知己知彼，发挥本部队的特长，掌握好时空，占据有利地势能以少胜多。在抗日战争中，这种战例只有在以后的新一军创立过。

目前正在上海保卫战中，我国投入20个军，50多个师共70万人，日寇投入九个半师团，另加海军陆战队及海空军共30万。尽管这70万军队都是嫡系，占全国精锐部队的90%，但我军伤亡仍高出敌人的四五倍。目前我军伤亡已达12万，日寇仅为3万。战斗最激烈时，每天有上万名伤兵分别送往苏州、无锡、常州、丹阳、镇江、南京六个城市。在京沪线上随处可见拄着拐、包着头、吊着胳膊的伤兵。我军伤亡所以巨大，有许多显性和隐性的原因。

大家议论最多的是肉眼所见的显性原因，那就是我军武器落后，步枪陈旧，没有自动步枪，缺乏火炮，更少战车，既无海军，更无空军。隐性原因是大家看不到的，军事训练极为欠缺，政治教育不足，打内战内行，外战外行。内战像小孩子们捉迷藏，对自己的同胞兄弟不忍下手，赶跑了对方就算胜利。把打内战的传统习惯用在外战上必然付出惨痛代价。士兵的营养不佳、体力软弱，军官指挥无能，无现代战争意识。取得战争优势必须有精兵强将，这是我们所欠缺的。低能的指挥官，带着一帮缺乏训练的士兵奔向战场，等于给狼群送去一批羔羊，让敌人任意宰割。日本军国主义侵略中国，也等于给各路军阀上了一课，平时为了争地盘打内战，不治理国家，不训练军队，现在遇到了强敌就得拿命来见。这就是上海前线巨大伤亡的原因所在。当然更深层的原因是政治腐朽、经济落后、科学衰败、教育凋零。

战争的火焰继续朝东南方向发展，现在烧到了大场镇。十八师血流成河，死尸如山。尸体被摞起来当掩体进行抵抗。医疗队每天接受1000多名伤兵。罗店陷落后，罗南、刘行、杨行、戬浜、陈家行也相继失陷。由于我军纵深梯次设防，每个村镇，每条街道，每幢房屋都变成防守工事。纵横交错的战壕与村镇、街道连接，尽管敌人疯狂但进展缓慢。

战争初期，敌人狂言三周攻克上海，三个月打败中国。现在战争已进入第九周，不仅没攻克上海，闸北区沦陷还不到三分之一。罗店到大场不足十公里，经过二个月的鏖战，敌人遭遇多次重创，付出了巨大伤亡，方由罗店蹒跚步入大场。罗店失守前是敌我争夺中心，失守后大场又变为战争的中心。我18师气贯长虹，为大场的守卫视死如归。大场失守后，18师组织反攻，但反攻失利，朱耀华师长饮弹自杀。中华民族全国上下因为有朱耀华这样的伟大英雄而自豪。

11月1日晨，医疗队接受了1300名伤兵，他们不是正规部队，属于财政部税务警察总团。总团下属五个团。防守苏州河以刘家宅为阵地，10月31日，刘家宅失守，伤亡2000多人。中午13时，石开山手术组吃过午饭，轮换手术室休息，他们走进手术室洗手、消毒前，石开山翻阅手术申清单，申请单上有位姓孙的伤员的诊断是炸伤13处，表述了13处的位置，没有骨折记载。伤员面色苍白、精神萎靡，显然失血过多。石开山检查了炸伤部位，并了解到该伤员进食过少，他建议把这位伤员送回病房，随即开出医嘱：增加营养，常规服增液汤，因炸伤部位多，几处伤口较深，易并发破伤风，要常规口服玉真止痉散七天，手术时间改为明天下午一时。

根据医嘱，护理人员为孙伤员喂牛奶、鸡蛋、红烧肉等。第二天再进手术室时，该伤员判若两人。他说话不多，但声音洪亮，两眼也有了光彩。因为负伤时间越过24小时，不宜清创，只是取出弹片进行简单的清理和重新包扎，对大的伤口仅施以非闭锁性缝合。

昨天的伤兵有几位英雄人物，他们的豪迈故事在医疗队被传颂。有守卫四行仓库的战士。石开山和所有年轻人一样，对英雄们产生强烈的好奇心，但医疗队的工作复杂繁忙，石开山事必躬亲，当然没时间访问这些令人尊敬的英雄了。为了满足好奇心，他做了一件既不算违犯纪律也不算遵守制度的事情。当兵站通知向后方转运伤兵时，他把守卫四行仓库的六位伤兵暂留在医疗队，在下一拨伤兵没来之前，他就增加接触英雄们的机会。

兵站通知4日晚8时向南京转送伤兵，石开山当面通知担架队长，暂留下四行仓库下来的六位伤兵，抽空开个欢迎会让大家听听英雄们的事迹报告。各病房伤兵被通知做好准备，晚8时全部向后方医院转送。

一位护兵样着装的青年军人来到医疗队办公室说要找石队长。石开山请他坐下，护兵说："孙团长请你，有事与你商量。"石开山纳闷，哪来的孙团长呢？这位护兵见石开山满脸疑惑便说："孙团长想留在医疗队治疗，不想去后方医院，所以要和你商量一下。"石开山说："今晚全部伤兵都得转走啊，一个也不留，包括你的团长。孙团长有什么理由吗？"护兵说："孙团长说在医疗队住七天，破伤风潜伏期过后再走。你不是怕他得破伤风给开了预防药吗？"石开山笑着说："你的孙团长懂得还不少，还知道破伤风的潜伏期是七天？"护兵骄傲地说："我们团长文化可大着哩。"石开山听着来了兴致，忙问："噢？你说说他文化有多大啊？"护兵调皮地说："说了，可别吓着你。我们团长是清华大学毕业的，又是美国印第安纳州普度大学毕业，还是西点军校毕业的，一共有三个毕业文凭。你说他文化还不够大？"

石开山听了不由地坐直了身子，他纳闷，在我国还有这样的军事才子？为什么西点军校毕业生现在屈当团长呢？而且还不是正规军队的。我国军界高学历有法国陆军大学和德国柏林陆军大学的毕业生，低学历的有日本士官学校毕业生，本国学历有保定军官学校及相当于短期军训的黄浦军校等毕业生。还真没听说有西点军校的高材生。他突然想起税务警察团是财政部长宋子文的队伍，这比正规部队令人刮目相看。石开山给担架队长写了一张暂缓孙伤员转院的纸条，叫护兵把字条交给负责转运的担架队长。

自11月5日后伤兵明显减少，只有少量伤兵零散入院，已没有成千上百一涌而进的情况。这说明我军由防守转为撤退。石开山通知各科室下午3时开英雄报告会，地址选在学校礼堂。形式很随意，礼堂上方横幅写的是英雄报告会，但六位英雄都没文化，没有能力作系统的长篇报告。报告者散坐在听众中间，你一言我一语，有问有答，有说有笑，座谈会就像朋友的聊天，英雄们没有豪言壮语，也不认为自己的行为有什么伟大之处。中国人打鬼子再平常不过的事了，全国人民对他们的爱戴反而令他们感到不好意思。如果把这些英雄们在座谈会上的七言八语进行整理，就能集腋成裘写成一篇好文章。

各报社的记者，每天络绎不绝，英雄们得不到好好的休息，这令他们很苦恼。打死几个小鬼子给自己引出许多的麻烦，所以在采访中他们很少发言，偶尔吐露只言片语，记者们就如获至宝。再加上记者们的想象，进行绘声绘色的渲染，就能出炉一篇玄之又玄的报道。但对今天所谓报告会，英雄们没有反感，发言很踊跃，因为坐在他们身旁的是为自己治伤服务的医护人员而不是那些夸张的记者。说到胜利时大家一同欢笑，说到死去的战友一同哭泣。

四行仓库是四家银行共建的仓库，这仓库坚固无比。仓库为四层楼房，钢筋、混凝土的墙壁有80厘米厚，门窗的钢筋粗如胳膊，整幢楼房就像一座大碉堡，没有半吨重的炮弹，楼房是不会被炸塌的。日寇就是缺乏这等重磅炸弹。日本的加农炮打在墙壁上就像挠痒痒无济于事。

上海前线总指挥顾祝同命令88师师长孙元良派遣第五二四团防守四行仓库，掩护我军撤出上海。五二四团团附谢晋元率全团官兵进入阵地。全团把易燃物资搬出仓库，用麻袋装满沙子、土块修筑工事，再储藏能维持一个月的食品及水。战前五二四团二千多人，经过两个半月的战斗伤亡目前不到四百人。

一天，一位西方记者在窗口外问楼内修筑工事的谢团副守军的数量，谢晋元虚张声势地多说了一倍-----八百人。从此，八百壮士名扬世界。上海各界人民像竞技场上的啦啦队一样，为八百名壮士摇旗呐喊，并想尽办法冒生命危险把泰康的奶酪夹心饼干、益民的蜜炙甜点心送进四行仓库。

一天夜里，一位十七八岁的高中女学生杨惠敏，身裹着青天白日旗泅渡苏州河，第二天一早，国旗飘扬在仓库楼顶上，上海人民拍手叫好。从此杨惠敏与守卫英雄齐名，大报小报连载泅渡送旗的经过。谢晋元把四百名战士编为四个连队，每连委派正、副连长二人，正、副排长六人，正副班长十八人。明令规定，谢晋元本人如果牺牲了，第一连连长代团长，第一连连长如果再牺牲了，第二连代团长，以此类推。每当连长牺牲了，副连长代连长，副连长牺牲了，第一排排长代连长……以保证队列秩序不乱，指挥层次有序。阵地分配是每层楼一个连，地下室为临时烈士墓，轻伤不下火线，安排在较为安全的房间。将士们共坚守了四个昼夜，打退敌人六次围攻，击毙敌人200余人。敌人的大炮坦克昼夜轰击，但仓库仍安然无恙。敌人对守军无可奈何，但守军居高临下，对隐藏在周围平房及简易矮楼中的敌人，不断进行集中射击，杀伤不少敌人，故敌人不敢靠近仓库。这给上海人民增加了向守军投送慰问品的机会。

10月31日，顾祝同命令孙元良，因五二四团胜利完成了掩护大部队的撤退任务，通知于今夜撤出仓库阵地。五二四团降下国旗，借道暂驻英租界。全国瞩目的四行仓库守卫战圆满结束。

一位护士问坐在她身旁的战士："你在守卫四行仓库的时候，有没有想到今生今世可能见不到妈妈了？"英雄低头看着自己的脚尖不敢正视娥眉皓齿的护士，只是细语喃喃地说："当兵不怕死，我们四百个弟兄都准备好为国牺牲，打死一个鬼子够本，打死两个赚一个。自进入四行仓库阵地，我们不曾幻想再见到妈妈。由于谢团长指挥有方，我们才能死里逃生。可是有三十多个弟兄永远见不到妈妈了，不过我们活着的人可以当烈士妈妈的儿子。"英雄的高尚情怀，激起一阵阵热烈的掌声。

孙团长于五日前服完玉真止痉散，到今天为止，负伤已经十三天了，明天满两周，破伤风的潜伏期已过。十三处伤口没化脓，均为第一期愈合。目前，他精神、体力均已恢复，体重比伤前增加了八斤。

今天日寇占领了整个上海，他将返回部队。行前派护兵与医疗队联系，计划与石队长见面，以表谢意，特别是他们的医术，规范、高效的医疗方法和中西合璧的技术创新，还有有条不紊的工作秩序令人敬佩。

晚饭后，孙团长敲了石开山的办公室的门。石开山正统计病案，低头随口喊了一声请进。孙团长进门说："对不起，打扰你的工作了。"石开山抬头一看，对方气度非凡，知道是孙团长，他站起来握住了孙团长的手说："欢迎孙团长，请坐，请坐。"孙团长上下打量了这位年轻人，虽然面色憔悴，但眉宇间清秀文雅，双目有神充满着智慧。

孙团长没坐下，他说："我是来向石队长及全体医疗队致谢的，也顺便来学习你们科学的工作方法。"石开山笑道："伤员为了保卫祖国而流血负伤，全国人民应该感谢你们这些英雄啊。哪有英雄向我们致谢的道理。"孙团长哈哈笑着，坐在了石开山旁边的椅子上。

石开山为他倒了杯开水继续说着："至于我们的工作方法，专业性很强，对西点军校的高材生可不具备借鉴作用哟。医学与军事是风马牛不相及的两门学科。"

孙团长摆摆手说："我不是学你的医学理论，而是学你的思想方法。我住院十多天，经过对医生、护士、伤兵的了解，发现石队长及医疗队有四方面值得我借鉴。第一，因病治宜；第二，未雨绸缪；第三，中西合璧；第四，勇于创造。医学是一门严肃的科学，容不下半点虚假。你们根据伤员的身体条件、负伤时间、伤势轻重、战伤种类、失血多少等不同，而给予不同的治疗方法。作为军事指挥员必须全面了解实际情况，军事理论家告诫：知己知彼，水无常形，兵无常势。这些话人人会讲，但做到很难。指挥员往往不会冷静思考，习惯于夸大自己的能力与力量，贬低敌人的力量，不根据双方的新情况定出新方案，而是陶醉在过去的成功经验中，生搬硬套，这都犯了军家大忌。我觉得，你们医疗队因病制宜，灵活应变，不机械地套用固定的治疗模式，这很有创意，与孙子兵法相吻合。"

孙团长对军事与医学之间的比较令石开山耳目一新，激发了石开山继续探讨的兴趣，他说："军事理论重视实践，医学脱离实践就不成为科学了，会掉到玄学的泥潭中，就会自我消亡。医学经典理论强调三因制宜，即因时、因地、因人而制宜，主张同病异治与异病同治。中医的核心理论是八纲辩证，但有是症用是药的教导也属辩证施治的补充。把握客观、分析表象、有的放矢方能桴鼓相应。中医所以长盛就是辩证唯物主义赋予了它旺盛的生命力。我不懂军事，所谓兵不厌诈、虚虚实实、声东击西、围魏救赵、退兵减灶、暗渡陈仓都不适用于医学。谢晋元团长区区四百人谎称八百人，在军事上可以取得胜利，但在医学上可派不上用场。医学不能用诈，只能用实。"

孙团长对石开山的话极为欣赏，他说："治病与治国、治军有相通之处。石队长堪称良医，从政就能为良相。我非常欣赏你的未雨绸缪、防患于未然的策略。战伤并发破伤风司空见惯，到目前为止，西方医学对破伤风的预防与治疗仍是手足无措。玉真止痉散是治疗破伤风的中药，你把它用在破伤风预防上，上工治未病、未雨绸缪，是极有远见的，可得到事半功倍的效果。负伤是件不幸之事，但得到你的治疗和预防又是件幸运的事。炸弹在泥土中爆炸，弹片常带着许多泥土进入肉体中，泥土是破伤风菌良好的培养基，这会使破伤风的发病率增高。我全身有十三处炸伤，患破伤风的机率更大，一旦染上破伤风就必死无疑，不敢想象呀。现在我的伤基本痊愈，潜伏期也过了，我将返回部队，重归前线！”孙团长说“重归前线”这四个字时，不由地握紧了拳头。

石开山很谦虚，他接下去说："孙团长太客气了，我的工作很平常。中医理论有上工治未病、不治已病，与老子治未乱不治已乱主张是一致的。如果时间允许，我准备到各后方医院统计一下，炸伤后破伤风的发病率。本医疗队已为一千多名炸伤服用了玉真止痉散，随访本队服过此药的伤兵与外院没服过此药的伤员，比较一下破伤风的发病率。还有，在随访中要收集服用接骨散和没服接骨散的骨折伤员，对比愈合率、愈合时间长短，这等于在战场上进行课题研究。等抗战胜利了，中医对破伤风的预防及骨折治疗的研究结果也就出来了。"孙团长放声大笑起来，说："我就是你研究的第一只小白鼠啊！"石开山也哈哈地笑起来。两位优秀的青年在国破家亡的痛苦下已经很久没如此高兴了，他们谈兴渐浓，相逢何必曾相识，能遇到情趣相投的知音是多么令人欣慰的事啊！

孙团长说："根据上工既然治未病、治未乱，也应该治未战。孙子说上兵伐谋，其次伐交，再次伐兵，其下攻城。现在日寇是在攻城，时间一长，人力、物力消耗殆尽，那时就是他们失败的时候。我国进行全民抗战，敌人阴谋三个月打败中国，我们拖它个三年、五年，一直拖垮他。目前国内的统一战线已经形成，各省诸侯及陕北红军也积极响应抗战。如果再形成国际统一战线，日寇将失败无疑……你的中西合璧对我也有启发，据说你毕业于协和，但中医造诣又很深。经中西医联合治疗，战士们伤口很少有化脓的，弹片子弹把泥土、衣服纤维带进伤口，但伤口愈合多属一期，这个医疗奇迹就是中西合璧的结果。我回部队后要用西方军事技术与爱国主义相结合，必然会训练出一支能征善战的部队。"石开山风趣地说："孙团长本身就是中西合璧呀。清华大学的传统文化合璧西点军校的军事技术，打败日寇非孙团长莫属。"孙团长又哈哈大笑："你把玩笑可开大了。要打败日寇要有你的创造精神。要创造出军队的新训练方法，要创造出新的战术、战役、战略理论，否则胜利没把握。"

话题不由地转到了残酷的战争中，两颗刚刚舒展的心灵又紧缩起来。石开山收敛了笑容问："孙团长，我想听听你对三个月来的军事总结及展望。作为军事专家你不认为我提的问题过分唐突吧。"

孙团长思考了一下说："军事是我的专业，在专业上的精湛程度我可能赶不上你的医学专业。但经过芦沟桥抗战，特别是上海保卫战的中日双方的军事情况令我朝思暮想。自七七抗战以来，我每天写日记，负伤后中断了几天。纵观目前中日双方的军事形势，我曾画出一个表格比较双方优劣。日本的劣势是师出无名，侵略者不但激起我国全民抗战，也会引起全世界人民的反对，同时也会惹起英、美、俄等列强的嫉妒，因为日本侵占中国，损伤了他们的利益；二是日本将官以上指挥官不学无术，盲动而精确不足，缺乏创意，墨守成规，随机应变的能力差，而且缺乏良好的战术、战役、战略训练。不会根据你提倡的三因制宜制定作战计划，只会像牧童放羊一样，赶着士兵像潮水一样冲锋送死，不善打穿插，喜欢短兵相接，人海战术，热衷于占领地盘，忽略消灭对方的有生力量。这都是倭寇的致命弱点；三是日本政府没远见，缺乏成熟的政治家，缺乏深思熟虑的军事家，过分夸大了自己的力量，又过分贬低了我国的力量，这属兵家大忌；四是日本的幅员、资源、人力有限；五是日本的装备好于我国，但与西方列强差距甚远。例如没有大规模的装甲、机械、坦克、炮兵部队，飞机少而落后，日本坦克小于十吨以下，冲击力差，而且又分散在各陆军师团中，没有专门组成坦克师、炮兵师。我四百名官兵坚守四行仓库四昼夜，倭寇攻打六次，舍下两百多具尸体而败下阵去，我阵地安然无恙，这说明倭寇的武器落后和指挥无能。不能想象，如果日本有两个坦克师投入上海，那会使我们处于危险境地；六、日本枪指挥政府。政府是大本营的附属，军政颠倒的体制是日本的先天致命伤；七、日本陆军只有三八式步枪加刺刀，没有自动步枪及冲锋枪，短兵相接缺乏优势。从以上七点看，日本必败。即使日本士兵及联队长以下下级军官的军事政治训练较好，他们的射击拼刺较好，政治上忠于天皇、迷信武士道，他们训练得像野兽一样，宁死不当俘虏，每个士兵都是一部小型战争机器，但战时一长，他们的优势会逐渐消失。俗话说：兵熊一个，将熊一帮。他们高级将领无能，不能挽回整体败势。我国的优势一是幅员辽阔，人口众多。在战争中有广阔的回旋余地，且兵源丰富；二是我们是被侵略者，正义在我们一方；三是我们的高级将领的战术、战役、战略及训练强于日本。我们的劣势一是下级军官及士兵的军事技术、政治训练落后，士兵的射击、拼刺落后于日本兵，虽然政治训练落后，但我军的爱国主义精神可抵消政治训练不足；二是我们的装备落后于日本，肉博时，我大部分士兵无刺刀，只用枪把砸。这次上海保卫战中我军伤亡三十万，倭寇伤亡五万，问题就出在士兵训练、武器装以落后上。如果想战胜倭寇必须强化士兵的军事技术训练，必须购置西方的先进武器。我经常在幻想如果我国能组建三个榴弹炮师，三个重型坦克师，三个摩托化师，二十个现代化步兵师，五百架飞机，联合训练一年，就可以打败百万日军。每年根据天时、地利、人和，组织两次歼灭战，一次可消灭敌人五万左右为目标，以攻城为下，打援为上，在运动中消灭敌人。但我们的炮弹、油料供应及机械维修要跟上。又想，买先进武器的钱由谁贷给我们呢？这需要政治家的才智了。"他们的谈话一直持续到午夜以后。

孙团长的名字石开山没好意思问。后来他在病历中查出孙立人这个名字。

从杭州湾登陆的敌六军沿太湖西岸到长兴，从江阴登陆的敌人顺公路南下，企图完成对苏州、无锡的合围。兵站、医疗队、伤兵于11月17日撤出苏州。19日，苏州沦陷。

第五章　血洗南京城

败军与难民像潮水般顺着公路由东向西朝南京方向逃跑。敌机不断向人潮投弹、扫射，人哭马嘶，汽车哀鸣，骨肉分离。中华民族陷入空前的灾难。

8月份上海难民逃往苏州，现在又与苏州人一起逃向无锡，无锡又将沦陷，现在又向南京逃亡。难道南京安全吗？前三个月，北平、天津、河北、山东难民一窝蜂似地向南逃，现在又向西逃。苦难的民族要逃向何处？到处有死神等候。

医疗队的两辆汽车，一辆在公路桥被炸前一分钟冲过桥梁西去常州，第二辆距桥不到五十米，炸弹落在桥上，桥被炸毁。难民、军队、汽车绕道而行，北行约二里路，汽车向西拐弯时因路窄人挤，在让路时右侧前轮掉进水田里。汽车继续前进将会翻车，倒车则无力。石开山同军医、担架队员们一起下水推车，但汽车纹丝不动。无奈只能把车上的货物搬下，再推，但汽车仍原地不动。男人们像从污泥中爬出来的水牛一般，浑身是黑泥，只有眼睛闪闪发亮。经过污泥的装扮，大家已面目全非，谁也认不出眼前的人是谁，只靠声音来辨别。大家只管推车，护士们面对眼前男人们的狼狈相，使劲捂着嘴，避免笑出声。

追兵在后，人人自危。仪表轩昂、知识渊博，平时态度严肃的医生们，特别是石队长，现在狼狈不堪，如此失掉尊严。这是日寇的罪恶、战争的罪恶。

庶务科长准备跟石开山商量一下，去农村借用几头水牛帮忙，但在几十个泥人中辨不清谁是石队长。科长高声喊着："石队长！"石开山其实就在他身边站着正考虑如何摆脱困境。石开山被耳边突然的一声吼，吓了一跳："干嘛？这么响？吓我一跳。"庶务科长抱歉地说："对不起，我没认出你来。"大家忘记了劳顿，忘记了危险，忘记了失去的尊严，又哈哈大笑起来。护士们趁机把压抑了很长时间的笑声迸发出来。

大家的笑声感染了石开山，他看了看大家，又看了看自己，也哈哈大笑起来。庶务科长对石开山说："我到村里借几头牛怎么样？"石开山马上说："好，好！多叫几个人跟你去。同时动员水牛的主人也来帮忙，否则水牛不听使唤。对了，牛套也借来。"科长领着几个能说会道的人，洗掉身上的污泥朝北边村子走去。

农民们都站在村头路口，一旦发现公路上有鬼子就立刻逃跑，逃跑时唯一携带的贵重物品便是水牛。一头水牛顶半个家业。农民们把水牛都拴在村前屋后，以备逃亡时随手牵走，以免耽误时间。看见几个穿军装的军人朝村子走来，大家迎上前去压低声音小心地问："鬼子还有多远？"庶务科长说："今天来不到，明天也来不到。等我们大部队撤下来的时候，鬼子就快来啦。大家逃难的时候不要傻堆，要分散跑，鬼子肯向人多的地方打枪打炮……我们的汽车陷在水田里面，想借大伙几头水牛帮忙拉出来。"十几个农民牵着牛驮着牛套争着去帮忙。大家把牛套拴在汽车尾部，套好牛，一个农民统一指挥协调五位农民一齐吆喝："嘚喔！嘚喔！"五头水牛瞪着大眼，撅起尾巴，稳步向前，轻而易举地把汽车拖出了水田。大家高兴地拍手叫好。

石开山拿出了相机把牛拉汽车的场景拍了下来，又把五头水牛排成一行拍下来。他诙谐地说："它们可是抗战功臣呀，比韩洸笔下的那五头悠闲自得的牛身价高百倍，抗战胜利后，可把这幅照片送进军事博物馆。"石开山的话一下子驱散了大家的劳累。

石开山跟农民弟兄一块进村，用清水洗净身体，然后用酒精进行全身消毒以防血吸虫毛蚴感染。经三天跋涉医疗队按兵站的命令驻进镇江，与另一辆汽车及其他队员会合，在镇江休整了两天。秋高气爽，大家分批登上金山、坐进法海洞。在山顶俯瞰滔滔东流的大江。回顾稼轩当年饮马长江，回首扬州路，气吞山河。如今，强敌压境，全国人民颠沛流离，石开山不由凝神北望，好像看到了父母、妻儿正被端着刺刀的鬼子追赶着……立即心如刀绞，眼睛湿润了。对不起，爹娘……对不起，温良，对不起，我的孩子……

南京防卫司令部组建的第二天，医疗队进驻南京。国民政府、五大院、中央军委、国民党总部等中央机关已经人去楼空，迁往武汉。医疗队住进一所极豪华的房子——财政部税务大楼。

敌机不断袭扰，涌进南京的难民有的向北面的淮南、南面的皖南、西面的江西逃亡。南京一片混乱，城内谣言四起。有人传说，中央机关撤退后，军队也立刻撤退，南京为不设防之城；也有传说唐生智率十万大军与南京共存亡；还有的说，鬼子已到达南面的溧水，南京北面、西面是大江，东南是敌军主力，南京将要成为历史上的第二个长平；有传说蒋委员长正与鬼子司令松井石根谈判投降；有的说蒋委员长准备抗战到底，宁死不降；传说上海军民死亡百万；苏州园林变成圆明园；死尸填满了太湖，湖水变成了血红色，距太湖几十里就能闻到死人味……南京军民已成惊弓之鸟，全城风声鹤唳，草木皆兵。

南京的混乱、南京的谣言，即使对抗战最有信心的人也会悲观失望。街道上行人步履慌张，就好像身后就有追兵。每张面孔像刑场上的犯人，苍白而恐惧，眼神呆滞。即使天真的孩子也不打不闹，不说不笑。空气中弥漫着死亡的气氛，淹没了孩子的天真，驱散了孩子们的欢笑。

针对南京的现状及人们对抗战悲观失望的情绪，石开山在进驻南京第三天，跟全医疗队开了一次座谈会。开始大家沉默不语，大家认定亡国无疑，但没人愿意把这种现实从自己口中说出。极少数的人认为胜利有望，但又怕说出被人耻笑，所以悲观者与乐观者都闭口不言。

别人不开口可以，但主持会议的人不能不开口。石开山心情平静，用一口山东味的国语向大家阐述胜利的条件："我们来南京已经两天，南京风雨飘摇、秩序大乱，南京也是全国的缩影，也是每个家庭的缩影，更是每个人缩影。现在我的家庭和所有家庭一样，房屋可能被烧，亲人可能正在逃难，也可能……已经不在人世。现在我们的头脑跟南京一样混乱，即使是英雄是圣贤也不能摆脱现实社会的影响。社会是大环境，人的头脑是小环境。就像自然界是大环境，草木是小环境。自然界变暖，草木发绿，枝叶茂盛；自然界变寒，草木枯黄，万物凋零。现在平津、上海已经变寒，寒潮马上袭击南京，但是天气不能一直寒下去，还有变暖的时候。我们抗战由失败会走向胜利，但是胜利不会自动叩门。"

"胜利要具备三个条件，这三个条件也不会自己产生，要用我们的力量和智慧去促成。第一，全国要大团结，一致对日，形成各政党、各省实力集团、各阶层广泛的统一战线。现在全国抗日统一战已经形成。

最有代表意义的是国共两党第二次合作。红军已改编为国家的十八集团军，受中央军委统一指挥。其次各派系的军队已积极向日寇开战。不管杂牌或嫡系部队，在战争中都勇往直前与敌人拼命而且取得了胜利，二十九军的大刀片令日寇闻风丧胆，八路军平型关大捷给骄傲的敌人当头一棒，闭关锁国的晋军在忻口一战打死打伤日寇三万多。上海保卫战的部队是国家精锐，有二十个军，五十多个师共七十万人，抗击敌人九个半师团，敌人还有特种兵及海军陆战队，虽然没保住上海，但血战三个月，毙伤日寇六万多，打乱了敌人的战争计划。然后我军有计划、有秩序地撤出上海，保护了有生力量。自满清倒台后，我国还没有出现过像今天这样在政治、军事上如此团结统一的局面。""日寇所以侵华，是看好了中国的诸候割据，它幻想着不费吹灰之力予以各个击破，狂言三个月就能灭亡中国。但令侵略者始料不及的是，侵略战争不但没把中国打得更分裂，反而越打越团结了。中国的团结统一就给日寇埋下了失败的种子，最后敌人必然搬起石头砸自己的脚，将以失败而告终。打人如打已，历史的发展不由战争狂人的个人意志所左右。经济、技术对战争的胜负固然重要，但更重要的是正义与非正义！正义者众志成城，非正义者可众叛新离。所谓得道者多助，失道者寡助，寡助之至，亲戚叛之，多助之至，天下顺之。我们必胜的第二个条件是我国地大物博人口众多。日贼相反，地小、物稀、人少。根据两国国情制定我们的战略，用持久战消耗敌人的资源和人力，避免速战速决。就像决堤抗洪一样，刚刚决口时，洪水汹涌难以阻挡。待时间长了，水流细了，决口很容易合拢，洪水将轻而易举地被治服。上海保卫战，就有急于合拢的势头，所以我们伤亡二十万，付出了惨重代价。我国胜利的第三个条件是国际统一战线的建立。日本军阀不自觉地促成了我国国内统一战线，这加速了它失败的进程，它目前又积极地帮我们建立国际统一战线。日寇国小胃口大，它想独霸中国，必然损害其他帝国主义在中国的利益，引起美、英、苏的嫉妒与怨恨。我国可利用帝国主义之间的矛盾，建立起国际统一战线，即使西方列强不出兵支援我国，但向我们出口先进武器、军事物资，给我们低息军事贷款，禁止向日寇输送钢铁、石油、橡胶、通讯器材等。如果我国政治家能建立起这等水平的国际统战关系，就能够实现孙立人团长幻想的二十个现代化师、三个坦克师、三个重炮师、三个摩托化师的建立。""以上国内统一战线、我国地大物博以及国际统一战线是抗战胜利的三条件。战争与任何事物演变是一致的，有其高潮必有其低谷。所谓飘风不终朝，骤雨无终日。日寇初犯我国，貌似强大，表面很吓人，但他骨子里是虚弱的。他的虚弱一旦表现出来，就是他灭亡之时。举个大家熟悉的例子，目前日本军国主义像一个发热41度的斑疹伤寒病人，高声谵语、手舞足蹈，很吓人，但这不是力量的表现，是假象。目前给予治热降温很困难，可等烧到一定时日，发生肠穿孔，高烧就会不治自退。"

屋子里鸦雀无声，听着听着，大家豁然开朗，响起了一阵掌声，大家激动地喊起来："大刀向鬼子头上砍去！大刀向鬼子头上砍去！"

在没有接到联勤总部命令是在南京还是在其他城市安兵站之前，医疗队进入南京第四天，也就是11月26日，为了缓解一下大家紧张的精神，石开山组织大家游览了玄武湖、燕子矶、中华门、秦淮河、雨花台以及中山陵。

在中山陵，石开山带领大家向国父宣誓。今年是民国二十六年，他们的队形是二十六人站一排，举起右手，跟随石开山宣誓："我们是炎黄子孙、三民主义的信徒。中华处于危难，我全体医疗队誓死保卫祖国，直到打败倭寇。国父在天之灵，佑我抗战成功。"

就在这天，南京卫戍司令唐生智，密令南京一切非战斗人员及非军事指挥机关，撤离南京，指令联勤总部及兵站北移浦口。12月初命令轮渡撤往武汉，生搬项羽的破釜沉舟背水一战的战例。项羽的正面大部队破釜沉舟为正，后面小联队断敌粮道为奇，正奇互济取得大胜。项羽不但善用拳明打，还会用脚暗踢。唐生智只学到了项羽的阳面而没掌握阴面，只知明打不懂暗踢。单纯的破釜沉舟、背水一战是一条自取灭亡的战法。

蒋介石为了鼓舞士气，在南京失守前几天，仍住在城外紫金山南麓四方城边一幢只有两间的小房子里。吃饭、睡觉、会客、办公都在这里。两间不起眼的小屋一跃变成领袖的行宫，成了全国抗战指挥中心，直至日军进攻的枪炮声越来越近，方在唐生智的再三催促下离开首都飞往武汉。

鬼子进攻南京的部队仍是进攻上海的原班人马。伊东正喜的一零一师团，留守上海，总头子还是松井石根。南京前线指挥为朝香宫鸠彦。

敌军分左、中、右三路进攻南京，右路有山室宗吾的第十一师团、狄洲立兵的第十三师团、中岛朝吾第十六师团，该三师团沿京（宁）沪路由东向西进攻。中路有藤田进弟的第三师团、吉柱良辅的第九师团，这两个师团沿京（宁）杭公路经宜兴、溧阳、句容由东南向西北进攻；左路是原由杭州湾金山卫登陆的柳州平助的第十军，三个半师团包括谷寿夫的第六师团、牛岛贞雄的第十八师团、木松茂治的第一一四师团及第五师团的国崎支队，由太湖南侧西进，经广德、宣城抵芜湖，完成对南京的迂回包围。八个半师团另加其他兵种共十五万众，每个师团满员应为两万多人至多三万人，八个半师团满员应为二十万人。由于在上海的伤亡，许多师团严重缺员。以十一师团为例，在罗店的伤亡过半，所以把伤亡严重的四个师团中的三个放在战斗任务较小的右路。

本来中央军委计划不死守南京，只做象征性的防守，准备由十二个团的兵力组成城防部队，其中包括宋希濂的七十八军、叶肇的六十六军、桂永清的教导总队另二个宪兵团。两个军都不满员，以宋希濂的七十八军为例，经闸北恶战，全军只剩三千人，来南京后又补充了不会打仗的四千新兵共七千人。以上共计不到三万人。由于唐生智慷慨陈词，誓于南京共存亡，又加蒋介石犹豫不决，以为南京为首都不能轻易放弃，要照顾国际威望及全民情绪，结果部队越调越多，最后达十万之众。

南京地处长江弯曲部。西、北两面临江，易攻不易守。一旦敌人突破城垣，守军将处于绝境。有远见的军事家应该把城防主力放在东南郊外远离城区，遏制敌人缩小包围圈。一旦防守失利，可在敌军接合部或薄弱环节突围，向城内退却等于退到了死胡同。但是唐生智犯了大忌，把十万大军退缩到濒临江岸的下关渡口，而12日的撤退命令也含糊其辞，没说明撤退路线，没有严格撤退时间，部队梯次、突围先锋及部队掩护的分工也没交待清楚。

撤退秩序应严格规定各级指挥员，上至城防总司令，下到连、排长，严禁脱离部队，脱离者按临阵脱逃论罪。而现在团长上不知师长身处何地，下不知各营的位置。连长和营长也失掉了联系，手下士兵乱跑，失去队形组织。十万大军，群龙无首，结果全军大乱。

唐生智食言了自己临危不乱的誓言。东、南两面有大敌压境，西、北两面背靠大江只剩几只小船可供渡江，一次仅能渡几十个人，一趟一个半小时。轮渡一次可渡七八百人，四十五分钟一次。可是轮渡在十一月底已尊令远去武汉。

12月10日，中路敌军已达光华门外廓，12日敌军第六师团攻占雨花台，破中华门而入。孙元良率八十八师登越城墙爬进城内。13日南京失守。14日敌酋松井石根下扫荡令，不到三天，我十万大军烟消云散。敌人把战俘及居民一百人或数百人集中在一起，用机枪扫、汽油烧。街道上尸体成山、血流成河，江面水塘横七竖八地飘浮着尸体。日本强盗们进行杀人比赛，在相同时间内比赛杀人数量，谁杀得最多谁就是英雄，谁就是天皇的忠心武士。一位妇女怀孕六个月，拒绝兽兵强暴，结果身中37刀。野兽们对7岁女孩、76岁老妪也不放过。

整个南京城腥风血雨、凄凄惨惨、鬼哭狼嚎、火光冲天。整个中华民族屏气息声，被吓呆了。野兽们整整杀、烧、淫、掠了十八天，直到12月31日为止。战前南京人口一百万，战后不到三十万。经战后调查，自1937年12月中旬到1938年1月下旬，日本贼寇在南京及其郊区，共屠杀我战俘及平民三十万有余。

侵入南京参加屠杀的鬼子兵有第六师团，敌酋为谷寿夫；第一一四师团，敌酋为木松茂治；第九师团，敌酋为吉柱良辅；第十六师团敌酋为中岛朝吾。当时敌十八师团脱离敌第六、第一一四师团，孤军深入至宣城广德和芜湖，当时我军不该死守南京，应该集中力量分割冒进的敌十八师团于广德或宣城，加以消灭，而不应该失掉这个绝好的战机。

浦口的广大军民隔岸观火却爱莫能助。每天从南京传来令人发指的消息，愤怒与耻辱缠绕着每个中国人的心。因为轮渡战前尊唐生智之命被撤离，从南京方面没能转来多少伤兵，只是在江面上打救出两百多名伤兵住在医疗队。

战前唐生智信誓旦旦："临危不乱，临难不苟！"，结果在南京只打了三天，然后丢下南京，撇下十万大军自己坐船逃跑了。他违背了自己的诺言，如今的南京尸填港湾，血满长江。十万忠魂归宿何处？日寇丧尽天良，但唐生智比日寇更加罪不可赦。他的罪远胜过张学良、韩复榘。张学良丢掉东北还保存了二十万军队；韩复榘扔掉了山东，但十三万军队完好无损。唐生智既丢了首都又借日本人的手杀了十万大军及二十万平民，这等罪犯没被法办，令人百思不解。

奖罚不明、是非不分，还算个什么国家？仅三天！仅仅三天！唐生智率领的十万大军就全军覆没。在军事史上这是空前绝后的耻辱战例，在世界人民面前唐生智丢尽了中国人民的脸面。南京悲剧的发生，唐生智当然罪该万死，但作为国家领袖蒋介石的责任也极为重大。国家有许多颇具军事才干的将军，为何不委派他们守首都，偏找了个军事白痴担当大任？在战争时期，国家领袖根据军事将领的智力、能力、经验、性格、专长等全面比较、选拔出四五个优秀上将，就可支撑大国之间的战争。

保卫首都是国家生死存亡的大战役，应任命最优秀的将军担当，像白崇禧、薛岳这样的合适人选。白崇禧能以空间换时间，喜寻找战机，能打就打，不能打以走为上，能够保存有生力量。薛岳擅长选择有利地势、设伏歼敌、以奇制胜、以少胜多。如果选派他们任何一个，南京就可避免这幕惨剧。也许最合适的人选是顾祝同，防守南京的部队都是从上海退下来的部队，顾祝同在上海指挥了三个月的战斗，对这些部队指挥员的能力、各部队的战斗力及特点和在上海的伤亡情况了如指掌，所以指挥起来也会得心应手。另外侵犯南京的敌军，也是侵犯上海的原部队，所以顾祝同能做到知己知彼。但在目前形势下，他不一定会取得胜利，不过也不会一败涂地，即使像上海一样城破，也能保存有生力量。

仔细分析，造成南京悲剧主要原因是唐生智不具备指挥大战役的能力，缺乏战术、战役训练，没有深思熟虑的战略胸怀。他具有军阀的所有弱点：心血来潮就干，退潮就散，眼光短浅，胸无点墨，既不瞻前也不顾后，只随心所欲地蛮干，一旦遇到强敌就慌了阵脚，不会分析军事情况，如盲人骑瞎马不伤自亡。他野心有余，智谋不足；狂言不少，措施不多；打了胜仗不会总结经验，打了败仗也不善吸取教训；对上阿谀奉承，不敢坚持己见；对下泰山压顶，不听忠言。唐生智的所短恰为敌酋之所长。松井石根在上海三个月的战争经历，提高了自身的战役指挥水平，对迂回包抄情有独钟，先由太湖南岸西指广德、宣城、芜湖，完成对南京的迂回包围，置南京我军于死地。

松井石根既知己知彼，把自己伤亡大的师团放在次要地位，把伤亡小的部队放在主攻地位，同时了解南京守军大部分是在上海前线伤亡严重的部队而基本失去战斗力。例如宋希濂的三十六师，在江湾天宝路伤亡一万多人；孙元良八十八师守罗店南线也伤亡一万多；桂永清的教导总队二十个团两万多人，在守荔湾河南岸八字桥时也伤亡一万多。现在这三支部队是防守南京的主力，另加两个没有战斗力的宪兵团。

经敌空军侦察，下关至浦口的两艘轮渡移往长江上游。松井石根获此情报后仰天狂笑，他对在座的朝香宫鸠彦说："唐将军非常够朋友，他调走轮渡的目的是背水一战，鼓舞士气，实际上他这道命令等于帮助我百架飞机和两个师团的力量。唐将军完了，他亲手把自己的十万大军推向深渊，就别怪我不客气了。一旦捉住唐将军，不要杀他，我建议天皇授给他一级瑞宝勋章。因为他帮助皇军攻克了南京，消灭了中国十万军队，哈哈哈……"

轮渡撤离前两天，医疗队由下关港口渡往浦口。如果渡江晚两天，医疗队也会像十万大军一样变为鬼子的刀下鱼肉。前几天在南京的乐观情绪、歌唱抗战、向国父宣誓等等抗日爱国激情一扫而光。悲观、绝望沉重地压迫着每个人的心。石开山和大家一样沉默寡言。他不仅担心国家的存亡，更时刻挂念一家老小。闭上眼睛就梦见全家跟着全村人逃难的情景，到处是火光、哭声、残垣断壁和血腥。有一种想法不时地萦绕在脑子里，石开山想开小差，但他马上又会感到耻辱和恐惧，这个念头令他脸红心跳。太可耻了，目前国家处于危难之中，全民进行抗战的时候竟想逃跑！石开山暗下决心，宁可死也要抗战到底，抗战需要时刻准备着死，打仗就得死人嘛。

南京大屠杀，摧毁了许多意志坚强者的抗战决心，敌人不但要消灭我们的肉体，还要摧毁我们的民族精神。部队逃亡严重，一些排长、连长、营长也不断逃亡。石开山准备用现身说法再次稳定全医疗队动荡的情绪，以免医疗队在长途行军中跑散。

在一间庞大的小学教室中，石开山同大家举行了座谈会。每位医生、护士心里都在想：开什么会？还有什么好讲的？做亡国奴是注定的了。石开山坐在大家的对面，心情沉重地说："我想开小差。"

大家愣住了，你看看我，我看看你。石开山继续说："人人都有自尊心，往往都喜欢自我表白美的一面，不愿意暴露丑的一面。鬼子在南京确实获得了大胜，占领了我们的首都，杀了十万俘虏和几十万平民。敌人的暴行震撼了我们的抗日决心，粉碎了我们胜利的希望，矮化了我国的国际地位，破坏了我们的民族自豪感和凝聚力。每个人都悲观失望，都想寻找一条安全的出路。我也不例外，计划临阵脱逃。我家三代为鲁北名医，我回家可继承祖业，能对儿子进行专业教育，把他培养成中西融合的医生；在家孝顺父母、陪伴妻子白头偕老。我家有可观的土地及产业，我何必在军队里担惊受怕，随时有阵亡的可能，不如一走了之。日寇企图征服全中华民族，首先征服了我，鬼子不但占领了南京，也占领了我的内心世界，和日本鬼子还没见面，我已变成了敌人的精神俘虏。"

"但我又想国破则家亡，我即使回到德州，也无能力挽救家亡。我的家在哪？我家就是医疗队！我要和一百六十位兄弟姐妹风雨同舟，共赴国难！用我们的技术为伤员服务。他们痊愈了返回前线继续杀敌，直到抗战胜利。这样我们的家才安全，我们和亲人才有团聚的可能。所以只有坚决抗战这一条路，我们别无选择。不成功便成仁，抗战半年来，虽然敌人占领了我们的大片国土及许多城市，但我们真正的失败只有南京一役。我相信再不会出现第二次南京式的失败，因为我们的将军不可能都是白痴。10月中旬的忻口保卫战，卫立煌将军率十四集团军十万部队与南京守卫部队人数相等，抗衡于华北敌酋香月清司一个师团及炮兵坦克等部队也有十多万人，争夺二十多天，毙伤敌人三万多人，取得重大胜利。还有9月下旬的平型关伏击战，十八集团军一一五师的三四三旅的两个团，在林彪、陈光指挥下歼灭坂垣二十一旅团一千多人，虽然歼敌不多，但意义重大，是日寇侵华后吃的第一次败仗，而且伏击战打得干净利落，堪称游击战典范。我们是大国，东边日出西边雨，不要把阴暗面看得过重，不要把心思集中在南京失败上。我们还有辉煌的一面，还有柳暗花明的可能。经过反复比较和激烈的思想斗争，我又恢复了抗战必胜的信心。我今天专门向大家汇报近日我的思想发展过程，是我本人的真实情况，绝非哗众取宠。"

石开山以忏悔的方式反省自己灵魂丑陋的一面，他的忠诚与真实取得了大家的信任和爱戴，大家把他视为同胞弟兄，纷纷把自己的忧愁、困难毫无保留地向他诉说。医疗队团结得像一个大家庭，像一块钢板。虽然座谈会时间短，但意义深长，大家认为只有坐在医疗队这只船上，才能共度难关，才能重见曙光。

第六章　台儿庄大捷

　　民国27年春节是全国最惨淡的一个春节。南京几十万军民被屠杀的消息震撼了每个家庭。特别是有亲人、亲戚、朋友在南京居住的人家，更是焦急万分。邮政电讯瘫痪，消息传递断绝。石振铎一家寝食难安，石开山是否参加了上海保卫战？有没有被困在南京？还是返回了三十七师，现在正在徐州？还是……望着黑漆漆的夜空，石振铎不敢再想下去，但令他恐惧的念头时时盘旋在脑海中，黑夜，为何如此漫长？开山啊，我的儿，你到底在哪里？

　　春节前，没有人家欢天喜地大扫除，也没人家兴高采烈地备年货，更没有人家喜气洋洋地贴对联。元旦这天，石开山家大门紧闭，谢拒一切乡亲登门拜年。清晨吃饺子之前，温良给公婆拜年后，复生子说：“我先替爸爸给爷爷奶奶拜年。”说完，趴在地上磕了两个响头，石振铎的嘴唇有些发抖，搂过孙子，流下了眼泪，低声说：“好孩子，你爹托你的福现在一定安然无恙。老天不会如此残忍，我家祖宗五代行善，老天不能绝我石家！”一家四口这时已经泣不成声。

　　正月初，石振铎计划去徐州寻找三十七师，估计冯治安、吉星文可能知道儿子的下落。石振铎打算先到第五战区司令部打听到三十七师的驻地，三十七师现已改编为七十七军。这个计划遭到了老伴和儿媳的反对，温良说：“爹爹去徐州打听消息，这是我十分渴望的，我的忧虑也许更甚于爹娘。但目前兵慌马乱，国家处于无政府状态，不但鬼子见人就杀，现在各地突然冒出许多明火执仗的土匪黑团，他们一伙成百上千像大部队一样。而且各县都有几拨三五成群的土匪帮，他们分布在各个村子里，去徐州的路太不安全了。再说，现在徐州的百姓，争相向外逃难唯恐不及，爹爹即使在路上不被土匪伤害，如果徐州一旦失守很可能出现南京的悲剧。北平、天津、上海、南京、济南先后沦陷，徐州沦陷只是时间问题。据我分析，开山不会出现安全问题。我这不是安慰自己及两位老人，医生救护伤兵很少直接在火线上，即使在火线上也是在相对安全的地方，如地堡、工事、楼房内。如在兵站或野战医院工作，那会距战场十几里或几十里路。如果开山在南京城内的话，他也会跟随军事长官坐船逃出来，如果没船的话，他的游泳技术很好，仰泳可以在水里待几个小时，自由泳他可以游六千米呢，暑假时他在大海里游得比我好多了。如他能找一扇门或一根木头渡江，这对他来说更是不在话下。当然，人总是往好的方面想，不过我的分析很客观，爹爹去徐州的话遇到的麻烦大于开山，他是部队集体行动，安全有保障，而爹爹是个人行动，遇到危险没人帮助。"宫氏也焦急地说："温良说得对，你不能去，如果你有个三长两短，叫俺娘仨怎么过呀……"说着，又抹起了眼泪。

徐州寻儿的计划被搁置了，春节后石振铎把精力集中在广德堂及住宅的重建上。他卖了十二亩地和一头骡子作重建资金，准备木料和砖瓦，雇用了村子里最巧的木匠和经验最丰富的泥瓦工。石振铎决定给孙子留下一座有回忆价值的房产和中医世家的祖业。

由于弟弟参军抗战，消息隔绝、生死未卜，父母整日忧心如焚，兰子也坐卧不宁。作为女儿，出嫁后成了人家的媳妇，但也是爹娘的亲骨肉。梁庄的公婆看出兰子的心事，他们三番五次地催儿媳常回娘家安慰老人。

过了元宵节，兰子带着女儿杜富妮来到娘家。这天，正好赶上十来个木匠开工。由于起早贪黑地忙碌，又加上女儿与外孙女的到来，挤掉了石振铎夫妇许多犯愁的时间。

温良的精神压力巨大，烦恼也不是一桩。弟弟妹妹由于战乱不能回国，父母、公婆四位老人的担子都将压在她一人身上。战争摧毁了教育系统，各级学校的教师，跑的跑，逃的逃，还有的参军，有的务农。各类教材也停止了出版，儿子的学习怎么办？中小学阶段可进行家教，大学阶段到哪去学？最让她心乱如麻的还是丈夫的安危。白天虽然她不动声色，但夜里常常暗自流泪，恶梦萦绕不绝。有时梦到丈夫在大海里挣扎求救，她站在岸边急得声嘶力竭却挪不动半步；有时梦到鬼子端着机枪撵丈夫；有时还梦到石开山骨瘦如柴、衣着褴褛像个叫花子一样蹒跚着向她走来，每每此时，温良都被恶梦吓醒。只有一次比较甜蜜的梦，在颐和园他们在花前月下卿卿我我，但醒来后也是南柯一梦，带来的只是更多的伤感。温良患上了严重的失眠。

儿子是唯一未来的希望，所以不论多么劳累，多么苦恼，温良每天坚持给孩子上课、辅导、检查作业。

　　复生子完成了小学课程，准备四年学完初、高中课程。孩子的记忆力极强，而且理解得快，三门主课都很好。孩子好像很有数学天赋，把四则运算当成乐趣。他对数学的敏感性和兴趣已经超过了他的年龄，现在已自学代数方程。他的日记、作文，文字流畅，内容广阔、想象力丰富。对《论语》虽说不能倒背如流，但从头到尾都能一字不落地背诵下来。《古文观止》也背熟了二十多篇，他的英文听、写、背、说都好，英文日记写得跟汉语一样精彩。另外爷爷对他的中医药学习也赞不绝口。也许温良这一辈子，唯一能给她带来欢乐的人只有儿子，儿子的聪明好学、一点即通、过目不忘、兴趣广泛使她忘记了许多痛苦。

　　由于社会传统，人们重男轻女，女孩子很难得到受教育的机会，除非受过良好教育的家长，才让女孩子读书。复生子认为这很不公平，他建议母亲同时教富妮姐姐读书。温良也为男女不平等而忿怒，所以她接受了儿子的建议，辅导儿子的同时，也辅导外甥女初级课程。复生子也经常帮助母亲对小表姐进行辅导。两个孩子的感情与同胞姐弟无异。俩人同吃在一张小饭桌上，同学在一张八仙桌上，同玩小狗小猫，同睡一个被窝。每当姑母领着小表姐回梁庄时，复生子便又哭又闹，不让姐姐走，留下姐姐和他一起读书学习。富妮也不愿回梁庄家，愿意陪伴表弟读书、玩耍。家长只能顺从两个可爱的孩子，就这样，富妮子长期住在姥娘家。

　　一天早饭后，两个孩子研好墨汁，润好小楷毛笔，打开作文本，准备书写以"精忠报国的岳飞"为题目的作文，他俩比赛，看谁写得又快又好。作文字数限制在五百左右。因为姐姐学历浅，她的作文可在三百字内。正当两个孩子聚精会神地构思文章的时候，天空轰隆隆地响个不停，打破了构思所需要的宁静。两个孩子跑到院子里，天上像一大片乌云般的大群飞机由北向南飞行，机翼上的膏药清清楚楚，表明这是鬼子的飞机，正向有战争的地方飞去，飞机的数量之多证明这次战争规模巨大。小复生子直望着飞机，气愤地说："这些飞机到前线都会被打下来，叫它们有去无回！"富妮子柔和地说："它们都被舅舅打下来，舅舅会有办法的。"抗日的精神已经渗透进稚嫩而无邪的儿童的心灵之中。

徐州为中原军事要冲，为鲁、苏、皖、豫四省的交汇点，控制了徐州，就等于控制了中原的命运。故徐州是历代兵家必争之地。自平津沦陷后的半年内，倭寇第二军三个师团沿津浦路长驱南下，几乎没遇到抵抗，如入无人之境。日酋矶谷率第十师团侵占济南、泰安、兖州后，继续疯狂南下，欲抢夺徐州的第一功。日酋坂垣率第五师团在青岛登陆，准备轻取鲁南重镇临沂后，由东北面直下徐州。敌人进攻徐州的部队两个师团，再加特种兵约五六万人。我军徐州总指挥为第五战区司令长官李宗仁。部队包括桂军四个军、川军邓锡候的第二十二军团、庞炳勋的第三军团、孙连仲的第二军团、汤恩伯第二十军团和张自忠第五十九军，共四十万人。除汤恩伯三个军为嫡系外，其他部队都是杂牌，总司令李宗仁是广西领袖，也不是嫡系。但在抗战中杂牌军并不比嫡系部队战斗力差。

　　徐州会战前后的国际局势有利于日本不利于中国。当时日本生铁年产量为600万吨，钢550万吨，230万军队包括五十一个师团和五十八个独立旅团、飞机5000余架、舰艇48艘，包括航空母舰5艘。在军事上，日本与德、英、法、苏可称为世界五强。美国的钢铁、石油、汽车、飞机工业已超过欧洲列强，但它的全国军队只有19万、坦克18辆，可称为经济巨人、军事侏儒。北美就像个世外桃源，各列强鞭长莫及。日本侵华战争开始后，美国不仅不敢得罪日本，还向日本示媚，大量向日本出口钢铁、石油、橡胶、汽车零部件及一切军事物资，很少向中国出口，怕引起日本军国主义政府的愤怒。中国就是世界孤儿，既没人敢为中国仗义执言，更没人敢于伸出援助之手。各列强以欣赏的心情观看一个青面獠牙的匪徒暴打手无缚鸡之力的书生。中日之间军事、技术力量的悬殊是日本帝国主义取得巨大胜利的保障。六年前不战而侵占了东北四省，近半年又占领了我国主要城市及经济繁荣的沿海地区，在南京屠杀了十万大军及二十万平民，日本全国上下为胜利昼夜狂欢。鬼子兵更是飞扬跋扈，骄横不可一世。我军在极端不利的历史环境中，在一败涂地的逆境中打一次转败为胜的大仗谈何容易！但优秀的军事家可反转战略上长期的劣势，变为战术的短暂优势，攻敌之所短，扬我之所长，把骄傲的敌人引向绝境，利用我军的复仇怒火以及众志成城的全民团结，取得战役的成功是可能的。

敌第十师团及第五师团属于敌华北方面军,总酋长为香月清司,敌第五师团在临沂受到西北军庞炳勋与张自忠两军的内外夹击下,撇下2000多具尸体狼狈逃窜,这为台儿庄的决战争取了时间。坂垣师团号称"铁军",果然名不虚传,遇到弱敌能旗开得胜,遇到强敌不会全军覆没,能突围逃跑也算铁军的本事。这次铁军坂垣师团发挥了后一种本事,虽然我们在临沂取得了胜利,但我军伤亡五倍于敌人。即使如此,在敌强我弱、敌进我退的大局势下,临沂保卫战仍算是一次伟大的胜利,如果没有这次胜利,台儿庄的胜利将成泡影,因为临沂西南距台儿庄只有一百八十华里,临沂一旦失守,在一天之内就能与敌矶谷第十师团携手合击台儿庄的我守军,所以说临沂的胜利为台儿庄的胜利创造了条件。敌矶谷第十师团沿津浦铁路南下,一路顺风直到滕县,行程1500华里,没遇到任何抵抗。矶谷踌躇满志,徐州也将像济南、泰安、兖州一样,转瞬间垂手可得,决心赶在坂垣师团之前占领徐州。天皇的一级瑞宝勋章非他矶谷莫属,每每想到未来的飞黄腾达,矶谷心花怒放,自不在话下。矶谷轻取徐州的图谋是有根据的,绝非一时心血来潮。他矶谷一枪未发,韩复榘的十多万大军望风披靡、抱头鼠窜。即使目前徐州有三四十万杂牌军,他们只是一帮乌合之众,听到几声炮响就会溃不成军。李宗仁不比张学良、韩复榘、唐生智更有本事。松井石根三天攻占南京,我将用一天的时间攻占徐州。徐州为中原枢纽,在军事上的重要性胜过南京。

1938年3月14日临沂保卫战取得胜利的同一天,矶谷师团开始进攻滕县,滕县守军为川军邓锡候二十二集团军的四十一军一二二师八个步兵连,加师卫生队,县警察及保安队共2000多人,师长王铭章誓与滕县城共存亡。二十二集团军的三个军于1937年10月由四川调往山西抗日前线,由于装备落后直到十二月全军还穿着单衣,全体官兵只凭抗日爱国热情,以血肉之躯与装备精良日寇拼搏,在阳泉、寿阳的战斗中伤亡惨重,所以王铭章的一二二师只剩一千多人只能整编为八个连。1938年1月由山西调来鲁南保卫徐州。3月14日滕县保卫战打响,一二二师缺乏子弹、手榴弹,汉阳造的步枪没有刺刀,在争房夺屋巷战中短兵相接,我军只能用枪托子、铁锹、铁镐、木棒与持刺刀的鬼子打交手仗,经过四天半的拼搏,王铭章师长及其2000多子弟兵全部为国为城壮烈牺牲,敌人也付出巨大代价。滕县的悲壮防卫战给矶谷抢占徐州的美梦敲响了警钟。2000多人在滕县与矶谷师团拼了四天半，那么两万多人的矶谷师团面对四十万大军谁胜谁败，应该清楚，可是矶谷像赌红眼的赌徒一样头脑发昏，决心在徐州露脸，捞一把。他既不顾左翼坂垣师团被阻百里之外，也不考虑蚌埠援军无意北上，便一心孤军冒进。

3月24日，矶谷的三个联队约六千人在飞机、大炮、坦克配合下向台儿庄猛攻，台儿庄距徐州只有一百五十华里，一旦占领了台儿庄，就等于打开了徐州的北大门。复生子姐弟俩看到的几百架飞机就是来台儿庄为矶谷助战的。

台儿庄守军为西北军孙连仲率领的第二集团军的三十一师，师长为池峰城。孙连仲亲临火线向池峰城师长下达死守台儿庄的命令，孙连仲亲临前线的消息传开后，三十一师5000子弟兵士气大振。敌人用重炮轰倒了北城墙打开一个缺口，鬼子在坦克掩护下冲进城内。池峰城当即组织了一支敢死队，亲自率领与敌人拼杀，经一夜肉博，消灭了城内的全部敌人。他们的勇敢精神与爱国热情获得了全国人民的称道。敌人不甘心失败，经过反复冲锋，终于突破城垣，经过逐房逐屋的争夺，战斗到4月3日，台儿庄被敌夺去了三分之二，我军伤亡十分之七八。第五战区司令长官李宗仁命令孙连仲集中一切力量再坚持一天迎接反攻部队的到来，孙连仲又组织了全部可用之兵力，趁夜间袭击敌人，苦战到四日黄昏，击退了敌人增援部队。

4月6日，我军完成合围任务，全线出击，汤恩伯军团与孙连仲军团施行内外夹击，痛歼矶谷师团大部、坂垣师团一部，敌军残余北窜峄县县城，至此，台儿庄大捷胜利结束，共歼敌近两万，这是七.七抗战开始九个月来，我军获得第一次伟大胜利。自平津、上海，特别南京沦陷以来的悲观情绪一扫而光，台儿庄大捷重新点燃了全国的胜利信心。

在战役进行中，嫡系将领汤恩伯与杂牌统帅李宗仁之间出现了一段短暂的插曲。汤恩伯的三个军作为临沂防卫的预备队，驻扎在临沂西南方向城与郯城一线，距临沂约六七十华里，一旦临沂失守，汤军团就接防继续抵抗，由于庞炳勋、张自忠合力击退了来犯之敌，取得了临沂胜利，汤军团已失去预备队的意义。李宗仁命令汤恩伯增援台儿庄，与守军孙连仲部内外夹击矶谷师团，汤恩伯拒不授命，按兵不动。经李宗仁向最高统帅蒋介石请示，蒋介石授予李宗仁尚方宝剑令：不管任何人，凡贻误战机者，按军法处置。汤恩伯得知后，对李宗仁唯命是听。汤军团应该在四月四日完成台儿庄的合围任务，结果延误两天，六日方姗姗来迟，致使孙连仲部多流了两天血。

台儿庄战役我军伤亡四万多，比被歼灭敌人多一倍，但这仍是一场令人欢心鼓舞的大胜利。

对台儿庄战役所以被称为胜利要比较地分析，要进行两方面比较。首先和敌人进行比较，敌人武器装备占绝对优势，敌人的步枪先进于我军，轻重机枪不但先进而数量也比我军多得多，重炮、坦克、飞机我军均没有，敌人不但有而且量大，光参战飞机就三百多架；另外敌方士兵的军事技术及愚忠教育都远远强于我军。我们各方面均处于劣势的军队能基本消灭敌人一个完整的师团，重创一个师团，当然是一次可歌可泣的大胜利。其次，与北平、上海，特别是南京三大战役相比较，更显现出台儿庄大捷的重要性。上面只是提到看得见摸得着的军事胜利，更重要的是政治上及全民族精神上的胜利。北平、上海、南京三大败仗致使全国人民垂头丧气；台儿庄大捷又鼓舞了全民抗战决心。日寇不可战胜的神话从此销声匿迹，灭了敌人的威风，长了我军的志气。当然一场胜利不可能扭转整个战局，但这次胜利在抗战中具有分水岭的意义。我军由兵败如山倒的逃跑阶段转入为持久对抗的阶段，这是台儿庄大捷的军事意义与政治意义。

台儿庄大捷，使全国人民欢呼雀跃，奔走相告。石庄街头巷尾、田间路旁人们的话题都离不开台儿庄这个关键词，人们按自己的想象，敌人被消灭的数目被无限扩大，有的说消灭了十万，有人说二十万，也有人说一二十万，反正越多越好。一天，复生子与富妮各坐在八仙桌一侧，练小楷，书写《满江红》。宫氏、兰子、温良忙着揉面蒸馒头为木匠、泥瓦工准备午饭。

这时，石振铎兴冲冲地从工地赶回来，来报告台儿庄大捷的喜讯。伴随着惊喜而来的是更深的担忧。石开山是不是参加了台儿庄大战？虽然消灭了几万日寇，我军的伤亡也会很惨重，肯定超过日寇的伤亡数量，那么石开山会不会安然无恙？悲伤重新笼罩着房间，揉面的做馒头的放下了手中的活，两个练字的孩子也被大人们的情绪所影响，停止了书写，望着四张堆满忧愁的脸。

石振铎自言自语地说："我家老祖宗没做过恶事，我儿一定平安无事。"温良无奈地说："只能听天由命了。"兰子看着父母被痛苦折磨的日渐苍老的脸，心中说不出地痛苦。她安慰说："弟弟是医生，他工作在医院里，爹娘不必太担心，弟弟会安全的。说到这，兰子声音不由得哽咽了。宫氏难抑心中的苦楚，抽泣起来："我的儿呀，你在哪里……"一家人顿时泣不成声。复生子扑在母亲的怀里，小手揸着娘脸上的泪水，央求说："娘，别哭，娘，别哭。俺爹会没事的，他不会有事的。"说着说着，孩子也大声嚎啕起来。

大人们怕孩子过分悲伤会诱发哮喘发作，所以很快停止了抽泣。奶奶搂过孙子，用被子擦干孙子的泪，让他继续坐在桌旁写字。富妮看着表弟哭得伤心，她也跟着流泪，弟弟不哭了，她也自然没事了。馒头没做成，不过今天是赶集的日子，黑子在集市上买了三十多斤大锅饼，给工匠们当午餐。饭后复生子与富妮姐姐各用一张毛边纸，写了十个大字贴在方桌正面的墙壁上：饥餐胡虏肉，渴饮匈奴血。

广德堂及住宅重建已进行了三个多月。房子已恢复原貌，接下来最大的工程是地下避难通道，以防鬼子进村，逃难不及时，便转入地下道。避难通道由广德堂西间石振铎的起居室开始，经过北院挖到南屋西里间，再由南屋挖向中院北屋西间，再由北屋经中院挖向南屋西里间，再向南挖到南苑子北屋西里间，共留出五个洞口，分别在北院广德堂西里间、南屋西里间、中院北屋西里间、南屋西里间及南苑子北屋西里间。通道不是笔直地进入每个房间的，而是呈弧形，在弧形的起始与终止两端各安一柏木门，以防鬼子向通道内射击或放毒气弹。

房间都铺上了地板，在房间的西北角有洞口的地方制作一块方形活动地板，横竖五十厘米，在下面安上折页与插销，每个洞口下竖一个短木梯，方便进出。在平时，洞口敞开，供空气流通，有敌情时，藏人后，洞口封闭销严，在外表看不出任何破绽。

凡有洞口的房间，窗户遮盖严密或糊上双层厚纸，使光线昏暗，看不清洞口地板缝隙。避难通道深一米半，宽一米，用青砖砌壁。地面与道顶用五十厘米方砖砌成，道壁用条砖，最上五层砖逐渐向中心收拢，形成拱券状。最后盖上五十厘米方砖，结构既坚固又严密。

通道的设计让石振铎绞尽脑汁。刚开始计划时，通道顶准备铺木板，木板上再垫土，但这样脚踏上去会发出："咚、咚、咚"的声音。石振铎与雇工日夜加班运土砌砖，最终在夏至过后，雨季之前完工。

经过雨季的考验，地下通道没有漏水或渗水的地方，工程很成功。虽然花掉一千多元，比盖五间瓦房还昂贵，但希望它永远不要派上用场。

避难通道竣工后，石振铎请了一位心灵手巧的木匠，专门制作中药橱子、柜台和配制中药用的工作台等。石振铎逐个进行设计，中药橱一式两组，每组高240厘米，宽160厘米，顶端20厘米为附有小门的小药橱。小药橱共四扇小门，各宽40厘米，放置贵重药品及中成药。中间为横八个竖七个的抽屉，长60厘米，宽18厘米，深18厘米，每个抽屉横向隔开，分为三个小药斗子，最下一层为四个大抽屉，中间不隔开，放置草、叶、枝等占空间较大的药品，每组可放置中药182味，两组为364味。柜台有两个，长度与药橱的宽度相等，每个长为160厘米，宽65厘米，高115厘米，横向按四个大抽屉，纵为五个，每个抽屉隔为两个，20个抽屉可放置40味中药，两个柜台可放置80味中药。

制剂室的工作台两个，每个长180厘米，宽85厘米，高120厘米。工作台两侧各有抽屉，纵40厘米，横45厘米，深20厘米。搁放中草药及中成药的药架子十六个，高220厘米，宽160厘米，厚60厘米，水平隔开五排空间，每个空间的高度45厘米，周围透风不围木板。所谓架子不是橱子。

最后还有些零碎活，其中八仙桌两张、诊断桌两张、诊断床一张、椅子六把、机子头六个。候诊联椅两个、折叠屏风一个、躺椅一个、小饭桌一张、小板凳四个。广德堂长方形木匾一块、条山机一个。以上木工活是由一个师傅带着五个徒弟整整干了一个月，还没刷油漆。

木工完成后，油漆工两个人又干了九天半，时令这时已到处暑。中药橱、桌、椅、门窗等均为朱红色。

最后一道工序是书写。这项工作别人帮不上忙。石振铎自童年起就喜爱隶书，练了几十年的蚕头雁尾，这次派上用场。文艺界所谓台下十年功，台上一分钟，一点不假。药橱子的中药名用白漆书写，药橱子顶端的八个小木门写上八个大字：川广云贵，地道药材。

广德堂五间北房的中间一间，朝北临街处修一门楼，门楼上额的牌匾是"广德堂"三个大金字，璀璨夺目，遒劲挺拔。左边竖写二行小字：百年广德堂因战祸焚毁于民国贰拾陆年拾月，重建于翌年捌月，石振铎书。门框用黑油漆写一付对联，上联：补其不足损其有余，下联：把握阴阳提携天地，横批：广德若虚。南屋客厅门联是：壮志饥餐胡虏肉，下联：笑谈渴饮匈奴血，横批：还我河山。鬼子都识汉字，如果被他们看到，无疑于引火烧身。为此石振铎把隶书改为篆书，鬼子傻眼了。尽管篆书的功底远不如隶书，但比着葫芦也能画出瓢。

广德堂主体工程及内部装修陈设以及地下避难通道，经七个月的日夜赶工，已建造得完美无缺。恢复百年的祖业原貌是对石振铎的专业能力、组织能力、财物能力、文化素质及坚韧意志的综合考验。这次考验证明，他近乎是一位完美的创造型人物。

万事俱备，只欠中药。阴历8月16日，石振铎与黑子坐花轱辘车去德州中药公司进药。由于战乱，目前仍处于无政府状态的政治真空，国民政府撤退，日寇仍没站稳脚跟，八路军还没建立政权，现在变成了土匪黑团的天下。安国中药市场的药材出不来，外地药材进不去，所以德州中药奇缺。石振铎只好向药材公司及各个中药店挨门收购。因为都是老朋友，每个药店都支援了几十味药。味数不少，份量不大，一味药量少者一斤，多者五斤。一天下来，共收购了300多种，有1400多斤。夜晚赶路不安全，到处是劫道越货的土匪，石振铎决定夜宿德州。怕家人担心，白天石振铎提前托人捎信回家，说明住宿德州的原因。

第二天终于到家，徒弟们连夜装满药斗。石振铎马不停蹄，第三天又带着两个徒弟坐火车往济南，在济南各医院的老同学的帮助下，又收购了3000多斤中药。现在中药已有500多味，近5000多斤。东屋药库已经满满当当，西屋中成药车间已经开始生产，门诊将要开张。开张选定在阴历8月17赶集的这天，雇用了两棚吹鼓手及二名礼炮手。上午九点鞭炮齐鸣，又吹又唱。送匾送锦旗的络绎不绝，一直热闹到傍晚。赶集的、本村的两三千人前来广德堂门前观赏，热闹非凡。

第七章　医疗队在抗战中成长

民国26年12月19日，根据联勤总部的命令，医疗队撤出浦口向安徽转移。路经江淮之间，向西南方向撤退，行军路线远离江岸，因为长江水域被敌人舰队控制。北方徐州第五战区，阻击华北南下日寇，已有两个医疗队开往徐州前线。

石开山第一天宿营地为全椒县乌江镇，项羽自刎于此地，也是《儒林外史》作者吴敬梓的家乡。第二天宿营含山县昭关镇，这就是伍子胥一夜愁白了头发的昭关。在以后的行程中有无为县的米公祠、庐江县的周瑜墓。第七天来到古文派的发源地桐城县。休整一天后，医疗队继续向西南行进。第九天来到共产党创始人陈独秀的家乡怀宁县。第十天到达安徽省会安庆。

行军途中，每遇到文化古迹，石开山都会去拜访。尽管十分疲惫，也不放过机会。对古迹的游览，诱发他对中国文化史的浮想联翩。

中国有三个文化中心，第一是中原；第二是吴越；第三个是楚荆。中原文化是黄河文化，地域最广，影响最大，其发源地以黄河流域的山东、河南为主，其次是陕西、甘肃、山西、河北以及苏北与皖北。荆楚文化发源于长江中游的湖北、湖南及江西西部。吴越文化发源于长江下游的苏南、皖南、浙北及江西东部，以长江三角洲地区为中心。

淮河流域处于中原、吴越、楚荆文化之间，同时受三种文化的影响。战国后期，秦朝统一中国前，中原的黄河文化中心逐渐南移，直到唐朝开始，黄河文化越过长江，与吴越文化相融合，促使吴越文化更臻于完美的同时，也丰富了中原文化。例如明清时代，中国出现了三个医学中心，一个是苏州，一个是徽州，另一个是杭州。

每个中心都有自己众多的代表人物。非但医学发展领先于全国，其他领域也是一样，如绘画、书法、哲学、技术、文学、农业、宗教、经济等等。唐朝以后直到今天，所谓长江三角洲已成为我国最重要的文化中心地带，所以日寇投入了三十万精锐部队占领了我们的文化经济中心。现在脚下的安庆已经远离长江三角洲，局势的发展表明，敌人在继续强迫我们西撤。牠们不但占领中原及吴越文化中心，还要占领楚荆文化中心，企图变中国为没有文化的野蛮民族。由于目前没有大战役，时间比较充足，石开山画了一张表格，来比较江苏与安徽两省对国家的文化贡献。帝王栏有苏北沛县刘邦、皖北凤阳县朱元璋；未竟帝王栏有苏北宿迁项羽、皖北亳县曹操；军事家栏有苏北淮安韩信、皖北凤阳县徐达；文化中心有苏南的苏州、皖南的徽州；名医栏有苏州叶天士、吴有性、淮阴吴鞠通，安徽亳县华佗、休宁汪昂、祁门徐春甫、歙县方有执、江灌；戏剧栏有江苏昆腔、安徽黄梅戏；文学家栏有江苏兴化施耐庵、苏州金圣叹、淮安吴承恩，安徽余椒县吴敬梓、桐城派的古文；书画家栏有江苏沈周、文徵明、唐寅、仇英、董其昌、郑板桥；在文房四宝中，安徽有徽墨、徽砚、宣纸等三宝；徽派的版画风格清秀缜密而雅致，代表人物为胡正言；现代文化巨匠与思想家栏有安徽绩溪胡适、怀宁陈独秀。

以上对照统计表明，元朝后的江苏安徽两省已经取代了山东、河南两省的老文化中心位置。如果把中华文化中心比作心脏的话，山东、河南在上方如左、右心房，江苏、安徽在下方如左、右心室。黄河在上方由西而东如主动脉弓，长江为下腔主动脉，淮河在四省中间如冠状动脉。而此时日寇正在挖我们的心，切断我们的脉管。想到此情此景，石开山胸中燃起熊熊怒火。只是怒发冲冠、壮怀激烈与事无补，要利用自己的体力与智力做出饥餐胡虏肉、渴饮匈奴血的行动才是硬汉子。光是被动地接受伤兵治疗是每个军医都能做到的事，要主动地为抗战培训技术力量，扩充抗日队伍才算是积极的行动，就像孙立人一样，为抗日要训练出军事素质高的士兵，扩大抗日力量，充分发挥自己的知识能量。于是石开山利用夜阑人静的时候向联勤总部卫生处写了一份报告，拟建立战伤医学训练队。报告一式三份，如下：

关于组建战伤外科训练班申请报告。为了抗日战争的需要，补充各野战军专业战伤卫生技术人员的不足，和降低我军战场死亡率，拟建立战伤外科专业医生训练班。

一、战场上的伤亡根据及历史资料：第一次世界大战，战场的伤亡比例为4：1。根据目前对中央教导总队、财政部税务总团、五十一师、十一师、八十八师等初步统计，在淞沪保卫战中，我军伤亡比例为3.5：1。

二、死亡原因：死亡率偏高原因之一，一个是说明二战比一战的武器先进，弹药爆炸力强于一战。另一个原因，主要是缺乏战伤外科专业医生。伤兵在前线得不到专业医生合理及时的救护。战前，官兵们得不到专业医生的救护训练，缺乏自救与互救知识。在战场上不能自救与互救，许多伤员虽没伤及重要脏腑，但由于流血、骨折得不到合理的初步救治，由休克而死亡。

三、补救方法：在医疗队建立战伤外科医学训练班（简称战伤医训班）。招收名额100名；报考资格为大学毕业或肄业生，男女兼收。

年龄：17—32岁（注：东北流亡大学生于民国20年失学，到现在已历时七年，如25岁大学毕业，现在已32岁，按招生年龄规定，东北流亡大学生资源不会浪费）。因战争关系，流亡学生不可能随身携带毕业文凭，必须经过入学考试。文科生考中国历史、古汉语、中国文学史、中国哲学史、文艺理论和英文；理科生考高等数学、物理、化学、中国文学及英文，根据成绩择优录取。学制六个月。实习场所为医疗队、野战医院、参加师团前线救护。解剖材料为战场死亡的鬼子兵，学习期间的待遇等同士兵。毕业及格者可授予少尉军衔，毕业后分配到师团卫生队。除了参加战地救护外，要对官兵进行战场自救与互救训练，把战地救护列入军事训练的部份内容。

联勤总部批准了石开山的申请报告，责令他做出办学经费、计划及招生简章拟定等。同时联勤总部的批文指出，日寇官兵的尸体不宜作为解剖实习材料，此消息一旦泄漏，日寇宣传机关会借题发挥，夸张我军虐待俘虏，借以激发敌人的怒火，提高敌军的战斗力。

医疗队的人员组成，来自于五湖四海，但九成以上为南方人，北方人极少。民国二十七年的春节在安庆度过，北方人入乡随俗，年初一吃饺子的传统将受到冲击，改为鱼、肉、菜、年糕等为年节食物。医疗队全部成员都是第一次春节与家人离散，人人想家，情绪低落。石开山和所有人一样，想念家乡、牵挂亲人，但身为队长，他有责任把春节组织得有声有色，以驱散大家的思乡之苦。

庶务科董科长毕业于同济大学经济管理系，上海淞江人，是明朝大画家董其昌的后裔，他擅长社会活动，对各类群体巧于沟通，组织能力超群，工作计划周密，能知人善任，恰到好处地调动大家的积极性，是石开山的得力助手。一天，石开山与董科长商量春节期间的饮食安排时，面露难色，手中一直摆弄着那支用了几年的钢笔。董科长打破沉默："春节要到了，国家处于困难时期，既缺钱又缺物。春节的粮食供给和平日一样，没有节日特殊供应，今年过年如过关，难啊！"石开山接下去说："是啊，所谓过年有四大内容，一是大扫除；二是吃好喝好；三是全家团圆；四是祭祖追远。我们大家均是第一次远离亲人过年，而且和家庭失去了联系。过年的四大内容还只剩一项，就是吃好喝好。但上头又没有节日供应，如果春节的食物没有特色，大家会更加想家，这样就士气低落。如把春节的饮食搞好，哪怕元旦和除夕各打一次牙祭也好。巧妇难为无米炊，我们无米，还得吃好喝好，难！"董科长没说能还是不能，只是低着头慢慢地说："想想看，想想看。"

石开山下面有三大支柱，除了董科长外，还有医务科朱科长及护理部薛主任。朱科长毕业于上海医学院，浙江义乌人，是金元四大名医之一朱震亨的后裔。朱科长不仅中西医功底超群，而且兴趣广泛，二胡、小提琴拉得都不错，他不仅喜欢用假嗓唱绍兴戏，还爱唱意大利民歌。在业务方面他帮了石开山的大忙，在组织手术室、调配治疗组、伤兵的接收与转运、战役后的工作总结，以及对各野战部队进行伤亡抽样统计等都做得麻利而精确。这次组建战伤医训队在申请报告中所提我军伤亡为3.5：1的数据就是由他亲手调查所得。

在这三大支柱中，朱科长是最重要最有力的一根，同时他们还是很好的朋友。共同的理想、共同的爱好、共同的专业、共同的中医世家背景，他们惺惺相惜成为莫逆之交。薛主任，毕业于协和高级护士班，为中国第一批护士，苏州人，是清朝著名温病学家薛生白的第六代传人。她的护士专业、英文、中文都很好。她喜唱苏州弹词，当然还弹一手好琵琶。在三个月的上海保卫战中，为了伤兵的治疗与抢救，她度过了多少个不眠之夜啊，带领全体护士为伤兵换药、包扎、喂饭、饮水、处理大小便，组织苏州妇女为伤兵洗衣、洗澡、演唱弹词，给伤兵营造了家庭般的温馨，驱散了紧压在伤兵心灵上的战争恐怖，抚平他们精神上和肉体上的创伤。伤兵的要求、反应，大部分被她在中途予以解决，用不着再麻烦石队长，所以她是石开山的第三个有力支柱。

腊月23，就是石庄过年赶花花集的这天，石开山召集朱科长、薛主任、董科长讨论过年节日表演等事宜。石开山首先说明："演出的意义是鼓舞士气，营造浓厚的节日气氛以排遣大家的思乡之情。我把初步的想法讲一讲，大家看看有没有可行性。根据医疗队每个人的特长组织丝竹乐队和管弦乐队。不具有演出特长的人参加歌咏队和个人清唱。除夕夜先演节目，紧接着是舞会，舞会由二支乐队轮流伴奏。"薛主任这时说："不过，乐器短缺呀。护士中有两位会拉小提琴的，一位会拉胡琴，一位会笛子，还有一位会吹箫的，我本人带着一把琵琶。"朱科长说："在医生中也有会拉小提琴的、吹小号的、吹横笛的，还有会吹黑管的，反正人数不多。"董科长高兴地笑起来："哈……你们医务科和护理部可谓人才济济呀！我们庶务科望尘莫及。看来我们科只能参加歌咏队和舞会，凑凑热闹。"大家谈得兴致盎然。

　　石开山进行了分工，他们四人分头准备策划。薛主任负责组织丝竹民族乐队；朱科长负责组织西洋乐队；董科长负责全体人员吃喝问题；石开山负责组织合唱队。讨论最后的内容是拟定演唱节目清单，石开山要求："节目内容以欢快雄壮为主题，不要慢板，不要忧伤。举例来说，不要巴赫、亨德尔、柴科夫斯基的音乐，选择莫扎特、海顿、贝多芬、施特劳斯的音乐；少演奏小夜曲，多演奏圆舞曲。民族乐队多演奏轻快明朗的广东音乐；苏州弹词演唱'孙二娘'不要'杜十娘'。举一反三，以此类推，凡是影响士气消沉的节目都不要。大家回去立刻组织乐队，尽快列出曲目单，写出乐谱，抓紧时间刻钢板油印出来，人手一册。"石开山停了一下，望着薛主任说："薛主任能不能把命运交响曲改为声乐，填上满江红的词？"

　　薛主任一听，惊讶地说："朱科长多才多艺，他能办好这件事。"朱科长始料不及，慌忙推托："薛主任是众所周知的才女，弦乐改声乐非她莫属，别说把《命运》填上《满江红》，就是把《英雄》填上《正气歌》也轻而易举。"两人一边笑一边相互推让，董科长抢着说："两位都不要谦虚了，一人改一份，薛主任负责《命运》，朱科长负责《英雄》，如何？"这下，两个人你看看我，我看看你，傻了眼。石开山站起来，鼓着掌，快活地说："太好了！就这样定了。我们合唱队唱三支歌就够了，第一首是《命运满江红》；第二首是《英雄正气歌》；第三首是《欢乐颂》"讨论在一片欢笑中结束。

　　腊月25日一早，董科长带领五个膛大腰圆的射击有把握的担架队员，开着汽车到达大别山麓。请了一位当地屠夫作向导，上山打野猪、打豺狼。屠夫也是个老猎手，了解各种野兽的生活习性、出没时间及必由之路。结果一天打获了四只野猪。大家又劳驾屠夫一家兄弟三人帮忙剥猪皮、开膛、洗净，获净肉近六百斤，内脏、猪头留给屠夫。26日早，董科长带着早已选好的六名划船、撒网的人，开车到江边，租了两只小船和两张鱼网。一天下来，收获三百多斤鱼。27日，又开车到巢湖岸边，把马钱子填进蝗虫的腹腔内，放到天鹅喜欢起落的地方，一天竟逮获了十只天鹅，一只近二十斤重。螃蟹喜好夜晚出洞嬉游，见到马灯就往亮处游。一夜捕捉螃蟹三百多斤。三天零一夜的收获之丰令医疗队皆大欢喜，大家说董科长既是老黄牛又是智多星。不知谁给他起了个"神牛"的外号，这外号很快在医疗队叫响了。

　　除夕之夜是在一所中学的礼堂度过的。所谓礼堂就是一座道观，共三大间。泥神塑像早在五四运动中被清除。主席台中央挂着国父孙中山画像，国父上头是万世师表孔子画像，国父两侧斜挂着国旗。两张书桌被并成方桌，共摆放二十桌席。董科长特邀安庆有名厨师帮忙做菜。厨房事务长是绍兴人，自己酿的米酒足够今晚饮用。事务长还专为北方人包了水饺。席桌上摆得满满登登。晚六时，全体人员进入礼堂餐厅，见了桌上花样繁多、喷香扑鼻的菜肴，每个人喜笑颜开，啧啧称赞庶务科长身手不凡。这神牛果然有本事，在物资供给极度困难的情况下，竟靠自力更生，把除夕夜的宴席搞得如此丰盛，确教人佩服。

　　人的本事和能耐可在各种不同的领域闪烁发光，有的在哲学上、科学上，有的在军事上、技术上、艺术上、管理上显露出来。神牛的本事是在对各种复杂事务的应急管理上发光。他的第一次发光是在苏州撤退时组织老牛拉汽车。这次丰盛的年夜饭是他第二次发光。前次是在医疗队的安全受到威胁的时候，这一次是在隆重的民族节日期间，如何做出无米之炊，以保障全队高昂的士气。

　　主持晚会的司仪是赵大夫。她是杭州人，祖籍诸暨，清代著名医药学家赵学敏的后裔，毕业于武汉同济医学院。赵大夫容貌俏丽。由于战斗频繁，青年男女全神贯注于抗战，又加上重大事件和英雄人物层出不穷，因此，一方面军中男女没空谈情说爱，另一方面，本书没空也没有多余的篇幅对美丽的女性进行详尽的描绘。但有一点可以确定的是，如果赵大夫不比其同乡西施更美丽的话，至少也和西施比肩齐名并列冠军。但使西施望尘莫及的是西施缺乏良好的教育。赵大夫有学问、懂技术。如果进行全面评比，西施只能屈居亚军，因为赵大夫具有西施的外在美丽，而西施缺乏赵大夫的内在文化修养。

司仪没有浓妆艳抹的物质条件，更无化妆的适宜环境。同平时一样，只是穿一身灰色棉戎装，娇柔里更透出一丝英气。赵大夫站在讲台一侧宣布，宴会开始，请石开山先生致新春献词。

石开山站在讲台上风趣地说："大家看见餐桌上的山珍海味了吧，馋得流哈拉子没？"大家哄堂大笑。石开山继续说："现在正处在极端困难的战争年代，今天过年，能吃上这等美味，完全是董科长及庶务科全体同仁的功劳，我提议大家提前向董科长及庶务科同仁拜年。"全体起立，礼堂里响起了热烈的掌声。

石开山继续说："日本鬼子在去年7月份就狂言，三个月消灭中国，现在战争已进行七个月了，我们的春节在安庆过得很好嘛！大家渴望了解国家的抗战局势，其实用不着了解远处的情况，我们医疗队的情况就是全国的缩影。医疗队开始组建时，我们都素昧平生，互不了解，工作起来磕磕绊绊，秩序较紊乱，一些医疗常规也没建立起来。现在我们团结得像兄弟姊妹一般，像一个温暖的大家庭。工作主动，人人迎着困难上，工作协调，行动一致，建立起工作制度与医疗常规。我们已经适应了战争环境，在物质条件极端恶劣的情况下，我们能吃上今天的美餐，就是自力更生、克服困难的无往而不胜的精神表现！这种精神力量由我们医疗队，可以看到全国。全国每个角落都像我们一样团结，一样战胜困难，把林林总总的各项工作推向抗战轨道，这就是我们的胜利保障。希望大家今晚吃好、喝好、玩好，用勇敢与智慧迎接明天的抗战胜利！"全场长时间地鼓掌，气氛热烈。司仪宣布下个节目是："吃吃吃！喝喝喝！玩玩玩！"大家觥筹交错，热闹非凡。

会餐时间过半，司仪宣布丝竹乐队上台。薛主任等六名男女演员登台，先后演奏了《步步高》、《雨打芭蕉》、《寄生草》、《八面埋伏》、《高山流水》、《西出阳关》等六支曲子。精彩的表演引起了阵阵掌声与赞叹。丝竹乐队后管弦乐队登场。朱科长等七名演员先后演奏了《小号协奏曲》、《幽默曲》、《蓝色多瑙河》、《自由射手序曲》《纽伦堡名歌手序曲》《狩猎四重奏》《四只小天鹅》及《卡门序曲》等八支较为通俗的曲子。大家对七位同事的精湛演技及音乐修养大为惊叹。

而此时，石开山沉浸在往日的回忆中，他想起往年和温良及弟弟妹妹们一起演奏的情景，仿佛总有一双亮晶晶的双眼忧怨地望着他，挥之不去。

轮到石开山的合唱队上台了，石开山使劲甩掉乡愁，振作精神站到了台上指挥。全医疗队一百五十六人几乎都参加了合唱队，包括炊事员、担架队员、汽车司机等，多数人唱得很准确，也有少数南郭先生跟着瞎哼哼，但跟着哼哼也很好，这不是比赛，是过年凑热闹嘛。

薛主任改写的《命运满江红》删掉了《命运交响乐》的第二、三乐章，保留了一、四乐章。第一乐章的填词为：怒发冲冠，凭栏处。潇潇雨歇。抬望眼、仰天长啸，壮怀激烈。第四乐章的填词为：壮志饥餐胡虏肉，笑谈渴饮匈奴血。待从头、收拾旧山河，朝天阙。第一段是千军万马，奋起杀敌；第二段是胜利后的欢乐。吃了鬼子肉，喝了鬼子血的大胜利，当然举国欢庆。

《英雄正气歌》最后还是由石开山亲自改编的。他采用了英雄交响乐的第四乐章，包含了赋格段的变奏曲，主题类似舞曲。文天祥为祖国视死如归，歌词节录了部分正气歌：天地有正气，杂然赋流形。下则为河岳，上则为日星。是气所磅礴，凛冽万古存。当其贯日月，生死安足论？人生谁无死，丹心照汗青。歌曲的排列如下：第一支歌是《命运满江红》；第二支是《英雄正气歌》；第三支是《欢乐颂》声乐部分。三支歌曲都分男女声部。当唱完《欢乐颂》的时候，全场气氛达到空前的高潮。

司仪宣布个人表演节目开始。第一位出场的是薛主任的苏州弹词《孙二娘》。她的满口吴侬软语，把泼辣豪爽的孙二娘唱成温柔可爱的苏州小姐，唱完后大家照例鼓掌。这时石开山用山东方言大声喊："俺山东的孙二娘入了苏州籍，变得文明啦？"大家笑作一片，薛主任也捂着嘴笑着，涨红了脸。

以后的节目还有赵大夫的绍兴戏《白娘子》、董科长的昆曲《徐策跑城》，还有唱黄梅戏的、沪剧的、锡剧的等等，直到零点新的一年开始，大家互相团拜、祝福。最后是舞会，管弦乐队伴奏，大家一直跳到早晨六点，才意犹未尽地各自回宿舍休息。

石开山回到宿舍，关紧房门，朝山东方向慢慢跪了下来，喃喃说道："爹，我给你拜年！"起来后拜了三拜，然后又跪下去说："娘，我跟您老人家磕头！"他伏下去，已经泪如泉涌。过了许久，他重新站起来，又跪了下去，强忍着哭声说："温良……对不起，我没尽到丈夫的责任……，孝顺四位老人的重担…都压在你…身上，我不敢想象，你柔弱的身体将…未老先衰……你的未来将苦海无边…我今生今世……无法报答你的深恩厚爱……温良……温良……"石开山不断地呼唤着温良，一直跪着，跪着……

罪大恶极的日寇，给每个中国家庭带来离散、死亡！带来了血与泪！

正月初二，石开山召集庶务科长董殿元、医务科长朱克俭、护理部主任薛白讨论医训队招生的一系列问题。经讨论决定，建立教务委员会。朱克俭兼教务主任，薛白兼副主任。石开山拟订招生简章，朱克俭拟理科考题，薛白拟文科考题，董殿元命英文考题。考完后，谁出题谁负责阅卷。

教务主任朱克俭负责分数统计，张榜录取名单。教学课程、教材编写由朱克俭负责，教材复写印刷由董殿元负责，教员聘请、教学进度、各科学时分配也均由教务主任负责。由于工作量加大，各科提名一位副科长坚持日常工作。

朱克俭提名赵瑞雪大夫为医务科副科长，因为医务科负责人每天数次与石开山队长商讨问题，朱克俭借以考验石开山能否过美人关。孰不知，在石开山心中，温良是无可替代的，此生有了温良足矣。

石开山猜透了朱克俭的用意，他笑了笑说："医务科是医疗队的关键科室，负责人不但专业技术要精，而且要体魄健壮，在打仗时，三天三夜不睡觉也能坚持繁重的工作，因此赵大夫的技术再高、学问再大，也不会胜任医务科的战时工作。我看把赵大夫安在教务处任干事兼学生班主任倒挺合适。"朱克俭心中由此更尊敬石开山。朱克俭又提议胡文元大夫为副科长。胡文元为皖南绩溪人，跟胡适同乡同宗，毕业于湘雅医学院。他外科手术麻利，体格健壮，在手术台上可连续八小时不吃、不喝、不拉、不尿，而且组织能力较强，缺点是不善言谈。石开山同意提名。

董殿元提名施光耀为副科长。施光耀为宁波人，毕业于厦门大学土木工程系。人机灵又有原则性，大事认真小事随和，善于团结人，而且性格刚直，厌恶阿谀奉承，作风正派。施光耀平日很喜欢动脑筋，又喜听取他人的金玉良言。石开山也同意了提名。

薛白提名高级护师王清秀为护理部副主任。王清秀与薛白是同学，同为协和高级护士班毕业。余姚县人，明朝哲学家王守仁的后裔。她热爱专业，热心为伤兵服务，性格文静，不怕吃苦，消毒观念强，是手术室优秀的器械护师。石开山也同意了提名，要求医务科把以上四位的材料整理好，上呈卫生处。

散会时，石开山强调，明天要把考题拟定好送上来，与招生简章一起印刷。目前正值走亲访友时日，消息传递特别快。初五之前，要把招生简章贴遍大江南北。

石开山对招生简章早已成竹在胸，他提笔一蹴而就。招生单位为联总卫生处第一医疗队。报名地点为安庆市卫生局。事先董殿元已向卫生局联系了一间办公室，准备派两个人长期驻卫生局发放准考证及考生登记。

正月初三各印刷厂还没开门上班，董殿元直奔老板家宅。因为抗战人人有责，印刷老板很痛快地接受了印刷任务。连夜排版印刷，初四天亮前，所有资料印刷完毕。董殿元与施光耀分别乘坐两辆汽车，立刻行动，不分昼夜地向安徽、豫东、苏北、赣东北等接近沦陷区的各县城张贴招生简章。消息传布很快，初五就有三十多名报考的大学生。

初四一整天，石开山和教务处确定教学科目及教材准备，为了战争需要，人才培养学程要短，这就要求教学内容要精要少要专业化。必修课有《解剖学》、《细菌学》、《药物学》、《诊断学》、《战伤外科学》、《传染病学》、《中医概论》及《医用拉丁文》。现编写教材怕来不及，应该派人到设有医学院的武汉与长沙两地搜集教材，安徽没有高等医学教育机构，不可能有医学教科书。

初六、初七两天，前来报考的学生已超过一百人，这说明医训班的生源没问题。目前只有教材尚没解决。初七晚上教务处又开了一次扩大会议。决定以董殿元为组长，协同毕业于同济医学院的赵瑞雪大夫及毕业于湘雅医学院的胡文元出发去武汉、长沙两所医学院购买教材。

七天后，董殿元给石开山打来电话，说武汉同济医学院的教材很全，数量也多，能满足我们的需要。学院看在校友赵瑞雪的面上，认为如此优秀的毕业生能上前线杀敌是同济的光荣，不能收钱，免费赠送两千三百本教材。石开山高兴地像个孩子，对着电话机哈哈笑着说："谢谢医学院负责人，同时谢谢赵大夫。我们已万事具备。"董殿元在电话另一端也兴奋极了："刚才我太激动，讲话快了些，教材还差《中医学概论》。"石开山说："请打听一下同济负责人，武汉有没有中医学校，另外你们到古籍书店逛逛，有没有我们所需要的中医教材。"

董殿元等三人走遍了武汉三镇的书店、书摊和两所中医学校，都没有白话的中医药教材。三个人商量后决定把中医药经典买全，带回医疗队作为自编教材的参考资料。自己动手编写教材。

教材没有问题了，但运输困难不小。在战乱中办事，每前进一步都有许多困难在前方等着。水运不可能，敌人的舰船经常出没于芜湖与九江之间，袭击我国舰只。白天敌机沿江面侦察骚扰。董殿元和联总卫生处联系得知有去徐州第五战区的运输队，汽车满载武器弹药、棉衣、大米等物资，路经团风、罗田、黄山、岳西、六安、蒙城到徐州，一直朝东北方向行驶。经卫生处向汽车大队反复联系，允许他们三个人搭乘运粮车。三个人准备在岳西下车后再另想办法回安庆。

十三个竹条箱的书分别装在两辆车顶上层，他们三人也分别坐在车顶上，虽然这样，他们依然谈笑风生，非常高兴。汽车夜间赶路，白天为了防空停止行动。那天夜里，东北风吹得正紧，小雪纷纷扬扬，三个人冻得嘴唇发青，手指发麻，脚趾疼痛难忍，两腿也快僵直了，但双手还得紧紧攥住揽绳。道路坑坑洼洼，汽车歪歪扭扭，稍一松手，就有摔下车的危险。三人紧张得大气不敢喘，虽然强打精神，嘴里哆哆嗦嗦地相互提醒："小心，小心！"但这只是机械的提醒而已，谁也顾不上谁。

汽车终于到了岳西，箱子也卸了下来。雪早已淋湿了他们的衣服，水不断地从头发上滴下来。三个人站在泥泞中瑟瑟发抖。是住宿呢？还是继续赶路？犹豫间，一辆大型吉普车向西快速开过来，在十字街路口掉转车头，正在向南急转弯，准备继续赶路。董殿元、胡文元、赵瑞雪几乎不约而同地冲到了车头前，伸开双臂拦住了汽车。

坐在驾驶室里的卫兵探出头破口大骂："他妈的，谁敢拦车，我就毙了谁！"赵瑞雪大声喊到："请你帮帮忙，不要满口脏话。"车内的人在灯光下，清楚地看到站在车前的是三名上尉，肩章的颜色表明两名是军医。女军医的震怒，迫使几位军人跳下车，其中一位少将、两位中校、两位卫兵，加上司机共六个人。

少将站在赵瑞雪面前温和地问："你们是什么部队的？我们能帮什么忙？"望着形象狼狈，但仍透着一丝文雅与秀丽的医生，少将想，如此漂亮的大家闺秀能和我们男人一样在水里泥里参加抗战，可见抗战获得全民的参与，从这位知识女性的身上看到了胜利的希望。

董殿元代赵瑞雪说："我们是联总医疗队的，现在驻安庆。因为各野战部队急需战伤外科医生，我们将招收流亡大学生数百人，建立医训班，培养专业医生。这位女军医领着我们去她的母校同济医学院要了几千本急需的教科书，一共十三箱。刚才跟去徐州的运送军火的汽车由武汉来此地转车，这黑灯瞎火的，又赶上下雪，你能不能帮忙把教材送到安庆？"少将令部下检查了箱子，打开了四个，确是医学教材。少将痛快地答应："我们明天八点要到达武汉大本营，我家就是安庆农村。母亲病危，借机去看望，但只能在家待一个小时，就得赶路。不过人太多，车里坐不下，不然我们人先下车在岳西等几个小时，先把你们送到安庆，然后返回岳西城接我们的人去武汉。"

当即装车。车一路奔驰到了将军家。赵瑞雪与胡文元诊断七十二岁的老太太为胃溃疡。老太太骨瘦如柴，因胃脘疼痛长期影响进食。

吉普车把教材送到医疗队驻地---安庆中学，已经是下半夜三点。石开山仍没睡觉，正在统计考生成绩以备张榜。忽听院子里汽车响，开门一看，原来三位战友满载而归。董殿元简要汇报了一路的曲折。赵瑞雪和胡文元汇报了老太太的病情，石开山开了一张中药方：炙黄芪、党参、白术、山药、麦冬、乌贼骨、高粱姜、黄连、苦参、白及、砂仁、元胡，共三剂。在中药房抓好中药另派一名医生一名护士跟吉普车到将军家，临时为病人护理治疗。经三剂中药治疗，老太太胃脘疼痛消失，烧心反酸消失，食欲渐好，精神焕发，体重慢慢恢复，胃溃疡缓解。后又继续服了三十剂，巩固疗效。

参与医训班报考者有229名，合格成绩为三百分，共录取了161名。学员中年龄最大的为三十一岁，最小者十七岁，男生一百三十四名，女生二十七名。生源来自沦陷区八个省、五个特别市、十七所大学。在报考中还发现了已经毕业的六名医生，其中两名外科、一名儿科、一名妇科、一名法医、一名眼科。这六名医生被作为新兵入伍录取不算学员。

还有一件令石开山头疼的事，缠得他不得安宁。有考分在二百五十到二百九十五分之间的八个考生，要求当旁听生，强烈要求参加抗战，或者当护理员、担架队员。他们分别来自北平的辅仁、朝阳，上海的同济、南京金陵、苏州东吴、杭州美专。如果录取这八位，怕引起连锁反应，考二百三十、二百四十分的学生也会来纠缠。所以暂把毕业于哲学、天文学、社会学的六名男生安插在担架队，当后补担架队员；毕业于美术、作曲的两名女生留在护理部当见习护理，负责重伤兵的喂饭、饮水、擦澡、处理大小便等。以后在军队中流传一种趣谈：你别小看医疗队，这里的担架队员都是哲学家、天文学家；这里的护理员都是画家、音乐家。医疗队成为知识分子汇集最多的单位。

学员分三个班，朱克俭、薛白、赵瑞雪分别兼任班主任。朱克俭教解剖学、战伤外科；薛白教生理学、药理学、拉丁文；赵瑞雪教细菌学、传染病学、诊断学；石开山教中医药学；后勤及军训由董科长负责。

开学典礼定在元宵节这天，联总及卫生处都派来代表参加。下午举行了文艺表演，各个班都有精彩的节目演出。从此医训班第一期进入正规学习阶段，那八位不及格的大学生，被列入旁听生，但不能编入学员班，仍属担架队及护理部的临时工。如两个月后专业课考试及格可升为正式学员；如不及格将被取消旁听资格而变成正式的担架队员或护理员。

石开山与联总及卫生处的代表协商，医疗队拟创办《战伤论坛》杂志。联总及卫生处官员十分支持，一致称赞这是为抗日将士最好的服务。石开山立刻写了一份申请报告由联总卫生处的官员顺便带往武汉，呈送行政院卫生署。报告如下：

致联总卫生处暨卫生署关于创建《战伤论坛》杂志的申请报告：自抗日战争爆发七个月来，我军伤亡逾百万，为了总结和传播战伤治疗中的教训及经验，有必要组织全军卫生机关及外科医生发表自己的临床心得。把以后的战伤处理更趋合理与规范化，尽快提高战伤治愈率降低死亡及病残率。急需创建一份专业期刊《战伤论坛》杂志，暂定为双月刊。

杂志的栏目包括：专家述评、临床论著、实验报告、火线救护、短篇报道、综述、中医伤科荟萃、医学信息、病案讨论园地等。

临时编辑委员会组成：主任编委石开山，男，毕业于北平协和医学院，博士，战前为协和医院外科讲师、主治医师；编委李文森，男，毕业于英国牛津大学，博士，战前为满洲医科大学病理教授；编委陆桥，男，毕业于美国马萨诸塞州立大学，博士，战前为齐鲁医院骨外科教授；编委陈兰英，女，新加坡华侨，毕业于瑞士苏黎世大学，博士，战前为新加坡医院矫形外科主任医师。

主办单位：联总卫生处第一医疗队。因战争关系，各政府机关工作效率极高。申请报告一周后批复：同意。并拨来承办经费，但经费极少。石开山随即向各军以上卫生机关及全国各医院发出稿邀，争取在四月出版创刊号。

自医训班开学后，石开山朱克俭经常见面商讨问题。在一次谈话中，朱克俭提出："如果有几付骨骼标本，能提高学员的记忆与学习兴趣。但挖坟掘墓法律不允许，怎么办？"石开山其实早想过这个问题，一直苦于找不到办法。现在朱克俭也提出这个问题，他说的挖坟掘墓倒提醒了石开山。石开山说："安徽西南部是太平军与湘军的重要战场，七十年前，在庐江、舒城、桐城，特别是在安庆都发生过大战。现在能否找到太平军或湘军的坟场？叫董科长帮忙，说不定他有好点子。"

董殿元接受任务后，在安庆城区及郊区物色了三个八十五六岁的本地长住居民，他们对湘军与太平军的安庆攻防战记忆犹新，说当年安庆城破后，长毛子上万死尸埋在郊外的大坑里，湘军死尸一人一坑，纵横排列，埋成墓群。但现在墓群已被整为平地变为农田。董殿元租了两辆黄包车，拉着三位老人到郊外察看湘军坟场旧址。

他们一共察看了三个坟场。前两个已荡然无存，毫无坟墓的痕迹。第三个坟场处在一块土壤贫瘠、茅草、芦苇丛生，牛羊出没的地方，面积很小，有八九亩的样子。经过七八十年的雨冲水泡，坟头绝大部分已消失，只有两三个散落在草丛中，微微凸出地面。董殿元像发现了新大陆一般兴奋，老人们奇怪，问他为什么对湘军的坟墓如此感兴趣，董殿元答非所问望着三位老人，笑呵呵地说："我想考证一下长毛子失守安庆的原因。"

第二天，董殿元率领担架队挖坟掘墓。他们先打开一个墓穴当坐标。坐标的纵横两轴，每隔两米一个墓穴，有的四肢骨被砍断，有的肋骨被刺伤，有的颈椎骨、肩胛骨、头颅失去完整，还有的缺几个手指骨。一共挖了八十多个墓穴，取得了三十二付相对完整的骨骼标本，分别装进三十二个布袋子内，拉回医训班。经碱水煮沸消毒去脂后，学员们六人一付。朱克俭对董殿元佩服得五服投地，一再表示感谢。

三月中旬，还是第五战区的那位少将，在去武汉统帅部的中途，专程来安庆中学医疗队，向石开山队长当面致谢。他母亲吃了石队长的中药后不仅解除了病危，而且体重、食欲、精神、劳动能力都判若两人。

少将对石开山说："石队长有什么需要帮忙的吗？"军队有一条保密纪律，就是当首长和另一个人谈话的时候，其他随员要主动回避。同车的校尉都在校园里玩单杠。石开山见旁边无人，直接了当地说："正需要几十具鬼子尸体作学员解剖实习用。但这种事有风险，一旦消息泄漏，对我军不利。"少将深思了一会说："我尽量想办法，但需要上级同意。可以把死鬼子的军装脱下来，如有人问的话就谎称被处决的汉奸。这对汉奸也是一种震慑啊，谁当汉奸就剥谁的皮。"两个像久违的朋友一样，发出会心的笑声。

3月底，台儿庄战役打得正酣的时候，一天夜晚，一辆大汽车给石开山送来一车一丝不挂的尸体。既没有出示介绍信，也没捎口信，甚至连汽车也没车牌，司机更没报姓名，卸完车就开走了。这堆尸体为学员们学好枯燥的解剖学创造了有趣的实验。学生们六人一小组，每小组分一具尸体进行解剖实验。事后，由于受石开山的诱导，教职员工都认为这是一批被处决的汉奸。

这位少将姓冯，是第五战区作战处的副处长。他经常去武汉中央军委开军事会议或汇报工作，来回经过家乡安庆，借故看望老母。因为石开山给母亲治好病，他又为石开山送解剖标本，两人交成朋友。每次去武汉途中，冯处长都会专程来安庆抓紧时间和石开山短暂相聚一次。

冯副处长问石开山："你办的医训班学期六个月，如此短的时间学员能掌握专业技术吗？"石开山胸有成竹地说："能！学员们文化基础好，很聪明，也很努力。我们专门招收优秀的理工科的大学毕业生。入学考试科目为数学、理化、英文、国文，他们大部分成绩都很好。也有成绩差些的，其中有八个哲学、天文学、社会学、音乐、美术毕业生没达到录取分数线，但他们的抗战热情很高，宁愿留下来当担架队员、护理员。实在推不走，我就分别把他们中的学哲学、天文学的男生放到担架队抬担架；学音乐和美术的女生放在护理班去伺候伤兵。"

　　冯副处长幽默地说："你们担架队全是哲学家、天文学家，护理员都是音乐家和画家，那么你们的医生水平就更高了，哈哈……"石开山也笑了起来，说："我们这支队伍文化水平很高啊，还有十多个博士哩。他们抗日热情更高，是中国知识分子中的精华呀。可惜，其中还没有诺贝尔奖得主。哈……"

　　经冯副处长绘声绘色地渲染，武汉中央军委会及徐州第五战区司令部盛传，石开山的医疗队中，担架队员都是哲学家、天文学家；女护理员都是音乐家、画家。博士之多够编一个连队，是我军一支知识分子特种部队。

第八章　武汉陷落

经过骨骼标本及尸体解剖等实物学习，提高了学员们学习热情。他们整个身心都进入到医学殿堂，而不像其他学科一样纸上谈兵。

《战伤论坛》杂志创刊号也于4月1日排版印刷，规定每双月一日为出版发行日期。稿源充足，文稿质量较高，编辑上把关严格，以科学、客观、实用、严谨、逻辑性强以及文字流畅为文章取舍标准。

创刊号共收录了四十一篇文章，共六十三页，重要文章都有英文摘要，印数六千册。发行到全国各大医院、图书馆、医学院校及军、师、团卫生机关。正当医疗队的医学教育、杂志出版顺利进行的时候，台儿庄传来大捷的消息，可谓喜上加喜。

晚间医疗队举行了舞会，庆祝台儿庄大捷及《战伤论坛》杂志创刊号出版。舞曲被乐队演奏的出神入化，舞伴们飘飘然似进入仙境。这时，庶务科副科长施光耀慌慌张张地进入舞场宣布："大家各自进入工作岗位，准备接受任务，自徐州转来九百多名重伤兵。另外，石队长命令学员们编入医疗组参加实习。"欢快的海洋顿时鸦雀无声，只听见快速的脚步声远离舞场而去，奔向自己的临时病房。

医务科副科长胡文元根据徐州方面转来的病历资料，进行了初步归纳分类。骨外伤占多数，伤及有四肢、骨盆、肩胛、锁骨、下颌骨、上颚骨等；其次是烧伤；再次是器官伤。另外还有需要立刻进行抢救的三例炭疽败血症，五例破伤风病人。

石开山与医务科决定成立传染病专业组，以陈兰英兼组长，再配一名青年军医、一名护士、一名学员。在这之前，胡文元把八十多位军医分为手术队与临床队，各队再分若干小组，这样有利于工作安排。现在在医务科管辖下有手术队、临床队、杂志出版组、传染病组等四个单位。另外还有一个人专门组织学术及病历讨论会以及一个做病历整理及统计的人。医务科分工很细，工作起来有条不紊。

石开山带领胡文元及陈兰英小组穿好隔离衣，戴好橡皮手套先进入炭疽病房，发现都是炮弹炸伤，一个前臂，一个右膝部，还有一个左臀受伤，伤口周围都发黑，有气泡，手压有握雪音。石开山列出手术申请单，分别令三个手术组同时立刻给两个病人截肢，给臀伤病人大面积切除病灶。吩咐传染病组医护人员给病人大量饮糖、茶、盐水，二十四小时饮三公升以上，再给予高营养饮食。最后，石开山拟出中药处方：清瘟败毒饮加味苦参、蚤休、龟板、麦冬，一日一剂，水煎服。局部用参黄消炎液。五例破伤风病人住在阴暗幽静的病房里，他们已失去进行清创的机会，只能给他们常规服用玉真止痉散。

以上八例病人经过六周治疗，破伤风死亡一例，臀部炭疽病人也死亡，痊愈六例。其他伤员都脱离病危，病情明显好转，个别病人可自由活动。

学员们学习进度没受影响。临床实习受益匪浅，他们都写出了实习总结。八名旁听学员阶段考试成绩可喜，均转为正式学生。临床治疗的紧张气氛逐渐缓和，石开山吩咐医务科整理好炭疽败血症及破伤风的死亡病历，为病历讨论会做准备。

这天，陈兰英主持了病历讨论会。讨论会上绝大多数军医对破伤风及炭疽性败血症的高痊愈率表示赞赏。据目前文献记载，破伤风的死亡率大于百分之八十以上；炭疽败血症的死亡率为百分之百。而我们医疗队破伤风死亡率由百分之八十降到百分之二十，炭疽败血症由百分之百降为百分之三十三。如果再积累八例同类病人，出现相同的疗效，就具有统计学意义。医疗队在这两种传染病的治疗居世界领先地位，传染病教科书的结论得重新改写。

至于为何出现如此良好的治愈率，其治疗机理如何，则众说纷纭，大家热烈地讨论，互不相让。有人说出现如此高的治愈率是偶然机率，没有必然性。两组病人都不足七例，毫无统计学意义。有人说高治愈率可能与服中药有关。有人反对说，中药都是些草根、树叶、虫皮、花瓣，岂能杀灭芽胞杆菌？

陈兰英是组长，她的发言带有总结性："大家一致对八例病人的高治愈率表示赞赏，对治疗机理见解有分歧。将来我们有条件可做细菌培养，然后把十几种中药浸液注进试管的菌液中，对比一下，看看哪种中药能杀灭芽胞杆菌，可得出科学结论。"陈兰英看了看石开山和胡文元，不知他们还有什么意见。

石开山尽管胸有成竹，但又不好说得太绝对，他和缓地说："破伤风，尤其是炭疽败血症，都是由于细菌产生毒素起作用。败血症都是毒血症，不是菌血症。中药可以解毒不可能杀死芽胞菌。以后可根据细菌培养或动物试验来揭示这个问题，需要积累更多病例，至少进行小样本观察。"

讨论还没结束，兵站送来通知，敌第六师团已侵占了合肥、芜湖。敌波田支队四千人在敌舰船配合下将袭击安庆，命令医疗队向汉阳转移。石开山立即吩咐，九百多伤兵编为九个伤兵连。连、排、班长都由轻伤兵或近于痊愈的伤兵担任，医务人员侧重于为重伤兵或行动困难的伤兵服务。每个伤兵连配一个医疗组，好对伤兵在路途中出现的问题予以应急处理。由兵站派一个辎重连负责转运。

董殿元带队，跟伤兵同路撤往武汉。医训班的教材、教具、标本等由学员分工徒步携带。行军住宿都由兵站统一指挥。为了避免敌机干扰，行军时间为夜行昼伏。每夜步行七十华里，沿长江北岸西行，自安庆到武汉比到南京还远些，大约有八百华里，需行军十天以上，中途还得休息一天。

为了照顾病人及女医护人员，石开山吩咐本队的两辆汽车与伤兵车同行，到武汉后再返回来拉人。但是兵站分配的汽油量只够单程用，。董殿元说："到武汉再说，汽油再紧张，返回一辆还是有办法的。"经过整整一夜十几个小时的颠簸，伤兵终于到达汉阳。

在路途交谈中，董殿元得知辎重连长的姐姐在医疗队任护士。和连长一起吃饭时，董殿元讲起缺汽油的事情，希望连长能匀给医疗队一些，准备返回去拉女医护人员。连长很慷慨，给医疗队三百公升汽油，并再三暗示董科长多多关照他姐姐。

两辆汽车返回，在石牌与医疗队会合。两辆车的到来令全体女性顿时欢呼雀跃起来，她们银铃般笑声和美丽的笑容也驱散了男性官兵们心头的沉闷。一群年青人一边行军一面歌唱，从整体看，他们是败军的一部分，但从局部看，他们是一个快活的充满朝气的知识分子队伍。

虽然有汽车，但坐车的只是一部分女医务人员和病号，汽车与部队一起缓慢行进，这给坐车的人增加了谈经论道的时间。天色渐晚，队伍到了蕲春县李时珍的茔地时，大家纷纷下车来到李时珍的墓前。李时珍为科学丝尽泪干的精神永远激励着后人，每个人联想到自己，大家不免汗颜，可爱的祖国被欺凌侵占，而我们却无力保护她。

医疗队驻进黄冈，休息一天。这天大家聚集在赤壁之下，寻觅苏轼在黄州五年故地及其耕种过的田园和在东坡搭盖的雪堂遗址。苏轼因乌台诗案，经奸佞指控为讥斥先朝、讽喻新法而被捕入狱，后为黄州团练副使，但无权签书公事，就像现在的判刑四年，缓期执行或监外执行一样。苏轼困在黄州四年半。古代楚荆文化中心不在武汉而在荆州。黄州距荆州较远，但文化也很繁荣。荆州是三国争夺的中心，是战争最频繁最激烈的地方，就像中原的徐州一样，是兵家必争之地。赤壁在荆州的东南方长江南岸，而不在苏轼居住的长江北岸，可是黄州段的江岸与激流同样是乱石崩云、惊涛裂岸，所以就近取材借题发挥，而创作出千古绝唱《念奴娇》。

今天，医疗队全体人员都先后来到赤壁观瞻祖国的壮丽江山。大家一面游览一面议论。

有人说苏轼许多优秀作品都是在我们脚下的黄州创作出来的，如《念奴娇》、《前后赤壁赋》、《方山子传》、《卜算子》及稍后的《石钟山记》。有人说历史上的许多优秀人物的优秀作品都是作者受迫害后写成的，如屈原写《离骚》、司马迁书《史记》、苏轼写《赤壁怀古》、曹雪芹作《红楼梦》等。还有人说遇到政治迫害后是自暴自弃还是奋发创作是弱者和强者的主要区别点。有人说写出优秀作品有许多条件促成，如才学、勤奋、毅力、阅历、环境、经济生活、健康等，缺哪条都会制约成功。有人说湖北省是人杰地灵的宝地，是楚荆文化的发源地，它不但培育了本地人才屈原、宋玉、李时珍，还成就了外地人诸葛亮、苏轼。有人说湖北省所以成为楚荆文化的发源地，主要是由于优良的地理环境所致。湖北到处是水，大小湖泊成百上千。湖北段的长江，江湾多、曲度大，汉水也一样，处处是弯弯曲曲的河套。丰富的水资源影响湖北的经济及文化发展成为人杰地灵的宝地。

石开山说：“湖北的江河、湖泊不但有利于文化经济发展，在军事上易守不易攻，所以苏轼之前的八百年，曹操八十万大军被周瑜五万人打得灰飞烟灭。苏轼之后的八百年的今天，日寇也得在湖北尝尝灰飞烟灭的滋味。苏轼泉下不知，他双手开垦的东坡田园，八百年后成为抗日知识分子的论坛，为这帮优秀人物增添了无限的民族骄傲。这就是我国抗战必胜的文化渊源。我们一个省的文化积淀远胜过日本一国，癞蛤蟆想吃天鹅肉，永远是可笑的幻想！"

6月中旬，医疗队到达汉阳。医训班复课，痊愈的伤兵越来越多，归队的归队，转业的转业。8月底，第一期医训班毕业，大部分留在了医疗队工作，少部分分配到各野战部队卫生机关。9月初，第二期医训班开学。

石开山因在战伤治疗中有创新，对战伤医务人员的训练有贡献，在困难环境中创办了医学期刊，引导流亡知识分子参加抗战等功绩，被晋升为中校军医。国民政府、统帅部、各政党和文化、经济、教育、社会团体以及各领域的头面人物都集中在武汉。军队麇集在武汉周围，刀出鞘、箭上弦，随时迎战日寇。

民国27年，石开山到汉口联总接洽第二期学员的军装、口粮、津贴及教育经费等事宜。途经原日租界中街，偶然发现大石洋行门旁挂着八路军驻武汉办事处的牌子。他突发奇想：八路军在华北沦陷区很活跃，不知游击队有没有电台？八路军办事处能不能与鲁北八路军游击队进行电台联络，如果能的话，就能给家发份电报。不知八路军办事处肯不肯帮忙。想到这，他顿觉得头清气爽，径直地朝办事处走去。

石开山走到了门口突然停住了：八路军办事处是个是非之地，怕引起政治麻烦。他暂时打消了刚才的念头，可是这样的想法像一道曙光一直闪耀在他的心里。到联总办完事，在回汉阳的路上他仍不死心。

第二天上午，石开山来到驻武昌的中央军委会政治部。部长是上将陈诚，副部长是周恩来。到陈诚的衙门找周恩来不会引人注意的，比较安全。因为他是中校，门岗并没阻拦，顺利地进入周恩来的办公室。

经秘书引进，石开山与周恩来见了面。石开山首先作了自我介绍。周恩来站起身来，握着石开山的手，快活地说："你这个医疗队组织得很好嘛，你把全国优秀知识分子都收集到医疗队去了。中央军委传说，你的担架队员都是哲学家、天文学家，女护理员都是音乐家和大画家。"这一席话令周恩来和石开山都开心地哈哈大笑起来，竟没有出现初相识的拘束。

周恩来继续说："如果我的工作能脱身，我也愿意到你的医疗队抬担架去，石队长，你肯不肯收哇？"

周恩来的诙谐一下子拉近了两个人的感情，一种似曾相识的感觉油然而生。石开山幽默地说："我们的医疗队什么专家都有，就是还缺乏大政治家。"两人又随即爆发出响亮的笑声。

石开山与周恩来并肩坐在一张磨得没毛的法兰绒沙发上，石开山说明了来意后问道："不知八路军办事处能不能帮忙？"周恩来愉快地说："我很乐意帮助你，因为这是帮助抗战，帮助保卫武汉嘛。能为浴血将士们解愁分忧是一件光荣的事情。据我了解，一一五师，鲁西有陈光将军，鲁南有郭洪涛同志组织农民起义部队，鲁北有肖华将军，他们都可以为你服务，不知你家住在山东哪个地方？"石开山高兴地说："我是德州人。"周恩来马上站起身来说："好，萧华就在德州地区，请你拟一份电报，我发给肖华。如能找到你父母的话，家人可写份回电，让肖华给你发回来。"石开山激动得不知所措，他两只眼一直望着周恩来，心里不停地叹道：果然名不虚传，名不虚传啊，在我们国家竟有像周公般礼贤下士的开明政治家，这是多灾多难的民族之大幸啊！

石开山迅速地写好了电文："父母大人台鉴：孩儿把北平二十九军伤兵转运南京后，又参加了医疗队的组织工作。八一三上海保卫战时，医疗队驻苏州。南京战役时驻浦口，南京失守后转移到安庆，收容了台儿庄大战的伤兵。现在又转到武汉。抗战一年来，我们虽然打了许多败仗但从各个角度分析，最后胜利无疑是我们的。孩儿不肖，未能在家孝顺父母，恨自己不能忠孝两全。向温良、孩子问好，向岳父母问好，向姐姐及外甥女问好，向叔叔全家问好！孩儿叩首。民国27年9月30日。"最后，石开山写上了收报地址及收报人姓名。

周恩来在电报稿纸上写了几个字：肖华同志：收到电报后，最好能让石开山中校收到其家庭广德堂的回电。周恩来。

1938年9月初，肖华率领由一一五师三四三旅司令部、政治部、教导队、警卫营组成东进抗日挺进纵队，到达冀鲁边地区。建立了冀鲁边军区司令部，把农民起义部队整编为三个支队共九个团一万五千人，在乐陵城建立了山东第一个抗日县政府。为了扩大抗日根据地，准备向靠近津浦路的德县、陵县、平原、禹城等县发展。肖华收到周恩来的电报后，浮想联翩：周恩来堪称统战大师，这一纸简单电报给共产党分别在正面战场与敌后战场增加了两个朋友。任何人见了周恩来都会一见如故，瞬间就被他的真诚、礼貌、智慧、热情所折服，即使敌人也对他尊敬三分。这就是大才干、大能耐啊！

肖华收到电报的第二天，冀鲁边军区司令部就驻进了广德堂。为了保密与安全，八路军都是夜行军，部队开进石庄，天也就亮了。

石振铎开启了南屋门，把肖华安顿下，待要退出南屋去北屋。肖华笑眯眯地朝石振铎说："石大爷，留步。"石振铎一愣，他怎么知道我姓石？"需要我帮什么忙吗？，请尽管说。"肖华说："我今天是专门来给石大爷报喜的。"石振铎更疑惑了："报喜？这兵慌马乱的，何喜之有哇？"

肖华打开随身的文件包，拿出了电报说："两天前，开山中校从武汉八路军办事处给您来了电报，他一切都很好，快看看吧。"石振铎一时没反应过来，他不敢相信自己的耳朵，迟疑了一下，马上飞快地打开了电报，迅速地瞅了一眼，什么也没说，撒腿就往家里跑。

石振铎一边跑一边在巷子里大声喊："他娘，咱儿来电报了！咱儿来电报了……快！快！"温良正陪儿子写英文单词，她听到公公的喊声，快步走到婆婆身旁："娘，你听，是爹在喊吗？"宫氏扭过头往门外望去，这时石振铎已冲进了院子："温良，快看，快看呀！开山的电报，电报……"温良喜极而泣，她断续地读完电报，伤感地说："娘，这真是天上飞来的喜讯……"一家人都高兴得哭了起来。复生子早已跑了过来，他瞪着乌溜溜的大眼睛问："娘，武汉在湖北，咱快去找我爹吧。"一家人又被孩子的话逗笑了，七嘴八舌地说了一阵子，各自想象着石开山的战斗、工作的情形。肖华等人正在广德堂开会。石振铎赶到广德堂，向肖华等人不无感激地说："太感谢老总将军了。刚才由于喜从天降，我完全失态了，请老总们谅解，见笑了。"说着，不好意思地笑了。

肖华说："咱们八路军叫同志，不叫老总。石大爷，你给开山兄写份电报，我给你传到武汉八路军办事处。周恩来同志今天就能把回电转给开山兄。"石振铎不解地问："周恩来那样的大人物能管咱这小事呀？"肖华笑了起来："八路军为人民服务嘛，是具体的，不是口号。刚才那份电报就是周恩来同志转来的，他还特别嘱咐我亲手交给你呢。"石振铎惊讶地说："不寻常，很不寻常。你们是哪部份的？"旁边一位参谋回答说："我们是八路军一一五师三四三旅，冀鲁边军区司令部，就是在平型关打鬼子的那个旅。给你送电报的这位，就是肖华司令，他也是三四三旅政委。"

接着，这位参谋给石振铎介绍了正在开会的每个人："这位是三支队司令曾国华同志；这位是三支队政治部主任刘贤权同志；这位是三支队副司令兼第五团团长龙书金同志；这位是第五团政委曾庆洪同志；这位是组织科长周贯伍同志……"

石振铎挨个地仔细观察着一张张年青的面孔，说："你们这帮年轻人，看来没有一个超过三十岁的，都是二十岁出头。但你们肩上的担子可不轻。从你们的身上，我看到了中国的希望。我看你们是在商量大事吧，不打扰了，我去写回电。"

之后，他提起毛笔在宣纸上写出电文：我的娇儿：肖华司令亲手把电报送到咱家，全家老少感激涕零。乡里无不奔走相告。这是万金难买的家书。复生子的学习计划仍按部就班，有长足进步。父母健康，温良孝顺。7月29日的家信刘站长转给咱家。明日仲秋节，有你的电报，虽相隔数千里也算全家团圆了，过个快乐的节日。望你勤奋学习、努力实践、融合中西、秉承祖业，练就精湛的技术甘为抗日将士效劳。父字不具。民国27年农历8月14日。最后写清收报人姓名和部队番号以及发报人姓名及地址。肖华在文稿上签字后，纪要科发往武汉八路军办事处。

石振铎通知肖华说："为了住在石庄的全体将士过好仲秋节，明天我筹备两千斤猪肉、三千斤馒头犒赏全军，你看够不够？平均一人一斤猪肉和一斤半馒头。"肖华坚决拒绝："我们八路军不吃老百姓的东西，这是违犯纪律的哟。"石振铎反驳说："老百姓犒赏子弟兵算违犯纪律吗？你说了不算，我说了算。这没有商量的余地。"说完，不等肖华再说什么，石振铎就急匆匆地走了。

石振铎和弟弟石振玺商量后，石振玺收购了二十六头生猪，三个屠夫宰杀了一夜，同时约好各村十个馒头铺，每家订馒头三百斤。

8月15这天，全村像过年一样，住村的全体官兵吃得高高兴兴。他们为了配合正面战场保卫武汉，8月15夜间，在同一时间，肖华麾下三个支队九个团，分别在仓州到济南段的津浦路破坏了路基九段，合计九十余里。炸毁桥梁、涵洞十三座。津浦路完全瘫痪。在李家桥一辆满载军用物资的鬼子列车被炸脱轨，车头掉进马颊河，十六个押车的鬼子有的被摔死，有的掉进河里被淹死，有的被打死，一个也没活。列车上有汽车、汽油、步枪、轻机枪、重机枪、追击炮、炮弹、枪弹、刺刀、掷弹筒、罐头、大米、军装等应有尽有。得到的武器可以装备两个团。两门追击炮就放在广德堂的院子里。

农历8月16日，部队要行军转移。肖华准备用牛车拉着两门追击炮随军转移，石振铎说："老牛拉炮影响行军啊，速度太慢，而且老牛又不能上战场。这样吧，我送你们两匹骡子，骡子驮炮能跑能踮的。"肖华高兴地说："石大爷，你对八路军贡献太大了。太感谢你了。"石振铎拉起肖华的手郑重地说："我老了，不能扛枪上前线打鬼子。但有人出人，有力出力，这两头骡子就算替我打鬼子嘛。"

肖华想：三千里之外的周公不知，由于他的统战，一纸无足轻重的电报，竟为冀鲁边军区交得一位朋友，增添了力量。周公的统战重人性化，淡政治化，结果既达到政治目的又交到知心朋友。真可谓统战于谈笑之中，得益于千里之外啊。

分别时候，这位二十二岁的孩子将军向老人行了一个军礼并说："军民之间，如果都像你我这样亲密无间，抗战胜利指日可待。"年龄相差悬殊的两代人依依惜别。

武汉地区江河纵横如织，湖泊星罗棋布，山脉层峦叠嶂。在军事上易守不易攻，适宜轻兵相接，制约重炮、坦克、机械车辆的运用。得天独厚的地理条件有利于武器装备落后的我方守卫，不利于重武器占优势的日寇进攻。经过昕口、上海、南京、台儿庄诸战役反反复复的较量，负出了重大牺牲和流血获得了许多宝贵的战争经验，摸透了日寇的作战习性。日寇领先精良的武器及训练有素的士兵，喜欢会战，喜欢速战速决，喜欢占领大城市及铁路线，不注重消灭对方的有生力量。日寇当局注意力放在正面战场的最前线，而对占领地区防备松懈或兵力不足。同时，日寇的嚣张气焰开始收敛，每个日本鬼子都明白，短期内消灭中国已成为天方夜谭。被陷入长期的战争泥潭，耗尽日本的精髓在所难免。

根据以上情况，我军军事当局制订了与形势相适应的战略战术。中央军在正面战场，以消耗敌军的有生力量为主，不再像上海、南京战役，为了保住一城一地死拼硬打，付出惨重伤亡代价，结果城池也没保住。八路军在敌后乘虚而入，破坏敌人的交通线，扰乱敌人的后方，打击小股敌人，消灭汉奸走狗。如果鬼子用重兵打击游击队，等于用大炮打麻雀。如果轻视游击队，游击队的力量会不断壮大，对鬼子还真下狠手。正面战场与敌后战场一弛一张，有机配合，相得益彰。

武汉会战起始于1938年6月，由敌人第六师团自合肥南下，波田支队自芜湖溯江西上，6月12日占领安庆。日寇华中派遣军总酋由松井石根改换为畑俊六。畑俊六率第二军、第十一军共九个师团、一个旅团、两个支队（相当于旅团）、两个重炮旅、两个战车团、三个飞行团共飞机三百架、第三舰队各型舰艇共一百二十余艘，共约兵力三十五万。我方兵力有五十个军，约一百三十个师，飞机二百余架、各类舰艇三十艘，共一百一十万人。江北防务由第五战区杂牌军总司令李宗仁及其同党白崇禧指挥，江南防务由嫡系将领第九战区司令陈诚指挥。

敌军进攻武汉兵分三路。长江南岸为一路，以十一军为主，敌酋为冈村宁茨，辖第一零六师团、第九师团、第二十七师团、一零一师团及波田支队。进攻方向由东向西，先后占领安庆、姑塘、九江、瑞昌、箬溪、辛潭铺、阳新、大冶、鄂城，直指武昌。这一路最冒进的队伍为波田支队，其次为第九师团。长江北岸一路由敌第二军的第三师团及第十一军的第六师团组成，由东向西先后占领了潜山、太湖、宿松、黄梅、武穴、广济、浠水、田家溪、黄陂直逼汉口。

大别山北麓的一路为敌第二军，敌酋为东久迩宫，辖第十三、十六和十师团，向西由合肥出动，先后占领六安、霍山、富金山、固始、商城、麻城、潢川、罗山、信阳，完成对武汉的包围。为了保存实力，我军于1938年10月25日撤出武汉。武汉保卫战自6月12日安庆失守到10月25日撤出武汉，历时四个半月一百三十五天。日寇伤亡减员十万，占参战人数的百分之二十九；我方伤亡四十万，占参战人员百分之三十六。

8月24日，敌波田支队及第九师团占领瑞昌后，继续朝武汉进攻。敌一零六师团从九江沿南浔铁路南犯，企图攻占德安及南昌，以保障西进日寇的南侧安全。守军薛岳第一兵团依托庐山两侧及南浔铁路北段有利地形，进行顽强阻击，敌军受挫。于是敌一零一师团从湖口横渡鄱阳湖增援。薛岳率第六十六、七十四、四、二十九军等四个军并协同第二十五军在德安县以北隘口、马回岭与敌进行恶战。9月底，敌军一零六师团第一二三、一四五、一四七联队及一零一师第一四九等四个联队孤军深入，进到德安西万家岭地区。被我第四、六十六、七十四军迂回包围。

10月7日，我军发起总攻，激战三昼夜，敌军既无援兵，又绝粮草，敌军四个联队及其配属部队共一万余人被歼。这就是历史上的万家岭大捷。敌一零六师团只逃掉一千余人。抗战一年多，继台儿庄敌第十师团被歼之后，敌一零六师团是第二个被我军歼灭的师团。

在此次战役中，仅王耀武的七十四军就毙伤敌人四千余人。从此七十四军声名鹊起，被誉为国军五大王牌军之首。王牌军的美名，不是哪个军事统帅所赐予的，而是经过诸多战役打出来的，是被敌人的侵略战争催生出来的。所谓历史的发展不以人的意志而转移，有时发展为意志的反面。去年日寇声称三个月消灭中国，中国的破烂军队不堪一击，结果大战一年之后，日寇为自己打出了一个掘墓军——王牌七十四军。当然七十四军是最优秀的，后面还有亚优秀和季优秀，以及大批优秀的部队。其中包括第五战区的杂牌军，如张自忠的五十九军等。七十四军是在上海、罗店和南京阻击战中锻炼出来的，五十九军是在增援临沂、徐州撤退中的多次阻击战中锻炼出来的。肖华的鲁北纵队、七十四军、五十九军与第一医疗队一样，越战越强大。从此证明，正面战场与敌后战场的发展令人乐观。

武汉会战结束了，在这次会战中显露出敌我双方许多政治、军事、民族心态等诸多问题。

首先回顾一下抗战一年零四个月的局势。日寇在北平近乎取得了不战而屈人之兵的胜利，东京成千上万愚民走上街头摇旗呐喊，欢呼胜利。于忻口，虽有较大伤亡，但侵占了山西的主要城市与铁路线。在上海，尽管打得十分艰苦，最后终于占领了这座亚洲最大的城市，日本全国仍是一片狂吠。在南京，达到了侵华战争的胜利顶峰，不仅占领了首都，还消灭了十万军队，日本各大城市无知的贱民通晓达旦地嗥叫。于台儿庄，由于被胜利冲昏了头脑，敌军意外栽了跟头，两万皇军命丧黄泉，这一次，日本各城市如着霜打，冷冷清清。于武汉，经过近五个月的厮杀，伤亡十万武士，虽然勉强得到了武汉三镇，可是日军感到极度疲惫，日本全国感到力不从心。像占领南京那样的疯狂士气及日本全国那样希斯忒里般的大发作一去不复返了。

日本军阀及其臣民们觉得，能否消灭中国，尚不能定论，即使能消灭的话，也是相当遥远的未来。速胜论已寿终正寝。日寇最高当局利用各种渠道与蒋介石为首的重庆国民政府当局进行试探，幻想签订第二个《马关条约》，迫使中国割地赔款，待其养精蓄锐之后，分阶段消灭中国。武汉陷落后，东京进行常规庆祝，当天，侏儒般的裕仁天皇骑着高头大白马，站在桥头的最高端，显得滑稽可笑。尽管桥下草民躬身膜拜，高呼万岁，但裕仁没露出丝毫喜悦，却是满脸沮丧，如丧考妣。

在中国，北平沦陷后激起全民抗日的爱国热潮。各派军事力量停止内战，枪口一致对外，尤其是国共两大宿敌，实现了国共第二次合作。上海保卫战中，军队得到全国民众的物质和精神上的巨大支持。南京大屠杀，燃起军民胸中熊熊怒火，全国上下誓为死者报仇，但也出现了亡国论，少数败类汉奸蠢蠢欲动。台儿庄大捷，增强了抗战必胜的信心。武汉会战，在抗战史中，具有里程碑的意义，并有许多特点。

武汉会战是抗日战争中规模最大、历时最长、双方动用兵力最多、影响最深远的一次战役。在军事方面，日寇的精良武器及训练有素的士兵，经过一年多的较量不但没有消弱我们的军队，而是越打越强，打出了一个精锐的薛岳兵团及一个王牌七十四军。日寇战斗力越打越弱，士气越来越低。敌人的四个完整的联队甚或几近完整的一零六师团被歼。保卫上海三个月，敌人伤亡六万，我三十万；保卫武汉四个半月，敌伤亡十万，我四十万。这说明，战争时间越长，敌我伤亡比例越缩小，由5：1降为4：1。

经过一年多的战争实践，我军高级将领提高了大兵团作战的指挥能力。在战术上次梯阻击、环环紧扣，不给敌人留下可乘之缝隙，敌人无法对我军进行迂回分割。而我军都能利用敌人的漏洞，进行迂回侧击，分割包围而歼灭之。在战略思想上，军事统帅接受了以往几次教训，由死拼硬打为保卫一城一地而消耗有生力量，转变为保存实力进行持久战、消耗战。

日本高级将领不善作战争总结，没有接受第十师团在台儿庄孤军冒进被歼的教训。这次一零六师团重蹈第十师团覆辙。不仅如此，波田支队也是孤军深入，在安庆、九江、瑞昌都出现被歼灭的险情。他很幸运没碰上硬对手。

日寇高级将领战术保守，仍沿用古代战法，以争夺地盘为宗旨。战术呆板，以生打硬拼、打巷战拼刺刀、兵对兵、将对将为主，缺乏军事智慧。日寇的战略思想不清晰，目的不明确，战争进度缺乏规划，对战场上出现的新情况应对能力差。抗战一年多，日本军事当局暴露最大的战略错误是既不知己又不知彼，大大地夸大了自己的力量而轻视了对手的力量，他们重视武器力量，轻视精神力量。

日寇由第一个战略错误诱发了第二个战略错误，当代的日寇像古代马背上的蒙古人一样，只知在前方征战，而不巩固后方。他们如黑瞎子掰棒子，掰一穗丢一穗。

日寇在正面战场集中了大约五十万军队，机动部队也有十个师团，可是华北沦陷区守备空虚，八路军乘虚而入，在一年多的时间内建立了山东军区、晋冀鲁豫军区、晋察冀军区、晋绥军区和在南昌成立的新四军及其四个支队，八路军由三万人发展为二十多万余人。这支军队目前尚不具备王耀武七十四军那样凌厉的战斗力，可是他们战斗在牛魔王的肚子里，成为日寇的心头大患。

武汉会战表明，抗日战争敌进我退的第一阶段已经结束，目前进入敌我相持的第二阶段。相持阶段过后就是反攻阶段。敌人过去一年甚嚣尘上的速胜论及我国的悲观亡国论当今已让位于持久战论。

在武汉保卫战中，我方也出现许多漏洞。漏洞一，长江天堑应为我方的自然防线，由于敌人借用海军优势，长江不但对我无利，反而变成敌人进军和运输的有利通道。战前没有设法阻断或改道这条水道，同时对马当和田家镇等要塞的防卫重视不够。结果波田支队依靠舰艇的强大火力溯江西上，一路顺风，五六千人的队伍轻而易举地连续攻占了安庆、马当、九江、田家镇、鄂州等沿江要地。同时长江变成两岸日军的安全保护带，我军无法通过长江对敌人进行迂回、分割、打击。

漏洞二，大别山是保卫武汉的自然屏障，由于国军不擅长山地战，所以大别山防卫优势没有得到充分利用，没有利用山地优势取得较大的胜利。八路军善打山地战，团以上军官都是山地战专家。既然国共合作抗战，统帅部就应该在武汉会战前，应抽调八路军军官，对国军军官进行山地战培训，并分配八路军指挥员驻进各军师当军事顾问，也许能在大别山取得重大胜利。

漏洞三，波田支队一二再，再而三地孤军冒进，疯狂一时，我军没有抓好战机，没像消灭敌第十第一零六师团那样，捕捉住波田支队。

漏洞四，第五战区的手下败敌第十师团，经过重新补充，是进攻武汉的最北翼，朝信阳运动，当时长江北岸总指挥李宗仁、白崇禧有充分的力量和机会再教训一下敌十师团。据说李宗仁当时患热伤风，白崇禧是小诸葛，好患得患失，故敌十师团幸免于难。

漏洞五，顾祝同的第三战区主力，当时驻扎在皖南、浙西、苏西南、赣东北等。江南地区直接威胁敌人的南京、芜湖等长江基地。为了配合武汉保卫战，顾祝同应该对敌人及长江水路运输进行打击，哪怕就像肖华部队破坏津浦铁路运输一样也好嘛，但顾祝同没积极配合武汉会战。这表明，中央军委在指挥上犯了只会被动挨打，不会全盘配合的错误。而顾祝同为保存自己的实力，不抓住良机主动出击，却与敌人和平相处、互不干扰，可是后来对新四军却誓不两立，他的大刀没砍向鬼子头上，而砍向了同胞兄弟。

一言以蔽之，武汉会战，敌人获得了战役小利，以巨大的消耗换取了地盘，我国取得了战略转折，以战略撤退转为战略相持。

武汉保卫战前，根据联总规划，江北五战区伤兵向南阳与襄阳转送，江南战区伤兵向常德与长沙转送。驻在汉阳的医疗队只收容市内受敌机敌舰轰炸时的受伤军民。

战役期间，由于我军有两百多架飞机保卫武汉，敌机对市区的轰炸并不严重。同样，由于空军与江岸防守炮兵的配合，敌舰也没沿江窜入市区骚扰。因此，战斗初期医疗队并没收容到伤兵，工作比较轻松。医疗队把主要精力放在医训班的教学上。但进入战斗后期的十月，敌军相继攻入麻城、黄陂、鄂州等郊区城镇后，伤员急剧增多到两千多，伤兵较少，大部为受伤的老百姓。

当医疗队最繁忙的时候，于阴历8月14中午，八路军驻武汉办事处秘书科派专人给石开山送来父亲的电报。石开山刚好洗完手，戴上无菌橡皮手套，穿好消毒白大褂，别人正替他系上口罩。

突然门外有人喊道："我找石开山队长。"手术室的护士示意来人，这位全副武装的人就是石队长。来人说是八路军办事处的，送来石队长家的电报，要石队长在收发簿上签字。

石开山叫一位手还没消毒过的护士为他念了电报，另一个护士帮他用酒精消毒了钢笔，器械护士用消毒止血钳子挟了一块消毒纱布递给石开山。石开山捏着纱布悬笔在收发簿的签名栏写上自己的名字及日期。

石开山既没空感谢送电报的人，也没为价值连城的家书兴高采烈。此刻，他正竭力使自己的情绪稳定下来，他以满腔复杂的心情为伤员做皮肤消毒、铺洞巾、打局麻。好处他戴着一副大口罩，除了两只眼睛外，整个面孔都被遮得严严实实，同事们无法观察到他收到家书后的面部表情。

石开山努力地压抑着将要流出的眼泪。但好奇地护士们总是盯着石队长的两只眼睛不放松，想从眼睛中读出点什么。石开山目不转睛地望着手术野，不敢抬头遇见护士们的视线。手术室有规定，病人一旦上了手术台，除了麻醉师报告病人的生命指标及有关手术的话外，禁止其他语言交流，所以护士们不敢向石开山问长问短。

第九章　开辟敌后战场

　　1937年7月，日寇发动全面侵华战争，抗日烽火燃遍华北。有钱的出钱，有力的出力，全民抗战众志成城。在山东到处是抗日起义军，他们是自发的或者是由爱国志士及地下共产党组织起义的。起义军的名称不一，有叫救国军的，有叫义勇军的，还有叫抗日游击队的等等。

　　1937年7月，华北抗日救国军在冀鲁边界的盐山县起义，整编两个大队一千多人。十月扩大为抗日救国军第三十一游击支队，在地下共产党鲁北特委会与爱国人士周砚波等人研究后，选举共产党员邢仁甫为司令员，之后三十一支队改称为平津支队。10月，长山县发动黑铁山起义，由共产党员姚仲明、廖荣标、赵明新联合长山中学校长、爱国知识分子马耀南组织领导，建立了山东人民抗日救国军第五军，由长山中学的学生、桓台县的游击队、淄川矿区游击队、洪沟游击队及国民党长山县大队组成。同月，鲁北乐陵县建立了第一个民主县政府，由周砚波任县长。同月鲁西北聊城县长范筑先拒绝省长韩复榘撤往黄河南岸的命令，坚持本土抗战，重建政权，收编各地武装，发动群众抗日，使第六专区、第五专区及周围五十个县的抗日救亡运动蓬勃发展起来，建立一块令全国瞩目的抗日根据地。11月，建立了鲁西北第六区游击司令部，活动于堂邑、阳谷、寿张、冠县、范县、博平等县，组成游击第十支队。在胶东，有天福山、威海起义，组编了文登、牟平、莱阳、昆嵛山、即墨等地抗日游击队，组建了抗日救国第三军，同时建立了胶东军政委员会，共产党员理琪任主席。同月，鲁东寿光牛头镇发动起义，组成了鲁东抗日游击队第八支队，马保山为指挥，张文通为政委。

　　1938年1月，潍县、昌邑县发动武装起义，组成鲁东抗日游击第七支队，王培汉任支队长，鹿省三为政委。同月，泰安县发动组徕山起义，同时莱芜、新泰、泗水的起义队伍也会合组徕山，组建为山东抗日游击队第四支队，辖五个中队，洪涛任支队长，黎玉任政委。同月，泰西地区组成了抗日自卫团，然后与泰安、肥城、长清几支起义游击队会合，发展到十七个大队，一个先锋连，一个特务队共两千多人，一千多支枪。1938年2月，鲁西北高、恩、夏、武、平、禹六县抗日起义军组成了津浦支队，整编两个营、一个警卫连、一个特务连，共一千多人。同月，东北军一一二师六六七团团长万毅及六六八团第一营营长刘振远被张文海、谷牧发展为共产党员，这支队伍成为当时鲁南抗战的主力。3月，掖县人民举行起义，组成为胶东抗日游击第三支队，郑耀南任支队长，张加洛任书记，并建立了掖县抗日民主政府。5月，沛县、滕县、薛城、峄县抗日起义部队组成鲁苏抗日义勇军第一总队，下编三个大队，后转入鲁南抱犊崮山区，发展成鲁南敌后战场的一支劲旅。6月，丰县、铜山县、宿县、萧县、沛县、砀山、永城、单县、金乡县抗日起义军组编为鲁苏人民抗日义勇军第二总队，下辖二十多个大队，共五千多人。

抗战初期，建立了中共山东省委，成员有黎玉、林浩、张霖之、赵健民、景晓村等。鲁西北特委负责人为赵健民、徐运北；冀鲁边特委书记为于文彬；鲁西南特委书记为白子明；鲁中特委书记为秦云川；鲁东特委书记为鹿省三；胶东特委书记为理琪；淄博矿区工委书记为张天民，同时还建立了几十个县委。

以上就是山东敌后战场的兴起过程。兴起的时间约一年半，就是1937下半年与1938全年。远在千里之外的毛泽东，相中了山东这块自行起义的强大根据地，连续派了郭洪涛、张经武、徐向前、朱瑞等三拨高级干部来掌握山东，还仍不放心，最后调嫡系一一五师进驻山东，党政军一切听一一五的枪杆子指挥。一一五师兵分南北二路进入山东。1938年9月初由肖华率一一五师三四三旅一部进入鲁北。1939年3月1日，陈光率一一五师主力进入鲁西。所谓主力只有一个六八六团及特务营，兵力少得可怜。陈光先后在鲁西打了三次以少胜多的漂亮仗。刚进入鲁西三天，奔袭郓城县樊坝据点，消灭伪军一个团八百余人，入鲁旗开得胜是个好兆头。5月，一一五师师直机关及六八六团和特务营近三千余人被日寇五千多人围困在肥城陆房地区。敌人配有汽车百余辆，火炮百余门，由山东最高敌酋尾高次郎指挥，分九路昼夜向陆房轮流进攻。趁月黑风急的夜晚全军巧妙地胜利突围，此役毙伤日寇大佐联队长以下一百三十人，我军只伤亡两百余人。陈光第三次杰作是8月在梁山西南独山庄，以一个特务营的兵力，伏击日寇三十二师团一个大队，四百余人全部被歼，毙日寇少佐大队长田敏江以下三百多人。田敏江是天皇裕仁的亲戚，来华前天皇赠给他一把宝剑。这是抗战以来，第一次以少胜多，以劣胜优的战例，受到太行山八路军总部的表彰。但这不合毛泽东的胃口，违背了只游不击的军事原则。在以后的历史中，以上三个战例成为陈光的罪状。

肖华与陈光各有专长，来鲁北后，没像陈光那样露脸，打几次以少胜多的漂亮仗，但擅长鼓动宣传及组织工作。进入山东伊始，他调整了冀鲁边区军政委员会，自任书记。建立了冀鲁边区军政学校、冀鲁边区战地动员委员会、冀鲁边区抗日文化教育救国总会、冀鲁边区中华民族解放先锋队、冀鲁边区妇女救国总会、冀鲁边回教救国总会等。不到一年的时间，边区出现了新局面，党员发展到两万五千人，抗日武装扩大到一万五千人，建立了十七个县政府、县党委会、县大队、九个独立营、一个回民支队、三个军分区、一个大军区、一个专署和一个边区党委会。他刚进鲁北时，只带来干部两百人及一个永兴支队五百人，共七百人。武装力量一年增长二十一倍，所以增长如此之快是借助于华北抗日救国军及中共冀鲁边区特委的基础上发展起来的。

红军是由山地发展起来的。红一方面军的根据地是井冈山；红四方面军的根据地是大别山；红二方面军活动在湘、黔、鄂崇山峻岭之中。

冀鲁边军区地处华北平原的东沿，津浦路东、天津以南、济南以北，东北方滨渤海，东面邻清河军区，共十七个县，面积约两万平方公里，人口六百万。这儿是一望无际的大平原，村庄密度较鲁南稀疏，平均三、四里路一个村庄。大村镇较少，超过一千口人的大村每个县不超过三个。八路军游击队缺乏藏身之处，在强敌面前容易受到袭击，自然环境不利于冀鲁边区的八路军发展。

冀鲁边的战略位置极为重要，津浦路是东北、北平、天津通往南京上海的唯一陆上通道。日寇派重兵守卫津浦路。自肖华部队大段破坏津浦路后，日寇更加强了沧州、德州、济南段的兵力。如何在平原地区发展八路军，建立根据地是摆在肖华面前的大难题。冀鲁边区能否生存，是对肖华才智的考验。

清河军区也是平原，无山可依。但黄河入海口附近的冲积区生长出一片茂盛的荆棘，南北长百里，东西宽七十里，可以隐藏伤兵、工厂和军队。鲁西军区也属华北平原，但鲁西有南北三百里、东西八十里的微山湖，湖里有芦苇，有利于游击队出没。另外有些山丘如羊山、小独山、接山、箕山和最大的梁山。在宋朝，梁山是藏龙卧虎之地，山周围有八百里水泊，一百零八位好汉依山傍水，胆敢挑战宋王朝。现在的梁山，水泊已经干涸，矮小的梁山已经失去了当年的军事价值，但仍然有利于小部队的活动。只有冀鲁边区既无黄河口的荆棘作为掩护屏障，也无微山湖的芦苇助我与敌周旋。

1938年底，由于党组织及部队的快速发展，难免鱼龙混杂。如何巩固这支力量，保持旺盛的士气，使其立于不败之地，建立一块牢固的根据地等大问题摆在肖华面前。军队训练、战斗计划、武器装备、弹药来源、伤兵安排、军装制作、粮食征集、财政筹措等等一切政治、军事、组织、经济、统战问题以及政策颁布、制度的建立等等都得他一人操劳。

肖华每夜都很晚入睡，躺在炕上翻来覆去。他由三四三旅带来的这两百多名红军，能替他冲锋陷阵不在话下，但出谋划策远非内行。不过，令肖华得以宽慰的是，周恩来帮他结交了一位开明知识分子，有些困难问题与石振铎先生谈谈，即使得不到解决，心里也减少些郁闷。所以肖华司令部，每个月都来石庄驻防一次，每次都住在广德堂的南屋里。

1939年春节刚过，肖华司令部又驻进石庄。

上午，肖华处理完各部队的汇报，汇集各渠道送来的情报，接收一一五师师部发来的批示以及和太行山八路军总部的联系。他像一位参谋处长一样，每天处理一些永远处理不完的繁锁事务。他要为军队的发展解决一些根本性的问题。

下午，肖华把石振铎请进南屋，互相寒暄后，肖华说："石大爷啊，我们八路军请教您一个问题，抗战就得打仗，打仗就得有伤亡，对伤兵的治疗、安置以及红伤药材的购置都有困难。伤兵治疗没有后方医院，红伤药材被敌人封锁，我现在正为这件事犯愁。"

石振铎说："我是医生，我的首要义务就是为负伤的将士服务。服务不是一句好听的空话，必须有实实在在的内容。首先设法解决绷带、纱布、脱脂棉、战伤用药及破伤风治疗药物。绷带可用洋布代替，撕好后可进行蒸气消毒；纱布可用蚊帐布代替，做成方块也进行蒸气消毒；脱脂棉就更好办了，用我们当地皮棉加火碱煮沸即可脱脂；战伤用药可用苦参、枯矾、黄连等中草药配成药液，既可冲洗伤口也可作为伤口换药用；还要配接骨散为骨折伤兵常规用药。战伤合并破伤风较多，需要配制玉真止痉散。以上药材暂按五百伤兵计，十天后你命令卫生处的同志来取。"肖华越听越高兴，压在心头的石头总算搬走了一块。但在钱财上不能亏了石大爷："石大爷，你算算，大约需要多少钱。"石振铎摆摆手说："这等于我对抗战捐献吧，不收钱。我有二三百亩土地，可以卖田地捐款抗战嘛。目前八路军还没有后方医院，关于伤兵的安置确是个大困难。如伤兵在三十例以下，可以住在我家的南苑子。我把南苑子南北隔开，砌一排东西墙头，留一小门，再用柴草垛把小门挡妥。我家三个院子，修有地下道，地下道可容三十名伤兵没问题。"

肖华对地下道饶有兴趣，他问："您什么时候修得地下道啊？我可参观参观吗？"

石振铎笑着说："是去年春天，为了逃荒备用的。怕鬼子来了逃不及就钻地下道走。我带你瞧瞧。先看看你的床底下，就有一个出入口。"

肖华从椅子上站起来，弯下腰，向床下察看，丝毫看不出洞口的痕迹，只见有一块约五十厘米的方形地板，严丝合缝的，与周围地板嵌在一起。这时石振铎用手在旁边一摁，盖子翻转开，肖华惊讶地望了望这位老人，不由地在心里发出赞叹。

蹬着梯子，石振铎带着肖华进入地道。两人手执蜡烛，把洞口插上插销，顺道向南走去。到达中院南屋洞口。为了通气，洞口是敞开着。中院南屋是复生子学习的书房，避免吓着孙子，石开山先在洞口轻轻叫了一声："复生子。"然后两人才爬出洞口。

复生子正聚精会神地誊抄《金匮要略方论》第九篇胸痹心痛气短方，栝蒌薤白半夏汤。

肖华一面夸奖小侄子的字写得端庄周正，一面推敲孩子的课程表及浏览书架上的书籍。肖华走到孩子桌旁问："你是自学呢？还是家长辅导？还是请专人授课呢？"复生子站起来回答："英文和代数母亲讲授，中医药及文学爷爷讲授。"肖华望着复生子稚嫩的小脸问："你不会觉得这些功课太深，太枯燥无味吗？"复生子回答："我觉得很有意思啊，学起来很带劲。每天做完作业，就像八路军打了胜仗一样快活。"肖华听了不由地大笑起来，摸了摸复生子的头，情不自禁地叫了一句："好小子！"石振铎连忙提醒孙子："这是你肖叔叔，他是专门打鬼子的司令。"孩子上下打量着面前这位英武而亲切的军人，大声地叫了一声："肖叔叔好！"

肖华高兴地对复生子说："我们一一五师还有两个很出名的打鬼子的司令。一个是林彪，一个是陈光。林彪已去苏联养伤了，很难见到他。不过，以后有机会我给你介绍陈光司令，他现在在鲁南。鬼子老是教陈光司令打得懵头转向，所以山东的鬼子编了一本专门研究陈光战术的书叫《陈光部作战研究》。"

复生子听得津津有味，恨不得马上见到陈光这位大英雄。肖华对石振铎说："石大爷，我今天特别高兴。在陈光司令和小侄子身上，我看到我们国家的未来，一个是用勇敢智慧打天下，一个是用科学技术治天下的。我们的民族就是这样一代一代地向下传承的。"肖华转过头来拍了拍复生子的肩膀说："你小名叫复生子，大号叫啥？"孩子看着爷爷，没吱声。

石振铎说："这孩子还没有大号。"石振铎看看孙子，对肖华说："不然，麻烦你肖叔叔给起个大号。"肖华一再推让："这个任务我不能代劳，你家几代书香门第，我怎么敢班门弄斧。"

石振铎说："我看肖华同志很有文化，可谓一代儒将，你给起个名字参考一下嘛。"肖华说参考可以，不能定论。肖华问："复生子同代排辈什么字？"石振铎："鸿，鸿雁的'鸿'"肖华几乎没经思索就顺口说出："这个字好，太好了！'鸿儒'如何？这个名字虽很通俗，但很符合你石家几代人的文化传承，又符合孩子勤奋好学的精神。他未来是石家的鸿才大儒，也是国家鸿才大儒。石姓有重名吗？"

石振铎一面让孩子感谢肖叔叔，一面高兴地："没有重名的，这个名字很好，很好！就怕将来名不副实。"肖华说："不是怕名不副实，而是怕实大名小。我看这孩子将来一定有出息。"

石振铎带着肖华继续熟悉地道，但为了保密，石振铎不再钻地道到南苑子，而是领肖华由夹道子南去从正门进入南苑子。石振铎准备将南苑子分为两个院，砌一东西墙，留一小门，再用柴草垛挡起来。把五间北屋隐蔽起来住伤兵。肖华对石振铎的设计赞叹不绝，同时也启发了他。他对石振铎说："石大爷的地道对我很有启发。我们可在村与村之间挖掘交通沟，春冬季没有青纱障的时候，有利于游击队与敌人周旋。交通沟是平原根据地的防御工事。"现在肖华的心情晴空万里，他继续说："石大爷的地道是平原抗日的创举，你本是为了逃荒用，可举一反三，地道变为交通沟，干脆称其为抗日沟，我们说干就干。"

回到广德堂南屋，肖华与石振铎继续热烈地讨论目前边区八路军难题。肖华说："现在我们冀鲁边区的军队人数不少，但装备太差。有三成多战士没有枪，或有枪少子弹。抗战前德州有兵工厂，石大爷有没有兵工厂的关系人，购买些枪支弹药？"

石振铎想了想说："德州兵工厂主要造子弹和炸弹，造枪很少。再说他们造的枪打不响，即使打响射程很近。杀伤力太差。"肖华说："即使买些子弹、炸弹也好嘛。"石振铎没有把握，他顿了顿说："我可以和原厂家主人联系一下，看还有没有剩下的子弹。鬼子占领德州后，兵工厂黄啦。即使有子弹也怕叫鬼子没收了。我可以去德州一趟，试试看。成功的希望很小。本来鲁北地区不缺乏枪支，民间枪很多，几乎每个村都有几支，有的财主甚至一家有长短两支枪。鬼子侵入鲁北后，鲁北地区一直处于真空的无政府状态。国民政府跑啦，鬼子的伪政权没建立起来，即使挂上政府牌子也没有统治力量。八路军还没来，只是最近才来，建立的政府仍缺乏权威。所以最近一年多各地土匪、黑团蜂起。民间的枪支被黑团抢夺一空。这些黑团均为乌合之众，毫无战斗力，不能打仗，只会敲诈杀害老百姓。老百姓恨黑团像恨鬼子一样厉害。"

肖华问："我们可做黑团的文章？"石振铎继续说："每个县都有几当子。大当子有上千人，如陵县的于志良有一千多人，还有机枪马队；中当子有四五百人，如本县本土的祁万同，平原县的谢方营；小当子有二三十个人一伙的，也有十个八个一伙的。这些黑团最终都会变成汉奸二鬼子，绝对不会变成抗日力量。我想，全边区八路军如果能发动一次打黑战役，在短时间内采取一网打尽的战术，不能零打碎敲，以免打草惊蛇。战役时间一拖长他们会立刻投敌变成二鬼子。在全边区收缴一万支枪没问题。一下子就把主力部队及民兵都武装起来啦。"肖华听着连连点头，觉得眼前突然开阔了许多。

石振铎还是不放心，又叮嘱说："尽快消灭各县黑团有五大好处。首先为民除害，大快人心，能提高八路军的威信。第二，八路军消灭黑团等于军事演习，提高八路军战斗力；第三，增强抗日力量，八路军不但解决了武器装备问题，把俘虏教育好，动员参军扩大兵源；第四，消灭了黑团就等于阻断了二鬼子的兵源渠道，扩大了八路军的地盘；第五，打黑团，八路军伤亡一定很小，以小代价换取大胜利。在军事、政治方面我是外行，以上拙见仅供参考。"

肖华一直仔细地听着，脑海中也在计划着下一步的行动。他握住石振铎的手说："石大爷，我今天收获很大。您既有政治远见又有军事谋略。您的意见对我很有价值，你是我们八路军的诸葛亮啊！"石振铎说："不敢当，我也要尽快完成战伤药材的准备，还有南苑子墙头的垒砌、弹药的联系等任务。"

已制备好的战伤药材，军区卫生处已派人取走。南苑子的墙头也垒砌完毕。因天气寒冷不宜夯制土坯，只能用砖块垒砌。经联系，得知德州兵工厂主管人物，仍藏有六万发子弹两吨黄色炸药。这笔交易宜慎之又慎，不能把一件大好事变成引火自焚的恶果。石振铎既不接触弹药，更不接触弹药的钱款，他叫卖主与买主直接面对面谈判。他只能做双方的媒介，避免买卖双方的猜疑。

八路军指派德县抗日政府的金秘书为谈判代表。谈判地点选在原地下县委所在地宋集村进行。谈判很顺利，一拍即合。因为买主急需弹药打仗，卖主急需消除由军火可能导致的祸害。关键是如何把弹药运出德州城。夜间四门关闭禁止通行，白天各城门设有双岗，一个鬼子，一个二鬼子。金秘书让卖主准备几车牲畜粪，把弹药车盖上牲畜粪，同时派武工队跟车，在城门一旦发生纠纷，武工队先下手为强，用匕首宰杀门岗，赶着花毂辘车快跑。武工队潜伏在城外，敌人追赶予以迎头痛击，然后撤退。这样，就需要六辆花毂辘车，三辆走东门，三辆走北门。抢运任务要在一天内完成。

出城时间选在下午关城门前一小时，城门一旦发生战斗，打不多久夜幕就会降临，这样便于逃跑。夜晚是一种时间武器，它具有双向功能。夜幕能遮挡视线，对强者能消减其所长；对弱者能作为自然掩体补救其所短。

抢运计划很成功，买卖双方及中间媒介三方皆大欢喜。这批军火增长了八路军的实力，增加了军火主的财富，提高了媒介人的声誉。

军火抢运后的第三天，郭县长命令县财政科向德州城内军火卖主交送银元，有多半麻袋。也得用花毂辘车运送。如把车上盖上木炭，怕鬼子劫持木炭作燃料；盖上红薯怕鬼子抢劫红薯作食品烧饭；盖上谷草怕鬼子抢去喂马；盖上麦秸怕鬼子抢了铺在室内代榻榻幂作床铺。最后决定利用一个水车，伪当粪罐车，车内装上银元，车外挂着两只粘满粪便的水筒及一只恶臭的粪勺。离城门老远，站岗的鬼子及二鬼子捂着鼻子不敢看，就这样，银元车顺利地通过城门。军火买卖的全过程堪称为一场经典的游击战。

冀鲁边区司令部对十七个县的大小黑团的活动情报了如指掌。除个别黑团有抗日倾向外，绝大多数是祸国殃民的败类。对抗日者团结，对败类进行讨伐。

经过一个月的战斗，基本肃清了中、大股黑团，收缴步枪五千多支，手枪一千多支，机枪三十八铤，子弹十一万发，战马两百多匹，驴子五十多头，银元五万多块，俘虏六千多人，扩军三千多人。

肖华这次发了大财。八路军伤二十一人亡七人，黑团伤四百多人，亡一百多人。三个军分区的独立团，每人一支枪，每连两挺机枪；十七个县大队，下分三个小队，每个大队约三百七十人，也都配备一人一枪，每小队机枪一挺；七十二个区中队，每个中队五十到八十人不等，七成人有枪；十七个武工队，每队二十到四十人不等，每人一支短枪，一半人装配一短一长。

讨伐黑团的胜利，以及部队的快速扩大，令边区部队官兵有点忘乎所以。他们以支队或团为单位长期驻在一个地方不动，常住十天或二十天不等，又是练兵又是打靶，还搭台唱戏。

1939年3月最后一天，龙书金的第五团在陵县东北四十华里大宗家村被日寇合围。龙书金团长同时兼职第五支队副支队长，支队等同于旅的单位。日本支队下为联队，联队下为大队、中队、小队等。中国支队下为团，团下为营、连、排等。

1938年6月底，曾在平型关扬眉吐气的一一五师、三四三旅、六八五团第二营的两个连扩编为第五支队。曾国华任支队队长，龙书金任副支队长兼第五团团长。在平型关大捷的时候，龙书金是二营的一位连长，现在指挥近两千人的一个团。第五团的政委为曾庆洪。肖华专注于扩军而忽视了备战，结果在大宗家吃了败仗。第五支队是冀鲁边区的主力，第五团又是第五支队的主力。肖华司令部及五支队司令部随龙书金团活动。

　　当时五团的驻军较分散，以大宗家为中心，五团团部、特务连、三营的十二连驻大宗家；一营驻赵玉枝家村；三营的其他三个连驻闫福楼；二营随肖华活动；第五支队司令部及骑兵连、一营一连驻前后候家村，部队驻扎此地休整、打靶、搭台唱戏已经八天。他们像和平时期过节日一样欢欢乐乐，缺乏敌情概念，没有严格通畅的情报系统。部队保卫科对敌人的特务活动熟视无睹，宿营地也没设游动哨，村头站岗的士兵都是刚穿上军装没几天的农民，在岗位上坐着打呼噜。像这样没经训练的军队打败仗是理所当然的。据说，战前有一个讨饭的中年妇女，在有驻军的各村活动了几天，战斗前一天突然不见了，事后都怀疑这是个日本特务，但保卫机关竟没对这等可疑的人进行盘查。

　　早晨天刚蒙蒙亮，龙书金听见全村响起狗叫声。他起床到村西头一看，从西北赵寨方向出现黑压压一片日本鬼子，有两千多人，开始对大宗村进行包围。村外小庙已有日寇军官和一支骑兵。龙书金鸣枪集合部队，命令十二连阻击敌人。

　　战斗打响后，驻在闫福楼的三营，派遣第十连增援大宗家团部。参加战斗的有特务连、十二连、十连及团部共四百人。双方对每间房子进行争夺，战士们把子弹打光了，刺刀捅断了，就用枪托子砸，用棍棒拼，用砖瓦打，整整激战一天。

　　天黑后龙书金命令部队撤退。我军牺牲了两百多名，其中包括特务连全部及团部人员。突围一百多名。团政委曾庆洪、团政治部主任朱挺光牺牲，团长龙书金左臂受重伤。日寇死亡五百多，其中包括安田大佐。打死敌战马一百多匹。虽然敌人伤亡超过我军，但对我军的损失仍嫌太大，消耗了有生力量。

　　如果龙书金发现敌情后命令部队立刻向村东南方撤退，就不会有重大的伤亡。因为敌人的包围圈还没合拢。敌人在武器和人数方面占绝对优势，又是在早晨远距离奔袭，证明这是有准备有计划的合围，如能突围成功就算胜利，能跑出敌人的包围圈就算高明的指挥员。

日寇在这次战斗中伤亡较大。敌人暴露的缺点一是战斗的组织与指挥能力笨拙；二是缺乏重武器。日寇部队番号坂垣第五师团，曾在平型关与一一五师较量过，在临沂城也为张自忠部打败过。

这两千多名敌人是从附近的德州、陵县、宁津、乐陵、平原、临邑集合起来的，他们经过一夜徒步行军，可谓人困马乏。各路敌军到达大宗家的时间参差不齐。人马不到齐不能进行战斗，人马不齐又给我军增加突围的机会。

根据推测，敌人一部早已到达大宗家村边，否则狗不会狂叫。狂吠了一大阵子叫醒了龙书金，龙书金又穿戴完毕走到村西头观察情况，再向十二连下命令。十二连通信员及连长再催各班排集合抵抗，至少耗用四十分钟的时间。在这四十分钟的漫长时间内，敌人为何不敢进村快速巷战？他们犹豫什么？主要是因为兵力不足。两千人的一个日本联队要消灭同为两千人的我军一个团，谈何容易？两千日寇要同时包围大宗家、闫福楼、赵玉枝家、前侯与后侯五个村，兵力不够，不但不能取胜，可能还被打败；如果只包围大宗家八路军与其打巷战，又怕其他村增援，受到前后夹击。为了避免夹击必须对其他四个村的八路军增设打援部队，那就大量减少参加大宗家巷战的人数，就不能保证大宗家巷战的胜利。如果大宗家失败，打援部队又两面受敌，可能导致全局失败。

当时龙书金如能带领部队突围，避免打巷战，双方就不会出现两败俱伤的战果，不会出现双方的巨大伤亡。龙书金也不会负伤，安田也不会死亡。届时敌人在报纸上吹嘘消灭了多少多少共匪，取得了治安运动的巨大战果，我方会宣传如何如何取得了反扫荡的伟大胜利。

为什么敌人的士兵装备精良、训练有素反而伤亡超过我军一倍多呢？这有两个原因。一个是我军士气高涨，官兵团结一致，同仇敌忾，杀敌心切。另一个是德州地区乃至整个鲁北及河北省的建筑模式都是平顶房。房顶没有高耸的屋脊。有些房子不但屋顶平坦而且周围还砌有垛口墙，这就是古代人留下的建筑模式。既为居室又是防御工事。枪声一响，我军登上屋顶控制了制高点。我居高临下，敌人暴露在地面上，只能挨打，难能招架。唯有特务连被敌人堵在屋内或院子内，失去上房机会，因此与敌人同归于尽。

战斗结束的第二天夜晚，边区卫生处把龙书金和几个带短枪的轻伤病员送来广德堂，轻伤兵一方面治伤，一方面保护龙书金。

石振铎按原计划把伤兵安排在南苑子北屋。规定他们不许外出，保守秘密。石振铎教会伤兵如何开洞口、进入地下道的方法及如何销牢洞盖等，又给伤兵冲洗了伤口，换上敷料，口服预防破伤风的玉真止痉散，为骨折的伤兵用上接骨散，其中包括龙书金。

龙书金左肱骨上三分之一粉碎性骨折。他虽是个硬汉子还是痛得直咧嘴。石振铎为他煎服一剂附子细辛汤，疼痛被止住了。卫生处的医生要给龙书金截肢，理由很充分，粉碎性骨折不能长出新的骨痂，长期不愈合增加感染机会。但龙书金不同意，最后肖华征询石振铎的意见，石振铎说："左手指及上前臂活动自如，若截掉太可惜，不如上托马氏夹板，加用接骨散治疗。这样既得到了四肢的完整、美观，又保全了伤臂的功能。"肖华一听，当即采纳了石振铎的意见。从此，复生子除每天完成学习任务外，又增加由地道为伤兵送饭的任务。伤兵住了一个月就归队了，其他伤兵都已痊愈，只有龙书金的骨伤还没长好，但他还是对石振铎及小复生子感激万分。

自大宗家战斗后，敌人每年冬、春两季进行大规模扫荡已成为例行战斗常规。经常在例行扫荡之间再加突然袭击或对各县分别进行一千人左右的小扫荡。冀鲁边区在八年抗战中，敌人进行战役性扫荡三十多次，大宗家战斗远不是最惨烈的。

冀鲁边军区的第一军分区地处河北东南角；第二军分区处山东最北端；第三军分区跨越冀鲁两省间。第一军分区（第一地委、第一专署）下辖静海县东部、青县东部、沧县东部、东光县东部、南皮、吴桥、海兴等幅员相当五个县，建有五个县委、五个县政府、五个县大队；第二军分区（第二地委、第二专署）下辖德县、陵县、临邑、商河、济阳、德平、平原县东部及禹城县东部，相当七个县，建有七个县委、七个县政府、七个县大队；第三军分区（第三地委、第三专署）下辖乐陵、宁津、庆云、盐山、阳信五个县，建有五个县委、五个县政府、五个县大队。每个军分区另辖一个独立团，每团三个独立营作为军分区的主力。因环境很恶劣，以后独立团分别改称独立大队，团部撤销，三个大队归分区司令领导，每个大队下设四个小队（连）。第一军分区活动主要是应对天津方面的敌人。龙书金第二军分区，主要是应对济南方面的敌人。天津与济南之间敌人设有两个重要屯兵据点，一个是德州，另一个是沧州。两处敌人经常联合反复扫荡冀鲁边军区的八路军及各抗日政府。

1940年1月底，春节临近，冀鲁边区第二军分区司令部及第二地委、第二专署、平禹县政府、两个独立大队及平禹县大队等单位，计划在平原县第八区过春节。以上单位分别驻进马家坞村及周围的三大李家、邱家、岳家、刘大鼻子、华家等八个村。二军分区司令部及龙书金、赖金池（二分区副司令员）驻在马家坞。平禹县政府筹集了大量的白菜、猪肉、面粉等准备欢欢乐乐地过新年。腊月27日是马家坞赶集的一天，比大宗家更严重的情况发生了。

天刚亮，自济南、禹城、平原、德州等汇集的八千日军，有汽车三十多辆、骑兵四百多、坦克三辆，把八个村包围得严严实实。战斗打响后，各村部队不知向外突围，而从四面八方向马家坞集中，包围圈越缩越小，越小越危险。打到中午，敌人派两架飞机由济南来战场助威。其实两架飞机也不能下来抓人，三辆小坦克碰上手榴弹就瘫痪，它们对巷战起不了多大作用。可是轰隆隆的噪音令人胆战心惊。飞机与坦克虽没有摧毁战士们的肉体，却摧毁了他们的精神防线，他们吓得乱跑乱窜，部队乱了队形，小队长找不到排长，班长找不着士兵，完全乱套了。以个人为单位，个人跑个人的，原被捕获的一些汉奸黑团头目也趁乱跑掉了，其中包括德县黑团头祁万同。

我军伤亡五百多，借机逃亡者比伤亡数目还大。分区副司令徐尚武牺牲。两个独立大队和一个县大队被击溃，党政机关被打散。二军分区受到毁灭性打击。庆幸的是，还有六个县大队三十多个区中仍安然无恙。可是在精神上我军受到震撼，士气低落。敌人伤亡了了，只有一百多人。

战后龙书金把二十三名伤兵偷偷送到广德堂，这给石振铎家增加的不仅仅是治疗任务，宫氏为二十多伤兵做饭，复生子负责送饭，一旦泄密，会给他全家带来杀身之祸。石振铎与本县著名汉奸进行周旋，好让他们保护自己或通风报信。敌人的许多情报经石振铎传递给郭县长和金秘书的。以后，敌人更加疯狂，先后在1941年3月、7月和1942年3月、5

月，分别进行了五次治安强化运动。敌人把全边区分为治安区、准治安区和非治安区，实行保甲制，清除不稳定分子，进行经济封锁。县与县之间挖封锁沟，五里设一岗楼，八个村建一据点，实施"囚笼政策"。对非治安区进行烧光、杀光、抢光的三光政策。

1941年6月开始，敌伪两万多人对第一军分区进行两个月的扫荡，在东光县四柳林村、大小单家一带包围了第一地委专署及分区独立营。我三百多同志壮烈牺牲。从此第一军分区处于风雨飘摇之中。

1942年2月，日伪两万人合围乐陵铁营洼我军驻地，我阳信县政府、县大队四百多人牺牲，给第三军分区的生存造成严重威胁。为了生存，为了坚持抗战，各区政府及区中队领导农民挖抗日道沟，村村相通，有利于游击队撤退。白天挖沟怕敌人发现，只能夜晚挖。鬼子二鬼子白天强迫农民挖封锁沟、填抗日沟。

由于冀鲁边区政治军事环境恶劣，大部队已失去活动余地。战斗几乎每天都在发生。因此，于1940年3月，肖华带领两个支队转移到鲁西军区。留在冀鲁边军区的部队换下军装改穿便衣，取消团的番号，营改称大队，连改称小队，排改称分队。军事活动也化整为零，以一个连或一个排为单位独立活动。独立活动的连队，指导员改称政委，大队教导员也改称政委，政委对军事活动有自主权，有先斩后奏的决定权。

每支部队每天傍晚和拂晓行军两次。夜晚八、九点钟开始行军一个多小时，行程十来里，然后宿营。拂晓三四点钟起床行军，仍行程十来里宿营。一个连（小队）分三个排（分队）进村后每个排住一个农家院，被选中的农家院必须位处村的边沿地带，靠近安全地形，容易撤退。进院后封锁消息，在大门后站上岗，任何人可进不可出。如果敌人进了村，不许开枪打，也不许跑，把大门后的岗哨撤进室内，敌人进到院内也不许打，全排由外间屋撤到里间屋，落下帘子，敌人来到外间屋仍不许打，如果有敌人撩帘子，仍不许打枪，先用刺刀捅。如果院子敌人多，就开枪杀敌，然后突围逃跑。这等战术在冀鲁边称为"撩帘子战术"。当时冀鲁边区的环境就是如此恶劣。

德州是日寇的重要据点，驻军一个联队，还有十三个伪军中队两千多人。八路军德县县大队不到四百人，四个区中队一个武工队不到四百人，全县武装力量不到一千人。我军在装备、人数、战斗力方面占绝对劣势。敌人每个月都出城寻找县大队或区中队作战，即使在夏天有青纱帐的时候也是如此，敌人很轻视八路军。从1941年冬天到1943年春天，德县县大队分为三部分进行活动。

第一小队战斗力较强，小队长为张剑洪。指导员姓范，他们随大队部活动，大队副为冯三荣，副政委为时俊禹。

第三小队队长姓宋，指导员是石祥才，大家都叫他"香菜"，他们随县委县政府活动。县委书记兼县长姓郭，他毕业于天津南开大学。

第三部分是二小队独立活动，小队长姓王，指导员改称政委，政委姓宋。德县县大队的分散活动很有成效，即使在1942年环境最恶劣的时候，也没受到毁灭性的袭击，实力保存很好。

1943年夏国内国际形势开始好转，德县县大队又重新集合起来，由零化整，变成一支战斗力很强的队伍。因为共产党强调党的一元化领导，军队要绝对听从党的领导。县大队的实际领导人称为副政委、大队副等，名义上县委书记是政委，县长是大队长。其实正职没有指挥权，副职才是实权派。

3月初一上午，郭县长带一个通信员来到广德堂，询问伤兵的痊愈情况。已经痊愈、骨头没受伤的能跑能颠的要归县大队；骨头受伤仍能生活自理的可安排在区政府工作，如生活不能自理的可回家按荣军待遇。在郭县长和石振铎说话间，由土桥据点来的鬼子二鬼子进入广德堂，郭县长吓得面色苍白浑身发抖。石振铎拉过郭县长的手腕一面号脉一面说："你的脉浮数，是发疟疾。先寒战后发热，接下来便是出汗。来，你先躺下盖好被子，我给你打针奎宁，再吃点常山就好了。"说着，石振铎装作写病历："你是红庙的王克勇，今年多大？"郭县长呻吟着说："二十八。""红庙发疟疾的多吗？""多，多得不得了。"石振铎口中念念有词，写着病历。郭县长躺在床上裹着被子，下身露出屁股准备着打针的姿势。

通信员背着一支步枪出去买烟，石振铎怕他暴露内情被鬼子抓去，就朝杂货店快步跑去。

这时通信员买了烟刚出杂货店门口，发现鬼子已到广德堂门口，他把枪丢在粪坑里撒腿就往东南方的崔家油坊村跑，二鬼子朝他打了一枪没中。

石振铎与四五个二鬼子跑得最快，来到粪坑处发现下边有枪，鬼子也快赶到了，在千钧一发之机，石振铎对二鬼子们说："我们都是中国人，要保护同胞，事后你们要什么面子我有什么面子，不能叫鬼子看见枪，快！快！我们快回去。"

　　二鬼子们大多数是当地人，都认识石先生，很听话，就转身朝回走。这时鬼子和翻译走近了，鬼子问："跑的是什么人？"石振铎笑着说："那小子叫二傻子，没见过什么世面，见了穿军装的就怕，你们把他吓跑了。""我以为他是八路军的干活。"说着，五个鬼子和翻译进了广德堂，其余四十六个二鬼子有的站在大街上，有的窜到百姓家搜钱抢东西，有的强奸女人。

　　鬼子看着石振铎熟练地为郭县长消毒打针，石振铎担心郭县长忘记王克勇这个名字，他说："我告诉你，王克勇，打这种奎宁针痛得厉害，需要深部肌肉注射，你得咬紧牙关。"五个鬼子凑过来看着。一针打下，郭县长果然痛得呲牙咧嘴。

　　看完打针，鬼子把药柜子里的人参、阿胶、十全大补丸抢劫一空，直到村长请这帮败类到饭馆吃饭方才离开广德堂。酒足饭饱后，这帮劫匪满载而归。宫氏、温良、复生子及二十三个伤兵得到石振铎的确切通知后才从地道里钻出来。

　　鬼子进入广德堂的消息是一位药工从南屋通过地下道给家人及伤兵传送的，鬼子出村后，黑子跳下猪圈把那支步枪捡回擦洗干净交给了石振铎。

　　敌人被村长叫出广德堂后，大家松了口气。鬼子撤出村子后，宫氏、温良给伤兵准备做饭，为了快捷，闷了一锅小米干饭，煮了一锅白菜、粉皮、豆腐杂烩菜。石家老少、伤兵及郭县长聚在南屋里像吃团圆饭一样，高兴地把一锅菜吃的精光。

　　饭后，郭县长向二十三名伤兵讲话："大家可能不认识我，我是德县郭县长。经石大爷的一个多月的治疗，大家都基本恢复了健康，我今天是来带大家归队的。刚才不巧跟鬼子碰了个正着，在石大爷的机智地掩护下，才死里逃生，我今生今世永远感激石大爷的救命之恩。他是我们冀鲁边区的首屈一指的抗日英雄。广德堂是边区的地下抗日堡垒，大家都得到了这个堡垒的保护，希望同志们遵守纪律，保守秘密，对任何人不能说出这个堡垒的秘密。将来我们共产党革命成功了，要向石大爷谢恩。只要有共产党在，就有石大爷的永远光荣。"伤兵们纷纷抢着说："我们要用抗战打鬼子的实际行动报答石大爷。"

晚九点，郭县长带着伤兵们归队，战士们含着泪与石振铎一家握手告别。

石振铎为了给县大队获取军事情报，也为了保护自己，利用他的医术威望经常出诊德州、黄河涯、仙人桥、土桥、董屠庄等敌伪军据点中，不断与史存善、高长江、王东山、温富岑、郭德子等汉奸队长交往，交往时让汉奸们多喝酒，达到酒后吞真言的目的。

鬼子把地盘划分为治安区、准治安区和非治安区，八路军分为根据地、游击区和敌占区。石庄属于鬼子的准治安区，八路军的游击区。但处于游击区的广德堂是八路军的牢固根据地，是鬼子的危险非治安区。冀鲁边区的敌我形势犬牙交错，每个县、区、村也是犬牙交错；八路军中有敌特交错；汉奸中有抗日分子交错；每个人的思想也有抗日与投降的交错、阴暗与光明的交错，但在石振铎的头脑中只有抗战，因为只有抗战才会有光明！

第十章　敌后战场内幕

　　自七.七事变以来，我国形成南北两大战场。在华南由国军大兵团的阵地防卫战为正面战场，在华北，由共产党领导的沦陷区游击战为敌后战场。正面战场有正规军两百多万，敌后战场只有游击队三万。像卫立煌指挥的忻口战役、李宗仁指挥的台儿庄战役、白崇禧指挥的昆仑关战役、陈诚指挥的武汉战役以及薛岳、王耀武指挥的万家岭大捷，是正面战场的阵地战。而由林彪、陈光指挥的平型关战斗、陆房突围、梁山伏击战，龙书金指挥的大宗家与马家坞突围，肖华指挥的破袭津浦路是游击战。

　　不幸，各党各军中形成若干派系、山头和集团。党外有党，党内有派，军外有军，军内有系。因此，在历史上出现过许多悲剧，给民族和国家带来重大损失。

　　如想了解中国当代史，就必须理清各党派的、各军事集团的关系。国民党有胡汉民为代表的右派、廖仲凯为代表的左派，蒋介石为代表的枪杆派、汪精卫为代表的投降派。共产党有陈独秀为代表的学者派、周恩来为代表的勤工俭学派、毛泽东为代表的枪杆子派、王明为代表的亲苏派及刘少奇为代表的北方局派。在政府军队中，有嫡系、非嫡系和杂牌之分。嫡系有陈诚、汤恩伯、顾祝同、薛岳、胡宗南、刘峙等指挥的军队，他们都是毕业于保定军官学校、黄埔军校或日本士官学校。非嫡系有卫立煌、程潜、张发奎等领导的军队。杂牌军都是各省军阀，有冯玉祥的西北军、李宗仁、白崇禧的桂军，还有刘湘的川军、张学良的东北军、阎锡山的晋绥军、龙云的滇军以及马鸿奎、马步芳的回回骑兵。共产党的红军又由各种支流汇合在一起，有根子硬的红一方面军、短小精悍的红二方面军、兵强马壮的红四方面军之分。由毛泽东、朱德领导的红一方面军又有红一军团、红三军团之分，到陕北又编入徐海东、刘志丹及程子华的红十五军团之分。红一军团又有南昌起义军湖南秋收起义军及湘南年关起义军之分。红一方面鼎盛期发展到十二万人，长征开始为十万；由贺龙、任弼时、肖克、关向应领导的红二方面军又有红二军团、红六军团之分，各军团各带有自己的独特属性，红二方面军鼎盛时期发展到两万人；由徐向前、张国焘、陈昌浩领导的红四方面军是由湖北黄安、麻城起义农民编成的三十一师、河南商南起义的农民编为三十二师、安徽六安、霍山起义农民编成的三十三师，全称红一军，以后与红二十五军合编为红四方面军。红四方面军鼎盛期发展到八万人。

以上三支红军经长征到达陕北后，红一方面军还剩七千人，红二方面军剩两千人，红四方面军还剩五万多人。毛泽东为了控制红四方面军，不惜削弱其强大的力量，于是借敌人之刀杀自己人，命令红四方面军一分为二，红九军与红三十军两万多人组成西路军西进甘肃，另两个军分散到陕北，促使西路军被马家军全部消灭。对此，毛泽东至死三缄其口。编入西路军的还有属于红一方面军的第五军团。该军团是董振堂在宁都的起义部队，被毛泽东视为异己，像处理王左、刘志丹一样，借马家军的刀，清除了董振堂。

为了解敌后战场的建立及当代历史的发展，必须先了解一位重要的历史人物——周恩来。周恩来是智慧与仁、义、礼、信的化身，融中国文化与西方文化于一身。他不仅是统战外交大师，路线斗争大师，还是军事斗争的英雄。他是中国工农红军的真实缔造者。如果没有周恩来的智慧，中国共产党能否成功，党领导的军队能否胜利，不得而知。

1924年，孙中山任命周恩来为黄埔军校的政治部主任，协同校长蒋介石培养军事干部。许多共产党员随周恩来进入黄埔军校工作，并在学员中发展了一批共产党员，这些工作人员及学员形成了未来中国红军领导骨干。1924年12月，组织了一支铁甲车队，保卫大元帅府及孙中山的安全。铁甲队的首领均为黄浦第一期学员，队长为徐成章、党代表廖乾五、副队长为周士第，队内建立起党小组。

1925年11月，周恩来为国民革命军第四军，建立了独立团，以叶挺为团长。铁甲车队为独立团的骨干。叶挺独立团为中国共产党的第一支武装力量。周恩来当时是中共两广区委会委员长和军事部长，并任以黄埔军校学生为主要力量的国民革命军第一军政治部主任。中共六大前后，党内的主要负责人在形式上是向忠发、李立三、瞿秋白、王明、博古、张闻天，其实真正掌舵人是周恩来。因在长征途中患肝脓肿高热40℃，他暂把军委书记的职务让给毛泽东。

经过南昌、广州起义的失败，周恩来认识到，中国革命不宜城市暴动，不适合知识分子领导，红军是穿上军装的农民，我们是农业国，革命是解决农民土地问题，必须找一个熟悉农民问题的人领导中国革命及其军队。他被毛泽东的花言巧语蒙蔽，错认为毛泽东就是较为合适的人选，这是他一生犯的最大错误。

红军三个方面军的建立都有周恩来的心血。红一方面军是南昌起义的残余部队，是由周恩来的朋友朱德、陈毅带上井冈山的。周恩来是朱德的入党介绍人，陈毅又是周恩来勤工俭学时期的朋友。第二方面军的贺龙司令在南昌起义中，接受周恩来的领导，后经周恩来介绍加入了中国共产党。第四方面军的总指挥徐向前，曾就读于黄埔军校一期，他受周恩来派遣到鄂、豫、皖三省边界把暴动的农民组织为第四方面军。陕北红军总指挥刘志丹是周恩来的黄埔军校学生，政委程子华是周恩来派遣去的。红军的一切作战、练兵、群众纪律等常规制度、军事情报制度、各旅、团电台的建立、电报密码的编纂以及对敌军的策反等，周恩来都事必躬亲。他不但对自己各部队的战斗力、人数、背景、指挥员的能力了如指掌，对全国敌军师以上部队的特点也耳熟能详，对敌我双方军情堪称知彼知己。

周恩来在全军威望的形成，不是因为他位高权重，而是由于他的军事才能、组织能力、政治智慧、吃苦耐劳等形成的一种人格魅力。

经周恩来与蒋介石的讨价还价，国民政府允许红军改编为八路军三个师，和组编江南八省红军游击队为新四军。八路军总指挥为朱德、副总指挥彭德怀；参谋长为叶剑英、副参谋长为左权；政治部主任任弼时、副主任是邓小平。红一方面军及陕北红十五军团编为一一五师，师长林彪，政委聂荣臻，政治部主任罗荣桓，下辖两个旅。原红一方面军编为三四三旅，旅长是长征英雄、红二师师长陈光。红二师为红一军团的核心，前身为叶挺独立团，也是林彪起家部队。三四四旅为红十五军团改编而成，旅长为徐海东。一一五师为全军主力，是毛的嫡系。全师约一万五千人，超过一二零师、一二九师两师人数的总和。红二方面军编为一二零师，师长贺龙、副师长肖克，政委关向应。红四方面军改编为一二九师，师长刘伯承，副师长徐向前，政委原为林彪的叔伯哥张浩（原名林育英），后为邓小平。新四军军长叶挺，副军长兼政委项英，参谋长张云逸，政治部主任袁国平。

1937年7、8月间，国共两党经过五次谈判，关于整编红军的问题一直达不成协议，周恩来要求整编四个师，每个师三个旅，每个旅两个团，一个师一万五千人，四个师共六七万人，同时建立指挥总部。蒋介石主张整编三个师，一个师三个团共九个团不能再加，不能设总部，只可设政治部。政治部设主任，没有指挥权。正当谈判僵持不下时，8月13日，日寇进攻上海，敌人的火炮打消了国共两党的讨价还价，强迫两个宿敌握手言和。8月13日，蒋介石同意红军改编为国军革命军第八路军，任命朱德为总指挥，彭德怀为副总指挥。以上是两大政治利益集团有关红军改编问题的公开斗争过程，说明强势集团与弱势集团之间没有公平可言。国共属于两党、两军、两种意识形态的外部矛盾。那么，同一个利益集团内部有无公平可言呢？当然也没有。红二方面军的总指挥贺龙任一二零师长，红四方面军的总指挥徐向前任一二九师副师长，一一五师的师长林彪是红一方面军的第一军团长，第三军团长彭德怀升为副总指挥，比师长还高半级，一一五师人数超过两个师的总和。徐向前出身黄埔军校第一期，林彪是第四期的小兄弟，贺龙是南昌起义总指挥，是二十军军长，率领三个师起义，林彪是叶挺二一军第二十四师的一位排长，论官阶、资历、军功，林彪是无法与徐向前、贺龙成比例，即使彭德怀在起义时只是一位区区的团长，为何红一方面军的人如此高人一等呢？是因为红一方面军的政委毛泽东已接替周恩来为中央军委负责人的位子。前面已提到，毛泽东的嫡系一一五师人数超过非嫡系一二零师与一二九师之和，后两个师属周恩来的力量。

那末，红一方面军内部就完全公平吗？当然也不是。红一方面军辖红一、红三两个军团，毛泽东领导的红四军改为红一军团，彭德怀领导平江起义的部队为红五军改为红三军团。毛泽东升为红一方面军领导人后，对两个军团当然也不一视同仁，分配战斗任务的时候，让红三军团啃骨头，红一军团吃肉。兵源及军事物资补充的时候，红一军团优先。

同为一一五师就公平吗？不是。1937年9月，平型关战斗结束后，中央军委命令一一五师一分为二，师长林彪领一部份南下山东开辟根据地，师政委聂荣臻领一部分在北方建立晋察冀根据地。主持分家的人为师政治部主任罗荣桓。罗荣桓当然遵从毛泽东的意图，把一一五师杨成武的一个独立团和一个骑兵营分给聂荣臻，分给林彪的是两个旅的主力四个团及一个特务营。这是因为聂荣臻是属于勤工俭学的周派人物，他掺和在一一五师就影响毛泽东对一一五师的控制，所以只分给他一个战斗力弱的独立团，叫他在敌人危险的心脏——平津地区作战。宰相鲍叔让贤管仲致使齐桓公称霸天下。周恩来与鲍叔有同样高尚的品德，他能把红军总政委的大权让给毛泽东，难道还令勤工俭学的一派反对毛泽东吗？周恩来让贤的目的与鲍叔相同，为了建设一个强盛的中国。周恩来的一派应该就是毛泽东的一派，但可悲的是，许多帝王像曹操一样多疑，结果出现了众多历史悲剧。

八路军总部五位领导人朱德、叶剑英、左权三位是周恩来的朋友或学生，一二零师长贺龙、政委关向英、一二九师师长刘伯承、政委邓小平都是周恩来的朋友，一一五师政委聂荣臻也是周恩来的朋友。师长林彪虽是黄埔军校的毕业生，但和周恩来没有私人关系。新四军军长叶挺及后来的陈毅都是周恩来的朋友。在军队中，只有林彪一人受毛泽东的提拔重用而成为毛的朋友。彭德怀虽与毛泽东属于同县同乡，但他属平江起义的人，带有独立性，只能算毛泽东的半个朋友。周恩来在军队的实力占压倒优势，居绝对统治地位。可是周恩来把这支军队完全推让给毛泽东领导，对军权的谦让在历史上是绝对没有的。历史上有的是抢军权、夺枪杆子，没有推让军权的。当然，周恩来让军权不是因为一般的谦虚，而是推测毛泽东有能力指挥千军万马，打出个新中国来。

在军事上，由于毛泽东的替代，周恩来把精力由军队转移到统战外交和地下党领域。他的才能是多方面的，军事才能是其中之一。他尤其擅长统战外交，对党内外政治斗争更是驾轻就熟。周恩来的实力大，朋友多，并非故意地拉帮结派，而是由他的仁义礼信、智慧、机敏、良好的教育、丰富的阅历等，自然成为优秀人物的中心。他善交天下朋友，甚至能把敌人也转化为朋友，这与毛泽东相反，毛泽东善于把朋友转化成敌人。

八路军的三个师在分配敌后地盘时十分不平等。贺龙的一二零师分到人少物稀的绥远省，既缺乏兵源又无粮吃。刘伯承的一二九师分到一望无际的华北平原，是敌人战车、汽车、大炮最易发挥威力的理想环境。把聂荣臻的一个独立团和一个骑兵营分到敌人的统治中心区——

平津保三角地带，在老虎嘴边上打游击，随时有被吞掉的可能。唯有老毛的嫡系——五师的地盘最好，是山东省。山东人口多，物产丰富，兵源、财源、粮食都取之不尽，用之不竭。另外还有沂蒙山区可以藏身，但山东省最大的优势是民性强悍、义气豪爽，是历代农民起义的发源地。1938年，全省自然爆发的抗日起义军如雨后春笋，到处是农民抗日起义队伍，一一五师进入山东之前，全省抗日救国军已发展到九个支队（相当于旅），共五万多人。人数之多超过当时八路军的三个师之和，这是在全国少有的自发起义抗战力量。一一五师来山东后，只是对这支庞大的抗日力量稍加整编，就使之变成一一五师的主力。

　　毛泽东不仅为三个师分地盘搞宗派，就是在自己的嫡系部队一一五师内部也搞宗派。在一一五师及山东军区的干部任用上胡折腾了八年，严重影响了抗战力量与根据地的发展。

　　林彪被友军误伤后送入延安治疗养伤。根据国不可一日无君，军不可一日无帅的原则，远离中央的太行山八路军总部朱德、彭德怀在没有事先请示延安毛泽东的情况下，在林彪离队的当天就任命三四三旅旅长陈光代一一五师师长，李天佑代三四三旅旅长，杨勇代六八六团团长。任命下达二十四小时后，还没来得及向延安毛泽东汇报，毛泽东的任命电报下达到八路军总部，任命一一五师政治部主任罗荣桓代师长。鉴于朱德、彭德怀的任命在先，不好收回三份成命，所以就没有执行毛泽东的任命。这件事为陈光以后的命运造成杀身大祸。

　　陈光不仅是红军嫡系第一军团的干部，而且又是红一军团的主力、红二师的师长。红二师又是长征的先头部队，长征途中每次斩关夺隘，强渡乌江、金沙江，爬雪山，过草地，攻腊子口中，都是陈光身先士卒，率红二师披荆斩棘、冲锋陷阵，长征方取得胜利。红二师是红军长征的缩影。

　　陈光无疑是首位长征功臣。既然陈光是毛泽东井冈山派的嫡系中的嫡系，又是长征第一大功臣，为何毛泽东对其怒从心头起，恶向胆边生？而对罗荣桓情有独钟呢？其实，陈光尽管性格火爆，但他不仅没冒犯过毛泽东，反而对他俯首帖耳，惟命是从。陈光虽然也是参加了湖南农民起义，只因为他参加的是朱德、陈毅领导的湘南农民年关起义，非毛泽东领导的湘赣边秋收起义。而罗荣桓相反，所以罗荣桓得到宠爱。

以后的历史证明，陈光逐渐走向九泉之下，罗荣桓则步入九天之上。

抗日战争初期，中共在敌后建立了六个大军区，包括贺龙的一二零师的晋绥军区、刘伯承的一二九师的晋冀鲁豫军区、聂荣臻手下一个独立团与一个骑兵营的晋察冀军区、陈光一一五师的山东军区、叶挺及项英的新四军和陕甘宁边区。毛泽东为了把六大军区牢牢握在手中，他居心叵测，对各大军区横挑鼻子竖挑眼，把自己的心腹，不管军事能力高低，要放到最高军事领导岗位；不是心腹的，即使属井冈山派，军事能力强也得靠边站。如果不是井冈山派，即使有孙膑、韩信之才也得边外站，所以各大军区的头目战战兢兢，如履薄冰。

贺龙、刘伯承、聂荣臻由于是周恩来的部下和朋友，受到周恩来的保护，他们暂且苟安一隅，而新四军则难逃毛泽东的魔掌。军长叶挺无疑是周恩来的朋友和部下，但因南昌起义后失去党的联系，在工作中受到政治局委员、副军长兼政委项英的制约，两个人磕磕碰碰，矛盾重重，实际军权掌握在项英手中。项英在党内如果不比周恩来、毛泽东的资历更深，至少和他们平起平坐。项英是周恩来的同事、朋友，而不是部下。项英在1930年奉党中央之命及周恩来委托，进入中央苏区井冈山，取代了毛泽东成为中共苏区中央局书记及军委主席，这令毛泽东恨之入骨，项英从此埋下了死于非命的祸根。

新四军于1938年由周恩来在南昌组成，无疑是属于周恩来的力量。毛泽东为了从周恩来与项英手中夺取新四军的领导权，在苏北又成立了个新四军江北指挥部，总指挥为陈毅，与江南项英、叶挺唱对台戏。红军长征后，项英与陈毅留下坚持江南老区的武装斗争，所以整编江南九省游击队为新四军时，其主要领导人少不了项英与陈毅。陈毅是周恩来的朋友和部下。毛泽东在井冈山与陈毅就是老对头，他对陈毅一百个不放心是理所当然的。于是，毛泽东任命心腹刘少奇为新四军江北指挥部政委，对陈毅进行约束。

毛为了报项英一箭之仇，并夺取新四军的领导权，给江南新四军设下了天罗地网。他欲借蒋介石的刀杀项英的头，对江南新四军一网打尽。

1940年蒋介石命令新四军由江南撤往江北敌后抗战，毛泽东接到命令后，为新四军选择了一条渡江的绝路。渡江路线是选在南京与江阴之间，此地是国军与日军的战场，这段水路日寇的舰艇活动频繁，而且江南岸是国军第三战区顾祝同的二十多万大军，江北岸有日军的重兵防守。选择渡江的时间是1941年1月春节前后，此季万物凋零，部队失去青纱帐的掩护。唯恐顾祝同放新四军顺利渡江，于渡江前两个月，1940年10月初，毛泽东命令刘少奇的新四军江北指挥部向国民政府江苏省主席韩德勤部挑衅，借机一举消灭了苏北黄桥地区李守维的第八十九军及翁达的独立第六旅一万一千多人，并攻占了海安与东台两城。亲自指挥此役的刘少奇、陈毅也蒙在鼓里，不知毛泽东为何突然发出向友军进攻的命令。韩德勤与顾祝同为涟水县同乡、保定军校同学、同事、朋友，军内关系为直属上下级。打击韩德勤就等于打击顾祝同。国军韩德勤部被消灭两个月后，1941年1月，毛泽东命令叶挺、项英的新四军九千人渡江，行军路线划定在顾祝同的第三战区的防卫中心区的泾县。4日开始行军，6日到达泾县茂林地区，突遭顾祝同七个师八万多人袭击，血战七昼夜，除千把人突围外，八千抗日健儿及新四军军部烟消云散。叶挺被俘，项英死于乱军之中。

这是毛泽东继1936年借马家军之刀杀了西路军红四方面军两万多子弟兵之后，是第二次借刀杀人的成功范例。两次计划如出一辙。相隔五年，西路军与新四军都是根据毛泽东的命令，钻进敌人的包围圈。

毛泽东暗自高兴，终于报了一箭之仇。毛泽东在延安与新四军已失去电报联系五日之久，仍不向外发布消息。几天后，驻在重庆八路军办事处的周恩来在重庆国民党报纸上才得知新四军遇难。以后，毛泽东又以惯用的颠倒黑白的宣传，称共军消灭国军韩德勤部一万一千人是正当防卫，是韩德勤破坏抗日统一战线，主动进攻新四军。顾祝同消灭新四军军部八千人当然是罪恶滔天，破坏抗战。远在毛泽东执政前八年，他的魔鬼真面目已暴露于天下。

毛泽东对党外党、军外军无事生非、挑起事端、制造假象、颠倒黑白是可以理解的，在党内各派之间制造仇恨，无情斗争、上纲上线、无中生有、造谣诽谤、本末倒置，甚至还可以谅解，但对自己的亲信嫡系井冈山派下毒手就令人百思不得其解了。以后的历史证明，暂不说对中共领袖张国焘、项英、王明、博古、张闻天的迫害，而对他自己的心腹、功臣、接班人更加倍摧残，如陈光、彭德怀、林彪、高岗、刘少奇、陶铸、罗瑞卿、黄克诚、陈伯达、田家英等等。

在抗战期间，毛泽东如愿以偿地借蒋介石之刀成功消灭了新四军军部，巧妙地杀了项英的头，这是何等地惬意！这是他抗战的第一个愿望。抗战的第二个愿望是控制山东，他曾有言："谁得山东，谁得天下。"在抗战八年中，毛泽东对山东军区及中共山东党政军七易其帅，包括黎玉、郭洪涛、张经武、徐向前、朱瑞、陈光、罗荣桓。前六位都是后娘养的，唯有罗荣桓是亲生的，因为他是秋收起义的产儿。

尽管毛泽东的现代知识面很窄，但对中国的历史书还是读了一点。他明白，山东民性强悍、是非分明、见义勇为、忠诚耿直、好打不平，梁山好汉就是山东人性格的代表。历代农民起义多以山东为中心，其中著名的有赤眉起义、黄巾起义、黄巢起义、义和团起义等等。抗战开始，于1938年，山东普遍燃起抗日烽火，到处是抗日起义军，这是在外省很少见的局面。当年发展到两万五千多人，第二年发展到六万人。起义军多是爱国志士发动起来的，少数是受中共地下党诱导。一一五师进入山东前，山东省委在黎玉、赵建民、林浩、景晓村领导下，把抗日起义军整编为十二个支队（支队相当于旅），并在各支队建立了中共组织，各支队冠上八路军的番号，变成了党军。毛泽东对这十二个支队垂涎三尺，先后由延安派来五拨干部来领导这支队伍，其中包括郭洪涛、张经武、徐向前、朱瑞及一一五师的首长陈光及罗荣桓。

抗战初期，山东境内出人意料地暴发了多起抗日起义军，中共山东省委面对一片令人鼓舞的抗日热潮，不知如何应付。省委书记黎玉专程赶往延安主动请教党中央，一方面要求给山东省委出主意想办法，如何领导这些抗日义勇军；另一方面要求中央给山东派军政干部，对这些部队进行教育、训练。

山东省委对中央的信赖与忠诚令人赞叹。可是以后的历史证明，毛泽东对黎玉的忠诚不但不报以信任，反而予以排挤。因为黎玉既与秋收起义不沾边，又和井冈山没缘分。在他眼里，地下党多为叛徒。

毛泽东对黎玉不放心，1938年5月，毛泽东派郭洪涛来山东任省委书记，而黎玉连常委也没挂上，被晾在了省委之外。在1945年的延安七大上，勉强给他挂上候补中央委员的衔。

郭洪涛在山东呆了一年另五个月，便卷起铺盖卷打道回府，重归延安。毛泽东认为，山东的抗战形势一片大好，是一块很有前途的根据地。郭洪涛是属于陕北刘志丹派的人，不能胳膊肘子向外拧，要派自己的心腹占领山东这块风水宝地。紧接着，毛泽东又派张经武来山东主持地方部队的整编工作，把山东遍地的抗日民众整编为十二个支队，并于1938年12月建立了八路军山东纵队，张经武任指挥，黎玉为政委。1939年10月，张经武又被调回延安，他在山东只待了九个月。毛泽东认为，张经武虽在井冈山舞台上有过插科打诨的光荣历史，但他的资历浅、能力低，不适宜掌握一个大军区，临时让他撑门面可以，长期独当一面可能会弊病百出。再说，派往山东的有红四方面军的一批老资格军长级高官，如许世友、王建安、杨国夫、胡奇才等，张经武镇不住他们，怕出现喧宾夺主的乱糟糟的局面。另外，还有最重要的一条，虽然他沾红一方面军的边，但不是红一军团的核心嫡系。

毛泽东对这十二个支队的新兵念念不忘。十二个支队就是十二个旅，如果把这十二个旅训练好，就可以整编为四个师，比现在的八路军三个师还多一个。人选首先要具备的条件是老老实实听我毛某人的话，这就是德。有了德，还得有才。才就是能指挥作战，并有实践经验。具备了德才还得属于我这一派。我派中又分井冈山派和秋收起义派……挑来挑去，具备才的不具备派；具备派的不具备才。然后在德上再进行比较，凡是无才的人都老实听话；凡是有才的人往往孤芳自赏、恃才傲物。难啊！只能退而求其次，挑选有才而又不敢不听话的非井冈山派。毛泽东的目光最后盯上虎落平阳的徐向前。徐向前黄埔军校毕业，既有训练军队的才能，又有实践经验。先让他把十二个支队训练好了再说。

徐向前是黄埔军校一期学生，他与陈赓、刘志丹、左权、周士第一样是周恩来的门徒。不过他具有军人服从命令为天职的德行。身为红四方面军的总指挥，当张国焘枪毙他的老婆时，他竟胆怯得不敢为之求情。经过毛泽东对红四方面军干部的整肃，徐向前更胆小如鼠、惟命是从。尽管山东省有几位红四方面军的高级将领，充其量他们也不敢拉帮结派，其他红四方面军的老搭档及张国焘、陈昌浩的前车之鉴可使他们不寒而栗。虽然不属井冈山派，在精神上已成为井冈山派的俘虏。事情就这样决定下来了，利用徐向前去山东训练那十二个支队，训练好了，还有下步棋。但小心无过处，对徐向前这只死老虎还要当活老虎对待，以防借尸还魂。怕一步走错输了满盘棋。给他配备一名政工干部监视其言行是绝对安全之举。对这位政工干部的人选又让毛泽东伤透了脑筋。

徐向前是方面军级干部，给他配备的政委至少要有军团级职务，而且必须是井冈山一方面军的政工干部。经过长征，红一方面军减员太大，十万人还剩七千。在干部资源方面远逊于红四方面军。目前红一方面军的干部都充实到各大军区，留在延安的人少之又少。毛泽东上下掂量，左右权衡，选用冀鲁特委书记朱瑞陪同徐向前前往山东。但选用朱瑞是出于无奈，并非理想。朱瑞虽担任过红三军团政委、红五军团政委，甚至还担任过红一军团政治部主任，但这是周恩来安排的，并非我意。他只是井冈山牌的赝品。好处是他在党内高层的理科文化水平几乎是最高的。他去苏联之前，曾在广东大学读书。凡到苏联所谓留学的人都选读没有学问的马列主义及政治学科，准备回国当官，出人头地。但唯独朱瑞选读了三年的炮兵科。学炮兵需要数学计算，数学好的人往往是书呆子，脑子愚笨，爱找真理，忠实于死板的定律，缺乏政治权谋。这类人是不会篡党夺权的。所以朱瑞虽不是井冈山的正品，但也令人完全放心。其次，他的专业是炮科，在操练部队方面也能助徐向前一臂之力。

毛泽东每想到山东十二个支队新兵，将由徐向前、朱瑞两个出类拔萃的总教头进行军事训练，快乐之情溢于言表。他俩既熟读军事法典，又不会造反，军事素养精湛，政治安全可靠是两个人的共同特点。

1939年6月，徐向前、朱瑞借助青纱帐的掩护，风尘仆仆，不远千里由延安来到山东。8月，在沂水县成立八路军第一纵队。徐向前为纵队司令，朱瑞为政治委员兼中共山东分局书记。山东纵队的名称是象征为山东的地方部队，一纵队象征为隶属中共中央的全国主力部队，不仅限于在山东活动，也可在任何其他省份活动。目前除了在山东之外，还在江苏、安徽、河北活动。徐向前和朱瑞学到的军事理论与战争经验派上了用场，对十二个支队进行整顿与训练，制定了各种法规，使十二个支队大大提高了战斗力及组织性与纪律性，并建立了鲁中、鲁南、胶东、清河、冀鲁边、滨海等六个二级军区。在老首长徐向前的领导下，原红四方面军的高级将领许世友、王建安、杨国夫、胡奇才等愉快而积极地在各二级军区建功立业，山东的敌后抗战形势如火如荼，日新月异。

军队番号是纵队的名称，其兵员可多可少，一个纵队可相当一个师，也可以相当一个军，也可以是一个集团军或一个方面军。徐向前与朱瑞的第一纵队包括十二个支队，也就是十二个旅。九个旅相当于一个集团军，十二个旅再加六个二级军区的地方部队，相当一个很大的方面军。相当于方面军的第一纵队及山东大军区初具雏形。经过不到一年的勤奋努力，徐向前与朱瑞的工作与战斗，初结硕果。

朱瑞的脾气与性格被毛泽东猜中了：数学好的人脑子愚笨，缺乏政治权谋。身为中共山东省分局书记，朱瑞认为责任重大、他三天两头用电报向延安毛泽东汇报党、政、军的工作，特别对第一纵队及山东的军事发展及根据地的建立等，作了详细汇报。汇报的目的一方面是下级向上级应尽的职责；另一方面对自己的工作成绩虽不是表功，也带点沾沾自喜。毛泽东对徐向前与朱瑞在山东的功绩既喜又怕。喜的是他俩把十二个支队改造成能打仗的主力军并建立了六个二级军区，使山东变成一块模范根据地；怕的是徐向前及其手下的老部下把沂蒙山变成大别山，为红四方面军招尸还魂。如果山东这块人杰地灵的军事宝地被红四方面军的人占有，等于占有了共产党的半边江山。于是，他决定约束徐向前。

毛泽东命令正在津浦路以西的一一五师越过铁路由鲁西进驻山东腹地，以沂蒙山抱犊崮为中心建立根据地。陈光、罗荣桓率领的一一五师号称八路军的主力，人数最多，战斗力最强，装备最好。其实一一五师只有两个旅，每个旅只有两个团，另加独立团特务营、骑兵营及师直，满打满算充其量不超过一万人。至于刘伯承的一二九师、贺龙的一二零师，兵力就更少了。

原属一一五师的三四四旅被调出，受太行山八路军总部指挥；独立团与骑兵营跟聂荣臻去晋察冀军区；三四三旅的六八五团由彭明智团长带领进入苏皖边区活动；陈光带进山东的一一五师其实只有六八六团及特务营，连师直机关在内不超过三千人。要与徐向前、朱瑞的已发展到四万五千人的第一纵队比较，显得寒酸可怜，微不足道。

陈光、罗荣桓为一方；朱瑞与徐向前为另一方，矛盾重重，谁也不听谁的。按党章规定，是党指挥枪。朱瑞是省分局书记，第一纵队及一一五师应归朱瑞领导，可是陈光、罗荣桓是井冈山嫡系部队，属正宗品牌，根子硬，而朱瑞只是赝品。徐向前是张国焘红四方面军的人，属于杂牌，所以陈光、罗荣桓不听朱瑞指挥。朱瑞认为自己是山东党、政、军第一把交椅，又有四万五千大军，还有徐向前这位宿将为司令，对陈光、罗荣桓不听党指挥枪而耿耿于怀。

朱瑞还是三天两头地向老毛汇报山东的政治情况。在汇报中甚至说陈光的脾气大，指挥能力差；罗荣桓的工作拖泥带水、优柔寡断，两个人在群众中威信都不高。他建议让能力强的徐向前取代陈、罗指挥全省部队，包括一一五师。朱瑞所要求的恰好是毛泽东反对的，朱瑞要说的正好是毛泽东不愿意听的。他不能把山东地盘及武装力量全盘让给周恩来的人，这无疑是要毛泽东的命。朱瑞的湖涂，更进一步证明毛泽东对朱瑞评价的千真万确。

1940年5月，徐向前在山东工做了一周年调回延安，理由是让他参加五年后在延安召开的中共七大。毛泽东命令山东的武装部队及六个二级军区的地方部队，均由一一五师统一指挥。一一五师一下子扩大了三十倍，也就等于毛泽东的嫡系部队扩大了三十倍。1940年10月，山东军区成立，陈光兼司令，罗荣桓兼政委，朱瑞仍为省委书记，黎玉为省长，徐向前被调出山东，山东的一切军事力量由山东军区及一一五师统一指挥，朱瑞、黎玉被挤出军队。枪杆子出政权，没有枪杆子只能听命于枪杆子了。

不久，山东八路军整编为七个教导旅另九个支队，相当于十六个旅。毛泽东在山东发了横财，他的嫡系部队由三千扩大为二十多万，增加七十多倍。当时山东中共领导人形同三驾马车：朱瑞、陈光、罗荣桓。朱瑞虽仍是省委书记，但党不仅不能指挥枪，而变成枪指挥党，处处以陈光、罗荣桓的马首是瞻，由婆婆变成小媳妇。像徐向前一样，也将被调回延安参加几年后召开的中共七大会议，只是时间早晚问题。

在敌后山东战场上，徐向前被调出，朱瑞处于冬眠状态，黎玉在毛泽东眼里是外星人。掌握山东军政大权的只剩陈光司令与罗荣桓政委两位。身体健康情况，陈光好于罗荣桓。陈光虽负伤十次但没落下残疾也没有慢性病。罗荣桓长期患血尿，有时尿如鲜血，还常有凝固的血块。毛泽东给他派一位德国医生罗生特为其保健医生。罗生特医生也没给他确诊，估计可能是肾结核、肾结石或肾肿瘤。但三者都不是，长期血尿不大影响健康的慢性病唯有丝虫性乳糜尿。按实际情况，罗荣桓应请假去延安或苏联治疗，但毛泽东对秋收起义战友寄以厚望，对年关起义的陈光疑虑重重。秋收起义是毛发动的，年关起义是朱德发动的。如果把山东二十万大军交给陈光指挥，就等于给朱德、陈毅两只老虎按上翅膀，毛泽东将失去嫡系部队，变成空军司令了。

于是，毛泽东向刘少奇面授机宜，派他来山东解决领导人的问题，也就是决定陈光与罗荣桓谁为主副的问题。在战争年代，军事首长的重要性当然大于政工干部。刘少奇把新四军政委职务交给密友饶漱石，快马加鞭地来到山东解决毛泽东的心病。如果撤换陈光司令和朱瑞的省委书记职务，使三驾马车变为罗荣桓独驾马车，党、政、军权力一把抓的话，可谓一举三得。罗荣桓得到提拔重用；毛泽东得到二十万大军；刘少奇将得到一人之下万人之上的光荣席位。

刘少奇在山东呆了三个月，做了几次顾左右而言他的政治报告，于1942年5月回延安请功。在敌后战场战争最频繁、环境最恶劣的1942年4月和9月，先后调陈光、朱瑞回延安，理由是准备参加1945年的中共七大会议。山东的党、政、军大权由罗荣桓一手抓。在1945年4月中共七大上，刘少奇得到毛泽东的回报，他由政治局候补委员的位上，连晋三级，成为排在毛泽东之后的第二位常委。毛泽东也先后收到了罗荣桓和刘少奇的回报，他俩在《大众日报》和《党章》中先后把毛泽东思想喊得震天响，为神化毛泽东及个人崇拜开了先河。而身为山东军区司令、一一五师师长的陈光及中共山东省委书记的朱瑞，虽没犯任何错误，但在七大上，连个候补中央委员的椅子也没坐上。山东自发的二十万抗日大军的领导权之争中，三人欢乐两人愁。

毛泽东在八年抗战中忙活了五件大事。第一件是借刀消灭新四军和杀害项英；第二件是争夺山东地盘及其抗日武装；第三件是发动延安血腥整风完成对王明派党权的争夺；第四件是设圈套吓跑张国焘；第五件是借召开七大神化自己，把中共改造为毛式封建家长制。他八年的奋斗目标只有一个，就是满足自己的权力欲、嗜杀狂，他把权力看得比自己的妻子儿女生命还重要，哪有心思去抗战？

自1937年7月7日抗战开始到1945年8月15日日寇宣布投降的八年期间，毛泽东不曾下达过一道抗击日寇的命令，对下级指挥员主动打击日寇的行动，特别对林彪伏击平型关、彭德怀发动百团大战耿耿于怀，视这些行动为抗日将领不服从党的命令的行为。但在四年内战中，毛泽东下达了两百多道向国军进攻的命令。他对日寇彬彬有礼，以和为贵，对中国人民心狠手辣、杀气腾腾。在八年抗战中，人民负责抗战流血，老毛负责借机夺权扩军。

抗战初期，毛泽东在中共洛川会议上对高级将领们讲："你们不要到前线争当抗日英雄，要一分应付，七分宣传，十分扩军。"建国后对日本来访议员们说："感谢日本皇军侵略中国，否则我不会胜利。"

即使汪精卫也羞于说出的汉奸话，毛泽东能慷慨陈词。毛泽东感谢日本皇军屠杀了两千万中国同胞为代价，为他换取了独裁权力。视自己的权力比两千万同胞的生命重要得多，而他又口口声声地称自己为抗日领袖，口口声声地说为人民服务，是人民的勤务员。他是好话说尽，坏事做绝。

天不灭毛，日寇拯救了暴君。由于历史事件的阴差阳错，出现了令人瞠目的尴尬局面：中国人民从前门刚刚赶走了日本鬼，又在后门进来了毛阎王。

第十一章　军民联合锄奸记

德县大队建立于1940年初。1943年11月上旬，鬼子四百人，二鬼子一千人，对德县八路军根据地进行拉网扫荡，扫荡目标以新安街为中心，一个月后敌人收兵回城。扫荡前，石振铎在德州伪军头目口中探知了确切情报，把敌人出动的兵力、时间、目标转告给县大队政委时俊禹。德县大队化整为零，隐蔽目标保存实力。扫荡过后，八路军德县大队又化零为整，四百多人驻进石庄，同时德县县政府也随县大队驻进石庄。时俊禹住在广德堂南屋，郭县长住在广德堂休息室，就是他与鬼子相遇的那间屋子里，冯三荣大队副住在广德堂对门一家北屋里。

上午是部队例行备战时间，随时准备战斗与突围，任何工作及会议不得进行。下午两点后部队开始操练，一切工作、会议等有序展开。这已成为敌后游击队的活动规律。

半年前由于冀鲁边军区司令员邢仁甫叛变投敌，致使部队与党政负责人之间互相抵防、猜疑，形成了人际关系的隔阂而互不信任。军事情报属高度机密，原来掌握情报的人较乱，自邢仁甫叛变后，县委重新分工。知道情报的人越多就越容易泄露机密。时俊禹负责军事情报及军事活动；冯三荣负责军事训练及带兵打仗；郭县长同时兼县委书记，负责党员发展、政权建设、粮秣筹集及扩展兵源等。

时俊禹虽然参加了土八路，在延安抗大还学习了半年，但他的性格一点也不土，仍带有浓厚的知识分子气息。他春风满面，平易近人，乐观而豁达，总是谈笑风生。特别今年2月苏军在斯大林格勒的胜利、8月在库尔斯克的胜利、美军在太平洋获得绝对制海权、宋美龄对美国的外交统战大获成功以及远征军在缅甸的胜利反攻等，给他增加了快乐和胜利信心。他经常把自己的欢乐及必胜情绪带给县大队的全体指战员，并经常给部队作政治报告，尤其冯三荣和郭县长受他的影响最直接，是分享他快乐最多的人。

时俊禹深信，一个县的领导班子有颠扑不破的团结并充满胜利信心，是度过难关，获得最后的胜利的关键。至于今年春、冬两次大扫荡及邢仁甫的叛变，那只是黎明前的短暂黑暗。从整个国内外的反法西斯战争形势来看，已经胜利在望。咬紧牙关，坚持就是胜利！乐观、活泼、健谈、勇敢是这位二十二岁年轻人的精神全貌。这天下午，县委主要领导人按自己的职责分工分头工作。时俊禹与石振铎在广德堂南屋讨论情报工作。时俊禹对石振铎一直尊敬有加，他以晚辈的谦恭向石振铎嘘寒问暖，询问了复生子的学习进度以及代向大娘大嫂请安问好。最后，谈起了石开山。望着石振铎日渐憔悴的脸，他只能用抗战胜利在望来宽慰老人那颗饱受思儿之苦的心。

时俊禹分析说："据我估计，开山大哥目前不是参加鄂西大捷就是参加缅甸战场反攻。"

石振铎这时发出一声揪心的长叹。时俊禹心中泛出一阵阵酸楚，他停了停，继续说："我一见到石大爷就想念我的爹娘，他们不知儿子在何方，更不知是死是活，日夜思念、望眼欲穿。要想全家团圆，享受天伦之乐就得抗战，抗战胜利了，即使我已不在人间，别人的家庭也能获得团聚。如果抗战失败了，我的家庭和全天下的家庭一样生死两茫茫。我们义无反顾，只能抗战到底！无第二条路可走。您这个家庭是个抗战家庭，老少两代参加了抗战。我们的国家有如此多的出类拔萃的知识分子做出方方面面的贡献，真是令人欣慰。您家是书香门第，对抗战的贡献堪称楷模。"

石振铎与时俊禹曾见过几次面，从他的言谈及作风方面可笼统地给人以年青有为的印象。今天的议论证明他是一个既有思想又有才干的青年人，他的能力较肖华将军有过之而无不及。

石振铎将椅子向前挪了挪，面对时俊禹说："你是位很有理想的青年人。"石振铎停了下来，欲言又止的样子，然后若有所思地说："邢仁甫的叛变，对边区的影响非常严重。叛变前没有一点蛛丝蚂迹？大宗家及马家坞失利以及邢仁甫的叛变表明，敌人的谍报及策反活动很周密。八路军的谍报活动相反，既不健全又无警惕性。你应该向军区提出加强情报建设的建议，与敌人斗争要用两只手，一只手要明火执杖地明干，另一只手是不动声色地暗斗，才能摆脱斗争中的被动。光靠热情、勇敢不行，还得用智慧和谋略。"

时俊禹热情有余谋略还差些，石振铎的指点令他豁然开朗。时俊禹平时都是一面说一面笑，而这次没有笑。他心情沉重地说："石大爷的每句话每个字对我们八路军都是金玉良言。确实，大宗家、马家坞战斗失利及邢仁甫叛变这三件事，是决定冀鲁边区胜负的大问题。关键就是我们的情报工作落后，而敌人较先进。你的话正中要害，我一定向军分区反映你的建议。我县今冬反扫荡所以没受重大损失，是幸亏你的准确情报。我代表全县军队向你致敬。请你老人家紧紧抓住这条情报线索，继续为我军服务。"

　　石振铎说："我所获得的情报都是些将要解密的情报。如想得到更重要的情报须自己的人深入到敌人的情报机关才能达到目的，不仅深入到德县和沧县的敌人情报机关，还要深入到天津与济南的情报机关，方能掌握敌人的大动向。像邢仁甫这件事，德县与沧县的级别太低，无权决定邢仁甫案件。我只能用职业的方便，为你提供些皮毛的信息，算不上什么情报。要想掌握敌人的大动向，必须用周瑜打黄盖的方法派遣谍报人员，打入敌人内部。"时俊禹不住地点着头，说："我完全同意石大爷的意见。我将把你的意见变成行动，不过请石大爷继续摸清敌人明春大扫荡的兵力、时间、范围，好制订我们的反扫荡计划。"

　　天色将晚，部队准备整装待发，石振铎结束了与时俊禹的谈话。大队副冯三荣大步流星地来到南屋，还没进门就喊："老时呀，今天的训练收获不小。一小队投弹达到四十米的六人；二小队三人；三小队七人。在一周内我要求二小队要超过三小队。"时俊禹又恢复了他一贯的笑容说："你知道二小队投弹落后的原因了吗？"冯三荣说："目前我还没总结出原因在哪。"时俊禹说："在部队化整为零时，二小队一直独立活动，为了隐蔽，他们的军事训练机会少，对二小队要多鼓励少批评哇！"冯三荣粗声粗气地说："你说得对，今天我训了王队长和宋政委一顿，下次我就不这样了。"

　　石庄赶三七集，在农历11月23这天，石振铎早起床、早吃饭、早上班、早作开诊前的准备工作，因为每逢赶集的日子病人多。第一位病人是一个三十多岁中年汉子。石振铎一面号脉一面望诊，这位汉子身高约一米六五，体重约一百二十斤，体态正常，头发乌黑发亮，面色微黄有光泽。舌苔薄白，舌质鲜艳，脉平和，不像有病。但面相贼貌鼠眼，这瞅那瞧，像有心事。

石振铎问："你哪里不舒服？"，病人马上皱着眉头，捂了捂腹部说："肚子痛。"石振铎叫病人躺在诊床上，经触诊，腹部平软，无抵抗，无压痛点，无包块。听诊肠蠕动音正常。石振铎有丝疑惑，又问："你的肚子哪个部位最痛？"病人愣了一下说："左边小肚子。"石振铎更纳闷了，暗想：左小腹没有脏器，这是不是个小偷来蹓踪子的？他坐下来写病案记录的时候问："你叫什么名？""于长江。""哪个村""河西于家寨子的。"石振铎听了暗暗倒吸了一口凉气，心想：于家寨子的于姓早已绝了一百多年了，村名虽然还叫于家寨，但是只有靳、曹、贺三个姓，怎么现在又钻出个于姓来？可能来者不善。转念又想：如果他是特务，回家后肯定会把药丢掉；如果不是特务一定把药服下。怎么证明服与不服呢？石振铎不露声色地开了个泻药方，如果他服下就会拉肚子，如果不拉肚子就说明没服。

石振铎提起毛笔，处方如下：川军一两、元明粉五钱、莱菔子五钱，要药工抓三付。病人连忙说："别开三付，开一付就行。吃了见轻我再来嘛。"石振铎心里更明白了，这人明摆着是想每天来监视自己。

想到这，石振铎望着病人笑眯眯地说："于家寨子可有十五六里路呢，你不嫌麻烦吗？"那汉子摆了摆手，干脆地说："哪有看病还嫌麻烦的？我有的是时间。"

第二天，于长江又来了，一进门就说："石大夫真是名医，名不虚传！服下药后，我肚子就不痛了。我想巩固巩固，再抓一付。"石振铎不慌不忙地又给他抓了一付。

第三天，一个满头白发、脸面污秽、衣服褴褛的女乞丐来广德堂要饭。石振铎警惕性很高，他仔细观察，这位乞丐虽头发雪白，但从声音、面色、走路姿态及速度判断，像一个不到四十岁的中年人，她头上戴的极可能是假发。

石振铎突然恍然大悟，据龙书金谈大宗家、马家坞战前数日有一个讨饭的老太太在部队驻地游荡过，可能是奸细。也许，这个乞丐就是那个奸细。现在我被特务包围了，太危险了！

第四天，石振铎来德州城，找伪保安大队第三中队长张小二。行前，他嘱咐负责药店坐诊的门徒说："有人找我就说我去平原城进药去了。"

张小二是西张庄大盗，曾误绑架过石开山，差一点把他填进马颊河冰窟里。他现在是德州伪军三中队长，都称他为张队长，没人好意思叫他张小二。张小二虽身为强盗，但为人义气，特别对石家两代医生治好了张小二父亲的大病，一直感恩不尽，与石家像亲戚一样走动来往。

石振铎一路忐忑不安，一路上思前想后：现在张小二当了汉奸队长不知还认不认亲戚朋友。人的规律是当官前是好人，对亲、朋、邻、里和颜悦色，当了官就六亲不认，脸长似驴脸，不会笑，走起路来两条腿不知往哪迈，说话拉长调，整个身心披上一层假面具，失去原来的模样。

目前肖华、龙书金、时俊禹、郭县长礼贤下士，比升斗小民还平凡，不知他们将来得了天下是不是也翻脸不认人？尽管这帮人是一介武夫，远非圣贤，对风雨同舟的人，即使不会知恩图报，也不大可能以怨报德。不管张小二升官后脾气变与不变，目前我已处于特务包围圈内，全家性命危在旦夕，还得硬着头皮找张小二出出主意。不过今年秋冬季日伪扫荡的情报是从张小二那得到的，因此德县八路军没受到重创。那次情报不是故意搜集，是由张小二为溜须上司，把石振铎当礼品送给伪保安大队长，为其二房看盆腔炎时无意获得的。但这次到来，与上次不同，是我来求他帮忙的。更何况，鬼子由于上次在扫荡中撒出网而没捞到鱼有所警惕，已经开始怀疑情报有泄露的可能……

石振铎大半生帮助过许多人，他无数次把病人从死亡的峭壁上拉回来，也经常为穷人慷慨免费治疗。肖华犯愁缴获的追击炮无法携带，他还献出了两匹骡子。帮助别人在石振铎看来是一种享受。今天要求别人帮忙的心情就完全不同了，不仅不是精神享受而是自尊心受到了挑战。石振铎心里七上八下来到了德州伪军中队门口。

站岗的伪军认识他，没加盘问。石振铎拴好马，径直走进队长办公室。张小二正与一个女人打情骂俏。石振铎很尴尬，进也不是退也不是。张小二怒目圆睁地扭头瞪了瞪来人，恨不得拿枪嘣了他。突然他撒开女人，惊异地叫了一声："大叔哇！"石振铎不知说什么好："张队长，真对不起。"张小二更正道："队长是给别人叫的，在大叔面前我永远是个'小二子'"。张小二急忙扶石振铎坐在椅子上，亲自给石振铎沏茶。那个脸上涂着厚厚脂粉的年轻女人臊得脸通红，慌慌张张地跑进了里屋，掩上了屋门。

张小二连忙把办公室的门也掩上，压低声音对石振铎说："大叔，我正想捎信让你来一趟，今天你来得正巧。前两天我听到情报站长说，你治疗过大宗家及马家坞两地的八路军伤兵，其中还有负伤的匪首龙书金；你还送给肖华两头骡子驮大炮。还有，匪县长在广德堂正好遭遇皇军，你把他当病人掩护过去了，同时一个八路把枪丢进猪圈里跑掉，你也蒙蔽了皇军的眼睛。据说你家有秘密地下道，以供八路军隐藏伤兵。如果这些消息只是我们中国人知道，我可以掩护你，可惜这些情报皇军都已知道了。因为情报站的工作由皇军直接插手，所以我没有能力掩护你啊。"

　　石振铎听着，感觉到自己的心不断地在下沉，下沉……他没有透露两个男女特务监视自己的事，也不否认张小二说的事实。只是问："老二，你说怎么办呢？你帮大叔想想办法。"

　　张小二搔了搔头皮，说："这几天我一直在考虑。最近没有军事行动，过了春节在惊蛰前后皇军开始讨伐。明春讨伐的重点是六区，六区的重点是石庄，石庄的重点就是广德堂。据我看，三十六计走为上，春节后，你躲躲，避免人财两伤。叫小侄子来我这儿当勤务兵，弟妹回王庄娘家，你与大娘去梁庄姐姐家住，梁庄属于平原县，德县不会去平原县抓人。扫荡过后，根据情况再作下一步计划。春节后扫荡时，保安大队进军石庄后，我们三中队抢先进驻广德堂及其他两个院子，以资保护财产。"

　　吃过晚饭，天已很晚。张小二留石振铎住下，明天再走。可石振铎表面平静，其实心急如焚，他哪里肯住下来呢？他向张小二推说怕家人担心，急着回家。张小二牵着马，把石振铎送出已经关闭了的东城门。石振铎急忙回家的两个原因，他只向张小二说了一个；另一个原因是他急需与时俊禹见面，尽快除掉那两个监视他的特务。因为怕除掉特务后引起张小二的怀疑，所以他没向小二子说出特务已经盯上他的实情。

　　黑灯瞎火的，到哪儿找县大队呢？估计大队近期在下洼六区活动。石振铎快马加鞭到各村打听。到了大庄、小庄、薛庄、闫庄、郑屯、丁庄都没寻到确切消息。

　　石振铎灰心丧气，骑着马出了丁庄，慢慢向南走着，想再到苑庄打听打听。刚走出不到二里路，前边有几个人影子一晃突然卧倒，随即发出铿锵的枪栓拉动声，对面的人杀气腾腾地喊道："你是干什么的？"石振铎慌忙跳下马，趴在地上说："我是老百姓，你们是什么人？"

　　石振铎不知，对面正好是张剑洪等几个人。张剑洪队长打仗好冲到最前线，行军总和尖兵在一起，以便遇到紧急情况随机应变。这时，他根据对方的嗓音辨别像是石先生。便放缓了声音问："是不是石先生？"石振铎一听是陕西口音便小心地问："我是。你是张队长吗？"双方同时发出轻松的笑声。张剑洪领着石振铎与时俊禹、冯三荣见面。部队低声传出就地休息的命令。时俊禹选了距离部队三十多米一块光滑雪白的碱场地席地而坐。

　　石振铎低声简单介绍了两个特务对广德堂的监视及春节后敌人扫荡的情报。在场的人还有冯三荣及组织干事老潘。经讨论，时俊禹命令潘干事带领三个侦察员、三个通信员组成除奸小分队，今晚进驻石庄，对广德堂暗中保护并尽快作出抓捕方案。潘干事等七人小分队随石振铎朝石庄方向走去。

　　县大队悄悄地驻进董屠庄。董屠庄东南角设有伪军据点，驻有六十多个二鬼子，与西边仙人桥据点属于同一个伪军中队。董屠庄属敌占区，没经过八路军的打狗运动，各家都有狗，所以县大队进村后，引起一片狗吠声，久久不能平息。狗吠声暴露了八路军的行动秘密，着实让大家烦恼。狗吠声同时也给据点的二鬼子传递了军事情报，表明八路军已进入村内，这令他们恐惧异常。战前狗是忠臣，现在变成了传递情报的汉奸。

　　各小队除安排好固定岗位外，一小队机枪班及一个步兵班负责监视敌人吊桥，二、三小队各放一个班的游动哨。如果敌人出水的话，四个班蛮可以消灭他们。二鬼子听到全村狗叫，吓得一夜没睡。县大队除轮流值班岗哨外，大家睡得倒挺踏实，尽管是和衣而睡。

　　早晨四点，三个小队同时吹起床号准备集合行军出发。部队集合好后，冯三荣命令一小队打三颗信号弹，然后打一梭子机枪，再投几颗手榴弹。吹号、打信号弹表明我们是主力部队，不是区中队、武工队。打机枪选用歪把子机枪。歪把子机枪也叫三八式机枪，是日本新武器，只有八路军主力部队才有资格配用，所以对敌人威胁更大。三八式机枪声响特别，发出"叭叭叭、哽哽哽……."的声音。"叭叭叭"清脆，

"哽哽哽"低沉浑厚。前者是子弹出膛的声音，后者是回声，音乐效果很强。但音乐效果根据一天的时间不同而不一样，夜晚的"叽叽叽、哽哽哽……"是我军进攻敌人据点或打埋伏，战士们听了眉飞色舞；如果上午听到这种声音，那是被日本鬼子合围，战士们魂飞天外。因为伪军只装备捷克式机枪，没资格配备三八式。捷克式的响声是"哒哒哒……"，声音泼辣而没有回音。如果只有捷克式枪响，说明敌人是汉奸队，战士们的胜利信心倍增。在突围时如果同时有三八式枪响，同志们都朝捷克枪声方向冲，因为这个方向布置的是二鬼子汉奸，这不是说明捷克机枪打不死人，而说明汉奸战斗力差容易被冲垮。三颗红色信号弹打出后，冯三荣从机枪射手手里夺过机枪，他说他是老机枪射手，看见机枪手痒痒，他要打一梭子过过瘾。三八式机枪爆发出的响声令四百名战士欢呼雀跃。可是冯三荣点射十发就停了，梭子内那四十发节省下来，留给敌人吃。接着，三颗手榴弹发出嗡声嗡气地响声。

天亮前，县大队驻进石庄。时俊禹照旧住在广德堂南屋，潘干事及其除奸小分队也分别安置在广德堂的各个房间。石振铎与潘干事经一夜推敲，捕捉计划出笼，时俊禹同意按计划执行。各道口除各小队设一个岗哨外，另加大队部侦察班、通信班各派一人执勤，严密封锁消息，各类人员兴进村不兴出村。对可疑人员实行搜身检查。

上午九点多，由村北大道来了一个左臂挎篮子，右手拄棍子的妇女。她衣服破烂，步态却很轻盈。三个哨兵隐蔽严密，女特务刚进道口拐弯处，在她面前突然出现三个穿便衣的哨兵。女特务纳闷，八路军站岗都是双岗，为什么今天三个兵站岗？其中可能有奥秘。侦查员申明："进村人必须接受检查。"然后就翻她的衣服口袋。

女特务叫着："我是讨饭的叫花子，又是女人，能有什么可检查的？八路军不是纪律严明吗？一个大兵摸索妇女还叫严明吗？"侦查员严肃地说："对不起，检查进村人是我们的制度，请解开钮扣。"

女特务不合作，侦查员掀开她的棉袄下摆，里头露出古铜色的毛衣及毛裤。侦察员说："你这个讨饭的很阔气哟，我们的大队政委、大队长还没有毛衣穿呢。"

女特务心中直打鼓：他们是有备而来的，可能我败在了石振铎手里，他先我走了一步。侦察员顺手把她的假发拽下来，白发苍苍的老太太一下子变成满头黑发的小媳妇，把另两个哨兵吓了一跳。侦察员把她的两手反背着捆起来。

在大街上，男女老少几十口子围观，都纷纷议论：最近五六天，这个妇人常来咱村要饭，原来是个戴假发的小媳妇，长得平头正脸的，身段也不差，没想到是个鬼子特务……这个女特务被关在早已准备好的羊圈里。潘干事突击审讯女特务。审问了她的姓名、年龄、家庭住址、家庭成员、组织名称、组织成员、犯罪经历、上下关系网等。潘干事又把假头发戴到她的头上，眯着眼打量着说："在大宗家战斗前几天，那是我们第一次见面。马家坞战前我们第二次见面。今天是第三次，你又想消灭我们的县大队？"说着，潘干事把合子枪向桌子上"啪"地一摔，飞起一脚，女特务被踢翻在地。潘干事开口大骂："俺X你娘，我们几百同志死在你手里，今天我枪毙你八次也不解我心头之恨。剥你的皮，挖你的心，喝你的血也无法抵消这血海深仇。"

根据审问，女特务叫甄淑贞。她自认为活命的希望是没有了，八路军在大宗家、马家坞两次失利，确实与她的情报有关。潘干事又厉声问道："你还想要你这条狗命吗？"甄淑贞浑身颤抖说："想要也要不了了，我的罪太大了。""你想要命只有一条路，就是立功赎罪，把德县的特务组织完完全全地供出来，帮我们消灭这帮人类渣滓。"

求生是人的本能，甄淑贞孝忠日本，并非对日本有什么感情，是完全出于经济利益。上两次军事情报的收集曾让她获得上千元的奖励，现在后悔生命比钱更重要。她当即供认鲁北十几个县都设有谍报网站，总站在德州。德县有三个谍报组，每组三至五个人不等。六区组驻仙人桥，七区组驻土桥，八区组驻边临镇，这三个组直属总站领导。

潘干事问："你怎么对整个特务组织了解得如此清楚？这超出了你的职务范围。特务是单线联系，没有横的关系。"甄淑贞说："事到如今，我只能实话实说了。我和总站长有暧昧关系。""你还和谁有关系？""八区组长。""对仙人桥组呢？""没关系。"正在审问间，侦察班来人报告，又抓住一个男特务。甄淑贞被押下写交待材料。

上午十一点多，将要晌午时候，男特务姗姗来迟。他认为广德堂是八路军的地下组织，石振铎是编外八路，证据确凿。对广德堂的捣毁及逮捕石振铎是时间早晚问题，春节前后是石振铎的末日。届时他将获得一笔丰厚的奖金。关键是在逮捕石振铎之前，加紧对他的监控，以防逃跑。话又说回来，石振铎家大业大，就是发现被我跟踪，也舍不得离开家园。如果在逮捕他之前，先敲榨一笔钱财，然后再让日本人逮捕他，岂不两全其美！但又担心不泄露天机的话，石振铎就不会上钩；泄露天机的话又怕他逃之夭夭。逃走了，日本人将对他不依不饶，这很危险。危险还不光来自日方，还来自八路军。一旦泄露机密，八路军就会千方百计除掉他。不过，发财是注定了的事，财大财小还有待分晓。

正满脑子方案尚无所适从，于长江来到了石庄村口。突然，三个哨兵喝住了他。侦察员喝道："你是哪个村的？"于长江面不改色，慢声说："于家寨的。""什么名？""于长江。"侦察员高声骂道："混仗！我是于家寨的，怎么不认识你？于家寨并无于姓，一百年前于姓就绝户了，怎么现在从天上又掉下来个于长江？"

于长江这时再也撑不住了，满脸流汗，又结巴着说："我是来广德堂看病的。石先生认识我，可以请他作证。"侦察员说："用不着石先生作证，这天寒地冻的，你却满头冒汗，这就足以证明你是个坏人，还不举起手来！"

于长江缩着头，举起了双手。侦察员在他的棉袄下摸出一把手枪。侦察员掂着这把手枪，俏皮地说："你来看病带手枪干嘛？这支手枪也要叫石先生证明吗？"于长江被五花大绑地捆起来，走在大街上，又有许多人围观。侦察员举起手枪对大家说："大家看，这是特务的手枪。他说是于寨的，我是于寨人，倒不认识他。他说姓于，于寨子已经没有姓于的啦，这个特务净胡诌八扯。"当时三小队正在换岗，一个换岗的战士路过人群，认出这个低着头耷拉着耳朵的特务与自己同村，是小王庄人，叫王长河，外号叫"坏三子"。

根据审讯资料，县大队决定建立专门除奸小队，潘干事为除奸队政委，除现有七个人外，县武工队四十六个队员全部参加。武工队刘队长为除奸队长，武工队贺指导员为副政委兼副队长，建立了党支部。潘干事为支书，正副队长为支委。原武工队四个班，再加县大队参与此次行动的侦察员、通信员组成第五班，每个班建一个党小组，小组长都是班长，委任一个经验丰富的侦察员为第五班班长及党小组长。第五班实际起到突击队的功能。

参加除奸队组建会议的有时政委、郭县长、冯大队副、潘干事及县政府金秘书等五位县委委员。因为是军事行动，所以由时俊禹主持会议。时俊禹强调，要用闪电般的行动，除掉敌人的三个谍报小组，分秒必争。时间一拖长，敌人会跑掉。除奸队立刻做出战斗计划，今夜就行动。今天我们已经旗开得胜，今夜战果会更辉煌。女特务嘛，行动慢，就雇个毛驴驮着她。

　　除奸会议将要结束时，六区区长王殿元带领区中队及六十三个俘虏浩浩荡荡地开进石庄，与县大队汇合。由于在拂晓，县大队向董庄据点发起火力警告，伪军惊慌失措。据点中的中队长在配合鬼子扫荡时曾杀害过一个共产党村支书，为此常做恶梦，武工队也常出现在他的梦里，常常吓得满身大汗而惊醒。今早的枪声如此真切，就在耳边，不像是在梦中。虽不是恶梦，他还是浑身是汗，感到末日来临。天亮后却发现八路军已经撤走，谁也猜不透诡计多端的八路军下一步的行动。他们喜欢用真真假假，虚虚实实来麻痹对方，当对方丧失警惕时，武工队突然由天而降。为了保命，走为上策。伪军今早没来得及吃饭，就仓惶撤退，准备与仙人桥伪军汇合一处。可万万没想到，六区区中队潜伏在由董庄去仙人桥必经之路----郑家屯。

　　区队侦察员得知伪军没吃早饭即撤退的消息，很快把情报报告给王殿元。王殿元派人准备了两簸篓窝头放在大街中央，队伍隐藏在附近一个院子里。两个游击队员腰里掖着手枪伪装卖窝头的。伪军进村后像一窝蜂一样围住簸篓。当伪军都到齐的时候，游击队员高声喊着暗语："快送馒头来，快送……"第二句还没喊出，区中队冲出院子，"缴枪不杀！"的喊声冲天响，吓得伪军跪在地下，双手横举着枪械。就这样，一枪未发就结束了战斗。伪军一个不落，全体被俘，缴获了六十二支步枪，一挺捷克式轻机枪和一个掷弹筒，一支手枪。区中队战士们跑步进入董庄，拆毁敌人据点，烧掉炮楼与鹿砦，填平保护壕，下午来到石庄向上级报捷。经宣传教育，三十八个俘虏参加八路军。其他俘虏遣送回家，走时为他们带上两天的干粮。有血债的伪军队长交给县政府，准备解送到他曾杀死支书的那个村子，交给群众开公审大会。

　　在夜晚例行行军之前，时俊禹又和石振铎见了面。他担心敌人对六区反扑，建议石振铎暂躲避一下风头，等春季例行扫荡结束后再回家安居。他握住石振铎的手说："石大爷，不用担心小侄子，我会照顾他的。把小侄子临时安插在县大队卫生所，嫂子可以回王庄娘家暂住，石先生与大娘到平原县梁庄姐姐家暂住。我随时派人与您联系。"对石家的安排，时俊禹与张小二的安排完全一致，只是对复生子的安排完全相反。一个安排他当汉奸，一个安排参加抗日。一位懵懂少年站在命运的十字路口不知何去何从，当时在俗人眼中，抗日与不抗日，不抗日与亲日的界线并不像胜利后那样经纬分明。令这位懵懂少年所庆幸的是，他生在一个具有优秀文化传统的家庭，有优秀人物为他指点迷津。

今晚，武工队兵分三路，对三个谍报小组进行抓捕。第一路由贺副队长率领一个班，另加侦察员一名、通信员一名组成，带领在押犯王长河为向导，负责清除仙人桥谍报组；第二路由潘干事率领二个班、一名侦察员、一名通信员组成，带领在押犯人甄淑贞为向导，负责清除土桥谍报组；第三路由刘队长率领一个班、一名侦察员、一名通信员组成，负责清除边临镇谍报组，第三路的向导仍为甄淑贞。如果土桥抓捕顺利，她再为第三组当向导去边临镇。如不顺利，就得推迟到明晚进行。事隔一天，怕消息泄漏，引起边临镇特务的警惕，抓捕任务可能泡汤。今晚争取三路任务同时完成，有些不切实际。再说土桥与边临镇相距二十里，需要行军两个小时，届时唯恐天色大亮，失去夜幕的掩护，不宜进行抓捕活动。

今夜是月初，天上不仅没月亮而且乌云密布，伸手不见五指，东北风呼啸凌厉，雪花断断续续飘落在脸上，这正是武工队理想的作业时间。谍报组长王长河把武工队领到仙人桥村谍报组的住宅。大门没锁，北屋门锁着，院内空无一人。王长河交出钥匙，开锁进屋。贺副队长借手电筒对室内进行检查，发现有男人皮鞋、毛布大褂、手枪皮套、酒瓶、烟把子、缎子被褥、香皂、固本肥皂、黑人牙膏、自行车，最重要的是抽屉里有情报日记，其中有广德堂的地下道、郭县长被掩护、石振铎还隐藏郭县长的通信员的步枪等。贺副队长把特务日记装进自己长方形皮挎包里。

大约三更已过，大门被踢开，进来的特务一面吐酒一面嘟噜："我没喝醉，我没喝醉，我没……."贺副队长到院子里把他拽到屋内，取出腰间手枪，将其双手捆住。特务说："别闹着玩了，我没醉……"

贺副队长用棉絮塞住他的嘴。过了一个小时，又走进一个人，在院子里大喊："怎么满院子酒味？王组长喝酒啦？"他刚抬腿进屋门，被班长打翻在地，夺了手枪，捆绑了起来，嘴里也塞了棉絮。特务组共四人，已经捉住了三个，还少一人。贺副队长将后进来的特务口中棉絮取出，问那个特务的去向。王长河说不清楚；另一个特务含糊其词。经坦白从宽，立功受奖的教育，刚被抓的特务说出另一个特务在小庄嫖女人，并说出了女人的地址，因为这个特务和这女人也有过关系。贺队副命令班长把不能走的醉汉勒死，带着能走的特务去小庄抓捕另一个特务。如抓不着就留下侦察员卧底小庄等待，其他人到张西楼村集合。贺队副跟另一个武工队员仍在仙人桥卧底。

武工队到了小庄暗娼家，特务不在。侦察员打了女人一巴掌，破口大骂："你这个破鞋不说实话就毙了你。"女人胆小，哆哆嗦嗦地说："特务领着我丈夫绑票去了，天亮前回来。"武工队班长带领全班及两个特务去张西楼集合，侦察员与通信员在小庄卧底。半夜时分两个人押着一个人票进了院子，正要向地窖里藏的时候，侦察员一声吼，窜到特务打扮的跟前，飞起一脚，踢倒在地，搜出手枪朝他脑袋就是一枪，脑浆涂地。王八头跪着喊饶命，侦察员骂道："你是个戴绿帽子的王八头，再帮特务绑票，下次我就嘣了你。"人票已经被松了绑，千恩万谢地走了。

至此，仙人桥谍报组四人全部被清除。卧底小庄的二人通知卧底仙人桥的二人都去张西楼集合。

再看第二路的进展，土桥和边临镇两个谍报组每个成员都知晓土桥组长甄淑贞与边临镇组长高清林的姘头关系，对他们的行踪规律都了如指掌。土桥与边临镇两村都有集市，均是在每月的农历三、八两天赶集。每逢初三、十三、二十三单日晚上，甄淑贞都会去边临镇与高清林相会。每月初八、十八、二十八双日晚上，高清林往土桥找甄淑贞求欢。风雪无阻，雨天例外。今天是腊月初八，是高清林来土桥与甄淑贞相会的日子。今晚谍报组四个男成员都不敢回家、嫖娼、绑票、喝酒、赌博远离驻地。他们借机为男女组长拍马溜须。每当高清林驾到，小特务们争先以丰盛的酒菜相陪。当然酒菜的钱不是特务们自己掏腰包。

正当五个特务高声划拳行令的时候，潘干事搭肩越墙，拨开大门门栓，武工队一涌而入。兵从天降，特务们有钻入桌子底下的，有跪着磕头的，有举起双手的，丑态百出。武工队把他们捆绑好，把嘴里塞满棉絮，押到东边相距一里路的吕庄，与两个班会合。经甄淑贞暗中指认，揪出了高清林。刘队长带着他的十五名勇士和谍报组长高清林，朝边临镇急行，免去了甄淑贞的向导任务。

潘干事一伙向张西楼村集合，对土桥谍报组的歼灭可谓干净、利落、迅速，可称为武工队的杰作。仙人桥、土桥、边临镇三村都设有敌人据点，后两个据点有鬼子兵驻守，武工队竟敢在老虎口里拔牙！

第三路的情况较为复杂。为了赶在天亮前完成任务，要分秒必争。刘队长等十五名勇士跑步急进，不到一小时，跑完二十里路，来到边临镇。高清林指明谍报组居住的院落，刘队长越墙而进，然后全体武工队员涌进院子。细听室内没有鼾声，倒有一个孩子在说梦话。

侦察员撬开屋门，照着手电筒，没发现特务，只有一个十三四岁的孩子睡得正香。室内布局也像特务办公室或寝室。刘队长拽出高清林嘴里的棉絮低声问："特务呢？这是谁的孩子？"高清林耷拉着脑袋说："今天下午全组五个人都在这儿，他们知道我今晚去土桥，可能借机都走了。这个孩子是我儿子，他今天来边临镇赶集住下了。""他们有可能去哪了？今夜会不会回来？"高清林吓得声音发抖，说："他们如果去找女人或作案绑票，天亮前会回来；如果回家，今夜回不来，明天回来。"刘队长心急如焚：那两路任务完成得很好，我这一路可能不争气，完不成任务，丢人现眼了。

刘队长把侦察员、班长安排在大门两边，另外再增加两名战士，他和另外一个战士隐蔽在大门外的猪圈棚子后面，其他人在室内隐蔽等待。

拂晓时分，出现两个人影。一个牵一头牲口，上边还驮一个人。两个人影摸摸大门没锁，又推大门，大门没栓，一推即开。这两个人感觉不妙，撒开缰绳回头便跑。还没跑两步，大门内外的战士已拧住他们的胳臂，搜出手枪，押进室内，绑上绳索。原来两个特务夜间作案抢来一个大闺女和一匹马、一头牛，牲口和女孩是一家的，刘队长叫女孩牵着牲口回家，女孩受到惊吓，已辩不清方向，认不出回家的路。传说老马识途，刘队长便将她扶上马，再把牛栓在马脖子上，老马朝北方夏庄方向走去。

经审问得知一个特务家居德州城内；一个特务刚结婚，家在魏集。两名刚被抓捕的特务也不知道他们的详细地址，只有组长高清林详知。武工队班长带领两个俘虏及特务儿子向张西楼村集合。刘队长、侦察员及两个队员，由高清林指路来到边临镇西五里路的魏集村特务的住宅外。刘队长向敌人高清林宣布："把绳子给你解开，你可以自由活动，你儿子已是我们的人质，你必须为武工队服务，否则拿你儿子试问。"高清林揉着发麻的胳膊，不断地点着头。刘队长蹬上侦察员的肩头，跳进院子，抽栓开门，放进另外三名同志。

新媳妇听到院子里有动静，随即又听到屋门响，她急忙推着身边的丈夫，大声喊道："不好，有人！"特务从枕头底下马上抽出手枪朝屋门及窗外射击。武工队员们朝窗内一阵乱射，室内沉寂下来。一个队员一脚端开屋门，拿着手电一照，只见一对裸体躺在炕下的血泊中。刘队长从死特务手中取下手枪，对两个武工队员指示说："你俩今夜赶到张西楼集合，并向潘干事汇报我们的战况，我与侦察员同志两人进德州城内捕杀最后那个特务。还有，不要放走高清林的儿子，要让他作人质。"

从魏集到德州四十里路，刘队长、侦察员、高清林三人急行四个小时进了德州东门，先到菜市街又一村吃饱肚子，这时已是八点多。他们径直直奔特务住宅。特务一家老小正在吃早饭，刘队长、侦察员拨出匕首大开杀戒。杀了特务及其妻子、父母，还有八九岁的女孩。然后把屋门、大门关好上锁扬长而去。从进门杀掉五口人，到出门全过程不到三分钟，可为快刀斩乱麻。三个人分散出东门，下午三点分别到达张西楼村找到部队。

在上午，潘干事已把甄淑贞十三岁的儿子抓来当人质，放走甄淑贞到德州谍报总站偷窃鲁北各县谍报网站的花名册。

在战争年代无法可依，对敌军俘虏兵处理有三条，一是参军立功；二是宽大释放；三是罪大正法。对特务的处理只有两条，就是非死即放。既没有固定监狱囚禁他们，也没有多余部队负责看管。对目前抓捕的十名特务，武工队决定：一，释放甄淑贞，让她为我们今后的工作服务；二，暂缓处罚高清林，给予立功赎罪的机会；三，处决其他八个特务。处决地点选在德州城东十二里铺公路道口，以期震慑德州的特务汉奸。

德县日寇谍报组织覆灭的消息，使敌人草木皆兵。敌人内部每谈武工队色变。潘干事要求县委及县大队给武工队立集体二等功。冯三荣、郭县长也同意给武工队立功颁奖，但时俊禹在县委会议上表明，如果武工队不良莠不分，乱杀无辜老人和孩子，可以立集体一等功。消灭敌特该奖励，乱杀无辜该惩罚，以功抵过，不奖也不罚。金秘书也同意时俊禹的意见。刘队长也自动检讨了为了自身安全而乱杀无辜的错误行为。

春节前，金秘书专程来广德堂，通知石振铎一家立刻疏散，怕敌人对谍报组覆灭、董庄伪军被歼而进行报复。目前县大队、县政府都提高警惕，最近不在六区活动。

1937年以前春节的欢乐、忙碌、团聚、礼仪、乡俗传统、文艺演出、花炮鸣放一去不复返了。1944年春节，石家五口离散在三地过年。石振铎夫妇隐蔽在梁庄女儿家；董温良母子俩躲藏在王庄娘家；石开山形单影只，据说在异国他乡的缅甸浴血奋战。

元宵节刚过，为了孩子的安全，石振铎、董明德两家五口挥泪送别娇孙参加县大队，这天是正月19日。石振铎特意选的这个吉利日子，所谓要走三、六、九；回家二、五、八。

这天县大队驻佟家寨。

第十二章　少年从军

　　冬季天短。石振铎从交通员那儿得知县大队驻佟家寨的消息已是下午一点了。他牵着驴子让宫氏骑上，老夫妻俩来到王庄亲家与儿媳妇见面送孙子参军。

　　往日见面，俩亲家有说不完的话，今日见面无话可说，要送复生子参加八路军，心情沉重。刚听说县大队驻佟家寨，立刻就要走，晚了怕队伍开拔，不好寻找了。六口人沉默无语，屋子里的空气像凝固了一样，寂静得令人心慌。温良努力控制自己的感情，怕引起四位老人的伤感，但无济于事，眼泪唰唰地止不住地流。四位老人也跟着老泪横流。

　　往日一幕幕在温良的脑海中闪现。整整十四个年头了，儿子一天也没离开过自己。自出生之日，给儿子喂奶、崴屎刮尿，教他识字读书做学问，既做母亲又当老师。作为母亲把他养育成近于成年人；作为老师已教他完成了高中课程，对四书、英文的功底打得尤其扎实。在这个世界上除了父母外，还有两个使温良最挂心的人，一个是丈夫，一个是儿子。丈夫杳无音信、吉凶难测。现在儿子尚未成年又要离她而去，温良想到这儿，不由得感叹自己的命为何比黄连还苦，泪水像断了线的珠子。

　　石振铎事先预料到今天一家人难舍难分的苦恼场面，可是为了孩子的安全，不得已走离家参军这一步。石振铎一面流着泪一面劝温良："温良啊，我们实在无路可走了。鬼子逼着我们走参军这条路，请暂时割爱吧。打败了日本人，我们一家就团圆了。快别哭了，给孩子准备衣物吧。"

　　宫氏一面哭一面把孙子常用的衣服、鞋袜及一些日用品装了满满一大书包。石振铎起身领着孙子往外走。董明德牵着驴子，送到庄西路口，石振铎从亲家手中接过驴子对宫氏和温良说："你娘儿俩暂住在这儿等着，把孩子送下，我一两天再回来接你们。"一家六口要分手了，复生子回头跪在地上，喊了一声："娘！"娘儿俩抱头痛哭，四位老人陪着流泪。

石振铎和复生子爷儿俩朝佟家寨方向走去。复生子三步一回头，五步一挥手，越走越远，视线越来越模糊，直到看不见亲人们的踪影为止。到了佟家寨已是下午五点半，夜幕徐徐降落。武汉会战后，敌人为了巩固后方，把正面战场的部份兵力调到敌后战场，进行强化治安运动。所以自1941年底到1943年底的敌后战场，特别是冀鲁边区的环境最恶劣，战斗最频繁，游击队三天两头挨打。作为游击队的指挥员，时时刻刻准备战斗，保持极高的警惕性。所以冯三荣每天从早到晚挎着合子枪在驻村大街上走来走去，准备迎接敌人的突然袭击。

爷儿俩进村之前，冯三荣远远地就盯上了他们。越来越近，越来越清楚，冯三荣看出是石振铎爷儿俩。石振铎带着孙子刚进村，老远就听到冯三荣喊石大爷。冯三荣把他爷儿俩送到时俊禹住处，又回到大街上继续"游逛"。其实他是在放游动哨，避免重蹈大宗家的覆辙。

时俊禹对石振铎送孙参军异常欢迎，他快活地说："石大爷，您现在是祖孙三代参加抗日了。如果全国家庭都像石家一样，明天日本鬼子就被赶进大海。"石振铎客气地说："我把孙子送来县大队，孩子不但帮不上什么忙，反而给县大队增加了累赘。"石俊禹说："不！他不但不是我们县大队的累赘，他将来会成长为咱们国家优秀的人物，会给德县县大队争光，会给石家光宗耀祖的。"时俊禹的通信员姓刘，小名叫黑子，个头挺高，长得一脸机灵样，总是笑眯眯地，很滑稽，大家都叫他黑子。所谓通信员就是警卫员、勤务员三员的混合称谓。时俊禹对黑子说："黑子，通知张司务长，说来客人啦，蒸馒头来不及就擀面条。因为常规夜行军时间已到，叫他想办法做个简单的菜。"

张司务长跑遍了全村只买到六只鸡蛋，于是他就做了六碗鸡蛋汤。每人一碗，包括冯三荣、潘干事、黑子等。主食是小米绿豆干饭，这是冀鲁边区八路军每天的主食。

石振铎要求在部队多呆几天，陪孙子顺应游击队的生活习惯。时俊禹当然同意，不过这可给他增加了许多麻烦。

复生子被安排在大队卫生所。石振铎随卫生所行军宿营，一天早晚行军两次。孙子骑着驴，爷爷跟随在驴屁股后面。晚间集合行军，人们心情舒畅，行动比较自由些。行军前各小队唱歌，呼口号，像开联欢会一样，着实热闹。拂晓行军是另外一种完全不同的情况，在集合场地以及行军过程中，纪律极严，不许吸烟、咳嗽，更不许说话，像似口衔枚刀出鞘，进入敌军防线，战斗一触即发的气氛。

祖孙两人在县大队参加第三次拂晓行军，行程即将结束时，也是全天保密要求最严格的时段，驴子心血来潮，突然拔高嗓门引吭高歌起来。石振铎急忙打它的头，捂它的嘴，但丝毫不能减低驴子的兴奋情绪。刺耳的吼叫吵醒了整个酣睡的世界。全体指战员忍俊不禁。

部队宿营后，石振铎找到时俊禹说："今天我将回家，把孙子交给县大队会给你增添许多麻烦。他太小，还不懂怎样生活，更甭说如何战斗了。军旅生活还得慢慢适应，慢慢学习。"时俊禹说："八路军是个大学校、大熔炉，会把你孙子培养成十分优秀的战士的。石大爷，你不要忙着回去，可以多陪孙子几天。我们已经进入根据地，比较安全了。"石振铎巴不得能和孙子多呆些时日，但想想给县大队带来的麻烦，他不好意思地说："若不是这头驴子，我可以多呆几天。但驴子的叫声不利于部队的秘密行动。拂晓的驴叫，急了我一身汗。"

时俊禹听了哈哈笑起来，他打趣地说："战马是武器，夜间马叫可以暴露军事行动，所以给马衔枚。两军对阵，还没有骑驴打仗的历史记载。驴子叫声再高，也不会引起敌人的注意，更何况咱们是在根据地。"石振铎听了，想起驴子的叫声也不由地笑起来。

时俊禹说："张小二是个重要的情报来源，他与敌人的保安大队长、情报站长、日本翻译拜了把兄弟。目前你直接与他见面极危险，一是不知他对你变没变心；二是你是当地名人，认识你的人多，你常出入张小二的驻地，会引起敌人的注意，最好找别人与他接头。"石振铎点头说："鬼子扫荡可能即将开始，我将动员张小二家的弟兄们与他接头，这就不会引起麻烦了。"

时俊禹日夜苦思冥想，为反扫荡做准备。经过四年多的战斗磨练，在多次残酷的失败中，他已逐渐成长为一名优秀的指挥员。他的军事思想逐渐成熟，对全县相当于九个连队的武装力量的指挥能力驾轻就熟。同时对发展党组织、巩固政权、依靠群众、统一战线、收集军事情报等方方面面好像都已锻炼成了行家。在敌人包围分割中，交通阻断、通讯隔绝、与上级失去联系的情况下，一个县甚或一个区就是一个独立王国，成败与当地主要负责人的聪明才智成依附关系。时俊禹长方形皮挎包里装的唯一的一本书就是《孙子兵法》，每天读一遍，并能倒背如流。在他脑子里，每天出现次数最多的名言是朱德的游击战十六字诀。去年他把游击战十六字诀用在反扫荡指挥中，结果胜利地度过了反扫荡，武装力量没受损失，还获得小胜。在今年反扫荡中将如法炮制。今年的有利条件是敌人的情报网站被清除，敌人出城扫荡如盲人骑瞎马，随时有掉入陷阱的可能。相比之下我军有几个情报通道，我方耳聪目明，可做到有的放矢。在全县斗争中，我军的情报优势可抵消力量劣势。想到此，时俊禹内心充满胜利的信心。

根据目前情报，敌人扫荡重点是六区。时俊禹的反扫荡计划已出炉：武工队负责德州城内及郊区骚扰，在警察所杀掉有民愤的汉奸、张贴标语、火烧敌人粮食或武器仓库、收集敌人内部情报；四区队负责破坏铁路、袭击敌人的巡逻车；五区队破坏由德州经陵县、临邑去济南的公路、大道及桥梁；六区队化整为零，一个班为单位进行活动，或者把部份枪支隐藏起来，专门收集敌人每天的动态情报，向县大队侦察班随时传递情报，以资县大队制订战斗行动；七区队骚扰土桥及仙人桥两据点敌人，威胁据点内敌人，使敌人不敢出巢配合扫荡；八区队骚扰边临镇及陈麻亮村两处据点。

在扫荡初期，敌人寻找县大队疯狂进攻的时候，应遵照敌进我退的指导原则，像1942年、1943年反扫荡一样，敌进我退，把县大队化整为零，以隐蔽力量为主。时俊禹随一小队活动，大队副冯三荣随二小队活动，潘干事随三小队活动。活动范围应远离根据地，多驻游击区，战术以敌进我退为主。

反扫荡中期，根据敌驻我扰的原则，三个小队轮流对敌人进行夜间骚扰。根据六区中队提供的动态情报，要实行大踏步前进和大踏步后退的战法，从五十里外奔袭敌人，奔袭结束后再潜伏到五十里之外，一夜往来行军一百华里。担任骚扰的小队一定使用三八式歪把子机枪，敌人明白只有县大队具备这种武器，歪把子机枪的枪声就等于告诉敌人，县大队就在他们眼皮子底下，但就是捕捉不到，远而示之近。这对敌人是一种很巧妙的欺骗方法，敌人对我主力所在方向迷惑不清。久而久之敌人被麻痹，丧失了警惕。

在扫荡后期，趁敌人被骚扰得疲惫不堪、麻木不仁的时候，三个小队化零为整，选择战斗力较弱、驻地突出的一股敌人进行歼灭性打击，这是根据敌疲我打的原则。敌人吃败仗后肯定会仓皇撤退，根据敌退我追的原则把敌人赶回老巢，再恢复我军地盘。

战斗可能千变万化，所谓兵无常势，水无常形。战斗不可能按时俊禹的设计方案进行。时俊禹另外设计了备用方案。如果敌人一部被歼后不撤退，还有足够的力量继续追捕县大队，县大队获取局部胜利后应继续化整为零进行隐蔽；如果敌人进攻力量不是集中在一个区，而是在几个区同时进行拉网战，敌人将犯了无所不备无所不寡的错误。根据具体情况县大队有几种应对方案，一种是化整为零分别跳出包围圈；第二种是集中县大队和几个区中队形成局部优势消灭最弱的一股敌人，敌人发现目标后会集中力量反包围，在敌人反包围圈没合口之前快速地再化整为零，跳出包围圈，敌人发现的目标稍纵即逝，"形人而我无形"。

欲获得以上战术的成功需要有两个条件，一是对敌人军事情报准确快捷地获得；二是大小队的指挥员不仅对游击战十六字诀要牢固记忆，更重要的是灵活变通。以上战术不仅参考了十六字诀，也吸收了红军反围剿的经验。当时以运动战为主，游击战思想还没像今天这样成熟。

其实十六字诀可用一个"活"字概括，战场的形势千变万化，双方的力量对比快速地此消彼长，双方的阵地与地势犬牙交错、得失交替，指挥员必须灵活机智方能取胜。所以说"活"是十六字诀的真髓。战争的胜负既决定于有形，更决定于无形。军队人数多寡、武器装备优劣、地理环境好坏是看得见摸得着的有形物质；战争的正义与非正义、士气高低、军队素质好坏、指挥员的军事智慧等，是无法量化的无形力量。战争的条件，无形胜有形，无形可创造有形，有形不能改变无形。在敌后战场的困难环境下，在一个小小县域内的最高指挥员，必须具有军事家的才能和政治家的机智方能取得全县的军事主动权。

1943年全县反扫荡的胜利，以及年终对董屠庄据点敌人的伏击和敌谍报网的覆灭堪称游击战的典范战例。未伤一兵一卒，敌人无一漏网，悉数全歼。就其军事价值无法与长沙四次会战相提并论，但论其战术功底，时俊禹已不比薛岳逊色。

对伤兵的安排，时俊禹也有周密的计划。"反扫荡"初期，避免与敌人接触。战斗初期一旦有了伤兵，即使隐藏在七、八区根据地，也怕敌人拉网，伤兵的安全无法保障，所以初期，避免与敌接触。在"反扫荡"的后期，打一两次漂亮仗，以胜利结束"反扫荡"，已经精疲力竭的敌人无力进行报复，伤兵无安全之虑。倘若敌人吃亏后进行报复，我军进行佯动，把敌人引向远离伤兵的住村。

坚壁清野、战前轻装是全体军民"反扫荡"的备战常规。农民把粮食埋深藏严，破坏敌人以战养战的目的。战士把多余的东西藏在老百姓家，以利于行军作战。部队中的病号及刚刚参军的小石，安藏在根据地百姓家。县政府、各区政府人员，根据自己的社会关系，隐藏在亲戚、朋友、党员及积极分子、村干部家，同时做好每个村通信站的联络及情报传递工作。

时俊禹把"反扫荡"计划一条一条地写在本子上，先召开军事干部会议，布置"反扫荡"的军事行动。参加人员包括大队领导、各小队长、区中队、武工队长及指导员。然后又召集了各级政府领导干部会议，布置备战。时俊禹已成长为一名优秀的军事指挥员和政治工作者，他的才智不是在抗日军政大学培育出的，而是在残酷的战争环境中锻炼出来的。战场比最负盛名的军事高校是更为优秀的学府。"熟读王淑和，不如临症多"，这句医学上的经验谈，可借用在军事学上。军校博士一大片，不如战场一好汉。名将都是在战场上拼打出来的，不是在军校里裁剪出来的；就像作家不是在文学院里培养出来的，而是在生活跌宕中磨砺出来的。军事家的培养基是战场；作家的孵卵箱是残酷的社会。时俊禹自延安抗大毕业来山东后，可为身经百战。来德县县大队独挡一面，三天两头打仗。战场成为他的军校，胜与败是最权威的教科书，远远超过《孙子兵法》。县大队是敌后战场的基本作战单位，华北至少有四百个，相当四十个师。欲想了解敌后战场，必需了解县大队在抗日战争中的地位和作用。

冀鲁边军区是二级军区，同于旅的级别，下属一个直属团、三个军分区。每个军分区有三个直属独立营和五、六个县大队，县大队同于营的级别。德县大队属于第二军分区。县大队有三个直属小队、五个区中队及一个武工队，相当于九个连队，一个团的兵力。冀鲁边军区司令部常在第一军分区（现在的沧州地区东部）活动。军区司令邢仁甫叛变后以政委周贯五和副司令龙书金为首的司令部转移到第二军分区（现在德州地区）活动。第二军分区的根据地在禹城、平原、临邑、陵县之间，以仁风镇为中心，这里有一条大沙河，沙河内外簸箕柳茂密，沙河与簸箕柳变成二军区避风港。

冀鲁边军区领导人不断变换。1937年9月于文彬为鲁北特委书记，发动起义建立救国军，选邢仁甫为司令员；1938年1月改为三十一游击支队；1938年划归北方局及一二九师领导；7月，冀鲁豫省委派马国瑞任边区书记；1938年9月，肖华率东进抗日挺进纵队来到冀鲁边区，肖华任军政委员会书记；1939年9月，肖华撤往鲁西；1940年10月，冀鲁边区编为山东教导第六旅，邢仁甫兼旅长及军区司令员；1941年1月，冀鲁边区由北方局交山东领导；1941年2月，冀鲁边军区正式成立，邢仁甫任司令，周贯五任政委兼边区书记。

冀鲁边区地处华北平原东侧，无险可守，我军无处藏身，容易暴露目标。这又是北平通上海的铁路通道，又处于天津与济南两大城市之间，军事意义重大，更是敌人强化治安运动的重点。特别是邢仁甫的叛变，使冀鲁边军区濒临崩溃，因此，1944年1月山东军区决定冀鲁边军区与清河军区合并为渤海军区。原冀鲁边军区的一、二、三军分区名称不变，清河军区的清东、清中、清西三个军分区分别改称为第四、第五、第六军分区。军区司令为杨国夫；政委为景晓村；副司令是龙书金、副政委刘其人；参谋长袁也烈政治部主任为周贯五。

渤海军区在山东五个二级军区中人口最多、面积最大。它辖三十五个县，西至津浦路，东到渤海滨，南抵胶济路及济南，北达天津南郊。但军事力量较其他四个兄弟军区最弱小。不过在后来的内战中，渤海军区变为华东军区的兵源、物资大后方。虽然冀鲁边与清河两军区合并为一个军区，但龙书金与周贯五仍随同赖金池司令的二军分区司令部一起活动，分工领导一、二、三军分区的军事指挥。第二军分区司令部实际变成渤海军区西线指挥部，继承了原冀鲁边军区原来老地盘的指挥权。

第二军分区下辖德县、陵县、临邑、济阳、商河、德平及平禹（平原、禹城两县津浦铁路以东地区）等七个县，占现在德州地区大部。最先建立县大队的县份是平禹、临邑、陵县三县，在1939年建成。最晚建成县大队的县份是德平县，在1944年建成。德县大队是1940年建成。德县大队是由第二军分区第三独立大队一个连、临邑县大队一个小队及德县一个区中队组成，分别称为第一、二、三小队。一个小队十个班，没有排的建制。每小队还设有机枪班，装备三挺轻机枪，轻机枪在县大队就算重武器了。一小队和二小队各有一挺日式歪把子机枪，算是县大队的先进武器，其他七挺机枪均为捷克式。县大队大队部有侦察班、通信班、司务处和卫生所。

为了党的一元化领导，县大队政委由县委书记兼任，大队长由县长兼任。其实军权完全掌握在副政委及大队副手里。

德县大队的副政委为时俊禹，他是河南人。抗战前毕业于开封师范。1939年在延安抗日军政大学学习半年，然后随一一五师来山东。当时年龄不大，只有十七岁。时俊禹身高有一米七七的样子，身体瘦弱，长相清秀，文质彬彬，一介儒生。他整日埋头于处理不完的公务，但依旧神采奕奕。

大队副冯三荣没文化，人如其名，他家庭贫寒，兄弟们又多，所以他叫三荣子，上边肯定还有大荣子、二荣子；下边也可能有四荣子到八荣子。穷人孩子多，当小猪子养活，没有闲情逸志为他们起大名，长大了把小名上加姓就是大名了。冯三荣二十四岁，十六岁那年参加陕北刘志丹的红二十八军。他个头高大，膀大腰圆，黑黝黝的脸膛上一双眼睛炯炯有神，一看就是个威武的硬汉子。冯三荣的体形、性格与时俊禹完全相反。

县大队的组织干事姓潘，乐陵县人，是个身材中等，肌肤丰腴的白面书生。潘干事原掌管济南地下党特科，面善而心辣。这次对德县敌谍报员及家属的杀戮是他性格的真实再现。当济南地下党几乎全体被捕的时候，他只身逃出虎口，这次杀戮也有为其遇难战友复仇的因素。

特派员姓赵，是由上级党组织派来的钦差大臣，也可称特工，带有尚方宝剑，权力极大，历史上众多冤案多是由这类人制造的。赵特派员的背景不清楚，谁也不敢打听，只知这人懂日语，不像文盲。特派员制度是在红军时代建立的，一般不派往营级单位，不过近期由于邢仁甫的投敌及县大队长期在恶劣环境下独立活动，唯恐叛变事件出现连锁反应，故向基层派来特派员。特派员不属固定编制，是由上级临时派遣的，完成任务后仍返回上级单位。

曾管理员是江西老红军，年龄在三十多岁，负责全大队的粮秣、财经，不经常随部队活动，常与地方政府打交道。据说曾管理员在张西篓村有姘头，都也不把这事当成大问题，人家革命革到三十五六岁，耽误了青春，还没娶媳妇，应该受到党的照顾。

大队部司务长老张三十四，也是陕北老红军。张司务长一个人负责大队部四十多位人的吃饭，一天三顿小米绿豆干饭。虽然不可能有花样繁多的炒菜，只做白菜豆腐汤也够辛苦的。每天行军他只背着一个比步枪还长的大铲子，这是做干饭用的唯一炊具。张司务长个头不大，中等偏低，胖瘦适中，他身体结实，性格也和气乐观，经常与男房东拉家常。张司务长的老家是陕北米脂县，跟林彪的前妻张梅是老乡，在他眼里，张梅就是是个小妞子。张司务长家庭贫寒，没结婚，有两个妹妹，父母都健在。他对家乡深有感情，当他行军做饭累得无精打采的时候，一提起米脂县，立刻精神焕发，就会拔高嗓门滔滔不绝地谈起李自成。李自成和张司务长生在同一个村镇双泉堡。据家谱记载，张家原本姓李，三百年前张家绝户，从李自成祖父那一辈过继一义子，因此张李不分，原为一家。这也说明张司务长与李自成血管里流着同一个祖宗的血。

自石鸿儒参军后，时政委又给张司务长增加了一条任务。每逢打仗，卫生所的人要下小队进行战场救护，这时，张司务长就要负责保护好小石，避免枪声一响，小同志因害怕会跑丢。每到宿营地，张司务长首先察看卫生所的住处，一旦有战事，马上就会来领石鸿儒隐蔽或撤退，他把这件任务看作比做干饭还重要。

一小队长张剑洪二十三岁，陕北人。他也是红二十八军刘志丹的部下，与冯三荣、张司务长三人同为陕北老乡，同为二十八军战友。德县大队共有四位老红军战士，三位陕北红军，一位江西的长征红军。石鸿儒参军的第一天，张剑洪请示时政委要求小石到一小队当文书。时政委说小石才是个十四岁的孩子，下小队不合适。

张剑洪身高约一米六五的样子，勇敢、强悍。他是德县大队最优秀的小队长，冲锋在前退却在后，深得士兵爱戴。张剑洪打仗就是冲锋！冲锋！再冲锋！跟隆美尔一样。两军相遇勇者胜，他与所有名将的理念一致：越怕死越死，越勇敢越能活，猛冲猛打死人少，畏缩不前死人多。张剑洪的小队因战斗力最强而闻名全县，也是二军分区出名的小队。张剑洪不仅是一位英雄人物，而且酷爱秦腔。每晚行军集合后，各小队比赛唱歌时，他常来卫生所为石鸿儒唱《小寡妇上坟》唱腔婉转凄怆，缠绵悱恻，听得石鸿儒如痴如醉。石鸿儒感叹说："不知世间还有如此扣人心弦的歌剧。"在他看来，爷爷那几百张京戏、交响乐、欧洲歌剧唱片都远不如秦腔优美动听。可见陕西的艺术底蕴举世无双。

一小队副队长姓何，都称他为何队副。他短小精悍，身高一米六多点的个头，但精神饱满，作战勇敢。指导员姓范，清瘦个高，他常指挥一小队唱歌打拍子。

二小队队长姓王，政委姓宋。1944年7月，二小队调往德平县，扩建为德平县大队。二小队调出德县大队后，三小队升为二小队。小队长姓宋，指导员叫石祥才，大家喜欢读谐音，叫他"香菜"。

第三小队是由八区中队晋级上来的，队长叫阎玉鹅，他二十岁，英俊潇洒，口令洪亮，行动敏捷。站在部队前面训话，像大军事首长一样，抑扬顿挫，气宇轩昂。他和石鸿儒很要好，每晚行军前，大小队干部开完碰头会后，他常把口令及目的地偷偷告诉石鸿儒。其实阎玉鹅也只是个比石鸿儒长六岁的大孩子，同志们都很喜欢他，戏称：阎玉鹅是个官不大，气派不小的大孩子。

德县大队部的武装有两个班，一个侦察班，一个通信班。侦察班长姓张，副班长姓范。他们每人一支合子枪和一辆自行车。同志们对侦察班的人刮目相看。当时，他们每人一辆锃明瓦亮的自行车，令人垂涎。而且侦察员们每天行色匆匆，好像不是被敌人追赶，就是追赶敌人似的。侦察员的保密意识已成习惯，不该保密的话也指东打西，所以同志们不愿与侦察员交朋友。

可是，有一件事让侦察班很丢脸面。侦察员老孔，高个子，他整天戴着墨镜，身穿毛布大褂，脚蹬里复呢的鞋子，威风十足，目空一切。1944年春的一天，他离队侦察敌情，归队时说把毛布大褂、墨镜、合子枪、自行车都被敌人收缴了。经赵特派员及潘干事调查，原来老孔是拿这些东西卖了钱，嫖女人去了。结果当然被正法。

通信班的年龄较小，多数十八岁，小的十七岁，孙班长十九岁。通信员每人一支步枪，班长、副班长及时政委、冯大队副的贴身通信员一长一短。所谓通信班就是大队领导人的羽林军。老孔被枪毙后不久，通信班也出了一件叛变事件。冯大队长贴身通信员小陈，在一个月黑风高的夜晚携械投敌，他走时，本想把冯三荣的合子枪也带走，但冯大队长的枪放在了枕头底下，不得手；若开枪打死冯三荣，又怕枪声惊动部队不好脱身。事后经分析，小陈投敌叛变的主要原因是对抗战失去信心；另一方面因为冯三荣的脾气暴戾、好骂人。

大队卫生所五个人，看护长王国臻是乐陵人，是一所之长。他佩带一支合子枪，其他四人都没武器。看护长参军较早，在冀鲁边区卫生处经简单培训就分配到部队充当医生。所谓医生就是懂得一点消毒知识，会包扎伤口，能掌握压迫止血，会抹碘酒、二百二红药水等外科常识。至于内科知识就更简单了，所谓"阿斯匹林托斯散，也治咳嗽也治喘"、"头痛发烧阿斯匹林一包"。王国臻的急救包里除了阿斯匹林、托斯散外，没有第三种内科药了。磺胺药是1945年底、抗菌素是在1949年我国才开始使用。从一个县大队小小卫生所的功能设备中就可以看出医学领域的两大问题：一是西医外科治疗先进，内科落后。外科有消毒、包扎、止血、碘酒、红药水等学问，内科只有阿斯匹林一包。第二个问题是崇洋贬土。尽管中医药在红伤、正骨、止痛、抗感染、防腐、祛瘀方面有许多简单有效的方法，而不被采用，就不用说在内科治疗方面比西医的优越性更有天壤之别。

卫生所第二号人物是小于十九岁，临邑人。他的医疗技术肯定落后于看护长，不过他较王看护长活跃的多，与各小队干部像老朋友一样，无话不说。他喜欢开玩笑，但并不低俗。在战场救护中他也很勇敢，与王国臻一样也是共产党员。

第三号人物是老乔。二十七八岁，本县乔庄人，参军前开西医诊所。他的技术水平除了会打静脉针外，也超越不了碘酒、二百二红药水及阿斯匹林一包的水平。不过他参军目的不是为抗战，是为杀老婆。他借参加八路军提高政治地位，杀了老婆就无人敢追究。一天晚上他请假回家，妻子烧热了水，亲手为老乔洗完脚。半夜，老乔给妻子血管里注射副肾素三支，致使妻子心跳骤停，老乔逃回县大队。县政府公安科很快就调查清楚。杀人偿命，老乔当然不能例外。

第四号人物是小刘。他是土桥南三里路小刘庄人，十七岁，是一个害羞的少年。他不爱说话，一说话就脸红。个子长得倒不矮，胖乎乎的，五官也很端正，白白净净的，是一个挺俊秀的小伙子。可惜的是，小刘参军不到一年，右大腿患节肿，迸发脓毒败血症，最后病亡。

卫生所的第五位，就是最不起眼的小石。参军不到一个月，生活还不能自理。战时还得叫人保护，在同志们眼里他不是参军抗战的，而是给革命添累赘的。尽管他家是中医世家，爷爷是名医，可这跟他有什么关系？小石理所当然地不被人放在眼里，看护长从不跟他说话。小于倒是经常跟他说说话，可往往是教训的口气，摆出领导者的架势。对复生子而言，刚刚离开母亲的怀抱，失去祖父母的溺爱，来到县大队这个崭新的世界，这个世界的习惯、语言、人际关系、奋斗目标、知识结构、学习内容、思想感情、食物品类、生活环境与自己温暖的家完全不同。他得需要时间顺应这个不知是好还是坏的新世界。不过他对卫生所这几位成员少有亲切感，嫌他们太粗俗，太没文化修养，是百分之百的土八路。同为八路，怎么他们跟肖华大不一样呢？

县大队为了缩小目标，着装便衣，不穿军装。主要武器是每人四枚手榴弹。每小队三挺轻机枪，班长配三八式步枪，老兵用捷克式，新兵用套筒子。子弹很少，每人不超过十发。班长、神枪手也不超过二十发。政委、大队长与士兵同吃大锅小米饭，吃饭不定量。每人每月五角钱菜津，没有军饷；每年供应棉衣一套、单衣一套，三个月一双单鞋，没有棉鞋；毛巾每年一条；牙刷一年一两支；牙粉半年一包；肥皂半年一块；布袜每年一双。军队供给制大致如此。各地经济情况不同，其中也有少许变化，但一月五角钱菜津无变化，至少全山东军区如此。从政委到士兵，每人背一根细长的米袋子，约盛五斤米。每天做饭时，司务长到各单位轮流收米。政委等营级干部徒步行军不配马；团级干部有马骑、有伙夫，一天一只保健鸡，没有小灶。

敌人的扫荡即将开始，时俊禹的反扫荡备战计划也接近出炉。近日，对党员进行了反扫荡教育，每个党员都表示要冲锋在前，起到模范带头作用。时俊禹对部队全体战士也进行了战斗总动员，每个战士表决心，一定服从指挥，沉着应战，节省弹药，弹无虚发，争取主动，保证在反扫荡结束的时候，一个战士至少消灭一个敌人，缴获一支枪。机枪射手们保证节约子弹，对散在目标实行点射，除非敌人集群冲锋或后退时，方可连射。机枪射程规定，距目标五十米之内，如配合手榴弹组成近距离火力网，始发射程控制在四十米之内。手榴弹的投掷，战士们进行了讨论，对散在敌人不许投手榴弹，对三人以上集群可投掷，投掷距离限制在四十米左右。根据参军时间长短、战斗经验多少、身体素质强弱，一个班被编为四个小组，每组三个人，肉博时保持三人集体，如本小组有伤亡，自动靠拢其他小组以资互相掩护，避免单人独拼。

战士每个人的米袋子经常保有五斤米，保证连续作战五天有饭吃。卫生所要准备一百名伤兵的急救药材。时俊禹备战"反扫荡"的最后一项是安插老弱残疾。发疟子的宋队长与才参军的石鸿儒安插在老根据地八区刘庄。在安全方面，宋队长照顾石鸿儒；在生活方面石鸿儒照顾宋队长。

八区每个村都有武装民兵联防，每村建立了民兵连，每个民兵连的枪支数量与人数多少，根据村子的大小而定。一般中等村有步枪十支左右，人数有四五十个，有枪的带枪，没枪的带砍刀。白天劳动，夜间巡逻。有敌人就打仗，没敌人就生产，是一支劳武结合的队伍。三百、二百的敌人不敢进八区。上千人的敌军进入八区，民兵夜间骚扰不得休息，岗哨常常被杀被抓，不是丢枪就是丢人。

住进刘庄的当天中午，宋队长召唤石鸿儒为他擀面条吃，口气是命令式的，态度也很严肃，宋队长把石鸿儒当成勤务兵使唤。石鸿儒既不会擀面条，又不会和面。无奈只能硬着头皮做。面盆的面与水总不成比例，不是干得不成团，就是稀的不成块。于是不断地向面盆里加面又添水，还是不成功。石鸿儒的脸上、身上都沾满了面。正发愁时，房东大娘发现了他的尴尬，见他实在是个外行，就三下五除二麻利地帮石鸿儒和妥了面。石鸿儒高兴了，连声对大娘说谢谢。

擀面条就要先把面擀成面片，可面团真不听话，总是往轴子上沾，擀了半天也擀不成薄面片。无奈石鸿儒又请来房东大娘帮忙，她擀一次撒一层面，然后再擀再撒面，解决了面片沾轴子及面片互沾的毛病。煮面条也是房东大娘帮的忙。石鸿儒只坐在灶台下烧火，可他烧火也烧不着，柴禾不是填得太多就是太少。填多了就直冒黑烟，填少了就会熄火。从上午十点钟开始擀面条，下午两点才煮熟。

宋队长皱着眉头，拉长了脸不高兴。其实他并不是完全讨厌石鸿儒，而是对时俊禹不满。心想：你时俊禹是叫我来养病呢？还是叫我当保姆看孩子呢？石鸿儒心里也对时俊禹生着闷气：你时政委是叫我在卫生所当医生呢，还是叫我来当仆役的呀？宋队长烦透了石鸿儒，石鸿儒瞧着宋队长更是上下不顺眼。宋队长嫌石鸿儒不会伺候人，石鸿儒嫌宋队长爱使唤人。

进住刘庄的第三天晚上八点多钟，石鸿儒躺在炕上又累又不顺心更加想家。慢慢地，石鸿儒进入了梦乡，在梦中复生子与亲爱的母亲、奶奶，还有慈祥的爷爷在南屋学习；在广德堂为病人抓药；在厨房里帮奶奶拉着风箱，聊着天；听母亲讲英文故事；听爷爷告诫十八反；大口吃着奶奶的香椿炒鸡蛋……

突然村里传出枪声，宋队长手握合子枪，张开大机头，窜出了院子，逃往村外灌木丛中，但他只顾自己逃命，并没叫醒石鸿儒，体力和精力都已透支的孩子仍继续做着甜美的梦。

这时，民兵连长专门来通知房东大娘说："刚才枪响，是民兵擦枪走火，没有敌情，请转告宋队长及小石放心。"房东大娘来到宋队长与石鸿儒居住的东屋，桌上还亮着灯，只有小石还在熟睡。大娘帮这个疲惫的孩子盖了盖被子，并没惊醒他。

宋队长发现枪声只响了一下，村内仍很寂静，这表明没有敌情。他又悄悄地像小偷一样回到村内，得知枪响是民兵走火。枪声使村头巷尾站满了人。

宋队长回到房内看到石鸿儒仍在酣睡。他怒发冲冠，大发雷霆："小石！小石！"石鸿儒被震醒，他揉着眼睛刚坐了起来，耳边就响起宋队长打雷般的吼叫："刚才枪响你听见没有？你怎么还在这里睡觉？你还想要命吗？"石鸿儒张大眼睛望着他，不知所措，一言未发。听着宋队长气急败坏的训斥，委屈的眼泪终于止不住地流下来。复生子来到这世上十四年，第一次遇到如此粗暴凶恶的人。

石振铎到西张庄与张小三见面，旨在说服小三为我方探听敌方军事情报。石振铎对张小三说明利害："我亲自去德州小二驻地怕给他增加危险。做人要为自己留有退路，一旦鬼子失败，曾为八路军传送情报的人会被视为有功人士。为了保护伪三中队在扫荡中不受到打击，你小三最好参加二哥伪三中队，在扫荡中经常和八路军县大队侦察员取得联系，传达三中队及其他敌军的驻地位置，及军事动态。小三，你等于是穿着伪军军装的八路军。打败日本后，我保证，证明小三你的抗日功臣身份……"小三也同意石振铎的分析，要想张家安全，必须在两边都撑劲。张小三虽是粗人，但一直对石先生很敬佩，所以他答应了石振铎的建议。

在社会上若想欺负人或想不被人欺负，人们常用拜八兄弟的方式扩大自己的势力，像刘、关、张；蒋介石与冯玉祥等结义拜盟，这些都是为了自身安全和扩大势力。张小二与伪保安大队长是八兄弟，保安大队长又与日本翻译及情报站长是八兄弟。张小二借八兄弟的连环关系，可以搜集到德州敌人的机密情报。不出所料，张小三从他二哥那里得到了敌人的两份确切情报。他丝毫不敢耽搁，来到广德堂。第一份重要情报，是德州鬼子的两个大队抽掉了一个战斗力强的，调往湖南准备打通粤汉线。目前驻德州的鬼子大队有三百人，多数是新兵，有不少十六七岁的娃娃兵。同时驻土桥及边临镇两据点的日军已调往德州，并准备撤仙人桥据点；第二份情报是，一九四四年春季没有扫荡计划。

石振铎把张小三刚送出广德堂，金秘书就进了广德堂。金秘书代表县政府，承认张小二兄弟为我军情报员身份，请石振铎把这一决定传达给张家兄弟。同时金秘书代表县政府及县委感谢石振铎对八路军的真诚支持，中国共产党永志不忘，有朝一日共产党得了天下，德县第一大功臣就是患难与共的石先生。金秘书推心置腹之言使石振铎很感动，很高兴。天已正午，金秘书顾不上吃饭，就赶回县大队汇报情报。没过几天，从甄淑贞的渠道，县大队收到相同的情报。侦察员也探知土桥及边临镇据点内的鬼子已调往德州。三方面的情报内容一致，具有可信性，时俊禹如释重负。

由于德县局势的有利变化，春季反扫荡计划终止，时俊禹传令宋队长和小石归队。宋队长向时政委汇报："小石缺乏敌情观念，村子里有枪响，他照常躺在炕上呼呼地睡。"说完，他自己哈哈大笑起来。时俊禹并没笑，他问："枪响的时候你在哪？"宋队长说："我也在屋子里。"时俊禹又问："枪响后你去哪了？"宋队长说："我跑到村外小树林子里去了。"时俊禹态度变得严肃起来，他说："你为什么不把小石叫醒一块跑？"宋队长愣了一下，说："我想他能听不见枪声吗，再说了，稍一迟疑，就跑不及了。"时俊禹一听便火了："你身为指挥员，等于丢掉部队自己逃跑。我叫你保护小石的安全，你反而自己跑掉了。军人以服从命令为天职，你没服从我的命令。如果小石出了闪失，我怎么向石先生交待？你认为你这个队长抗战有功？石先生比你功劳大得多！如果不是你有病在身，我今天就处罚你！"

归队第二天早晨，刚进村，宿营地还没完全安好，时俊禹就把小石叫进大队部问："听说你没进正规学校读书，自学成才。你都是学些什么功课？"小石说："有数学、英文、四书、中医药学，还有历史、地理、音乐等。"时俊禹一听，很高兴，说："小石，我送你一个学习本子，还有一支金星笔。再给你出几道数学题练习练习，怎么样？"小石满口答应。

时俊禹出了两道四则运算题，两道代数题，两道平面与解析几何题。根据这六道题即可测出石鸿儒的文化水平是属于小学、初中，还是高中。

小石看了一遍题目说："时政委文化还不浅哩，你当过数学教员吗？"时俊禹听了大笑起来，说："你说对了。我师范毕业后教了一年中学数学，对数学情有独钟。这些题你可以拿到卫生所慢慢作。"小石说："不用，我就在这儿，半小时就作出来。"时俊禹就让他脱掉鞋坐在炕上，趴在炕桌上作，不到半小时，小石就作完了六道题。时俊禹看了看，完全正确。他很惊讶，又问小石能背几篇诗词或古文吗。小石当即背诵了《琵琶行》、《满江红》、《陈情表》。

时俊禹对这个长着一双单纯的大眼睛的孩子刮目相看，更加倍地喜爱。时俊禹饶有兴趣地对面前这个聪明的孩子问这问那，他问："你爷爷是出名的医生，你的中医掌握得怎么样啊？"小石说："中医是我家五代人的专业，我也不敢荒废，这是我家的传家宝。""那你能为卫生所的人讲中医课吗？"小石想着卫生所那些大老粗，他使劲地摇了摇头，不屑地说："不行，他们没文化，听不懂。他们应该先学习文化。"时俊禹听着在心里直笑，他继续启发小石："你可以把浅显的中医药知识当文化课来教他们呀，比如教他们中药名，汤头名。这样，既让他们学习了文化，又学会了中药。"小石想了想，不情愿地答应了："好吧，试试看吧。不过，他们的年龄都比我大，就怕不服气。"

第十三章　德县大队整零互化

一天拂晓，县大队进驻王架庄。这是德县最东边的一个村，距北面陵县城只有八里之遥。部队进村之后的常规活动是打扫院子，清扫大街小巷，路面洒水，然后帮房东担井水，直到缸满盆溢。

时俊禹以检查卫生所的院子及巷道清扫为由，来到卫生所驻地。卫生所全体医务人员站在院子里排列整齐，看护长王国臻喊口令，一齐向时政委行立正注目礼。时俊禹很随意地向大家说："你们很年轻，为了迎接抗战胜利，要加强文化及专业学习。我今天给你们请来一位优秀的老师。"小于高兴地说："欢迎老师早日到来，努力学文化学专业，成为有文化的白衣战士。"时俊禹笑着说："老师早已来到你们身边。"他指了指小石说："你们的教师就是你们的战友，小石同志。他的代数、几何、古文、中医都很出色。别看年龄小，教你们的能力还是绰绰有余的。所谓从师之道，无贵无贱，无长无少，道之所存，师之所存也。"大家鼓起掌，表示对老师的欢迎并感谢时政委的关心。

小石的教学计划，先从中药学开始。没有教科书，凭以往学习的记忆，把中药分类为补气药、健脾药、清热药、止咳化痰药……每类选出五至十五味中药，每天学习五味，并讲解药物的性味、归经功效、用量、用法、原产地等。

时政委考试小石及小石教卫生所学习的消息不胫而走。消息传到宋队长的耳朵里，他向指导员说："香菜，听说政委考了小石几条河，一条叫平面河；一条叫街西河，还让他教卫生所文化课，这是真的。我还以为小石是个傻瓜，整天不说话，不会擀面条还不算大缺点，但听见枪声不知道逃跑，还躺在炕上睡大觉，这可不能原谅。"石祥才说："俺的本家还是个孩子嘛。呆不了三个月，军队生活就熟悉啦。听政委说呀，小石的文化挺不浅，他会的小石都会，他不会的小石还会。俺的本家懂中医。"宋队长摇着脑袋说："哼，懂中医又打不了胜仗，政委会指挥打仗，小石碰上战斗就傻眼了。军队嘛，第一条就是会打仗。"石祥才反驳他说："你太不现实了,要求十四岁的孩子当将军呀?"

　　根据仙人桥群众反映和侦察员的实际侦察,仙人桥据点防护沟上的吊桥原在上午八点放落,下午五点拉起。董庄敌人被歼后,吊桥一直悬在空中,一连六天没有落下。半月后上午九点半放落,下午一点拉起。目前,吊桥已恢复了原来的起落规律。据此估计,在春天青纱帐没长成之前是日伪的讨伐季节,是八路军处于挨打的季节。大平原一望无际,游击队无处隐蔽,现在八路军正处于化整为零,到处隐藏的时候。另外,人们都知道,八路军是夜猫子,喜好昼伏夜出;敌伪正好相反,自恃力量强大,喜欢昼出夜伏。

　　时俊禹利用准确的军事情报以及敌方的惯性思维进行反常的军事行动。同样形式的冒险只能一次,不能重复。这次攻打仙人桥的方式与消灭董屠庄的敌人采用了迥然不同的方式,这就是军事艺术。

　　战斗前一天,全体指战员按常规改善了生活,吃白面馒头及猪肉、豆腐、粉条、白菜杂烩菜。战士们知道这是战前信号。

　　在1944年一个倒春寒的拂晓,县大队一、三小队秘密潜入仙人桥一位地下党员的大院子里,秘密的程度甚至没惊醒全村家犬的睡眠。一小队选拔了二十个小个子,穿上日式军装伪扮小鬼子,组成二个班,又选择了四十个中高个头的战士穿上伪军军装扮成二鬼子,组成四个班。赵特派员会讲日本话,伪装鬼子队长;何队副是当地口音伪装翻译官;张剑洪也扮成鬼子兵,扛着日本旗,牵着狼狗。上午九点,一支队列整齐的部队,踏上吊桥,大摇大摆地进入据点内,根据计划,何队副与赵特派员率领一个班"日军"进入炮楼内,命令伪中队长集合部队参加东乡的讨伐;四个班的"伪军"进入平房及有利地形;张剑洪率领一个班"鬼子兵"维持院子的秩序。伪军中队长向"鬼子兵队长"点头哈腰说:"太君辛苦了,太君辛苦了。城里也没来电话通知,有失远迎,请太君原谅。"伪中队长慌慌张张地下楼来,吹哨集合。集合期间,他发现"日军"钢盔上没有黄五角星帽徽,而且所有的"日军"没有领章,"日军队长"肩上也没有军衔标记。他心中不由一愣,怕其中有诈。

　　"鬼子"和"二鬼子"都精神抖擞,手持步枪,三挺机枪选择好适当地势冲着伪军队列,处于一触即发的战斗姿态。伪队长的哨声停住了,浑身冒冷汗。"翻译"对伪军喊:"立正!""向后转""把枪整齐地放在地下！""起步走，一二一、一二一"，伪军队列远离了枪支。"伪军们"随即拾起了地上的步枪。张剑洪丢掉膏药旗，取下狗缰绳，把伪队长绑起来。全体伪军被解出据点。六区政府及区中队发现炮楼冒烟，便带领周围村子早已组织好的民工队伍，赶来仙人桥扒炮楼、拆房子、扯鹿砦、屯壕沟，一直干到十二点，仙人桥据点灰飞烟灭。县大队撤走设在张申庄的打援二小队、驻在仙人桥的预备队第三小队和隐藏在小庄的张司务长及小石集合一齐，开到二十里之外的邓家集休整，清点缴获的武器、弹药，共俘虏汉奸兵七十三人、队长一名，缴获机枪二挺、掷弹筒一个、步枪六十二支、子弹一万七千多发、炮弹二十六发、短枪两支、子弹二百二十六发、面粉二百七十九袋、小米四千四百多斤、花生油五百多斤。全大队晚饭比战前的犒赏还丰盛。时俊禹命令潘干事组织教导队，对俘虏进行教育改造，让他们随县大队活动。

此后，县大队进驻八区根据地，长时间住在新安街、官道孙村附近。时俊禹、冯三荣号召县武装力量大练兵，进行扩军备战，准备保卫麦收。冯三荣为练兵总指挥，要求区中队的战斗力提高到县大队的水平，能独立作战；县大队的二、三小队的战斗力要提高目前一小队的水平；一小队更上一层楼，不但会打偷袭、伏击、野战，还要学会爆破攻坚战。教导队不仅负责改造解放兵，还要训练新兵，并建立一个干部班对班长、小队副进行轮训。

经过两个多月的训练、扩军、整顿，部队出现了新气象，扩大了部队阵容。县大队各小队由原十个步兵班增为十二个，每三个班组成一个分队；一个机枪班增为两个；侦察班原一个增为两个；通信班原一个增为两个。缴获的掷弹筒配备在通信班。侦察、通信四个班组成直属小队，委任原侦察班张班长为小队长，同其他小队一样，建立了自己的党支部。各区中队由原八个班组成，现增为十个班，并配备一挺轻机枪。武工队仍建制四个班，他们的训练科目增加武术等内容。练兵整军后，县大队由四百多人增加到五百多人；每个区中队由原来八十多人增加到一百二十多人。全县武装力量由原九百人增加为一千两百人，相当于一个独立团。华北敌后战场有400个县大队，加区中队及武工队相当400个独立团，可组编130个师。敌人方面，除德州外，全县设有土桥、边临镇、陈麻亮、仙人桥、董屠庄等五个据点，现在已拔掉董屠庄和仙人桥，还剩下三个；鬼子原有两个大队六百人，现在调到湖南一个，还剩一个，约三百人；二鬼子原八个中队一千人，现在被歼灭一个，还剩七个，约不到九百人；原来敌人总数一千六百人，现在一千两百人。在数量上目前敌我双方力量均等，装备上敌人略占优势，战斗力也大致棋逢对手。五百多名县大队的战斗力相当于三百鬼子兵，六百多区中队的战斗力相当于八百多二鬼子。如进行野战，双方胜负难分，如进行攻坚战，敌人有坚固的防御工事，对我不利，可是敌人的据点呈点状散布，力量不集中，如大海中的孤岛。我军可集中局部优势兵力各个击破。对双方全局评估，虽敌我军力相当，但我军处于主动敌人处于被动，敌人再无力组织扫荡。经过七年抗战，用烈士的鲜血和头颅换来了今日的可喜局面，应戒骄戒躁，以免把得来不易的胜利毁于一旦。以上情况，每天在时俊禹的脑子里，像电影一样，轮回上映。

原来德县第六区大部为游击区，自董屠庄及仙人桥两据点拔除后，已变为根据地。石振铎重返广德堂。县大队整军练兵结束后，经常驻进石庄或石庄周围村庄，好让石先生一家与小石见面。

芒种已到，农民正忙着夏收，为了保护农民的劳动成果，掐断敌人的粮食来源，县大队将组织麦收保卫战。县大队几个负责人讨论后决定，在麦收保卫战中，首先拔除孤立的陈麻亮据点。

时俊禹设计了三个方案。一是迫使敌人投降；二是强攻；三是引蛇出洞。第一个方案是，县大队长期驻进陈麻亮村，以强大军事优势威迫敌人投降，并捕获伪队长的亲属为人质，围而不打；第二个方案是，在执行第一个方案的同时，进行地道作业，把地道挖到炮楼下，然后用炸药爆破；第三个方案，伪装日军驻德州司令，命令伪军夜晚撤出据点，进入伏击圈。最后决定先用第三个方案，如不灵，再续用第二个及第一个。

一天，县大队驻在许家桥，中午改善生活，馒头不限量，每人一大花碗猪肉、粉皮菜。在战士中流传着一句话：猪肉是战斗动员令，馒头是冲锋的信号弹。太阳尚没落山，部队开始行军，因路程较远，时俊禹叫张司务长雇了一头小毛驴，驮着小石行军。行军约三十华里，部队埋伏在公路一侧，张司务长领着小石连同小毛驴和牵毛驴的老乡来到远离战场的道沟里。

区长张龙在领着民工捣毁仙人桥据点时，他发现伪队长办公桌上有两台电话机，甚为欢喜，他把电话机揣在怀里，并抱了一捆电线回来。大家都笑话他说："既没交换台，也没电线杆，我们像野鸽子，连个窝还没有，要电话机安哪里呀？"张龙说："抗战胜利后，就派上用场喽！"谁也没想到，被大家视为垃圾的电话机今天立了大功。

这次战斗之前，张龙向时俊禹谝称他有两台现代化机器。时俊禹笑着问："你的机器难道能打鬼子？"张龙说："如果我们县大队发展成大兵团的话，这两台机器就能帮着打鬼子。目前还没有用武之地，只能给我三岁的儿子当玩具。"时俊禹纳闷，自言自语地说："不知给你儿子玩的什么宝贝玩具……"张龙说："就是两台电话机。"时俊禹一听，突然来了灵感，他急忙问："这电话机还能用吗？""当然能用啦！我经常用它给儿子打电话，乐得儿子嘎嘎地。"时俊禹说："你快回家去拿，我试试看，如果能用的话，一台电话机比张剑洪的一个小队还要强！我们可以把电话机接到敌人的电线上，叫赵特派员伪扮日军大队长，用日本话把敌人从据点里调进我们的埋伏圈。"

张龙火速取来电话机。大队召集小队长以上紧急军事会议，通过临时战斗计划，如诱敌成功，这将是最理想的军事行动，如不成功就继续按原作战方案进行。计划立刻实施！

夜间刚过一点，县大队一面布置埋伏圈，一面接通敌方电话线。埋伏圈设在陈马亮据点西南一华里公路两侧。特派员扮成德州日寇大队长宫本义二少佐，一小队范指导员扮翻译官。

为了不出纰漏，范指导反复请示时俊禹："跟随宫本义二少佐的翻译叫什么名？""叫杜玉良。"范指导又问："杜玉良与阎福本认识不？""这层关系不清楚。不过在杜玉良的把兄弟中没有阎福本，杜玉良在本县算上层人物，是铁心的汉奸。阎福本是中层人物，当过土匪，但没血债。"范指导员继续问："命令阎福本出来多少人？到哪去？干什么？什么时间到？走哪条路？""敌人不会倾巢而出，可能会出来二分之一，至多三分之二，命令他们留一个班看家，其余全出动。谎称到将军寨抢麦子。德州、土桥、边临镇据点全出动，在早晨四点钟之前到达将军寨，迟到按军法处置，接到命令立刻行动。各中队抢到的麦子归本中队一部分，其余归德州宫本大队。如抢获五千斤以上，中队分得三分之二；抢五千斤以下可分得三分之一；如抢不到三千斤，中队长将被撤职；如抢到万斤，中队长将提拔升级。这样中队长必然亲自出动指挥，带出队伍也会多些。"

范指导员办事细心，也能随机应变，很适合扮翻译的角色。时俊禹征得范指导员没有问题后，命令张龙接通电话。一块大黑布罩住张龙及其手电筒的光亮。电话线接好后，赵特派员拿起耳机，摇通电话。对方的铃声响了十来次，方有人问："谁？黑天半夜地打电话？"赵特派员讲了一通日本话，然后范指导员问："你是阎队长吗？"对方说："正是。"范指导员开始传达命令："德县日军司令官宫本少佐命令你中队立即出发到将军寨抢麦子……"范指导员把与时政委商量好的内容全部说出来，伪队长说："现在天黑怕碰上八路军，明天一早我们出发。"赵特派军又嘟噜了一通日本话，范指导员说："你放心，根据情报，匪县大队目前正在六区活动，七区较安全。百分之百没有八路军。现已向土桥、边临镇也发出命令，都将按时到达将军寨，贻误军机者严惩不贷！"不一会，从电话机中传来吹哨集合的声音。大家兴奋地差点叫出来。

不多时，负责在吊桥附近观察敌人动向的三个侦察员回来一个报信称，敌人出来四十八个人后，吊桥重新拉起。十分钟后，一群杂乱无章的队伍，斜背着枪，吸着烟，一面大声嚷嚷着进入埋伏圈。

事先冯三荣向张剑洪说，他这个老机枪射手还是想过过枪瘾。张剑洪答应了他的要求。冯三荣没狠心杀死这帮不齿之徒，他向敌群上空打了一梭子连发，小队事先安排好，命令两个班，机枪一响就打一排子枪，随即，全小队冲锋抓敌人。

枪声一响，全体伪军双腿跪下，举起双手要求饶命。一小队高喊："缴枪不杀！"四十八个汉奸全部被俘。兵不血刃结束了战斗。

时俊禹看了看事先定准的秒表，从机枪打响到结束战斗共费时十六秒。这在世界战争史上，还没有十六秒结束一场战斗的记载。不知这算不算伏击战冠军。

战斗刚结束，一位通信员向远藏壕沟里的张司务长及小石跑来。他一面跑一面喊："张事务长！张司务长！战斗结束了，快领着小石归队吧！"张司务长一听，高兴地拔高嗓门问：

"抓住多少俘虏？""四十八个。还有四十三支步枪、两挺机枪、一门小炮呢！"

电话拆之前，时俊禹叫张龙接通德州日军大队部电话，接电话的正是宫本义二。时俊禹接过电话说："我们是八路军德县大队。大队长冯三荣、政委时俊禹向宫本义二少佐报捷，陈马亮伪五中队，今晓被我县大字消灭一半，明天将消灭另一半。希望宫本阁下派兵来援，我军将设宴款待。你们的辉煌已经过去，等待你们的是失败与灭亡！"只听另一头传来一句："八个亚路！"

县大队驻进陈马亮，目的是迫使敌人投降。时俊禹命令第三小队及七、八区中队，布置在边临镇以东准备打援。对敌人援兵要边打边退，不准硬拼。阎玉鹅统一指挥，并同时命令直属小队张队长，带两名侦察员到阎庄，把阎福本的家属抓来做人质，以劝敌人投降。最后命令教导队驻官道孙庄对俘虏进行教育。

据时俊禹分析，据点一百二十三名敌人，被歼灭四十八名，还剩七十五名。经过这次打击及县大队驻进据点所在村，在大军压境下，敌人如惊弓之鸟，摧毁了敌人的战斗信心。处于风雨飘摇中的敌人可能一击即溃。如对敌人硬攻，可能困兽犹斗，给我带来伤亡，根据目前的良好局势，我有充分时间继续攻心战，这可能获得事半功倍的胜利，甚至仍会兵不血刃而大获全胜，不能把敌人一个中队一口吞下，分成两口吃也可以嘛。

部队进村后，张龙又接通了据点内电话。时俊禹再三命令阎福本投降，均被拒绝，但阎福本的语气明显不如开始强硬，似乎留有回旋余地。二鬼子们听到阎队长与八路军通电话的消息，更惶惶不安。

中午刚过，张队长把阎福本的父母、妻子儿女及其大哥六口人质捕来，命令他们轮流在炮楼下连哭带喊，劝阎福本投降。

时俊禹写了一封劝降信，令阎福本的大哥送进据点内。开始敌人不敢落下吊桥，阎福本观察大哥身后没有人跟随，命令放下吊桥。大哥过桥后立即拉起。阎福本是个文盲，劝降信由文书代读。信中把目前欧洲战场、太平洋战场、缅甸战场的胜利局势讲得很详细，信的后段又把正面战场及华北敌后战场日本必败、中国必胜的形势细说了一遍。这等于对牛弹琴，阎福本根本听不进去，但信的最后两句对他起到了震撼作用：一，命令你立刻投降，保证你本人及家属的生命、财产安全；二，如继续抵抗，不但你本人走向灭亡，也将给你的家人带来不测。

扣押人质这招还真灵，阎福本收到时俊禹的劝降信后主动地给时俊禹打电话，要求派代表进入据点签订投降书。潘干事、范指导员、张队长三人进入据点。阎福本要求他本人、家属及全体官兵的生命与财产安全。潘干事同意对方要求后，双方签字划押。炮楼上升起白旗。伪军开出据点，编入教导队。

第二天上午，县大队开了祝捷大会。时俊禹脱下便衣换上一身保存已久的绿军装，热情洋溢地发表了德县八路军的反攻胜利。从昨天起，德县敌我力量的对比，由敌强我弱逆转为我强敌弱。从此结束了七年的一天两头夜行军的游击常规，游击队逐渐变为正规部队了。

根据地迅速向游击区扩展。由于敌占区及游击区大为缩小，武工队的功能越来越减弱，因此将其扩编为一个正规小队、十个步兵班、两个机枪班，但名称不变。县大队联合武工队及三个战斗力较强的区中队共一千一百多名，组成七个连队战斗集体，经常活跃在黄河涯附近及德州郊区，把孤立的土桥和边临镇抛在东面，由两个战斗力较弱的区中队分别监视。吓得德州敌人白天也不敢开城门，好像怕县大队进城找岔似的。

保卫麦收结束后，一、二、三区各建立起区中队，以武工队为主力，协同刚建立的三个区中队，监视德州及黄河涯敌人，为了安全，他们仍需要坚持一天两头夜行军的活动方式。县大队主力东移，围困边临镇据点敌军。我军开始坑道作业，摆出即将发起攻坚战的架势，以敌碉堡的枪眼为打靶目标，每天向据点内打枪射击。敌人吓得六神无主，惶惶不可终日，好像死神随时就会降临。六月下旬，地下通道即将挖掘成功，攻坚战即将开始。

渤海西线指挥部及第二军分区司令部龙书金、周贯五及赖金池来到德县大队驻地，布置一九四四年夏季开辟吴桥县的战役。吴桥县尚没建立抗日政府及县大队，仍属敌占区。吴桥战役可能要与沧州及德州两地敌人作战，我军参加战役的兵力较大，有二军分区主力三个独立大队，还有德县、陵县、临邑三个县大队，相当两个团的兵力，这是抗战七年来，第二军分区也是原冀鲁边军区最大的一次军事行动。六个大队集合于边临镇东北各村，德县大队为先头部队。

部队经宁津县进入吴桥县，这里有一条很有特色的风景线：每个村庄都喂养着黑瞎子，像老牛一样栓在房前屋后，温顺而可爱。

　　小石虽已成为一名抗日小战士，战友们也把他看成全大队的秀才，但他毕竟是一个大儿童，童心未泯。他每顿饭后向张司务长要锅嘎巴喂狗熊。狗熊吃锅嘎巴的时候美极了，腆着脸，流着哈喇子，嘴里嘎嘣清脆悦耳的咀嚼着，吃完了张开大嘴冲着小石，眨着眼睛期盼着，小石和这些黑瞎子很快成了好朋友。

　　吴桥是马戏团的发源地，宁津与其相邻，也就耳濡目染、潜移默化，掀起喂养黑瞎子的风气。

　　部队驻扎在吴桥城东南五、六里路的几个村庄。德县大队布置在战场的最前沿，面对德州与沧州的方向。十二点午饭刚过。一个日寇少佐骑着高头大马率领三百多名鬼子兵由村西向东行进，进入一小队的防区。几乎同时，六百多名汉奸由村北向南行进，进入二小队防区。三小队布置在村东南道沟内做预备队。当日寇行军纵队将进入村子，距一小队工事三十米时，突然手榴弹声、枪声大作，日军军官应声落马，一小队发起冲锋。

　　日寇后队变前队，前队变后队，拼命向西回窜。由于敌人是鱼贯式前进，损失较大，伤亡三十多名。当敌人退回六七十米之后，占据有利地势，开始回击。何队副频摇红色指挥旗，命令部队后撤。在撤退中，何队副当场牺牲，另有四名战士负伤。当我军后退时，敌人借机逃窜。

　　村西头战斗打响时，村北面同时也开火。伪军听见枪声，争先恐后地回逃，可惜二小队没下追击令，否则会取得大胜。二鬼子和鬼子不同，他们是乌合之众。鬼子训练有素，鬼子撤退时，一方面撤开队形，一方面把伤兵、尸体及武器全部搬走，秩序井然。而二鬼子撤退时一窝蜂地跑，哪儿人多往哪跑，好扎堆，队形大乱。他们很幸运，没遇上一小队。

　　正当枪声最密集的时候，小石跑到村西头，趴在张剑洪与何队副的身后。朝西的路口两侧各有一段很长的低矮土围子，六挺机枪吐火舌，向西逃的敌人射击。同时，何队副摇动绿旗，下冲锋令，两位队长冲在最前面。此时此刻，张司务长赶来，拉着小石向东南三小队防区跑去，这是小石参加抗战后的第二次战斗。

第二天开祝捷大会，也是何队副的追悼会。时俊禹又换下便衣，穿上那身绿色军装。在报告中，时俊禹分析了鲁北抗战形势："自八路军一九三八年九月进入鲁北以来，继大宗家战斗之后，昨天是日寇第二次伤亡最大的一次战斗。大宗家战斗，敌我伤亡相当，昨天的战斗日寇伤亡大于我军七倍，而且敌众我寡。日寇人数相当于我一小队三倍，况且敌人的武器比我先进。从这两次战斗中进行比较，经过七年抗战，我军是由小到大，由弱变强的过程；敌人是由大到小，由强变弱的过程。曾几何时，一二十个鬼子兵赶得我们县大队呜呜地跑。今天，我们一个小队竟把鬼子一个大队打得溃不成军，望风披靡。这表明，抗日战争已发生质的变化，敌人的末日即将降临！"

时俊禹继续说："昨天的战斗，对我们德县大队来说是场恶战，是场大战斗；对全世界反法西斯战争来说，是场小得不能再小的战斗。不过大胜利是由若干小胜利积累起来的，就像大海是由无数溪流汇集起来的一样。战斗虽小，意义重大。说明日寇必败！我国必胜！经过这次战斗，我党我军将在吴桥建起抗日政权，建立像我们德县大队同样坚强的抗日队伍。最后提议，向勇敢的何队副学习，他是我们的骄傲，是我们的榜样，是中华民族的优秀儿子！他的英雄精神永垂不朽！向为抗日战争献出宝贵生命的何队副默哀三分钟！"

在报告中，时俊禹反复提到一小队的功劳。对二小队只字未提。开会前，他批评了二小队宋队长。在昨天的战斗中，二小队消耗了一千四百三十七发子弹，没消灭一人敌人，也没缴获一支枪。一千四百发子弹就是打靶的话也得打中几环吧。

战后情报表明，参加吴桥战斗的是驻德州日寇。宫本义二少佐受重伤。鬼子准确的伤亡数字是亡七伤二十八。村北是沧州伪军六百多名，伪军后面还有一个日寇大队三百多人。由于德州日军受挫，沧州伪军潮水般地败退，这支三百多人的日寇队伍闻风而逃。

在总结夏季攻势布置秋冬攻势的军事会议上，龙书金表扬了德县大队："夏季攻势之前，德县有五个据点，拔掉三个。在开辟吴桥的战役中击溃了两倍于德县大队的敌军，其中鬼子兵三百多人，德县大队智勇双全，对三个据点是智取，对吴桥战役是武斗。"周贯五表扬了德县大队清除敌军谍报网的智慧，特别抓获了侦察大宗家的女特务。赖金池也说：“德县大队在扩军、训练方面卓有成效，德县的区队也能独立进行战斗，现在德县的武装力量已达到一个正规团的人数，它的战斗力远超过一个团。德县大队今年的任务是拔掉边临镇、土桥两个据点，翌年解放黄河涯及德州。在战斗空隙间抓紧练兵，抓紧爱国主义教育，提高部队战斗力。明确提出解放德州的口号，借以增长我军威风，打击敌人士气。”时俊禹听到三位首长的表扬，欢愉之情溢于言表。

甄淑贞传出情报说，日军没有增援边临镇及土桥两据点的意图，认为两个据点伪军处在外地比进入德州更有利，边临镇与土桥在外围为德州挨打。德州敌军在吴桥吃败仗后，胆战心惊，自顾不暇，也没力量接外地伪军回德州。甄淑贞趁情夫酩酊大醉的夜晚，把各县情报人员的花名册及住址抄了一份，秘密传递给武工队。各县武工队根据花名册抓捕特务，验证了花名册的准确性。德州日军根据各县情报网同时被破坏的事实，猜想情报总站出了奸细。总站长及其情妇甄淑贞被日寇逮捕枪毙，同时对另一个特务组长高清林也产生怀疑，但抓捕没成功，高清林跑出德州城。

张龙的秘密武器已经失效，土桥与边临镇敌人拒绝接听县大队的电话。对通往德州的电话线在二个月前已被武工队截断，现在连电线杆也被农民扛走盖房子了。县大队驻进边临镇村，虚张声势，摆出即将攻打据点的态势，周围各村都驻有区中队，在土桥与德州之间造成军事真空的假象。边临镇西南与土桥相距二十里，土桥西北距德州四十华里，距正西黄河崖也有四十里。时俊禹估计，土桥敌人可能借我军热火朝天攻打边临镇的机会逃跑，敌人可能不敢直接朝德州方向跑，向黄河涯逃的可能性较大。这样就派武工队隐蔽在黄河涯附近的抬头寺；八区中队隐蔽在德州附近的白桥；两个侦察班分别插进以上两个队，做出明打边临镇暗取土桥的计划。

佯攻边临镇两天，土桥敌人仍没突围。边临镇据点挂出白旗，落下吊桥，表示投降。潘干事与范指导员带一个通信班进入据点，把伪队长押出据点，将枪支捆起来，锁在一间屋内，二鬼子集中在宿舍内，通信班暂时看管他们。拉起吊桥，拔掉白旗，据点外县大队继续打枪打炮，制造边临仍在抵抗的假象。时俊禹命令投降的伪队长，带领身穿伪军军装的八路军，叫土桥伪军放下吊桥，谎称为边临镇突围的部队。但伪队长称他跟土桥队长是冤家对头，他不但不会放下吊桥，很可能会开枪射击。看来，此计不行。

边临镇的枪炮继续响着，土桥伪中队长再三推敲，不突围肯定死路一条，突围还有活命的希望；向德州突围等于自投罗网，向黄河涯突围成功与失败各占一半；向正南方，相距五十里的平原县突围有完全成功的可能，八路军在德州与黄河涯方向一定设有伏兵。吃过晚饭，伪军趁天黑雾大向南突围。八区中队及武工队各派两个侦察员在土桥街监视敌军动向，在夜间发现吊桥落下后，敌人向正南逃窜。四个侦察员决定再回报部队没有意义，就决定跟踪敌人。

敌军怕民兵查问，不敢路经村庄，也不敢走大道，只绕着村庄走田野。过了丁庄，来到赵家庙村北，敌人即将逃出德县边界而进入平原县界时，四个侦察员一起向敌众开火，大部伪军举手投降。两个侦察员把六十支步枪命令十个俘虏斜挎在肩上，一人六至七支。另两个侦察员提着刚缴获的两挺轻机枪，边追边打。威震敌胆的平原县崔长金武工队恰好驻在平原县最北边的谭家洼村。谭家洼距北面德县的赵家庙一华里，崔长金武工队被机枪声惊醒，他们闻风而动，埋伏在村北。机枪越响越近，四十多个汉奸不料钻进了崔长金的口袋。近百名武工队员大喊："缴枪不杀！"伪军一个也没跑掉，乖乖地做了俘虏。这时后边的两个侦察员也赶上来，德县大队四位侦察员与平原县武工队胜利会师于谭家洼。

崔长金是平原县城北陈楼人，长工出身。他作战勇敢、神出鬼没，为人义气，对敌残忍。平原县伪军对天盟誓时常用一句口头禅："谁不凭良心，出门碰上崔长金。"崔长金为了成人之美，把四十多个俘虏及其武器、弹药全部交给四个侦察员，这就是后来当地传出的美谈"四个侦察员，抓住伪军一个连"的原始典故。

第十四章　渤海军区大反攻

　　渤海军区地处鲁北、与冀东南平原，共三十四个县。其中包括原冀鲁边军区十七个县，覆盖现在的河北省东南的沧州地区东部八个县及山东省西北德州地区东部九个县；清河军区十七个县，包括现在的滨州、东营两地区全部及淄博地区北部、潍坊地区西北部。东滨渤海、西抵津浦路北段，北至天津郊区，南达济南及胶济路西段。人口六百万（当时山东人口三千万）。面积约二万多平方公里，是居山东二级军区面积及人口之首。津浦路以西的鲁西地区不归山东军区。

　　关于冀鲁边军区的创建历史，已经介绍过了。它是在1937年7月由中共地下党马振华、于文彬等在盐山县发动人民起义，组成抗日救国军，并以此为基础建立了冀鲁边区根据地。1938年9月肖华率一一五师三四三旅司令部、政治部、教导队部分人员播下红色种子。

　　清河军区名字的由来，是根据一条发源于济南七十二泉的小清河得名。小清河汇集济南泉水，流向东北在黄河与胶济路之间抵达羊角沟入渤海。1937年12月，中共地下山东省委，派姚仲明等人发动武装起义，以长山县中学为立足点，在中学校长马耀南的协助下，12月下旬在黑铁山起义。

　　1938年12月八路军山东纵队成立，张经武任指挥，黎玉任政委，迅速发展的黑铁山起义部队整编为第三支队。马耀南任司令员，杨国夫任副司令员，霍士廉任政委。

　　1939年7月，马耀南牺牲，杨国夫任三支队司令。徐向前、朱瑞批示第三支队向小清河以北发展。1939年12月，清河军政委员会成立，景晓村为书记，开辟寿光县北部，以清水泊为主的根据地，第三支队渡过小清河，然后又渡过黄河向北发展。1940年5月，清河区专署成立，李人凤任专员。11月清河军区成立，山东纵队第三旅旅长杨国夫兼司令，景晓村兼政委。

1941年9月，清河军区建立了以黄河口淤积平原的垦利、利津、沾化三县为中心的垦区根据地，这是清河最大一块平原根据地。10月清河军区与冀鲁边军区部队会师。清河军区与冀鲁边军区同处华北大平原，所不同的是清河区有一块广袤的垦区根据地。虽然荒凉无比，但对游击队毕竟起到了避风港的作用。清河军区另一个地理优势是距天津、济南两大城市较远，又远离南北交通大动脉的津浦路，敌人的统治力量相对薄弱。其实冀鲁边军区是唇，清河军区是齿，两军区具有唇齿相依的关系。正当冀鲁边区处于风雨飘摇的时候，为了保存抗日力量，与清河军区合并是理所当然的。

　　1942年到1943年，敌人扫荡的时候，清河军区第三旅早已化整为零，分散为团营活动。但军队始终穿黄色军装并扎绑腿。这支军队比芦沟桥事变后撤下来的中央军军风纪严整，武器装备很完整，不料八路军还有这样的正规队伍。德县大队穿便衣，二军分区独立大队的灰色制服介于军装与便衣之间，不扎绑腿。根据军队的军装也可判断出两个军区力量的强弱及局面的好坏。自1944年开始，部队由零化整。清河军区的主力有一个直属团、一个垦区独立团、一个特务营、一个追击炮连还有一个重机枪连。

　　小石自德县大队调往二军分区卫生处，然后又调来渤海军区卫生处卫训队学习，对渤海军区这支部队眼花缭乱，他们不但穿有整齐的军装，还有骡子驮的大炮，并有四人相抬的重机枪，不但比德县大队强大，连二军分区的三个独立大队也显得相形见绌。

　　1944年夏，直属团攻克了利津城，消灭了汉奸汪精卫二千多建国军，这支伪军是从北平招募的。这令小石听后更为惊奇，一下子消灭二千多敌人并攻克一个县城，这比德县大队攻打陈马亮的战斗大多了。据说指挥这支部队的杨国夫是秃子，头上一根毛也没有，敌人一听见杨秃子的威名就魂飞天外，就像平原县的伪军怕崔长金一样。除杨国夫之外，郑大林的名声也很大，他是直属团团长。

　　在北镇休息了三天，渤海军区卫生处长王兴杨看望了娃娃兵。儿童、少年对世界上的一切异样事物都极为好奇，王兴杨齐鲁大学毕业，他面色红润，中上等身材，身高约一米七五的样子，一表人材。可是王兴杨却是满口寿光土话，这令娃娃兵们想笑又不敢笑。王兴杨刚出屋门，大家咯咯地笑个不停，不住地学他说寿光话。

又行军两天，来到垦区八大组，东距黄河口还有二十多里路的一个小村庄。全村只有八户人家，又相距很远。村北紧靠黄河约三里路。卫生训练队队部办公室、教室、伙房是一排平房。办公室同时也是队长陈立志及指导员李平凡的宿舍。

学生宿舍是三排半阴半阳的地屋子，每排四幢，每幢地屋子住五至六人。屋门朝南留在东侧，西侧留一南北方向的土台子，在台子上铺上秫秸把子，秫秸把子上边铺谷草，草上再铺苇席子，这就是床铺。夏天屋门敞开，冬天夜晚挂一条粗布帘子。屋顶建筑式样是南高北低。近屋门处的墙垒得很高，越往北越低。屋顶上担上五根棍子，上面铺秫秸，秫秸上铺干草，草上又糊麦秸泥，老远望去很像徽式建筑，这就是营房。

地屋子潮湿，每个人都长疥。有衬衣的每周用开水洗一次衣服，虱子会被烫死不少；没有衬衣的人，棉袄棉裤里的虱子成堆成嶙，虱子在里面吃得又肥又亮，看了令人浑身汗毛竖起。

一日三餐是棒子面窝头，冬季喝地瓜粥，菜是白菜汤或水萝卜老腌咸菜。吃水由学员们轮班到黄河里抬。

教员只有一人，是陈立志队长兼教员。各科都由他一人讲授。没有讲义，他就在黑板上写，大家在下边记。时俊禹赠给小石的钢笔及日记本派上了用场。

黑板是在坯墙上泥了一层石灰，再用锅灰染成黑色，用不了几天黑板由黑变灰，由灰变白，然后再用锅灰涂黑。课桌是用土坯垒得较高的长形土台子，凳子是用土坯垒得较低的条形土台子。这里的土坯具有多功能，充分发挥了其本身价值。学员们在学会医学之前，首先学会的是土坯的制造技术，否则饭厅、课堂、桌椅、板凳等都无从谈起，更重要的是没有房子住。

陈立志是典型的山东大汉。他学历不错，跟王兴杨一样，也是满口寿光土话，而且口才欠佳，说话嗑巴，就像茶壶里煮饺子，肚里有倒不出来。他心地很善良，平易近人，对学员们很和蔼，学员们对他无话不说。他对学员们提出的问题也会不厌其烦地解答。队长诲人不倦，学员们学而不厌。教学相长，其乐融融。各种条件虽比不上石开山的卫训队，在敌后游击区办出这等水平也知足了。

卫训队有学员五十六名，其中五十一名男生，五名女生。学员编为五个班，每班三个组，班长由指导员指定，组长由大家选举，选出学习好的学员，以资互帮互学，共同进步。指导员叫李平凡，负责政治学习，领导党支部，管理行政事务，掌握衣食住行。

李平凡二十三岁，长山县人，长山高中肄业。1937年12月最后几天，追随舅父马耀南参加黑铁山起义，为任三支队司令员的舅父当警卫员。1939年6月，三支队为了开辟章丘县根据地，集结于邹平刘家井，与敌人交火。敌人集中五六千人，骑兵一百五十人，汽车百余辆，向三支队进攻，毙伤敌七八百人，三支队伤亡也很大。作为司令员的警卫员，陪同舅父浴血奋战。7月22日，马耀南、杨国夫率第三支队东进临淄，路过桓台县牛旺庄，遭敌人袭击，马耀南牺牲。李平凡对这两次战斗终生难忘，舅父的音容笑貌永远埋藏在内心深处，失去舅父的痛苦他从未对任何人表露。

李平凡患有阵发性心动过速，不知是由战争恐怖所致，还是军旅生活的艰难所为，也可能两者兼有。每晚熄灯前，全体学员在操场上整队集合，李平凡站在队前点名训话，其内容由学员们的生活、思想、作风、学习优缺点开始，逐渐涉及到敌后战场、正面战场、太平洋战场及欧洲战场的形势发展，谈起话来有根有据，有逻辑、有层次、有分析、有总结，而且抑扬顿挫，令学员们百听不厌。他不断对渤海军区今年夏、秋攻克利津、临邑、南皮等三个县城的的意义、冬季大练兵的反攻准备、敌后战场反攻的形势、远征军在缅甸的辉煌胜利、苏联红军攻入德国境内、盟军诺曼底登陆开辟第二战场、太平洋美军的越岛登陆、美航空母舰飞机轰炸胶东沿海城市以及准备迎接盟军登陆等等，进行有声有色地讲解，其精彩程度远远超过大公报驻欧洲战地记者萧乾先生的军事评论文章。李平凡性格内向，但有棱有角，嫉恶如仇，刚正不阿。

卫训队有一个运动场，有单杠、双杠、沙坑、篮球架等设备。单杠是指导员向附近兵工厂要来的一根铁棍子，比平常的单杠长出一倍。厂长不愿意给，说这根铁棍子能造十颗手榴弹，看在已故马司令的面上，不好让他的外甥下不来台，于是便给了。李平凡有点得陇望蜀，再要求兵工厂锻造一对篮球筐。好歹球筐用铁了了，厂长也极不情愿地答应了。学员在黄河岸上刨来六棵柳树，锅着腰噘着腚的，因为缺乏锛、凿、锯、斧等工具，把树干原原本本埋在地下充当单杠立杆及篮球杆。

困难一个接一个，篮球杆上还需要钉篮板。李平凡绞尽脑汁，到了附近食油加工厂。厂长领他到仓库里看看，发现有几个盖油缸的大小不等的破缸盖子。虽然当篮板远不够尺寸，形状又是圆形，也只能滥竽充数了。厂长是个篮球迷，他向李平凡提了个条件，要求建好篮球场后，卫训队定期跟油坊的战士进行篮球赛，否则不给缸盖。李平凡满口答应了。

篮筐钉在缸盖上，用铁丝把缸盖摽在树干上，篮球碰上篮板，篮板像货郎鼓一样摇头摆脑地，东篮筐垂头丧气地想心事；西篮筐昂首挺胸地目空一切，即使有现在姚明的投篮水平，篮球也不会服服贴贴地进篮。虽然条件低劣得如此可笑，但垦区各后勤单位相距几十里也赶来进行篮球赛，比赛结果往往是零比零，至多二比一，低于足球的比分。虽然得分不多，运动员们还是跑得满身大汗，啦啦队也喊哑了嗓子。卫训队篮球场名扬遐迩，是全渤海军区战士们最向往的地方。

单杠也是用铁棍子摽在树干上的，谁也不敢在上面大回旋，因为两边支架"哗啦啦"一响，吓得运动员赶快松手落地。李平凡最犯愁地是双杠的建立。在学员中有一名曾做过木工的学徒，手艺不高。尽管双杠榫头、卯眼都是平直的，没有巧活，他还是不敢应下这个任务。经过李平凡反复作思想工作，他答应试试看。但"把式把式，依仗家什"，没有规矩岂能成方圆？物色到人才，还得寻找工具。李平凡专程到了义和庄野战医院，院长李盈川很愿意帮忙。李盈川是骨科专家，做夹板都是自己动手，他的木工技艺只限于做夹板。

为了方便，李盈川曾要求直属团长郑大林在攻城夺寨中如能缴获木工家什，就送他一套。郑大林听后捧腹大笑，说胜利缴获都是枪炮弹药，哪有锛、凿、锯、斧的？虽说如此，每当打开据点或县城，郑大林还是想着帮李院长搜集木工工具。攻克利津县城时，郑大林发现在敌人修械所里有许多木工工具。他捆了两捆驮在马背上，正好碰上杨国夫。杨国夫奇怪地问："你这个团长准备转业当木匠啦？"郑大林哈哈笑着说："杨司令，我不是转业。咱们直属团的伤兵在野战医院需要夹板，李院长会亲手制作，他叫我给他弄一套木匠工具"。杨国夫听了直乐。李盈川得到工具如获至宝。

现在李平凡拿着李院长给的一部分工具开心得不得了。真是踏破铁鞋无觅处，得来全不费工夫。在这之前，李平凡从没想过外科专家还得练就一手鲁班的手艺。

　　五十六名学员都是从下边各军分区调集来的。他们穿的全是便衣，多数学员没有换洗的衣服，浑身长疥疮，衣服缝里成群结队的虱子快把学员的血液吸干了。能否为学员们领两身军装是李平凡的最大奢望。一位女学员芳名叫张荣，二十二岁，身材很胖。她是后勤官处长的妻子。因此官处长借故常来卫训队看望学员。李平凡借水行舟，把学员招虱子的事向官处长作了夸张性的介绍，并要求后勤处为学员们各发军装两套，一单一棉。

　　官处长本想来卫训队与妻子会面的，没想到为此带来麻烦。军区后勤处物资极匮乏，今年棉军装勉强供应前方战士穿用。棉花是垦区部队自己种的，目前仓库储存的棉军装不到二十套，如遇上冬季扫荡，伤兵将无军装可换。单军装不到两百套，也是给伤兵准备的。关处长算来算去，也没办法满足李平凡的要求，从此再不敢来卫训队与妻子见面了。

　　左等右等，总不见官处长人影。李平凡只能找杨国夫解决军装问题。自从舅父牺牲后，他长期避免与杨国夫见面，因为见了他就想起舅父，从而无法控制自己的感情。但为了学员们的健康，他决定请杨国夫帮忙。

　　到了司令部，杨国夫正在开军事会议。李平凡坐在会场外等候，这时，袁也烈出来会场去厕所，看到了李平凡，对他问寒问暖。问心脏病犯了没有，来司令办啥事？李平凡就把需要军装的事情告诉了袁也烈。

　　袁也烈回到会场，凑到杨国夫耳边低声说："平凡在外面等你哪。"。杨国夫听了，马上三步并作两步走了出来，他高兴地说："小李子，哪阵风把你吹来啦？想叔叔啦？"。

　　李平凡事先多次对自己说，要控制自己的感情。可是当他看到杨国夫的第一眼，泪水就止不住地流下来。杨国夫拍着李平凡的手说："坚强些，小李子。我还要进去开会。张岚在司令部，你先去找她。中午咱爷儿俩吃一顿，好好拉拉瓜。"李平凡连忙说："杨叔叔，请向张岚同志代问好。我得马上回卫训队，有件事情想给您说一下……"

杨国夫听了后，沉默了一下说：“老官有老官的难处，你也不要怪他。据目前情报，敌人今冬明春没有机动力量进行大规模扫荡，我们不会出现多少伤兵。根据老官汇报，棉军装也发完了，还有点单军装。我跟他商量一下，给你们解决一身单军装，把单军装套在棉袄外面也很整齐嘛。”虽然只计单军装，李平凡还是破涕而喜。杨国夫看他喜欢了，心里也稍平静了些，他接着说：“听说卫训队办得很好。你们的篮球场挺有名气，你准备好各部队要跟你们赛球……”李平凡搔了搔头皮，不好意思地笑了。

杨国夫一直望着已经远去的李平凡的背影。和李平凡一样，他心潮起伏，一时难于平静。

官处长给五十六位学员只发给五十五套单军装，因为他自己有一套新的给张荣穿，他穿一套旧的，这样就省下一套。

课程有序地进行，下午各班轮流进行篮球练习，准备迎战各兄弟单位。

11月初，惠民、阳信、无棣的敌人两千多人向垦区进攻。卫训队、野战医院伤兵及各工厂职工都隐藏在一片无边无垠的荆棘丛中。在黄河口附近约三万亩淤积平原上，长满了密密麻麻的荆棘，高度约两米上下。这儿比二军分区沙河区的簸箕柳稠密，面积大得多。抗战前，周围农民砍荆棘当柴烧；抗战后，这儿变成八路军的避难所。其中挖了一排排的地屋子，专供重伤兵隐藏。鬼子扫荡时，后方人员逃进荆棘丛，敌人怕地雷及隐藏在里头的狙击手袭击而不敢靠近。主力部队在外线打敌人的屁股，挫败了敌人多次扫荡。唯有在一九四三年十一月中旬，敌人集中兵力两万六千人、飞机十多架、坦克十余辆、汽车九十多辆、军舰两艘、汽艇十二艘向垦区拉网合围。副政委刘其人为了胜利，不顾严寒，率部队抬着重伤兵下海，趟了十多里浅海，趁夜色绕出包围圈。经过二十多天浴血奋战，敌人撤退。

今年扫荡，敌人势小力薄，只在卫训队驻地待了一夜，烧掉学生宿舍后就仓惶逃窜。学员们在荆棘丛中住了两夜，两名学员照顾一个重伤兵，包括抬运、喂饭、大小便清理、换药，其中有回民支队的大个子李政委在内。不过，最大的困难是海边没有淡水喝。

两天后，学员们回到原驻地。宿舍已荡然无存，变成一片焦土。大家开始一齐动手，自力更生，修盖新居。锯檩条的锯檩条，砍林秸的砍秫秸，经过六天奋战，宿舍恢复了原貌。卫训队按部就班地恢复了学习秩序。

春节期间，卫训队演话剧《锁着的箱子》，唱京戏《打渔杀家》；丝竹乐队演奏《寄生草》、《雨打芭蕉》、《步步高》等广东音乐，与各工厂进行踩高跷比赛和篮球赛，热闹非凡。

广德堂三位亲人对春节索然无趣，遥想着两个战场的亲人，心如乱麻。可是小石被卫训队热闹的气氛包围着，乐不思家。

野战医院两位伤兵常来卫训队演话剧。一个是特务营的邢教导员；另一个是独立团的孙连长。邢教导员左前臂骨折，属二等残废；孙连长臀部炸伤，因慢性感染伤口长期不能封口。邢教导员是寿光县人；孙连长是蒲台县人。他俩都有文化，就当话剧的导演，小石当主演，他们配合默契。两位导演总给小石拿近，套近乎。小石一头雾水，不知根由何在。

一天晚上，话剧排练完毕，邢教导员把小石叫到暗处，递给他一张纸条，请他传给女同学刘淑英。因天黑，看不清纸上的字迹。小石当晚就把纸条送给了刘淑英。

从那时起，刘淑英与邢教导员把石鸿儒当成小弟弟一样亲密。刘淑英送给小石一条她穿的裤子，作为对他的回报。小石不知不觉地当了一次红娘，心里美滋滋的，但同学们都问他的裤子为啥是偏开门的。

八路军规定，团级以上干部有资格结婚。因邢教导员是二级残废，可以得到政策的照顾。

还有一个漂亮的女同学，十八岁的王秀芹，他父亲是五军分区的一位县委书记，与父亲一同被俘。1944年1月，一架敌机因故障迫降，飞行员山田井村被我潍县军民俘获。经谈判，双方交换战俘，王秀芹得救归队。自被俘后，她哭笑无常，同志们爱莫能助。

小石想，如果她在精神上得到安慰，病情也许会好转。于是他问孙连长："你给王秀芹有纸条吗？我可以帮你传给她。"孙连长望着面前这位单纯而善良的小弟弟，感激而又无奈地说："我心有余而职不足啊。"

春节的热闹已经远去，小石已经十五岁，逐渐成熟。卫训队的学习又步入正规。春天中共第七次代表大会在延安召开，李平凡讲的政治课以七大为内容。在七大报告中，继罗荣桓提出学习"毛泽东思想"十个月之后，刘少奇正式号召全国全党学习"毛泽东思想"刘少奇论述"毛泽东思想"是马列主义与中国革命实践相结合的理论创举，是发展了的马列主义；"毛泽东思想"是青出于蓝而胜于蓝的马列主义，这似乎是刘少奇在理论上的新发现。毛泽东也向他的歌颂者予以回报，所谓："三天不学习，赶不上刘少奇。"并赐予他全党第二把交椅。

1943年7月，罗荣桓在《大众日报》提出学习"毛泽东思想"的文章后，毛泽东也给予赏赐，他对刘少奇说："山东局面很好，说明对山东的人事安排是正确的。"他是指先后把徐向前、陈光、朱瑞调离山东，把党政军大权交给罗荣桓是正确的，并在七大赐罗荣桓为中央委员，下一步将提为政治局委员。

在晚间学习讨论会上，李平凡到各班辅导并听取学员们的发言。他来到小石所在班组时，碰巧小石正在发言："天下第一号忠臣是诸葛亮。他对刘备的帝业鞠躬尽瘁，死而后已。刘备死后，怕刘禅失败，出征汉中前劝刘禅亲贤臣，远小人；不要亲小人而远贤臣。刘少奇提出学习'毛泽东思想'，可见刘少奇同志对毛泽东的忠诚超过了诸葛亮对刘备。不过，《出师表》发表在诸葛亮得到高位后，'毛泽东思想'发表在得到高位之前。之后为知恩图报，之前是否有趋炎附势之嫌。"

小同学们对小石的发言不太感兴趣。讨论会嘛，每人轮流发言，不管说多说少，说好说歹，轮到自己应付几句就过去了，就算完成了任务，谁也不专注别人的发言。可是作为政治指导员的李平凡听得很认真。小石的发言使他倒吸一口凉气，但又不好与学员在会场争辩。

事后，李平凡找小石多次，说明毛泽东是人民领袖，与帝王有本质的不同。毛主席是为人民服务的，帝王是统治人民的。诸葛亮是封建将相，刘少奇是马列主义者，两者也有本质的不同，不能相提并论。

李平凡因职责所致，嘴虽然如是说，但内心对小石刮目相看。刚刚满十五岁的孩子，竟提出如此尖锐的看法。在谈话中，他探知了小石的古文功底深厚，每在谈话结束之前，李平凡都喜欢听小石背上几首八大家的名篇。久而久之，他们成了朋友，李平凡对小石的看法不敢苟同，但对他的知识却惊叹不已。

为了把小石引上马列主义阳关大道，李平凡借给他一本毛著《新民主主义论》。几天后，李平凡问石鸿儒："你看了《新民主主义论》有什么收获吗？"

小石说："我正有个问题不理解，请指导员解答。书中说，封建主义国家不可能发展成强国，又说日本是封建帝国主义，那么日本算不算强国？前后矛盾不能自圆其说；另外，秦、汉、唐、宋、东罗马帝国都是封建主义国家，它们算不算强国？"问得李平凡张口结舌，无言以对。李平凡让小石读这本书的原意是培养他对无产阶级革命理论的认识，结果他对缺乏逻辑性的理论蚩之以鼻。

李平凡思忖着，对面前这位隽智出众的孩子既钟爱又担心。钟爱他的才学和独立见解，又担心这些璀璨的优势会给他带来不幸。大智慧往往给人带来大灾难；傻吃闷睡给人带来平庸的幸福。李平凡万万没有想到，以"毛泽东思想"为题材，歌颂与被歌颂双方，被一个十几岁的孩子看得如此一目了然。

1945年1月初开始，李平凡每晚的点名训话，像电台报告新闻一样准时，主要介绍全世界反法西斯的胜利进展。1月，缅甸战场二十五万日寇被我全部消灭，今年日寇在我国及太平洋战场失去制空权，去年已失去制海权；1月17日苏联红军第一白俄罗斯方面军与乌克兰第一方面军解放华沙；1月30日，红军第一白俄罗斯方面军渡过奥德河，距柏林只有七十公里；3月上旬，美英盟军渡过莱茵河，占领德国重工业区鲁尔地区，当地德军投降；4月中旬，红军攻占了希特勒的故乡维也纳；5月2日，红军攻占柏林，8日德军宣布投降。2月1日，美军在吕宋岛登陆；2月19日，七万五千美军在硫磺岛登陆，二万三千日寇战至3月26日，除两百十六名被俘外，全部战死；3月26日，十八万三千美军在冲绳岛登陆，至6月23日，十一万日寇被消灭，日本军人死亡八万五千多，平民九万四千多，美军伤亡十万。这是在太平洋战场美国伤亡最大的一次战役。世界军事形势表明，膏药旗即将日薄西山。

李平凡和所有中国人民一样，受到战争折磨，经受家破人亡，妻离子散的痛苦。他恨不得把日本一口吞掉，所以对每月、每天、每时的战争形势全神贯注。久而久之，李平凡锻炼成了一位时事评论专家。

1945年春天开始，渤海军区八路军开始春节大反攻，分为西线与东线两个战场。东线我军力量较大，包括直属团、特务营及四军分区的独立团为主，另加五、六军分区的独立大队及十多个县大队，仍以原清河军区部队为主，杨国夫指挥。西线以二军分区的三个独立大队为主，再加一、三军分获的独立大队及十多个县大队，西线部队仍以原冀鲁边军区部队为主，由龙书金指挥，先后解放了东光城、泊头车站、吴桥城、德平城、南皮城、临邑、庆云城等。东线以讨伐汉奸张景月为主，自4月15日到5月15日，共一个月的时间。

东线战役分两个阶段进行，第一阶段攻克寿光东北的羊角沟等十七处据点，歼敌一千五百余人。第二个阶段以攻坚寿光县候镇为主，歼灭敌人两千七百余人。春季反攻结束后，紧接着进行夏季反攻。六月份，渤海军区东线部队攻占沾化城、滨县城、蒲台城后，开始第二次讨伐大汉奸张景月。参战部队共一万多人。

卫训队举办的第一期也是最后一期结束学习，组成野战医院，奔赴前线，离开黄河口，在行军途中，吃饭不成问题，粮食供应充足。最大的困难是饮水问题，在沿海地区，所谓"甜水"也有咸味，各个村落没有水井，只有水坑，水坑成漏斗状，上口直径四十米以上，45度的坡度，深度八至十米，坑底直径一米，淡水从坑壁一滴一滴地渗入坑底。为了抢水，军民不分昼夜排成长蛇队，提着水桶，手持葫芦瓢，耐着性子，等呀等。二三十分钟渗出一瓢，舀进桶里，等几个小时也舀不满一桶。水是浑汤，像稀玉米粥一样，其泥沙的含量超过水的重量。学员们轮流日夜排队等水，像放哨站岗一样兢兢业业。现在卫训队改称医疗队，仍是原班人马。原一班班长张生泰升任看护长，他是从一军分区来的，河北沧县人，年龄较大，已经十八岁。他把全队分为两部分，年龄大的负责站岗，年龄小的及女同学负责等水，两人一组。

一次，小石与刘淑英分在一组等水。刘淑英对小石照顾有加，就让他坐在地面上睡觉，她一人站着排队等水。因为前边队伍是不断向前移动的，后面的水桶也要不断地向前挪才能跟上，否则就会被后面的人越位补缺。

等了一夜，终于等满了一桶水，两个人高高兴兴，一人一只手抓着桶提系，飞快地奔向伙房。跑着跑着累了，俩人就放下水桶歇歇，水桶底小口大，像水坑一样也呈漏斗状的。不料水桶底下有块小砖头，结果桶一歪，一夜的辛劳付诸流水。俩个人守着歪倒的水桶抽泣着。

伙房还等着这桶水做饭。一位农民老伯经过，看到两个孩子守着歪倒的水桶哭，便说："别哭，小同志，我借给你们一桶水先去做早饭。"两人腆起满是泪水的脸，望着老伯就像看见了救命恩人。前几天下雨时，老人家在屋檐下摆满盆盆罐罐勉强接满一缸水。老伯带着两个孩子来到家里，为他们灌满一桶水。俩人眉开眼笑，提着水小心地往回赶，中途再也不敢休息。

石鸿儒和刘淑英一直把水抬到伙房，燃眉之急水的问题解决了。但更为重要的他们还要面对军纪问题。当地水贵如油，一桶水比一桶香油还贵，白要老百姓的一桶水等于严重违背了三大纪律、八项注意，这要犯错误的。

俩个人商量来商量去，无计可施。每月每人五角的菜津不发给个人，由司务长集中领取，存入伙房，集中开支。正犯愁时，小石突然想起二军分区卫生处爸爸的同学女韩医生给的那套灰色的军装。他与刘淑英商量，刘淑英说："军装送给老百姓也是犯错误的。"小石说："那套衣服不像军装，是灰色的。现在的军装是黄色。"刘淑英也没有多余的衣服相送，自送给小石那条裤子后，换洗衣服就很紧张了。无可奈何，俩人带着韩医生的那套制服来到老伯家，说明了来意，老伯坚决不收。老伯说："人最宝贵的是生命和鲜血，八路军抗战不惜生命和鲜血，一桶水再贵也贵不过生命和鲜血呀！我这桶水就等于慰劳八路军将士了，不能收你们的衣服。"

刘淑英伶牙俐齿，比小石能说会道，她对老伯说："老大爷，你听我说，我们八路军是人民的子弟兵，专门为人民服务的队伍。我们部队有规定，有三大纪律、八项注意，不能拿老百姓一针一线，买卖要公道，破坏东西要赔偿。我们要听毛主席的指挥，听党的话。你一定要把衣服收下……"

听着刘淑英的连篇废话，小石差点笑出来。老伯也听不进刘淑英的老生常谈，还是不收。石鸿儒这时说："大爷，我们白白要你的水等于犯错误。你收下衣服等于等价交换。"可老伯还是不收。小石想了想说："不然这样，大爷，你先把衣服收下，夜晚我们再等一桶水还给你，明天再把衣服拿回去。"老伯听着有点道理，就勉强同意了。

李平凡因心脏病，像韩医生一样，被照顾一头驴子骑。在以后的行军中，他先大家一天走，提前在宿营地准备好水，以免小同志们彻夜等水之苦。几天后，部队进入寿光县南半部。这里的水甘甜可口，村庄、田野都有水井，而且有水车，灌溉系统完整。说明寿光县自古以来水利建设先进，农业产量高，经济发达，教育进步。因此卫生处及野战医院医生是以寿光人居多。寿光西靠临淄，是齐国的首都，经济文化发达的齐国，时至今日余韵犹存。

汉奸张景月以寿光、益都、昌乐三县为根据地。张店、潍县之间铁路线是他的生命线。他手下有汉奸一万多人，号称一个军，势力庞大。他的主要军事力量布置在寿光县。四、五月间，经过渤海军区部队第一次讨伐，张景月损兵折将近五千人，实力被大大削弱。张景月把王牌团放在寿光城北田柳庄据点，，团长叫马成龙。张景月的副军长孟祝三也驻田柳庄督战。

杨国夫司令指挥直属团、独立团、特务营主攻田柳庄；第四军分区部队，负责围攻北面惠民、阳信、无棣三县；第五军分区主力布置在寿光城北打援，昌潍县大队、益都县大队、临淄县大队负责破袭潍县至张店胶济路中段；第六军分区主力部队布置在张店东北打援；邹平、长山、章丘县大队负责破袭张店至济南胶济路西段。

田柳庄据点工事坚固，村周有深壕，水深一米多。壕外有鹿砦，鹿砦外有带刺铁丝网，壕内有钢筋水泥浇灌的明堡与暗堡上百个，互相掩护组成火力网，而且马成龙团训练有素，装备优良，弹药充足。它的坚固与防守能力，超过渤海军区境内的任何县城。这次是对渤海主力部队攻坚战的一次考验。

7月30日，直属团正式发起总攻，东南角为主攻方向。总攻开始三天，东南角铁丝网、鹿砦被炸药包炸开二十多米的缺口，敌人火力日夜不停地射向缺口，组成严密的火力网，我军无法对壕沟进行爆炸，不能为主攻部队铺平道路。部队进行坑道作业，挖通壕沟外壁，敌人的暗堡向坑道口射击，我们的火力选不好恰当位置封锁敌人的暗堡。无可奈何，直属团亮出秘密武器----爆破大王。

一位擅长搞爆破的战士姓王，二十六岁。在部队这个年龄的战士就算老大哥了，长得又老相，像三十来岁的人，人们尊称他为大王，与他的专长相结合，故称爆炸大王。直属团每遇到久攻不下的工事，郑大林才放出爆炸大王露两手绝活。爆炸大王，身躯敦实，好说浑话，个子不高，嗓门不低，生活待遇跟团长一样，吃细粮、骑骡子。他骑上一匹无比高大的棕色骡子，显得个子小得可笑。

爆破大王先察看地形，看看如何进，如何出，炸药包放在地堡的哪个位置合适。他要求坑道里的人都撤出来，以防震塌坑道。然后抱着二十斤重的炸药包，头顶一床湿透了的棉被，由坑道进入壕沟，趟水接近地堡，把炸药包放在两个射击口下方，再跑出坑道，拉响引索，只听"轰隆"的一声，地堡翻天，封锁火力消失。

战士们快速地又在壕沟的西壁进行坑道作业，坑道通往据点内，爆炸大王先后对明堡暗堡进行连续爆炸，战役整整进行了半个月。消灭敌人两千四百人，生俘张景月的副军长孟祝三、团长马成龙。马成龙右股部贯通伤，子弹没爆炸，伤口较小。野战医院设在田柳庄北面相距四里路的一个村庄，共收容我军伤兵二百八十二名，牺牲八十七人。对直属团来说，这是一次伤亡很大的战役。对敌人的伤兵也进行治疗，其中包括马成龙。

马成龙在一间小西屋里，没有院子，只有他一个人躺在床上。他中等身材，吃得又白又胖。小石每天独自一人给他换药，换完药就走，无话可说。马成龙的伤治愈后就被枪毙了。他曾下令杀过游击队员。

攻克田柳庄后，寿光县城敌人逃跑到胶济线上的据点。胶济线的据点由鲁中军区负责清除。目前，渤海区除津浦铁路线上仍有德州、沧州两据点外，腹地还有两大据点，一个是二军分区的商河城；另一个是四军分区的无棣城。渤海军区部队兵分两路，同时发起攻击。一路攻无棣；一路攻商河。杨国夫率领原清河军区主力，也就是进攻田柳庄的部队攻打无棣；龙书金率领原冀鲁边军区部队攻打商河。大军兵临无棣城下，由惠民、阳信等县撤进无棣城内的三千多伪军一触即溃。商河城内的县长李光明，司令田三秃子很顽固，他们是血债累累的汉奸。

二分区三个独立大队以城东关为主攻方向。四个城关工事修筑得都很坚固。但地堡不是水泥钢筋浇灌而成的，是用砖块垒成的，远不如田柳庄的坚固。由于三个独立大队的爆破技术不熟练，又缺乏追击炮、重机枪，以致进展缓慢，伤亡较大，战斗拖了半个月，东关仍没攻破。

无棣解放后，杨国夫带领东线部队会集商河。决定不强攻东关，选择城东北角进行坑道作业。挖坑道是费时费力的军事工程，没有十天八天，不会挖成功的。坑道挖到城墙下，填进一百五十斤黄色炸药，城墙轰然倒塌，出现十二米左右的缺口。在火力的掩护下，独立大队冲进城内，四关地堡内的敌人暴露在我军居高临下的控制之下，纷纷缴械投降，共消灭汉奸八千七百多人。田三秃子、李光明双双被抓，商河战役结束。这就是八年抗战消灭敌人最多的一次战役，敌人号称一个师，田三秃子为师长兼城防司令。至此，渤海军区连成一片，腹地所有城镇据点完全被清除，同时平原、禹城两县城也被平禹县大队拔除，只有德州及沧州两个据点像孤岛似地，处在人民武装的汪洋大海中。

攻打商河期间，野战医院设在城南五里路的一个大村庄，共收容伤兵三百三十四名。牺牲的烈士集中在另一个村掩埋，具体数字不详。一般伤亡之比为三比一，估计牺牲人数约在一百名左右。

1945年春季以来，解放了许多县城，缴获不少医药，扭转了抗战以来敌后战场缺乏医药的局面。商河战役中，缴获两箱色素类抗炎药，是静脉注射剂。当时在渤海军区还没有磺胺药，就把这些色素消炎药当成宝贝。女学员张荣患急性扁桃体炎，高热不下。陈队长要优待她一支，因为张荣既是陈队长的学生，又是官处长的爱人，在治疗药物方面得到照顾，那是理所当然的。一支五毫升，陈队长经煮沸消毒一具十毫升的空针，抽取二安培。张荣肥胖，肘窝静脉看不见，摸不着。陈队长亲自操作，他的静脉注射技术挺不错，扎了五、六次，终于找着静脉血管，徐徐推进。药液推进一半，张荣说心慌眼黑，陈队长说："没事。"药液推光，刚刚拔出针头，张荣已是一头冷汗，口唇发紫，面色苍白。陈队长慌了，他摸脉摸不到，听心音也听不到，扒开眼睑，发现瞳孔散大。陈队长满身冷汗，跟跟跄跄，找到王兴杨处长。

王处长性格稳重，，不苟言笑，平日里沉默寡言。他听到陈立志结结巴巴的报告，二话没说，一路小跑来到现场。王兴杨那种惊恐失措的样子十分可笑，但面对一个开朗活泼的少女突然死亡，谁也笑不出来。

王处长看了瞳孔，抹着额上的汗珠，不断地摇着头。他向药房要了两份药品说明书，说明书是日文写的，三分之二是汉字，在用法一栏上标明：静注，或深部肌肉注射。在药物反应一栏里有短暂头晕，没有降压休克的说明。生产药厂是日本和歌山的制药株式会社。王兴杨自言自语地说："这属药物过敏，产品有问题。动物实验、毒理实验不过关，临床观察例数太少，日本这些孬种医生是不是拿中国人作药物实验？"他马上命令药房把这两箱药帖上封条，买两只狗做一下实验。

王兴杨马不停蹄，来到司令部，杨国夫很少见到王兴杨急冲冲的样子，奇怪地问他是不是有啥急事，王兴杨慌张地说："找刘政委有事报告。"在另一间房子里找到了刘其人，王兴杨简单汇报了官处长的妻子张荣因药物过敏突然死亡的过程。刘其人比王兴杨小五岁，但职位高，王兴杨行了军礼，一直立正站着说话，不敢坐下。刘其人听了汇报也很惊诧，一面询问，一面看药品说明书，也没注意王兴杨站着还是坐着。

刘其人一边叫通信员通知官处长来司令部，一边同王兴杨来到杨国夫房间，介绍了情况。那个年代，没有办公室，一间农舍就兼有寝室、办公室、会客厅、会议室、接待室的综合功能。杨国夫性格内向，脸上鲜有表情的苏格拉底面孔，他言语很少，除了打仗，对任何事物都没兴趣。即使敌人端着刺刀冲到眼前，也不见他紧张。

刘其人进屋便说："官宗礼的妻子因药物过敏突然死亡。"杨国夫惊得一下子从椅子上站起来："什么？你再说一遍！"刘其人向他汇报了详情。杨国夫说："老官几次死里逃生，负伤七八次。现在总算有个温暖的家，老婆又突然死了，唉！真是老天不留情。好吧，你们去处理后事，叫官宗礼到我这来。"杨国夫是安徽霍丘人，官宗礼是河南光山县人。两者虽不是同省，但两县相距很近，他们是同时参加黄麻起义的战友。官处长来到了刘其人的房间，刘其人拍了拍他的肩膀说："老官呀，雪山草地都挺过来了，要坚强些！杨司令找你说一件事。"官处长摸不清是怎么回事，又来到杨国夫房间。他行了个军礼，杨国夫急促地站起来，抓住老官的手，让他坐下。老官纳闷，今天杨国夫怎么变得这么客气了？

听了杨国夫对张荣的死亡介绍，如雷轰顶的噩耗令他瘫软在椅子上。官处长泪如雨下，捂着脸呜呜咽咽地哭了起来，看着老官剧烈耸动着的肩膀，硬汉子杨国夫的眼睛也湿润了。

张荣的悲剧一波未平，一波又起。陈队长与一徐姓女学员的绯闻不胫而走。绯闻越传越艳，越艳越哄动，越哄动就传得越远。指导员李平凡早有所闻，没有向上汇报，对陈队长没直面说明，只暗示他生活要检点，同时警告小徐作风要严肃，希望他们悬崖勒马，免得受到纪律惩罚。但如胶似膝的男女情不会因一言半语的忠告而降温。不知通过什么渠道，绯闻传到刘其人的耳朵里。

这天，通信员把王兴杨叫到刘其人的办公室。刘其人笑眯眯地说："你卫生处的那个陈队长是个浑人，刚治死一个人没处罚他，现在他又搞女人。你这个处长官僚主义严重，下边的情况怎么什么都不了解？"

　　王兴杨丈二和尚摸不着头脑。回到卫生处，他马上找来李平凡："你这个指导员什么问题也不汇报。陈立志的丑闻传到刘政委那儿去了，把我好熊！"李平凡听了心里咯噔一下，他说："我有所耳闻。也曾警告他们，但没想到无济于事。我没向你汇报，这是我的好人主义在作怪。"通信员又叫来陈立志，从来没发过脾气的王兴杨大动肝火。陈立志一进门王兴杨怒吼："你这个队长别干啦！治死一个人没处罚你，现在你又搞女人。你可谓胆大妄为！你的丑事传到刘政委那儿去啦！"他又指着李平凡说："李平凡，你得给我写检查，为什么你怂恿陈立志，不给我汇报？""陈立志，你要深刻检讨，否则我撤你的职，开除你党籍！"

　　最后，卫生处党组织给陈立志党内处分，小徐调往二军分区五所。

　　商河县城的解放对渤海军区具有历史转折意义。在过去的八年中，全军区被敌人分割得七零八落，各县之间甚至各区乡之间也被敌人封锁，无法取得联系。八年的艰难、流血、牺牲，换来了渤海军区的完整解放。以连为单位的化整为零隐蔽活动、撩帘子战术、一天两次夜行军、听到歪把子机枪声拼命逃跑已成为军史的过去。渤海军区八路军，从无到有、从小到大、由弱到强，经过八年的腥风血雨，现在已发展成一支强大的精锐之师。

第十五章　日寇投降举国狂欢

自1944年夏秋季，美军逐渐逼进日本本土。在塞班岛，日寇死亡四万多。曾率先袭击珍珠港的中将指挥官南云忠一自杀。从此以塞班岛为基地的美国空军轮番轰炸日本本土，许多城市变为瓦砾一片。美军在莱特岛登陆，日寇死亡人数比塞班岛翻番，高达八万之众。同时日本联合舰队覆没，日寇完全丧失了制海权及制空权。不过美军伤亡也很大，常常超过日军死亡人数，而且打得很艰难。例如1945年春季，美军在硫磺岛登陆，耗时一个半月，十一万日寇死亡八万五千多，而美军伤亡十万以上。日本本土还驻有百万鬼子兵，美军欲想占领日本本土，至少还得付出几百万以上伤亡，这将超过它在欧洲战场伤亡的若干倍。

在欧洲战场，主要是苏联付出巨大伤亡；在亚洲战场主要是中国付出巨大伤亡；但是在太平洋诸岛及日本登陆战，美国将失去渔翁投机的机会，必须踏着美国人的头颅登上日本本土。到目前为止，决定战争胜负的主要力量仍是陆军，其次是空军，再次是海军。美国的软肋是陆军。在欧洲，美国陆军战斗力不如德军与苏军；在亚洲不如日军和同样装备的中国军队。从缅甸战场看出，美军远不如中国军队。在太平洋的岛屿争夺战中死亡率高于日军。1944年10月以后，美军在太平洋取得制空权，空军只能炸对方的工业、交通、城市及震憾人的心理，但不能钻山洞抓俘虏。自1942年6月上旬，中途岛海战之后，美国逐渐获得制海权，但海军对战争的胜负作用不大，只起到运输功能，一旦陆军登陆后，海军除消消停停地打扑克之外，没啥事可做。

如消灭日本本土百万日军，再加全民参战抵抗，美军将付出空前巨大牺牲，这将使参众两院唧唧喳喳的议员们不寒而栗。弹丸之地的冲绳岛，打了三个月，死伤十万，那么要占领比冲绳大百倍的日本本土要打多长时间？要伤亡多少？日本与德国不同的是，日本多山，百分之八十是山地，少有平原。把山地挖空，整个日本就变成大地堡。美国飞机再多，军舰再大又奈之何？冲绳战役证明，飞机、军舰根本派不上用场。

日本地形很像四川，一夫当关，万夫莫开，易守难攻。日寇在中国就吃到山地战的苦头，现在美国在冲绳岛又尝到了日本山的滋味。

1945年6月，美国军事当局制订了"奥林匹克"作战计划。准备调动七百艘战船，其中包括九十艘航空母舰、一万五千架飞机、二十五个陆军师，于11月登陆九州，1946年3月再登陆本州。从这个作战计划中看出，战争价值不大的破铜烂铁不少，战争的关键力量陆军不多。三十万部队填不满九州的山洞。还是参照冲绳岛战役为例，没有五十万士兵的伤亡，没有一年的时间，美军在九州岛难以取胜。推而论之，美军没有三百万士兵的伤亡，没有三年的时间，日本不会俯首就范。

在欧洲平原，苏德装甲大战增添战争史的新篇章。如果苏军在北海道登陆增援美军，也无济于事。即使苏联的装甲军团再厉害，坦克不能爬山、钻山洞，就像猫不能钻鼠洞一样。所以要战胜重峦叠嶂的日本，比战胜一马平川的德国更加困难。

自1941年12月7日珍珠港被袭，到1945年6月23日冲绳岛战役结束，整整耗时三年半，美军在太平洋各岛屿方取得胜利，但只消灭了日军三十万部队，美军付出三十万伤亡。看来美军要占领日本本土，将付出更长的时间和多倍伤亡，那是无可怀疑的。但天有不测风云，希特勒拯救了美国。二战伊始，他把欧洲培养多年的优秀科学家统统赶进美国，一夜间，美国变成世界科学中心。于是制造出极具杀伤力的秘密武器。

当田柳庄战役接近结束的时候，小石在政治部的《火线报》上看到一条大标题消息：美国空军在广岛投下一颗超型炸弹，杀死十多万人。整个广岛一片火海，大火几天不熄。没过几天，美国在长崎又投下第二颗怪炸弹。石鸿儒问政治部宣传科译电员小张："你收到的电文有没有对广岛、长崎两颗炸弹的命名及评论？"小张快乐地解释："目前全世界对两颗炸弹的评论纷纷扬扬，说这是美国发明的原子弹。它的爆炸力相当于五千吨黄色炸药。"小石惊讶地喊道："这比爆破大王还厉害呀！"小张神气地说："爆破大王一次爆破最多用五十公斤炸药，超过五十公斤的时候很少。一颗原子弹相当于十万个爆破大王同时拉导火线哩，把泰山能炸下半边去。"

商河战役在东关打得正难解难分的时候，8月15日上午十点半，小石给骨折伤兵刚扎完石膏绷带，走在回宿舍的路上，又遇见译电员小张。

小张看了看左右没人，神秘地凑到石鸿儒耳边，小声说："小石，我告诉你一个大好消息，现在号外还没印出来，我给你说了是违背职业纪律，你可不能向外说呀！刚刚收到电报，日本天皇裕仁宣布投降了。"

小石不敢相信自己的耳朵，他愣了一下，突然"啊！"地一声跳起来，抱住小张的肩膀，把小张压倒在地。他可着嗓子喊："我们胜利啦！我们胜利了！太激动啦！我们胜利啦！我们胜利了！太激动了！我们胜……"小张吓得捂着石鸿儒的嘴："不许嚷嚷！"小石反抗说："我说我们胜利了，谁知怎样的胜利呀？"小石兴奋地向伤兵病房，向军医护士们的宿舍，向李平凡、陈立志的宿舍一路逛奔，逢人便喊："我们胜利啦！我们胜利了！我们胜利了！太激动啦……我们胜利啦！我们……"大家从未见小石如此高兴过，你看看我，我看看你，莫名其妙。李平凡拉住小石的衣服说："小石这么高兴，什么胜利呀？"小石喘着气说："小张怕犯错误，不让我外传。你快去向政治部拿号外。"

下午，我军用喊话筒向商河敌人呼喊"今天上午日本天皇宣布投降了，你们快缴枪吧！"

9月2日，日本政府正式投降签字。从3日起，不管是大兴安岭伐木工人还是海南岛的渔民；不论是布达拉宫的活佛，还是西湖的情侣；不管是狮子城的华商，还是曼哈顿的华侨，都笑逐颜开，普天同庆自己的胜利。

商河战役也胜利结束，全军区主力都集聚在商河。部队将改善生活、召开抗战胜利庆祝大会、部队阅兵、歌咏比赛；机关扭秧歌、踩高跷、打花棍；政治部文工团上台表演。小石报名参加打花棍。花棍一米长，拴上了二十个小铜铃。一队舞蹈演员用相同的舞蹈动作，一面向前跳跃旋转，一面舞动着花棍。几百枚铜铃奏出整齐化一的声响，音乐与舞蹈融为一体，给人耳目一新的艺术享受。小石白天抓空练，夜晚练得时间更长。三天后他达到了娴熟的程度。抗战胜利全国同庆，全民欢呼，小石更是异乎寻常地欢乐，他幻想着与全家的团聚指日可待。

9月6日上午十点，庆祝抗战胜利大会开始。事先在一片空旷的田地里搭起了台子，布置好会场。会场上额横幅大字用隶体书写：渤海区军民庆祝抗战胜利大会。城里城外的墙壁上、树干上、电线杆上，到处都是庆祝抗战胜利的标语。商河城虽然刚刚经过一场战争的劫难，现在却变成了快乐的海洋。参加庆祝大会的人群上万。有主力部队，有地方部队，有民兵，有农民。口号声、锣鼓声此起彼伏，震耳欲聋。

刘其人副政委主持会场，行署主任李人凤讲话。在台上就座的有景晓村、杨国夫、龙书金、周贯五、袁也烈。李人凤代表党政军讲完话后是战斗英雄讲话、民兵代表讲话、妇女代表讲话。然后是阅兵及群众游行及高跷队、花棍队、秧歌队、旱船队、舞龙队、吴桥杂技队、锣鼓队等。军队一营为一方队，共十个方队。排列次序是直属团、独立团、三个独立大队、特务营。最精彩的是文艺队表演及舞蹈。直到下午三点才结束。小石打花棍蹦跳得最欢，游行结束后，他两条腿像爬过泰山一样，疼得抬不动。

庆祝抗战胜利结束，紧接着是部队大整编，八路军改名为解放军。一九四五年八月底九月初，山东军区第一次整编为八个师（旅）、十一个警备旅、两个独立旅。滨海军区部队编为第一、二师及警备第十、十一旅；鲁中军区部队编为第三、四师及警备一、二、三旅和两个独立旅；胶东军区部队编为第五、六师及警备四、五旅和海军大队；渤海军区部队编为第七师及警备六、七旅；鲁南军区部队编为第八师及警备第八、九旅。紧接着又进行第二次整编，把全部县大队及独立大队、区中队、武工队整编成独立旅。山东军区共二十七万部队，其中主力部队十四万，地方部队十三万。

1939年9月，陈光率一一五师挺进鲁南，仅仅带来一个六八六团和一个特务营，约两千人，加上师直机关也不足三千人，经过抗战，部队人数增长了近一百倍。1943年10月之前，也就是陈光、朱瑞调离山东之前，山东抗战最艰苦的年代已过去。我军由防御开始转为反攻。在反攻阶段，山东军区有以下不足：一，军校（抗大分校）对军事干部的培养滞后；二，因为军事干部缺乏，部队的军事训练落后，部队战斗力不高；三，整军扩军落后于形势发展；四，反攻阶段没有及时摆脱游击战思维，没有把分散的军分区部队、县大队集中起来形成拳头般的打击力量，对运动战、攻坚战准备不足；五，山东军区缺乏审时度势、神机妙算的军事家，就像徐向前、朱瑞、陈光这样的优秀人物。如果没有以上五大错误，山东军区发展得更强大，军队发展得更多，军队素质更高。

可惜政治家与军事家水火不相容，自古将相不和。胜利的曙光开始降临的时候，内部发生了无声无息的政治斗争。山东高层军事领导人像走马灯一样转换面孔，这是在其他大军区中不曾有过的。自1938年5月郭洪涛来山东到1943年9月罗荣桓全盘获得对党、政、军大权的五年中，毛泽东对黎玉、郭洪涛、张经武、徐向前、陈光、朱瑞、罗荣桓等人进行了五次权力洗牌，平均一年一次。一拨一拨地调离山东去延安，没说明他们犯有任何错误，时至今日，在一切史料中没有发现错误记录。唯一理由是调他们去延安准备参加中共第七次代表大会。七大召开于1945年6月，1939年10月，党中央就调郭洪涛、张经武去延安开七大，抗战八年，需要六年等着开会。

郭洪涛1938年5月来山东；张经武1938年11月来山东，一个在山东呆了七个月，一个待了十三个月。1940年五月调徐向前回延安开七大，他是1939年6月来山东，在山东也待了十三个月。1943年4月，调陈光去延安开七大，陈光自1938年3月就任一一五师代师长以后兼山东军区司令，他在山东整整待了五个春秋，是抗战最艰难的岁月。1943年九月调朱瑞去延安开七大，他是1939年6月与徐向前同来山东的，在山东待了四年又三个月。1942年是鬼子强化治安运动的高潮，是山东八路军上天无路，入地无门的年代，陈光、朱瑞尝尽了战争的苦头。

1943年4月，山东军区发生了一件轰动华北的奇闻。由于根深蒂固的宗派主义作祟，冀鲁边军区司令邢仁甫叛变。如追查责任，不仅仅冀鲁边区政委周贯五有责任，那么，省军区政委、一一五师政委也负有责任。政委嘛，就是管政治的委员，直属部下叛变是各级政委失职。邢仁甫的同级政委周贯五受到牵连，解除了政委职务，这是可以理解的。但令人匪夷所思的是，邢仁甫叛变三个月后，他的上级政委罗荣桓却直步青云。不仅是邢仁甫，就是陈光、徐向前、朱瑞、郭洪涛、张经武这些老红军英雄也受到宗派主义排挤。山东的宗派主义来自罗荣桓；全国的宗派主义来自毛泽东，全神贯注于争权夺利，哪有心思抗战？

抗战胜利了，这是全民奋斗的结果，但在我们民族中也出现了汉奸败类，也有胆小鬼，也有观望者，也不乏投机分子。但更重要的是出现了许多民族英雄，他们是引导全民族抗战的旗手。为了让后人得到这些英雄人物的启发，有必要把本地、本省及全国对抗战贡献最大的英雄们的功绩摘录如下。

德州抗日英雄时俊禹、张剑洪两位。时俊禹河南开封人，师范毕业。二十岁任八路军德州县大队政委，指挥全县党政军抗战。在抗战最艰难的1942及1943年，把部队化整为零。1944年形势好转后，又化零为整。日寇投降前，指挥全县武装，解放了除德州之外的所有敌军据点。根据不同情况，灵活运用五种不同的战斗形式，拔掉了敌人五个据点，并把全县敌人的谍报系统一网打尽。

张剑洪，陕北人，是红军刘志丹部下。任德州县大队第一小队队长。第一小队是全县战斗力最强的一个连队，以猛打猛冲而扬名全县。1944年开辟吴桥战斗中，一百多人的小队，竟打败三百多日本鬼子的一个大队，创立了德县八年抗日战争以少胜多的典范战例。冀鲁边区的抗日英雄有肖华、龙书金两位。肖华，江西兴国县人。参加过长征。他十四岁参加红军，十八岁当团政委，二十岁当师政委，二十二岁当冀鲁边军区司令员兼边区党委书记，二十四岁任一一五师及山东军区政治部主任。1938年，他率领两百名红军干部及五百人的新兵支队进入鲁北，号称东进抗日挺进纵队。经过一年努力，建立了冀鲁边军区、党委、专署和十七个县政府；部队由七百人发展到一万五千人，党员两万五千人。从此冀鲁边军区像一座钢铁长城，矗立在天津与济南之间津浦铁路旁。1940年底又转入鲁西，帮助扬勇开辟了鲁西军区。龙书金，湖南茶陵县人，1930年参加红军，曾任红军连长、副营长等。经过长征及平型关战斗。如果说肖华创立了冀鲁边军区，而龙书金坚守了冀鲁边军区。抗战期间，他曾任冀鲁边区第五支队副支队司令兼第五团团长及冀鲁边军区副司令。抗战期间，曾指挥了著名的大宗家战斗和马家坞战斗。与清河军区合并为渤海军区后，在抗战最后一年，攻克了商河城，一举消灭汉奸八千七百人。创渤海军区抗战八年中消灭敌人最多的一次战役。

渤海军区或清河军区的抗日英雄有马耀南、杨国夫两位。马耀南山东省长山县三区北旺庄人（现属周村区张坊乡）。1930年毕业于天津北洋大学机械工程系。1933年担任长山县中学校长。1937年12月参加黑铁山起义，并动员了国民政府长山县保安大队三百人参加起义，组成抗日救国军第五军，他任参谋长，部队发展到两千多人。1938年6月第五军改编为八路军山东纵队第三支队，他任司令员。霍士廉任副司令员。为建立清河军区创立了条件。1939年7月在突围中壮烈殉国。他还动员了两个弟弟马晓云、马天民、外甥李平凡也参加了八路军。不幸的是，两名弟弟在抗战中也先后捐躯。马耀南是中国知识分子参加抗战的典范。

杨国夫，安徽霍邱县人。1930年参加红军，曾任班长、排长、连长、营长、团长，并参加了长征。抗战期间，马耀南牺牲后，接任八路军山东纵队第三支队司令，为建立清河军区做出贡献。他亲手培养直属团擅长攻坚爆破。在抗战中不仅为攻坚利津城、田柳庄及商河城作出贡献。在以后的内战中，这支部队成为林彪大军的攻坚老虎师，在四平、锦州、天津攻坚战中，林彪下令三调老虎师。

山东军区三大抗日英雄是黎玉、朱瑞、陈光。黎玉，山西崞县人。1926年入党。1936年四月中共北方局派其担任直南（河北南部）特委书记。黎玉来山东重组被破坏的山东省委，省委组成是书记黎玉、组织部长赵健民、宣传部林浩、秘书长景晓村。在卢沟桥事变前，山东各地各县的党组织得到恢复或取得联系。

抗战开始黎玉领导山东省委及山东人民举行抗日起义。发动起义有三个有利条件，一个是中共山东地下党组织遍布全省，各县党员较多；另一个条件是山东人性格粗犷、强悍、好打抱不平，山东是历代农民暴动的摇篮；最后一个条件是，民间枪支较多，容易获得武器。

1937年下半年和1938年上半年，山东的抗日起义风起云涌。省委规定，起义部队的名字统称为抗日救国军或抗日游击队。1937年7月中旬，赵健民、洪涛在鲁西北建立了山东第六区游击队司令部及第二支队。10月，姚仲明、廖容标辅佐马耀南发动了黑铁山起义。在省委领导下，建立起山东抗日救国军第五军，在乐陵成立了华北敌后战场第一个县政府。11月，寿光县委以马保三为指挥举行牛头山起义，组建鲁东抗日游击队第八支队。12月，理奇在文登天福山威海等地区举行抗日起义，成立了山东人民抗日救国军第三军，1938年10月，荣城、黄县、蓬莱、牟平、即墨等县起义部队都编入第三军。1938年1月，潍县、昌邑起义军组成第七支队。1月份最著名的起义是由黎玉亲自领导的徂徕山起义，组成山东抗日游击队第四支队，有一千多人，洪涛为支队长，黎玉为政委。4月，临朐县与益都临淄县起义军组成山东游击队第十支队。12月，黎玉在红军将令张经武辅佐下，把山东各地抗日起义部队整编为八路军山东纵队，张经武为指挥，黎玉为政委，下设十二个支队共二万五千人。把分散的游击队组成统一的军队，党员发展到五万多名。这两万五千部队及五万多党员是山东八路军的核心力量。在短短的两年时间内，黎玉由于良好的组织才能和创造精神，为山东抗日战争打下坚实的基础，六个二级军区及根据地初具规模。他是山东根据地的开创者。黎玉以后的经历虽远非一帆风顺，所庆幸的是没出现大悲剧，只是被排挤。

朱瑞，1905年出生于江苏宿迁，与项羽同乡。1924年就读于广东大学。1925年去莫斯科拉克辛炮兵学校学习。1928年加入苏联共产党，后转中国共产党员。1929年底回国，在上海中共中央军委参谋科工作。1932年1月到达中央苏区，选为中华苏维埃共和国执行委员，参加红军总司令部工作，曾任彭德怀红三军团、董振堂的红五军团、独立十二军政治委员。在长征中担任红一方面军红一军团政治部主任。长征中带红二师六团率先过草地。抗战期间曾任中共北方局委员，军委书记、组织部长。曾从事对国民党将领的统战工作，指导中共直南、豫北特委。为晋豫边区、太行南区、晋冀豫抗日根据地的创建做出贡献。1939年5月，任八路军第一纵队政治委员，与司令员徐向前赴山东统一指挥苏鲁两省中共部队，同时任中共山东分局书记。为巩固和发展山东抗日根据地做出重要贡献。1939年8月，中共北方局批准成立山东军政委员会，朱瑞任书记，徐向前、郭洪涛、罗荣桓、陈光、黎玉为委员，统一领导山东地区党、政、军、民工作。建立了鲁南、鲁西、胶东、苏鲁豫、苏皖、清河、冀鲁边等七个二级军区、七个区党委及行署、六十六个县政府、三百个区政府，部队发展到五万人，整编为五个旅。

9月，山东分局建立了第一区党委（大鲁南）、第二区党委（鲁西）、第三区党委（胶东）、第四区党委（苏鲁豫边区）、第五区党委（苏皖边区）、清河特委及冀鲁边特委。

12月，中共山东分局及山东纵队司令部决定成立清河军政委员会，景晓村为书记，批示清河特委及第三支队向小清河以北及黄河以北发展，要建立与冀鲁边区的通道。

年底，山东根据地发展抗日自卫团达十万人。

1940年2月，山东分局决定加紧建设第一区委及第一军区的决定，成立了鲁东南军政委员会和第九支队，建立了邹县、峄县、日照、莒县、费县、临沂、郯城抗日政府，同时建立了铁道游击队。3月成立了鲁北军政委员会。4月，山东军政委会决定撤销第一区党委，分别建立鲁中、鲁南两个区党委。同月建立了鲁西行政主任公署。5月成立了清河专署、鲁南专署，到1940年6月为止，山东根据地已建立了一个行政主任公署、八个专员公署、六十六个县抗日政府、三百个区政府，建立省级政权的条件已经具备。

1940年9月，八路军山东纵队发展到五万人，整编为五个旅。

陈光是对山东抗日战争最后一位有巨大贡献的人。他是湖南宜章县人。1927年加入中共。1928年带着十二支枪参加湖南起义，跟朱德、陈毅上了井冈山。先后任排长、连长、支队长、师参谋长。战斗勇敢，屡建奇功，多次受奖，曾负伤十次。1933年，他任少共师师长、红二师师长。长征是世界军史上的奇迹，红二师是创造奇迹的先锋。在抗日战争中，陈光先后任一一五师三四三旅长、代师长、山东军区司令。

陈光堪称山地战争之王，他的山地战术不仅在长征中斩关夺隘，运用得惟妙惟肖，在抗日战争中更发挥得淋漓尽致。他擅长用奇，惯于以少胜多，常出敌之无备，也好用伏兵，娴熟于指东打西调动敌人，给敌人制造漏洞，一举歼灭，在不利情况下巧于突围。在抗日战争中，有过许多山地游击战的经典之作。

1938年3月1日林彪负伤。根据八路军总部朱德、彭德怀命令，陈光为一一五师代师长，李天佑代三四三旅旅长，杨勇代六八六团团长兼政委。9月，日寇第一零八师团第二十五旅团由晋西南地区的汾阳向西南占领隰县、蒲城、大宁、午城、离石、柳林、军渡，准备渡黄河进攻中共中央所在地延安。15日，六八五团打大宁的援兵消灭敌人两百多。六八六团把蒲县敌人五百多引进午城，一举消灭，零打碎敲共消灭敌人八百多，数量与平型关相近，而我军伤亡要小得多。9月，六八六团在汾离公路附近山地第一次消灭敌人两百多，敌人过河进攻延安的计划破产，于是撤军回汾阳，在途中被六八六团又消灭八百多，并打死敌二十五旅团长山口。一一五师经过晋西南六个月的战斗，保住了延安的安全将无后顾之忧。

1939年1月，一一五师到达鲁西。5月11日一一五师师部、六八六团两个营、津浦支队、第六支队及中共鲁西区委、泰西特委等约三千人被携有汽车百余辆、大炮百多门、坦克百多辆的五千日寇包围于肥城县南陆房村一带。经一天激战，毙敌大佐联队长以下一千二百名，我伤亡二百余人。夜间敌人点燃许多火堆，以监视我军突围。陈光在一位农民自动引领下，选择一条最崎岖难行的路，朝有火堆方向突围，结果成功。这次突围受到最高统帅蒋介石的嘉奖，他给朱德、彭德怀的电报称：殊堪嘉慰。

8月2日，在梁山南独山庄，陈光率一一五师担任警卫任务的特务营的二个连、一个骑兵连及杨勇的独立旅一团三营，对由汶上开往梁山的日寇一个大队四百多人进行伏击。大队长是天皇的亲戚长田敏江大佐。消灭全部敌人四百余名，俘鬼子十三人，长田敏江丧命。这是一一五师创平原伏击战的先例，双方兵力相等，敌人装备占有优势的情况下，完整地歼灭鬼子一个大队的模范战例。八路军总部对梁山伏击战进行了表扬，称为"歼灭战的典范"嗣后，日寇根据晋西南及鲁西屡战屡败的经验，撰写了《陈光作战研究》的小册子，发到各部队，供作战参考。

1941年11月，日寇华北方面军集中第一、第十二军共五万余人，在飞机、坦克的配合下向沂蒙山区根据地进行大扫荡。5日，敌数万人分十一路合围驻沂南县西南留田村一一五师师部、山东分局、山东省政府等领导机关。当夜在陈光的精心指挥下，没费一枪一弹，三千人无一伤亡胜利突出重围，这比陆房突围更具技巧。

三位英雄对山东军区的武装力量的贡献各有不同。黎玉是开创；朱瑞是发展；陈光是提高。另外，罗荣桓在山东军区负责抓权、内讧、神化毛泽东。

全国抗战三大英雄第一位是蒋介石。蒋介石是国家领袖、国民党总裁、全军总司令。七七事变后，蒋介石领导全民进行独立自主的积极抗战。抗战期间，与美、英、苏结成同盟。为了挽救民族灭亡，同时又达到团结苏联的目的，捐弃前嫌与中共结成统一战线，一致对日。蒋介石领导全国人民结成血肉长城，领导国军与日军战斗二十万次、会战二十二次，消灭日军一百三十三万，受降一百二十八万，联合盟军迫使日寇投降。这是自一八四零年以来取得对外战的第一次胜利。蒋介石抗日领袖的威望得到全民公认，与毛泽东的消极抗战，敷衍抗战形成显明对照，自诩为抗战领袖的毛泽东在八年抗战中只消灭日军不到五千人。

全国第二位抗战英雄宋美龄，原籍海南，生于上海，融中西文化于一身，曾为西安兵谏和平解决做出贡献。她是优秀的外交家和国际统战大师，亦是我国空军之母。她为抗战争取美援四十亿美元，足可装备二百个师，建立了强大的空军。在国际统战外交方面，把我国提升到与英美平起平坐的大国地位，废除了不平等条约及各国在中国领事裁判权，使台湾及东北归还我国。

作为女性，对历史的贡献令吕后、武则天、慈禧太后相形见绌。她是五千年来，我国最伟大的女性。其伟大之处不仅仅表现在对全民族的贡献上，她的品德比她的贡献更令人感叹。身为国家元首夫人，又为抗战筹划了四十亿美元的援助，退休后孤居美国，既没有自己的房子又没有存款，生活清贫，只靠亲戚资助过活。这是古今中外绝无仅有的历史奇迹。作事先作人，没有伟大的品德作不成伟大的事业。清高、淡泊、博学、诚信、勇敢等美德凝聚于宋美龄一身。她内在的美远比她的仪表更堪称观止。上天是公正的，奖赏给不曾得到人类天伦之乐的圣女一百零六个黄金岁月，只因与世无争，而得到的回报最大。她是子孙万代的楷模，是中华民族的骄傲，既是抗战英雄又是众生师表。

全国抗战第三位英雄周恩来，原籍绍兴，生于淮安，与韩信同乡。绍兴是吴越文化的发源地，淮安是英雄豪杰的故乡，这铸造了周恩来的性格既有传统文化的温、良、恭、俭、让，又有叱咤风云的英雄气概。少年时熏陶于南开；青年时游学于欧洲，揉中西文化于一身。他能言善辩，长于交往，其朋友遍天下，是天生的外交家，又是揭竿而起的造反英雄。周恩来尽管不是中共的创始人，但他是共产党的顶梁柱。周恩来虽文武双全，具有领袖的特质，但他讨厌风头，争名夺利于他无缘，在党内，他永远不争第一把手。虽然天下是他闯的，军队是他建的，党是他支撑的，谦恭的周恩来宁居他人之下，第三把手是他一生固定的位置。对敌人横眉冷对；对朋友仁义礼信；对人民鞠躬尽瘁。在党内他是路线斗争的大师；在党外是统一战线的旗手。在抗战中，他的才智发挥得淋漓尽致。

周恩来对抗战最大的贡献是使国共两大宿敌握手言和，一致对外。根据东北军思乡之苦，统战首先在东北军内获得成功，红军与东北军和平相处。和平解决西安事变，为统一战线打开突破口，然后把红军改编为国军，把江南游击队改编为新四军，这为红军抗战及自身发展创造了条件。

皖南事变是对周恩来统战智慧的严峻考验。孰忍孰不可忍。忍，共军将士感到屈辱；不忍，统战毁于一旦，内战再发，日寇将得渔人之利。在中华民族生死存亡之际，为了民族大义，周恩来采取了明智的"忍"，摒弃以牙还牙、投桃报李的政策。直到抗战胜利国共两军顺利合作。周恩来的统战政策不仅为战胜日寇创造了条件，也为共军的发展争取了空间。抗战初三万红军，经过八年抗战发展为九十五万大军。统战政策不仅有利于眼前，更有利于长远。

周恩来不仅对党外热衷统战，对党内更重视团结，不闹分裂。抗战时期，在敌后战场华北有五大军区，包括山东、晋冀鲁豫、晋察冀、晋绥及新四军。除山东外，其他的四个军区的领导人都是周恩来的盟友。但他把这四大军区的指挥权毫无保留地交给毛泽东。毛泽东再有疑心，也不会怀疑周恩来对他三心二意。

周恩来高尚的操守类似于胡适。胡适与无文化的小脚女人相伴一生，并无飞短流长；邓颖超没生儿育女，周恩来说天下的孩子都是他们的儿女，一对模范夫妻相濡以沫。伟大的人物必然有高尚的情操，没有高尚情操的大人物即使临时抢夺了一些荣誉，最终也被历史所唾弃，遗臭万年，最恰当的例子是毛泽东。而周恩来的为人为子孙树起榜样。

抗战五虎将有薛岳、卫立煌、李宗仁、陈诚、白崇禧。薛岳，广东乐昌县人。一级上将，第九战区司令长官、湖南省主席。1938年10月7日指挥万家岭大捷，歼灭日寇万余，俘虏三百余人；1939年二月进攻南昌，毙伤敌一万五千人；1939年9月第一次长沙大会战，毙伤日寇四万多人，取得大胜，获蒋介石嘉勉，参战将士获得十万元犒赏；1941年9月下旬，第二次长沙大会战，毙伤敌两万多人，第二次取得胜利；12月，第三次长沙大会战毙伤敌五万多人，薛岳获得国民政府最高奖赏---青天白日勋章。

卫立煌，安徽合肥人，与包公同乡。二级上将、第二战区司令长官、第一战区司令长官、中国远征军司令长官。1937年10月指挥忻口防卫战毙伤敌人三万多人；1943年5月11日率部强渡怒江，打通中印公路，震惊中外；同年九月攻占敌缅甸最高司令河边正三大将的司令部；

10月攻下松山；11月初攻占龙陵，中旬攻克芒市；1945年1月占领田宛町，27日与驻印军会师芒友，至此完全消灭日敌九个师团二十五万，获得国民政府青天白日勋章。

李宗仁，广西临桂县人。一级上将、桂系三大领袖人物之首、第五战区司令长官。1938年4月上旬会战台儿庄，毙伤日寇两万多人。以后又指挥武汉保卫战、随枣会战、豫南、鄂北诸战役。

陈诚，浙江青田人，与刘基同乡。一级上将、军委总政治部主任、湖北省主席、第六战区司令长官、军政部长。他为各级军官培训做出贡献，参加或指挥过上海抗战、武汉保卫战、桂南会战、南昌会战、上高会战、鄂西会战、常德会战、豫西会战等重大战役。特别在鄂西战役中，毙伤日军官兵两万五千七百多人，摧毁敌机四十五架、汽车七十五辆、舰艇一百二十二艘、仓库五所。他是蒋介石的替身。

白崇禧，广西桂林县人，回族。一级上将，多才善谋，绰号"小诸葛"。属桂系三个领袖人物之一。在抗战中先后历任国民政府军事委员会副总参谋长、桂林行营主任、军训部部长、国防部长等。曾参与淞沪保卫战、台儿庄大捷、武汉会战、鄂西大捷、湘西大战、昆仑关歼灭战等战役的策划与指挥。他对蒋介石既辅佐又拆台，既握手言和又针锋相对，一生在矛盾中度过，但对抗战的主张，蒋白异口同声。

抗战少壮派的八大金刚是：杜聿明、郑洞国、孙立人、王耀武、廖耀湘、邱清泉、胡琏、陈明仁。

抗战五大王牌军有：新一军、七十四军、新六军、第五军、第十八军。战斗力最强的是新一军，其次是第七十四军。

七十四军军长王耀武，山东泰安人。中将，毕业于黄埔军校第三期。曾参加上海保卫战、南京保卫战、武汉保卫战、兰封保卫战、万家岭大捷、第一次和第二次长沙大捷、上高大捷、湘西雪峰山大捷等。先后累计毙伤日寇七万以上。五十一师是该军最精锐的部队，是原师长王耀武的起家部队。

第五军军长杜聿明，陕西米脂县人。中将，毕业于黄埔军校第一期。第五军是我国第一支机械化部队，曾参加上海保卫战及长沙会战，1939年夏昆仑关大捷，击毙日寇第十二旅团长中村正雄以下四千余人。1943年后军长为邱清泉中将。邱清泉先毕业于黄埔军校第二期，后留学德国，毕业于柏林陆军大学。

第十八军资历最老。它原是陈诚的起家部队，该军的军长先后有陈诚、罗卓英、彭善、方天、罗广文、胡琏担任，其中以胡琏时期战斗力最强。1943年6月第十八军参加鄂西会战大胜，毙伤日寇两万五千七百多人。军长方天、师长胡琏、罗广文等获青天白日勋章。1945年5月，十八军已完成美式装备，在湘西雪峰山会战中取得大胜。该军的十八师、十一师战斗力都很强。新一军军长初为郑洞国后为孙立人。孙立人，安徽舒城人，中将。毕业于清华大学、印第安纳州普渡大学及西点军校。他是我国唯一获得三个大学毕业文凭的将军，也是唯一西点军校的毕业生。

1942年4月17日，日寇三十三师团将英军步兵第一师及装甲第七旅包围在缅甸北部仁安羌地区，危急万分。孙立人亲率装甲兵一一三团开赴前线，经两天激战，克服仁安羌，歼灭敌人一千两百多人，残敌溃逃，解救了包括英军总司令亚历山大上将在内的七千多英军及被俘的英国军人、美国记者、传教士等五百多人，并把日军夺去的英方一百多辆辎重汽车、一千多匹战马交还英军，这是中国远征军取得第一次大捷。

仁安羌大捷，孙立人用八百人的兵力，击溃数倍于己的敌人，救出近十倍的友军而轰动全球。英军方面颁发给孙立人及一一三团团长孙继光勋章；英国内阁授予孙立人英帝国司令勋章；美国政府授予丰功勋章。该军在缅甸屡建战功，得到国内外的各界充分肯定与赞扬。国际舆论界赞誉孙立人为"东方隆美尔"。新一军远征缅甸三年共消灭日军十万余众，创全国一百零二个军之冠。新一军新三十八师新六军新二十二师是全国最精锐的两个师，是王牌中的王牌。

新六军军长廖耀湘，湖南邵阳县人，中将。他毕业于黄埔军校长沙分校第六期及法国陆军大学。中国高级将领中完成西方正规高等军校系统教育的只有三人，就是孙立人、廖耀湘及邱清泉。新二十二师是廖耀湘的起家之师。1939年12月，以廖耀湘为师长的新二十二师在桂南昆仑关充分发挥了机械化部队的优势，全歼日寇第十二旅团；1941年12月，入缅甸作战；1942年3月底参加同古保卫战，解了二零零师之围；1943年参加远征军大反攻；1944年1月，新二十二师六十五团强渡百贼河，毙敌六百一十七人，联军司令史迪威将军亲自到战场查点敌尸，为团长傅宗良请奖；5月在孟拱河谷战斗中，击败了长胜军---"森林战之王"的敌第十八师团，击毙敌人五千余人，生俘英进中队长以下官兵百余人，缴获大炮五十六门、汽车一百九十辆、机步枪三千余支、骡马三百多匹，创森林战之典范，曾获青天白日勋章，新二十二师及六十五团获虎旗一面，新六军获得荣誉虎旗，英国与美国政府分别授予廖耀湘自由勋章及十字勋章。

在八年抗战中，正面战场国军有一百一十位将领为国光荣捐躯，最壮烈的有戴安澜、王铭章、朱耀华、张自忠。敌后战场共军只有新四军第四师师长彭雪枫、八路军副总参谋长左权为抗战流尽最后一滴血。这是一组很令人玩味的对照数据。而毛泽东口口声声谩骂国民党蒋介石消极抗战，标榜自己是积极抗战的英雄，而且是抗战的领导力量。造谣撒谎是毛泽东的本能，他的每句话都有相反的含义。

抗战八年中，有二十二位将军获国家最高青天白日勋章。抗战中最出名的两位团长是吉星文、谢晋元。八年抗战中，国军由两百多万发展为五百多万；共军由三万发展到九十五万。以上资料证明一种规律，即同时受过中西文化教育的人成功率大，如宋、周两杰及五大王牌军的三位军长。这个规律对后人应该有启迪。把优秀的中国文化与优秀西方文化相稼接，将成长出比单一中、西文化更优秀的果实。西方文化指科学技术，中国文化指哲学伦理。

抗战中的三大败将是张学良、韩复榘、唐生智；三大汉奸是汪精卫、陈公博、溥仪；一大投机分子是毛泽东。

八年抗战中，我国军民死亡总数是两千万人以上。直接经济损失一千亿美元；间接损失五千亿美元。战争是何等的艰难、残酷！所幸中华民族终于胜利了！优秀儿女用鲜血与生命终于换来祖国的尊严！

中日两国胜败因素的总结比较：中国胜利十大因素：一，正义的反侵略战争，全民团结一致，众志成城。无形的精神力量强于有形的物质力量，精神力量是国家的盛衰转换的重要条件。二、地域辽阔。东边日出西边雨，军事回旋余地充分。三、有一个团结一致的国民政府及积极抗战的领袖蒋介石的全盘统筹与指挥。四、国际抗日统一战线与国内统一战线的形成。五、有贤明的政治家出谋划策，如宋美龄、周恩来。六、正面与敌后两大战场的建立与互相配合。七、全体将士同仇敌忾，士气高昂，视死如归的精神财富。八、我国越战越强。战争期间培养出一批优秀将领及英雄军队，如五虎上将、八大金刚及五大王牌军。九、南京防守失败后，痛定思痛，由与敌人硬拼及时转为消耗、持久战略。十、华侨给予人力与物资的支援，这是炎黄子孙独特的传统精神财富。

日本失败的十大因素：

一、非正义侵略战争，激起全世界人民的愤怒。

二、国土狭小，缺乏人力资源及战争物资，特别匮乏战争基本物资：钢铁、石油与粮食。

三、侵略战争置日本人民于饥饿与贫困之中，故不得人心。

四、与世界大国为敌，盟友德国又远井不解近渴，何况德国如泥牛过河自身不保，无暇顾及小朋友。

五、缺乏高瞻远瞩的政治家，日本政坛被一帮狂妄军阀所把持，不是政府指挥枪，而是枪指挥政府。

六、贪婪是失败的重要原因，日本军阀既不知己也不知彼，想一口吞掉地球。、战线太长；顾此失彼，捉襟见肘。既想占领中国，又想吃掉东南亚，还想霸占太平洋，同时又向西伯利亚垂涎，只求盲目冒险，不管后果胜败。

七、国小山多，资源奇缺。千百年来养成的抢、夺、掠这种好战的民族传统，没建立起影响世界的优秀民族文化，所以日本不能成为世界强国。与中国、欧洲相反。

八、日本高级将领缺乏战略、战役学修养，指挥能力笨拙，以夺城占地为目标，对消灭对方的有生力量没兴趣；不擅长大兵团联合作战，缺乏打歼灭战的能力，喜欢小部队独立行动。上海战役拖了三个月；武汉战役拖了五个月，没消灭我军有生力量。在南京只是遇到了无能的军阀，像张学良、韩复榘式的唐生智。

九、由于军事物资奇缺及战略思想落后，没组成装甲兵团、炮兵师团及空军落后。科学技术落后，先进武器缺乏。

十、情报不畅，军事情报及密码保密不够，其军事密码常被我方破译。原子弹轰炸前毫不知情，轰炸后精神防线崩溃。

抗日战争我国两大教训：

一、蒋介石轻信了唐生智的慷慨陈词，以致造成首都军民的重大牺牲。

　　二、毛泽东拉帮结派争夺山东地盘，把山东战场的军政干部频繁调动，影响了山东根据地的发展；另外借刀消灭新四军，削弱了新四军的发展。

　　第一个教训是由于蒋介石不识才，轻信无能之辈的豪言壮语；第二个教训是由于毛泽东的封建军阀性格与宗派山头主义。

第十六章　山东八路挺进满洲

　　当刺眼的闪电照彻夜空后，等很长的时间，雷声才开始震得地动山摇。自然规律也反应在历史事件中。1941年6月，希特勒对苏联发动突然袭击后，苏联当局反应迟缓，事先没有任何精神准备。草原上的奶牛照常消消停停地腆着脸倒嚼。时过三个月，苏联红军三百个师土崩瓦解后，苏联方醒过神来。

　　1942年，毛泽东已建立起整风委员会，延安知识分子像俄罗斯草原上的奶牛一样，不知危险的来临。当王实味被抓，萧军被关后，方知大难临头。希特勒的闪电战术是对外，毛泽东的突然袭击是对内。其罪恶的本质是相同的，都是为了反人类。

　　1945年5月，德国投降，军国主义日本的末日将降临，这是意料之中的。6月份我国正面战场，统帅部已把在缅甸取得全胜的远征军开始调往国内，准备反攻。敌后战场开始攻打上百座县城。说明反攻已经拉开序幕。人们推测，日寇被打败的时间快则在1946年下半年，慢则在1947年上半年。因为谁也没猜透美国有秘密武器，更没人敢想人权至上的美国竟把几十万日本人当成秘密武器实验的荷兰鼠。

　　面对广岛、长崎的灾难，日本军阀吓呆了。1945年8月15日，日本突然宣布投降。人们听到这个消息后很长时间不敢相信自己的耳朵。当梦幻变为现实的时候，却又把现实误当作梦幻。

　　人类是最不诚实的动物，当不得志的时候，念念不忘许多贤哲的警世名言："淡泊明志，返璞归真""骄兵必败""螳螂捕蝉，黄雀在后""己所不欲，勿施于人""惩前毖后，治病救人""知无不言，言者无罪""有则改之，无则加勉"等等。但当得志的时候，就会利用权力、实力、财力随心所欲，制造仇恨，胡作非为。

　　当希特勒不到一年的时间征服了欧洲的时候；当六百万犹太人变成他砧板上鱼肉的时候，当在三个月内消灭苏军三百个师的时候，他绝对不会想到有朝一日会自杀。当松井石根在南京大屠杀的时候，他没想到八年后会被绞刑。无情的历史证明，获得胜利、权力、实力、财力的人，往往不得善终。收获越大，安全越小。因为收获越大，欲望越大，从而越容易失去人性，缺失人性的人犯众人恶。权力亲近兽性而远离人性。没权力的人是人，权力越大兽性越猛，最后失去人性。像宋美龄、周恩来那样避利让权的仁人君子，可谓历史上的凤毛麟角。

宋美龄对国家抗战的贡献首屈一指，但不要任何官衔。对党对抗战贡献最大的共产党员周恩来不争夺第一把手，宁愿屈居第三位，把荣誉功劳让给别人。

第二次大战结束了，抗日战争胜利了，各国政治家应该从刚刚倒下的希特勒与日本军阀的下场中汲取教训，但权力欲往往使掌握大权的小丑们失去理智，变为狂人，就像好战分子秦始皇、希特勒还有自称人民大救星的毛泽东那样。他们编造一切杀人理由，决心进行战争和政治运动。从1840年6月的鸦片战争开始到1945年8月抗日战争结束的一百零五年中，中国战争不断，不是外战就是内战。大的战争有鸦片战争、太平天国、中法战争、甲午战争、八国联军、辛亥革命、直皖战争、直奉战争、北伐战争、抗日战争、国共内战等十一次大规模战争。战争从无间歇过，国家经过反复战争洗劫。1949年战争结束了，毛泽东又发动了比战争更残暴的十六次政治运动，中华民族陷入更加深痛的灾难之中，这是后话。

国破家亡、经济凋零，国不国，家不家。但掌握军事实力的军阀们都为满足统治欲而战，谁能关心国家兴亡？经过百年战争，全国人民渴望和平，这是人心所向。抗战胜利了，人民再也不愿打仗。

商河战役结束后，国共就准备打内战。首先是抢夺东北。抗战开始毛泽东说："谁得山东谁得天下。"现在又说："谁得东北谁得天下。"毛泽东为得山东，八年抗战中轮流打击了六批干部；为了争夺东北，又该打击多少干部呢？

1945年9月底，渤海军区主力部队集聚在乐陵县，司令部驻城内，经过半个月的整编，渤海军区开始分家，就像当年一一五师分家一样。八路军改称为解放军。三个主力团编为山东解放军第七师；直属团改为十九团；独立团改为二十团，二军分区三个独立大队改为二十一团。杨国夫为师长，刘其人为副政委，龙书金为副师长，闫捷山为参谋长，徐斌洲为政治部主任。渤海军区的特务营扩编为特务一团，一军分区的三个独立大队改编为特务二团，二个团归属于军区所有。司令为原参谋长袁也烈，政委为原政治部主任周贯五。军区卫生处也一分为二，一半为第七师，另一半仍为渤海军区。军区分家有一个原则，把最精锐的部队和最精干的干部分到七师，把老弱残兵及重武器留给军区。连以上干部已经传达七师将挺进东北的命令。为防止士兵开小差，对士兵、人民及对外宣传说是向大城市进军，战士们都误以为是向北平、天津进军。

卫生处指导员李平凡有心脏病，属于老弱残类，不能去东北。李平凡对卫生处基层人员去留分配负有责任。他与石鸿儒的感情很好，说话投机，虽属上下级关系，在他们之间还有很深的友谊。李平凡从心眼里愿意把石鸿儒留在军区卫生处与他相处，但站在石鸿儒的立场考虑，七师是属于正规部队，又去工业发达的东北，东北三面靠苏联、外蒙、朝鲜，政治环境好，大有发展前途。当然也有不利条件，他的年龄太小，只有十五岁，按规定，十六岁以下的娃娃兵及女同志不许编入七师，怕不能坚持长期行军的任务。李想，挺进东北与万里长征不同，长征是突围，处处被阻击，战斗频繁。目前挺进东北很安全，没有战斗任务，路经冀中、冀东、冀热辽三个二级军区，粮食供给没问题。从乐陵到山海关，一千二百里，有二十天就可到达，当中还有几天休息时间。到沈阳两千里，有一个月的时间足够了。估计小石坚持两个月的行军没多大困难。李平凡反复权衡，还是把石鸿儒编入七师卫生处。

七师卫生处长是马克辛，苏州昆山人。他是个清瘦的大个子，约一米八的样子，眼珠子挺大但是近视，戴一副博士眼镜。抗战前毕业于上海医学院。最近他是由山东军区卫生部派来的干部。跟马克辛一块调来的医务干部还有七师卫生处医务科长兼野战医院院长陈璋，河北人；保健科长乔怀宝，山西人。陈璋眼睛大，个子也不小，有一米七五，他很喜欢跟石鸿儒说笑话。乔怀宝小个子，不超过一米六五，很有精神，好说好笑，每次说笑话时，口腔上排犬齿位置那颗金牙露出来，引人注目。乔怀宝把石鸿儒当小弟弟一样，对他很亲热。药材科长姓李，河北人。药房司药姓王，临邑县人，距德县较近，算是石鸿儒的同乡。药房还有一位调剂员叫徐方，十六岁，是长山县人，跟李平凡是同乡。他也是卫训队毕业，与石鸿儒是同学也是朋友，两个人经常凑在一起，无话不谈。十九团卫生队长是任国东。二十团是李元俊。二十一团是陈立志，是原卫训队长，若当年不是因为绯闻，他可以任野战医院副院长或医务科长。

10月的天气还不冷，因为挺进东北，每人发一套姜黄色粗布棉军装、黄棉帽、黄棉被、两双黄布鞋、一个黄背包，从头到脚都是黄色的，只有袜子与衬衣是白色粗布的。

特务营邢教导已晋升为特务一团政委，升政委几天就与刘淑英结婚。军队结婚很简单，没有任何仪式，只是把两个人的被子放在一个炕上就算结婚了，也没有民政部门登记，也没有结婚证，也没证明文件，政治部组织科同意就等于批准了。结婚这天，新郎新娘称了一斤块糖、两斤花生招待闹洞房的人。临时洞房是百姓民房，也不贴对联。婚后，新郎新娘来卫生处为石鸿儒送行，带了一包糖和一身咖啡色的毛衣、毛裤和毛袜。这是今年春季第一阶段讨伐张景月时缴获的战利品，是邢教导员分得的。与石鸿儒的见面不能瞒过卫生处长，这是礼貌，身为团政委与平级的处长要互相尊敬。马处长的警卫员小韩叫来了石鸿儒，石鸿儒还没进屋门，邢教导员迎上去，握着石鸿儒的手说："小石，我好想你噢。自春节演完戏，我们一直没见面。我听说你分到七师卫生处了，今天专门来送行的。因为越往北越冷，我给你捎一身毛衣来，你行军时带着……"

石鸿儒腼腆地说："听说你高升团政委了，也结婚了。祝你俩幸福。你的毛衣留着给刘淑英穿吧，她瘦，不硌冻。"刘淑英连忙说："我不出山东，山东不冷。这是专门给你送来的，你就收下吧。"马克辛抿着嘴笑，不知里头的意思。看来，马克辛若不说话，小石是不好意思收下礼物的。邢政委向马克辛求援："马处长，来帮帮忙。"马克辛诙谐地说："官给小兵送礼天下少有，还有不收之理？不礼貌了吧。"石鸿儒不好意思地收下衣物。

李平凡近几天忙得不可开交，终于把家分完了。七师很快动身北上，他抽出时间与石鸿儒告别，把石鸿儒叫到自己的住处。为了掩饰分别的不快，他们的见面是以玩笑开头。李平凡笑着说："祝贺你呀，小石已是正规部队的战士了，我还是地方部队，以后革命的成功要全靠正规部队了。"石鸿儒也寸步不让说："正规部队战士的老师仍在地方部队，战士表现好与坏决定老师的教育，表现好了，老师脸上有光，不好了，老师要检讨，都与战士本身无关。战士好比一头小牛，老师是饲养员。小牛长得快慢肥瘦决定于饲养员，不决定小牛。"石鸿儒把李平凡说乐了。

石振铎得知渤海军区主力云集乐陵。他套上轿车拉着一家三口欢欢喜喜去看小孙孙。抗战胜利了，儿子复员重操祖业，孙子复员考大学，这是理所当然的。全家积极参加抗战不就是为了今天的胜利吗？胜利了，国家应休养生息，百姓该安居乐业，儿童上学受教育，老年人得到孝敬。抗战胜利给全家人带来欢乐与希望，好像明天石开山就重返协和骨科上班，今年秋季复生子就能考入协和念书一样，美满生活重新开始了。一家人晚间住在德平县城，第二天到达乐陵，找到军区卫生处。王兴扬叫李平凡负责接待。虽然石鸿儒已属七师卫生处，但现在还都住在一起，在一个伙房吃饭。对抗日家属接待各个单位都极重视，因为这直接影响士气。

李平凡接待石振铎一家感到格外快活，这个家庭是书香门第，李平凡对石家彬彬有礼。石振铎一家四口住在一户农家院。奶奶、妈妈见到孩子高兴得直流泪，爷爷的泪没流出来但眼圈泛红。石鸿儒一直笑眯眯地看着亲人，没有流泪也没有亲热的话，似乎不太想家，也不想念亲人似的。妈妈给他织了一身银灰色毛线衣，又厚敦又暖和，还有毛线袜及手套。复生子告诉妈妈："我已经发了一床棉被、一身棉衣、两双布鞋、一顶棉帽。邢政委与刘淑英夫妇还送了一套毛衣。军队要立刻向大城市进军了。"石振铎听后说："这是向东北进军，否则棉衣发的不会如此早，也不会一次发两双鞋子。"宫氏听了心里一沉，说："东北太冷了，没法受，幸亏你娘给你织了一身毛线衣。"温良低声说："唉，你爹去热带，你要去寒带，真可称上天南地北了。冬天黑龙江零下五十度，缅甸夏天零上五十度，相差一百度，怎能适应呀……"

晚间，王兴扬与马克辛两位处长拜访了石振铎一家。第二天王兴扬把石老先生来卫生处探望孙子的事悄悄地告诉了龙书金。龙书金兴奋地问："石先生的孙子是谁？他什么时候来的？我怎么没见到过呀？部队马上要长途行军了，分家的会也开完了，今天正好有空，在离开山东之前能与救命恩人见上一面太好了。"

龙书金即刻起身兴冲冲地跟着王兴扬来到石振铎一家的住处。一进院子就高声喊："石大叔来了？有失远迎，有失远迎！"石振铎听出龙书金的声音，一家人出来屋门迎接。一见面，龙书金特有的笑声传染给全家及王兴扬和随后赶到的马克辛、李平凡，屋内笑声不绝。发自内心的欢笑是人类的幸福、和平、友谊的最好的表达，这是造作的语言永远达不到的效果。龙书金指着石振铎身后的复生子问："这是复生子吗？"复生子立正举手向龙书金行了军礼："是，大首长，我是复生子。"大家又笑了起来。龙书金端详着复生子问："你给我每天送饭的时候九岁，现在长成大小伙子了，我不认识了。可是……我好像在哪见过你。"复生子回答说："去年秋天在二军分区经常见到你。在长山县被敌人袭击的那天晚上，在一间小西屋里，你讲小时候在寺庙里捉迷藏、爬上神像的故事，当时我就站在你的眼前。"龙书金这回没笑，态度严肃起来，说："这小子该打。你当时为啥不告诉我你是复生子？"复生子回答："当时惊魂未定的，又湿又冷，哪有心情向你报名呐。"龙书金又笑了："那个小小战斗还惊魂未定呀？如果你碰上大宗家、马家坞那样的战斗就魂飞天外了。"说完又故意板起脸说："我可只原谅你这一次啊，以后你得主动去找我。我们开始长途行军了，累了就找我要马骑，好吗？"复生子笑了笑，咬了咬嘴唇说："好的。"

石振铎问龙书金："伤口没复发吗？"龙书金不以为意地说："常复发，复发我也不怕，我能坚持。"石振铎说"一个英国叫傅拉明的人发明了一种很神效的杀菌药，原名叫潘尼西林。在欧洲战场救了不少伤兵。二战结束后，以后也没有伤兵了，估计这种药很快能来到中国，说不定在缅甸的远征军伤兵已经用上了这种药。只要我弄到潘尼西林，就给你送去。"

已经到了晌午，龙书金问王兴扬："今天中午吃什么？"李平凡向前说："饭已经准备好，龙师长在这吃吧。"龙书金高兴地说："有我的份我当然愿意陪大叔、大婶、弟妹吃顿团圆饭了。感谢大叔为抗战出了大力气……""平凡呐，你做的什么菜？我听听。"李平凡说："有两盘炒鸡蛋、两盘豆腐粉皮、两盘白菜粉条，就是没买到肉。"龙书金说："我的伙房今天炖了一只老母鸡，叫警卫员去拿，再凑一个菜。"

大家一面吃一面说一面笑。最快活的是龙书金，他用欢笑表达对恩人的感谢，他的欢笑不仅给大家带来无限喜悦，还给大家了解英雄人物精神世界的机会：乐观、无私、坚韧、忠诚、朴实无华。

七师开拔前一天，复生子跟大人们商量说："李平凡指导员跟时政委一样，是个正派人，是老师、领导又是朋友。可惜他患有心脏病，怕冷。我准备把邢教导员、刘淑英给我的那身毛衣留给他穿，作为纪念。"全家人当然同意。

复生子带着那身咖啡色毛衣来到李平凡住处，说："李指导员，俺娘又给我织了一身厚毛衣，我怕长途行军东西太多，背不动，我需要轻装，刘淑英给我的这身毛衣就先放在你这儿替我保存着吧。"李平凡又抿着嘴笑眯眯地说："让你爷爷稍回家保存不更好？"复生子说："爷爷有毛衣，还有皮衣，他不愿给我保存。""小石，我知道你话里有话，其中有圈套。"复生子没办法，只好说："你也知道，我爷爷是医生。我曾把你的健康情况详细地介绍过，爷爷说你的病怕冷，是爷爷叫我把毛衣送给你的。"李平凡很感动："小石，我收下了。你的友谊比这毛衣更温暖……我一贫如洗，没有可纪念的东西送给你，我和舅舅最后一张合影送给你留念吧……"

1945年10月6日，山东八路军第七师三个主力团自乐陵北征，由徐斌洲、郑大林率领一个警备旅随后跟上。

1938年9月7日，肖华带领不到两百多名红军战士走进乐陵县城时，其中包括龙书金、周贯伍。在这里建立了山东第一个抗日县政府。整整七年后的今天，一万四千子弟兵又从这座县城走出山东，他们又将对历史做出怎样的贡献呢？

乐陵人民夹道欢送子弟兵向大城市进军。墙壁上、电线杆上都贴着统一的标语：欢送子弟兵向大城市进军。标语内容耐人寻味，没说明向华北，还是向东北大城市进军，反正这两大地区都有大城市，任人猜测。稍有头脑的人，根据每个战士驮着的棉被、棉袄、棉裤，还有背包下的两双棉布鞋就能猜出是向东北大城市进军。华北的北平、天津时下还不需要穿棉衣。不过一般人也不猜，猜也猜不透，任由这支军队愿意向哪儿进军就向哪儿进军吧。

行军时间与抗战时期不同，都昼行夜宿，每天徒步七十华里。上午行四个小时，下午四个小时，中间各休息十五分钟，中午停下吃一顿饭。在山东境内沿途各村都摆好开水及梨、枣等各种水果，各村组织了高跷队、花棍队等表演。路旁人群都喊着同一个口号："欢送子弟兵向大城市进军。"

七师越过津浦铁路，进入冀中军区，就没有山东味了。开水、水果、表演队统统销声匿迹。在六日出发的这一天，石振铎一家站在城头人群的前面，与复生子告别，先路过的是师首长，他们牵着马步行，规定有欢送群众的时候不许骑马。第一个是杨国夫，第二是龙书金，第三位是刘其人，第四位是参谋长闫捷三。当龙书金发现人群中的石振铎一家，快步向前与他们话别。杨国夫、刘其仁与闫捷三心想：这准是龙书金的老房东。司令部后面是政治部，再次是供给处，最后是卫生处。马克辛也走过来与石振铎握手话别。复生子驮着棉被、毛衣、棉袄、棉裤，像小毛驴一样过来跟亲人们告别。八只眼睛相对无言，只有以泪洗面。

石振铎为了缩短痛苦的过程，赶着复生子快走，免得掉队。复生子三步一回头，五步一转身，直到视线模糊的时候，他回转身子朝南，双手拱成喇叭状，靠在嘴边喊："爷爷、奶奶回家吧！娘，回家吧！"喊得撕心裂肺，旁边的战士听了有的偷偷地抹着眼睛。亲人的爱，保佑着初生的牛犊，今生今世永远远离厄运。

师政治部主任徐斌洲随同旅长郑大林跟警备旅殿后。在行军北上期间，由保卫科朱科长暂代理政治部主任的工作，安传统习惯，机关中最重要的科是组织科，可是组织科的冯科长年龄较大、性情优柔寡断，因此政治部主任的代理职务落在态度威严、行动果断、眼光锐利、浑身霸气的朱科长身上。在第二天行军集合的时候，他来卫生处与马处长商量："能不能为政治部派个保健医生，随时给首长们服务？马克辛反应快，他说："大病由我看，小伤小病有个卫生员就可以了。"朱科长说："小卫生员也可以，有事他好和你联系。"马克辛马上把石鸿儒叫过来说："行军期间，你临时去政治部负责一般保健工作，有事与我联系。"

朱科长望着石鸿儒，说："小家伙多大了？"马克辛连忙说："十五岁，不过别看他是全师年龄最小的战士，他可是我们卫生处的秀才啊。文化底蕴扎实！"朱科长犹豫了一下，最后还是说："好吧，我把你的秀才领走了。"

朱科长领着小石由卫生处的队列插进政治部的队列，他与总务科科长王诚见面后说："我给你总务科领来一个小卫生员来，好为长途行军做保健服务。"

就这样，既没下调令，也没转档案，又没有欢送会和欢迎会，小石五分钟之内就从卫生处被调到政治部。总务科除王诚外，还有指导员于洪波、印刷股长李明、刻钢板字的小马与小高，还有理发员小徐。小徐是首长们的专职理发员，以保证首长的安全。

王诚的脸庞黑得发亮，两只眼睛炯炯有神，很精悍。政治部办了一份不定期出版的油印报，称之为《前线》。每次出版前，宣传科长戴夫常来总务科印刷股，校阅蜡纸上的文章及电讯稿。戴夫是苏北口音，总是笑眯眯的，挺和气。他喜欢交谈，美中不足的是生活邋遢，他的军帽周边，乌黑锃亮，像炸油条的人一样。由于帽子乌黑，显得两排牙挺白。

宣传科的孟干事也常来印刷股替戴夫校稿。他衣着不修边幅，谈吐不凡，身上透露着一种浪漫文人的风度。

联络科长姓白，不大说话。对人态度冷淡，整天像是有什么心事。

民运科长姓孙，身材魁梧，面白体胖，大家都说他长得像唐僧。孙科长性情随和，好多说话。

六位科长行军都有马骑，除总务科长属于营级干部外，其他科长都属副团级干部。和抗战时期有所区别的是，现在营级干部待遇有所提高，配有骑马，但伙食仍与士兵一样。

政治部前头是师部，骑马的有杨国夫师长。他面部黝黑而缺乏表情，其实性格很温和。杨师长是秃子，安徽霍丘人，四十岁。长征前在红四方面军任团长。

第二位是龙书金，三十五岁，湖南人，是林彪、陈光、肖华的老部下。他性格乐观，深得战士们喜爱。

第三位刘其人，山东荣城人，1937年12月在胶东天福山参加起义。刘其仁较年轻，二十九岁，大眼睛、白皮肤像个书生。

第四位是闫捷三，四十岁，小个子、近视眼，他平时性格沉闷。遇到欢送群众时他时时摘下眼镜，礼貌地向大家示意。作战科崔科长是个近视眼，脾气温和，语调缓慢。他个子挺高，坐骑却矮小。侦察科车科长，平时风风火火，军风纪也不整齐，好像屁股后面总是有追兵似的。

纪要科韩科长性格文静，即使火上房也不着急，走路迈着八字步。

供给处的钱处长是江西人，红军战士，参加过长征，跟绝大多数长征干部一样没文化。他平易近人，跟农民一样朴实可爱。全师文化最高的是马克辛处长，再没有第二位大学毕业生。师部及政治部的科长们少数人是高中生，毕业的少，肄业的多。多数人念过初中或小学。

以上提到的中层干部多数是山东人。其中只有三位是外省人。一位大学生马处长，一位是长征老红军战士钱处长，一位戴科长。在师、旅级的干部中，都没经过军校训练，一律是穿上军装的农民，在战争实践中锻练出来的，所以称之为土八路。与国军不同，国军高级军官文化程度较高，上将以上的高级军官多数是保定军官学校或日本士官学校毕业。中将以下军官多数是黄埔军校毕业或中央陆军大学毕业，少数毕业于西方高等军校。因此国军的军事技术训练明显好于共军。共军除了跑步、投弹外几乎没有任何技术训练，甚至拼刺训练也很少，更不用说射击技术了。这与指挥员没经过军事技术系统教育有关。

第七师是八路军正规部队，了解了七师的组织、文化、战斗情况，等于了解了全国正规部队的概貌。所不同的是，该师十九团原为直属团，在杨国夫、郑大林的指挥下，经过利津城、田柳庄据点及商河城的攻坚锻炼，娴于爆破术，因而在攻城夺寨方面闻名遐迩，令其他部队望尘莫及。

行军第四天，在沧县与青县之间越过铁路进入冀中军区。越过铁路不久，经浮桥渡过运河。在这之前，小石对运河的想象是一条波澜壮阔的大河，没想到是三五步就迈过去的一条小水沟子，他大失所望，所庆幸的是河水还是流动的，还没变成臭水沟。儿时的许多想象，创意无限。如根据孟姜女的故事想象得长城像阎王殿一样阴森；根据阿房宫赋想象紫禁城是在虚无缥缈间。但亲眼见了长城与紫禁城，幻景全灭。

令小石大开眼界的莫过于白洋淀。由于今年雨水充沛，白洋淀及其周围河道水势泱泱，部队以船代步。四五十人乘一只船，在白洋淀芦苇小径中蜿蜒穿梭。八年抗战中，这片无边无际的芦苇丛是自然的绿色长城，像黄河口的大片荆棘丛一样，为打鬼子立下军功。

经过一天漂泊，部队由白洋淀到子牙河。傍晚在天津西胜芳镇上岸，部队在胜芳休息一天。胜芳又叫小天津，这儿是内河港口，经济繁荣，街道宽畅。房子全是瓦房，比山东济宁、德州两城还大，但没有城垣。民宅有电灯，已具有现代气氛。在乐陵出发时的口号是向大城市进军，胜芳距天津只有一步之遥，是向天津进军，还是向北方相距不足三百里的北平进军？战士们都在猜想。

部队又开始行军，行军时间由白天改为夜间。为什么向大城市进军不在光天化日之下，而选在月黑风高的夜间呢？天真稚嫩的战士们摸不清头脑。一个夜晚，部队穿越平津铁路，铁路旁的高压电线杆是高大的水泥柱子，北面的北平、南面的天津灯火辉煌，很有大城市的气派。在通过天津北郊永定河时，在桥头上有美国海军陆战队站岗。两个年轻的美国士兵向同样年轻的八路军战士友好地打着招呼。在抗日战争中，美国与中国士兵的鲜血融合在了一起，可美国士兵从未见过八路军是什么模样的，八路军士兵也没见过美国士兵的风采。双方士兵好奇地而友好地睁大眼睛注视着对方，可惜夜间太暗，视线模糊。这次中美士兵在永定河上的邂逅与苏美士兵在易北河上的会师气氛不大一样。那是胜利前的会师，两军友谊达到高峰。今天，在永定河上的邂逅是在胜利之后，友谊开始淡漠，因为胜利前的盟友需要团结一致打败共同的敌人，胜利后的盟友千方百计再把盟友还原成敌人。这样，政治家们永远没有失业之忧。

部队过了永定河跨过铁路继续向东北行进，距天津、北平越行越远。北平、天津的灯火越来越暗，战士们进军平津的幻想随着灯火的黯淡而破灭了。

10月21日，七师由冀中军区到达冀东军区玉田县休息两天。大家好好整理卫生，治疗脚底板上的水泡，抓紧时间休息，准备继续向大城市进军。刚吃过晚饭，一道战争动员令下来，通知部队明早六点吃饭，七点行军，跑步进驻山海关，因国军杜聿明率领十三军与五十二军今天在秦皇岛登陆，去山海关的正面道路已被阻断，只能绕道九门口出关。这样，挺进东北的秘密完全公开。

多数战士脚底都磨有水泡，许多人有两三门炮（泡）。小石也不例外，他也有两门。司令部政治部的战士们伸出脚丫子求他治泡，他就不厌其烦地给大家抹碘酒，别无他法。石鸿儒让大家每晚烫脚，水泡不要穿破以免感染。

九门口在山海关的西北约六十里处，在两座高山之间有一南北通道，就是山口。东西两山之间相隔三十米，山壁陡峭，像刀切一样直上直下，壁高约九十米，山口中间修一个城门楼，两侧连接长城，城门外面包着铁皮，里面是木头制作的。虽然九门口的凿通是个巨大的工程，在古代既没有机械又没有炸药的原始情况下，用手工凿开大山口，不知征调了多少石匠，要耗费多少年的时间尚能完工，又不知多少人为之伤残亡命。所谓苛政猛于虎，九门口可以见证暴政的残忍以及蒙恬的暴戾。

出了九门口，等于来到塞北关外。部队沿着燕山北麓崎岖的山道向东南行进。下午进驻山海关，又由天下第一关的城门楼下进入关里，因为山海关的市区在关里。

二十一团驻防在一夫当关、万夫莫开的九门口。二十团与冀热辽军区原防守山海关不到两千人的十九旅驻防山海关西面，构筑工事并占据山区制高点。十九团作为预备队。

七师于10月24日进驻山海关。11月8日杜聿明率国军第十三军与五十二军开始向山海关进攻。抗战结束后，这是国共双方正规部队打内战的第一仗，也是东北逐鹿的开始。战斗开始前，七师的装备均更换为日式武器，并重新装备上迫击炮、重机枪、日本皮棉鞋、皮帽子、皮大衣等。由于双方由外战乍转为内战，战士们在心理上有诸多不习惯。双方在白天停战，枪炮声全息。每到晚六时，红红绿绿的信号弹像萤火虫一样满天飞，枪炮声不断。早晨六点钟又停战。像小孩子过春节放鞭炮般的战斗虽打了半个月，双方均无伤亡。每天晚饭后，小石同众多小战士登上天下第一关城楼，观看城西的五彩缤纷的信号弹，就像当今10月1日人们登上天安门城楼欣赏烟火一样，心里根本没有战争这回事。这是双方官兵的真实心态。中共中央决定派遣十万山东八路军、十万干部进驻东北。为了掩护这二十万人顺利到达东北，命令七师在山海关坚守一个月。9月中旬，中共以彭真为首率领一批政治家首先来东北组成东北局，其中有彭真、陈云、高岗、张闻天四位政治局委员及十六位中央委员或候补委员共二十人。人数之多可组建两个班，好像将在东北建立另一个党中央似的。其他一级军区只设一两位中央委员，没有政治局委员。

来东北的政治局委员占七大十三位委员的三分之一，中央委员占百分之二十三，候补中央委员占百分之十九，可见中共对东北的重视。军队是原红一方面军或八路军一一五师的原班人马，也就是只要山东八路军，其他军区曾与一一五师有渊源关系的少数部队也要，但不要红二、四方面军或抗战时期的一二零及一二九师的部队，可见军中有明显的山头。在主要领导人中有刘少奇好友彭真；有毛泽东嫡系的林彪、罗荣桓；有周恩来好友李富春，还有三大派之外的无派人物高岗与陆云。共产国际派的张闻天虽身为政治局委员，身边还得有个与他同级别的小旅长"帮助"他。

抗战结束时，山东八路军组建了八个正规师，调往东北六个另加二十个基干团共六万多人。滨海军区的一师、二师、万毅支队、渤海军区第七师另加一个警备旅，经陆路挺进东北。鲁中军区的第三师及一个警备旅、胶东军区的第五、第六师经海路挺进东北，其中五师的第十三团及六师的十六团第一营是胶东军区司令许世友最钟爱的部队。因许世友不去东北，他用狸猫换太子的办法把全军区战斗力最强的四个营留下，又补上其他非主力部队充数。调往东北的还有新四军黄克诚率领的第三师。该师有七、八、十旅及一个独立旅另加三个特务团共三万多人，与山东八路军共十万多。新四军三师调往东北是根据七旅是一一五师三四三旅打平型关的六八五团，再向上追溯是红一方面军林彪的红一军团和陈光的红二师；再向上追溯是叶挺的独立团。八旅是一一五师三四四旅的一个团，属红三军团。黄克诚又是红一方面红三军团的干部。抗日战争中，三师是在苏北活动，但受一一五师陈光的领导，调往东北也是理所当然。三师也是由陆路出关。

林彪为首率领一批高级将领于十月上旬由延安抵达山海关。其中包括陈光、肖劲光、邓华、江华、李天佑、聂鹤亭等七人，另外还有从山东、苏北来的罗荣桓、黄克诚、洪学智、刘震、赖传珠、韩先楚等。

目前进驻东北的十万共军是由原一一五师一万五千人发展起来。林彪只当了半年的师长就负伤卸职，也就是说八年抗战只参加了半年。陈光接替林彪指挥一一五师五年半发展到今天二十七万主力，其中调来东北有六万多，留在山东还有二十一万。陈光的许多优势是林彪所不具备的。陈光对这十万大军的各个师、旅、团的装备、特长、战斗力、战绩、历史演革等了如指掌；对十万大军的师、旅、团长的面貌、性格、战功、专长、指挥能力、文化程度、家庭、阅历、负伤次数甚至负伤地点均耳熟能详。这是林彪无从掌握的关键资料。林彪抗战八年有七年半没指挥战斗了，陈光在这八年中出生入死，创造了许多游击战经典战例。

外科医生一个星期不动刀，再手术时手指就发颤，内科医生两周不开方见了病人就打憷。林彪八年没指挥战斗了，目前突然指挥十万大军作战难道他手指就不颤？心不打憷？他不是神仙，而是个普通人。他无法抗拒人的共同心理和惯性。

不管林彪心里有什么小小九，不管陈光目前的政治处境如何，指挥东北十万大军非陈光莫属，还得请陈光帮忙，别人无能力，所以林彪把陈光带来东北。其实陈光是林彪的老朋友、老战友，又是救命恩人。当然林彪还想到罗荣桓，虽然罗荣桓身居中共七届中央委员的要职，但他是政治工作人员，在军事上没什么特长。黄克诚、肖劲光、程子华是候补中央委员，但他们的阅历不是与一一五师不沾边，就是职务偏低，从而不掌握十万大军的方方面面，而且军事才能、战功也无法与陈光相提并论。

根据实用主义，林彪把陈光放在东北战场第一线指挥，借此给自己腾出熟悉十万大军的时间，及适应相隔八年的战争生活，唤醒久已沉睡的战争思维。林彪有自知之明，他率领过红一军团只有三万多人，对目前驾驭十万大军有些困难，这必须有一个适应过程。陈光在山东指挥七个教导旅，另九个支队，相当于十六个旅，十三万人。他指挥目前自己的十万老部队就驾轻就熟了。所以林彪一行来到山海关后，他第一个战争布局是把陈光放在内战一触即发的山海关。

陈光像站在十字路口的交通警察，指挥着来东北的各路大军，同时又是守门神，站在东北的大门口——山海关，邪魔歪祟免进。林彪心里踏实了，他搭乘火车远去锦州及沈阳。

赵云的到来给诸葛亮解了空城之险；七师的到来给陈光解了无兵之急。本来陈光对下级态度严肃，但这次对七师的负责人和言悦色，有说有笑："你们来的正是时候。我在山海关正唱空城计哩！只有十九旅一千多不会打仗的新兵给我壮胆，他们还是拉着架子，随时开小差……"他又问站在他面前的杨国夫、龙书金："你们的十九团擅长攻坚，二十一团善于野战，哪个团善于阵地防守呢？"看来陈司令心情不错。杨国夫回答："报告首长，咱们八年抗战的军事思想是能打就打不能打就走，哪有阵地防守这一说呀？"龙书金这时哈哈大笑起来，笑得陈光也跟着咧开了嘴。陈光说："二十团应训练成防守团，现在时代变了，军事形势不同于抗战，要准备打阵地战。今天把二十团放在首当其冲的阵地上，锻炼锻炼他们。如果你们有一个团善于攻坚，一个善于野战，再加一个善于阵地防守，七师就变成十万大军的铁拳头！"杨国夫与龙书金几乎同时回答："我们一定完成首长的教导，把七师炼成铁拳头！"

山海关的11月已天寒地冻。立冬前后开始飘雪，室内火墙子烧得挺热，室外已是零下十度。室内外温差很大，使人易感冒，特别是南方人，更难适应东北的严寒。陈光咳嗽、有痰、发热已两天，这可急坏了七师首长。经马克辛检查，陈光体温达39.5度，咽喉红肿，双肺呼吸音粗糙，右肺下野有湿罗音。肌注诺瓦尔精、静脉输入生理盐水，口服阿斯皮林治疗无效。

马克辛给首长诊病或给女性检查都带上小石，为了有法律证人。现在面对首长的高热不退束手无策。陈光在山海关的位置极为重要，是前线总指挥，又不能离开阵地转到锦州或沈阳治疗，马克辛急得直搓手。

小石悄悄地凑到他跟前问："马处长，司令能吃中药吗？六小时就能退热。"马克辛听了眼睛一亮。

这时龙书金在一旁问："复生子，你刚才说的什么？你有办法吗？"马克辛马上代小石回答："小石问陈司令能不能喝中药，六小时就能退热。"陈光极力提高音量说："我信，我小时一喝草药就好。小鬼，你会开方？"龙书金抢着回答："复生子家四代名医。这孩子很有文化底蕴，我的伤就是他爷爷给治的。"陈光听了仔细打量着面前的这个小战士，问："小鬼，你说说用什么方药，说给我听听。"

小石号完脉，看了看舌象说："根据近两天的症候，该用麻杏石甘汤合犀角地黄汤。"陈光说："我看行，我懂点中医。你说的有道理，开方，快去买。"

小石开了方，又和龙书金、马克辛，还有一位秘书一同去中药店买回中药。

小石负责煎药，上午十二时服第一煎。服药前病人体温是39.2度，到了晚六时服下第二煎。服药后体温为37.7度，咳嗽明显缓解。第二天，陈光体温恢复正常，又服了一剂巩固。第二方减犀角、赤芍改白芍。到了傍晚，陈光感觉有了食欲，喝了牛奶，吃了两片面包。陈光的体温在下降，而山海关的内战热度却继续升高。除了山东的十万八路军主力开来东北以外，中共延安各机关只留下五位常委，其他全部人马迁来东北。东北已变成中共的生命中枢。山海关是生命通道的大门。杜聿明登陆秦皇岛的二个军欲关闭这扇大门，陈光命令七师保护大门不让关闭，于是双方绾起袖子厮打。

　　秦皇岛相距山海关三十华里，国共两军在这个狭窄地区为政治家的野心拼命流血。国共两党领袖都相中了东北，就像两个色狼同时相中一个美女，互不相让。十三军与五十二军为一方，七师为另一方，双方都为色狼而战，所以两军士气低落是不言而喻的。

　　为什么毛泽东不调动与东北只有一步之遥的华北聂荣臻部进驻东北，而偏偏抽调千里迢迢的山东与苏北共军呢？这是毛泽东的宗派山头主义作怪。聂荣臻麾下的冀东军区与冀热辽军区毗邻东北重工业区辽宁省。两个军区的部队在二十四小时之内就可进入辽宁省，三天可到达锦州，十天可到达沈阳，既方便又捷径。如果命令华北聂荣臻部捷足先登，首先拆除天津到的山海关的铁路，再派兵守卫秦皇岛、葫芦岛及营口，可事半功倍，国军将得不到进军东北的滩头堡，那也将会促使毛泽东提前夺取全国政权。但毛泽东宁愿推迟胜利，也要千方百计把自己的嫡系调入东北，他害怕一旦聂荣臻把东北抓到手，东北将成为周恩来的天下。这样，嗜权如命的毛泽东不但手里抓不住枪杆子，在政治上也得靠边站。尽管华北聂荣臻部进入东北对中共革命有百利而无一害，毛泽东宁要百害也得把自己的嫡系从遥远的地区调入东北。

　　毛泽东不仅不让聂荣臻部队调进东北，而对山东军区调进东北的高级将领也有不可告人的猫腻。山东有五个二级军区，调进东北部队最多的是胶东与鲁中两军区，则两个军区的司令员许世友与王建安没调来东北，只有两个军区的政委、副政委、副司令员罗舜初、吴克华、莫文骅、彭嘉庆、胡其才等跟部队来东北，渤海军区司令杨国夫跟部队也同来东北。原因是许世友与王建安是红四方面军张国焘、徐向前手下的军长，级别与红一方面军的第一军团长林彪相同。担心林彪镇不住他俩，就把这两颗钉子留在了山东让陈毅、粟裕碰。至于那帮政委、副政委、副司令都是毛泽东红一方面军的嫡系，把他们调来东北顺理成章。

为什么杨国夫与胡其才也是红四方面军的人能调来东北呢？原因是他俩为红四方面的团长，级别比林彪矮两级，不敢不听指挥。以上山东军区高级将领的安排是在毛泽东授意下的罗荣桓决定的。宗派山头在毛泽东的脑子里根深蒂固。

第十七章　国共两军逐鹿东北

　　我国各区域的历史地位随着经济兴衰而转移。唐朝以前，以农业经济发达的黄河流域为历史文化中心，黄河流域又称中原，历代军阀、政治集团、农民暴动都争夺中原。所谓中原逐鹿，谁得中原这只鹿谁坐天下。唐朝以后，经济中心转移到长江流域，又以苏州、杭州、徽州为代表江南地区成为我国的中心。二十世纪上、中叶，东北是我国经济中心。由于抗战胜利前日本帝国主义的掠夺、战争期间苏联帝国主义的抢夺及建国后国营垄断经济管理的僵化、文化教育落后，又加没有长江大河，缺乏水资源等几个先后天原因，东北经济中心的地位昙花一现，转瞬消失。

　　现在的经济带是黄金海岸及长江沿岸。我国金色经济带呈"T"字型发展，海岸为一横划，长江为一竖划。西欧经济发达是因为西靠大西洋；东中国发达是因为东靠太平洋；美国东西两岸都发达，因为两岸都靠大洋。水，是经济的奶汁。

　　新中国成立前的东北，不仅包括东三省，还包括内蒙古的呼伦贝尔、乌兰浩特、通辽、赤峰等广大地区，总面积有一百五十万平方公里。东北地图形状像山羊头，又像没鼻子的大象头，辽东半岛像象牙。二十世纪中叶，东北经济在全国首屈一指，东北大平原是个大粮仓，大豆、高粱、玉米、春小麦、稻谷堆积如山；黑龙江、吉林的原始森林无边无垠，有无穷无尽的煤碳，有像蜘蛛网般的铁路，有哈尔滨、长春、沈阳、大连四座美丽的大城市，又有旅顺、葫芦岛不冻军港。辽宁省的工业好于二战前的德国鲁尔区，沈阳为机械与兵器制造中心，东邻一百多里是煤都抚顺、东南一百多里是煤铁之城本溪，南邻两百里是钢都鞍山，再往南四百里是天然良港大连与旅顺，西南五百里是稀有金属之都杨杖子、西邻两百里是第二煤都阜新。辽宁省良好的工业布局全世界少有。以后又发现盘锦油田，更给辽宁省的工业锦上添花。

　　仅凭辽宁一个工业省的工业生产，中国就有资格被选入世界工业强国之列，更何况东北还有比工业资源更宝贵的三千多万人力资源。百分之七十五以上的东北人是山东移民或其后裔，辽东半岛山东后裔占95%以上，他们的口音都与胶东人完全一样。东北人与山东人相仿，人高马大、性格豪爽、吃苦耐劳、坚忍不拔，他们不仅是工、农业生产优秀的劳动力，也是将军们求之不得的好战士。根据以上经济条件，传统的逐鹿围场，由中原移往塞外。国共两军决战东北，待看鹿死谁手。

东北三年内战中，共军的后方基地是黑龙江省，国军是辽宁省，吉林省是双方争夺的焦点，是东北的主要战场。黑龙江虽不如辽宁工业发达，但地域辽阔，面积相当三个辽宁省，而且北靠苏联东临朝鲜，西依外蒙，政治环境安全，能得到苏联秘密支援，例如汽车、汽油、日式重武器等。

辽宁基地虽工业发达，但苏联以战胜国的姿态对机器、钢铁、稀有金属、煤炭、粮食、牛羊、羊毛等进行无止境的掠夺，使辽宁及全东北的工业名存实亡。辽宁省已失去工业基地的作用。对辽宁国军威胁最大的是辽东半岛驻有十万苏联红军及太平洋舰队，中长铁路中苏共管，苏联有运兵权，各大城市有苏联领事馆，有众多苏联侨民及谍报人员。国军运输路线漫长，由于大连被苏联占领，海运只能靠小小的秦皇岛港。山海关人常说："里七不够七，外八一千一。"意思是由山海关到北京不到七百里路，到沈阳是一千一百里。在漫长的铁路线上，要占用几个军的力量保护其畅通，否则西满军区的共军对这条狭长的走廊进行破坏，辽宁国军四面受敌。北面是北满军区十万共军；西面是西满军区与冀热辽军区六万共军；东面是东满军区六万共军；南面是苏联十万红军，只有西南一条北宁路为通往华北的通道，又有随时被截断的危险。国军在辽宁没有安全可言，随时有交通被断与腹背受敌的可能。同时占用大批维护交通、保卫城市的部队，这就减少了机动部队的数量。杜聿明在东北的军队数量不少，但打起仗来捉襟见肘，深感力量不足。国军还有一个无法弥补的弱点，士兵都是华南亚热带人。远征军在缅甸受四十五度高温煎熬，还可勉强忍受，但来东北受零下四十度冰冻就难逃活命了。他们不适应在寒带的东北作战，很可能重蹈拿破仑、希特勒兵败莫斯科覆辙，严寒是老天赐给共军最厉害的秘密武器。恰好林彪部队大多为山东人，山东人适应东北的寒冷，同时，他又住在苏联四年，接受了库图佐夫、朱克夫在冬季攻势中对寒冷武器的娴熟用法。东北国军既不占天时，又乏地利，共军的条件恰好相反。以后的战争史表明，以上所述各点并非纸上谈兵。

山海关像小孩子做游戏般的战斗继续进行着，断断续续打了半个月。在这半个月内，山东的十万八路军及延安的数万干部加快了行军步伐，绝大部份已出关来到东北，少数行动迟缓的部队与干部，途经烟台，由海路来东北。原红一方面军或原八路军一一五师的部队只有杨得志、杨勇的路途较远，在晋冀鲁豫军区出发，失去通过山海关的机会，被隔在晋察冀军区。纵队司令杨得志被他的老领导聂荣臻留在晋察冀工作，部队由苏振华带领重返晋冀鲁豫军区。

国军十三军与五十二军在秦皇岛已安营扎寨。战斗已持续了半个月，1945年11月15日杜聿明率六万大军向山海关猛攻八千守军。16日拂晓，七师撤出山海关，撤出之前，石鸿儒几乎每天都要登上天下第一关城楼瞭望大海，晚间欣赏西方天空绚烂多彩的信号弹。他认为德县大队四个侦察员追击土桥突围的汉奸、德州县大队开辟吴桥、长山县大队与敌遭遇战、攻打田柳庄及商河城才是真实的战争，目前国共两军是玩猫与老鼠捉迷藏的游戏。

15日夜，突然间，杜聿明几十门大炮雷鸣般的轰击并没影响小石，好像中国人的大炮不会打伤中国人。拂晓时分，政治部突然紧急集合，部队走出天下第一关，朝东北方缓缓行进。越向东北，天气越冷，早晨没吃饭，肚子里没食，更觉寒冷难忍。大约七点钟，部队撤出山海关二十里路，停下来休息。司令部及政治部的人们坐在一土丘上的灌木丛旁，大家用疑的眼神望着站在大家跟前，正在仰头眺望西方山峦的杨国夫及龙书金，都想听听师首长对目前军事形势的解释。等了好长时间，杨国夫对龙书金说："西边山上的枪声不响了，可能二十团撤下来了。"龙书金点点头说："可能已撤下来了。"此后，他俩再没有什么话向大家奉告。同志们很丧气，平日性格活跃的刘其仁政委好多嘴，而此时，他和大家一齐坐在沙丘上沉默寡言。

看来行军的方向不会变，自乐陵出发后，一直继续不断地向东北行进。由西南而东北走向的北宁路变为七师的路标，永远按这条铁路的方向退下去。在乐陵城至玉田城，特别在白洋淀这段水路行军中，大家有说有笑，洋相百出。由陆路改为水路，由于环境的突然改变，战士们淡漠了思乡之情。宣传队大个子王兰馨队长诙谐的语言经常逗得大家捧腹大笑。在行军中，路旁有一个小庙，他给小庙拟了一付对联，上联是：别看俺庙小神小，你不烧香试试；下联是：给俺磕头烧香，保你财源达三江；横联是：吹牛不纳税。他还讲了个笑话："连长点名时，一个战士姗姗来迟。连长气乎乎地问战士：'你怎么才来呢？'，战士回答：'因为俺刚来嘛。'连长又问："你为什么刚来呢？'战士着急地回答："你看，这不是俺才来嘛。'连长一笑了之。"即使大家笑破肚子，王兰馨也故意紧绷着脸没有表情，他比幽默大师幽默多了。

在胜芳镇出发的时候，王兰馨站在队前说了一段山东快书。他手持半月形铜板，一面说，一面叮叮铛铛地敲着铜板："哎！说个大妮本姓王，穿了一身花衣裳。扭啊跩的去赶集，欢欢喜喜来到集上，她东也瞧，西也望，一块砖头绊了脚，一屁股坐在柿子筐上。卖柿子的掌柜着了急，说：'你这个大妮太荒唐，你往哪儿坐都不若紧，为啥偏坐在俺柿子筐上？烂了的柿子叫俺怎么卖？人家的柿子论个卖，俺的柿子得论碗量！'大妮不依也不让："你的柿子烂了不若紧，不该沾了俺的花衣裳。'"王兰馨的表演比他的说词更精彩万分，即使长年难得一笑的杨国夫也哈哈地笑个不停，龙书金的笑声就更加富有感染性了。

部队退出山海关后，欢乐的笑声再也不重现了。幽默滑稽的王兰馨队长像泄了气的皮球，再也没有令人开心的表演了。现在国共突然反目为敌，即使巧舌如簧、擅于强词夺理、习惯颠倒黑白的政治家们也无法扭转人心所向。人们即使口不敢言，心里却明白。所谓人心所向，并非是人口所说。在特定环境下，心与口并非一致。抗战的英雄们为打败日寇，曾殚思极虑地建起国际统战及国内统战。以宋美龄、周恩来的智慧能为国家制订出发展蓝图，迫使国共和平共处，促使国家恢复到唐宋时期的繁荣，那显得炎黄子孙多么荣耀，多么高尚！很遗憾，目前的局势双方像两个赌徒一样尔虞我诈。这大大损害了宋美龄、周恩来的美誉。

中国内战再起，根源在于长期的封建历史及其封建文化培育出来的两党领袖有关。两党领袖都没有接受民主文化的熏陶，更不懂科学技术。蒋介石崇拜王守仁、曾国藩两大封建人物的思想，还承袭了他们镇压人民起义的毒辣手段；毛泽东对中国封建历史典籍更是爱不释手，脑壳里装满帝王封建独裁及尔虞我诈，没一点现代文明思想。这两个人水火不相容，拼命争夺龙位，这是内战的根源。

历经半个月，捉迷藏式的山海关战斗很能说明两军官兵的思想状态。身为昆仑关胜利的指挥者、远征军的组织者、中国第一支装甲部队的王牌军长杜聿明，当今率领美械化装备的两个军六万人驻在秦皇岛，要歼灭山海关八千土八路，应该是小菜一碟。国军具有大后方供应，有后方医院，有精良武器，有八倍于对手的部队，而且训练有素。杜聿明又有大兵团作战经验，可是他并没利用这些优势，因为他也是中国人，也有中国人民共同的心态，对八路军，像花生田里的农民哄老鸹一样，赶跑了就算。

反过来也一样，陈光是山地游击战专家，擅长夜袭、喜用伏兵。他手有八千山东子弟兵，如设法把杜聿明的部队调动开，突然包围消灭其力单势孤的一股也不费吹灰之力。不过陈光也不忍下狠手。

杜聿明是国军将领少壮派旗手；陈光是共军的常胜将军。这两位各具代表性的军事人物的心态与全国人民及广大将士的心态一致：渴望和平。

坐在灌木丛旁的部队起立，大家不约而同地回头望望山海关，继续缓慢地向东北方向撤退。七师退得快，十三军就进得快；七师退得慢，十三军就进得慢；七师不退，十三军就停。这就是从山海关至沈阳这段一千里路的军事态势，谁也不想吃掉谁。这是一场不流血的战争。

部队行进到前所车站吃早饭，下午在前卫站宿营。十七日驻进绥中县，七师将尽快脱离这条狭长走廊。东面是大海，敌人的机械化部队一旦在西面迂回，七师将处于绝地。针对国军可能的迂回，七师三个团及李运昌的十九旅分为四个纵队齐头后撤，每个团相距约四、五华里。一旦有战斗，部队容易展开，可以互相接应，敌人难以插上包围圈。我军的退却不能称为胜利，可称为顺利。所谓未雨绸缪，对敌人可能的袭击必须有所周密的准备。

充其量杜聿明未必敢冒进，他很明白面前的对手是专打对方软肋的专家陈光。18日七师师部退至沙后所车站。19日驻进锦西。22日到达锦州。据大家分析，退至锦州不能再退了，在锦州与锦西之间，必然有一场争夺战。各部队都作了战斗动员，七师卫生处驻进锦州原日本陆军医院，准备接受伤兵。国军也作了进攻锦州的准备，双方在山海关打了半个月，在锦州至少要打一个月。

在这之前，国军只有十三军打先锋，目前五十二军也赶上来，两个军决心再与山东八路军在锦州决以雌雄。如果说山海关是东北的大门，那么锦州是二门子，换一个说法，山海关是东北的天安门，锦州是午门。进了午门就登堂入室进太和殿。锦州之战迫在眉睫，一触即发。

锦州地理处于兵家必争的咽喉位置是其一；其次它是晋察冀军区属下的冀热辽军区司令部所在地，像渤海军区一样属二级军区。军区司令李运昌坐镇锦州。可惜冀热辽军区的实力很小，部队不足万人。如果像渤海军区抗战结束时，连主力带地方部队已达五万之众，即使不用外援，也能保住东北的二门子。日本投降后，李运昌司令近水楼台先得月，接收了沈阳武器仓库，部队突然发展为四、五万人，都是新兵及伪满散兵游勇。山海关枪声一响，新兵都带着枪变成大股土匪或投降国军，李运昌一下子变成"空军司令"。山海关的十九旅所以编入七师就是怕他们叛变，否则李运昌是不会把十九旅给七师的。

在锦州打一次大战还有一个根据，中共派来东北大批政治局高官以及十万大军几万干部是有打算的。起初把调进东北的山东八路军冠名为东北人民自治军，以林彪为首建立了自治军总部，以后又改为东北民主联军及总部，这个总部与延安解放军总部同级别，具有独立性。当时有一种传说，延安共产党中央有意搬来东北的长春或哈尔滨，幻想在东北建立一个独立性的自治政府，成为事实上的独立王国。所谓东北人民自治军的名称就是为建立自治政府、自治邦而投石问路。以后东北内战打得如火如荼，这个美丽的政治幻想就随着形势的发展破灭了。把人民自治军、民主联军改称为人民解放军，把总司令部改为东北军区司令部、东北野战军司令部等等。

不管内战还是外战，一股脑地退却总不能算一件光荣的事，这对将士们的情绪很有影响。由山海关一溜烟地退到锦州的七师将士们摩拳擦掌要与杜聿明打一仗。当时的毛泽东也异想天开，命令林彪在绥中、兴城、锦州一线发动进攻，要一次消灭杜聿明两三个师，以确保东北。根据东北内战的初期统计，我军消灭敌人一万，要付出同样多的伤亡代价，如果消灭敌人三个师要付出三万人的伤亡，等于来东北的八路军减去三分之一。再说数万伤兵安放在什么地方？当时既无后方医院又无根据地。毛泽东的性格就是无视现实，习惯冒险，喜欢瞎指挥，不具有军事常识。一支长途跋涉几千里的疲惫之师，况且装备低劣，指挥不统一，却要去消灭缅甸战场上机械化装备的精锐之师，而且要求消灭三个师，这简直是痴人说梦。毛泽东认为国军主力军是纸糊的，一戳就碎。

长征中毛泽东的近十万中央红军到达陕北还剩七千人，若不是红四、红二方面军及陕北刘志丹及徐海东的的部队，试问七千的老弱残兵对一个国家而言，还算是什么样的军事力量？但毛泽东不接受教训，他想在锦州与绥中之间重演长征的悲剧。幸好林彪、陈光、黄克诚等这些身经百战的优秀将领执行将在外君令有所不受的精神，实施了实事求是的战略转移，宣布撤出锦州。撤退的理由很简单。第一，部队经数千里徒步跋涉，疲劳不堪；第二，武器装备太差，大部分部队仍是抗日时期的汉阳造武器，轻机枪都留在关内老解放区；第三，没有冬装，没有粮食；第四，没有野战医院，没有后方根据地；第五，没有兵源；第六，东北人民亲正统的国民党，远共产党，苏联红军在东北奸淫、掠夺也给中共造成负面影响；第七，东北八路军来自五湖四海，编制不统一，指挥不统一，电台密码不统一，无法进行战斗；第八，没有经济来源；第九，各指挥员之间、部队之间的关系还没有进行磨合，互相之间的配合不能得心应手；第十，也是最重要的一条，作为主将，林彪远离战场近八年，对自己的部队、敌方军队及其指挥员的特点很陌生，既不知己也不知彼，需要时间从头学习。在这十大不利条件下，毛泽东竟然要求林彪消灭杜聿明两、三个师，岂非打摆子说胡话？

林彪拒绝重蹈十万大军变成七千人的残局，决定撤出锦州，这是林彪为东北军区立下的第一功。在优势条件下，消灭敌人是功；在劣势条件下不被消灭更是功。

11月26日拂晓，七师撤出锦州。25日晚，把无能力搬运的汽油连同仓库一同炸毁。汽油桶的爆炸声响了一夜，熊熊大火照亮整个锦州城，全城军民一夜不得入睡。油库地处原日本陆军医院的东邻，七师卫生处的人员一夜更是叫苦不迭。

锦州前线双方力量对比人数相当，国方两个军五个师约六万人，共方有山东八路军一师、二师、七师、新四军三师的七旅、八旅、十旅、独立旅和三个特务团，相当于八个师，也有六万人。但在装备上国军为美械化，占绝对优势。在军官素质上、战争经验上国军均占优势，在缅甸与三十万日军打了三年，但国军对严寒环境的适应方面占劣势，他们多是两广、云贵人。林彪把大战时间尽量延后，等待寒冷武器的到来。

11月的锦州还没到滴水成凌的时候，说明林彪的秘密武器还仍需时日到手。七师撤离锦州城仍沿着北宁路向东北撤退。出城约十多里，从沈阳方向开来一队汽车，尘土飞扬。看样子不像国军迂回部队，因为只有汽车没有装甲车。师首长事先得到通知，当我军撤退锦州之时，一支苏联红军由沈阳重返锦州。之前因为山海关、锦州已被冀热辽八路军占领，苏联红军提前撤出锦州与山海关。目前锦州又将被国军占领，苏军又派一支部队重回东北的二大门----锦州。共产党总是偏向共产党嘛。我军停止前进就地休息。转瞬间二十三辆罩有绿色帆布车棚的载重五吨的汽车停在我军面前，红军战士下车与我军战士握手言欢，但谁也不知对方说些啥。苏军战士的步枪是圆弹夹冲锋枪，他们脚蹬高筒皮靴、身穿皮大衣、头戴羊皮帽，比我军穿得暖和又不臃肿。不过他们浑身散发出难闻的狐臭味令战士们忍不住捂鼻子。

一位约两米高的苏联红军战士笑着走过来，与小石比个子。小石刚到齐他的腋窝，苏联战士抱起小石打着转转，两个人咯咯地乐。苏联战士在地面上用手指写了一个数字：19，小石明白这是写的年龄，他也用手指在地上写了一个：15。红军战士惊讶地跳起来，向同伴介绍，面前这位小同志只有15岁。红军把小石围起来争着与小同志握手喧闹，一群不同肤色的小伙子正在忘情地交流时，军车内突然响起手风琴，车下红军战士们跳起了乌克兰舞蹈，两只手轮流捂着后脑勺，两条腿轮流一蹲一伸。这种舞蹈很累人，大家不断鼓掌欢笑。这支红军部队是一个营，营长是谢尔盖维奇大尉，哈尔滨人，说一口流利的中国话。与我师首长们见面很客气地致军礼，谈话范围只限于一般军旅生活，禁谈国际政治。谢尔盖维奇介绍，他这支部队曾保卫过莫斯科、解放过华沙、占领过维也纳、攻克过柏林。士兵已换过五茬，营长也换过六位。前五位不是牺牲就是负伤，他本身曾负伤四次。他在攻打柏林前提升为大尉，原属朱可夫元帅指挥的白俄罗斯第一方面军，现在属马利诺夫斯基元帅第一远东方面军。

刘其人政委向友军大尉简报了山东军区、渤海军区、第七师的简略军史。同志们对谢尔盖维奇大尉过五关斩六将的介绍兴趣已经不大，那是六个月前的已过烟云。大家最关心的是目前东北瞬息万变的军事形势与政治走向。民政科孙科长看了一眼刘其人，向苏军大尉提问，因谢尔盖维奇这个姓不好记，孙科长的舌头也拐不过弯来，他就简单地称其为大尉同志："你们苏联红军对目前东北国共两党的内战抱什么态度？保持中立，还是偏向我们一方呢？"谢尔盖维奇回答："我们红军全体官兵态度与斯大林同志一致，我们听斯大林同志的。"皮球一下子踢到了莫斯科，想了解实情还得进克林姆林宫问斯大林去。孙科长无言以对。刘其人当场批评孙科长："你所提的是眼前最敏感的国际政治问题。一个苏联普通军官能违背纪律瞎放炮吗？"孙科长脸红脖子粗，低下了头。

谢尔盖维奇命令红军上车，准备继续前进。行前，苏军大尉仍很礼貌地向师首长告别。两军都互相招手再见。苏军走后，刘其人生气地当众指着孙科长的鼻子训斥："你是个科长、团级干部，还不如红军一个大尉营长有政治水平。你提的问题又敏感又可笑！同是共产党，难道苏联不偏向中国共产党而向着国民党？岂有此理！今天我们两军邂逅的现场情况充满友好、热情，就足以说明问题嘛。他们遇到国民党部队，绝不会下车跳舞，很可能把手指扣在板机上。"像唐僧一样白面花生的孙科长臊得耳朵都紫了。

11月26日，国军十三军尾随我七师的撤退进入锦州。杜聿明占领山海关时并没大肆张扬，占领锦州的当天就声称国军攻克东北军事咽喉锦州城的伟大胜利，击溃共匪三个师，国军正追剿溃逃共匪残余。从国民党的谣言中可以体察到锦州战略位置的重要性。它确确实实是东北的二门子。

杜聿明占领锦州后，趾高气扬忘乎所以，便加快了进攻步伐，争取到沈阳过阳历年，认为共军只有招架之功没有还手之力。杜聿明兵分两路朝沈阳前进，西路是十三军，沿义县、朝阳、北票、阜新前进；东路是杜聿明亲自指挥的五十二军朝北镇、黑山前进，两个军如入无人之境，没遇到任何抵抗。

七师退到北镇。12月上旬，时令已是大雪。东北的天气已初露狰狞，大雪铺天盖地，气温零下二十二度。林彪盼望的秘密武器来到了，可是他胸肺受伤，遇冷空气就咳嗽不止，只能住在有火炕及火墙子的室内，出门就咳嗽。严寒对林彪是把双刃剑：在专业上帮他扬名天下；在身体上，催他沉病复发，所以部队还得由陈光帮他指挥。

为了弥补近八年对一一五师发展情况的生疏，林彪不断听取陈光对部队的介绍，由于他不断咳嗽，谈话时断时续。陈光介绍现在的师长是抗战初期的团长、副师长是营长、团长是连长。显然，对副师长以下的军事干部林彪就比较陌生了。抗战中，一一五师在山东建立六个二级军区，其中有四个是原红四方面军的干部任司令员，这是徐向前同志先期到山东带去的部分干部。红四方面军的同志很有军事素养，为山东根据地军事建设贡献了力量。对目前来东北的红四方面军干部应委以重任，并一视同仁，这对我东北的军事发展至关重要。来东北的部队都是一一五师的老底子，其中战斗力最强的是七旅与一师。七旅就是六八五团，一师是六八六团发展起来的。抗战期间，两支部队继承了红一军团与红三军团的战斗作风，能打、能冲、坚忍不拔、不怕吃苦不怕牺牲。美中不足的是杨得志与杨勇两支部队还没调来东北。即使大部队调不进来，二杨单身带一支警卫部队来东北也很好。如按战斗力进行分等级的话，第一级是黄师七旅、滨海一师；第二级是鲁中三师、渤海七师及黄师八旅；第三级是滨海二师、胶东五师、胶东六师、黄师十旅、山东滨海支队、黄师独立旅。抗战时期山东六个二级军区，其中以鲁中军区的力量发展最为强大，鲁中部队是由徂徕山起义武装发展起来的。当时鲁中军区有三个有利条件，第一个是山东省委的就近领导；第二个是王建安为司令、罗舜初为政委，两人能力强，配合默契；第三个条件是良好的山地环境，沂山、蒙山、泰山、鲁山都在鲁中军区。三师七团有一个"岱崮连"，1943年冬季反扫荡中有两千多敌人围攻岱崮，并用飞机火炮轮番轰炸。当时十一团八连有九十八名指战员防守，掩护主力及党政机关突围，坚持十八天，打退敌人多次冲锋，毙伤敌人两百余，然后胜利突围，全连仅伤七人、亡两人。这是个阵地防守战的典型战例，鲁中三师战斗力很好，王建安同志表现高风亮节，把战斗力强的三师派来东北，留下战斗力较弱的四师自己指挥。渤海七师也很好，这个师是由黑铁山、盐山农民起义组成的。这支部队擅长攻坚战，他们的拿手戏是连续爆破。胶东的五师战斗力也很好，本来与三师、七师处于同一水平。

五师在上船开来东北的时候，许世友把他心爱的十三团及十四团第一营藏起来，把四个独立营滥竽充数地塞进五师。幸好杨国夫也跟七师同来东北，否则他把他心爱的十九团也来个狸猫换太子，藏到渤海军区哪个旮旯里，那么目前七师的战斗力也就难入流了。

林彪对许世友的小心眼并不怪罪，他说："你我都酷爱一师、七旅，不是与许和尚同一心态嘛。"两个人开怀大笑，内向的林彪从没有如此开心笑过。两位生死与共的老战友自1928年湘南暴动以后在同一支部队相处十七年，难得像今天谈得如此开心。他们两个是自然人，没丝毫政治羁绊。笑着笑着，林彪又咳嗽起来。

陈光担忧地说："越往北越冷，越冷越咳嗽。还得想办法治治才行啊。"林彪叹了口气说："唉，没办法。在莫斯科冬天我不出门，室内暖气很暖和，温度调到二十二度与春秋气温一样。东北比莫斯科还冷，无法改变目前的环境。以后在军事工作方面多多提醒我，避免因身体不支出现纰漏。"

陈光突然想起了什么，眼睛一亮，拍了一下脑门，说："前些天，我在山海关高烧咳嗽，七师大个子马军医还是大学毕业，就是治不住我感冒咳嗽。他随身带的十四五岁的小鬼，开了三剂中药，吃了一剂六个小时就退烧了，两剂服完咳嗽停止。这个小鬼好像是马大个子的秘密武器，你不妨试一试。七师师部也住在北镇嘛。"林彪摇了摇头说："你陈光打仗好冒险，看病也冒险。十四、五岁的孩子会开方看病？我可不信。"陈光一听急着说："你不信把龙书金叫来问问。龙书金的伤是小鬼的爷爷给治的，小鬼是五代家传中医。据说这孩子不单中医自学得好，英文、国文、算学都好。"面对陈光的一片热心林彪不好再拒绝，他想了想然后点了点头："你可以把小娃娃叫来，我先试试他的深浅再说。我也信中医。不知为什么贺诚、王斌这俩人把卫生系统搞成了清一色的西医。中药又便宜又能治大病。"

下午，刘其仁、马克辛和小石来到林彪住处。火墙子烧得室内温度挺高，林彪还是穿着皮大衣，戴着口罩。陈光处理军务没在场。

林彪摘下了口罩，态度挺严肃地问："小娃娃会看病吗？"石鸿儒紧张地望了望刘其仁、马克辛。刘其仁微笑着对小石说："小石，快回答首长的问话。"小石回答："会看小病，不会看大病。"林彪问："怎么区分小病与大病呢？"小石响亮地说："病在表里为小病，病入营血为大病，病入膏肓为绝症。"林彪又问："怎样鉴别病在表在营在膏肓？"小石说："医生根据望、闻、问、切四个方法搜集到的资料进行综合分析就可以区别。再根据阴阳、虚实、寒热、表里八纲辩证，进行有的放矢的治疗。"林彪又问："你都学过哪些书？"小石说："主要是中医典籍；其次是诸子百家；再次是古文、诗、词，最后是数学英文。"

林彪在座位上坐直了身体，好奇地又问："你能背诵吗？""短篇的能背，长篇的背不过。像《黄帝内经》、《孙子》、《老子》以及《天方夜谭》的部份英文故事等，都能背诵。《伤寒杂病论》、《孟子》、《论语》背不全。"空口无凭，事实为证。为进一步试试小家伙的深度，林彪决定把自少年时代就背得滚瓜烂熟的几篇古文让石鸿儒背诵。他站了起来，问："背过《前出师表》吗？"小石也站了起来，摇头晃脑地背了起来，特别是背到"亲贤臣、远小人，此先汉所以兴隆也；亲小人，远贤臣，此后汉所以倾颓也"时，石鸿儒字正腔圆，声音铿锵有力，像吟唱诗歌一样，别有滋味。刘其仁插话说："你可以坐下背。"小石说："在家给娘、爷爷背书都是站着背，成习惯了。"他一直背到"当今远离，临表涕泣，不知所云"林彪点头说："一字不差！"又继续说："以后打完仗再背。今天请小大夫给我诊诊病。"

小石一面号脉一面问病情，了解了既往史再看舌象，最后他总结说："主证为肺气虚，慢性咳嗽咯痰，致使肺气耗散，肺阴亏损。肺恶寒，遇冷空气刺激肺气虚加重发展。治法宜培土生金为主，佐以补肺温阳。"林彪叫小石开个方看看，小石以小青龙汤化裁。方药为：

白术3钱、山药5钱、丹参5钱、桂枝3钱、干姜3钱、五味子3钱、细辛1钱、陈皮3钱、半夏3钱、桔梗2钱、甘草2钱。

林彪端详着处方问："慢性呼吸器官有病，补肺温阳可以理解，培土生金与肺虚有什么关系？"小石解释道："土是指脾胃及其功能；金是指肺。根据五行学说，土生金。举个军事上的例子，脾土就是大后方根据地；金是前方，先有了坚固的根据地，前方才能兵强马壮。"林彪问："咳嗽用丹参起什么作用？""任何治咳嗽的经方都没有丹参的记载，这是我爷爷的创意。用丹参后可缩短病程，提高治愈率。其机理是丹参对集聚在病灶周围的血淤、痰积、水滞进行化解，如同把敌人化整为零，各个歼灭。"林彪又问："你为什么把桔梗放在最后呢？它是祛痰止咳药，该放在君位上。""桔梗作为使药避免补药太过，怕有闭门留寇之嫌，桔梗既可疏散太过，又可致壅滞之肺气下行，起到上病下取的作用。"

林彪直视着小石轻轻点着头，隔了几秒才说："有道理。中医不仅仅是科学，还是哲学。去拿药，我吃！"林彪思量着："'培土生金'是总体战略，'化整为零'是灵活战术。治病与治军大同小异啊。如果孙子把'培土生金''化整为零'写进兵书里，他的兵法就更加熠熠生辉。目前陈光正对敌人做'化整为零'的策划。"

今天林彪与小石的谈话使他终日紧锁的眉头舒展开来。那张愁云密布的脸上露出丝丝阳光，这也兴许是短暂的。

林彪服了三剂中药，咳嗽神奇地嘎然而止，就像摁电灯开关一样，"咔嚓"一声闭上了。他又按着这个方连续吃了两周。

多少凶神恶煞似的高级将领见了林彪都战战兢兢，口欲言而喏喏，足欲前而趑趄。小石是初生牛犊不怕虎，在林彪面前谈笑自如，像跟老邻居拉呱一样。在小石看来，自己的顶头上司是马克辛处长或王诚科长，对他俩当然毕恭毕敬。林彪是杨国夫、龙书金的上级，他管不着自己，对林彪没必要唯唯诺诺。林彪也摆脱不了长年被扭曲的心态，即使是在最痛不欲生的时候，见了上级也得装出笑脸；正在心花怒放的时候，见了下级也得摆出冰冷的面孔。因此，官做久了，百分之百的人出现心理障碍、精神抑郁。

林彪也没把小石当成自己的下级，因为他的下级都是高级将领。他把小石当成童年的伙伴，坐在村外山麓下，讨论风筝的起落与季节、风力、风向的关系。石鸿儒的到来不仅为他解除了疾病之苦痛，也使他恢复了自然人的心态，这是意外的重大收获。作为长期政治人物，精神被压抑为畸型不足为奇。林彪获得了疾病与心理上的双重治疗。

杜聿明亲率东路五十二军沿北宁路向北继续推进，打算尽快进入沈阳。七师由北镇退到黑山，又由黑山退至新民。

政治部组织科有两个干事，一个叫李干，另一个叫李荣。他俩肯与小石闲聊。李干年龄大，有二十四、五岁，身材瘦小、黑脸庞，有两颗可爱的虎牙，两眼炯炯有神，他思路敏捷、巧舌如簧，活像个齐国黑晏子再世，他长着梆子脑袋，大家都叫他"李梆子"。

李荣较年轻，二十一、二岁的样子。他仪表堂堂一表人材，可是能力较差，既不能写文章又不会工作总结，说话也不得要领，工作不能独挡一面，好说低级笑话。

从北镇到黑山撤退的路上，李干与李荣陪着小石走了一路，也聊了一路。李干望着小石笑眯眯地说："小石这不成名医了吗？老给大首长们看病。""我是实实在在的小卫生员，哪谈上是名医？在兵荒马乱的年代滥竽充数吧。名医必须有发明、创造，有新建树，有论著，有科学成果。这些我一条都不具备，距名医还十万八千里哩。"李干说："你的药到病除，很受首长们的称道。令人惊奇的是医道高，年龄小。全靠书香门第、家承祖业，否则不会培养出这等优秀人材。祝你前途无量啊，继续努力！""多蒙李干事夸奖。"李荣说话阴阳怪气，但不含恶意，这是他对人亲热的另一种表现形式，他拍了一下小石的肩膀说："你小子架子好大哟，见了陈司令、林总不打敬礼，该处罚你。"小石一惊，没想到没打举手礼的事传出来啦，他说："我不打敬礼不是因为我架子大，而是我架子小。进首长的屋门，刘政委、马处长两个大个子在前面像一堵墙一样，我个子小在他们身后，即使打敬礼首长也看不见，所以就免啦。在平时，小兵见了首长一定打敬礼，我到首长那去可不是以小兵的身份去的，是请我看病的，哪有大夫给病人打敬礼的规定？"

小石的话把大家逗乐了，一时忘记了行军的劳累。政治部的每个人见了小石都笑眯眯的。各科长及干事们老远就亲切地喊"小石"，给他打招呼，小石整天也美滋滋的。但他又想，人们尊敬的不是他的躯体，而是尊敬爷爷及母亲积累在他脑壳中的知识。人的外壳大同小异，但人的内容却千差万别。知识就是美丽，就是名誉，就是财富，就是力量，就是体面。

七师走到了北宁路终端，现在的路标又改为中长路。军队继续沿着铁路向东北撤退，东北的寒冷名不虚传，没到过东北的人不知道寒冷的滋味。东北的雪是硬的，踏上去不会下陷。井口周围像冰山，越近井口，冰层越高，偌大的井口被冰缩小得仅能放进一只小水桶，人稍不留神就会滑进井里。整个东北变成一座大溜冰场。在行军途中，滑倒在地的人比比皆是，少数人摔成脑震荡。

杜聿明的部队由山海关到锦州没遇到像样的抵抗，现在又由锦州到达沈阳如入无人之境，一鼓作气占了近二十座大小城市。国军趾高气扬，不可一世，没把林彪部队放在眼里，目前致杜聿明大败的条件已经具备，一个是老天送来的寒冷；另一个是国军因胜利产生的傲气。第二次大战枪炮声刚刚结束几天，杜聿明已经忘记了平型关、台儿庄、万家岭甚至他亲手指挥的昆仑关大捷，这都是因日寇的骄傲轻敌才吃的大败仗。现在杜聿明又要重蹈日军覆辙。可见人类的健忘是一种流行病，千百年前的历史教训忘掉了还可以理解，忘掉眼前的历史令人百思不得其解。

　　部队继续沿中长路朝东北撤退，由新民城到了北郊的新城子、铁岭、米砂子。12月29日来到法库，在这儿过的阳历年。东北人民自治军改民主联军。法库为东北民主联军总部临时驻地。国军为了争夺工业发达的东北，于1946年1月，分别又从上海、南京、广州、越南等地乘坐美国海军舰船，陆续把新一军、新六军、七十一军、六十军、九十三军等五个军运到东北。其中新一军、新六军是五大王牌军的姣姣者。新一军号称"天下第一军"，这个称呼也确实名副其实，在缅甸战场独领风骚，一个军曾消灭十万日军，为全军消灭日军之冠。日、美、英三国军队的战斗力都远逊于新一军。国内军队与日军交战伤亡多为五比一，甚至十比一，而新一军在缅甸与日军之比为一比四，恰好倒过来。新一军不仅在国内声名鹊起，在英国、美国也名声大噪。军长孙立人以军事明星的身份游历世界，他为祖国争得荣誉。

　　新一军的核心主力是为孙立人起家的新三十八师。新三十八师的核心主力是一一三团。新六军的战斗力也不赖，该军在缅甸的战绩也获得国内外的好评。新六军的核心主力是军长廖耀湘起家的新二十二师，新二十二师的核心主力是六十五团。

　　七十一军的装备与王牌军一样，战斗力也是一流的。在缅甸也立下军功，与新一军、新六军一样为祖国争得了荣誉。军长陈明仁似魏延式的人物，能攻善战不怕牺牲，就是性格暴烈不好驾驭，在北伐战争、抗日战争、国共内战都功勋卓著，所以他的蒋校长对他又爱又恨。

　　以上三个军是远征军的核心主力，目前这三个军不远万里调来决定国共胜负的东北战场，跟随远征军来东北的还有蒋介石的得意门徒郑洞国。稍晚调来东北的九十三军与六十军均属云南军阀龙云的滇军，装备也是美式的，战力较以上三军逊色。在以后的东北内战中，国军新一军、新六军、七十一军分别对阵共军的第六纵队、第一纵队及第二纵队，六支部队谱写了一篇辉煌的战争史诗。这六支部队的互相消长，决定东北国共的胜负，东北的胜负又决定全国鹿死谁手。

第十八章 争霸东北蒋毛大战
毛刘分道林陈扬镳

东北有三黑：土地、煤炭及钢铁。这块黑金宝地曾引起帝国主义垂涎，而今又导致国共两党蒋毛拼命，还引发了中共内部毛、刘两派的反目，同时激化了毛派内部亲疏之间的对立。国与国、党与党、派与派、派内亲与疏之间你死我活地厮杀都是为了富饶的黑金宝地。抓住东北者为王候；失掉东北者为贼寇。

抗战期间，刘少奇因帮毛泽东争夺山东清除了黎玉、郭洪涛、张经武、徐向前、朱瑞、陈光而直上青云；内战期间为争夺东北，与毛结怨，到头来家破人亡。

共产党调进东北政治家一大帮但军事家了了；国民党调进东北军事家一大帮，但政治家了了。在共军方面，能为林彪出谋献策独当一面的军事家唯有陈光与朱瑞两位将军。陈光战术灵活，胜任第一线指挥，善于发现敌人的弱点给以致命的一击，能使战局转危为安。朱瑞把苏联的大炮优势搬到中国来，建立了强大的炮兵部队，对东北共军的攻坚和大兵团歼灭战做出突出贡献，他不仅建立了炮兵纵队，还为每个步兵纵队建立了炮兵团，为每个步兵师建立了炮兵营，为每个团建立了炮兵连。我军火力强于敌方。在整个内战过程中，东北野战军的伤亡少于其他各野战军的四倍，但取得的胜利超过其他三个野战军的总和，这是朱瑞仿效苏军炮兵建设的结果。

国军优秀战将如云。蒋介石的得意门生在少壮派中有孙立人、廖耀湘、王耀武、杜聿明、郑洞国、邱清泉、陈明仁、胡琏等八大金刚。除孙立人外，都毕业于黄埔军校，其中四位是第一期毕业生，两位二期，一位三期。以上八大金刚，除王耀武、邱清泉、胡琏三人外，其他五位都调进东北。五大王牌军中，把最强的两个调进东北，把五虎上将的两个先后调来东北，可见蒋介石对东北的重视。林彪是黄埔四期毕业生，他一人如何应对以上五位师兄、两位师长，还得拭目以待。1946年初，国军已调进东北七个军共二十个师。共军还是山东八路军六个师、新四军四个旅，相当于十个师。在军队数量上，国军多一倍；在武器装备及火力上国军有数倍的优势；在军事训练上国军占绝对优势；在后方供应方面，国军有强大的后方及美国支援；共军的后方还没建立，而且军队还没整编，没有统一番号，没有统一电报密码。根据以上对比，谁胜谁败可在预料之中，如果国军取得最后胜利，那是顺理成章，如果共军取得最后胜利，那是不可思议，反乎常理。共军自北镇退至法库后，国军仍步步紧逼。在军官中流行一种共军不堪一击的思潮，行军就等于战斗。十三军从山海关行军到锦州，现在又从锦州行军到义县、北票、朝阳、新立屯、阜新、彰武。十三军每个师、每个团都争先恐后地往东北方向追赶共军。国军官兵认为，山东土八路犹似乌合之众。因林彪患咳嗽，陈光与作战处长李作鹏昼夜守在作战室。1946年2月13日中午，在冰天雪地中十三军八十九师一支先头部队驻进法库与彰武之间的秀水河子镇，此时，八十九师主力驻在彰武没出城东进。十三军官兵均为云南人，对东北的天气可谓谈寒色变，又加道路溜滑，稍一伸开脚步就滑跟头。二月接近立春，是东北最寒冷的时候。当时法库气温为零下三十七度。林彪的秘密武器终于派上用场。

陈光像一阵风一样，大步流星地闯进林彪的卧室说："好消息，好消息！终于等来了好机会。八十九师一个加强团驻进秀水河子镇，距八十九师主力有七十里路，可以速战速决一口吃掉它。"林彪问"有几个消息来源？"陈光说："有三个。有地方报来的消息，我们的侦查科及一师侦查科的消息一致。"林彪又问："你准备怎样打？"陈光胸有成竹："一师、七旅攻坚；七师做预备队；八旅、十旅打彰武援兵。"林彪很高兴，他说："好！命令各部队，黄昏后进入阵地。真可谓无巧不成书，八年前在平型关也是你我，也是六八五、六八六团，不过这两个团已变成今天的七旅与一师。敌人也是一千多，不同的是鬼子换成了国民党，山地变成了平原。当时下雨，今天下雪。但两个敌人的骄傲心态完全一样。好！我也去作战室。"

借助夜幕的降临，经过一阵炮轰，一师由东南方发起攻击，与国军逐巷逐屋争夺。国军凭借优势火力顽抗待援，一师进展缓慢。当国军集中火力针对一师的正面攻击时，七旅在敌背后突然插上一刀，国军防线顿时崩溃，部队向村西突围。村西面是一马平川，无险可据，国军正好钻进了七旅两个团的口袋，经过短暂对抗缴枪投降。云南兵手被冻僵，无法扣动扳机和安装子弹，脚下溜滑，跌跟头，身体瘦弱，浑身冻得僵麻。置他们死地的不是共军炮火而是严寒。亚热带的官兵身处亚寒带的隆冬，只能坐以待毙。美式武器再先进，还没有改变气候由寒变暖的能力。

战后调查统计，消灭十三军八十九师二六六团全部、二六五团一个营、师属一个山炮连，毙敌五百多人，俘敌团副以下九百多人，共一千四百多人，缴获山炮十八门、枪支一千余支。共军伤亡团长以下七百七十一人，伤亡与歼敌人数为一比二。当时共军报纸报道歼敌五个营。

西路十三军当头被猛击一棒，大大地推迟了杜聿明率领的东路五十二军向沈阳前进的速度。从北镇到沈阳不足三百里路足足磨蹭了两个月，3月13日方到达沈阳。可见杜聿明比十三军军长石觉的头脑清醒，行动谨慎，对部队控制较严谨，所以五十二军没吃亏。秀水河子战斗虽不大，歼敌不多，但这是东北内战四个月来第一次取胜，对共军低落的士气有所鼓舞。国军疯狂的气焰有所收敛，迟延了国军的前进速度。

秀水河子战斗结束后，应该对全东北的共军进行整编，取得统一番号，但林彪总部军事将领极少，只有陈光起到了总参谋长及副司令的实质作用。山东八路军参谋长陈士榘没调来东北，仍留在山东军区及以后的华东军区任参谋长。当时东北共军最合适的参谋长人选只有陈光与黄克诚两位将军，调来东北的共军几乎都是陈光的老部队，指挥他们驾轻就熟；黄克诚是调来东北新四军三师师长，三师有四个旅加三个特务团，人数占东北共军的三分之一，也有资格任东北总参谋长。

由于上层的宗派主义作祟，两位熟悉部队情况的将军都没入选，而选用了对部队情况完全陌生的人当了参谋长，这对东北共军大为不利。没有统一的组织与番号、军心不一致，指挥起来就较困难，直接影响战斗力。全东北又是山东八路军，又是苏北新四军，又是冀热辽部队，又是师又是旅，乱七八糟地乱称呼。部队进入东北一年后，仍称呼山东一师、山东七师、新四军七旅、八旅……这并非笑话而是事实。

1939年6月徐向前与朱瑞调来山东领导全省抗日武装，8月1日就对全省起义武装整编为八路军第一纵队，也叫山东纵队，下辖九个支队，每个支队有三个团，少者两个团。至少在部队整顿方面林彪、罗荣桓略逊于徐向前与朱瑞。罗荣桓因长期血尿住进大连苏军医院，经罗荣桓保健医生----德国泌尿专家罗生特及苏联泌尿专家诊断为肾癌。现在看来他患的不是肾病，而是丝虫性乳糜尿。此病尿血很吓人，但对健康影响不大，罗荣桓至死也没确定诊断。罗荣桓在苏军医院里会见了苏军少校刘亚楼。为了拉帮结派，他推荐没参加抗战又不了解部队的刘亚楼当参谋长，宁愿革命受损失，也要首先拉自己的山头。少校是营级干部，有资格指挥十万大军的人至少应是上将、大将或元帅。罗荣桓让刘亚楼连升七级，在军中影响恶劣，在高级将领中成为笑话。

东北这块黑金沃土，不仅令国共两党为其折戟沉沙，共产党内部各派英雄也为其折腰。党外有党，党内有派；军外有军，军内有系。

中共派来东北的干部中有刘少奇的北方局派彭真；有毛泽东井冈山派林彪、罗荣桓、陈光、黄克诚、谭政；有周恩来勤工俭学派李富春；有陕北派高岗；有无派人士陈云；有原东北军背景的吕正操、万毅、张学诗；有东北抗日联军背景的周保中、李兆麟；有苏联背景的张闻天、王稼祥、朱瑞、李立三、肖劲光、伍修权、杨至成等。其中分为政治家与军事家两组，还有李运昌、程子华冀热辽军区的一当子。在东北共军的高级将领中又有红一方面军与红四方面之分；在红一方面军中又有红一军团与红三军团之别。领导以上这支杂牌实属不易，除非毛泽东、周恩来两人外，任何人没资格也没能力驾驭这支力量。

中共政治局三分之一的委员调来东北，还有若干中央委员与候补委员，这应该是一个强有力的政治集团，但其中没有常委，没有书记处书记来领导这个集团，等于群龙无首。故日本投降后的一九四五年九月到一九四六年十月，整整一年的时间内，中共东北局及共军内部思想混乱、组织无序。十月后各级政权、党组织已有雏形，土地改革开始。林彪在哈尔滨南岗东北总工会大礼堂做了政治报告，军队整编为统一的一、二、三、四、六共五个纵队。东北党政军机器开始有序运转。

纵观我国历史，凡国家重臣必须具备三个条件，一是军功显赫；二是资历深远；三是具有非凡的政治才能，如萧何、诸葛亮、赵普等人。

如三个条件均不具备，重则人头落地，轻则贬官抄家，如杨国忠、胡惟庸等。

1945年9月，毛泽东与周恩来去重庆与蒋介石进行国共和平谈判。延安由刘少奇主持中央工作。于9月14召开政治局会议，决定派往东北的干部人选。可谓近水楼台先得月，指派自己的心腹彭真为东北局第一书记，兼军区第一政委。好像东北应该归属地下党北方局管辖。这理所当然地引致其他派系政治家的疑虑，特别是毛泽东与周恩来。刘少奇只想到彭真是自己的好朋友，没有斟酌他的军功、资历、才能够不够标准。他的资历与军功这两项缺失，他的才干与过去的诸葛亮、现在的周恩来标一下怎么样？三项都不达标。结果彭真在东北步履维艰。此项任命与毛泽东埋下了分道扬镳的祸根。

东北太重要了，它相当于欧洲一个大国，各派政治家都对它垂涎三尺。如果彭真在抗战八年中领导一个大军区，为八路军发展二十万以上的主力部队，这项任命也许有可能成功，但有一个前提是他必须属秋收派。如果刘少奇指派资历深的陈云为东北局首领，各派虽不能皆大欢喜，但不会种下矛盾，因为陈云不属任何派别。如果在9月14日在政治局会议上，以工作需要为借口，增补林彪、罗荣桓为政治局委员去领导东北全盘工作，增补陈光为中央委员，重新启用陈光的军事才干，这会使毛泽东重喊"三天不学习，赶不上刘少奇"。毛派得到东北的领导权力会大喜过望，刘少奇会得到知人善任、少私寡欲的美誉；林彪、罗荣桓、陈光因被重用提拔而对刘少奇感恩不尽，也许刘少奇就没有以后的厄运。

林彪与陈光既有军功、资历又深，又有军事才能，手里又有枪杆子，没人敢不服，也不会出现以后的陈光悲剧。客观上也是对中共革命的大贡献，更有利于东北军区的快速发展。但刘少奇只顾把东北向自己怀里揽，结果揽到的不是独立王国，而是要命的定时炸弹。

在延安的整风中，在斗争清算王明中，刘少奇与彭真曾为毛泽东冲锋陷阵，但毛泽东已经给他们以回报，一个连跳三级升为第二把手；另一个连跳四级升为政治局委员，刘少奇、彭真如愿以偿，皆大欢喜。不仅如此，刘少奇、彭真在北平监狱自首的六十一位老朋友，甚至也被拉进中共中央委员会委以重任。祸莫大于不知足，今日的刘少奇、彭真要独霸东北，结果碰上了无毒不丈夫的毛泽东。

1946年2月，罗荣桓举荐刘亚楼为东北军区参谋长，1947年2月上任。这里头有许多戏剧性内容。刘亚楼虽当过红军师政委，但抗战中他一枪没打，在苏联吃了八年面包。尽管毕业于伏龙芝军事学院，但对在抗战中发展起来的这支山东大军素昧平生。给一支非常生疏的大部队当参谋长可谓匪夷所思，不合乎军事常理。即使国际军事名校毕业，也得由少尉开始一级级地逐次提拔，不能坐直升飞机，从基层一下子飞到几十万大军的参谋长高位，这简直似神话般的虚无。即使像隆美尔、古德里安、朱可夫这些军事天才也是一级一级从基层上来的。孙立人在美国念了两个大学，最后毕业于名扬遐迩的西点军校，回国后他只能当一名下士，当班长都没资格。伏龙芝军事学院不能比西点军校更有名气，培养的学生不能更优秀吧？为什么罗荣桓举荐军校毕业不久的毕业生而不举荐身经百战而又有卓越军事才华的陈光呢？这就是派内的山头对立。从革命利益上讲，应举荐千锤百炼的军事家；从私人利益上当然是举荐不见经传的小字辈，因为小字辈感恩戴德好领导啊。就像庞涓不会喜欢孙膑，不能在自己的山头上树别人的大旗矮化自己。

在来东北的高级干部中，包括一大批有苏联背景的布尔什维克，这群人中的军事干部青云直上，政治干部坐上冷板凳。

东北军区司令员林彪、第一政委彭真、第二政委罗荣桓、副司令兼参谋长肖劲光、副参谋长刘亚楼、政治部主任谭政。下设四个二级军区：北满军区，司令员高岗、政委陈云；南满军区司令员程子华、政委肖华、副司令员程世才；东满军区司令员周保中、政委林枫、副司令员陈光；西满军区司令黄克诚、副司令员李运昌、副政委李富春；军政大学校长由林彪兼任；副校长何长工；炮兵学校校长为朱瑞。

1945年9月，政治局委员彭真为东北局书记兼东北民主联军第一政委。1946年9月，林彪兼东北局书记，罗荣桓为第一政委。同样为政治局委员张闻天（中共七届中央委员会前的总书记）为合江军区政委。合江军区为三级军区（同旅级单位），地处东北的最东北角。老资格政治局委员、七届中央委员的王稼祥为城市工作部部长。老资格政治局委员、常委、七届中央委员李立三为东北总工会主席。小字辈的中央委员林彪、罗荣桓可谓后来者居上，领导以上老资格的政治局委员。党内错综复杂的派系斗争从以上资料中可见一斑。

排斥国外留学生或外国豢养的政治家不一定是件坏事。每个人都钟情于自己的母校，而且热爱母校所处国家的一草一木，爱屋及乌嘛，这是自然而然的感情流露。人们往往把培育自己的母校及所属国家视第二故乡，所以一些汉奸败类往往出现在少数留学生中。像汪精卫、周佛海等大汉奸留学日本。也有把第二故乡当成避风港的，如王明避难于苏联；林彪向苏联逃跑；宋美龄隐居美国等。

由此看来，蒋介石不许孙立人当班长是出于国家安全考虑，并非大材小用，不是故意侮辱西点军校的高材生。强国为弱国培养留学生的目的是为了控制弱国为自己的附庸。根据此理毛泽东把有苏联背景的政治家请进深山老林里修真养性也算是没有远虑必有近忧的战略眼光。令人百思不得其解的是，毛泽东为什么把同样有苏联背景的政治家视为定时炸弹，而把军事干部当成掌上明珠？像林彪、肖劲光、刘亚楼等人。如中苏发生战争的话，这三位高级将领对苏军能下毒手吗？难道不怀疑他们在回国之前，苏联内务部没有对其千方百计地关照吗？从林彪向苏联逃跑事件看，军事将领媚外比政治家不忠对国家的损害要严重得不可比拟。如果林彪叛逃成功，比王明亲苏的破坏性大得多，中国将无军事机密可言。当然林彪即使逃进苏联也不一定变成吴三桂那样的汉奸，他应该珍惜一世的功名，保留历史名将的美誉。

罗荣桓重用亲苏小字辈是为了加强眼前自己的山头，并没考虑到对国家民族有什么深远后患；排挤陈光也是为了自己能稳坐东北第二把交椅，有陈光这个魏延式的人物在总司令部，其政委这个差使就变成跑龙套的服务员，在全军面前丧失尊严。陈光不会尊称"罗政委"，顶多叫个"老罗"，所以陈光被贬为第六纵队司令。争强好胜是庸人的共性，谦恭礼让是仁者的美德。真心解放全人类的人就不会斤斤计较个人荣辱。凡是计较蝇头小利的人，所有的豪言壮语都是谎言。给强于自己的战友背后来一刀，是阴谋家惯用的伎俩。庞涓对孙膑的手法，在今日中共内部司空见惯，尤其毛泽东更是巧妇能煮无米炊。

国民政府在东北的行政机关叫东北行营，主任是熊式辉。军事机关叫东北保安司令部，司令是杜聿明。他们也存在尔虞我诈，但不如东北中共激烈复杂。中共方面以井冈山派为主；国民党以黄埔少壮派为主。井冈山派是毛泽东的部下；黄埔派是蒋介石的门徒。东北国民党有两个异教徒，一个是行辕主任熊式辉；另一个新一军军长孙立人。熊式辉中将，早年毕业于日本陆军大学，虽与蒋介石关系不错，在江西剿共配合默契，但不是正宗嫡系，不属蒋介石的黄埔门徒，所以他在东北并无军权。孙立人毕业于美国西点军校，是天下第一军中将军长，在缅甸战功煊赫，消灭日军十万，是手屈一指的抗战功臣，就像陈光在长征中立下赫赫战功一样，是首屈一指的长征功臣。但军功越大，蒋介石就越不放心，因为他不是黄埔门徒。为了安抚他，蒋介石委孙立人兼任东北保安副司令。相比之下，陈光对长征的贡献不但没得到毛泽东的褒奖，反而被置于死地。

孙立人在上海保卫战中十三处负伤；陈光在战争中有十一处挂彩。在1947年1月，共军第一次冬季攻势的三下江南战役中，阴差阳错，孙立人新一军与陈光的六纵队对阵。不料，新一军败给六纵队。名扬中外的新一军从此一蹶不振。孙立人为失败而被撤职，陈光因为胜利而被贬职。

1951年，陈光被开除党籍囚禁于广州，1954年亡于武汉。值得玩味的是，事过一年，1955孙立人被撤职软禁于台湾。国共两党最优秀的两位军事家的命运何其相似！

东北国军黄埔嫡系高级将领除杜聿明外，还有副司令长官郑洞国、新六军军长廖耀湘、七十一军军长陈明仁、副司令长官范汉杰。杜聿明在东北任司令长官一年零九个月，胃病复发后由蒋介石另一心腹陈诚接替其职务。陈诚接替其职务十个月，也借胃溃疡下台。卫立煌接替陈诚五个月，东北解放。

在整个三年零三个月的东北内战中，国军全部抗日名将除薛岳、王耀武、白崇禧外，都来东北与林彪对打过，其中包括林彪的多位师兄及其师长陈诚、朋友卫立煌，但都败在林彪的手下。在以后的岁月中，林彪又于华南、海南岛打败了小诸葛白崇禧及长胜将军薛岳。抗日战争的五虎上将除李宗仁外，都败在林彪的脚下。八大金刚败在他脚下五个。林彪在我国战争史上的地位不言而喻。

林彪与陈光在秀水河子取得意义重大的小胜后，部队继续向东北撤退。以北宁路为路标的渤海第七师已走到终点沈阳，现在又改中长铁路为路标，撤出法库，驻进开原。两天后又撤到昌图，在昌图住了一天，又退到西丰。越往东北天越冷，雪越大，风越急，路越滑。部队一天行军里程只有五十里，走一天歇两天，好不容易来到辽源，当时叫西安。

林彪命令七师部队驻扎在哈尔滨地区以北，一个任务是苏军一旦撤退立刻驻进哈尔滨；另一个任务是负责哈尔滨西北地区剿匪。这个地区政治土匪猖獗，经常破坏地方政府及屠杀地方干部。驻进辽源第二天，师部传来好消息：作战科崔科长与苏联驻军司令达成协议，苏军拨给我煤炭及车皮，供我师乘火车北上。这确实是个振奋人心的好消息，部队将摆脱行军之劳苦。大家都拍手叫好，笑逐颜开。警备旅单独行动，他们已经北上到达了目的地----安达、明水与青岗等县。

协议给四列火车，运送三个主力团及师部，目的地是哈尔滨以北绥化站。四列车分四天发放，每列车供给一百吨煤炭。准备行军上车这天一早，崔科长带领一个警卫班进入矿区，装了三车皮一百五十吨煤炭，将要开出炭场时被苏军门岗拦住，门岗说他们的上级通知放行一百吨，要扣留五十吨。崔科长当然不干。门岗通报了城防司令，司令是一位大尉，赶到现场。苏军营长火气挺大，以胜利者的姿态嚷嚷着："你们不按协议执行，等于偷盗了我们五十吨煤炭。"崔科长觉得受了侮辱，毫不客气地反驳："这是中国的土地、中国的煤矿，是中国工人挖掘出来的。为什么中国人变成偷盗者了呢？你们苏联人倒成了主人？"这下子苏联大尉火气更大了："你们的土地、你们的煤矿是我们苏联士兵用鲜血、生命从日本人手里夺过来的，我们在撤军移交之前，矿山的管理、生产、支配权属于胜利者。这是国际常识，你懂吗？我的任务是每天要向苏联国内运送四千五百吨炭，完不成任务要受处罚，你知道吗？"他命令火车司机把三车皮炭送回炭场。

协议砸了，大家空欢喜一场，还得靠十一号吉普继续跋涉。中国先是受黄面孔日本鬼子的掠夺，现在又受白面孔的苏联鬼子掠夺。中国永远是绵羊，唯一的功能就是满足强者的胃口。中国人受了掠夺、受了屈辱、受了强奸还不能说出口，说出口就会被自己人扣上反苏的帽子，就是反革命。对反革命不是枪毙就是坐牢。有些中国人酷爱充当二鬼子的角色实在不可理解。

按原行军计划，七师由法库到开原、昌图车站坐火车北上。各车站有火车没煤炭，于是计划又由北上改东行，到达有煤矿的辽源，目的是筹备煤炭，结果煤炭落空，拐了一个大弯子，不但没缩短了行军里程，反而多走了三百里路。

在冰天雪地行军确实寸步维艰。防寒衣物不断增加，又背一床棉被，脚蹬皮棉鞋，战士们还得扛着武器弹药。从辽源出发由原来向东北走改为向西北行，经小孤山、大孤山到达伊通县城。休息了一天，又经范家屯车站，住一宿后到达怀德县城。

春节临近，部队要筹备过节食品。各地县政府很不稳固，鱼龙混杂，共产党的政令很难执行。东北人民把国民政府、国民党、国军视为正统，不欢迎共产党、共军、共党政权。认为共产党像一阵风，很快就过去。各地土匪蜂起，就像一一九三八年鲁北的情况一样。大股的土匪有四五百人很像正规军队，其武器都是日式的。共产党建的县政权、县保安队，甚至军区独立团常被土匪打散。大部分新兵不是投国民党就是变成土匪或者带枪逃跑。

东北的土匪叫胡子。李运昌的冀热辽军区临近东北，日寇投降后，他的部队有四千人一下子扩大为五万人十多个旅。杜聿明在秦皇岛登陆后，其中四万新兵投降国军或变成胡子。在山海关的十九旅原有四千多人，山海关撤退前带枪开小差的三千多，还剩不到一千人，担心这一千把人再跑掉，所以编入七师将其带走。共党建立的各个县政府，都要求山东老八路在县城内多住几天，好给他们壮壮胆，胡子不敢再进攻县城，新兵不敢再叛变。

长春西北两百多里是扶余县城，现称松原市。县城北滨松花江，据传扶余农业发达，工商业繁荣，还出美女，共产党的势力也较大。扶余党政军各界欢迎山东老八路进驻扶余，开来了一辆小客车接七师首长。杨国夫与崔科长带了一个警卫班，还有杨国夫的妻子兼秘书张岚及充当保健医生的小石。小石在锦州日本陆军医院里捡了一个红十字牛皮背包，装些西药，背在身上也很神气。

山东土八路来东北第一回坐汽车，大家挺高兴。可笑的是汽车没汽油供应，以烧木炭为动力。汽车后头安了烧木炭的铁桶，像屁股上长了一个肿瘤。木炭开汽车马力不足，速度不如马车快，还常熄火，熄火时大家就下车推汽车。开始坐车时，大家挺高兴，现在越坐越烦，而且车内一氧化碳很浓，熏得大家头痛，有几个人还呕吐。小石给大家仁丹吃也无济于事。汽车没窗户，玻璃是固定的，不能通风换气，即使有窗户也不能打开，因为窗外温度是零下40摄氏度。

东北的冬天明显夜长昼短，比山东提前天黑四十五分钟，下午五时天空就布满繁星。可是汽车没车灯，只能摸黑前进，这样速度就更慢了。气温零下四十度，当时的汽车不可能有暖气设备，冻得大家直跺脚，车内像敲鼓一样咚咚作响。大家不时地口出怨言，比徒步走还受罪。为了对主人保持礼貌，杨国夫叫大家安静下来坚持一会。崔科长也跟着嚷嚷："快到啦，快到啦，马上快到啦！"

汽车又抛锚了，大家又要下车推汽车。一个滑稽的警卫员说："也不怨咱鬼子哥们投降。没汽油，汽车都开不动，更甭说飞机坦克了。在战场上坦克误了车，反正不能朝冲锋士兵喊'来，来，你先等会儿冲锋，先帮忙推推坦克。'"因杨国夫在场，大家不敢笑出声来，都捂着嘴乐。崔科长也乐了，说："你这滑稽蛋，废话不少。"大家憋不住，爆发出一阵大笑。杨国夫也忍不住笑了，但天黑没灯光，看不清他的表情。

从怀德到扶余两百三十里路，整整走了十个小时，七点钟终于到达了扶余。

下车大家受到扶余党政军各方面人物的热烈欢迎。路途中大家没吃中午饭，又下车用力推汽车，还有人一氧化碳中毒，把肚子也吐空了，现在都是饥肠辘辘，饿得要命。双方进行短暂的寒暄后，这帮土八路被领进一家饭庄。杨国夫、崔科长、张岚与当地领导人坐一席，警卫班与小石坐两席。杨国夫那席气氛礼貌而拘谨，这边两席又说又笑，抢吃抢喝。上来一盘菜，招待员一转身，盘子就空了。没菜就干吃粘豆包、馒头、包子。粘豆包一口一个；馒头、包子两口一个，那种狼狈吃相着实可笑。不过大家都如此，也就见怪不怪了。

杨国夫、张岚、崔科长在另一席望着警卫班战士的吃相都忍俊不禁，又不好过来劝导，只能视而不见、充耳不闻。当地负责人当然也注意到警卫班两席狼吞虎咽，便叫厨师多给他们上几个菜，结果上多少就被干脆、彻底、全部歼灭多少，跟打鬼子一样，绝不心慈手软。

当地负责人起身给警卫班敬酒说："欢迎山东老八路,不远千里,来到扶余县。你们辛苦了,扶余全县军民向老大哥们问好,来,干杯!"干杯后,刚才在车上的那个滑稽蛋又开言了:"我们全班最大的老大哥是班长,十九岁。"他又指着小石说:"瞧,我们这儿还有一个十五岁的小老大哥。"话音未落,大家哄堂大笑,小石羞红了脸。

这场面令扶余的负责人挺尴尬。小石也觉得挺委屈,于是勇敢地插言道:"所谓老大哥不是只指我们这几个没胡子的人,而是七师全体指战员。七师是一九三七年在盐山黑铁山起义的部队,是由一一五师三四三旅肖华、杨国夫、龙书金、周贯伍等一批红军将领组建的嘛。它的前身是南昌起义的井冈山红一方面军的老红军,理所当然地是老大哥。"

小石的一席话博得在座的全体人员热烈的掌声,也解了敬酒的负责人的围。崔科长悄悄地跟张岚说:"这个小家伙很可能是个好苗子。"张岚望着隔桌的小石,微微点着头说:"马克辛的王牌嘛,错不了。"

七师出关后一直吃高粱米,远不如山东的小米绿豆干饭好吃,而且易造成大便干燥。在法库过洋年时吃了一次馒头,每人一碗杂烩菜。今晚是来东北第一次上犒劳,大家的肚子快撑破了。夜间有五个人撑得拉肚子,来找小石要药吃。小石被他们折腾得没睡好,他对这些拉肚子的人用同一处方:禁食二十四小时,只饮盐开水。

第二天,扶余县政府及军分区在戏院里召开欢迎会,会场横幅上写着:热烈欢迎山东八路军第七师进驻扶余。大街墙壁上及会场周边都贴满了同样内容的标语。扶余党政机关所以把欢迎七师搞得热火朝天,其目的只有一个,就是为自己壮胆,威慑土匪及不稳定分子。据传扶余独立团,有一个营有叛变的动向。扶余当局要求把这个营插进七师带走。

扶余当局希望七师在扶余过春节,食品供应由扶余负责。民主联军总部给七师的任务是到哈尔滨西北地区剿匪。扶余是地处吉林省西北,与黑龙江西南边界的肇源县、肇州县、肇东县所谓三肇毗邻。杨国夫的意见是既不违背总部的战略计划,又照顾扶余县的需要。

杨国夫对扶余县负责人说:"春节七师要开到扶余的近邻肇州过年,证明我师已离开吉林省已进驻黑龙江省,好向上级回报。春节过后警备旅一个团常驻肇东,一个营驻肇州,扶余发生敌情时可随叫随到。

留一个营在扶余过春节，对外宣传七师在扶余留有主力。七师警备旅的旅部安在安达县，有事与郑大林旅长联系，或与肇东的警备团团部联系。部队有匪剿匪，没匪时扶余部队与警备团联合军事演习，制造轰轰烈烈的战斗气氛，并组织军队下乡发动群众，巩固好区、乡、村政权。"

下午，欢迎大会上的文艺节目十分精彩，特别他们的合唱队水平很高，指挥也是一流的。曲目有《黄河大合唱》及苏联卫国战争中的一些优秀歌曲，民族乐队演奏了广东音乐，交响乐团四十多人还演奏了苏联的一些民族圆舞曲。

第三天，大部队开进扶余县，宣传科长戴夫与扶余党委宣传部进行了座谈，希望在扶余近百名文工团员中要求三十名团员升入主力，多要女性少要男性。因为七师的女团员都留在了渤海军区，来东北的都是身强力壮的男团员。跳舞、合唱、演戏都得需要女团员。其中还有一个重要理由戴夫没好说出口，就是给没结婚的团级干部物色媳妇。扶余党委宣传部长让戴夫面试挑选，挑到谁算谁。戴夫口头是不要弱不禁风的林黛玉，而要膀大腰圆的花木兰，以适应军旅生活。其实他把漂亮的女团员都挑走了，不管是林黛玉还是花木兰。

团员中有一位曾毕业于长春助产学校的姑娘，芳龄十八岁，名字叫车颖。被分到七师卫生处。另外扶余县还给七师补充了四百多新兵，其中有一位国高毕业的王德茂，二十二岁，身高一米七九，身强力壮，也拨到了卫生处，因为他有文化，学医有前途。在敌伪时间，东北的教育制度与关内不同，中学不分初、高中，叫国高。学制四年一贯制。毕业生水平比初中生高，比高中生低。春节后小石由政治部重回卫生处，这一男一女，与小石形影不离，关系非同寻常。

七师警备旅先于三个主力团来到三肇。腊月二十八，师部驻进肇州。腊月是小尽，29日是除夕。各单位按人数向伙房领面粉与肉馅，每人二斤面两斤馅，自己动手包饺子，作为除夕晚与元旦两餐食用。这是小石离家后的第二个春节，一次不如一次。在黄河口的春节不如在家，在东北又不如在黄河口。

除夕晚，肇州鸦雀无声，静得让人心慌，既没有接神点火把的仪式，也无鞭炮声，各家各户也无烧香磕头的传统。初一早晨街道上不见人影，乡亲、邻里、亲戚、朋友没一个人出户拜年。小石在想，目前确实处于异邦他乡了，没有丝毫中原的节日气氛。由于军队没有根据地，日夜忙于行军，军队也没排练文艺节目，这个春节显得更加倍惨淡。

家乡的情景、节日的欢乐、亲人的面孔在小石脑子里浮现。部队不知为什么还是没完没了地向北走，快走到西伯利亚了。所谓向大城市进军，中国一个一个的大城市远离我们而去，北疆最后一个大城市哈尔滨也与我们渐行渐远，再向北走，就是狼群出没的北大荒，就是大兴安岭、小兴安岭无边无垠的原始森林。想到这些，小石心灰意冷。抗战胜利了，我们反而来到苏武牧羊的冰天雪地里，来到宋微宗亡命的荒凉边塞。

黑龙江惨淡的节日也激起战士们的无限乡思。零下四十五度的严寒，不但把大地冻成冰块，人的脑子也被冻僵了。思想活跃的政委刘其仁好站在部队前面作些热情奔放的鼓动演讲，可是现在冻得他也无话可说了。他也是普通人，他的思想情绪和一万四千名山东战士一样冰凉，不能脱离现实，说些不着边际的废话，既不利于党的威信，也有损个人形象。在乐陵出发的时候，刘其仁等人不是说要向大城市进军吗？该给战士们作个交待，现在来到什么地方了，大城市在哪里？政治宣传往往只顾眼前利益，最后打自己的嘴巴。谎言利于眼前，但有害于长远。

春节后，1946年2月底，七师驻进望奎县、当时全东北划为九个省，原黑龙江省即北满军区下分松江、嫩江、合江、牡丹江四个省，每个省设有相应的军区。当时北满军区分为四大城，最重要的一块以哈尔滨为中心的松江军区，驻守部队以七师六个团为主；其次是以齐齐哈尔为中心的嫩江军区，驻守部队以黄克诚新四军三师的三个特务团为主；再次是以佳木斯、牡丹江为中心的合江与牡丹江军区，部队以胶东军区调来东北的一支地方部队为主，大约两千人。北满军区的主要任务是剿匪、发动群众建立稳固的根据地。

东北粮食品种的生产地域分布大概以辽宁生产杂粮为主；吉林除生产玉米、高粱外还生产稻谷；黑龙江生产大豆、春小麦为主。七师驻守的地区是东北春小麦的粮仓，望奎、拜泉、明水、青冈、林甸、克山、海伦、绥化、呼兰等九县，年生产的小麦占全东北的一半。而这九个县都是七师驻守，所以七师的主食由高粱米换为面粉。虽然东北的春小麦不如山东的冬小麦香，但比吃高粱米好多了，由于七师的到达，哈尔滨地区的几大股土匪土崩瓦解，交枪的、投降的、溃逃的、回家的，基本被肃清，但也有一部份逃进哈尔滨。当时哈尔滨苏军尚没撤退，有国民政府接收大员及他们收罗的敌伪土匪、流氓组成的保安部队。

七师共驻守十三个县，它的面积比三十四个县的渤海军区大一倍。这个地区有重要的经济价值，供东北共军吃用没问题。土匪被清剿后，部队开始发动群众巩固政权及扩军。卫生处补充了二十三个小青年，有男有女。其中一个十七岁的男孩叫张胜雄，国高文化，喜欢唱歌，爱好文学。哈尔滨地下党还介绍了六名日本军医大学毕业生来七师参军。

到达望奎后，组织科决定在全师发展党员。组织干事李干问冯科长："入党的条件框框该明文规定一下吧。"冯科长说："从山东跟着部队来到黑龙江，就是这一个条件，也是最硬的条件。"意思是除了开小差的以外，全部入党。不过，到目前为止，全师尚无一例开小差的记录。

小石还没回卫生处之前，李干拿着一张入党志愿表来到总务科，跟指导员于洪波说了一阵子，又来找小石。见到小石说："小石，我介绍你参加共产党吧。"小石以为他是在开玩笑，摇了摇头说："不行，我哪够条件呀。"李干笑呵呵地说："冯科长说啦，入党就一个条件，从山东跟着部队来到黑龙江，没有第二个条件。"

小石说："那我还是不够条件，我刚满十六，年龄不到十八岁，不能入党。这是党章规定的，冯科长说了不算，还是党章说了算。"李干装着惊异的样子说："看着你挺聪明，没想到还挺糊涂，我记得你已经十八岁了嘛。你把你的年龄记错了，不是十六岁，而是十八岁。"小石笑得弯下了腰，说："我把年龄记错啦？我这不是个傻瓜嘛。"李干事装作一本正经地说："十五岁的娃娃能给林总、陈司令看病啊？十五岁的体力能完成五千里长征？所以，你的智力与体力足够证明你已经是十八岁的成年人了。不要机械地死抠出生年月嘛。快填上这张表，写份入党申请书。我与于洪波是你的介绍人，填完表连同申请书交给于洪波，你将是全师一万多名新入党的第一名党员。"

小石小心地填好表，介绍人栏里工整地写上李干与于洪波的名字。填写时间是1946年3月6日，年龄仍写上十六岁。入党申请书如下：

马克思创立的共产主义理论是目前世界最伟大的政治理论，这个理论之所以伟大，是号召为全人类的解放而奋斗，为建立一个没有压迫、没有剥削、没有贫穷、没有谎言、没有黑暗，没有战争的自由、民主、平等、仁爱、和平、各尽所能各取所需的文明世界。届时中华古老文明会焕然一新，更加灿烂辉煌。中国共产党就是创立这个文明世界的队伍。

我要求参加这支光荣的队伍，为全人类的解放、幸福、欢乐、文明而奋斗终生，不惜牺牲自己宝贵的生命。马克思主义万岁！全人类解放万岁！自由平等万岁！中华文明万岁！

申请人：石鸿儒
1946年3月6日

冯科长简单浏览了入入党申请书，觉得申请书的自由平等、中华文明、仁爱和平与马列主义的阶级斗争核心理论不相吻合，不过他是个孩子，可以谅解。长途行军的任务已完成，马克辛处长把小石重新调回卫生处，任他为看护长，管理这帮新入伍的小青年。其实这帮小青年没有一个比小石年龄更小的。

回到卫生处的当天，马克辛又带着小石给杨国夫师长看感冒。七师首长均在座，一个不少，郑大林旅长也在场。看样子好像是在开军事会议，小小的房间挤得满满的，还有一张座位，马克辛坐下来，小石只好站在一边。

杨国夫咳嗽吐白痰，连续两天体温都是三十九度，大便干燥，两天没排出。病情跟陈光、林彪大致相同，不同的是杨国夫大便干燥。杨国夫声称不吃中药，嫌苦，要求打针服药片。马克辛满足了他要求，叫小石给他肌注了一支退热针，留下几包阿斯皮林托斯散。

第三天，杨国夫体温仍高，大便仍旧没排。马克辛和小石又来到杨师长住处。小石把张岚悄悄叫到外间屋说："你动员动员杨司令，给他服两味不苦的中药，五钱生大黄、二两生石膏，煎成水加白糖，可能症状能缓解，大便下来热就退了。"

张岚和杨国夫商量了一下，杨国夫同意了。小石与张岚一起到中药店买来大黄与石膏。小石帮着煎好后，杨国夫服药三个小时后排下大便，六小时后体温降到三十七度五，十二小时后体温恢复正常。

第十九章　一战四平共军小胜

七师清剿土匪犹如用大炮打苍蝇，大材小用。七师刚来乍到，哈尔滨周围千里方圆内的大小股土匪闻风丧胆。六个团稍微伸展一下腰身，众土匪就土崩瓦解。土匪被消除后，各团又是发动群众又是扩军，搞得轰轰烈烈，有声有色，好像天下变得一片和平，战争硝烟永远不会重新燃起。

七师在和平环境中，战士们吃得又胖又壮。大家虽处在塞外荒北、黑水恶风、冰窟雪窖与豺狼伴居也乐不思鲁了。

卫生处与其他单位一样，增加了新生力量。二十多个护理员、六个大学生改变了卫生处的老面貌。六名大学生归医政科科长陈璋领导。护理员根据男女性别分成两个班，男班班长是扶余参军的王德茂；女班班长是扶余参军的车颖，均归看护长小石领导。小石上面的头头很多，有卫生处长马克辛、医政科长陈璋、保健科长乔怀宝都是他的上司，谁的话他都得听。

王德茂身材高大，强壮有力，他表现积极，早晨主动扫院子，晚上烧开水供同志们洗脚，还主动到医政科、保健科烧水，为两位科长洗脸洗脚，获得大家一片赞誉。

党支部通知小石，把王德茂作为培养入党对象，叫小石积极接触加强培养。根据党支部的指示，小石主动与王德茂谈话。在谈话中，王德茂要求石看护长帮助他加快进步步伐，他将主动接受党的领导，争取做一名完美的革命同志，尽快成为光荣的共产党员，将为共产主义革命奋斗终身。小石对其积极要求入党表示欢迎，对他的积极劳动也予以赞扬。小石心想：王德茂入党将水到渠成，毫无问题。不过他还认为，王德茂满口政治教条，像经过马列政治学校培养出来的，这一点令小石心里不快。但王德茂的面相又挺憨厚，不像个口是心非的人。小石拿不定主意，认为王德茂有积极的一面也有市侩的一面。总体印象是负面的多于正面。夫子曰：巧言令色鲜矣仁。

在望奎县参军的张胜雄长得又白又胖，挺漂亮。他嗓音清脆，童子音还没倒腔，跟小石一样，也喜欢唱歌。晚饭后，两个人常搭腰抱肩坐在郊外土岭子上唱《四季歌》、《在松花江上》、《黄河大合唱》等歌曲，直玩到昏天黝黑才回宿舍。

张胜雄这个东北国高毕业生的数理水平可达到初中，文史水平却连小学也达不到。因为日本统治者不许东北人学唐宋诗词及古文，更不许学中国历史。小石经常给张胜雄讲些古文、诗词及历史知识。小张最爱听的故事是《木兰从军》、《穆桂英挂帅》、《杨门女将》以及李清照、武则天、杨玉环、孙二娘开店等故事。每唱完歌回宿舍的路上，一面走一面讲，直讲到宿舍门口再站一会把故事讲完，然后欢欢喜喜地分手。一天又一天，一月又一月，两个孩子成了形影不离的好朋友。

在扶余参军的助产士车颖大小石两岁。胖乎乎的脸盘子像个男孩子，但并不难看。车颖是个近视眼，戴着一付眼镜，性格腼腆，好脸红。她态度文静，不好多嘴，具有典型的传统女孩子的派谱。车颖很看重小石，小小的年纪参加抗战又满腹经纶。由于工作上的联系，他们借故有许多次推心置腹的长谈。但小石还不懂恋爱，他们之间有一种纯真的姐弟关系，他们互尊互让互相关心。

六个新来的大学生，跟小石处得也很好。他们不懂英文，只会日语，也都学过拉丁文。虽然他们都是大学生，但知识面比较窄，谈话内容不丰富，思想也不充实，至多是个手术匠。石鸿儒的谈吐令他们惊讶而开阔眼界。有一位大学生叫刘树世，对小石说："都说八路是土八路，我看你这个小八路一点不土，跟马处长一样知识渊博。"

小石还有一个好朋友叫徐方，大小石一岁，属蛇的。家是渤海军区六分区长山县人，与小石同为黄河口卫生训练队毕业。他在药房属药材科，现在由调剂员升为司药。部队在乐陵北上之前，他俩常在一起玩。小石常去药房找他，行军时，两个人常凑在一起有说不完的话。自小石被暂调政治部后，两人失去经常会面的机会。现在小石又回归卫生处，两个人又恢复了无所不谈的快活。

3月中旬的一天，新党员举行入党宣誓。师直属机关由政治部组织科组织集体宣誓，共两百多名新党员，在一所学校礼堂举行。冯科长叫小石举左手，领着大家宣读誓词，从此每月交纳党费、过组织生活、接受党分配的任务，为完成无产阶级的革命事业，必要时牺牲个人生命。成为党员后，小石又增加了一个职务，小组会上选举他为党小组长，组员包括卫生处长、政委、各业务科长，全小组就是小组长的官小年龄小。小组长的任务一是负责召集小组生活检讨会，主持会议进程；二是负责敛收党费。在一次小组会上，小石发现陈璋对马克辛有些不满，但又不好直说，憋憋讪讪地。小组长看看这个人的脸，又瞧瞧那个人的神态，好像心里有说不出的话，白白坐了一阵子，没人发言，最后就宣布散会。小组长这个差使不好干，小石要求辞职，支部书记说，是大家选的不能辞职。

七师经过半年的长途行军及山海关战斗后，在望奎县过了两个多月的和平生活。经过剿匪整顿、扩军、休息、发展党组织等，士气旺盛。

苏联照会国民政府，苏军于四月底，5月1日之前自满洲撤军结束。撤军时间表是3月13日撤出沈阳，一个月后撤出长春，再两周后撤出哈尔滨。3月底，东北共军总部命令七师三个主力团负责攻占长春，尽快班师南下。七师警备旅将负责攻占哈尔滨，做好对哈尔滨包围之势，近期移师哈尔滨之郊。长春守敌为伪满精锐，被称为铁石部队，共两万多人。哈尔滨是一群乌合之众三千多人，由伪杂土匪组成。

苏军于1946年3月13日撤出沈阳后当天，由杜聿明率五十二军进驻沈阳。

1月8日，国军接收大员刘翰东进驻四平街，组织了一支三千多人的伪杂部队，整编为三个保安团，成立了辽北省政府及四平市政府。

3月16日，苏军撤出四平街。17日，西满军区两个团及辽北省独立旅等部队向四平街发起攻势，经过十多个小时战斗，歼灭敌人大部，生俘国军辽北省政府主席刘翰东、保安司令张凯及大土匪头子王大化、王耀东等。这次战斗可称为一战四平。四平从伪杂土匪手中解放后，东北共军总部随即进驻四平街内。

一战四平规模虽不大，消灭敌人不多，但它有政治象征，表明四平为楚汉河界，为南北满的分界线。四平以北为共产党所辖，四平以南为国民党所辖。谁越过这个界线谁为不义。四平不仅有分界线的意义，更重要的是它具有军事要塞的作用，四平地处吉林省最南端，南面距沈阳国军大本营只有三百多里，北面距长春中共东北局不到二百里。四平是北满的门户，如果共军失守四平，不仅会丢掉吉林省，而且整个北满就处在风雨飘摇中。如果共军守住四平，不仅能牢牢掌握吉林省的所有权，而且整个北满稳如泰山，同时严重威胁沈阳国军大本营的安全。简而言之，谁占据了四平街就等于谁占据了吉林省，谁占领了吉林省，谁就获得战争主动权。四平街是国共两军生死存亡之地。3月17日，共军攻占了四平，在国共两党高层正在进行的和平谈判中，共方暂居优势。七师整装待发之机，师部召开了军事会议。杨国夫师长向郑大林旅长及各团长反复讲解攻占哈尔滨的军事布置及注意事项。第一，警备旅要主动争取北满军区的领导，接通军事电话、掌握好临时电报密码；第二，搞好情报，确切了解敌人的指挥机关所在地及其周围的防御工事和敌军各部队的布防及工事位置；第三，旅、团、营副职及参谋人员化装进入市区，察看敌人的防御工事，画好详细的军事地图；第四，占领哈尔滨的关键任务不在于攻坚，而是防止敌人跑散。如漏网二三百敌人窜进深山老林，对大后方的威胁要几倍于目前的敌人。敌人的头目，可能化装向沈阳方向逃跑，敌人的部队可能向东面小兴安岭的方向突围。把主要力量放在东郊与南部，堵住各个路口；第五，战斗前一天的晚上最好潜伏进城一个营；第六，至少组织十个县的独立团，把哈尔滨围个水泄不通，彻底、全部、干净地歼灭敌人，就像围攻商河一样，一个也不许跑掉；第七，结束战斗后，实行戒严，抓捕特务、土匪及散兵游勇。

警备旅各负责人及各团长都把杨国夫的指示记在日记本上。散会前，杨国夫要求大家反复记忆他的七项指示，然后把记录从本子上撕掉销毁。大家经过短暂讨论后散会。

七师开始出征南下。这是从乐陵长途行军以来第一次面朝太阳南行。

三月末的黑龙江地区有两道自然景观。一是积雪较薄的地面，雪融后，先是露出点点黑斑，黑斑逐渐扩大直到像井口一样大，黑土遇到融化的雪水显得更黑，与周围的白雪相映衬，湿润的圆形地面像一堆黑炭。夜间行军时，这些"黑炭"就像是在路旁趴着的黑熊，令人倒吸一口冷气。这是严寒、冰雪、春末、黑土地四个条件相结合造化出来的独特风景。二是春天土地翻浆，在零下四十多度的严寒季节中，冻土深度达一米有余，春风回来后，冻土缓慢翻浆，道路变得像弹簧床一样，颤颤悠悠。许多车辆陷在棉絮般的泥浆中，天气虽冷，驾驭者却急得直冒汗。

王德茂在行军中异常积极，他帮助年小体弱的同志背行李，一人背几个人的行李。遇到误车，不管是汽车还是大板车，也不管是哪个单位的，他都帮着推车，浑身沾满泥土，活像个打圈子的母猪。他获得普遍赞誉。这一切，小石看在眼里，记在心上。长春解放后，王德茂入党是理所当然的。

3月末的松花江冰封依旧，犹如苍天专为七师搭就的水晶浮桥。大队人马、汽车、大板车踏冰而过。

4月3日，七师师直机关驻进长春北郊万宝山镇。当时陈光将军在东满军区任职，他是长春前线的总指挥。长春的守敌两万多人，原为伪满时期精锐部队，装备精良，虽号称"铁石部队"，但战斗力不强。由于目前政治形势对当过汉奸的人不利，战斗力更是一落千丈。长春伪"铁石部队"守卫重点有两个，一个是西郊；一个是伪满政府各大楼。敌人的主力布防在西郊，因为飞机场在西郊，陆路交通早已中断，只靠飞机与沈阳国军联系，运输、逃亡全靠飞机。西郊是原日本关东军特务情报机关、武器仓库、汽油库、陆军医院等所在地。这儿是侵略我国的大后方，仓库武器当然被苏军抢劫一空。第二防守中心是汉奸溥仪的皇宫、伪满政府及银行等，国民政府委任吉林省省长王滨华、长春市卫戍司令陈家祯穴居其内。

进攻长春的我军是七师的三个主力团及东满军区的一个独立旅。两支部队约一万两千人，人数少于敌方一万。陈光好用奇兵，擅长以少胜多，这次解放长春的战术依然如故。陈光认为，飞机场的重要性非同寻常，只要占领了飞机场，市中心的敌人变为瓮中之鳖，不打自溃。因此攻打飞机场及西郊的任务非七师莫属。攻打市中心的任务分配给东满独立旅。

尽管苏联红军把东北抢劫一空，各城市工厂机器拆卸运走，仓库的机器、坦克、大炮及轻重武器也运往苏联。各种矿产、粮食、牛羊无所不抢，除去厂房、矿山、土地之外，能搬动的东西都要。而在光天化日下强奸妇女，令中国人民恨之入骨。但出于苏联的政治利益还是给共军一点小恩小惠，幻想有朝一日共军胜利的话，好在中国培养一个像东欧各国一样的傀儡政府。经过东满军区陈光等反复交涉，苏军撤退前三天，开出军用汽车把杨国夫师长、阎捷三参谋长、作战科崔科长、几个绘图参谋及各团参谋长等分批接进长春市，察看了"铁石部队"的布防、通道、楼房、工事、指挥机关等的位置，把西郊及其飞机场的地图画得更为详细，甚至每个地堡的位置都详尽进行绘图说明。

七师的进攻计划是二十一团负责攻击飞机场，经苏家营子、乔家窝棚进入阵地。二十团任务是切断飞机场与市区的通道，以防西郊敌人窜入市区，由白果屯、李家屯向南穿插打到兴隆堡，形成对机场的包围。每一个路口安放一个连，部队同时向东西两个方向发展，避免敌人夹击。十九团为预备队，驻扎在四间房与马仲屯，随时做好对飞机场的攻击支援，及阻击市区可能的援兵。据可靠消息，苏军将在4月14日上午十二点全部撤离长春，4月15日晨五时为总攻时间。一切俱备，只听陈光一声令下。

12日开饭的时候，男护理班不见班长王德茂。每次都是他率先去打饭，今天不但没打饭，吃饭时也见不着人影。护理班的人通知小石，小石通知马克辛。马克辛命令总务科长老安，把全体人员分成几个组对每家农户进行搜查，每个组配一名带武器的通信员，注意搜查菜窖。大家一致认为王德茂如此积极，不可能开小差，一定是被特务暗杀，怀疑尸体被藏在菜窖里。

卫生处全体人员像进入战斗一样紧张恐慌，搞得全村居民也莫名其妙，搜查一下午也无结果。一位本村好说话的老头是山东籍，他发现这支部队都是山东口音，就以老乡见老乡的感情问石鸿儒："小同志，你们挨家挨户搜查什么？"小石说："我们有一个同志失踪了，怀疑被害，是搜查他的下落。"老头满口潍县话："你们不用找了，我见到了。"小石像见到蟒蛇一样惊恐地"啊"了一声："他在哪儿？"老头说："上午十点多钟，你们刚进村不久，一个穿军装的年轻人，个子挺高，体格壮实，穿双高筒黑皮靴，朝东南长春方向去了。走得很快，有点慌张，不断地回头望。"

小石听完心中感觉不妙，马上报告给马克辛。马克辛通知各科长检查一下作战地图。陈璋来报，他的军事地图丢失，并说上午约九点半王德茂去他住房打扫卫生时，他去过厕所，回来后在院子门口碰上王德茂回护理班，王德茂当时说，过一会再回来，神色有点异常。陈璋回到室内发现卫生没打扫，但没想到王德茂会偷地图。

马克辛急忙向师部汇报。杨国夫立刻打电话，通知陈光卫生处一份作战地图被暗藏特务王德茂偷走，王德茂是在扶余参军的。陈光立刻命令杨国夫，凡扶余参军的一律清除出机关，编入连队，可能在扶余新兵中有特务组织，并通知杨国夫带领各团团长来东满军区司令部开会，重新布置进攻方向及调整各部队的任务。并强调，以后在作战前，后勤机关的干部不许再发放作战地图，发得越多泄密的机会就越多。

小石消毒好一套实施阑尾炎手术的器械与敷料，来通知马处长备用。没料与政治部保卫科朱科长相遇。朱科长与马处长正在谈笑风生。小石估计朱科长准是来了解特务王德茂的资料。小石不便打扰就调头要返回，朱科长喊道："小石别走。我来看你啦，怎么回头就走啊？"小石又走回，给两位上级敬了举手礼，说："我想朱科长无事不登三宝殿，我怕打扰你的公事。"朱科长笑眯眯的，但他越笑就越像四大天王，越令人害怕。

朱科长说："我问你小石，你这个看护长怎么当的？全师的大事都在出在你的护理班上。"小石说："我还想问你呢，你说王德茂这个特务为什么装得如此积极？"朱科长说："这是经过专门训练的特务，特务们学会伪装进步。"朱科长又说："我问你小石，你说张胜雄是男是女？"小石很诧异，以为听错了，说"朱科长喝醉了？张胜雄是男是女我还不知道吗？"朱科长哈哈地笑起来："傻小子，你就是不知道嘛。你注意了没有，小张那两个乳房比你的大不？屁股比你的肥不？走起路来扭啊扭的像个男子汉不？守着你小便过没有？你见过他的尿液在地面上形成的图形与你尿的图形一样不？我告诉你，她是个闺女。你俩还成天价搂着腰抱着脖子的，唱郎呀郎的，妹呀妹的。"

小石惊呆了，很长时间才回过神来，用自己都听不见的声音问："她，她是女特务？"朱科长告诉他："经过调查，她是海伦人，名叫张木兰。海伦公安局证实她不是特务。她有大女子主义，认为男女不平等，所以乔装男子参军。"小石越想脸越红，羞愧地说："臊死人了，再怎么见面呢……马处长，别让她在男班啦，编到女班吧。"两位首长被小石的窘相逗得直笑。朱科长说："我已把她调到宣传队去啦。叫她有本事跟王兰馨队长唱去吧。"小石嘟囔着："一波未平，一波又起。"马克辛笑着说："可别起第三波啦。斗争形势是复杂的，难免出现千奇百怪的问题。"

临别时，朱科长对小石说："有空到政治部去玩，人们都想你。"小石答应着，并请朱科长代向政治部同志们问好。

张木兰的女扮男装是刚入伍的六个大学生中的刘树世军医发现的。小石刚刚十六岁，还不是对女性特征感兴趣的年龄段。六个光棍大学生不同，他们最小的二十二岁，最大的二十七岁，正是对异性敏感的年龄。他们对具有女性特征的人进行痴迷的追踪观察，就像"望眼欲穿"所形容的。

刘树世日夜魂萦梦绕，幻想有个美丽的姑娘走进他的怀抱。在行军途中，他无意发现张木兰的屁股扭得很美，于是引起了他的好奇心。行军走热的时候，张木兰丧失警惕脱掉棉军装，只穿衬衣，乳房明显隆起，刘树世望着她乳房喜笑颜开。东北农村没厕所，不分男女，人们在房山下任意拉尿。有一次，张木兰蹲在房山下小便，小便后刘树世快速到达现场，发现尿液图形像女性；还有张木兰已十七岁，如是男孩声音应该倒腔变低沉，而她声音清脆，并且她的皮肤细嫩白皙。从种种表相分析，刘树世确诊此人是一位可爱的姑娘。他把自己的发现报告给医政科长陈瑋，于是惊动了保卫科。

开军事会议之前，杨国夫师长把张木兰一事报告给陈光同志："一个十七岁的女孩，认为男女不平等，男女在同一起跑线上，往往男人占优势。在海伦参军时，乔装男性，改为男子姓名，被卫生处发现。经调查没有政治目的，现在由卫生处调往宣传队。"陈光听后也觉好笑，说："我参加革命整整二十年了，还是第一次遇到花木兰充军的真实故事，以后加强对新兵的政治审查及身体检查就是了。"

陈光将军站在一张巨大的长春作战地图前，向师旅团三级指挥员讲解总攻方向及时间变更："大家不要以为特务王德茂偷走了作战地图是件坏事，可能坏事能变好事。敌人很可能根据偷走的地图，把主要兵力及重武器放在我们的主攻方向，敌人可能侥幸认为，丢失地图的人是医务干部不是军事指挥员而没能及时发现地图的丢失，即使发现了也暂不敢向上级汇报。不管如何，我们将计就计，我军把总攻方向颠倒过来。七师总攻方向原为西北方向改为西南；原由北向南的穿插改为由南向北。独立旅的总攻方向原为由东北向西南打，现在改为由东南向西北打。总攻时间原规定为15日晨五时，现在提前三个小时，日期不变，时间为晨两点整。"大家经过充分讨论、提问，各部队表决心保证完成任务。陈光继续说："不要拖延时间了，时间很短促，立刻散会！回去后马上抓紧时间调动部队，教营、连、排长重新熟读地图。"

15日晨两点，总攻开始。还真叫陈光猜对了，敌人把重火器调往飞机场的西北方。西南火力很弱。总攻时敌人在地堡里睡觉，认为我们五点总攻，所以二十一团进展顺利，不到两小时占领机场。几千敌人向市中心溃逃，正好遇到各道口的截击部队，打得敌人狼嚎鬼叫，队形大乱。"铁石部队"的主力顿时灰飞烟灭。

东北的春天，天明得早，五点钟天已大亮。大家打扫完战场，两个团俘房敌人九千两百八十三名，打死打伤一千七百五十四名，共歼敌一万一千三十七名，缴获步枪一万多支、轻机枪两百多挺、重机枪二十七挺、山炮十六门、加农炮十二门、汽车三十三辆、汽油一百多桶、骡马两百多匹、飞机三架。二十一团及二十团获得巨大胜利。我军伤亡极小，作为预备队的十九团眼红着急。

西郊战斗胜利结束了，可是市中心的争夺很不顺利。独立旅只是把周围的敌人赶进几座大楼里，虽然也俘房了几千敌人，但核心工事都没攻克，而且伤亡较大。陈光对七师的快速获胜进行了电话嘉奖，并准备命令七师攻坚市中心之敌。电话又摇通了七师指挥部"喂！喂！我找杨国夫。"对方说："报告首长，我是杨国夫。"陈光说："你七师不是擅长爆破吗？我命令你师移师市中心，担任主攻任务。"杨国夫说："我们高兴接受首长给的光荣任务。可是我们手下没炸药，只带来一百多公斤炸药，在飞机场打光了。"陈光问："你需要多少炸药？"杨国夫问："还有几座大楼？多少地堡？"陈光说"还有六座大楼、三十八个地堡。"杨国夫计算了一下说："一千公斤足够用。"陈光在电话另一端说："好，我想办法给你运炸药，得到辽源煤矿去运。"杨国夫在另一端又说："先叫独立旅围而不攻，避免伤亡过大。一旦运来炸药，战斗就等于结束了。最好同时派两个组到两个煤矿运药，否则一个煤矿炸药不够量会耽误进攻时间。"陈光说："你想得很周到。"

派往辽源煤矿运炸药的汽车空手而归，说苏军撤退时把炸药全部运往苏联。去九台一座小煤矿运炸药的一辆大板车回来得很晚，回来已是下午一点，但运来了一吨炸药。因为小煤窑没有苏联驻军，炸药没被抢走。

部队休息了一夜，17日陈光率领杨国夫及十九团的团、营、连指挥员观察地形，选择爆破点及前进路线。陈光还与战士们一起包制大小不等的炸药包。到了晚八时，总攻开始。连续爆破声震耳发聩。三十多个地堡飞上天，六座大楼中的五座被攻克。陈光站在爆破兵身后，为他们的成功高声叫好。但银行大楼只被炸开一个小窟窿，敌人还没缴枪。陈光立刻总结不成功的教训说："七师在渤海区爆破的是小县城的建筑物，在山东炸城墙至多用五十公斤的炸药，现在爆破大城市嘛就要用大炸药包。"

18日晚，陈光和战士们一起包制了一个重达九十公斤的炸药包。在强大火力掩护下，两个爆破手把炸药包竖到银行大楼的墙壁上，"轰隆"一声，像地震一样，大楼被炸开了。敌人跑出大楼，被我火力网封锁，死亡大片。余生的"铁石部队"变成棉絮部队，乖乖地缴枪投降，长春完全解放。铁石部队的总指挥姜鹏飞被活捉。

战斗结束后，陈光异常高兴，在作战室与杨国夫有一段谈话。陈光说："你这支部队确实擅长攻坚，将来反攻时，攻城夺寨必有大用场。我转告林总，叫他注意你这支钢铁部队。炸药攻城的威力不次于坦克大炮，而且伤亡较小，真给山东八路增光。"杨国夫客气地说："首长过奖啦。"陈光说："不是过奖，你这个师比原红二师、一一五师的战斗力都强得多。关键你们有特长。你们应该保持传统，加强训练，精益求精。"陈光对下级将领一向威严，很少有推心置腹的交谈，今天对杨国夫的谈话是一次难得的例外。

长春的胜利使陈光又高兴又内疚。高兴的是在兵力少于敌人的情况下，一举歼灭了伪满精锐之师"铁石部队"，而且缴获巨大，对国共争夺东北具有重大的政治意义。在他二十年的军旅生涯中这是一次空前的胜利。内疚的是，抗战八年中他在山东主政近六年，其主要精力集中在彭明智的教导第一旅、杨勇的教导第三旅及梁兴初的教导第五旅等三支主力部队的培养上。由于胶济铁路的阻隔，对冀鲁边区及清河军区部队的发展关心不够，今天亲眼目睹了七师攻坚能力的娴熟，倍感对不起杨国夫与龙书金。今天陈光对杨国夫的平易快活的交谈，是出于忏悔的心情。虽然他没有用公开语言向杨国夫道歉，但杨国夫领会到陈光的心意，深感首长的胸怀磊落。

长春解放后十天，七师警备旅率领六个团以闪电般地解放了哈尔滨。解放哈尔滨之前，新四军第三师三个特务团解放了齐齐哈尔。至此，整个黑龙江省被共军牢牢掌握在手中。解放哈尔滨后，警备旅卫生处长李盈川在哈尔滨军医大学招收了二十多名大学生，提高全旅乃至全师卫生系统的文化结构。沈阳、大连、长春、哈尔滨为东北的四大城市，七师解放了两座。近水楼台先得月，两个城市的大批战利品及一万五千名俘虏首先满足七师的需要。七师富得流油。七旅、一师等兄弟部队望着七师垂涎三尺。

在长春，七师装备了新武器及重武器，面粉、猪肉，供应充分，被服也焕然一新。师部驻进伪满国防部情报大楼，供给处驻进关东军后勤大院，卫生处驻进关东军陆军医院，政治部、宣传科及宣传队驻进满洲电影株式会社。三个主力团，一个驻在伪皇宫，两个驻在八大部。实实在在实现了向大城进军的口号。对日本帝国主义而言，长春的重要性，仅次于东京，长春是日本的第二个心脏，而七师就驻在这个心脏里。抗战八年，七师全体指战员第一次品尝到胜利者的滋味，这个滋味比攻克田柳庄、商河城浓多了。

七师文工团成为全东北最负盛名的文艺演出单位。排练的歌剧《白毛女》演遍了东北的城乡，全东北男女老少都会唱"北风那个吹，雪花那个飘"。这都是七师文工团演出的成功结果。

大发人财的莫过于政治部保卫科。他们驻进长春监狱，接收了一千多名日本战犯，还有一万多名"铁石部队"的俘虏，对这些人还要进行改造、调查、分类处理。

最发财最忙的单位莫过于供给处。它不但接收了军用仓库，清点武器、弹药军用物资，还接收了成千上百的国营民用仓库及银行。他们负责给部队发放新装备，回收旧装备，负责部队吃好、喝好、穿好，装备好准备参加四平保卫战。

主攻飞机场的三个连中还要有一个连留给保卫科看管战犯和俘虏；一个留给供给处负责看管仓库及运输。

七师解放了长春等同于解放了一个中等国家的首都。接收长春等同于接收一个国家首都的全部家当。虽然苏联红军抢走了一批战犯及贵重物资，但破家值万贯，还是有许多意外收获。

卫生处驻进日本关东军陆军医院。关东军陆军医院矗立在长春西郊的最西边。周围是一片农田，往东有一条土路通往市区，往南一条土路通往孟家屯车站，往西往北没有马路可通。医院周围无院墙，也无铁丝网。医院楼房、车库、仓库、厨房、警卫营房均毫无遮蔽，裸露在大自然中。楼房坐北朝南，高三层，砖瓦结构，楼群是一个完整的整体，中央是一条南北宽敞的走廊贯穿南北。走廊的西边是五排病房楼，每层楼设一病栋，每病栋设五十张病床，共十五个病栋，可收容七百五十个例伤兵。当时设有五百张床位以上的医院可谓一流大医院。走廊东面一层是药房、化验室、X光室、手术室、病理室、图书室、礼堂、澡堂、办公室和部分职工宿舍；二楼是职工宿舍。走廊南头门厅是门诊室，走廊北头是一层平房，设有三十张病床的传染科。医院楼东为运动场，设有单杠、沙坑、秋千、篮球场、网球网、排球场、足球场，冬季还有滑冰场。日本人挥霍中国农民的土地一点也不心痛。

医院四角筑有碉堡式岗楼，不许中国人靠近。医院周围不许农民种植高杆庄稼。由于日本经济并不十分发达，又加战争消耗，这家医院除了占用土地较为奢侈外，建筑本身只为实用并不豪华。可是与黄河口李盈川院长的野战医院相比，那可谓瞄枪换了炮，更不用说二军分区李力处长的五所了。

进驻医院后，陈璋被委任为七师野战医院院长。他起用刚参军的六位会流利日语的大学生，管理这所医院有条不紊，日籍医护人员全体被征用。小石被委任为野战医院总护士长，为他配一名日语翻译。翻译是一位日本空军中佐，叫铃木次郎，二十六岁，原籍长崎，生于旅顺日本军营中，自然学好一口带胶东口音的中国话。小石本来极鄙视日本鬼子，现在却生活在男女鬼子的海洋里。女鬼子们见了小石一面鞠躬一面喊："石桑约希"，她们那种柔和的举止、善良的表情、文雅的语言令人陶醉。久而久之，小石认为日本人与中国人一样和善，他们凶恶并非先天遗传，是迫于日本军阀畸形的战争政策所致，不能恨屋及乌。

4月下旬的长春，柳叶尚未染上嫩绿色，但寒风刺骨的天气已经结束。小石与两个小护理员小姚、小姜结伴围着医院遛跶着玩，总待在楼里胸口有些憋闷。目前没有住院伤兵，没有治疗、护理任务。三个小伙伴嘻嘻哈哈出了医院大门，由东南角顺着医院南楼边沿跳跳蹦蹦地向西走，不知不觉来到医院西南角。

西南角的钢筋水泥岗楼已被我军炸毁，三个小伙伴走近废弃的岗楼，发现一个战士在废岗楼外站岗，另一个战士躺在废墟的低洼处睡觉。三个小伙伴顿生好奇心，纳闷站岗的人怎么能睡觉呢？三人不看则已，一看，几乎同时发出惊叫："王德茂！"

小石顿时怒发冲冠，扑到王德茂身上扭打，夺过压在王德茂身子底下的步枪丢给了小姚，继续打王德茂的脸、头、胸。另一个站岗的战士一面拉架一面嚷："你们别打架，别打架呀！"，他看两个人打架没有停止的意思，就扛着枪向连部方向跑，嘴里说着："我报告连长去，我报告连长去，你们不能打架。"

王德茂心虚不敢还手，他身躯高大而强壮，收拾石鸿儒易如反掌，但恐惧心理抵销了肉体的力量。但石鸿儒相反，万丈怒火激起他无穷的力量。

小姚扛着步枪向医院方向回跑："我报告马处长去，我报告马处长去。"小石起身快步撵上小姚，夺回步枪。此时，王德茂已拉开了手榴弹，使劲朝小石扔过来。手榴弹正好落在了小石的脚下，幸运的是，手榴弹是个臭弹，没响。王德茂向西南方向逃跑，已逃离小石五六十米。小石端起步枪向王德茂连开了三枪，枪膛内仅有三发子弹，但发发没中。小石不会射击，这是他第一次打枪。王德茂吓得踉踉跄跄直跌跟头，为避免被击中，逃跑路线按"S"形奔跑。警卫连长带部队赶到现场，王德茂已逃出一里之外，远离了步枪的有效射程。经过一番紧张的打斗，特务还是逃跑了。

据连长介绍，王德茂是攻打飞机场被俘的。被俘后就参加了八路军，改名王功成。

马克辛听了小石抓特务的过程，立刻赶到师部汇报。师首长们既赞扬了小石的勇敢精神，又后悔他不会打枪，让特务跑掉。政委刘其人带领马克辛急速向东满军区及长春警备司令部陈光汇报。马克辛叙述完了抓特务的经过后说："抓特务的这个勇敢小鬼就是在山海关给你开中药方的那个娃娃。"听完汇报，陈光开怀大笑，这笑声几乎和龙书金的憨笑相差无几。然后他对刘其仁、马克辛说："这个娃娃能文不能武，抓中药挺内行，抓特务就外行了。他抓特务的勇敢精神令人钦佩，该受到表扬嘉奖，可是抓捕没成功，让特务跑掉了，这又该受到处罚，现在就将功抵过，不奖不罚。"大家听了，都笑了起来。最后陈光说："你们注意这个娃娃的培养，这是我们革命队伍的一棵好苗子。"三个人快快活活地分手告别。

第二十章　二战四平国军大捷

　　二战四平街也称四平保卫战。1945年10月10日国共两党在重庆签订了《双十协定》。国家出现和平假象，双方在假象掩盖下，国民党把处在缅甸及大西南的军队向华北及东北地区调动；共产党把山东及苏北八路军主力向东北集结，双方都在积极地准备内战。争夺重点是东北。

　　1946年1月10日，国民党代表张治中、共产党代表周恩来、美国代表马歇尔组成三人军事停战小组，经谈判签定了《国共停战协定》。根据协定，于1946年7月之前，关内各战场双方只有小磨擦，没有大规模战争。但双方为了抢夺东北这个巨大的工业区，却大打出手，视停战协定为废纸一张。一九四六年上半年出现了关内小打关外大打的局面。

　　国民党调进东北的军队有十三军、五十二军、新一军、新六军、七十一军，共十五万人。新一军、新六军，为五大王牌之二；新三十八师与新二十二师是两军的核心主力。五个军均为缅甸远征军，是国军战斗力最强的一个集团军。

　　共产党调进东北的军队有山东一师、二师、三师、五师、六师、七师、万毅支队及二十个基干团和两个警备旅，有六万多人；另有苏北新四军三师的七旅、八旅、十旅、独立旅及三个特务团，约三万多人，共十万众。主力以一师与七旅最受林彪、陈光宠爱。

　　1946年4月初，双方主力云集在四平地区。剑拔弩张，战争一触即发。最初国军进入四平地区的部队为新一军及七十一军，共五个师。共军占据四平街的部队有六个师，双方人数相当，各有五六万人。但在装备、战斗力、军事训练方面国军占绝对优势。国军四平前线指挥四月十日前为东北保安副司令长官梁华盛，十日后为杜聿明黄浦一期老同学、老战友新一军第一任军长郑洞国指挥。共军由黄埔四期生林彪任总司令，政委是彭真。

　　4月初，国军几乎同时开辟南北两个战场，北战场是距沈阳三百里路的四平街，南战场是距沈阳一百里路的本溪市，进攻本溪的总指挥为新六军军长廖耀湘，参战的部队有新六军、五十二军及七十一军的八十八师等，共六个师，约七万人。守卫本溪的共军以肖华从山东军区调来东北的指挥机关及部队，其中包括胶东的五师、六师及鲁中的三师和警备三旅，还有十多个独立团约四五万人。胶东部队改称为第四纵队，鲁中部队改称为第三纵队。

在双方人数、装备、训练、战斗力方面国军占绝对优势。杜聿明计划是先南后北，采取南攻北守的战略，等廖耀湘消灭本溪共军之后，再把南战场的部队调往北战场，与共军在四平决以雌雄。

4月1日，廖耀湘率七万大军围攻本溪，直到五月三日整整苦战了一个月，共军第四纵队撤出本溪，廖耀湘获得了胜利。这也是新六军在东北内战中第一次得胜，廖耀湘感到光荣之至。

因为共军处于劣势，本溪失守是在意料之中。由于共军在四平吃紧，林彪调第三纵队设防沈阳与四平之间的开源、昌图，以阻击廖耀湘增援四平。当三纵队调走之际，廖耀湘轻取本溪沾了便宜，否则本溪的争夺战还会延宕时日。

战争虽持续了一个月，双方仅损及皮毛，没伤元气。共军丢失本溪，不能算大败；国军攻占本溪也算不上大胜。

在四平前哨战中，共军沾了便宜。4月8日，在昌图以北消灭新一军新三十八师四个连，又于十六日在大洼、金山堡地区消灭七十一军两个团。两次战斗共歼敌五千人，战局形势处于短暂的胜败难分的胶着状态之后，共军逐渐走下坡路。共军之所以取得两次小胜有两个原因，一个是国军前线司令长官由梁华盛移交郑洞国。在两人交接时段对部队控制不严谨；二是参加作战的新一军与七十一军两位军长都不在前线，孙立人飞往英美领取勋章周游列国，大出风头，陈明仁住在沈阳养尊处优，回味远征缅甸的辉煌。郑洞国原为新一军第一任军长，对新一军各师的情况了如指掌，指挥起来驾轻就熟，但对七十一军各师指挥并不得心应手，所以七十一军吃了亏。

蒋介石得知八十七师大部被歼，与陈明仁不在前线有关，下令惩办他。由于英雄惺惺相惜，陈明仁被杜聿明保下。当时七十一军的八十八师在本溪参战，八十七师又被消灭两个团，只剩一个完整的九十一师。国军四个完整的师与共军七个师对抗，致使四平战场出现僵持状态。郑洞国要求杜聿明火速向四平增兵，杜聿明于是命令廖耀湘增援四平街。廖耀湘率领五个师北上，这时国军在四平前线的兵力已有十个师。

　　共军也不甘落后，林彪急调第七师、三五九旅及第三纵队三个师增援四平，旗鼓相当，也是五个师，与原防守四平的六个师相加为十一个师。七师攻克长春后休整一周，把战犯交给长春警备司令部，仓库交给东北行政委员会，于4月25日开赴四平，接防七旅的阵地三道林子。

　　为了防空，伤兵每天夜晚乘火车由四平站被送到长春西南郊孟家屯车站。孟家屯北距陆军医院四华里，每次都由小石与翻译铃木带着日本担架队到车站抬伤病员。搬运伤兵时，小石提心吊胆，在月黑风高的深夜如果这帮日本人暴动杀死自己不是不可能的。在回来的路上，恐惧心理稍微缓解些，因为伤兵中有些是轻伤员，这给小石壮了胆。幸好这帮日本鬼子老老实实地，并没有暴动的动向。他们明白，裕仁天皇都投降了，这帮小鬼子又能掀起什么风浪，谁也不愿自取死亡吧。

　　一天夜里，小石收到一位下肢炭疽伤员，需要立刻截肢。小石推开田中院长的宿舍门，请他为伤兵手术。因为是传染病，又是深夜，田中不愿起床，并说："你们有医生，叫他们去手术。"小石着急地说："我们的医生都安排在病房里，手术室是日本医生值班。"田中狡辩说："我不是日本人，我是高丽人。"

　　小石生气了："高丽人跟中国姓一样，多为单姓，复姓很少。田中是典型的日本姓。你即使是高丽人，也得起来手术！因为你是高丽奸，愿为日本人服务，不愿为中国人服务。你不要认为我是在请求你，我是命令你。你不要认为这是一所日本人的医院，这是中国人的，是你们抢夺中国的土地、砖瓦，强迫中国工人盖的医院！你们吃的也是中国农民的大米，你就应该为中国人服务。即使这所医院是日本人的，现在它是我们的胜利品，也应该为我们服务！因为你是知识分子，是医生，所以我们优待你。你是大佐吧，如果按军衔处理你，就该把你关到战犯营，现在摆在你眼前两条路任你选：一条路通手术室；一条路通战犯营。你想走向毁灭好办，明天我给朱科长打个电话，他会来请你。朱科长是专管战犯的，他可不会像我对你这样客气。铃木，你如实给他翻译。"

　　田中汉语很好，完全听懂了小石的话。他乖乖地穿好衣服，同时通知手术组的其他日本医生、护士进入手术室。术前做了伤口涂片检验，的确是芽胞炭疽杆菌阳性。小石站在手术台旁边，监视着他们消毒、开刀、止血、锯腿的全过程。术后把病人送到传染病房。日本人对传染病的消毒很严格，他们把手术台、手术室、担架等连续喷洒几次来苏水。

一次拂晓时分，随伤兵转来一例天花病人，他是十九团卫生队的同志，跟小石很熟，姓时，跟德州县大队时政委同姓。只见他满脸脓胞，面目全非。小石没认出是自己的小战友，待小时主动搭腔后方认出。小石把小时安排进了传染病房。日本医生、护士见了天花病人像见了毒蛇猛兽一样惊恐不已。他们对门诊室、诊断床、担架又是消毒又是冲洗还要日晒通风。

小石几乎每天都去传染病房探望小时。进传染病房很麻烦，每进一道门就换拖鞋、隔离衣、隔离帽、口罩、胶皮手套等。他常给小时偷带些吃的东西，护士不允许给传染病人吃零食。看望小时的同时，他也探望炭疽手术病人，把零食也分给他一部份。

小石每天夜晚还是由铃木陪伴到孟家屯车站接运伤兵，白天由日本护士长柳泽贞子陪同察看各病房，还要到手术室监督手术。这样，睡眠时间很少，疲劳、困倦，坐在椅子上就打盹。陈璋院长鼓励他，让总务科发给他一条崭新的淡绿色日本军用毛毯，这是打长春的战利品，由供给处统一分配给卫生处的。小石很喜爱这条毛毯，色调淡雅，手感柔软舒服，做工精细就像一件艺术口。每晚盖在身上睡觉，连梦都是柔和美好的。

一周后，小时的体温恢复正常，精神、食欲也恢复较好，完全脱离了危险期。令石鸿儒更为喜出望外的是炭疽病人刀口很清洁，没有病灶漫延，体温正常，病人奇迹般地活下来了。炭疽的死亡率几乎是百分之百，这个奇迹是入院当夜及时手术的结果。为此马克辛、陈璋对小石表扬有加。马克辛说："娃娃办了件大事，创造了医学奇迹呀！"陈璋开玩笑说："小石对田中的一番舌战就像王兰馨的对联一样：你别看我庙小神小，你不开刀试试！"小石听了笑起来说："田中如果当夜拒绝开刀，我就真给朱科长打电话，毫不含糊。"

自共军本溪失守后，杜聿明喜笑颜开，不断向熊式辉显示压抑不住的高兴。杜聿明先南后北的军事计划已完成一半，下一步杰作就是取胜四平。

5月15日，廖耀湘率领五个师的机动部队，用飞机、大炮、坦克猛攻开源三纵队阵地。经过猛烈的轰炸后，廖耀湘六百辆载兵汽车突破三纵队防线，占领了四平东南侧的西丰、平岗车站。当晚又进军哈福车站。16日拂晓，向四平的要害阵地塔子山猛攻。

塔子山一旦失守，四平共军将被迂回包围，有全军覆没的危险。防守塔子山的是七旅的一个营，王牌新六军用飞机、大炮反复轰炸塔子山高地，多次冲锋都被打退。由早晨战到黄昏，由黄昏战到深夜，直到17日早晨争夺战仍激烈地进行。七旅确实是支名不虚传的部队，16日林彪命令十旅增援塔子山。黄昏时分，十旅来到辽河西岸，河东岸就是塔子山。部队不知河水深浅，指挥员询问一过路的农民，恰好这是一位反对共产党的农民。农民说河水很深，非用船过不可。十旅指挥员没有亲身测试河水深浅就轻信了，援军在河西岸住了一夜。第二天方知道，河水很浅，可以徒步蹚过。17日晨，塔子山的周围阵地已完全失守。中午塔子山守军覆没。如果十旅昨晚蹚过辽河，接防塔子山，新六军的胜利将被延迟。据传，1947年雨季刘邓大军过淮河时，前面是水后边是几十万追兵，河上既没船又没桥。刘伯承亲自拄着竹竿进入淮河测试水位，结果由北岸蹚过南岸。十万大军蹚过河后，国军赶到河北岸，此时山洪的洪峰已经来到，国军只能望河兴叹。凡是名将多亲临前线，察看地形，身先士卒。可惜十旅的指挥员不是名将，给全军带来溃败。

能打胜仗，固然是名将必须具备的条件，当处于灭顶之灾的时候，能带领大军及时逃离险地也是名将不可缺少的智慧。林彪在战斗的紧要关头，知己知彼，审时度势，当即立断。18日夜，下令全线撤退，摆脱了全军覆没的悲剧。

5月18日晚，孙立人回国归队，19日晨他亲自开了一辆坦克冲入共军阵地，阵地却空无一人。他又开到四平城内，不久与陈明仁会师广场。记者把两位名将的照片登上报纸宣扬四平大捷。共军总部作战科副科长王继芳携带机密文件投降了廖耀湘。廖耀湘根据获得的机密，率新六军穷追不舍。许多部队被冲散，局面极度混乱，共军损失惨重。持续一个月的战争被全国乃至全世界嚷得沸沸扬扬，谎称双方死亡十万的四平街大战至此结束。

双方伤亡相仿，各有一万。但是共军失去了战斗力。兵败如山倒，逃亡严重，离散人员众多。廖耀湘取得本溪、四平两大胜利。令全国国军刮目相看。杜聿明、郑洞国、孙立人、陈明仁都沾了廖耀湘的光，名扬全国。

5月18日晚，七师卫生处及长春野战医院接到了撤退命令。三百二十四名轻伤兵及四十一名重伤兵搬运到长春火车站。四十一名重伤兵安排在紧靠车头的第一节闷罐车内。紧靠车头震动轻，可减少重伤兵的痛苦，闷罐车也可以躺卧睡觉。轻伤员安排在闷罐车后的三辆客车上，每人都有座位。伤兵车后面是十三辆客车，其中满载日本战犯一千多名。东北军政大学副校长何长工率领一个警卫连负责押送。

撤退的目的地当然都是哈尔滨。晚十一点，伤兵搬运完毕，战犯也被押上火车就绪。火车编组完成，只等开车的绿色信号。估计明天早晨天不亮就能到达哈尔滨。小石一人负责三百六十五名伤兵的转运。为了照顾重伤员，他待在第一闷罐里。极度的劳累使他倒头便睡。

一觉到天亮，小石揉着眼睛，迷迷糊糊地自言自语："车停了，到哈尔滨了。"他走下车，怎么还是长春车站？不会在作梦吧？仔细一看，不错，列车一夜原地没动。

轻伤兵有的下车，在站台上散步。这时一位左前臂负伤的伤兵突然走上前抓住石鸿儒的手，诧异地说："小石？你也来东北了？"小石定睛一看，激动地叫起来："张班长！你也来东北了？你的伤情怎么样？"张班长高兴地说："贯通伤，折了一根挠骨。""你现在还在当侦察班长吗？""在德州县大队当班长，现在来东北打天下，你还想让我当班长啊？难道让我当一辈子班长啊？现在我当连长啦！"小石激动地说："祝贺你高升，祝贺你高升！"

两个人高兴地问寒问暖后，小石说："你现在帮帮我的忙，组织伤兵连，你当伤兵连长，一节车厢为一个排；一个班二十个人，组织好后，班排长到车站来领面包、香肠吃早饭。班、排长派人到车站提开水。"

张连长回到车厢建立好班、排组织，小石领着大家到车站买食物。按每个伤兵四个面包、四根香肠领取，充当早饭和午饭，晚饭到哈尔滨再买。张连长叫几个轻伤兵帮小石给重伤兵送去面包及开水，帮着分发食品。各班、排长都十分遵守秩序。

小石对张连长的帮助很感谢，两人既是老乡又是战友，有说不完的话。从德州县大队侦察班抓土桥的二鬼子到打商河、乐陵出发、山海关战斗、撤出锦州、黑龙江剿匪直到兵败四平，越聊越兴奋。小石把自己抓特务的事也告诉了张连长，乐得张连长够呛。后来，张连长干脆也上了闷罐车一面跟小石拉呱，一面帮着小石伺候重伤兵。

　　吃过早饭，约九点钟，三十多位左臂带有长春警备区的袖章、扛着三八步枪的士兵从最后一节车厢开始，由西向东直到火车头，对每节车厢挨个察看。走到火车头，他们与日本司机用日语说了一阵子。

　　小石与张连长对这支部队没看出任何破绽，更没分析这帮人对伤兵车为何如此关心。可是老革命何长工对此异常行动予以高度警惕。这支部队为什么对战犯车如此有兴趣？他急速走到长春警备区驻车站警备连连部，摇通了警备司令陈光的电话："喂，我找陈光司令。"接电话的恰好是陈光："怎么？老何有事吗？"陈光与何长工都是湖南人，自1928年他们就在一起闹革命，在电话中一听声音陈光就知道是老何。何长工急促地说："你派部队来车站察看战犯车了吗？"陈光一听立刻警惕起来："没有，没有，没有。怎么，有敌情？""有三十名特务，穿着警备部队的军装，戴着警备部队的袖章察看了每个战犯车厢。"陈光说："这显然是敌人制造混乱，抢夺战犯。我马上带部队赶到。你叫车站警备连长接电话。"陈光命令连长听从何长工校长指挥，何长工把车站警备部队安在调度室及站长室随时听从命令。

　　这支特务部队跟日本司机交待完任务后，向调度室方向走去，刚接近调度室，室内的警卫部队快速跑出来，包围了他们。军政大学的警卫连同时也赶来了，结果一枪未发，特务们全部交械被俘。战士们把特务捆成一串，押到警备司令部。小石、张连长及全体伤兵眼睁睁地看着眼前发生的这一幕，愣了半天。

　　陈光命令调度员立刻发车。偌大车站仅剩这一列车没有开走。火车开动后，小石回头望着空旷的车站，车站没一个人影，没一节车厢，像个大广场。

　　火车开走后，陈光逮捕了调度室及站长室的全部人员，进行审讯。

　　列车勉强爬出车站就停下了。日本司机说拉的车辆太多，车头烧不上汽来，拉不动。连何长工在内，所有的人都不会开火车，不知日本司机的话是真是假。车头上的警卫连长指着日本司机说："你再停车我枪毙了你。"他把手上的盒子枪顶上子弹，顶在司机的脑袋上。日本司机为了保全性命，不敢再停车了。可是车的速度比牛车还慢，轻伤兵们跳下车厢跟着火车散步。从长春到哈尔滨五百多华里，根据目前的火车速度到达哈尔滨需五天五夜，那廖耀湘的机械化部队很可能迂回长春，届时将发生灾难性后果。

何长工忧心重重。小石与张连长并没预想到局势的危险性，更无从了解何长工的心事。他们站在闷罐车东门口谈得正欢。小石怕把心爱的毛毯弄脏，不敢把它放在车厢地板上。他双手抱着毛毯依靠在车门的南缘，张连长靠在北缘，两个人对着脸聊着德州县抗战的故事及家乡风土人情。火车开出长春站已经七个小时，过了松花江经过陶赖昭及三岔河，已出来长春三百里，距北面蔡家沟车站还有一里半路，继续向哈尔滨蠕动。大约在下午四点半，国军两架劈刀式战斗机朝火车头俯冲而下，火车头被击毁。

第一节重伤兵车中弹起火，顿时浓烟滚滚，火光冲天。正在车门对着脸说话的小石与张连长滚到了车下。小石使劲爬起来想逃离现场，但张连长爬不起来了。一颗机关炮弹从他的左肩打进由右腋下穿出，两个伤口像茶碗口样大，鲜血像喷泉一样向外涌。张连长抓住石鸿儒的手说："小石啊……我不行了。"小石的眼泪唰唰地流淌着。

战争！鲜血！眼泪！小石把心爱的毛毯盖在了张连长的尸体上，跪在张连长的身旁嚎啕大哭。

整车厢的重伤兵瞬间化为灰烬，四十一名重伤兵及张连长全部遇难。整个车厢四十三个人只有小石一人幸免。飞机转了一圈又飞回来进行第二次扫射。这时轻伤兵已跳下了火车，一窝蜂似地逃窜，躲避敌机的扫射。小石仍跪在张连长尸体旁痛哭，把敌机扫射置于度外。当大难临头、死神肆虐的当儿，更大的危机发生了。战犯跳车越狱逃跑，有四百多名身强力壮的日本战犯与伤兵混在一起向东、西两个方向像炸了的蜂窝一样逃窜。怎么办？开枪怕打着自己的伤兵。人数了了的警卫连无能为力。

对危机的处理要"快"与"妥"，这是对军事当局指挥员才智的严重考验。何长工留了一小部分战士，对在押战犯严加防范外，命令大部份战士与干部去追赶战犯。两人一组，一个战士一个干部。战士上好刺刀，干部拔出手枪与敌赛跑，要跑到所有敌人最前头去，然后回过头来形成包围圈，强迫敌人停止跑动，回到车厢集合。敌人如果不夺枪就不许开枪，同时号召伤兵配合警卫连抓战犯。一个小时后全部战犯被赶回车厢，同时调查出最先牵头跳车的四十二名战犯，用绳索捆绑，暂集中到一个车厢内。

何长工一面派人到蔡家沟车站向哈尔滨车站要机车来蔡家沟支援，一面命令警卫连挖了四十二个墓坑埋葬了四十二名烈士。

哈尔滨铁路局派遣距蔡家沟较近的双城车站开出一台机车来蔡家沟支援政治列车。火车开动前，警卫连把四十二名第一批越狱犯拉出车厢，命令他们朝西方跪下，用两挺机枪扫射了他们，为我们四十二名烈士报仇雪恨。

火车缓缓起动，不到一个半小时，到达灯光辉煌的哈尔滨。比较两台机车的速度很确凿地证明了日本司机接受了特务组织的指令，他当然难逃法网。在蔡家沟火车起动前，把他捆绑在案，投入了战犯营。

新六军以摧枯拉朽之势驱南逐北，穷追直下八百里。5月3日，攻占本溪，5月19日夺取四平，5月23日进驻长春，28日占领吉林，获得了四连冠。由于被胜利冲昏了头脑的廖耀湘计划由吉林出发，经舒兰、五常迂回哈尔滨，就像在塔子山迂回四平一样，准备达到军事上的五谷丰登，把哈尔滨纳入囊中。

在撤退中，共军如惊弓之鸟、漏网之鱼，整排整连地逃亡，大部份部队失去了战斗力。6月1日，林彪致电中共中央，请示放弃哈尔滨及黑龙江省第二大城齐齐哈尔。6月3日，毛泽东批准了林彪的要求。哈尔滨的重要机关、学校、工厂撤往黑龙江腹地，哈尔滨变为一座空城。

5月29日，七师撤到哈尔滨，驻在车站附近的南岗区。哈尔滨车站又出现了4月19日长春站的空旷情景，已不见来往的列车，但尚有四列长长的车队整齐地并列在车站南端，靠近东侧七师驻地的四条铁路线上，这四排列车是为七师撤退备用的，分配一个团一列，师部一列，等待林彪的撤退命令。命令一下，七师立刻乘车北撤。江桥上已安放了炸药包，四列火车一旦过了松花江，江桥将被立刻炸掉。

由于哈尔滨已是空城，治安秩序大乱。地下特务兴风作浪，每天早晨哈尔滨的大街小巷经常发现共军的尸体。小石住在南岗区靠近铁路的一座二层红砖楼上。红楼窗户冲着大街。因为天气炎热，他利用一块门板，一头担在窗台上，一头担在条桌上，头朝着窗户躺下，这样睡觉挺凉快。

一天半夜，熟睡的小石迷迷糊糊好像听到耳边有枪响，但极度疲倦的他缩了缩头又睡着了。清晨醒来，他惊恐地发现枕头旁的一块红砖被昨夜的枪弹打掉半块。从此他不再朝窗户睡了。

根据哈尔滨及全东北的混乱局势，中共及其军队更大的雪崩即将来临。蒋介石于6月3日飞来长春，为新六军、新一军、七十一军的高级将领授勋。蒋介石充满胜利的喜悦自不待说。杜聿明、郑洞国、廖耀湘、孙立人、陈明仁受宠若惊。各将领纷纷向校长保证，不出两个月，将使共军寿终正寝，把林彪赶到西伯利亚，跟苏武学放羊去吧。不过林彪肺部受过伤，遇冷便咳。可以肯定，他不会像苏武那样活着回来。

蒋介石有八大少壮派名将，也叫八大金刚，除了王耀武、邱清泉、胡琏三位留在关内战场外，其余五位都在长春，都在眼前。五位虎将令蒋介石心花怒放。他心里在想：国家的命运就全放在这八大金刚肩上了，东北的胜利全靠眼前五位爱将。但蒋公不知天有不测之风云。

廖耀湘的新六军是杜聿明唯一的一支机动部队，借助机械的优势所向披靡，如入无人之境，打得林彪共军只有招架之功，无还手之力。廖耀湘计划再夺取哈尔滨，争取五连贯。新六军的一个加强团骄气十足，六月四日孤军深入到拉法及新站。这支孤军进入陈光的敏感视野，陈光敏锐地发现了廖耀湘的破绽，及时通报了林彪。他指挥自己亲手培养起来的梁兴初第一师，以迅雷不及掩耳之势，干净、全部、彻底消灭了新六军的一个加强团。这是廖耀湘新六军进驻东北以来第一次碰得头破血流。

新一军、新六军的一个团，其战斗力相当于主力部队两个师。自共军进驻东北以来，拉法新站的歼灭战是破天荒的一次大胜利。陈光的双手一下子扭转了东北的乾坤。新六军被挡在了松花江之南，停止了追击。撤出哈尔滨的机关、学校、工厂，陆续重返哈尔滨。

最有标志意义的是车站上停了一月之久的七师撤退备用列车不见了踪影。哈尔滨车站的火车逐渐多起来。客车又按点卖票。林彪更没被赶到西伯利亚去牧羊。这应该感谢陈光的军事杰作。东北局躲避在穷乡僻壤的政治家们又返回哈尔滨，又能过上养尊处优的生活，更不应该忘记陈光的丰功伟绩。

拉法新站的胜利对东北逐鹿的重要性怎么夸也不为过，这是给飞扬跋扈的国军当头一棒，给慌慌不可终日的共军吃了一颗安神补心丸。陈光，就是长征中第一大功臣，就是山东妇孺皆知的抗战英雄，而现在又在东北内战中崭露头角。

令人百思不解的是，在东北共军高级将领中至少有半个班是吃苏联面包、牛奶培养出来的，他们为什么没看出廖耀湘的软肋？怎么只有土生土长的陈光独具慧眼？因为他们的眼睛只盯住了权力、宗派斗争上，没盯在廖耀湘身上。

五月底，新六军占领长春后，蒋介石飞来长春为八大金刚授勋颁奖时，命令国军穷追不舍，一鼓作气拿下哈尔滨。而杜聿明则主张穷寇莫追。廖耀湘不听杜聿明的命令，只拍马蒋介石。所以在拉法吃了陈光的闷棍。杜聿明则借机下令国军停止追击。本来准备继苏武之后去北海放羊的林彪又回到了哈尔滨南岗司令部。

昔日，远征军的两张王牌在缅甸抗日战场上，新一军是一只虎；新六军充其量像一只狼；今日，在东北内战战场上，新六军变成了虎，而新一军降为狼。新一军的战绩甚至远不如陈明仁的七十一军。因此蒋介石对孙立人产生了疑虑。如果新一军发挥正常的话，在四平街只凭孙立人的三个师足以置林彪六个旅于死地。结果恰恰相反，新一军三个师在四平前磨蹭了整整一个月。还是新六军转到林彪屁股后，把共军撵跑的。5月底，中共的哈尔滨已变成空城。只若新一军一个师追到哈尔滨南郊，如惊弓之鸟的共军第七师会立刻乘火车撤退。不知为什么新一军进入长春及德惠后，在松花江南岸安营扎寨，对近在咫尺的哈尔滨毫无兴趣。很显然，孙立人之所以磨磨蹭蹭，只是不愿打内战。打日寇英勇是民族英雄，打内战英勇是民族的不肖子孙。如果孙立人把中国人的军队打得尸横遍野、血流成河，他的民族英雄的形象大为减色，抗日民族英雄将变成屠杀同胞的罪人。

廖耀湘没受过清华大学的民族文化的熏陶，也没受过美国大学的民主人权的教育，只是在法国受了几年半生不熟的军事教育。他满脑袋的功利思想、个人英雄主义，为了讨好上级，他在内战中的表现令人鄙视，他没有珍惜在缅甸战场上得到的荣誉。再者，如廖耀湘指挥一个师的兵力迂回哈尔滨也可以达到占领目的，但胜利冲昏了头脑，使一个加强团孤军深入，恰好碰在身经百战的陈光的枪口上，于是国共两党的历史重新开篇了。

去年11月15日，撤出山海关前几天，毛泽东致电林彪，要求他在锦州之南的绥中、兴城地区歼灭国军两三个师。今年四月六日，毛泽东又致电林彪、彭真集中六个旅在四平地区歼灭国军全部或大部。在抗战胜利后的内战初期，毛泽东的军事思想与当时的实际情况完全脱节。他想一锨撅口井，幻想蛇能吞象，完全脱离了孙子的知己知彼的朴素原则，过于看重了自己的力量轻视了对手的力量。而且对天时、地利、人和的三大战争条件估计失实，而以主观冒险代替军事理论。他命令林彪这支士气低落、指挥不统一，没经过大战役考验的军队消灭包括新一军、新六军在内的全部或大部，即使三岁的童子也觉得愚昧可笑。

日本投降后的战争是内战。国共两军对内战没兴趣，士气低落。根据当时委靡的士气谁也消灭不了谁的几个师；抗战八年中八路军消灭日军最大的平型关战斗只有千把人，也有说只消灭两百人的。第二次大战斗是陈光在梁山县消灭日军四百人。现在内战刚刚开始，命令林彪在锦州消灭比日军战斗力强的国军两三个师，特别是要求消灭四平前线的新一军、新六军、七十一军全部或大部，令人不可思议。别说消灭一个新一军，当时林彪的力量消灭新一军一个整营也办不到。新一军的战斗力大大强于日军，林彪使尽浑身解数曾消灭过日军一千人。现在要他消灭四万新一军，林彪做梦也不敢想。

不管是锦州还是四平都处于东北大平原，无险可守。共军擅长山地作战；国军机械化及装甲部队恰好相反，适合平原作战。共军是从山东、苏北老家刚来东北，还没安好家，没有后方根据地，不宜进行重大军事行动，这是一般军事常识。国军在东北的五个军都曾在缅甸作战，习惯于异地作战，并有江南十省的大后方，在地利方面共军占劣势。

国军五大王牌军调来东北两个；八大少壮名将在四平前线有五个。这五个既是同学又是战友，有较系统的军事理论及较好的文化素质和丰富的战争经验，均为蒋介石的得意门生。他们和衷共济、团结一致是一个强有力的军事班底；共军的高级将领中有较高军事造诣的人只有林彪、陈光两人，而陈光自抗战末期就不被重用。林彪对陈光的启用，首先要看毛泽东的眼色，其次要观察罗荣桓的态度。在人和方面共军又远处于劣势。

还一件事，战争年代应以军事干部为主，政治干部为辅，但中共东北局的组成相反，政治家人多权重，军事家人少权轻。东北局四位政治局委员都是政治家。林彪只是中央委员，政治地位在政治局委员之下，这有碍于政治家与军事家的水乳交融。政治与军事领导管道不通畅，不可能出现相得益彰的战争局面。中共中央正确的做法是增补林彪为政治局委员，增补陈光为中央委员，这就等于提高了东北共军的政治地位，有利东北逐鹿。根据以上不具天时，又缺地利，还欠人和的三大原因，四平共军败北是在情理之中，国军大胜亦在预料之内。

如果毛泽东确想在四平取得胜利，只给林彪拍几份电报于事无补。电报只是传达毛泽东的可笑幻想。欲望取胜必须跟上相应的组织措施。在四平战之前，首先把东北共军进行改编，实施统一编制，统一番号，统一指挥，统一供应。杜聿明把国军分为南线（南满）、北线（北满）。南线以新六军为主，并配合赵公武的五十二军，廖耀湘为前线指挥。北线以新一军为主，配以陈明仁的七十一军，以郑洞国为前线指挥。两个兵团的人数、战斗力、装备、指挥员的能力都搭配得相当平衡。共军对南北线的兵力搭配极不合理，北线九个师（旅），由林彪指挥。一师与七旅两支王牌都在北线；南线六个师（旅），没有王牌部队，前线指挥主要为肖华。南线明显弱于北线。肖华是政治宣传方面的人才，军事才能略逊一筹。如果中共委任陈光为南线司令，肖华为政委，那将出现陈肖合璧相得益彰的军事局面。因为他们是老搭档，又各有军政特长。粟裕在苏北率领十五个团，七战七捷，消灭敌人七个半旅，难道陈光率领装备精良于粟裕的六个师十八个团就消灭不了敌人二三个师？其中还有一个条件，必须把陈光钟爱的一师与七旅调到南线一个，他手中必须有一张王牌作撒手锏。如按以上搭配，廖耀湘未必不败在陈光手下，新六军也未必有余力增援四平前线。如果新六军不出现在塔子山高地，或者晚增援几天，四平前线会出现对峙，可能打成平局。但是政治家宁愿吃败仗，也不愿重用不顺心的军事名将扭转战局，这是四平出现大雪崩的又一个不该有的原因。

从拉法新站胜利后，自六月份开始直到年底没有战事。双方只是磨刀霍霍，加强备战。东北共军在四平的伤亡远远不如在溃败中逃亡的多。整班整排地逃，全军出现了兵败如山倒的局面。

七师政治部宣传队指导员老黄，骑了一匹马，准备从舒兰吉林这条国共两军认可的自由通道经辽宁回山东老家卸甲归田。还没到达舒兰县，在五常县就被一师查住了，又被送回了七师。指导员是连级干部，因为他是一九三八年参加黑铁山起义的老八路，又有文化。渤海军区优待他为副营级待遇，给他一匹骑马，他竟骑着马开小差。被一师送回后没脸见人，老是低着脑袋瓜子走路，见了人不好意思说话。

从老八路、老干部骑马开小差，可见部队逃亡及厌战的严重性。宣传科从长春电影公司招收的那批艺术人才已经跑了一半。

从长春医院撤退时，医院的手术器械及医药全部运到了哈尔滨。一部份分给陈璋院长到绥化建立野战医院；一部份留在卫生处并委任小石负责建立手术室，并任他为手术室长。官不大兼三个衔：看护长、担架队长、手术室长，另外还兼不算官的党小组长。手术室建立后，马克辛处长与乔怀宝科长及其他军医常做一些小手术，如阑尾炎、痔核等，也为宣传队的女演员做妇科检查及治疗。

宣传队有两位艺术家与小石成了朋友。一个是鲁特，三十一岁，辽阳人，男低音歌唱家。在排练《白毛女》中扮演杨白老，他的歌声浑厚、低沉、圆润而悠扬致远，性格温和，谈吐文雅，对人彬彬有礼，很有教养。因为患神经衰弱常来卫生处住院，总给小石唱歌，两个人一见如故。

还有一个女明星。徐静，艺名叫梅玲。是海城人，二十二岁，花腔女高音歌唱家。扮演白毛女。因有附件炎常来卫生处治疗。打仗时部队照顾她，不让她上前线，留在卫生处护理伤兵。两位歌唱家教会了小石许多欧洲民歌及古典名曲。小石对他们进行精心治疗、周到的护理也不在话下。

一天上午，鲁特邀请石鸿儒到宣传队观看《白毛女》的排练，地址在南岗东北总工会礼堂。这是公开演出前最后一次排练，演员与乐队配合得一丝不苟。梅玲正演唱红头绳的时候，突然发现小石在台下正瞪着大眼睛瞅着自己，她一时竟想不起了唱词。结果红头绳被多系了一个结后又继续唱下去。多数人没发现这次小失误，但乐队演奏员们多反复了一个音节。

剧本的导演是王兰馨队长；开小差的黄指导员在后台服务；戴夫科长在前后台跑龙套，也管道具也管灯光，还负责给演员们提开水，忙得浑身是汗，但他还是张着嘴挺乐，认为宣传科为东北军民的文艺生活及阶级教育做出贡献，每次排练结束时，他总会向每个演员握手祝贺成功，并感谢他们付出的劳动，并为他们改善生活。

排练刚结束，梅玲跑下台找小石。小石笑着为她鼓掌，夸赞她银铃般美妙的歌喉。梅玲有点不好意思，说："你来看排练也不事先告诉我呀？好让我精神有准备。在台上突然看见你，差一点忘了歌词。"小石咧着嘴说："我怕你太累，不愿打扰你，结果还是严重打扰了。"

鲁特因为神经衰弱失眠，脾胃消化不良，体力虚弱，演完戏就在后台躺下了。梅玲领着小石到后台看望了他。

王兰馨召集全体观众提意见，对演出发表评论。大家一致说："好！好！好！"只有一个好字。王兰馨朝石鸿儒望过来："小石有什么观感吗？怎么不说话呢？"小石说："你们宣传科的人都是戏剧行家，我是外行，发表不出供你们参考的见解。"

戴夫在来东北的长途行军中与小石走了一路，对他印象很深，又加上小石抓特务一案，对他更加刮目相看。现在车颖又跟小石同一手术室。戴夫对车颖有心思，就像渤海军区特务营邢教导员对小石的同学刘淑英有心思一样，所以对小石特别亲近。他说："小石人小文化深，你发表发表高见，让大家听听嘛。"

小石腼腆地站起来说："我年小无知又是文艺外行，可随便说点观感，不足以参考。外国悲剧从头到尾以'悲'字贯穿，不管《罗米欧与朱丽叶》、《奥赛罗》、《哈姆雷特》、《复活》等等。中国悲剧都以团圆作结尾，如《玉春堂》、《白蛇传》等。唯有《窦娥冤》以'悲'结尾，所以对后世影响巨大。《白毛女》剧也迎合了世俗的愿望，也是以与大春团圆、斗黄世仁的胜利而结尾。团圆与胜利冲淡了白毛女的悲剧气氛。由于剧本的引导，演员在演唱中似含有英雄复仇的情调，这不符合悲剧的原委。演员对悲剧的唯一责任就是营造悲剧气氛，以此揭露、鞭笞旧社会。至于改造旧社会、打倒旧社会那是观众与全社会的任务，而不是演员的职责。悲剧有动员群众的责任，没有直接打倒旧社会报仇雪恨的任务。白毛女的结尾是喜剧而不是悲剧，结尾与剧情脱节。"小石语惊四座。

第二十一章　石先生千里寻儿孙
祖孙三代天隔一方

　　新一军占领长春后，军医处驻进西郊日本关东军陆军医院，军部驻进伪满国防部，与原共军七师卫生处与师部驻地相同。军医处长石开山上校的日语翻译也是小石的翻译铃木次郎空军中佐。在一天空闲的时候，铃木对石开山说："共军七师卫生处曾驻在本医院，有一位小护士长十六岁，相貌跟你一模一样，也姓石。"石开山不经意地应付了一句："中国人口很多，相貌相同，姓氏相同的人很多啊。"铃木继续说："口音与腔调跟你也完全一样。"石开山开始关切铃木提供的情况："他叫什么名？"铃木不好意思地说："我光知道姓不知道名。"

　　田中院长也发现石开山与小石的相貌相似，但他心绪很乱，不愿多说废话。日本护士们见到石开山都用日语挤鼻子弄眼地低声议论，一面说一面偷偷地笑。石开山问铃木："她们在议论些什么？"铃木说："她们悄悄地说你与小石君长相一样。"石开山心里有点毛。进入医院后曾对医院的每个科室逐个察看一遍，最后来到传染病房。

　　原来隐藏在传染病房的老战犯已被朱科长押走。但石开山发现病房内剩下两个共军病人没撤走。一个是天花痊愈病人，另一个是炭疽痊愈病人。因为五月十八日夜晚七师卫生处撤退仓促，把传染病房的两个病号给忘下了，只注意普通病房的伤兵搬运。石开山问："你们是什么部队的？"两个人有些害怕，哆哆嗦嗦地同时回答："我们是山东七师的。"石开山又问："七师卫生处有一个叫小石的护士长，你们认识吗？"伤兵说："我认识，若不是他，我的命就没了。我进院后他立刻强迫鬼子医生给我开刀，鬼子医生夜间不愿动手术，石护士长说这个病分秒必争，强迫鬼子医生起床开了刀。炭疽哪有不死的？而我活了下来。小石护士长天天来看我，还给我捎好吃的东西，那真是个好同志。"

石开山看看小时，说："你认识他吗？"小时以怀疑的目光瞪着石开山，他担心小石是不是被俘，他坚定地说："我不认识他。"石开山察觉天花病人的态度是在保护战友，这说明他们之间有一层较深的关系。他缓和了一下表情说："你们不要害怕，我们都是中国同胞，不是日本鬼子，将来你们愿意回家就可以回家，愿意回你们的部队也允许你们回去。我保证你俩的生活与国军伤兵待遇一样。"

石开山走出传染病房后，两个病号分析国军医官询问的目的。小时问病友："你发现没有，这个医官的五官好像跟小石一样呢。这是不是小石的爸爸或哥哥呀？"病友也说："我感觉也挺像。"

夜晚，石开山在床上辗转反侧，使劲闭上眼睛还是难以入眠。儿子患哮喘、生麻疹去北平以及为儿子到泰山烧香许愿等等历历在目。父母、妻子、儿子这八年是怎样含辛茹苦地过来的？石开山在三更半夜不由自主地又走进传染病房。

传染病房只有两个痊愈的共军病人，因此，没有设值班医务人员。两个病人睡得正香，石开山不忍心破坏他们的美梦。他在旁边一张铁椅子上坐下来，脑海中像放电影一样全是儿子可爱的脸蛋。他急切地想证实儿子的情况，但又担心这是真的……．

两个年轻的病号一觉睡到东方大白也没起床。石开山一夜没眨眼，亲人的音容笑貌、家乡的一草一木以及八年的抗战历程……一幕接一幕。小时终于睡醒了，他睁眼一瞧，石开山坐在椅子上，脸上好像还有泪痕。小时吓得腾地坐了起来，结结巴巴地说："石，石处长……"石开山说："我来的时间很久了。不好打扰你们睡觉，一直等到现在。"小时见石开山面容和善，他稍稍安下心来，说："你是不是还想了解小石的情况？"石开山说："是的。你是不是跟小石一个单位？"小时说："昨天你走出病房后，我们两个分析了你的五官、身架、声音、步态、表情，与小石一模一样。估计你是他的爸爸或哥哥或者其他什么亲戚吧。所以我决定把实情告诉你。"石开山听了心里越发激动，他努力平静地说："你们放心。小石可能是我的儿子……"小时惊讶地张着嘴："啊！你是石大叔？请受侄儿一拜。"他猛地跪下去，给石开山磕头。石开山拽起小时："你慢慢地说……"这时石开山的声音竟有些呜咽。小时坐在床沿上说："小石的大名叫石鸿儒。今年十六岁。德州县石庄人。家里五代中医传人。广德堂是他家药店的字号。他没进过正规的学校读书，在家由母亲、祖父教授，靠自学成材。他的文化深，曾为林彪、陈光诊过病，开过中药方。他父亲是国军医疗队长，曾参加上海、南京、武汉保卫战。武汉失守前大叔经周恩来向家拍过电报。肖华将军把电报送到广德堂。小石的名字就是肖华给他取的。小石十四岁参加八路军，我们在黄河口参加渤海军区卫生处办的医训队学习，毕业后他在七师卫生处工作，我在二十一团卫生队。去年10月七师在乐陵开拔前，爷爷、奶奶、母亲来乐陵为小石送行，龙书金副师长还请了小石一家客，因为龙书金司令负伤后，是隐藏在广德堂经石先生治愈的。长春解放后七师卫生处在这家医院接收四平伤兵，小石是该医院的总护士长，是我们两个人的救命恩人。5月18日晚，四平撤退时，他负责把三百多伤兵转运到哈尔滨。没料忙中出错，把我们俩捨在传染病房里了。还有，小石已是共产党员了……"石开山已是泪流满面，不知是喜是恼，只觉得心像疼挛一般地疼痛。稍平静后，小时高兴地告诉石开山："小石很勇敢，我领你到医院西南角抓特务的地方看看。"一面走，小时一面滔滔不绝地介绍着小石抓特务的情景。

抗战胜利后，国共两党占领区像两个敌国一样中断了一切通讯往来。家庭的信息可谓千金难买，石开山对小时感激不尽。站在儿子抓特务的废岗楼前，石开山已下定决心尽快退出军旅生活。老子与儿子不能对打，父子参战是为抗日反侵略，现在日寇投降了，我必须退役！为了不陷进国共两党的政治漩涡里，我将远走高飞，去美国攻读博士学位。但在出国前，必须与家人团聚一次！不论如何困难，不论如何棘手，我必须要见到亲人！

石开山走回宿舍，脚步那么急促，又是那么坚定！急促是要见到家人，坚定是要去美国留学。

1938年10月，武汉失守后，医疗队随王耀武七十四军退往长沙。

第三次长沙会战后，医疗队跟随远征军进驻缅甸。抗战胜利后返回广州，国防部解散了医疗队。医疗队医生、护士大部回原籍复员到地方医院工作。山东是共军根据地，石开山有家不能回，否则共党会将他作为反革命逮捕。石开山军衔已是上校。上校的军衔被划为反革命分子的条件绰绰有余，即使有八个脑袋也不够抵罪的。如去原单位北平协和医院复职，对北平的目前情况又不了解。据传北平也不安全，周围也是共军根据地，再说北平地下共产党活跃，非彼即此，不是同志就是仇敌，很难处世。

孙立人在苏州住院时与石开山交情颇深，他劝石开山调到新一军任军医处长。为了继续观察时局发展，石开山暂来到新一军，没料，新一军一下子调到四平前线。父子俩分别成了两个对立阵营的一分子，更没料到爷儿俩前后脚过客长春关东军陆军医院。历史就是许多偶然事件的记录，并没有必然规律可循。

一个月的四平血战，全国讹传双方死亡十万。山东人民嚷得更凶，因为自己的子弟兵大部开往东北，四平街一定死了成千上万的山东儿女。石振铎一家寝不安席、食不甘味，终日以泪洗面。孙子在四平不知死活，儿子的吉凶又杳无音信。抗战胜利给人民带来的不是欢乐团圆而是生离死别。

石振铎决心豁出老命踏遍全中国也要找到孙子及儿子，活要见人，死要见尸。津浦铁路完全中断，到南京、北平都不通车，路基被共军破坏铲平。复生子尚未成年，怕在四平有闪失。石振铎决定先去东北寻找孙子，然后再去南京联勤总部打听儿子的消息。去东北首要先徒步五百里到天津，而后搭火车到沈阳。如果沈阳到长春的铁路没被破坏，再乘车到长春；长春下车后，通过国共非军事区徒步六百里去哈尔滨找林彪司令部打听七师的详细驻地。在哈尔滨找到孙子后再返回长春或沈阳搭飞机去南京，打听到儿子的准确消息后，乘飞机去济南然后徒步回家。

石振铎出发路线成竹在胸。准备出发前几天他叫老伴准备好衣服及食物，同时把路线图告知老伴和儿媳。估计至少需要三个月的时间。温良说："爸爸的出发路线太费时日，不如先去济南打听王耀武司令部，先打听一下开山的消息，然后再乘飞机去沈阳或长春找复生子。坐飞机省时又安全"石振铎经温良提醒恍然大悟，说："我老糊涂了，哎，都是他们爷儿俩把我的心摘去了。距济南不到两百里，去打听王耀武司令部可能有眉目。"

7月中旬接近大暑，已入中伏，恰是山东的雨季，也是天气最炎热的时候。石振铎已是近六十岁的老人。他带着几个饼子、几根老腌咸菜徒步去济南。走了两天半到达济南。济南宪兵盘查严格，怕共军侦探混进城内。由于他鬓发已白、满脸皱纹、慈眉善目不像侦探模样，被放进城内。中午两点，到达第二绥靖区司令部驻地。

门卫值星官是一位中尉，他斜着眼看着眼前满面尘土的老头，问："找谁？"石振铎小心地说："我找王司令官。""有什么事？""询问儿子的下落。""你儿子是干什么的？王司令官认识吗？""儿子是联总医疗队长，王司令可能认识。"值星官轻蔑地一笑："一个小小的医疗队长，和王司令又不是同一个部队的，不可能认识。王司令没空，有空也不可能接见你，你还是回家吧。"石振铎泥歪着不走，对值星官说："看样子，你也是参加过抗战的军官吧。现在胜利十来个月了，如果你的爹娘不知你的下落，揪不揪心……"值星官被缠得没办法了，于是拿出一张接见表格，给石振铎一支毛笔填上儿子的姓名、年龄、籍贯、部队番号、职务、军衔与本人的关系，最后签名。值星官拿着表格，一面向王耀武办公室走去，一面欣赏着石振铎的毛笔字，心想：没想到这个土老头，还写得一手好字！

王耀武看了登记表，估计来人确是石开山的父亲。他与值星官一同来到大门口迎接，老人风尘仆仆，鼻子高挺、浓眉大眼，神若有所思，这一切一切都有着石开山的影子。值星官向石振铎介绍："这就是王司令官。"石振铎早从椅子上站了起来。王耀武伸出手来问："你是开山贤弟的父亲？"石振铎说："没错。劳王司令大驾了。"王耀武客气地说："我是晚辈，石先生不用客气。我们到办公室谈吧。"

王耀武递给石振铎一杯热茶说："先生与开山弟中断信息几年了？"石振铎叹了口气说："八年啦。北平将要失守的时候，他带着二十九军的伤兵向南京转送，很快上海又开战，他在苏州组织了第一个医疗队，收容上海伤兵。以后又经过南京抗战及武汉会战。武汉失守后就中断了音信。"王耀武说："武汉会战前，华北已经完全沦陷，开山怎样跟你通信的？"石振铎说："开山想家心切，他转悠到武汉大本营政治部，找到周恩来，周恩来叫八路军驻武汉办事处转经正在鲁北活动的肖华拍来一封电报。肖华部队几天后驻到我家，把电报交给我。我又回了封电报，肖华又发到武汉八路军办事处。"王耀武说："国共两党原为宿敌，但为了抗战进行了卓有成效的合作，最后取得胜利。所谓'精诚所至，金石为开'呀！"石振铎接着说："可我发现现在的苗头不对劲。"王耀武岔开话题说："武汉会战，开山弟的医疗队驻进汉阳，我去汉阳看望伤兵的时候认识的。山东人认老乡，见了老乡有说不出地亲切。以后长沙会战，我们见面的机会很多。1943年他带医疗队转战缅甸，我们就中断了联系。"

石振铎听到这心里凉了。王耀武看出老人的失落，他想了想说："这样吧。联总肯定知道开山弟的消息，我跟联总去电报联系一下，你先到招待所休息、吃饭，我联系好了告诉你。"

秘书把石振铎送进招待所。饭菜、酒、茶都是上乘的，可石振铎喉咙里像被什么东西堵着，什么也吃不下、喝不进。他太累了，想着想着倒在了竹躺椅上睡着了。

王耀武专门派了一名秘书联系石开山的下落。据南京联总电报称，石开山现任新一军军医处长，四平胜利后，新一军驻长春。秘书又跟新一军联系，终于得到了石开山的电报：父母大人钧安，转瞬间离别九年。孩儿日夜想念父母、爱妻、娇儿。望能麻烦王将军耀武兄，让全家乘飞机来长春，容后面谢。据俘虏兵透露犬子无恙，共军四平撤退时，复生子带三百多伤兵转送哈尔滨。儿叩禀。

秘书叫醒石振铎，将他请到王耀武办公室。一进门，王耀武高兴地说："祝贺大叔，开山找到啦。在长春新一军军医处。孙子也无恙。"石振铎看着电报，老泪纵横，一句话也说不出。

等石振铎平静下来后，王耀武问："孙子无恙是怎么回事啊？"石振铎介绍了孙子十四岁参加八路军抗战的经过以及他本人救治八路军伤员的事。王耀武感慨地说："一家三代为抗战出力做贡献，可歌可庆。大叔，你回家后把大婶、弟妹领来，我给你准备三张飞往长春的机票。全家很快就能团聚了。"石振铎激动地难以相信这是事实。他打算立刻动身回家，把抵万金的家书带回家。他知道，家里的婆媳二人得不到消息，就会一时也放不下心，吃不下睡不着。

石振铎拉住王耀武的手，颤抖着声音说："王将军，您为我家做了一件大恩大德的事啊，我老少三代感恩不忘。我立刻回家把家书告知日夜盼望的老伴及儿媳，筹措好机票钱立马回来乘飞机去长春。"王耀武说："你不要为机票操心，老少三代抗战八年，奖励三张机票还不应该呀？现在天快黑了，你在招待所休息一宿，明天再回家也不迟。"

石振铎坚决要马上回家，一刻也不能停留。王耀武无奈，只好派吉普车把他送出国军防区以外。

吉普车一直开到禹城，天已大黑。再往北走将进入共军辖区。禹城到石庄还约有一百里路程。石振铎屈指计算，早晨七点准能到家，平均一小时十里路的速度。以北斗星为方向，他大踏步地朝正北方走去。

石振铎满心欢乐。所谓"踏破铁鞋无觅处，得来全不费功夫"，幸亏温良提醒，还是年轻人心眼快啊。王耀武一下子把儿孙的地址都弄明白了，都说山东人认老乡，老乡对老乡真可为两肋插刀啊。走着想着乐着，石振铎不觉低声唱起了《王宝钏》，太快乐了。石振铎抬起头望着天河里的星星，这个宇宙显得比往日更美丽了。将要和儿子、孙子见面了，全家就要团圆了。人生一世，能有几次像今天的快乐！满天的星斗好像也在朝着石振铎微笑，为这位饱受风霜的老人祝福。

这时，石振铎无意中发现一块像锅盖大小的黑云由天河的西岸向东岸飞渡。民间经验说这是老母猪过河，是大雨的先兆。石振铎并不担心，明日大雨来临之前他就到家了。七月是山东的雨季，天气像癔病一样涕笑无常。第一头母猪过河后，霎时又一帮老母猪跟踪而至。转瞬间，满天星斗不见了，指路的北极星已无影无踪。顿时狂风呼啸，天色伸手不见五指，随之雷电交加，大雨倾盆而下，还夹杂着枣一样大小的冰雹。

前不见村，后不着店，石振铎恰好处在一个低洼地带，不到二十分钟，一片汪洋将他团团包围，冻得他瑟瑟发抖，牙关咯咯作响。

已经无路可寻，田地里有水井，如果继续前进，有掉进水井的危险。他只能停下脚步，蹲下身子，脱下上衣遮住头防冰雹，任凭雨淋！风吹！水泡！冰砸！

约四十分钟后，逐渐风平、雨止、水退，道路露出轮廓。在泥泞的道路上石振铎深一脚、浅一脚地继续朝北方挪动。他耗尽了全身力气爬上一条高出地面的土岭子。土岭子呈东西走向，这次总算找到一条干路了。

路面上有些石子，他仔细琢磨，原来这是一条被共军破坏了的铁路路基，铁轨下的枕木被运走了，为什么铁路呈东西方向的？难道转了向？走到胶济路上了？这时雨过天晴，北极星刚刚揭去了面纱。石振铎"哎哟"一声，原来迷失了方向，把西误认为北了。至少多走了三十多里的冤枉路。这是津浦路基，按北极星指引的方向，沿路基而北上。石振铎到达了平原县的张庄站。张庄距石庄还有六十五里路，这一夜仅走了三十里。

他浑身是泥，狼狈不堪。遇到一处水池，洗了洗脸，冲了冲脚，刷了刷鞋。衣服已经沥干了。

偌大的张庄既没有饭店也没茶馆。政策不允许私人营业，又没建立公共服务行业。石振铎饥肠辘辘，口干舌燥，疲惫不堪。他来到一户农家，想讨块干粮吃，要碗水喝。他给了农民一块大洋，当时一块大洋可买一袋半洋面。吃了一个有霉味的饼子，喝了两碗生水。刚要起身赶路时，农民叫来了民兵进行搜身。好处是电报被雨水泡为纸浆，无从辨认，但民兵在他身上搜出五块大洋，认定他是特务，大洋是特务活动经费。

石振铎被民兵带到了区公所。区长是平原城北杜庄人，叫杜殿元。石振铎被押进了区长房间。杜殿元惊诧地说："唉哟，石先生从哪儿来？大水冲了龙王庙，一家人不认一家人了。"石振铎并不认识区长，就顺水推舟地说："我去渤海军区司令部看望孙子。周贯五政委及王兴扬处长说孙子跟七师已开往东北。一夜的大雨，走得转了向，误来到张庄。民兵同志阶级觉悟高，错把我当特务了。幸亏遇到你啦，否则还得费些口舌。"

石振铎当然要隐去与王耀武见面的事。杜区长派人擀面条伺候石先生，但石振铎决意要赶路，不麻烦杜区长。区长在村里派了一头毛驴送石先生回家。区长的毛驴虽不如王耀武的吉普车快捷，但对此时此景的石振铎，毛驴的作用胜过吉普车。

石振铎刚进大门就大声叫道："温良啊，温良啊！你娘呢？都找着了，全找着了！开山在长春，复生子在哈尔滨！"温良与宫氏不敢相信自己的耳朵。娘儿俩眼里浸满了泪水笑着问："你说什么？再说一遍。""千真万确，都找到了。开山给我回了电报，七师的一个俘虏说四平撤退时，复生子带领三百多伤兵转送到哈尔滨。"

虽然昨夜禹城大雨如注，可石庄却滴雨未下。石振铎把一夜的受难隐去，以免冲淡这令人兴奋的喜悦，但由于饥寒劳累，一夜灾难的袭击令他发热咳嗽，全身散架般酸痛。服了两剂大青龙汤减桂枝加银花、连翘、黄芩，既治外感风寒又预防肺炎。两剂后仍有胸痛咳嗽，咯白痰无血丝。他又按急性支气管炎治疗，以麻杏石甘汤加味丹参、桑白皮、葶苈子、天竺黄、橘络、黄芩。三剂后，症状逐渐缓解。石振铎一直在坑上躺了八天，健康恢复后，一家进行一系列到长春的准备工作。随身带了三百六十六元六毛，这是个吉利数。温良带了全部首饰及常用衣物，到长春与丈夫团聚后，她说什么也不能再与丈夫分离了。

药店暂停业。家庭生产等一切全由弟弟石振玺代劳。一切安排就绪，一家将去济南搭飞机去长春。但天不随人愿，最近济南周围及胶济路西段国共两军战事正酣。济南市内国军二十四小时戒严，进济南已不可能，去长春的美满计划不幸夭折。

据跑天津的商人说，沧州到天津有短途火车，天津到沈阳有直达列车，沈阳到长春也有直达车，去长春必须分为三段走。这个消息又给全家带来希望。八月的山东雨季结束，已经立秋三天了，道路干燥好走，但尘土飞扬是难免的。自共军全部控制渤海军区后，顾用长工的制度已被废除，黑子已回家，驶轿车的任务只能由侄子石开河代劳。石开河驶车把大爷、大娘、大嫂送往沧州车站。

沧州毕竟是农村，国共两军戒备不严。国军对共区的来客只没收北海票，银元、首饰可随身携带。可到天津的短途车不定时，有时一天一趟，有时两三天一趟。列车有时是客车有时是装老牛的闷罐车，而且速度很慢，沧州到天津两百四十里至少得跑十二个小时，每到一个小站停一两个小时。如果乘客下车到戏院听一出京戏再回车站上车，保证不会被落下，掉不了队。

石家三口耐着性子，终于来到天津站。天津相对安定，没有济南那种剑拔弩张的气氛。在天津住了一夜，买上三张去沈阳的车票。很幸运，天津、沈阳到底是大城市，居然有卧铺。火车速度不慢，一小时约六十华里。天津发车是早晨六点，晚六点到达山海关。火车停住了，据说绥中与兴城之间的沙后所车站附近游击队很活跃，火车不敢走夜路，只能白天通过沙后所。所以石家一家在车上睡了一宿好觉。

火车到达沈阳已是晚十点。沈阳国军夜间戒严，传说有五百共党男女特务混入沈阳市。禁止乘客步出候车厅。到处是宪兵，好像兵临城下一般。宪兵对每位乘客搜身检查。石家的银元、首饰引起了宪兵注意，这显然像是特务活动经费。石家三口被押进车站宪兵队，被没收了全部金银财宝。

　　第二天，沈阳宪兵司令部与长春新一军通了电话后，才放了石家三口。白白蹲了一夜黑屋子，金银财宝归还后，一家又搭上了火车去长春。可惜新一军接电话的是作战科，因工作忙乱，这件事没通知石开山。

　　火车到达了四平又停住了。据说公主岭南边，辽河的铁桥被游击队破坏了，现在正在抢修，至于何时修好，没有准确的说法。有人说一两天就能修好，有人说得半个月开外。石振铎到了四平邮电局想给新一军卫生处通电话，但邮电局不通军用电话。四平街是陈明仁的七十一军防区。石振铎想麻烦一下七十一军，又想，四平到长春两百里路，即使徒步，两天也能到，就不麻烦七十一军了。相依为命的三口提着行李、包袱走出四平站。站外有大板车长途拉脚，有拉到长春的。于是一家人上了一辆大板车，拉到长春三元大洋，一次交齐。大板车到达公主岭天已昏黑，大板车连同乘客住进了一家大车店。

　　第二天一早，石振铎准备继续赶路，可大板车不见了，已于昨晚逃之夭夭。一家人被折腾得欲哭无泪、欲罢不能。公主岭距长春只有一百里，难道就难在这一百里路上吗？据大车店掌柜说，公主岭是新一军防区。石振铎站在大街的十字路口东张西望。一辆十轮大卡车由南向北开来。他向前拦车，司机开口大骂："他妈的，你敢截老子的车，我崩了你这个老该死的！"石振铎忍气吞声，毫不胆怯地说："老总，我是新一军的家属。从山东来长春找儿子。如果你去长春，我跟你的车，好吗？"对方一听这老头满口山东话，态度马上软下来，自吹自夸地说："八年抗战我一直开这辆破车，从苏州开到南京；从南京开到武汉；从武汉开到长沙；从长沙开到缅甸；从缅甸开到长春，还没人敢截我的车。我也是山东人，你的儿子在哪个部队？""儿子在军部军医处。"司机一听，从驾驶楼里跳下来。军医处只有两个山东人，一个是石开山；另一个就是这个司机了。他惊恐万状地抓住石振铎的手问："你儿子叫什么名？""石开山。"司机猛地朝自己的脸上"啪"地一声搧了一巴掌说："石大爷，我是个粗人，实在对不起！看在老乡的及石处长的面上，您老人家高抬贵手，原谅您这个傻侄子吧。我也是军医处的，跟石处长干了九年了。"

一家人上了汽车，司机对宫氏叫大娘，对温良叫石大嫂。不到一小时到达长春陆军医院。

石开山领着一群医生查房，查完一楼，准备再查二楼。走在南北大走廊里，刚要抬脚上楼梯，司机帮忙提着包袱越过门厅进入大走廊，老远就大声喊："石处长，石处长，你看谁来了！"石开山住步，突然他"啊"地一声，丢掉了手中的病历、记录本、钢笔、听诊器，紧跑几步跪了下来大哭着："爹，娘、温良……对不起，对不起……爹、娘、温良….对…不起……。"一家四口蹲在走廊里抱头痛哭，此时此刻，查房的医生、护士还有司机无不动容。

石开山把父母、妻子领到了自己的寝室。医院缺乏双人床，室内又暂抬进一张单人床，两位老人各占一张。当时的东北不兴沙发，室内又搬来两把木头椅子。因日本缺乏资源，节约是日本人的习惯，房屋建设以省料实用为目的。室内面积很小，只有十二平方米，放上两张床就已很挤，再添上两把椅子房间就显得更狭小。整整九年没有见面，见面后有说不完的话。抗战中的家史、敌后战场史、正面战场史和个人在抗战中的经历、贡献以及对复生子的家庭教育等。谈话的时候两位老人各在自己的床上半卧着，开山与温良坐在椅子上。

8月中旬的长春天气已有寒意。开山与爸爸半卧在一张床上，温良与婆婆半卧在另一张床上。他们的谈话内容丰富，主题众多，每个主题都可写成一篇好文章，把每篇文章合订起来就是中国的一部现代史。但石开山并没把复生子抓特务的事说出来，怕两位老人害怕，就像石振铎把夜遇暴风雨闷在心里一样。自己受到的痛苦，不要再分摊给亲人了。还有在公主岭受到司机的谩骂这件事，也没说出来，因为司机已对自己的粗野行为表示了深深的忏悔。

当一家人谈到早晨四点的时候，大家昏昏欲睡，即使勉强说一言半语也是语无伦次了。早晨三四点钟的睡意无法抗拒。

石开山忽然想起一个重大问题，又赶走了全家的睡意，引起了新一轮的家庭讨论。他说："八年抗战期间，国家中断了公费留学的制度，今年又恢复了留学考试。"石振铎一听来了精神说："什么时候考试？""9月30日报名结束，10月13日考试，地点在上海。考生分四类，一类是考本科；二类考硕士研究生；三类考博士研究生；四类考访问学者。"石振铎问："年龄有限制吗？"石开山说："考本科年龄限制在三十五岁，其他类考生没年龄限制。"石振铎问儿子："你有打算吗？"石开山说："今天以前我主要想与家庭取得联系，想如何一家团聚，没有其他想法。自从得知复生子参加八路军以后，我的思想发生了巨大变化。父子俩被政治游戏变成敌人了嘛，我决心退出这场是非不明的战争漩涡。虽然我有协和的博士学位，为了退出战争，想再拿个美国学位。现在留学只能到美国去了。二战把欧洲已变成瓦砾堆。我攻读骨科博士是轻而易举的，把八年积累的骨科资料写成文章就是很好的博士论文，只是再补充点动物实验数据。"石振铎越听越兴奋："你的想法很好，立刻报名！其次叫温良也报名考本科。若考上公费更好，考不上就跟你到美国上自费生，学费不用愁，由我负责。你们自己再打打工挣点钱就够了。问题就这样决定了。"

可温良不同意："开山可以考，我不考。我要留在家伺候二老。"宫氏很开明，表态说"我看国共两党不管谁胜谁败，都得大乱一阵子。世道大乱的受害者，首先是老百姓。温良不要挂心我们，俺与你公爹老了，死就死活就活，年青人逃出一个是一个。如果俺们老了用人照顾，还有你妹妹呢。"石振铎听了说："你看你娘，老太太都把国家的未来看得如此透彻。如果你们在国外站住脚，不管共产党胜败，一家都到国外找你们去。复生子也可以去国外深造。所谓狡兔三窟，不无道理。如果国民党胜利了，可能出现一个民主社会；如果共产党胜利了，可能出现一个苏俄式的专制制度，知识分子将在劫难逃，富人将被驱逐国境当白华。目前我抓紧时间到哈尔滨看孩子去，回来后你们就去参加考试，就这样定！"

东方已大亮，一家四口打一个盹，一天的生活又开始了。第二天晚间，孙立人设宴为石先生一家洗尘。经过一阵寒暄后，孙立人举杯："石先生一家三代为抗战做出贡献，今天不远千里跋涉，来到长春看望抗战功臣开山弟，我为二老及弟妹的健康干杯！"石振铎也举杯回敬孙立人，说："今晚能见到创造仁安羌大捷的大英雄、中国军队的骄傲、东方隆美尔，我非常高兴。为孙将军的健康干杯！"祝酒后，大家互相拉起了家常。孙立人说："开山从一个俘虏中了解了家庭及小侄子的一些情况。现在与亲生骨肉变成战场上的敌人啦，你说这个仗怎么打？据传，小侄子所在的七师与七旅将整编为共军第六纵队，司令员为长征英雄、抗日名将陈光将军。第六纵队是共军战斗力最强的部队。石先生到哈尔滨见到陈将军时，代我向他致意。六纵队与新一军战场相遇的时候，请他刀下留情，别像打鬼子一样下死手。"说得大家哈哈大笑起来。

孙立人批准了石开山申请留学考试，并倍加赞扬，称道他夫妇一道去国外留学对国对家都具有深远意义，是真知卓见的选择。

完成报名手续后，准备了一些相应的考试资料，石开山与温良开始复习。在考试之前，温良与公婆要先去哈尔滨探望复生子。经孙立人同意，七师残废军人及天花病人小时等办妥战俘释放手续，他俩愿意回原部。并赠给石振铎一箱青霉素针剂做路费。一箱一千支，每支五万单位。这是第一批国家进口青霉素，新一军只配给五箱。石开山为父母、温良办妥新一军护照。去哈尔滨的路线在国军占据的吉林市北缘与共军占据的舒兰县之间，有二十里路的非军事区，为方便双方百姓往来的走廊。

9月6日六时零六分，石开山开一辆中型吉普车，拉着全家及小时和残废军人出发，经吉林直奔非军事区国军最后一个哨所。残废军人挂着双拐，小时扛着药箱徒步走向非军事区共军一方。直到望不见踪影，石开山方开车回走。

舒兰、五常是共军一纵队防区。各哨所官兵均为鲁南人。官兵听到石振铎一家是七师家属，并满口山东腔，倍感亲切，对山东的年景、石家一路的艰辛跋涉问长问短，就像久别重逢的亲戚朋友一样。石家人也有宾至如归之感，觉得这帮山东小老乡非常可爱，如同自己的亲生子孙。舒兰通哈尔滨的火车每天两趟，准点准时，均为客车厢。车内清洁明亮，车速每小时七十华里，到达哈尔滨只需四个小时。相比沧县至天津的客车有天壤之别。石振铎对共军的交通管理印象不错。7日下午五点多，到达哈尔滨车站，下车后，马不停蹄乘上两辆老毛子（白俄）的四轮马车直奔南岗林彪司令部。哈尔滨的鹅卵石马路与顿河大马拉着四轮马车是一道独特的风景线。

石振铎一家早已驱散了忧愁，因为事先已得知复生子安然无恙，所以对哈尔滨的异国情调倍加欣赏。马车停在东北共军总部门前，一位值星连长发现下车的人穿着山东服装，估计是从山东来的家属。他快步跑近迎接，问："老大爷，你是从哪儿来的？"石振铎快活地说："从山东来。"连长听了乐得直蹦高。站岗的战士也都围了上来，一个战士问："老大爷，你是来看谁的？""我到七师看孙子。"

值星连长把家属安排在接待室，并通知伙房做饭招待。"山东家属来了"的消息不胫而走，全警卫连的战士涌进接待室打听家乡的情况。大家要求老大爷回家的时候给家稍信。石振铎把他们家庭地址一一记在一个小本子上。他们大部是鲁北人，少数鲁南人。值星连长把小时等叫到一边问他俩是从哪来的，他们回答说是七师掉队的伤兵，在路上遇到石大爷，一同归队。

晚饭后，值星连长顾上马车，把七师家属送往七师驻哈办事处。临别时全体警卫连战士像告别亲人一样依依不舍，宫氏、温良眼睛湿润了。

七师驻哈留守处处长是刘虎臣。他身躯肥胖，河北吴桥县人。吴桥距德州三十华里。总部警卫连长向刘处长介绍送来三位德县七师的家属。刘虎臣比一纵队哨所及总部警卫连战士感情更加激动。因为这是七师的家属，是真正的同乡。刘虎臣整整一年没听到家乡的消息了，他家还有近七十岁的父母及妻子、儿女。见到石振铎夫妇如同见到了自己的父母，刘处长眼泪唰唰地直往下掉。

刘处长询问部下："你们最近去双城见到卫生处的小石了吗？"一个原德州县大队的二十来岁的老战士说："十天前我们在双城车站见面说话啦。"刘处长回来对石振铎说："请放心，小石同志安然无恙。你在哈尔滨多待几天，我领你逛逛哈尔滨。"刘处长拿出最好的红高粱酒与石振铎一面喝一面拉，一夜没睡。

刘处长喝多了，他把一生的经历都讲给石振铎听。他说："早就知道石先生的名气，但没见过面。我在南开大学为学生时参加了地下党，卢沟桥事变后，没毕业就跟邢仁甫回家乡搞农民起义、组织救国军，拉起了两个团。然后在一军分区任供给处长。1942年鬼子搞了两次治安强化运动，推行囚笼战术，搞三光政策。局势恶劣，吃了不少苦头。当时邢仁甫打死了黄骅，投敌叛变了。形势恶劣并不是邢仁甫叛变的主要原因，主要原因他不是井冈山派，而是地下党出身。虽名为司令但有职无权，处处受排挤，被歧视。不叛变将有被折磨死的可能；叛变可能还留下一条命。他叛变也使我倒了霉。党组织反复责令交待与邢仁甫的关系。有人主张杀了我，理由是因为他与邢仁甫同党，又是大地主出身，爷爷又是皇宫的老贡。好处是周贯伍主持正义，他说谁的事谁当，不能牵连别人，也不能追查三代宗亲。不管怎样，终于熬过了八年抗战，遇到几次危险而没死掉，也算是万幸。"

说着说着，刘处长这个刚强的汉子眼睛竟泛起了泪花，又说："现在的内战又起，我年迈的爹娘、年幼的儿女、孤单的妻子，每天为我提心吊胆，是不是死在了四平街？是不是又要开始新的战斗……"

刘虎臣千叮万嘱，要求石振铎回家时定去吴桥一趟给家报个平安。他家是吴桥县刘公庄，全县都知道。石振铎记下刘处长的家庭地址。留守处的其他山东籍官兵无一不让石先生记下自己的家庭地址，给家捎口信。

山东口音胜似护照。在国共两辖区不仅通行无阻，而且处处受到热情的欢迎和接待。

第二天，石振铎要求去双城看孙子，逛哈尔滨以后有机会再说。石振铎对刘处长的招待非常感谢。刘虎臣把石先生一家送到去双城的军用列车上。临在上车的时候他才想起来："七师已经改称第六纵队，卫生处改为卫生部，但基本还是原班人马，只添了一个陈光司令及新四军七旅。

卫生部办公室在南北街路西一家酒厂，其中有一座二层楼及一片平房。马克辛部长在乐陵出发前就认识了石振铎一家，没想到相隔数千里，又经过犬牙交错的国共两军交战区，竟然奇迹般地来到塞外的北天边，实在不可思议。所以当石振铎喊着："马处长好！"时，马克辛惊讶地"哎哟"了一声。"这不是石先生吗？迢迢数千里，战火纷飞，你一家冒多大危险来到这的？"石振铎一家也都笑呵呵地，也不搭话。

马克辛一边倒着开水一边说："东北没茶喝，只能白开水一杯喽。"他又召唤警卫员小韩："小韩啊，快快去叫小石！"

石振铎把长春医院传染病房的两位病号交待给马克辛。马克辛眼神中充满疑惑，石振铎就把事情的来龙去脉详细地讲给了他。最后他拿出一箱青霉素说："我给儿子说龙书金将军的伤臂常发炎，需要带几盒青霉素，儿子给了我一箱。你快收下吧。"马克辛高兴地说："谢谢石先生的忠厚仁义、救死扶伤之举。青霉素可为抗炎神药，是最新的科学成果，有钱难买啊！"石振铎也高兴地说："这可是我国第一批进口的青霉素啊。新一军、新六军各分得五箱，其他军都没有。"

小韩把小石带来了，场面可想而知地令人动容。奶奶搂着孙子，温良拉着儿子的手，又是笑又是哭。

石先生到来的消息传得很快。刘其人、龙书金、李作鹏、徐斌洲等都来看望石振铎一家，热闹非凡不一一赘述。

马克辛把这一箱青霉素视作珍宝，当天就为李作鹏、徐斌洲、龙书金都一一进行注射，分别治疗他们常发炎的眼睛及伤臂。每人打了一针炎症就消退了，又各巩固了一针，可谓神效，三位病人更是兴奋不已。

第二天晚间，陈光为石先生一家洗尘。陈光担任六纵队司令，可谓大材小用，为此心中郁闷，常发脾气，常骂下级将领，但对石先生一家从遥远山东不辞艰险来东北探望孙子深感敬佩，况且老先生又为部队带回了掉队的病员及一箱珍贵的青霉素。陈光从被任命六纵队司令以来没有像今晚这样快乐过。

参加宴会的还有杨国夫、李作鹏、徐斌洲、刘其仁、龙书金及马克辛。宴会开始陈光先举杯说："石老先生一家三代为抗战做出了贡献，令我十分敬佩。今天不顾千辛万苦，跋涉千里险境来双城探望我军小战士，我代表六纵队全体官兵向石老先生一家表示感谢，干杯！"石振铎回敬说："今天有幸见到长征第一大功臣、抗战名将陈光将军非常激动："祝陈将军及在座的山东军区渤海军区的各位将军和马部长健康，干杯！"

今晚陈光快活而亲切，各位将领心里也就不紧张了。宴会始终充满着欢乐气氛。散会之前大家闲谈时，石振铎笑眯眯地对陈光说："在长春一次宴会上，孙立人将军对我诙谐地说，共军第六纵队司令是长征英雄、抗战名将陈光将军，他托我向陈将军致意！并说六纵队与新一军在战场相遇时，请陈将军刀下留情，别像打鬼子一样下死手。"大家听了哈哈大笑，陈光也很幽默："在战场外，六纵队与新一军是同胞。在战场内是对手。如果在战场上新一军痛快地交枪，我陈光保证不下死手，交枪不杀嘛！"大家又是一阵开怀大笑。陈光继续说："请石先生回长春的时候代我向远征军大英雄、风靡全球的军界明星、东方隆美尔致意！"

宴会结束后，石振铎分别察看了龙书金的伤臂、李作鹏及徐斌洲的伤眼。小石还让爷爷为梅玲的病进行诊治，为她注射了两支青霉素，她的下腹痛及黄色白带顿消。

一家人在哈尔滨愉快地游览了七天，其间还察看了香坊日本七三一细菌部队的故址。在和亲人谈话中，小石始终没提及在长春陆军医院抓特务和蔡家沟伤兵车上的悲剧。

分别的这天还是到来了。一家老少很难预料，何年何月何日再能团圆。

10月底，石开山、温良同时收到了哥伦比亚大学的入学通知书。

从此夫妇俩开始了新生活，石开山告别了九年军旅生涯。孙立人在欢送宴会上意味深长地说："开山贤弟圆满地完成了民族解放战争的历史使命，现在又开始为祖国未来的建设准备力量。中华民族为有你这样的知识分子而无限骄傲啊。"

一家四口乘飞机离开长春抵达北平，然后搭火车由天津达沧县。在国共两军分界线上，千言万语说不尽，可怜骨肉恨别离。石振铎夫妇不无伤感地走向德县老家；石开山夫妇由北平飞往一个陌生的新天地。

第二十二章　第一次冬季攻势
陈光大胜孙立人

　　造成共军四平大败的直接原因是毛泽东的主观冒险主义，只凭主观愿望不顾客观条件又缺乏军事常识。尽管这次四平溃败使东北共军伤筋动骨，但还没有完全发生灭顶之灾，是有赖于林彪的军事智慧。在千钧一发之际，果断、快速撤退，并没遵照毛泽东变四平为马德里的命令。林彪拒绝了孤注一掷的命令，因而拯救了东北共军。所以林彪对四平街防御战虽败犹荣。主观冒险贯穿了毛泽东的一生，曾给国家、军队造成巨大损失。四平溃败是其典型例子。更可悲的是毛泽东没有三省吾身的胸怀，拒绝自我批评，从不总结教训纠正错误，又往往把自己的错误找替罪羊。他把四平战役失败归罪于东北局领导不利，所以东北局第一书记彭真便成为替罪羊。撤掉彭真，任林彪为东北局第一书记、军区司令兼政委。彭真被降为副书记。

　　多疑善变是毛泽东的第二大特征。毛泽东与刘少奇的矛盾不是起于新中国建立之后而是之前，是发生在日本投降之后对东北主要负责人的安排上。这次矛盾直到文化大革命才像火山一样爆发出来。若1945年10月毛泽东在重庆与蒋介石谈判之际，刘少奇在延安主持政治局，增选林彪与罗荣桓为政治局委员，其中一人任东北局第一书记，也许在文化大革命中毛泽东不会写出"炮打司令部"的大字报。可惜，刘少奇不但没这样做，反而把自己的亲信委任为东北局第一把手。这使多疑的毛泽东不能不怀疑刘少奇的动机。东北是块三黑宝地，各派力量都想据为己有。

　　1946年6月，中共中央决定由林彪、彭真、罗荣桓、高岗、陈云五人为东北局常委。其中林彪、罗荣桓只是中央委员，比其他三位政治局委员低两级，因为中间还隔着候补政治局委员，出现了中央委员领导政治局委员的上下颠倒的局面，等于连长指挥团长。更为出奇的是另一位政治局委员张闻天不在常委之列，而被指派到黑龙江省的一个小角落里任合江军区政委。合江军区为旅级的小单位，也没指明张闻天被贬的原因，他在党内比林彪高两级，在军事职务上比林彪低四级。以上两件事实证明，党内政治生活极为反常。林彪天生是军事家，一生只会打仗，没有任何特长。既缺乏政治智慧，又不会人际交往。毛泽东所以重用他，因为他是一位白痴军事天才。既是"白痴"又是"天才"，如果他不是白痴，"天才"将不被重用；如果他不具备"天才"谁也不会重用"白痴"。"白痴"结合"天才"相得益彰，这将创造出历史奇迹。就像钨与铁融合在一起变成硬度更大的合金钢一样。

可出乎意料的是，1946年6月林彪在哈尔滨南岗东北总工会大礼堂的一次会议上语惊四座。七师营以上干部听林彪的报告后，许多天全军都重复他的一句话："没有根据地就没有家，像个流浪街头的二流子，将死无葬身之地。"不知这篇报告是林彪自己写的呢，还是别人代笔。文章着实精彩。谁也没料想到二十五年后证明，事实被林彪不幸言中。偌大的中国确实没有他的葬身之地，这是历史上少有的大悲剧。

共产党争夺东北投入的本钱是十万山东八路军加数万延安干部，这是笼统的说法。十万山东军队中还包括苏北三万多新四军和吉热辽李运昌的万把人；数万延安干部还包括自山东及晋察冀军区来的几万干部，以延安干部占多数。延安共产党中央除了毛、刘、周、朱、任五位常委外，几乎所有的中央机关及干部全部搬来东北，犹如长征大搬家一样。其中有抗日军政大学、鲁迅文艺学院、延安公学、中国医科大学、炮兵学校、航空学校、工兵学校、总政治部、总后勤部、作家协会、马列主义学院等等等等。红一方面军毛泽东手下的林彪、彭德怀、陈光三大名将来东北两位，中共革命的中心由瑞金搬到延安，现在又由延安搬到哈尔滨。

林彪号召抽出主力下乡上山去剿匪。调动十万干部，不分男女、老少、文武、资历，都要丢掉小汽车、脱掉皮鞋，换上农装，下农村发动农民，进行土地改革，划阶级定成份，大扩军，建立根据地。这体现了中国革命是农民革命，革命动力是农民。经过半年的努力，土匪被剿灭，农民被发动起来，土改扩军轰轰烈烈，根据地初步建成。林彪的报告改变了东北局势。

1946年9月，军队进行统一整编为五个纵队（军）、五个独立师。每个纵队（军）编制为一个炮兵团、一个警卫团、一个锱重营、三个师，另附一个独立师共四个师。纵队番号为一、二、三、四、六纵队（军），没有五纵队。第五纵队是一九三六年西班牙内战时，法西斯在马德里组织的一支特务地下游击队，所以忌讳五纵队的称号。

第一纵队（军）是由山东八路军第一师、二师及万毅支队分别组成一、二、三师，附带独立一师。司令员是万毅，以后为李天佑、政委梁必业。

第二纵队（军）由新四军三师的八旅、十旅、独立旅分别组成四、五、六师，附带独立三师，司令员为刘震，政治委员为吴法宪。

第三纵队（军）由山东八路军第三师、警备第五旅及冀热辽军区二十一及二十三旅分别组成七、八、九师，司令员为程世才，以后为曾克林，再后为韩先楚，政委为罗舜初。

第四纵队（军）由山东八路军第五师、六师及胶东几个基干团分别组成十、十一、十二师。司令员为胡奇才，政委为彭嘉庆。后吴克华为司令，莫文骅为政委。

第六纵队（军）由新四军三师七旅、山东八路军第七师及其警备六旅分别组成第十六、十七、十八师，附带独立二师。司令员为陈光，以后为洪学智、黄永胜。政委为赖传珠。官兵戏称：两个七组成六纵队，可谓七巧。

每个纵队的排头师为主力师，共五个主力师。但受陈光、林彪最宠爱的是十六师与一师。十六师资历最老，是共军的祖爷爷。其前身是周恩来为保护孙中山而组织的铁甲车队，以后又把铁甲车队组成国民革命军第四军叶挺独立团，以后独立团扩编为第四军第二十四师，叶挺为师长，聂荣臻为党代表；南昌起义失败后，朱德、陈毅于1928年1月把这支部队带到湘南地区组织了农民年关暴动。当时陈光十九岁，在他的家乡宜章县带着十二支枪参加了红军，认识了林彪。4月朱德、陈毅率领部队到达井冈山与毛泽东的农民起义军组成第四军，朱德、林彪先后任第四军长；再后红四军改为红一方面军第一军团。第一军团的主力是红二师，陈光任师长。长征中红二师是先头部队，血溅湘江、突破乌江、强渡大渡河、飞夺泸定桥、巧攻腊子口、智取遵义、攻克娄山关、四渡赤水、爬雪山、过草地都是红二师的功劳。红二师的长征经历就是红军长征的缩影，一路披荆斩棘、抢关夺隘、卓建奇功；抗战时期，红一方面军改为一一五师三四三旅，红一军团及红二师改编为六八五团，团长为杨得志，参加了平型关战斗。六八五团在彭明治领导下发展为七旅，林彪与陈光都出身于七旅，当然对七旅情有独钟。

一师是彭德怀平江起义部队，后编为红一方面军第三军团。抗战中整编为一一五师三四三旅的六八六团，是参加平型关战斗的另一个团，团长是李天佑。在抗日战争中，作为一一五师代师长兼山东军区司令的陈光与六八六团形影不离。所以陈光把一师也视为掌上明珠。共军的一纵队与六纵队相当于国军的新一军与新六军，是军中王牌，是主力中的核心主力。因为十六师是六纵队的排头师，十七师算不上主力，屈居第二。直到1947年夏季攻坚四平时，林彪发现十七师是全军的攻坚老虎，其战斗力比十六师尤过之。从此六纵队有了两个主力师。林彪手中本来有两张王牌，现在有了三张，六纵队后来者居上，令林彪加倍宠爱。六纵队是林彪的羽林军，是毛泽东的命根子，是陈光的撒手锏。

十六师自恃全军老大，目空一切。在哈尔滨整编前七旅篮球队与东北局球队比赛时，中间发生冲突。一个战士打了高岗。彭明治旅长向高岗道歉，并决定禁闭打人的战士。不过高岗姿态挺高，说："别禁闭啦，对政委他都敢打，对敌人更敢打了。"

整编后，十六师的原卫生处长姓王，任六纵队卫生部副部长。在卫生部，他像住在自己家一样，一点不眼生，成天到各科室发号施令，对马克辛部长称"老马"，好像老马是他的下级一样。自十七师被林彪封为攻坚老虎后，十六师的态度才有所收敛。

五个主力纵队中第四纵队的情况有所不同。它的排头师十师与其他两个兄弟师的战斗力差别不大，因为许世友继续留胶东任职没来东北，在胶东八路军上船来东北时，聂风智的十三团及十四团一营为胶东主力，由于许世友的钟爱被偷梁换柱留在了胶东，所以影响了四纵队排头师的地位。但以后的战争史表明，四纵队的战斗力仍很不错，在东北战场上率先于新开岭地区歼灭国军一个完整的师，这个师是缅甸远征军五十二军主力，号称"千里驹"的二十五师；1947年4月在辽东红石镇地区配合三纵队又消灭了敌第十三军的八十九师全部另五十四师的一个团；1948年10月，在腥风血雨的塔山阻击战中保证了锦州攻城部队的胜利。这三个战例证明，四纵队的战斗力不逊于任何纵队。把陈光任命为纵队司令显然是对他的贬低。尽管六纵队是全军王牌，但陈光原手下的团长、旅长现在都是纵队司令了。于是陈光与林彪之间发生了龃龉。原来林彪与陈光是好朋友，并有生死之交。

1930年2月在水南、直夏战役中，林彪被敌重重包围，在生死存亡之际，陈光带领一个排，冲入包围圈救出林彪，陈光因此负伤。现在陈光把不被重用的怒气一股脑地发泄在林彪身上。在一次纵队机关的干部会议上，他指名道姓地贬低林彪。说林彪的"一点、两面、三三制""三慢一快"没什么稀奇，自红军时代就有的军事原则，并非林彪的发明。人们听了倒吸一口凉气，都为陈司令捏一把冷汗。林彪的"一点两面"战术是攻击敌人一点的同时，在不同的两面设防打援；"三三制"是一个班分三个组，一个组有一个老兵、一个新兵和一个俘虏兵组成；"三慢一快"是练兵要慢、战争准备要慢、后勤筹划要慢、作战行动要快。虽然这些军事道理很普通，但越普通越是好道理。其实陈光攻击林彪醉翁之意不在酒。林彪也有苦难言，贬低陈光职务根源不在于林彪，而在高层，或更高层的亲信。即使陈光对林彪有救命之恩，但林彪也不敢得罪最高层及其亲信。

陈光脾气暴躁，矛盾越闹越大。本来是风雨同舟的战友，最后成为冤家对头。尽管陈光怒发冲冠，还是接受了六纵队司令的任命。不过他的脾气越来越凶，对手下将领动辄辱骂，部将都憷头与他见面。陈光处于上头嫌下面怕的尴尬局面。从医生角度分析，林彪共陈光打了二十年的仗，长期处于血与火的环境，又负伤多次，健康的心理肯定被扭曲。所以多数高级将领的性格有些神经质。神经质对神经质就是剑拔弩张，不是你死就是我活。

1946年秋季，国共两军在东北这个硕大无比的大棋盘上的布局与对峙情况如下：国军七个军以两大王牌军为核心，北满兵团以孙立人为统帅，以新一军为核心。新一军驻长春、吉林、松花江为界，摆出向哈尔滨进攻的架势；第二梯队是七十一军驻四平，随时支援新一军。南满兵团以廖耀湘为统帅、新六军为核心，辅佐五十二军、十三军组成，向沈阳以南进攻。六十军驻防辽阳、营口、鞍山；另一支云南杂牌是九十三军，驻锦州，以保护西满及北宁路；青年军二零七师三个旅驻沈阳充当警卫部队。杜聿明的战略方针是"南攻北守""先南后北"。

共军五个纵队的分布情况是，一、二、六纵队组成北满兵团，两个纵队针对新一军、六纵队在中央沿中长路布防，驻双城、三岔河、陶赖昭一线，隔江与德惠、长春新一军五十师、新三十师相对峙；左翼为一纵队，驻五常、舒兰一线，与吉林、九台新一军新三十八师对峙；右翼为第二纵队，驻白城子、郑家屯（现双辽）、通辽一线，与七十一军对峙。三、四纵队组成南满兵团，以肖华为前线指挥，活动在本溪、安东、梅河口、通化地区，也就是辽东与吉林东南地区。林彪的战略是"南打北拉，或北打南拉"。国军以沈阳为中心的辽宁省为根据地；共军以哈尔滨为中心的黑龙江省为根据地，处于中间的吉林省为两军争夺战场，谁占领了吉林省谁就能取胜。大连、旅顺为苏军占用，这有利于共军而不利于国军。

双方军力比较分析，国军的北满兵团六个师，按编制不及南满的九个机动师，居于弱势。可是新一军的战斗力堪称全国之冠，。纵观国军五大王牌军，每个军只有一个王牌师。例如七十四军只有五十一师；第五军只有二百师；第十八军只有十一师、新六军只有新二十二师为王牌师。而新一军除了新三十八师为王牌外，新三十师、五十师的战斗力与新三十八师不分伯仲。单从战斗力的角度评比，北满强于南满，同时孙立人与陈明仁又是全国著名的八大金刚之二。

共军的布局与国军恰好相反。北满兵团明显强于南满兵团。一、六两个王牌纵队的第一、第十六、第十七三个王牌师都在北满，同时两位名将林彪、陈光都在北满兵团。这表明共军对新一军的重视以及对孙立人、陈明仁两将军不敢掉以轻心。可是东北的战争历史表明，共军对南北满的军事布局及主要军事将领的分工不尽合理，给南满共军造成被动。如果把两个王牌纵队分开，其中一个调往南满，把南满两个纵队的一个调往北满，林彪负责北满兵团的指挥，陈光负责南满的指挥，可能南满就不会出现四保临江的险境。陈光与肖华是老搭档、老战友，两人合璧指挥山东子弟兵的两个纵队必然在南满打出奇迹，就像他们仅仅率领六八六团在山东打开抗日局面一样。可惜由于政治家的成见，不但南满没出现奇迹，三、四纵队几乎被赶上长白山啃树皮，被赶进鸭绿江吃冰激凌。如果陈光分工南满兵团的指挥，可能也不会出现后来的陈光悲剧。不过也很难说，彭德怀、林彪并没对自己的职务不满，不也是灰飞烟灭了吗？

七师师部也就是后来的第六纵队司令部一直驻在双城县西南角一个大院子内。有几十间瓦房。大门高大，门前一个大操场约有四五十亩地的样子。这原是九一八之前黑龙江的大军阀吴大舌头的衙门与校兵场，是现在六纵队直属机关及警卫部队开展正规化练兵、打靶、检阅及召开诉苦大会的地方。一次龙书金服安眠药过多而昏睡不醒，怕出意外，马部长、小石及龙书金的警卫员架着他围着这个操场快跑，龙书金醒后哈哈大笑。

1946年11月初，林彪也相中了这个大操场。把六纵队机关赶往南边三十里外的三岔河（现在的扶余县城），林彪由哈尔滨搬进了吴大舌头的衙门。林彪性格内向，不喜欢大城市，不愿住洋灰大楼，喜爱平房庭院，不习惯车水马龙、熙熙攘攘的花花世界。所以1938年到1942年，斯大林把他安排在莫斯科近郊、占地数百公顷的库契诺庄园休养治疗。虽然吴大舌头衙门远不及库契诺庄园辽阔，也没有山林、湖泊、猎场，但比哈尔滨宁静多了。林彪像许多有文化有教养的人一样，视宁静为最高精神享受。他所喜爱的诗词、音乐、绘画、戏剧、舞蹈都以宁静为入选标准。可是他选择的职业却是战争，这与他的性格与喜好大相径庭，终生与枪林弹雨相伴。

林彪住进莫斯科郊外的库契诺庄园并非只是养尊处优，他日夜为祖国抗日战争殚精竭虑。他研究1812年冬拿破仑溃败在莫斯科；一百二十九年后的1941年冬他又亲身经历了希特勒兵败莫斯科城下。两位战争狂人的失败原因何其相似！从库图佐夫大将与朱科夫元帅的经验中学会了使用寒冷这件价廉而威力无穷的先进武器。法、德两国地处大西洋东岸，因受墨西哥暖流的影响，冬季像我国江南天气一般温暖，只有零度左右。可莫斯科的冬季，气温在零下三十至五十度之间，寒冷并非坏事，它赐予了俄罗斯安全与胜利。

根据地已稳固了，军队进行了训练与整编。士兵都身穿棉军装、狗皮大衣，脚蹬垫上靰鞡草的皮靴子，头戴狗皮帽，手握狗皮手套。为了防止鼻子冻掉，每人一付口罩。一切具备，只等西伯利亚的呼啸北风。共军官兵大部是山东或东北籍战士，身躯魁梧肥壮而抗寒；国军官兵都为华南人，身体瘦小、皮肤毛孔数量比北方人多一两亿，每个毛孔相当于一个散热的小窗户，所以国军战士不怕热怕冷。这是决定国共两军在冬季作战胜败的重要条件。

1946年12月底，六纵队卫生部召集各师卫生处长、医政科长开会，进行保温抗休克、防冻伤研究。马克辛部长提出手指、足趾、耳垂、鼻尖涂油脂保温法。对伤兵抗休克主张热砖保温法，给担架上的伤兵每人两块热砖，放在两侧，盖好棉被保温。野战医院要保证伤兵睡热炕，这会降低因失血及寒冷导致休克发病率，并指定专人组成保温抗休克小组。

大家对马部长的方法讨论热烈，表示赞同。同时马部长指定小石以中医身份参加会议，挖掘中医药抗休克的方法。小石说："用生姜、附子、阿胶、白芨、红糖、食盐各三钱组成抗休克汤，有保温、止血、补血、增液功能。伤后服五百毫升，转运前再服五百毫升。可用大锅煮煎，集体分服。马部长的方法保其外，抗休克汤温其里。这样可达到内外兼治的作用。"小石的方法令与会者不住地点头。会议决议把马部长与石鸿儒的方法作为冬季作战抗休克常规。方法的细则写成文书，发到各部队卫生机关执行。

散会后，十七师卫生处长任国东、十八师卫生处长李盈川两位老渤海人与小石见面时，称道抗休克汤有道理。

1947年1月2日气温降到零下四十度，松花江的冰冻不但可以行人，而且可以开坦克、过汽车。林彪坐镇双城遥控各师作战，陈光亲临前线指挥。林彪坐镇双城并不是贪图宁静，而是因为肺部有旧伤，每逢寒冷就咳嗽得厉害。

1946年12月中旬，国军集中六个师的兵力由郑洞国率领，向南满共军临江地区的三、四纵队进攻。国军节节胜利，连吃败仗的三、四纵队准备上长白山打游击。

为了解南满临江共军之危机，北满共军一、二、六纵队九个主力师。一纵队附带独立一师；二纵队附带独立三师；六纵队附带独立二师，共十二个师。冒着零下四十度的严寒向松花江之南进军，发动第一次冬季攻势。政治部编了许多顺口溜在部队中流传："吃菜爱吃白菜心，打仗要打新一军""革命战士志气高，天寒地冻难不着。""新一军自称是只鹰，其实是只大狗熊，行动像乌龟，打仗像爬虫""孙立人别骄傲，坦克飞机冻僵了，你的本事用不上，只有交枪一条道"从顺口溜的侧面可以了解到六纵队不敢小看新一军。

在夜行军中，十二万大军变成了白发圣诞老人。呼出的水蒸气在帽子、口罩、棉衣领子及两肩都结成冰雪；脚踏在雪地上"嘎吱、嘎吱"的作响；鞋底结成了冰疙瘩，稍迈大步就滑倒，不过棉衣很厚，少有跌伤。

第一次冬季攻势第一仗以第一纵队为主。六纵队进到德惠以东、长春东北，准备打援；二纵队在中长路以西牵制长春农安之敌。

新三十八师为孙立人的起家本钱，它与新六军的新二十二师、七十四军的五十一师堪称国军的模范师。新三十八师师部与一一二团驻吉林市；一一三团驻九台；一一四团驻小丰满保护东北最大的水力发电站。吉林市在长春以东两百里，地位突出，随时有被共军攻击的可能，所以孙立人调战斗力最强的三十八师防守吉林。孙立人的估计完全正确，共军的冬季攻势第一个打击目标就是远离长春的新三十八师。攻打新三十八师的任务自然属于与其长期对峙的一纵队。一纵队对新三十八师的情况了如指掌，就像新三十八师对一纵队的情况了如指掌一样。共军第一次冬季攻势的第一仗，也称一下江南。攻击目标是其塔木。九台、德惠、其塔木三点构成正三角，各距约七十华里。其塔木位居九台的东北、德惠的东南方，这里驻守新三十八师一一三团第一营及两个保安中队。

1月5日，一纵队第三师完成对其塔木的包围，六日开始总攻。二师设防乌拉街以北，准备打吉林来的援军；一师设防其塔木西南，准备打九台的援军。6日下午，一一三团两个营由九台出发增援其塔木据点。一纵队梁兴初的一师一、二团在张麻子沟设下伏击圈，七日拂晓气温零下四十度，一、二团进入阵地，趴在没膝的雪地里，每人穿好白色风衣，六千多战士经巧妙伪装，即使有人在他们眼前路过也难以发现。战斗一旦打响，三团截断敌人的退路，一、二团的英雄们在雪堆里足足趴了七个小时。中午十二时许一一三团进入伏击圈。突然枪炮齐鸣，队形大乱，团长王东篱当场被击毙。激战肉搏了两个小时，一一三团两个营被消灭。8日，一纵队三师攻克其塔木，消灭了一一三团的第一营。一一三团就是在缅甸拯救七千英军，为孙立人争得荣誉那个团。

第二支增援部队是新一军三十师九十团，由德惠县城出发，7日晚宿营焦家岭村，被六纵队龙书金的十七师包围，经两昼夜逐街、逐巷、逐户、逐屋的争夺，完全消灭了九十团。焦家岭的争夺战与1939年4月龙书金在陵县大宗家一仗同样惨烈，不同的是，那次是与日军厮杀，以失败而告终；这次是与国军交手，以胜利而结束。两仗的牺牲人数几乎相等，都是三百多。六纵队卫生部驻在焦家岭以北相距八华里的孤家子村。两天两夜共收容伤兵六百二十二例。另外安葬烈士三百十四人。天气极为恶劣，室内温度也在零下十度以下。农村没有火墙，没有煤炭炉，无法保温，因此手术室不宜开展手术。政治部宣传队六十多名男女队员都来卫生部护理伤兵。鲁特带领一个分队，专门烧热砖给伤兵们保温。梅玲带领一个分队专熬抗休克汤给每个伤兵饮用。医护人员组成六个救护组，每组一个军医、三个卫生员。小石与车颖负责伤员登记及病房安排。

8日上半夜战斗结束，九辆卡车突然运来三百十四具烈士尸体，卸在一个有院墙的大场院里，围着场院整整齐齐地摆了六排，面对这些原本生龙活虎的战士们冰冷的尸体，一阵阵难以名状的酸楚噬咬着小石，心紧紧地缩了起来。每具尸体都要进行登记，放眼望去，突然一浪强似一浪的恐惧袭击着小石，他不由地靠近了车颖，问："大车，你是愿意登记伤兵，还是登记烈士啊？登记伤亡是咱两个人的活儿，没人能代替。"车颖比小石更为恐惧，她缩着脖子吓得"啊"地一声叫了出来，说："我可不敢！我不敢登记烈士。"

无奈，小石独自一人提了一盏马灯，带了一本登记簿。自来水笔结冰不能用，他又找来几支铅笔。战战兢兢走向场院，推开梯门，按尸体的排列顺序进行一一登记。战前每个战士的军装上衣的左上方小布袋内都会装有一块长方形的白布条，上面用毛笔写着姓名、年龄、性别、籍贯、部队番号。如果牺牲了，就由登记者填写白条上的内容。小石掏出每名烈士的白布条一一登记着。烈士们的年龄最大的二十二岁，最小的十八岁。他们的籍贯多数为垦利、霑化、利津、广饶、寿光、博兴；其次为桓台、长山、邹平、益都、高清。说明主攻部队是四十九团，就是原渤海军区的直属团，后为七师十九团。再次是五十团，即原渤海军区第四军分区独立团。他们与小石是抗战时期的战友，一起来到东北，一路活蹦乱跳、有说有笑，可现在，突然血肉模糊、冰冷地躺在地上与世长眠，而此时此刻，生他养他的父母双亲在遥远的家乡盼星星、盼月亮，每天每夜、每时每刻，盼望收到他儿子的家书。殊不知，儿子永远不会回来了，今夜他们在几千里外的塞北躺在冰天雪地里，永远永远地离开了父母。

石鸿儒不时地擦着双眼，他为死者流泪，为活者伤心。人类为何要互相残杀？为何不互助互爱？为什么要发动战争而不缔造和平？难道有人有战争嗜好？难道以制造死亡为乐？这些问号在他脑海中不断地风起云涌。

石鸿儒对每位烈士弟兄的感情像对在蔡家沟牺牲的张连长一样，他们是自己的同乡与战友，是弟兄，现在他不但没有任何的恐惧感，而且就像处理亲人的后事一般，充满着悲痛与爱怜。弟兄们虽然牺牲了，但在石鸿儒心里他们仍是有生命有感知的。这三百十四名烈士留在这个残酷世界上最后的痕迹就是自己手中的登记簿的记录。不知有没有后人翻开过登记簿瞧过一眼。

夜幕逐渐消退了，东方已经发白。小石一夜的登记也已结束。他走到场院的门口，扶着梯门，回头向烈士们作最后的告别，这时他才惊恐地发现有的人头只剩下一半；有的少了一条腿，有人缺了半条胳膊，有的人肠子已经流了出来，有的张着嘴瞪着眼，也有的安祥地像已经睡熟。面对着人间地狱，世界末日，小石突然感到一阵头晕目眩，浑身发冷。

安科长带领总务科全班人马征集了几十个木匠，日夜不停地打棺材，好让每位烈士都有安身之处。从火线运来的尸体都停放在场院里，在运输中或在病房里死亡的伤兵安置在村边的太平间里。太平间是一间坐北朝南的车棚，里面有七具尸体。中午时分，石鸿儒进行了烈士登记。登记结束后，他又帮着总务科的同志装棺材。当对第五个棺盖"咚咚"钉钉子时，棺内发生一声"哎哟"的叹息声。吓得木匠和总务科的同志撒腿就跑。小石迅速地拿起斧子三下五除二打开棺盖，扒开伤兵的眼皮，瞳孔对光反应良好。

伤兵是左小腿骨折，由于出血过多，在运输途中遇寒冷而休克。石鸿儒背起伤兵，总务科的两个人一人抬一条腿，把伤兵送到了病房的热炕上。军医为他伤口上药、盖敷料绑上夹板，鲁特为他周边放置了几块热砖，梅玲用小勺一点点喂他抗休克汤，喂了两大碗约一千多毫升，护理员从伙房里端来一碗红烧肉。休克的伤兵又复活了。烈士登记簿证明，他与孙武子同宗同乡，名为孙福禄，广饶人，二十岁，部队番号是十七师四十九团二营四连战士。小石在烈士登记簿上抹掉了他的名字，改写在入院登记簿上。耶苏复活的消息传遍六纵队，四万将士感谢卫生部的救死扶伤。

9日廖耀湘率新六军及五十二军共五个主力师，由梅河口乘火车抵达吉林增援新一军。共军准备撤往江北，石鸿儒负责六百一十二名伤兵的转运。汽车把伤兵运送到舒兰车站，再搭火车经哈尔滨送往绥化六纵队野战医院，9日夜必须完成伤兵撤退。因为天寒地冻，气温仍是零下四十度，伤兵们都不愿离开热炕乘汽车北撤。卫生部全体人员都来动员伤兵上车撤离。经过动员，伤兵们都服从撤退的命令，只有一个国军伤兵不服从命令，坚决不上车。他是新一军新三十师九十团三营八连上尉连长李传信。石鸿儒对李传信讲："我们的伤兵都已经上车了。我们对你像对自己的伤兵一样，进行精心的治疗、护理，你应该服从命令上车转移才行。"李传信望着窗外说："我不能服从你们的命令。我们是消灭过10万日寇的天下第一军，只服从孙军座的命令。如果你们是日本人的话，别说一个师，就是十个师也无可奈何我们一个团。你们沾了是中国人的光，是我们不忍下死手，才会败的。"石鸿儒听了心头震动了一下，说："我们很清楚新一军在缅甸抗日战争中为祖国争了光，是国家最精锐的部队。但此一时，彼一时。一年半前你是抗日英雄，但好汉不提当年勇，现在你是俘虏，并不体面，应该面对现实，所以奉劝你还是服从命令。我们对你并无恶意，而且很尊重你的抗日功劳，正因为此，我们才对你视同自己的伤兵。如果你是日本鬼子，就不会像现在这样礼貌了。"

李传信沉默良久，才慢慢转过身了，自言自语地说："好，我上车。毕竟还是同胞嘛。"其实石开山与李传信的反内战思想代表了整个新一军全体将士，其中也包括孙立人，所以新一军的战斗力一落千丈。

1月10日上午，七节伤兵车抵达绥化，石鸿儒把伤兵移交给陈璋院长又返回了前方。

1946年12月17日，杜聿明集中六个师的兵力进攻南满共军三、四纵队。被歼一千七百人，然后被北满一、二、六纵队的冬季攻势第一仗打乱了杜聿明的第一次进攻南满的计划。北满共军十二万主力于一月十日凯旋回归江北后，1月30日，杜聿明集中四个师第二次向南满进攻。国军被歼一个营，进攻被粉碎。

2月16日，杜聿明集中五个师分三路向南满共军进行第三次进攻。

为了粉碎杜聿明第三次围攻三、四纵队的计划，北满一、二、六纵队十二个师另加炮兵纵队一个师于2月21夜拉开冬季攻势第二阶段的战役序幕，也称二下江南。

北满共军经过三周休整。指战员在第一阶段战斗中百分之百地被冻伤，经治疗三周痊愈。第一阶段胜利消灭新一军两个团，极大鼓舞了战士们，士气空前高涨。天下第一军的神话被打破了，新一军的士气低迷，非昔日可比。

战役的第二阶段以第六纵队为主，一、二纵队配合打援。22日六纵队十六师完成对城子街新一军新三十师八十九团的包围。23日上午经火炮地毯式轰击后，开始总攻。八十九团无力招架，团长曾琪宣布投降。在整个战役过程中，十六师如同快刀斩乱麻，干净、利索地消灭了新一军一个整团，自身伤亡却很小。

城子街闪电胜利对新一军震撼极大。九台与农安守军弃城逃往长春。陈光娴熟的围点打援战术令孙立人无奈，只能眼睁睁地看着部下挨打，而不敢出兵增援。2月28日，六纵队四个师乘胜包围了德惠城，并配属一个炮兵师和三辆日式小坦克。卫生部安在夏家店收容伤兵，西距德惠十华里。

共军第一次冬季攻势第二阶段的计划与模式与第一阶段相同。第一阶段是围攻其塔木，分别在张麻子沟及焦家岭打掉由九台与德惠来的两团援兵。第二阶段是围攻城子街同时准备打掉由长春、九台、德惠来的援兵。进攻德惠并不在战役计划之内，由于城子街守军八十九团提前投降，战斗以出人意料的速度结束。孙立人怕陈光的围点打援，所以长春方面没出动援兵。陈光、林彪出动十三个师（包括炮师）、三十九个团仅仅消灭国军一个团，又没多大伤亡，有点不解馋，所以临时决定进攻德惠城。

尽管中共调来东北十万山东八路军、数万延安干部，但没调来一名像潘汉年那样的情报专家，所以东北共军的情报不灵。陈光以为德惠是新一军五十师一个团驻守，六纵队十二个团再加炮兵师消灭敌人一个团是小菜一碟，难度不大。战斗打响后才发现守军不是一个团而是五十师的一百四十八、一百四十九和重新补充的一百五十团等三个团，还有炮兵营、骑兵营、工兵营、通讯营、重机枪营等。战前六纵队没有进行战前动员、侦查、察看地形、炮步协同、步兵坦克协同的准备及演练。二月二十八日仓促开战，打了没准备之仗。

第一阶段的胜利使陈光、林彪产生了轻敌、骄傲情绪，认为孙立人的新一军也不过如此，徒有虚名。2月28日下午与3月1日，六纵队近百门大炮像连环雷一样，气势磅礴，这是共军历史上第一次正规炮兵参战，大炮取代了手榴弹、炸药包。只因是第一次，陈光这位土生土长的军事家缺乏大炮方面的使用知识，不懂步炮协同作战的基本要领，炮兵专家朱瑞又不在前线，对苏联炮兵有所耳闻的林彪也不在前线而在双城，结果打了三天，炮弹耗尽，攻城进展缓慢。

新一军、七十一军援军接近德惠，杜聿明提了小丰满水闸，洪水泻入松花江，六纵队处于援兵与江水之间的险境。3月3日下午，仓皇撤至江北。战役的第二阶段以十二万大军只消灭新一军一个团、自身伤亡近千人而告终。国军宣传德惠大捷，消灭共军十万。其实当时的六纵队四个师只有四万人。

六纵队由江南撤往江北五棵树地区，在夜行军中小石的鞋底冻上冰疙瘩，行动困难，掉了队。恰好后面来了两辆中型吉普，车上的人问："你是哪部队的？"小石回答"卫生部的。"这时车上探出一个人头，原来是崔科长。崔科长高兴地招呼着："小石呀，快，快上车。"车上的人满满登登。原来这是杨国夫的车，作战科长、侦察科长、纪要科长都挤在这辆车上。小石看了看后面的车好像挺空，便说："后面车上人少，我还是上那辆吧。"崔科长想说什么，可还是咽回去了。小石笑呵呵地上了后面的车，一上车发现车上只有四五个人，空荡荡的，原来是陈光的车。人们都怕陈光脾气大、好骂人，不敢坐他的车，愿与杨国夫挤在一起。不过，陈光一见小石，以少有的快活问道："小鬼，你又长了几岁？"小石恭敬地回答："和驻山海关比长了一岁半了，现在春节刚过整十七岁了。"陈光笑了："快长成大小伙子了。卫生部对德惠的伤亡统计出来没有？""是我统计的。伤六百七十三名，亡两百九十四名，共九百六十七名，与焦家岭伤亡相差无几。伤亡比例稍低于焦家岭，可能与天气转暖有关。"陈光点了点头，过了一会儿又问："哪个师的伤亡大？""独立二师较大其次是十七师；再次是十六师，最后是十八师。"

陈光对小石准确的回答很满意，继续说："好小子，有前途！不过，这次咱们可是跟你爸爸对打呀。"小石说："咱们跟我爸爸打不上对手啦，听爷爷说爸爸去美国攻读博士去啦。孙立人批准了。"陈光又笑了，拍了一下小石的手说："革命成功后，我也批准你攻读博士去！"这时，前辆车上的人在喊："小石下车喽，这个村是卫生部。"石鸿儒与陈光告别下车。

第一次冬季攻势第三阶段战斗是由三月九日开始到十二日结束，仅仅四天。趁共军三个纵队北撤之际，孙立人与陈明仁两位远征军名将不依不饶，率新一军及七十一军穷追不舍。尤其是孙立人，他报仇心切，决心跨过松花江以北追歼共军以雪掉三个团的心头之恨。杜聿明倒是冷静客观，知己知彼。他知道德惠战役并没伤及共军皮毛，陈光部很可能杀回马枪。于是劝说孙、陈二将立刻撤回德惠农安以保安全。

不出杜聿明所料，七十一军的八十八师全部及八十七师一部深入江北后，遵命撤至靠山屯准备继续撤回农安防守时，共军三个纵队快速赶到靠山屯，但没抓住八十八师。一纵队又以一夜步行一百四十里的速度赶到八十八师必经之路的郭家屯、姜家屯一线设下埋伏圈。

12日拂晓，八十八师及八十七师一部被全歼。至此，历经两个半月的冬季攻势结束，共军凯旋回江北，共歼灭新一军三个团、七十一军一个师，加上南满三、四纵队四保临江的战斗，共消灭国军四万余人。在同年夏季，在吉林小丰满水电站，六纵队又消灭了新三十八师的一一二团，这是后话。陈光率领六纵队打败了孙立人的新一军，从此，东北战局发生了质的变化，共军由防御转入进攻，这是陈光在东北内战战场上继秀水河子、新站拉法之后立下第三次大功劳。

冬季攻势结束后的四月，打了败仗丢掉三个团的孙立人被撤掉军长，委以有职无权的东北保安副司令官，随后又调离东北。同时共军也在4月，在冬季攻势中曾打了胜仗，打败新一军，扭转了东北战局的陈光也被撤掉纵队司令职务，委任东北共军第三副参谋长，级别相当师级，又倒退到他曾担任过的红二师师长及三四三旅长的原位。败者与胜者同罪，这令人匪夷所思。

陈明仁很幸运，他虽和孙立人一样丢了三个团，但没被免去军长职务，因为他是黄埔系人物，与蒋公有师生之谊。同是败将在处理中有厚此薄彼之分，世界就是如此不公。新一军与七十一军军长的去留直接由蒋公拍板，那么比新一军更为精锐的六纵队的司令员去留是否由毛公决定？在以后章节中将继续探讨。可是，六纵队是全国共军的开天祖，其战斗力又是军中之冠，对这支部队的将帅去留应该三思而行。

林彪之所以能稳坐后方？因为前线有陈光指挥，消灭了孙立人的三个团、陈明仁的一个师，从根本上扭转了国共两军局势。东北共军战将如云，但没人能代替陈光的作用，没人像陈光那样呼风唤雨、转败为胜、扭转乾坤。也没人能够打败东方隆美尔、叱咤风云的世界名将孙立人。陈光，只有陈光！这个能，那个能，打新一军都不能！只有陈光能！半年前四平保卫战如果由陈光指挥的话，也许不会败得那样狼狈，长春可能不会丢掉。陈光在六纵队任职短短半年，但其军功永垂青史。

陈光离开六纵队后，有人在军中制造流言蜚语贬低陈光，说焦家岭战斗伤亡大而消灭敌人少，不合算；德惠攻坚失败，白白伤亡千把人等等。稍具军事常识的人都知道，世上没有常胜将军。隆美尔绕过马其诺防线不费吹灰之力占领法国，又在北非胜利登陆，像风卷残云，令对手望风披靡。可是不久又被蒙哥马利赶出北非，但他最大失利是对盟军在西欧登陆地点的估计错误，认为盟军登陆必然是加莱——敦刻尔克地区而非诺曼底，那儿是英吉利海峡最窄的地方，所以把主力布置在加莱——敦刻尔克一线。当盟军在诺曼底开始登陆的时候，他仍然认为那是佯攻，所以大败。山本五十六袭击珍珠港是海战史上的杰作，故扬名天下，却没料到电报密码被破译，于是在中途岛丢盔卸甲，从此一蹶不振。

陈光并没有犯隆美尔与山本五十六的错误，焦家岭是伤亡大了点，但要从军事史上的角度看问题。中国军队与日军作战伤亡比例为五比一，不管是台儿庄、忻口、上海、武汉会战都是如此，南京战役更惨，消灭一个敌人我们要付出五个人的伤亡。平型关伏击战伤亡小些，但也付出三比一的伤亡，消灭敌人一千，三四三旅付出三千人的伤亡。抗战中只有陈光指挥的梁山伏击战伤亡为一比一。新一军战斗力比日军强得多，在焦家岭出现一比一的伤亡对共军来说是巨大的胜利。梁兴初一师伏击一一三团两个营，其伤亡比龙书金的十七师在焦家岭小些，但一师的冻伤远远超过十七师。至于德惠没攻下来，一方面对攻城没经验，情报不准和杜聿明向江里放水等诸多原因造成的。这不是陈光的个人错误。不管怎样贬低陈光，1947年1到3月的冬季攻势改变了国共两军的局势，陈光在围点打援方面建立了范例。林彪冬季攻势中主要功劳是把库图佐夫与朱可夫利用寒冷为武器保卫莫斯科的经验巧妙地移植到中国战场上。但他还没有把朱可夫大炮的经验学到手，所以攻打德惠的近百门大炮没发挥出应有作用，只有震撼没有实效。

　　同是一一三团的两个营八百人于1942年4月中旬，在缅甸仁安羌地区，解救了被日军三十三师团两个联队（相当于两个团）包围的英军步兵第一师及装甲第七旅。在万分危机中，经两天苦战毙敌一千两百多人，残敌溃逃，解放出英国驻缅甸总司令亚历山大上将以下七千五百多人，其中包括五百美国人、汽车一百多辆、战马一千多匹，如数交还给英国。一一三团战败了三倍于己的日军，解救出十倍于己的友军。为什么事隔五年后，解救本团驻其塔木的一个营五百人，在张麻子沟只战斗了两个小时就被梁兴初的两个团一口吃掉两个营？俗话说十年河东十年河西，对新一军来说五年河东五年河西。

第二十三章　借土改之名行扩军之实

撤出德惠战斗后，六纵队卫生部经榆树县的五棵树刘家庄、三道街，最后驻在弓棚子。四月的吉林省冰雪开始消融，最低气温已升到零度左右。草木虽尚无抽芽，但蛰居室内六个月之久的男女老少开始外出活动。部队开展诉苦运动，培养好典型，诉苦大会上控诉地主阶级怎样剥削贫雇农及讨饭时如何被地主的狗咬伤等等。真正与地主有血海深仇的典型并没发现。个别年轻战士只是谈论些爷爷抗活的故事。

政工人员在大会上咬牙切齿地控诉："地主罪恶滔天、万恶不赦，千刀万剐也不解贫雇农的血海深仇……"稚嫩的年轻战士听之茫然，多数人听不懂，听懂的人低头偷笑，好像台上是在演小品。但有几句简单的话大家还是听懂了："地主是贫下中农的阶级敌人，地主比日本鬼子更可恶可恨。国民党代表地主阶级，共产党代表贫下中农阶级。打国民党军就是打地主，就是为贫下中农报仇雪恨。"用制造仇恨的方法来提高士气；用莫须有的地主罪恶来制造谣言。

一天晚饭后，小石、梅玲、车颖三人一起到村外小树林里唱歌，三人一齐唱着《游击队之歌》、《延安颂》，还唱《喀秋莎》。梅玲又教两位伙伴唱《美丽的磨坊女》中的《磨工与小溪》。三个年青朋友除了唱就是笑，他们的欢乐证明这个世界很可爱，人间不存在不公正、仇恨和悲剧，更没有屠杀。在熄灯时间之前，他们欢欢乐乐、蹦蹦跳跳地回到屯子。

到了屯子中央，在路南农民协会的办公室内传出凶狠的嘈杂声。三个人悄悄地走进院子站在窗外听个究竟，原来是斗争地主大会。室内油灯光线昏暗，每个审问者都是气势汹汹，只有一个声音颤抖而微弱。有人问："你的银元藏在哪里了？""你到底有多少银元？""你有多少金条？""你的金条藏在哪里？""你盼不盼蒋介石来？""你恨不恨贫下中农？"……

被审问的人低声回答着："我不盼蒋介石，不恨贫下中农，我没银元，更没金条。"一个人带领大家高喊着口号："打倒地主！打倒蒋介石！黄鼠狼（被斗者姓黄）不老实！决不放他过关。"……"共产党万岁！毛主席万岁！万岁！万岁！万万岁！"有人提议："把他棉衣脱掉，拉到院子冻死他。"结果地主只穿一小裤衩被拖到院子里。不久，地主晕倒在地。两个看守人说他装死，把他拖拉到室内，又是一阵拳打脚踢。这是第四天对地主的日夜连续"轰炸"。这次地主再也不会回答问题了，安静地躺在地面上。一个暴徒仍然高喊："他是装死，吓唬我们贫下中农阶级，我们不怕，我们有共产党！我们有毛主席！我们有解放军保驾护航！"这时，村农民协会干部摸了摸地主，地主已经浑身冰凉，并有冷汗，呼吸停止了。村干部首先逃出了会场，大家一看头头跑了，就一轰而散，谁都怕承担责任。其实并没有法律责任，打死一个地主等于消灭了一个敌人，不但没罪反而有功。

小石三人看着面前惨不忍睹的一切，惊呆了。过了很久才反应过来，他们快速离开了农会院子。三人吓得一夜没睡，与其说是吓得没睡倒不如说对眼前发生的闹剧迷惑不解。第二天三个人互相叮嘱，对任何人不准提及看到的斗地主大会，以免导致政治风险。从此，他们再没结伙到村外树林中唱过歌，因为在他们的心里落下了一块沉重的黑色布幕，明媚的阳光不见了。

4月底，六纵队即将出发参加夏季攻势之前的一天，石鸿儒询问身为贫农的房东老大爷，关于黄姓地主的剥削历史。房东说："老黄本姓季，山东人。三代当长工，他家比贫农还穷，该划为雇农的。他身强力壮，种地内行，干活麻利。后来给一黄姓人家扛活，黄家是绝户，只有一个女儿没儿子传宗接代。他看中了长工的长相与一手好活道，再加上人又诚实，便招为女婿，姓氏也由季改为黄姓。招女婿以后，他只有干活的份，没有当家的权利。前年，小鬼子投降不久，老掌柜病故，老黄才成为一家之主。刚刚当了一年半的掌柜，被划为地主，前些日子被一帮无赖给打死了。叫人怪心痛，哎！其实他家只有九坰地，每个屯子有九坰田地的人家很多。在我们东北地广人稀，九坰地至多划为中农。他可能得罪了农会干部，而被划为地主。死后不许亲人哭，不许邻居庄乡吊丧，不许烧香、烧纸、磕头。太过分了！简直比小鬼子还厉害。我啥也不怕，看着不顺眼的事就说，大不了也把我划成地主！"面对老大爷的直率，石鸿儒心里称赞，但嘴上却不敢说，只是不住地点头。

1946年5月4日，中共中央发出《关于清算减租及土地问题的指示》，简称《五四指示》。以后又公布了刘少奇拟就的《土地法大纲》。1946年7月6日，林彪在哈尔滨所谓发动群众，建立根据地的报告，就是以《五四指示》的土地改革为蓝本，要发动群众，夺取地主的土地，消灭地主的肉体，对地主的子女划为地主成分进行专政，其子孙万代不得翻身，永远是坏人。

4月底，六纵队由榆树县西部调动到蛟河县北部。卫生部的驻地叫山东屯，屯子居民一百多户，其中七十多户为山东移民，移民多操鲁北口音。由于屯子内山东人占多数，出生在本地的儿童也常有浓重的鲁北口音。小石住进屯子有宾至如归的感觉，村民们根据他的口音都主动向他认老乡。小石的房东叫李克胜，三十四岁，是平原县以北高村人。德县与平原临界，石庄距离高村只有六里路。小石与李克胜可为真正的老乡。两个人互相道出家乡的村名，越拉越近乎。房东扛着一支猎枪，三天两头上山打猎。每次都是满载而归，不是打几只野鸡，就是背回只狍子，打着野猪或黑瞎子的时候，就回屯子套上大板车去拉，冬天用雪爬犁去拽。他来东北的时间不长，但打猎的枪法远近出名，不久前又打死一只老虎，神枪手的美名更不翼而飞。

男房东虽与石鸿儒拉得很近乎，但经常来到嘴边的话又咽回去，石鸿儒看出这个人有心事。男房东豪爽的作风、磊落的性格、热烈的情怀、百发百中的枪法和他饮酒解愁的习惯引起石鸿儒的好奇与注意。他暗自寻思这也许是荆轲式的英雄人物。因是老乡的关系，女房东杜氏每顿吃饭时都给石鸿儒一碗肉吃，不是野鸡肉就是狍子肉。为此，梅玲与车颖吃饭时也常凑过来解馋。

女房东是平原城北杜庄人。杜庄在高村西，相距四里路，在石庄南五里路。因是传统婚姻，他们是女大男六岁，杜氏已四十岁了。由于社会动荡，生活环境险恶，她更年期提前发作，见到石鸿儒好像是见到了亲人，对他更加亲近。因为她本人婚后不孕，当年是石振铎给她治好月经病后才怀上了孩子；她母亲因更年期患频发性月经过多，也是石振铎给治好的；婚后不久丈夫得了阑尾炎又是石老先生治好的。男房东知道小石的家世后，当然也倍感亲切，但自己的身世一直保密。

梅玲与车颖为了吃肉，借故常来石鸿儒的住处沾光，时间长了她俩与女房东关系热乎起来。从女房东口里了解到小石为五代中医世家，祖父是鲁北名医。话越说越多，话多了就难免走嘴，更年期妇女嘴无遮掩，往往把心头最苦恼的事唠叨起来没完，对家庭的不幸也难保守秘密，容易道破天机，目的是得到听者的同情。女房东对两位女同志说："俺现在过着人不是人，鬼不是鬼的日子。房无一间，地无一垄。当今住的是表哥的房子，来东北人生地不熟，除表哥之外，举目无亲。俺孩子他爹，抗战八年，成天价背着脑袋瓜子走，说不清哪天掉脑袋。好不容易等来抗战胜利，如今胜利了，日子更难了。好处是打鬼子的年代练就了一手好枪法，现在派上用场，打打猎，糊糊口……"正说着，男房东背回一只狼。大家为他的新收获欢天喜地。宰完狼，晚间房东请石鸿儒三人吃狼肉。事先，梅玲、车颖把女房东的话告诉了石鸿儒。吃肉喝酒间小石把话题往冀鲁边区的抗战史上引导。令男房东遗憾的是三位客人都不喝酒，他让妻子拿出一瓶吉林特产山葡萄酒给客人品尝。酒过三巡，男房东的话多了起来。小石打开了男房东的心扉："抗战期间，我们二军分区有六位叱咤风云的英雄人物。他们是龙、虎、赖、毛、猴。另加崔长金。抗战胜利后，我来到东北，六位英雄只有龙书金来东北，现在是六纵队十七师师长，那五位英雄的情况就不了解了。在六位英雄中，平原城北占两位，一位是刘科庄人候殿元，他是平原县八区区长；一位是陈楼人崔长金，他是县武工队长。他带领武工队乔装鬼子，一枪没发智取大仓村据点，俘虏伪军一个中队。一次在平原城北张庄赶集，又乔装农民，结果还是一枪没发俘虏了五十多名伪军、土匪。别说一枪没发，其中一名土匪是王门街人，叫史永德，在逃跑中被击中头部，当场丧命。1944年冬天一个夜晚，德县大队四个侦察员追击土桥一个伪军中队，追到谭家洼、小屯子，正好碰上崔长金的武工队，伪军全部被俘。崔长金不但有英雄的胆识，还有君子胸怀，他把全部俘虏交给德县大队，成全了他们四个侦察员消灭一个伪军连的美誉。平原县的汉奸及土匪有一句骂誓成语，'谁不凭良心，出门碰上崔长金'……"说着说着，男房东突然"呜呜"地哭了起来，哭得像个孩子一样，女房东也跟着丈夫哭了起来。本来听得津津有味的三个人莫名其妙，梅玲、车颖更是不知所措。

男房东攮着石鸿儒的手抽抽嗒嗒地说："小兄弟，大哥，大哥就是崔长金！"创造故事的英雄就在眼前，梅玲、车颖惊讶万分，小石也张着嘴半天才说："二军分区家喻户晓的抗战大英雄，怎么落得这等令人寒心的结局？"崔长金当了八年武工队长，其威名让日伪匪闻风丧胆，但他的抗日功绩，还没亲耳听到任何人像今晚这位不曾相识的知音如此赞扬过。自他有记忆来，在母亲病故时曾大哭一场，今晚是第二次流出英雄泪。崔长金逐渐冷静下来，开始向石鸿儒娓娓道来："本来我夫妻俩隐姓埋名，远离尘世，想永远隐居在边疆深山老林里。今晚意外碰到石老先生的后代，对你无法再隐瞒我的身世，但我要求你们三位永远为我保密。"三个人郑重地点了点头。崔长金继续说："鬼子投降后，我的武工队整编为一个营，四百多人，理所当然地我被委任营长，编入渤海军区第十纵队二十八师。莱芜战役后，部队进行整军、练兵、实行三查三整。在三查三整中，师政治部说我的干部登记表隐瞒了岳父家的家庭成份。我把岳父的成份填为中农，政治部调查结果是地主。为此，我亲自到岳父所在的村农会问个究竟。咱们当地土改平均每人五亩田地，我岳父母只有两人，自己的固有土地只有四亩半。村农会干部说在初期土改中，岳父还分得了五亩半土地，应该算是翻身户，可是在土改复查中，农会说他们的工作有漏洞。说岳父原有三十亩地，在土改前两年被土匪绑票，卖了二十五亩。划成份是根据两年前的经济状况，应该是地主，不该是贫农，所以在复查中把分得的五亩半土地抽回去，由贫农改为地主。他们把岳父连打带斗，关在黑屋子里，几天不许吃饭，弄得老人死去活来。我当时火冒三丈，想拿枪毙了他们，不过没这样做。但我骂他们是土匪、恶霸，骂他们比鬼子还厉害，该杀不该留。结果我闯了大祸。村农会经县农会告到师政治部，师政治部扣我为地主反攻倒算，开除党籍、军籍，把我交到村农会斗我，要砸死我。一天夜里，北风大作，天气很冷，下半夜看守我的民兵睡着了，趁机逃了出来，现在藏在此地。"

　　小石对梅玲、车颖说："天色晚了，你们回去休息吧。"两人会意，告别了崔长金夫妇。小石对抗日英雄的不幸遭遇感到痛心，不知说什么好，只能婉言劝说："对你的悲剧，我感到非常同情，又爱莫能助。不过我奉劝你，不要把自己的不幸看得过重，将来可能你会因祸得福。在深山老林里打打猎，呼吸新鲜空气，游山玩水，过神仙般的生活，比当营长好多了。现在大兵团作战，营、团长的伤亡率极大。"崔长金叹了口气说："在前线死了还落个烈士嘛。""难道你为那些农会干部去当烈士？"听了这话，崔长金不由地握了一下拳头。小石继续说："你功劳再大不如陈光大，陈光目前的处境比你还难。他不能像你这样自由自在地上山去打猎了。"崔长金急切地说："陈司令怎么了？""去年九月叫陈司令在六纵队当司令，现在四月份，把他撤掉了，让他到军区当第三副参谋长。"崔长金不服气地说："叫他当纵队司令不是侮辱他吗？叫他当第三副参谋长等于下放劳改啊！"小石说："我们不谈陈光司令的事，这事太大。我们还是谈家乡的土改吧。"

崔长金把脑子整理了一下说"中共中央刘少奇负责全国土改，去年5月4日，中央下达土改的《五四指示》，这个指示很笼统，但比较温和，说要实现耕者有其田，消灭封建。还说解决土地问题是全党的基本历史任务。土改的方法，不是无偿没收，而是通过清算和购买实现有偿转移；不能侵犯中农的土地，保护工商业，对中小地主、富农、开明绅士等可保留略多于农民的土地。经过酝酿与准备，九月土改全面展开，直到今年春节，土改基本结束。但天有不测风云，春节刚过，全省又展开土改复查运动。在党内及农会中发动对'右倾保守'、'富农路线'、'官僚主义'、'地方主义'、'宗派主义'、'压制群众'、'土改不彻底'等进行批斗。我们渤海三军分区赵司令员因对土改不满被交给群众批斗致死；省委黎玉书记被批斗撤职；渤海区委书记兼军区政委景晓村、行署主任李人凤、社会部长兼公安局长李震、区委副书记兼军区副政委王卓如等六十多位干部被撤职；胶东区委书记兼军区书记的林浩、副书记金明也受到无情的批斗与撤职。以上山东及各大行政区领导人被批斗撤职的重要一条就是执行富农路线。土改复查是一场腥风血雨的运动，地主扫地出门，地主、富农被乱抓、乱打、乱杀、逼供信。由流氓、地痞、无赖组成的农会，愿意斗谁就斗谁，愿意打谁就打谁，愿意杀谁就杀谁，整个社会变成阴森森的人间地狱。我看东北的土改比较温和，虽然也有地主被打被杀的事件，但都是在夜间偷偷摸摸进行的，不像山东在光天化日下打人、杀人，甚至把个别地主一家男女老人杀绝，就像希特勒杀犹太人一样。各级党委面对这等暗无天日的残暴局面，谁也不敢干涉。如果干涉，轻则被开除党籍、撤职；重则交给群氓打死，我本人就死里逃生。对地主处死不用枪毙的方法，而是用各种闻所未闻的酷刑进行慢性处决……"

小石听着，眉宇颦蹙，愁容满面。他担心爷爷的安全："唉，爷爷、奶奶现在不知怎么样……"崔长金宽慰他说："你爷爷的安全可能不会出问题，我离开家乡的时候没听到石先生的坏消息。他是本地名人，稍有风吹草动就成为爆炸性新闻，会很快传播开。我只听说你家药店被农会占用了，没有被批斗的传闻。尽人皆知，你爷爷抗战功高，对八路军有莫逆之交，又是抗日家属。名医的朋友多，感恩不尽的病人家属多，人缘又好，绝不会有危险。其次，你父亲在国军中任职，现在国共两党胜败难分，农会对你家还有后顾之怕。放心吧，你爷爷的安全没问题。"听了崔长金的话，石鸿儒绷紧的神经稍稍轻松了一下，但心里还是翻云倒海般地不安。

夜深了，崔长金的妻子歪在炕上睡着了，石鸿儒望着她说："你改名换姓了，大婶也改名换姓了。她娘家是王门街姓董，改成杜庄人姓杜了……你俩在这儿好好过太平日子吧，也许将来有朝一日，你家会变成我的避风港。"正当土改的熊熊烈火将把人间烧为灰烬的时候，毛泽东就土地改革问题致函负责土改的刘少奇，信中分析了各地在土改复查中所犯的错误及其原因。毛泽东指出，在华北、华东、华中各区土改中出现乱打、乱杀、侵犯中农利益、征收毁灭性的工商税、抛开开明士绅等错误，是由于领导机关所规定的政策缺乏明确性；领导者没有将阶级划分界线做系统说明；土改复查政策本身就是错误的。全信文字犀利、充满愤怒。这封信的实质是对刘少奇趁毛泽东在重庆谈判之际在东北军区安排自己的密友为第一把手的借题发挥。这封信设计巧妙，避开毛泽东喜"左"恶"右"的两大习惯论断，只是泛泛指出政策的错误。

刘少奇有刘少奇的难处。当时中共中央的主要工作有三大块，一块是军事斗争；一块是统一战线；一块是土地改革。毛泽东主要抓军事斗争，下边有众多名将辅佐，如朱德、彭德怀、林彪、陈毅、刘伯承、贺龙、聂荣臻、徐向前、粟裕等，他们都能独当一面。周恩来主要负责统一战线，包括情报、策反与地下党活动。除周恩来本人对统战工作驾轻就熟、游刃有余外，也有许多智多星相佐，其中包括叶剑英、潘汉年、李克农、杨尚昆等。唯有刘少奇既无名将又少智多星，他唯一信得过的帮手彭真还远在东北。刘少奇位居党的第二把交椅，土地改革的重任非他莫属。土地改革牵掣各个阶级、千家万户及每个人的利与害，要想风平浪静、皆大欢喜地搞土改是不可能的。土改与战争不同，战争是较力、动手；土改是较智、动口。如果土改借用战争的方式，以力代智，以手代口必然天下大乱。战争与土改是两个性质完全不同的事物，战场上双方有枪有炮，你不杀他他杀你；土改的双方是手无寸铁的平民百姓，只能用和平方法，不能用暴力。即使为了消灭封建主义的崇高目的，也不能用卑劣的手段。刘少奇当拟定土改文件及政策的时候，当然首先要迎合毛泽东的好恶。毛泽东一贯喜左恶右，如党员犯了左的错误，认为是思想认识问题；如犯了右的错误，则被定为阶级路线问题。所以党内流行了"宁左勿右"的思潮。刘少奇就是根据这种思潮制订出土改政策的，用战争的暴力手段对付地主、富农甚至中农。如果制订出温和的土改政策，在战争情况下土改时间被无限延长，不利于扩军备战支援战争，这又会犯有"右倾机会主义"错误，毛泽东会加倍对他鞭笞。所以刘少奇领导土改必然处于左右为难的尴尬境地。退一步说，如果毛泽东亲手制订土改政策的话，可以肯定比刘少奇左得更厉害。届时毛泽东会搪塞说："这是十个手指头同一个手指头的问题，成绩是主要的，错误是次要的。"

毛泽东在信中指出犯有土改复查错误的是华北、华东、华中三个地区，而没有西北与东北两区，这是有根据的。西北主要领导人为彭德怀，彭是属井冈山派，彭与林是毛的两大军事支柱，是其哼哈二将。现在正处于战争时期，不能批自己的人，尤其是高级将领。东北党政军主要领导人是林彪，更不能批。批彭、林等于毛泽东批自己。

毛泽东此信发表之前一年，华中与山东两大解放区已合并为华东解放区。信中的华东与华中区实际是一个区，就是华东区。

皖南事变后新四军政委为刘少奇。刘少奇1942年返延安前，他委任饶漱石为政委，可见刘、饶的关系非同一般。毛泽东批评华东与华中，实际上是批评中共华东书记、军区政委的饶漱石；批评饶漱石就是攻击刘少奇。

既然华东、华中，特别是山东的暴力土改与饶漱石直接有关，导致毛泽东的严厉批评是理所当然的。以后的历史证明，刘少奇并没吃透这次毛泽东批评的深层含义。毛泽东批评华北也不是无的放矢。华北领导人是聂荣臻，隶属周派。一箭双雕，既射了刘的土改政策又刺痛了周恩来。1948年3月6日，毛泽东给主持土改运动的刘少奇那封反对土改的信，是精心策划的尔虞我诈的杰作。信的目的是侮辱刘少奇，使他裸露在全党全国人民面前出丑。毛泽东有哼哈二将，刘少奇也有，就是彭真、饶漱石。彭真在东北已被林彪取代；饶漱石仍在华东飞扬跋扈。毛泽东的信指明，土改最过火的地区就是华东。

毛泽东一生以反右爱左而著称，偏偏在刘少奇主持的土改中喊出反左的口号，这是异乎寻常的。他一向主张右是政治路线问题，左是思想认识问题。为什么对刘少奇的"左"大动肝火？把自己化装成假菩萨呢？目的之一是打击刘少奇派，二是抬高自己的威望。如果刘少奇以温和的政策进行土改，毛泽东更会暴跳如雷，会给其扣上右倾机会主义的帽子，会开除其党籍。不管是左是右，毛泽东都有整治刘少奇的借口，欲加之罪何患无词？婆婆要找童养媳的岔总会有充分的理由。

毛泽东精心安排了此信的出笼时间。老解放区于1946年5月开始土改运动，九月进入高潮，1947年底结束。大扩军运动开始于1946年12月，1947年掀起高潮，年底结束。共军由九十五万一下子猛增到一百八十万，这为毛泽东夺取皇位奠定了胜利的基础。抢、夺、打、杀已成为土改运动的过去，在大扩军运动中又得到九十万军队的毛泽东，于1948年3月炮制出给刘少奇的信。这封信对土改已失去意义，因为土改已经结束。毛信是故意来迟的救火队，房屋已烧成灰烬，救火队也来到了，但毛泽东毕竟获得救火队的美名。

如果毛泽东主持土改运动，他会比刘少奇残暴千百倍。建国前的瑞金杀AB团、延安整风；建国后的反胡风、三反五反、镇反、肃反、工商改造、思想改造、反右派、反右倾机会主义、大跃进、文化大革命等运动中，五千万同胞不都是死在他手里吗？就是四清运动死人较少，那还是刘少奇主持的。

土地改革、耕者有其田是进步的政治主张，目的是消灭千年来封建制度，解放农民生产力，推动国家经济发展，无疑会获得全国人民的拥护。但采取的手段是原始的血腥掠夺，并对地主消灭其肉体、对其子孙后代进行残酷的政治迫害，这严重地损害了土改的进步性。人民对土改的政治目的发生了怀疑，好像目的不是为了消灭封建制度而是建立奴隶社会。地主及其子孙变成奴隶，农会以奴隶主自居，对地主或可能的地主像对牲畜一样任意宰杀。

1947年，紧随土改运动之后是大扩军运动，这是土改的真正目的。所有农民青年都有被征兵的理由。贫、雇农子弟必须代头参军，他们参军是为了保卫胜利果实，要保卫分得的土地和财物，如果前线打败了，土改果实就得退回去，而且打过人、杀过人的人还得偿命。地主子弟尽管土地被抢夺、父辈被杀，也得参军，因为出身成份无法选择，但个人的前途可以选择，必须到前线立功，用行动与老子划清界线；中农不能坐山观虎斗，也没有不参军的理由，身为中农，你是站在贫、雇农一边呢，还是站在地主、富农一边呢？革命与反革命唯一的试金石就是中农子弟参军与不参军，试问哪位中农子弟敢不参军？

经过大参军运动，东北共军迅速扩大，由1945年底的十万山东八路军到1946年底，整编为五个纵队、五个独立师共二十个师，加上各军区地方武装约二十万人，一年内扩大了一倍；1947年5月，独立师由五个扩充为十一个，部队由二十万扩大为二十四万人，各军区还有二十二万地方部队，共四十六万人，比1945年底的十万突然扩大了四倍半；1947年大参军运动进入高潮，1947年秋季，东北共军又增编了七、八、九、十等四个纵队，由原来五个纵队增加为九个纵队。每个纵队四个师，每个师达一万五千人之众；每个纵队增建炮兵团、警卫团、锱重营；每个师增建了炮兵营、警卫营、辎重连等。每个纵队可达六万人以上，加上地方部队共达七十万以上；1948年8月，正式成立炮兵纵队，另一个骑兵师及一个铁道纵队，还增建了第五、十一及十二纵队，同时又建立十一个新独立师和工兵司令部。主力部队八十万，地方部队二十五万共一百零五万人。经过不到三年的时间，部队扩大为十倍半。1949年三月，东北共军改称为第四野战军，纵队改称为军。

1949年底，第四野战军已发达到二十个军一百五十万。另外东北军区还滞留三十万地方部队，再加三年战争中伤亡三十万，全军共约两百万人。当时东北人口三千五百万，平均十七个半人一个兵，这就是土改的胜利果实。

1949年底，全国共军有六十二个军，还有炮兵、锱重兵、海军、特种兵和各省地方部队等，约四百万，再加伤亡一百万，共五百万人，故能夺得天下。没有土改运动就发动不起扩军运动，就组织不起五百万军队；没有五百万军队，新中国的建立可能要延期，历史的撰写将有所变动。所以说土改的真正目的是为了扩军，以给农民小恩小惠为借口，把青年农民都编入军队当炮灰，这是毛泽东胜利的法宝。

如站在社会角度看，刘少奇的暴力土改要受到千夫所指、万人唾骂。千千万万善良的人民倒在血泊之中，千千万万幸福的家庭支离破碎，刘少奇所犯罪行罄竹难书！

如站在战争角度看，借暴力土改为契机，发动了大参军运动，使军队数量突然增加六倍，这是战争胜利的首要条件。二战中，法西斯德国及军国主义日本的失败，兵源不足是重要原因。中共取得内战胜利，主要是靠土地改革运动，因此刘少奇是战争胜利的功臣，他给毛泽东扩大了五百万军队应大书特书其功绩，毛泽东不该批评他。

对战争胜利的看法各阶层大相径庭。战争胜利对烈士家属那是永远流不完的眼泪；对政治家是爬上权力顶峰的阶梯；对军事将领是名垂青史的重要依据；对军火商是发财致富的良机；对医生，胜利是伤亡的代名词；对士兵，战争胜利是导致精神抑郁症的病因。刘少奇的土地改革促使了共产党的革命成功，加速了内战的胜利，强有力地把毛泽东推进紫禁城。可是毛泽东得了便宜还卖怪，不但不感谢刘少奇的鼎立相助，反而横挑鼻子竖挑眼，大加指责，这就是政治！

当然，刘少奇也有难言之隐。他所以采用血腥的土改手段，是为了制造各阶层的仇恨，加速土改的完成以便扩军备战，从而缩短内战进程，早日获得胜利。如果消消停停地土改，和和气气地分田，土改时间要延长数年，兵源得不到补充，战场出现被动，可能导致革命失败。刘少奇左右为难，左了将被人指责为左倾冒险主义；右了将被扣上右倾机会主义。前者被归属为思想问题；后者被冠以阶级路线问题。思想问题是属于人民内部矛盾，而路线问题是属于敌我矛盾。人民内部的问题可检讨过关；敌我问题将被除党丢官。刘少奇当然选择较为安全的"宁左勿右"的路线。

"宁左勿右"不仅是刘少奇的个人选择，也是党内干部的共识。

"宁左勿右"变成干部明哲保身、步步高升的法宝，所以我国无休止地刮起"左"的旋风，刮得飞沙走石、天昏地暗，几乎刮得船翻人亡，直到1976年10月，风源才被阻断。

　　毛泽东致刘少奇的信中，字里行间没一个"左"字。他也知道，对一个人扣上"左"的标签等于是对其表彰。土改运动必须用快刀斩乱麻的过火行动完成，以尽快达到扩军目的。"革命不是请客送礼，不能'温良恭谦让'"，这是毛泽东的名言。刘少奇当然摸透了毛泽东的"宁左勿右"。土改的过火行动也适合毛泽东的一贯主张，为什么在土改中又受到指责呢？其实这封信是醉翁之意不在土改过左，而在争夺东北，于是对刘少奇进行报复。

　　不管旧社会的山大王，还是封建割据的军阀，先盘算自己有多少支枪。有枪就有实力，就能占山为王。把历史翻到上世纪四十年代初期，一九四一年皖南事件中新四军军长叶挺被俘，政委项英牺牲。叶挺是周恩来的好友，项英是老资格革命家，与周恩来交往甚密，无疑，新四军是周恩来的力量。新四军军部被顾祝同消灭后，中共很快又成立了新的军部，以周恩来的另一位好友陈毅为代军长，毛泽东的好友刘少奇为政委。毛泽东结束了新四军周恩来的一统天下，他很感谢顾祝同的帮助。政委一职是党的代表，其权力甚至大于军事首长。1942年，刘少奇离开新四军之前，委派自己的好友饶漱石为政委，引起毛泽东的警觉，认为刘少奇也在插手军队拉山头，虽然设计了借刀杀人的阴谋诡计，把新四军仍没抓到手。

　　为了平息毛泽东的疑虑，刘、毛心照不宣地进行了条件交换。

　　1942年春天，刘少奇返回延安途中，在山东停留了三个月，收集了对军区司令员陈光与省委书记朱瑞的不利材料。回到延安后于1943年，以去延安开七大为借口，先后把陈光、朱瑞调离山东，把山东的党政军大权交给了毛泽东的好友罗荣桓。山东部队也就是在原红一方面军及后来一一五师的基础上发展起来的，是毛泽东创建的中央红军，这支队伍只能让亲信指挥。山东的军权虽已掌握在同为湖南农民暴动者手中，暂取得了毛泽东的欢心，但毛泽东对饶漱石的任命仍耿耿于怀。

　　1945年秋，刘少奇又把心腹彭真派往东北任第一书记，毛泽东几乎气炸了肺。他借土改暴行问题，狠轰了刘少奇一炮。所以说这封信醉翁之意不在酒。从此毛泽东与刘少奇的蜜月已经结束。刘少奇的"毛泽东思想"这个金质礼品已失去重量。对毛泽东不吹捧不行，吹捧过头也会适得其反，使他厌恶。在他看来，不吹捧是敌意；吹捧是阴谋。

土地改革无疑是共军取得战争胜利的主要条件。另外，还有一个胜利条件，就是阶级教育、诉苦运动、政治宣传。在阶级教育中，宣传地主阶级是农民的天敌，是压迫、剥削、不公正的根源。地主罪恶滔天，是必须打倒的革命对象。蒋介石是最大的地主，国民党是地主阶级的政党，国民党的军队是地主阶级的军队，是捍卫地主阶级利益的，欲要打倒万恶的地主必须先消灭其军队。政治家颠三倒四地编造，憨态可掬小战士们信以为真，在战场上不要命地与对手厮杀，自认为这是光荣、豪迈的英雄行为，像打鬼子一样去打被丑化了的中国弟兄。而国军方面的宣传苍白无力，只宣传共军为土匪，但官兵不信。世界上还有几百万之众的大土匪？认为共军与他们一样有望眼欲穿的老父老。弟兄之间即使不和，也不能像打鬼子一样下死手，国共两军对敌友认识上的相差甚远，一方解除了思想武装，对敌友分辨不清；另一方制造阶级仇恨，激起可怕的复仇情绪。这是天下无敌的孙立人的新一军败于陈光手下第六纵队的根本原因。戈培尔式的颠倒黑白的宣传伎俩帮毛泽东夺得天下，这与土改为假、扩军为实同样重要。

蒋介石在台湾总结他失败的原因是兵力分散，没有集中使用兵力，违背了孙子"无所不备则无所不寡"的告诫。从军事角度看，总结似是正确，但从政治角度看，蒋介石失败的根本原因在于毛泽东利用土改制造仇恨、愚弄人民，塑造假象把部分同胞硬说成不共戴天的阶级敌人，阶级敌人比日本鬼子更可怕，借此激起士兵的杀敌怒火。尽管三百万国军装备精良、训练有素，但心里没有怒火，把共军将士看成自己的同胞，不忍下手，所以大败。

在抗战中国军有二十一位将军获得青天白日的最高勋章；在内战中只有陈明仁一人在四平获此殊荣；四年内战中，共军消灭国军六百万，其中两百万是降兵降将，由此可见，国军将士没对共军像对日寇那样下狠手。但共军将士对国军比对日寇更仇不共戴天，这是国共胜败的根本原因。

骗术只能得利于暂时，不能永久。毛泽东最后所以被人民唾弃，就是全国上下看穿了他的骗术。表面看毛泽东得到了权力，胜利了；深层地看，他失掉了民心，失败了。

第二十四章　林彪一调老虎师
三战四平血成河

　　共军长征名将是陈光；抗日名将是陈光、林彪、彭德怀；内战名将是林彪、粟裕、陈光、刘伯承、聂荣臻。其中的林、彭、陈三位是毛派人物；粟、刘、聂三位是周派。东北共军的名将是陈光、龙书金、韩先楚、梁兴初、胡其才。在这群璀璨夺目的军事明星中，私人关系最密切、有生死之交的莫过于林彪与陈光。但最后他们剑拔弩张、水火不相容，演绎了一场历史悲剧。林彪、陈光同为老毛的心腹，但林彪是白痴般的军事家；陈光是有棱角的干将。老毛自然爱白痴而远棱角。陈光出身农民，没文化，心直口快，性格粗暴，不懂政治，不擅阴谋又嘴无遮拦。即使陈光功冠全军也难免走向毁灭。在东北局内部，林彪与彭真争权决斗的时候，陈光与彭真走得很近，这不仅引起林彪的愤怒，也导致老毛的不满，因为彭真为刘少奇派的二号人物。

　　陈光与东北局第一书记彭真所以走得近乎，不外是为了取得公正对待。为什么他手下的老部下，陈士榘、许世友、王建安、唐亮、苏振华、李天佑、杨得志、杨成武、杨勇都成为各军区的主力纵队司令，而他陈光屈居他们同级地位，于情于理于功于才于资都有失公正。陈光对林彪没有喧宾夺主的想法，只有给他公正才能心态平衡，自尊心才不受伤害。可林彪有自己的难处，东北军区副司令员在政治上如果不是中共七届中央委员就得是候补中央委员，陈光没有这样的政治地位，之所以没有获得这样的政治地位，是因为在中共七大之前已失去毛泽东的欢心，当然不会给予政治恩赐。如果林彪安排陈光为东北军区副司令员就有悖于老毛的原意。林彪在政治天平上权衡后，当然要近毛而远陈。尽管如此，林彪对陈光的安排还是有所照顾，毕竟曾是老朋友并有救命之恩，让陈光担任林彪的羽林军第六纵队司令员。当时六纵队并没设政委一职，其实林彪有让陈光同时兼任政委的意思，但没在任命书上说明。

六纵队非同一般，是全国共军的精锐。李作鹏的十六师是林彪的娘家，在这支部队当过连长。连队建党支部就是开始于这支部队。陈光曾任这支部队的师长，对十六师也宠爱备至。龙书金的十七师是渤海军区抗战八年经过千锤百炼的部队，其攻坚能力优于梁兴初的一师。其他四个主力纵队只有一个主力师，排在纵队各师之首位，唯有六纵队配备两个主力师。只有被林彪看中的将领才有资格担任六纵队的主官。能在六纵队当司令兼政委的人，其地位至少不低于东北军区副司令或总参谋长。

可是陈光认为自己受到了羞辱，成天价满脸怒气、骂骂咧咧。下级将领都敬而远之。他曾指挥一师在拉法、十七师在焦家岭、十六师在城之街、一师在其塔木消灭新六军一个加强团、新一军三个团的辉煌战绩，建立了围点打援的范例。陈光对扭转东北战局功不可没，所以他更有大材小用、功大受辱的苦闷。在作战中，他不听林彪的指挥，自作主张，以此抗议林彪。

在冬季攻势中，连气带冻，陈光病了。战役结束后，去了哈尔滨治病。军中不可一日无帅，林彪趁机任洪学智为六纵队司令，赖传珠为政委，把陈光晾了起来。如果说林彪肚量小也不对，东北军区五个主力纵队司令有四个是张国焘、徐向前的红四方面军的将领，陈光走后，唯有一纵队李天佑是红一方面军三军团的人，二纵队刘震、三纵队韩先楚、四纵队胡奇才、六纵队洪学智都是红四方面军的人。单从对纵队司令的任命角度上观察，看不出林彪有宗派主义，不过各纵队的政委及师长都是红一方面军的。任命红四方面军的人当纵队司令是无奈之举，因为红一方面军尚缺乏纵队司令的人才。

洪学智与杨国夫都是大别山黄麻起义的老红军。洪学智个子比陈光高点，性格温和，虽满脸大麻子，看似凶神恶煞的，但没有陈光的霸气。他的军事才能高低倒不重要，因为在作战中，林彪直接指挥到各师，纵队司令如同虚设。韩先楚说过，跟着林彪打仗，纵队司令可以睡大觉，因为他直接指挥到师。陈赓也说过，跟着林彪打仗，兵团司令可以睡大觉，因为他直接指挥到军。这也是最令陈光生气的原因。

好活不如好脾气，尽管洪学智是红四方面军山头上的人，但脾气温和，所以被重用；陈光虽是红一方面军的老井冈山，又有军事才干，但脾气火暴，所以被贬。

陈光在六纵队只待了七个月，从1946年9月到1947年4月。陈光离开六纵队后，军中有许多传言，有人说他被任命为哈尔滨市卫戌司令；有人说被任命为东北军区第三副参谋长；有人说他被开除党籍、军籍……尽管陈光的脾气让人憷头，但东北全军对老首长的去向极为关心。

六纵队的军事首长都有外号。陈光叫"炸药包"（脾气大）；洪学智叫"洪大麻子"，"大"是双关，个子大、麻子大；赖传珠政委叫"赖胖子"、杨国夫叫"杨秃子"；李作鹏叫"李瞎子"（十六师长兼纵队副司令）；龙书金叫"短臂龙"（十七师师长）；徐斌洲叫"独眼徐"（六纵队政治部主任、十七师政委）。外号的命名是依本人的性格、生理特点为根据。从给军事首长起外号这件事上看，在内战期间，共军尚有些民主精神，没有背后因叫首长的外号受批评的，也没有打小报告的。但内战胜利以后就不行了，谁叫首长的外号就是反党分子。

1947年1至3月的冬季攻势，六纵队打破了新一军不可战胜的神话，于4月，败将孙立人因此被撤掉军长职务、调往沈阳。几乎同时，胜利者陈光也被撤掉了纵队司令职务调往哈尔滨，怕他的军功越大越难领导。

冬季攻势共军北满三个纵队的胜利，根本扭转了东北的战局。国军由攻转为守，共军由守转为攻。冬季攻势锻炼了共军的战斗力，振奋了士气；国军相反，战斗力下降、士气低迷。冬季攻势后，共军抓紧召开诉苦大会、练兵、总结、整顿、补充等。五个主力纵队的战斗力更加强大。

胜利使林彪兴奋不已，他把原吴大舌头的办公室挂满吉林省地图，反坐在椅子上，两眼一面盯着地图，一面想：孙立人、陈明仁两位远征军名将，也不过如此而已；新一军、新六军、七十一军在我一、六纵队面前只是三只纸老虎，杜聿明冬天的日子难熬，叫他夏天也不好过。林彪骄傲了。

共军经两月的休整，开始夏季攻势。冬季攻势是在吉林省北部进行的，这儿隔江与黑龙江省相望。夏季攻势的战场将要南移，吉林中部将是主战场，以长春、四平间的中长路为轴心。战场位置的选择也表明，共军力量确实扩大并处于反攻态势。所谓国共逐鹿，其实是逐鹿吉林。谁得吉林谁得东北，谁得东北谁得天下。主战场将由吉林北部推进到吉林南部，证明了共军增长而国军消弱的过程。夏季攻势开始之前，共军由冬季攻势前的二十万人扩大为四十六万，半年内扩大一倍。假土改之名，行扩军之实的政策大见成效。

东北共军五个纵队的布防如下：六纵队驻双城在中长路的正面；左翼为一纵队驻五常县；右翼二纵队驻白城子乾安。以上三个纵队的为北满集团，属林彪指挥。韩先楚的三纵队驻通化地区；胡其才的四纵队驻桓仁新宾、宽甸地区，以上二纵队为南满集团，由肖华指挥。

林彪指挥北满三个纵队，肖华指挥南满两个纵队。在井冈山时肖华为少共师政委，陈光为师长；抗战时陈光为三四三旅长，肖华为政委；在山东时，陈光为军区司令，肖华为政治部主任。一个专长军事指挥，一个专长政治鼓动，二人可为"天作之合"。如在南满再进行合璧，将创造出军事奇迹，可惜林彪对老毛愚忠，宁可不要军事奇迹，也要拆散"天作之合"。

东北共军于1947年5月上旬发动夏季攻势。五个纵队分为三路前进，中长路西翼为西路，有一、二纵队；中长路东翼由三、六纵队组成；四纵队在南满出击、威胁国军大本营沈阳。各纵队四个师及炮兵纵队两个师，另外还有八个独立师共三十个师，五月上旬各路大军同时出发，各奔袭计划中的目标。

第一、二纵队分别由吉林省西北部的扶余（现松源）和大安南下，奔袭长春、四平以西地区。5月13日，二纵队四师突然包围怀德城；五师布防于怀德之南，阻击四平方向陈明仁七十一军的援军；第一纵队布防于新开河东岸，阻击长春新一军的援军；西满三个独立师奔袭郑家屯以北的玻璃山和双山镇，牵制七十一军的八十七师。27日，第二纵队的第四、六两个师全歼怀德守军新一军的新三十师重组第九十团与保安第十七团。此时南北两路援军企图合围怀德共军，新一军在冬季攻势中被围点打援打怕了，进展缓慢。七十一军还没尝到围点打援的厉害，而进展迅速，结果在公主岭西北黑林子地区，七十一军第八十八师全部（这也是第二次被消灭），九十一师大部，于18日经一天的激战，被一、二纵队吃掉，这是东北战场围点打援的第二个成功战例。之后，一纵队像旋风般攻占了中长路上的郭家屯、陶家屯、公主岭三车站，截断了四平与长春的铁路交通，与其同时，二纵队攻占了四平之南的昌图站歼灭守军两个团，从此中断了四平—沈阳的铁路交通，完成了对四平守军七十一军的战役包围。西路两个纵队经八天激战，共消灭国军八个团，平均一天一个团。东路第三、六纵队分为南北两个战斗群，六纵队由吉林省东北部的榆树地区向西南发展；三纵队由吉林省东南部的辉南、梅河口地区向西北发展。五月上旬，六纵队十八师及独立二师攻克吉林市以东铁路线上的天岗、江密峰车站，消灭国军保安第七团。5月20日，六纵队主力在老爷岭及小丰满地区消灭国军新一军新三十八师一一二团，这是六纵队消灭新一军的第三个团。5月29日，国军曾泽生的六十军暂编第二十一师，在六纵队的威慑下，弃守海龙城向吉林市逃窜。六纵队在盘石县太平川一线截击，将其歼灭于吉昌镇地区。至此经一个月，六纵队歼灭国军五个团并占领了海龙、盘石、双阳、伊通四座县城，兵临四平与一纵队会师。

东路南部战斗群的第三纵队于5月14日攻占了梅河口以南的山城镇及草市，歼灭国军第一八四师一个团，切断了沈阳通吉林的铁路；22日，四纵队第十师及三纵队两个团，联合歼灭梅河口守军一八四师全部，俘师长以下六千余人，然后三纵队连克东丰、辽源两县，在四平之南与二纵队会师，完成了对四平七十一军的包围。

第四纵队完成了梅河口的歼灭战后，于5月下旬，连克吉林东南部、辽宁东南部的通化、本溪、新宾、宽甸、庄河、岫岩、凤城、盖平、大石桥等城镇。从此，东满与南满两大军区连成一片，直接威胁沈阳、抚顺与鞍山等大中城市。

夏季攻势第一阶段，耗时一个月，消灭国军三个整师、七个团，共合六万七千人，攻克城镇四十二座，这是东北军区开始反攻后的第一次大胜利。战役的第一阶段除了怀德与梅海口为攻坚战，其他战斗都是在运动中消灭的敌人，所以伤亡不大，进展顺利。

夏季攻势第二阶段于6月14日打响，驰名中外的三战四平街拉开了序幕。四平街守军为国军七十一军的八十七师、八十八师、九十一师与几个保安团，近三万人，军长为陈明仁。其中八十八师在两个多月中两次被歼，第一次是3月12日在农安县的靠山屯被共军一、二纵队歼灭；第二次是5月18日在黑林子又被一、二纵队歼灭。八十八师第一次被歼后经陈明仁两个月的补充、训练，又恢复了战斗力。自第二次被歼到共军开始攻坚四平，不到一个月，陈明仁又使其恢复了元气。可见陈明仁在整训军队方面有些本事。秀水河子、拉法、其塔木、焦家岭、城子街诸次战斗之所以顺利完成，是因为国军困守的是村庄，均为草房，墙壁也是用草与泥块糊起来的，起不到防御工事的作用，一打就起火，对守卫者有害无利。四平街是中长路上的中等城市，都是砖木结构的平房或低层楼房，也有钢筋水泥结构的楼房，不管平房或楼房都可作为自然工事。还有城墙、壕沟、梅花桩、电网、鹿砦等障碍物。但最重要的防御工事是钢筋水泥浇灌的地堡群。在市内、市外的重要地段设有地堡群，能互相掩护，织成火力网，攻坚部队休想越雷池半步。更为关键的还不是密密麻麻的地堡及楼房组成的火力网，而是城防最高指挥官陈明仁。

陈明仁麾下的七十一军虽不属于五大王牌军，但他的军事才能与勇敢不次于任何王牌军长及黄埔一期众多师兄弟。在北阀及抗战中屡建奇功。陈明仁的暴烈性格与陈光一样，竟敢顶抗最高领导人，所以蒋介石对自己的门徒爱恨交加。

攻坚四平街的共军总指挥是一纵队司令员李天佑，攻坚主力部队是一纵队梁兴初的第一师；其次是第二师，还有三个独立师驻扎在城外，任务是准备堵击突围的国军。打援的部队是二、三、六等三个纵队。六纵队布防四平以北郭家店、大孤山、榆树台，准备打由长春南下的新一军及六十军；二纵队布防四平以南、中长路西侧的昌图、康平一线；三纵队布防铁路以东的威远堡、莲花街、貂皮屯及西丰一线。

6月14日总攻开始。两个炮兵师及纵队炮团二百多门大炮齐鸣，地动山摇。陈明仁站在城墙上惊叹："共军的炮火太强大了！我打了二十多年仗，还是第一次见到如此猛烈的炮击。林彪的翅膀硬了。"大炮只能轰击城垣、鹿砦、铁丝网，对地堡及纵深目标无能为力。大炮不能取代短兵相接。部队由城墙缺口冲进城内，被地堡群及楼房组成火力网覆盖。

陈明仁启用在上海抗战敌御日军的方法，把十字路上撒满大豆，部队冲到十字路个个滑倒在地。从楼房、地堡中不断射出火舌，结果，四平街血流成河，尸体成堆。一、二师投入战斗还不到三天，伤亡八千之众。两个师失去了战斗力，准备撤出战斗，四平攻坚战一度停摆。

就在6月14日总攻开始前一天，六纵队司令部由磐石县日夜兼行，经辽源、平岗、石岭，下午到达哈福车站吃饭休息。卫生部手术室的大板车及其全体人员暂驻在路北一家大车店。一天一夜的急行军人困马乏。小石躺在长长的筒子炕上，身子还没躺踏实，就呼呼入睡了。当有人喊吃饭时，他睁开眼睛，起身一看，成千上万只臭虫在身子底下正四处逃窜，浑身上下一层密密麻麻的臭虫。小石惊叫着，脱掉衣服，用笤帚扫、用手打，拼命地驱赶着臭虫。他被咬得全身红肿，像长了一身荨麻疹。小石浑身奇痒、连连作呕，晚饭一口未吃。天色已黑，部队继续朝四平前进。好像炮火有催化云雨的作用，隆隆的炮声一阵紧似一阵，雨势也越来越大。炮声与雷声混在一起，难分哪是炮声哪是雷声，四平上空一片火海。大雨如注、举步维艰，天亮前终于到达了目的地——营城子。手术室驻进一所小学。小石、梅玲、车颖等医护人员马不停蹄地行动起来，他们在教室墙壁上挂起硕大无比的白色纱布帐子作为手术室，接着打开二十个大木箱，取出外科药、消毒液、麻醉药、绷带、敷料、石膏、手术器械、卡斯灯等等，准备为六小时内负伤的战士进行手术。

马克辛部长坐阵手术室，对布置手术室的每项工作细节都进行缜密的检查，手术室是马部长一手创办的。他对手术室的每位工作人员、每件器械都充满感情；对器械的冲洗、消毒、涂油、保存，对有刃有锋的器械消毒不许煮沸，只许蒸泡等等，不厌其烦地唠叨；对破伤风、炭疽病的预防加倍警惕；禁忌刀、剪、针刺破皮肤。在战时，马克辛部长对手术室物品的装箱、运输，手术室布局及各项工作运转等关照得无微不至，在平时，他对手术室药品、敷料、器械的补充、更换也无不操心。他对手术室的药材、器械如数家珍，某种药品或器械装在哪号箱子，他都了如指掌。马部长对手术室的钟爱犹如陈光、林彪对十六师一样，但有过之无不及。

马克辛是苏州昆山人，抗战前上海医学院毕业，家庭富裕，有父母、妻子、儿女。因为抗战参加八路军，其个人背景与石开山何其相似。他戴着一付近视眼镜，个子挺高，估计和洪学智差不多一米八左右，但较洪学智瘦些。不管对专业还是《资本论》，他都极具修养，讲起话来引经据典，滔滔不绝，很有学者风度。稍有文化的领导人，如宣传部长戴夫、副政委刘其人、政委赖传珠都喜欢与他交谈。马克辛有一句很出名的话："现在我们是革命者，胜利后我们将变为革命对象"。

当时的石鸿儒不能透彻地理解这句话，甚至有时认为这是杞人忧天。小石虽小，但他是马部长在卫生部里唯一的知音，他们无话不谈。马克辛把小石视为有前途的晚辈，又欣赏又疼爱。

但金无足赤，人无完人。不能对人求全责备。马克辛怕飞机，住宿常选在村子的边沿。每听到国军的飞机响，他就面色苍白、坐立不安，大喊大叫着要大家隐蔽，好像飞机要下来抓人似的，让大家忍俊不禁，成为笑谈。

6月19日拂晓，龙书金率十七师开进四平，接手一、二师的阵地继续攻城。总指挥仍是一纵队司令员李天佑。李天佑对十七师接手攻城能否成功持怀疑态度。在他看来，一师完不成的任务，十六师也完不成，何况区区十七师？一师是全东北最精锐的部队，没有任何部队可取代。尽管攻城两天伤亡八千人，但李天佑也不好要求撤军，几十万大军都在看着一纵队老大哥的，太难堪了！四平的七十一军比平型关的鬼子难打多了。

事先李天佑并没与龙书金、杨国夫讨论十七师的攻坚战术以及一、二师的失败教训。一纵队的攻城是一个团打一条街；部队顺着街道向前冲锋、运动，对炸药爆破不熟练。十七师恰好相反，他们用一个营打一条街，人多回旋不开，伤亡要大，所以十七师接防两个师的阵地，兵力仍绰绰有余，还可留出一个团作为预备队。十七师不顺着街道冲锋或运动部队，而是运用小炸药包把各院落墙壁炸成一个大洞，开辟一条侧通道，直通敌军身后，这就避开敌人的注意力及火力网，而给敌人以出其不意的打击。

十七师真正克敌致胜的法宝是从师长到士兵、卫生员、炊事员都娴熟于玩炸药包。他们不但人人会包制炸药包而且运用巧妙，有一套连续爆破的成熟经验及操作程序。炸碉堡、楼房、壕沟、电网、鹿砦等各有不同重量的炸药包。爆破组、冲锋组、掩护组如何配合都有一套方法及规定。

十七师擅长攻城夺寨的本领是在抗日战争后期锻炼成功的。1944年及四五年在利津、田柳庄、无棣城及商河城的攻坚战中，把传统的爆破术升华为先进武器。龙书金没预料到炸药包竟使十七师扬名全军。其实，十七师并非每支部队都是攻坚能手，只有四十九团，也就是原渤海军区直属团的爆破技术达到极致。五十团的技术良好,五十一团技术一般。每个团的一营的技术最为优秀;二营良好;三营一般。唯四十九团例外,三个营的技术都很优秀。即使攻坚技术一般的五十一团,也比十七师以外的优秀部队优秀得多。一支部队优良战斗传统的养成,就像一所名校成名一样,是由许多优秀人物的血与汗浇灌出来的。其他部队或学校前来取经,不一定学习成功,因为趋利好名的聪明人多,喜欢流血淌汗的傻瓜很少。凡是世上成功的人,几乎都是"傻瓜"。不管是大科学家、大军事家还是大思想家,在一般人眼中都不灵透。优秀的攻坚部队也一样,舍得下笨工夫练武。

　　一师打了两天就失去战斗力,令林彪、李天佑都吓了一跳。全军战斗力谁还能与一师相比?林彪在1945年12月底在北镇犯咳嗽时,曾听见杨国夫向他吞吞吐吐地低声介绍说,渤海军区第七师对攻坚有点小经验。当时林彪没把杨国夫的汇报放在心上,因为他最钟爱的部队是七旅及一师,渤海七师充其量也不过是一支地方部队。事过一年半后,杨国夫汇报的声音像高音喇叭一样在他的心里响个不停。林彪在想,像杨国夫那样的老实人,如没有十分的把握,他也不会夸自己的部队有某某特长的。于是,林彪下令,调十七师接替一师继续攻坚四平。

　　国军最怕夜战。进入四平的第一天,飞机由沈阳起飞,每夜向四平上空投放大量照明弹,夜空明亮如同白昼。四十九团对城外西南方一个大地堡群爆破成功。第二天是对地堡群与城墙相连接的地方及城墙上下的密集碉堡、暗堡、城下的梅花桩、深壕、铁丝网等又一次爆破成功。第三天爆破气象台,气象台是四层高楼,周围有一百多个地堡,经连续爆破又一次成功。第四天,三个团都打到七十一军指挥所大红楼。大红楼周围有一百多个地堡、暗堡还有铁丝网,连续爆破三次,地堡、暗堡、铁丝网被摧毁。十七师以风驰电掣之势,一声轰鸣,大红楼的一面墙倒塌。部队冲进去,俘虏国军两千多,其中包括警卫团长陈明仁的胞弟陈明信,还有陈明仁的坐骑——白头芯、白蹄腕、黄蹄子、枣红色的美国大洋马。

　　大红楼攻坚只用了两个小时战斗即结束。李天佑见识了龙书金的本事,在十七师指挥所对龙书金说:"你这支部队好厉害哟。"龙书金憨笑着说:"首长过奖了。"从此,林彪对龙师刮目相看。一纵队几支部队在大红楼屡屡受挫，付出巨大伤亡，均以失败而告终。

　　大红楼是陈明仁的军部，是指挥中心，是全城的核心工事，是攻坚战的最高潮，往后的攻坚相对轻松。整个四平城已被占领五分之三以上，铁西区已全部攻克，铁东区已攻占大部分。铁西区为中心区，楼房多，有城墙，而且地堡多。铁东区较小，多为平房，防御工事少，地堡也少。失去核心工事的陈明仁心情沮丧，大势所趋、败局已定。他给东北司令长官杜聿明电报称：将以身殉国。陈明仁有所精神准备，死亡是唯一的归宿。弟弟的死活尚不得而知，估计凶多吉少。英雄的陈将军对学弟的攻坚部队既赞叹又害怕，他脑子里萦绕着一个念头：林彪比日本人厉害多了！龙师的攻坚能力得到了李天佑、陈明仁正反两方面的赞许。

　　俘虏兵与伤兵像潮水一样拥进营城子。政治部、保卫科管辖的战俘营也驻在营城子，其中包括陈明仁信团长。几千俘虏兵吃饭问题解决了，但住房没法解决，只好让他们露宿在几个大院子里。幸好是夏天，借用粮库的大帆布搭起大棚，地面铺上草席子，暂可以遮阳避雨。伤兵住在农宿，各家各户住满伤兵。卫生部组织了七个医疗组，日夜不停地为伤兵包扎、换药；农家为伤兵做饭、烧水；宣传队的男队员帮保卫科管理战俘，女队员充当护理员护理重伤兵。轻伤兵编好连、排组织自我照顾。

　　手术室连续七个昼夜一分钟不停地进行手术，手术分类以清创、整复骨折、截肢最多。主刀是马克辛与保健科长乔怀宝，二人轮流上台。小石为他俩当助手，负责手术野消毒、局部浸润麻醉、腰椎穿刺脊髓硬膜麻醉、止血、血管结扎、肌肉及皮肤缝合等，有时还给伤兵上全身麻醉，吸乙醚或哥罗仿；有时帮梅玲冲洗及消毒器械，或帮车颖递器械，还帮助其他人修理卡斯灯，还要填写伤员登记表以及登记烈士。小石最怵头的工作是掩埋锯下来的大腿。一条大腿米把长，血肉模糊，皮肉哆哆嗦嗦地，令人头皮发麻。这件工作没人抢着做，小石只能硬着头皮自己干，把大腿或胳臂放在柳条筐里背走埋掉。

　　四十九团炸大红楼的那天前后，小石连续三天三夜七十二小时工作，一分钟没睡。他为一例病人上全身麻醉的时候，引导病人喊：一、二、三、四、五，目的是测知病人麻醉的深度，结果病人没睡着小石自己先睡着了，麻醉瓶从手中滑落下来。马克辛急忙叫车颖上麻醉，替下了小石。小石深深地地睡了一小时后，又被唤醒继续工作。战争不仅制造死亡和流血，还挑战人体的生理极限。

龙师已投入攻坚战整整两周了，攻克大红楼指挥所已过去十天，因伤亡巨大，进展缓慢。国共两军的惨重伤亡都达到无力支撑继续战斗的程度，不过再过二、三天，龙师将获全胜是有把握的。

可是，四平的战局像七月的天气一样瞬息万变。6月24日，国军由沈阳、长春南北两路的援军向四平合围。北路由新上任的新一军军长潘裕琨率领两个师由长春南下；南路由东北副司令长官郑洞国率领新六军等八个师由沈阳北上。在冬季攻势中，新一军被一、六纵队围点打援打怕了，冬季在其塔木、焦家岭、城子街三个团的覆没记忆犹新。一个月前又在小丰满被六纵队吃掉一个团，面前阻击共军又是老对头，是六纵队两个主力师加独立二师。所以南下增援四平的新一军步态蹒跚，每前进一步都得停停看看、望望四周，所以进展缓慢。

南路新六军只是在拉法丢了一个团，没碰上大钉子，恰好在一年前的四平战役中，廖耀湘率新六军经平岗、哈福、塔子山包抄四平共军大获全胜。这次廖耀湘又雨行旧路，从哈福包抄四平。在前进中抢夺了共军总政治部五大车文件，这次对四平形成包围圈，城内共军处于生死存亡的关头。四平城内龙师及其他攻坚部队全军覆没在所难免。

6月30日夜，共军攻城部队全面撤退，十多架飞机向撤退的共军进行低空投弹扫射。马克辛吓得面如土色，连眼镜都掉了。林彪命令全军烧掉日记、文件，准备第二个皖南事变重演。共军排成几十路纵队，潮水般地向东方拼命逃窜。飞机低得像在树梢上飞来飞去，甚至手榴弹也能投进飞机。部队不断被打伤、炸伤。战士们只顾逃命，没人向飞机开枪扫射。但也有硬汉子，不知哪支部队正在用机枪扫射。一架飞机起火坠地，吓得其他飞机提升高度，疯狂的气焰有所收敛。

大约下午两点钟，部队已脱离险境，行军速度减缓。小石跑得腿软了，再加上几天没睡觉，他只能坐在手术室的大板车上代步。过了一会，石鸿儒向前望去，发现了龙书金那个摆动不寻常的残废胳臂。龙书金率领十七师徒步行进，不知他此时此刻把四平攻坚与商河攻坚作了对比总结没有。

小石想：龙书金为什么不骑马呢？马被飞机打死了还是怕目标大不

敢骑？石鸿儒得到了启示，赶紧从大板车上跳下，跟随其他同志继续向东方逃跑。说是迟那时快，一架跟在蔡家沟打伤兵车的飞机一个模样的战斗机顺着公路由西而东，又随即来一个九十度急转弯朝大板车俯冲而下，石鸿儒刚跑进公路的小壕沟。一梭子机关枪弹打中拉车的辕马，受惊的傍套马挣脱绳套而逃。幸好没伤及车夫及药材箱子。

此时此刻，石鸿儒和其他同志都躲进山谷树林子里，车夫拼命追赶着受惊而逃的马。马克辛吓得两眼发直，又因跑掉了眼镜，看不清路面深浅，几次跌倒。警卫员小韩就拉着他的手臂引路。总务科安科长原是陕北刘志丹部队的老红军，经过多次血战，处理目前的局面游刃有余。他帮车夫结好扯断的套具绳索，把自己的坐骑套在大板车上，大板车又继续随部队东逃。

在整个四平攻坚战的半个月中，三天两头下大雨。一方面是时值雨季另一方面可能与炮火爆炸有关。部队正在行进中，突然风起云涌、天昏地暗。大家欢天喜地：这一下子可把杜聿明的飞机治住了。转瞬间，雷电交加，大雨如注，人人变成了落汤鸡，部队举步维艰。多少人鞋子陷在泥沼里，只能赤足行进。

卫生部的队伍来到一条南北流向的沙河边，部队顺利地过了河。一个小时前，沙河还是干涸的，半个小时前水流不急可以蹚过去。大板车在泥泞的道路上走走停停，必须把沾在胶皮轮子上的大泥块掰下来才能继续赶路。小石跟在车后头帮车夫随时掰泥块，他像打圈子的母猪一样，从头到脚都沾满了泥。当时即使遇到爷爷、奶奶和妈妈，也认不清他是谁，复现了九年前他爸爸撤退苏州时，汽车闯进水田的画面。

两匹马使尽浑身解数，雨水与汗水流在一起，终于来到沙河西岸。紧靠沙河东岸的那个村庄就是卫生部的宿营地，夜色朦胧，视线也模糊，但天越晚雨越大，这好像是自然界的规律。小石冻得上下两排牙"嘚嘚"作响。这时山洪的洪峰到了，洪水涨满河床，浊浪滔天，水流似箭。大板车走到河中央，结果车翻马逃，二十箱卫生部的家珍随山洪激流而去。第二天早晨天高云淡，沙河干涸。马克辛、小石等沿河寻宝，南行了十数里，但车和箱均无影无踪。马克辛眼睛湿润了，对小石反反复复地重复一句话："你是鲁北平原人，没见过山，不知道山洪的厉害……"就像祥林嫂手里拿着一只小鞋，嘴里老是念叨着一句话：

"人说，春天的狼不出山岙……"

陈明仁在四平的防守胜利名扬全国。七十一军的防守成功纯属陈明仁个人战术修养、军事才智、勇敢精神的胜利。蒋介石在南京亲手授予了他最高荣誉——青天白日勋章。在四年内战中，唯有陈明仁一人获得国家最高奖章，而在抗战中有二十一位将军获此殊荣。由此可知，国军将领们对抗战与内战的心态迥异。官兵的心理厌战是蒋公失败的主要原因。毛泽东相反，在抗战中以抗战为名，行扩军之实。在内战中，又借土改之名行扩军之实，制造仇恨发动阶级斗争，进行谎言宣传，灌注复仇教育，采取人海战术而取得不光彩的胜利。

共军在第三次大战四平之所以惨败有诸多显而易见的原因。一，林彪没亲临前线，仍住在六百里外的双城吴大舌头官邸遥控军队，不能及时掌握前线第一手资料，对前线瞬息万变的情况不能作出应急处理；二，战前对四平国军的情报不明了，进攻方向盲目，如龙师攻占红楼后，才知道这是陈明仁的指挥所；三，骄傲轻敌，认为八十八师已被歼两次，八十七师与九十一师也受重创，七十一军的战斗力不会很强，还认为孙立人已成为手下败将，陈明仁不会比孙立人更高明；四，战役目标不明确，战前没作充分的攻坚准备，仓促上阵；五，由游击战、运动战转为攻坚大城市的巷战没有思想准备，军队没有攻坚战术训练。以上五项是重犯打德惠的错误；六，攻坚部队太少，守军三个师两万多人，再加上保安部队一万多人，至少需要九个师的力量进行攻坚，但实际攻坚的部队只有三个师，一、二师攻坚两天半，因伤亡惨重撤出战斗，只剩龙师一个师坚持了十五天的持续攻坚。即是伏击战，一个师的力量也不可能消灭三个师；七，去年5月，保卫四平时，新六军由四平东南突破三纵队防线，新一军获胜；今年又是突破三纵队防线，又叫七十一军借机获胜。这说明林彪对敌我两军特长没做到知己知彼。两年多来，新六军一直在南满气势汹汹地追逐三纵队，三纵队憷头新六军。而新一军与六纵队的关系恰恰相反，新一军已成惊弓之鸟，他们行动小心谨慎，不敢冒进。如把三纵队与六纵队两个主力师南北对调一下，也许能阻滞新六军北上，四平攻坚也可能大获全胜。

林彪虽败犹喜。三战四平的攻坚虽以大败而告终，但他发现了龙师是只攻坚老虎，这无异是个惊喜。

展开东北这张硕大无比的军事棋盘后得知，国军已退缩到以中长路为中心的十多个大中城市中，处于共军的汪洋大海的包围之下，呈现出被动挨打的局面，而且这种危局无法逆转。双方争夺的吉林省大部落入共军之手，而且辽宁省又岌岌可危。除非蒋介石调张灵甫的七十四军、邱清泉的第五军、胡琏的第十八军三张王牌增援东北，还可以苟延残喘一阵子，调来其他部队无济于事，等于给林彪补充兵源和转运武器。但介石又不能对中华门外的华东与中原共军于不顾，粟裕、刘伯承随时有破门入室的危险。难呀！凤姐有难处，蒋公比凤姐的难处更大，真是大有大的难处。

军事局势要求共军由运动战转为攻坚战。林彪对擅长打运动战的梁兴初的一师与李作鹏的十六师的宠爱转移到十七师。龙书金倒没受宠若惊，而是感到肩负重担的压力。三战四平失败后，军中传出流言蜚语，说主张攻坚四平的人是彭真而非林彪。流言表明，林彪、罗荣桓与彭真的矛盾激化，也说明他们的后台之间已出现不和。三战四平后三个月，彭真被调出东北。不过东北还有两个刺头，一个是党内无派独立人士陈云；另一个是陕北刘志丹烈士的好友高岗。高岗挺机灵，与林彪、罗荣桓靠得很近，因为他俩的后台硬嘛。在倒彭真中，高岗也起了推波助澜的作用。陈云有一套明哲保身的处世哲学，毛派提出的政策他认为对的就随声附和；认为不对的就一言不发。另一位政治局委员张闻天在七大已被边缘化，他的政治局委员身分有名无实，不被老毛当为靶子已是万幸。

为了适应战略反攻，城市攻坚战术的提高为共军的当务之急。对德惠及四平的攻坚失败痛定思痛，林彪进行认真总结及检讨。七月份在哈尔滨召开的高级军事会议上，林彪一而再再二三地声明承担攻坚四平失败的全部责任，同时对龙师的攻坚经验进行了认真总结。纵观四平攻坚战的整个历程和李天佑的汇报，以及对陈明仁的核心工事轻而易举地攻克，证明十七师是攻坚战的秘密武器。尽管他为一万三千人的伤亡而痛心，但发现了一件克敌制胜的秘密武器，心里稍微得到些慰藉。

在军事会议上，龙师令全军刮目相看。龙书金成为会议关注的中心人物，特别龙师对指挥中心大楼的快速攻占，使李天佑、梁兴初叹为观止。因为一纵队几支部队在红楼前付出几千人的伤亡最终败阵。林彪在会议上称龙师为攻坚老虎，叫龙书金向全军介绍攻坚经验，作为会议的中心发言人。但龙书金没文化，写不出总结稿。即使秘书为他写出稿子，他也念不成溜。无奈，林彪叫龙书金口述，他自己执笔记录。最后林彪写出了龙师的攻坚总结。

一，炸药包是步兵的手提大炮，对鹿砦、铁丝网、电网、壕沟、城墙、暗堡、地堡、碉堡、楼房、坦克都用炸药包。根据目标大小与坚固程度选用重量不同的炸药包。

二，一个班分成掩护组、爆破组、突击组、运输组；另一个班作预备队，简称"四组一队"。掩护组用手榴弹或小炸药包投掷到将被爆破的目标之前，制造烟障；然后用几挺机枪作掩护，爆破组借烟障与火力掩护进行爆破；爆破成功后突击组发起进攻；运输组保证炸药包、手榴弹、枪弹的供应；预备队随时补充各组的力量。

三，一个营打一条街道就够了，人多回旋不开，伤亡大。

四，进攻路线要绕开街道及十字路口，避开敌人的火力网，把民宅院墙用小炸药包炸开大洞，形成侧支暗道，直插敌人背后。林彪把龙书金的攻坚经验总结后，在大会上进行讲解，要求每个纵队要培养一个攻坚师以便适应战略转折。林彪报告后，各部队指挥员进行热烈讨论。龙师的攻坚经验推向全军，十七师成为攻坚模范，"攻坚老虎"的威名传遍了全军。林彪为了表示对老虎师的宠爱，命令东北军区的九个警卫团的第一连补充给十七师。凡排名第一的连队都是军事训练出色、战斗力较强。这使龙书金倒有点受宠若惊了。

夏季攻势第二阶段，林彪选择四平为攻坚目标犯有多方面的错误。首先是因骄傲失去客观的力量对比。东北共军在以往的运动战中，至多一次消灭国军一个团或一个师，没有消灭一个军的历史，而幻想着在城市攻坚战中一次消灭对方一个军，显然夸大了自己的能力，小看了对方的力量，没做到知己知彼。攻坚力量不足，打援力量没有重点。四平北距长春两百里，南至沈阳三百里，路途相距较短，援军齐头并进，打援部队既挡不住对方集团冲击力又不能分割包围。同时没有研究出对付新六军的阻击战法。打援力量不能平均分配，应集中优势兵力消灭力量较弱的北股新一军。

夏季攻势第二阶段的最好选择是攻打吉林而非四平。其理由既多又充分。吉林市是悬挂在国军势力圈的东北角，是突入共军的孤城。守城部队是新三十八师师部及一个团；其次是六十军军部及其一个师。在一月份冬季攻势中新三十八师的一一三团在其塔木地区被梁兴初一师消灭；五月份在小丰满地区一一二团又被李作鹏的十六师消灭，所以吉林市内的一一四团成为漏网之鱼，惶惶不可终日。又加因他们崇拜的孙立人军长被罢黜而不满，该团士气低落，战斗力下降。六十军是云南龙云的杂牌军，本来战斗力很差，杜聿明又把六十军放在挨打的位置上，军心不满。五月底，六纵队消灭了六十军暂编二十一师于吉昌镇地区，三、四纵队又于梅河口地区消灭了该军的一八四师，所以驻吉林的六十军一八二师也成为惊弓之鸟，士气低迷。根据以上情况，派一个纵队攻克吉林易如反掌。

来吉林的援军可能有三路。第一路是西北方长春的新一军两个师，距吉林两百五十里；第二路是西南方四平的七十一军三个师，距四平四百多里；第三路是正南方沈阳的新六军、五十二军，距沈阳七百里，援军来自西、南两个方面，而且路途遥远，攻坚部队不会像四平一样腹背受敌。一个纵队在进攻的同时，可集中三个纵队的优势消灭援军中最弱的一股。如消灭第一路新一军两个师，可顺势攻占空城长春；如消灭第二路七十一军的三个师，可顺势攻占空城四平；如集中力量把第三路的新六军分割开，将其消灭，那怕只消灭精锐的新二十二，即使不攻占其他城市也是一次重大胜利。

可惜！成天价琢磨地图的林彪同志，这次没琢磨透，吃了陈明仁的闷棍。历史上没有长胜将军，如是而已！

三战四平，是东北共军战史上伤亡最大的一次战役。一师与十七师伤亡一万三千之众，攻坚最优秀的十七师每个团还剩两个半连，完全失去了战斗力。国军七十一军伤亡更严重。整个四平街血流成河，尸体成山，恶臭熏天，满城末日惨象。

与去年二战四平相比，那次战争时间虽长，但伤亡仅为一万人，关键是兵败如山倒，溃败中逃亡的人数倍于伤亡。

第二十五章　第二次冬季攻势
林彪逼陈诚诈病

　　1947年初，共军第一次冬季攻势三个月，分三阶段进行。南北满共歼国军两个整师、八个整团另加地方部队约四万人，收复城镇十一座。夏季攻势两个月分两个阶段进行，第一阶段歼国军三个整师、七个整团约六万七千人，攻克城镇四十二座；第二阶段攻坚四平，共军伤亡一万三千人，国军三万人伤亡过半，双方伤亡三万多。在两大攻势中，共军歼灭对方约十万之众，但国军不曾消灭共军一个完整的营、团。

　　从以上资料比较中发现，双方力量发生变化，共军确实以败退转为局部进攻，两军处于相持态势。战争争夺重心已由吉林南部开始转移到辽宁省北部。至于夏季攻势第二阶段的四平攻坚失败，这是进攻中的失败，没有整团整营地被对方消灭有生力量，只是伤亡大些。陈明仁侥幸胜利，就像一只小绵羊被狼咬伤，牧羊人来得及时而撵跑了狼，救出小绵羊。陈明仁是小绵羊式的胜利。其七十一军的伤亡较梁兴初的一师、龙书金的十七师更大。

　　作为国军东北司令官，杜聿明比任何人都明白，如蒋校长不增援他二至三个军，等着他的将是不体面的失败，所以他曾派副手郑洞国进京求援。由于粟裕、刘伯承抓住蒋公脖领子不依不饶，无奈，郑洞国空手而归。杜聿明所庆幸的是，他有救命的胃病。当杜聿明被打得焦头烂额、走头无路时，胃病凑巧复发，疾病给他搭上舷梯，顺着舷梯走出东北冰窟躲进温暖的上海。

　　派谁去东北接替杜聿明掌管军政大权？蒋公反反复复地比较、推敲人选。第一个压倒一切的重要条件是对领袖的忠诚，必须是自己久经考验的心腹；第二个条件是军功；第三个条件是军事修养；第四条是政治智慧；第五条是官阶为上将。理由是对领袖三心二意不是心腹，一切无从谈起；军功不烜赫不能慑服全军；没有军事修养不能打胜仗；政治智慧说白了就是权术，不懂权术不能办大事；没有上将军衔各少壮派军长不听指挥。身为中将的杜聿明就吃这个亏。同为中将的孙立人、陈明仁、廖耀湘、郑洞国、熊式辉就不大听招呼。

抗战胜利之前，全国上将已有一百多名，蒋公掰着手指头数来数去，心想：在抗战中军功烜赫能带兵打仗的名将有薛岳、卫立煌、陈诚、李宗仁、白崇禧五位。薛岳抗战军功最大，但他与黄琪翔、张发奎等属于广东派。民国十六年又与桂系军阀李济深、李宗仁走得很近乎，抗战前民国十七年曾参与汪精卫、陈公博派反对我，我心里有本帐，谁对我好与坏一辈子也忘不了。这样的人军功再大也不能重用，政治不可靠嘛。

蒋公又想到卫立煌。卫立煌带着我的远征军在缅甸出尽风头，在山西忻口打得也不错，不过这个人我行我素、自作主张，不大听话。最不可原谅的是在抗战期间他与朱毛关系非同一般，并支援了八路军诸多军用物资。卫立煌不可能放狠手打朱毛，不能用！蒋公继续想着：白崇禧、李宗仁是广西王。跟我真刀真枪地干了多年，时至今日对我的王冠念念不忘。如重用他俩就等于把他们势力范围由广西扩大到东北，届时没法收拾。五位上将已淘汰了四位，最后被宠爱的只有陈诚。

陈诚，青田县人，与蒋公是老乡，自然属于江浙派系。二十一岁考入袁世凯创办的保定军校炮科。毕业后企图继续步蒋公之后尘由保定军校考进日本东京士官学校。日本人嫌他个子小取消其考试资格，从此他对日本人恨之入骨。

民国13年，黄埔军校成立，蒋校长邀请老乡为炮科教官兼炮兵区长。一天夜晚与原保定老同学邓演达去广州市区访友返校时，天已大白。于是他们在操场一面练双杠一面背诵"三民主义"。蒋公有严格的军人习惯，每早点名前先学生到操场，他发现还有比他更早的学生，自然对陈诚的印象颇好。更为重要的是，蒋介石、宋美龄把干女儿谭曼怡介绍给陈诚为妻。蒋、陈实质为翁婿关系。

在抗战中陈诚几乎参与策划与指挥了每个重大战役。如上海、武汉、长沙、桂南、南昌、上高、鄂西、常德、缅甸等战役，特别在鄂西会战中指挥他的起家部队十八军取得辉煌胜利，毙伤日寇两万五千七百多名，保住了陪都重庆的安全。抗战初期，陈诚身兼国家党、政、军七大要职，成为一人之下万人之上的二号人物。人称蒋公的第二替身。因个子矮，也被称为"大元帅的袖珍本"。

陈诚不仅娴熟于军事计划、指挥、训练、整顿、教育等，对治国、减租减息、土改、经济无不内行。

1947年8月，蒋公派陈诚去东北与林彪对阵，成败在此一举。成，是所希望的；败，也将没有更高明的人代陈诚扭转乾坤了，蒋公对爱将寄予无限厚望。尽管陈诚满腹经纶，擅于总结成败，长于规划战争，但他始终没有发现共军由小变大、国军由强变弱的关键所在。陈诚调往东北，蒋公赠给他三个军以资鼓励。其中有五十三军、四十九军和新八军。除了给他三个军的礼物外，还满足了陈诚一项要求。陈诚要求撤掉刚刚别上青天白日勋章的陈明仁军长的职务。陈明仁七十一军在内战中的功劳首屈一指，功盖五大王牌军，就像陈光的红二师在长征中的勇冠三军、在内战中打败孙立人一样，但好活不如好脾气，他们都性情刚烈，不好驾驭。相同的原因，出现类似的结局。一个倒在毛泽东的刀下，一个被蒋公羞辱。

陈诚上任伊始，把地方部队整编为三个军，其中有新三军、新五军及新七军。原有七个军另加青年军二零七师三个旅，也相当于一个军，共十四个军约五十万人，编为四个兵团。陈诚又一次显示出整顿训练军队的专长。经过四个月的整顿后，大大地喘了口气说："将在民国37年上半年，也就是半年之内，将恢复东北原来局势，从共军手中夺回一切失地。"在北宁路沈阳到新民段，国军每隔百米修建一座水泥大地堡，供军队保护铁路备用。北宁路通畅与否，关系东北国军成败。

陈诚厉兵秣马之日，也是林彪扩军备战之时。于黄埔军校作为先生的陈诚在课堂上谆谆教诲，作为学生的林彪在课堂下闻一知十。所谓"弟子不必不如师，师不必贤于弟子"。千年之后，在陈诚与林彪师徒之间即将展开的大战中，或许能验证韩愈的千古名言。

自二十箱手术器械连同大板车被山洪吞没后，马克辛决心重建手术室。手术室的木箱子易做，可手术器材通过什么渠道取得？马克辛在苦思冥想，能否到总部卫生部求援？总部卫生部医药器械可能更匮乏。有一次在总卫生部开会时，负责前线医疗队的副部长孙仪芝征集过手术器械。手术器械如同兵器，我们自己不会造，都是从敌人手中缴获的，自然先由纵队卫生部截留。看来去总部卫生部没有希望。

有一天，马克辛在自己住的农舍里突然仰天大笑，幸好没别人在场，否则会认为是希斯忒里发作。他想起了二纵队卫生部长老同学吴之理及其夫人章映芬。章映芬是医务主任，不管从老同学关系还是从革命立场，他们赠送一套手术器械不会有困难。不方便的条件是六纵队驻在中长路以东的磐石县，二纵队驻在四平以西的郑家屯。中长路仍为敌占区，不好通过。也许吴之理夫妇现在住在西满军区司令部所在地齐齐哈尔，去齐齐哈尔还得坐火车绕道哈尔滨。一千三百里路，来回需要半个月的时间。现在部队随时出发准备打仗，如果石鸿儒要来器械找不着部队怎么办？光空欢喜一阵，这个方案也行不通。

马克辛又想出一个方案，据可靠消息，陈光已在松江军区任司令，同时兼作哈尔滨市卫戍司令，他是哈尔滨的一家之主，让他帮助到各市医院筹措部分手术器械该没问题。马克辛本人对陈光的军事才能很崇拜，又是原山东军区的老首长，现在陈光又刚调出六纵队。可是又想，找陈光帮忙得自己去，他是大干部，不能让下层人员去，不过自己要去哈尔滨找陈光，需要向纵队首长请假，又不知洪学智、赖传珠与陈光的关系好坏，不能贸然行事。还是尽量远离麻烦为好。

最后一个方案是去一纵队卫生部求援。据估计一纵队器械不会很多，即使给点也不会配套。好处是距一纵队很近，他们就住在南边的海龙县，距磐石只有五六十里路，当天可以来回。不管有枣没枣，打一竿子再说。

石鸿儒列出所要器材清单，马克辛看了看又添了几项，他把介绍信连同两瓶啤酒递给石鸿儒。信是写给一纵队卫生部长罗生特的，啤酒也是给他的。马克辛告诉石鸿儒："罗生特是德国人，泌尿专家，是罗荣桓的保健医生同时兼一纵队卫生部长。德国人喜欢喝啤酒，这酒是四十九团攻克七十一军军部缴获的，这可是陈明仁的专用酒，李团长给我两瓶。你给罗生特捎去，他会像得了宝一样高兴。在八年抗战中，罗生特在山东跟我们人一样打游击，在1941年11月鬼子五万多人扫荡鲁中南，山东军区司令部牺牲很大，我们被围在蒙阴县大青山，在突围中另一位德国友人希伯牺牲。罗生特命大，跑出了包围圈。这些外国朋友为抗战做出伟大的贡献，我们很感谢他们。见了罗生特一定要向他敬军礼，别像见了纵队首长似地躲在我身子后就混过去了。"

石鸿儒带着介绍信坐上大板车朝海龙急驰。马大膘肥，不到中午即到达海龙，见到罗生特，石鸿儒把介绍信、啤酒一起交给了他。罗生特见到啤酒高兴异常，他来中国快十年了，还没见到过啤酒呢。他中国话说得很不好："麦凯西——大个急——哈胖友"石鸿儒使劲憋着，不让自己笑出来。罗生特看出石鸿儒在强忍住笑，说："俺中国法不哈"山东味的中国话说得更滑稽，石鸿儒终于放声大笑出来，罗生特也开怀大笑。石鸿儒是笑罗生特独具风味的山东话，罗生特笑的是石鸿儒那两瓶久违的啤酒。罗生特与一位副部长把石鸿儒领进药械科仓库，按清单一件不落地装满六只大木箱。石鸿儒看着琳琅满目的器械，惊讶地问药械科长："你们在哪弄来这么多器械呀？"科长说："七十一军军医处的。""我们四十九团打开的七十军军部，没有军医处嘛。""军医处驻在军部西北方原日军陆军医院，一师第一天就打进医院，拉出两汽车药材器械。"

踏破铁鞋无觅处，得来全不费功夫。石鸿儒满载而归。马克辛见到满满鼓鼓的六箱器械，乐的腮帮子直哆嗦。

四平撤退后，李成功团长给马克辛送来两瓶啤酒，马克辛摸不清李团长的来意。几天后，他骑了一匹高头大马来卫生部，这就是陈明仁的坐骑，是由美国运来的。他要用这匹美国马换马克辛的蒙古小马。理由是显而易见的，在前线目标越小越安全。在后勤马越高越威风，两个人利益互补。但马克辛并无此虚荣心，他同意换马，完全出于谦让。马克辛的马既小又瘦，像头毛驴，眼睛无神，两耳耷拉着无精打采，其丑无比，但跑起来飞快如箭。蒙古马的特点是貌不扬众，含才不露，就像大智若愚的林彪一样。美国洋马恰好相反，个高膘肥，毛皮是枣红色的，白头芯、黄蹄子、白蹄腕、双目炯炯有神、神采飞扬，仰头长鸣似龙吟虎啸，但个大才疏，速度平平，就像模特冠军一样，纵然生得好皮囊，腹内原来是草莽。

马克辛叫石鸿儒与安科长试试马。石鸿儒眼疾手快抢上了大洋马，安科长骑着蒙古马。蒙古马在前，洋马在后，两匹马像旋风一样在公路上飞驰。跑了五公里，洋马落后两百米。比赛结束后，蒙古马轻松自如，不喘、无汗；洋马直喘粗气，连蹄子都淌汗。比赛结果进一步表明，陈明仁的美国坐骑金玉其外，马克辛的蒙古小马成竹在胸。这就是使罗生特垂涎欲滴的两瓶啤酒的来由。当李团长骑上蒙古小马回营的时候，马克辛用手抿了抿马鬃，蒙古马向前走了几步又回头望了望主人，马克辛走上前轻轻地拍了几下马的屁股，马儿缓缓地离主人而去。马克辛与这匹马在抗战的艰苦岁月中患难与共，共同由鲁南转战渤海又由渤海转战东北，相依为命。今日依依惜别，人与马前程茫茫，吉凶难测。

土改运动伴随大参军运动，各地搞得如火如荼。三查三整运动与诉苦大会在全军轰轰烈烈地展开。土改运动、造谣宣传、政治斗争是共军致胜的三大法宝。谁能制造仇恨谁能得天下。马克辛对这匹马恋恋不舍、依依相随与他所处的阶级斗争环境格格不入。

土改后，新兵像潮水一样涌进部队。全军战士都是刚刚脱掉农装换上军装的农民娃娃，他们不但不会射击、不会拼刺，即使丢手榴弹也不会拉线。

在训练军队方面国军占优势，从陈诚到基层校尉大部分都经过军校学习。上将都毕业于保定军校或日本士官学校；中将校尉都毕业于黄埔军校或陆军大学。所以国军军官对训练军队很内行。共军军官都是土生土长的农民，在军事训练上不占优势，但是共军在政治宣传方面占绝对优势，鼓动小战士们为阶级弟兄报仇雪恨。报仇就得在战场上多杀敌人，用人海战术和死亡抵消国军的装备及训练优势。虽然小战士们不知仇从何来，但仇恨的语言听多了就信以为真。不管是在战场上拼刺刀，还是攻坚送炸药包都表现出勇往直前、视死如归的英雄气概。更重要的是两军表现出截然相反的军事路线。在战略上国军表现出惰性，大部队集聚在一起，力量展转不开，以防守、阵地战为主，随时准备挨打；或以争夺一城一地为目标，不擅长穿插及大踏步进退。抗战中的忻口、台儿庄、上海、武汉、长沙、鄂西诸大战役，都是用被动防守的方式消耗敌人，在抗战中养成的军事习性今天又用到内战中，所以伤害不到共军的有生力量。共军相反，在抗战中养成的游击战习惯仍然起作用，能打就打，不能打就走。不拘泥于一城一地的得失，大踏步地进退，寻找战机，消灭对方有生力量。战时，集中绝对优势兵力于局部，消灭敌人的最弱的一股；不战时分散到各根据地，远离敌军整军备战，进行阶级斗争教育。林彪根据军事形势，指挥部队纵横捭阖，散聚有序，灵活自如，故能取得战争主动权。

1947年秋季，东北共军扩大了队伍，也增加了重武器及军事物资供应。以往由于在黑龙江北部的佳木斯、齐齐哈尔建立了许多弹药工厂，不仅东北共军弹药供应充足，还利用辽东半岛的小港口建立了水上秘密通道，源源不断地供应山东共军，以致山东国军吃了多次大败仗。现在东北共军出现了新的兵种，各纵队建立了重炮团和辎重营，各师建立了炮兵营及辎重连。重炮团以日式加农炮为主，六匹马拉一尊；辎重营都是苏式五吨载重汽车组成，而且汽油供应充沛。在汽车上、轮胎上、汽油桶上没有俄文字母。据传，莫斯科发现，东北共军胜利在望，愿意伸出援助之手。不久前，高岗代表中共组成代表团前往苏联秘密谈判，结果，苏联红军在东北抢走的日式重武器被退还回来，而且又支援了汽车与汽油等急需军用物资。

　　经过激烈的党内斗争，在1946年8月，林彪、罗荣桓取得胜利。彭真被迫调离东北，林彪要放开手脚大干一场，以表示对毛公的忠贞不二。

　　林彪性格内向，即使心里存有巨大的压力也掩藏得严严实实，外人无法察觉，这与心直口快的陈光完全不同。林彪心里有两大压力，一是东北的土改进行及根据地的建立；二是东北集中了国军诸多抗日名将及王牌军队。八大少壮派中除王耀武、邱清泉、胡琏外调来东北五位。在建立根据地与土改运动方面有高岗、陈云以及刚调走的彭真分担了他的压力，现在根据地已初具雏形，土改即将结束，但国军名将的压力没人替自己分担。本来幻想陈光能替自己独当一面，但毛公与罗荣桓对他有看法。如对其重用必然导致与毛、罗关系恶化。只能把陈光排除东北军区最高领导层之外，但陈光不了解内幕，把满腔怒火向林彪身上发泄。那个庙里也有冤死鬼。林彪几乎每时每刻满脑袋装着东北国共两军的得失。第一次冬季攻势的胜利主要是陈光以及下面的师长梁兴初、李作鹏、龙书金的功劳。打败了新一军，名将孙立人也为此被免职。

　　夏季在四平，骁勇的陈明仁获胜，但没料校长把他调出东北，帮林彪去了块心病。更为凑巧的是夏季攻势中，杜聿明胃病复发，离职去上海就医，这又为林彪去了一个心头大患。目前东北还只剩廖耀湘、郑洞国二大金刚。全国军界公认，在五大王牌中，新一军的战斗力最强，可是整整两年的东北战争证明，共军在四平街的两次失败中都败在廖耀湘的新六军手里。廖耀湘两次撕破我三纵队威远堡莲花街的防线，绕道哈福，迂回四平共军阵地。在这次冬季攻势中，林彪决心将集中优势兵力教训教训廖耀湘。只若抓住新六军，哪怕仅仅抓住他起家的新二十二师，林彪就有了控制全东北的希望。

尽管校长把三位少壮名将调离东北，但也让林彪高兴不起来。因为校长又调来陈诚。他不仅亲自听过陈诚的炮科课程，而且很欣赏陈诚的军事才能和政治才华。蒋校长对陈诚言听计从，国家军政大计都由陈诚说了算，军队也都归他调动，将军也都归他指挥，他陈诚就是蒋介石的替身。学生想打败先生绝非易事。在实战中要小心谨慎，抓不住歼敌机会就不能轻举妄动。消灭不了敌人事小，本军吃亏事大，大不了把战争再延长一年，也不能急于求成。

林彪还有一种幻想，即使陈诚的军事才能大于杜聿明，又有通天的本事，可是廖耀湘、郑洞国未必听话。杜聿明、郑洞国、廖耀湘、邱清泉是机械化第五军的老班底、好朋友，互相配合默契，他们能向陈诚的脸上擦粉抹胭脂吗？虽然他们同为黄埔系，有师生之谊，均为校长的爱将，但受宠的程度有厚薄之分，这样人际关系就会产生远近之别，矛盾就会产生了。陈诚乍来东北，就调走刚打了胜仗的陈明仁，陈明仁也是校长在北伐、抗战、内战的爱将嘛。

陈诚来东北后，口出狂言，说在半年之内要挽回颓势，收复所有失地。但他心里想的没这么简单。在黄埔军校中，他曾结识周恩来、聂荣臻、恽代英等共产党人，但对学生林彪没印象，只是1942年在重庆谈判时见过一面，但没引起陈诚的重视。他认为平型关的伏击战算不上什么胜利。任何朝代、任何国家消灭对手千把人也上不了历史的台面。最近两年在东北战场，林彪把十万破破烂烂的八路军发展到今天六十万大军，并且把争夺吉林的战场推进到辽宁来，确实令人不安。现在的吉林省，几乎跟黑龙江省一样，也完全赤化了，变成林彪的根据地。在林彪没站稳脚跟时，仅仅有十万散乱的部队，杜聿明没彻底打败他，现在他已站稳脚跟，并掌握六十万装备精良的部队，要想打败他谈何容易？目前林彪这支部队在人数、火力、战斗力方面约为华北、华东、中原、西北四支共军之和。如在东北这张棋盘上能将住林彪，全国军事局势将向有利于国军方向发展。

在沈阳，陈诚叫作战室参谋们把辽宁、热河以及河北东北部、察哈尔东部的地图接在一起挂在墙上。他把北宁路用蓝笔划了一条粗线，这是东北国军的生命通道！借它可以运送军队及军用物资。他又用红笔由通化经桓仁、宽甸、凤城县的鸡冠山、庄河县的皮口穿越渤海到达山东荣城县的俚岛镇划一条红细线，这是共军通向山东共军的弹药水上小道。国军首先要保证蓝线的安全，这关系到东北国军的生死存亡。如有余力再打掉红线。

陈诚一面盯着地图一面苦思冥想：林彪的军队布局有明显的漏洞可乘。共军目前有九个纵队十一个独立师，其中有五个主力纵队，有两个放在辽东南保护红色运输线；三个更强的主力纵队放在中长路。而在至关重要的辽西走廊仅放了两个弱势纵队。共军呈北、东、西三足鼎立的布局，以西足最软弱。这给我陈诚创造了胜利的机会，先吃不咯牙的一条腿。如果林彪把北满一、六纵队的任意一个放在辽西，会给北宁路造成巨大威胁，将成为国军的一块心病。国军布防将反其道而行，新六军可谓常胜军，来东北后所向披靡，对两次四平恶战都以快速迂回而取胜，林彪的围点打援一招对廖耀湘不灵。因此把常胜的新六军放在锦州这个兵家要地。陈诚毕竟是优秀的军事家，不但对自己的部队如数家珍，对共军部队也了如指掌。

在双城吴大舌头大院，林彪命令作战科把吉林省地图揭下，挂在次要位置上，把辽宁省以及西部与其接壤的边界图挂在正面明亮的墙上。

林彪站在地图前简单回顾这一年的战争进展。自1946年4月攻克长春，5月四平退却，到目前四平攻坚失败整整一个年头了。这一年的争夺重心是吉林省，北满三个纵队；南满两个纵队形成两大军事集团，实行"南打北拉"或"南拉北打"，南北响应的战略。虽然尚没有像山东兄弟部队那样大口大口地吃掉敌人，但也取得显而易见的战绩，现在双方争夺重心由吉林转向辽宁就是例证。目前战线逐渐缩小，敌人更加集中，我军更加壮大了。我军两军事集团变为三个，"南打北拉"的战略已不适应，以沈阳为中心，实行辽北、辽南、辽西三足并立的布局更为合理。北足为五个纵队，力量最大，布置在沈阳与四平间的中长路中段，以打击长春的新一军、四平的七十一军及沈阳的新六军为目标；东足为两个纵队，力量中等，以打击沈阳至大连的中长路南段的五十二军、青年军二零七师为目标，四纵队的任务主要保护辽东与胶东之间的水上小道，四纵队原为胶东八路军，辽东半岛是胶东人的第二故乡，四纵与两个半岛有天然的人脉关系，有利于通道保护任务的完成；西足为新组建的八、九纵队，力量较薄弱，不适宜打歼灭战、阵地战，适合以运动战破袭北宁路为主要任务。由于战线的缩短，国军所占地区的缩小，我北、东两个军事集团目前已结成一个集团。

1947年9月，共军秋季攻势开始，沈阳地区国军集结了六个军，另加二零七师的三个旅，占全东北国军力量的一半。共军在沈阳周围集中了七个纵队，双方力量势均力敌，都不敢轻举妄动，互相揣摩、寻找会战的有利战机。一旦发现对方漏洞，立刻出击。但沈阳周围一直没出现大会战的机会。

陈诚发现辽西走廊共军八、九两纵队为新编部队，战斗力较弱，应先消灭这两个纵队。9月14日，国军暂五十师、暂二十二师、暂六十师分左、中、右三路分别由绥中、兴城、锦西出发向建昌县进攻，以确保北宁路的安全。八纵队与冀察热辽军区独立一师，首先在梨树沟歼灭左路暂五十师一部，然后在追击中于杨仗子围歼中路暂二十二师，同时击退了右路暂六十师。17日，王铁汉军长率四十九军两个师，共四个团由锦州出发增援被围暂二十二师，援军将到杨仗子，暂二十二师已全部被歼，但四九军不明情况，继续前进，结果进入八纵队的布袋中。陈诚又派遣驻锦州、锦西的六个团增援四十九军，前进到锦州西虹螺岘及锦西西北的老边地区，受到九纵队阻击，增援未遂。22日，四十九军军部及所属一零五师、七十九师被歼，各欠一个团。

在八天的时间里，八、九纵队与独立一师歼敌三个师，共七个团，并乘胜占领了许多车站，破坏了铁路，同时攻克辽西重镇朝阳城。陈诚又邀请华北傅作义派候镜如率九十二及一零四军北上，命令廖耀湘新六军南下锦州，方使北宁路勉强恢复通车。

这次精彩的歼灭战与铁路破袭不在林彪战争计划之内，这也出乎陈诚的预料。所谓兵无常势，因势变通。辽西兵团打的是麻雀，得到的是天鹅。战争并不按军事家的计划及地图的坐标发展。

原来林彪的功夫集中在四平与沈阳之间，一、二、三、四、六等五个主力纵队另加七、十两个新纵队，还有炮兵纵队都摆在沈阳周围准备狠狠地啃陈诚一口。兴师动众四十万，摆出大会战的阵式，没料只在昌图与开源之间威远堡地区消灭五十三军一个师，等于用大炮打死一只苍蝇。

陈诚幻想着先下手为强，当共军还没有行动的时候，他朝辽西林彪的软肋打一拳，结果打在了刀尖上。七个师被打掉近三个。林彪的疏漏在于没料到两个新纵队如此强大；陈诚的错误在于没料到四十九军如此软弱。

五十天的秋季攻势于11月5日结束，共军除了歼灭国军四个师外，再加零打碎敲共消灭国军六万多人。共军动用六十万大军仅仅取得小胜。而国军五十五万大军仅被歼十分之一，看来陈诚还不至垂头丧气，尽管九十四军被打得缺肢断腿。

东北内战两年期间，共军在辽西一次短短的两天战斗中，同时消灭对手一个军部、三个师及七个团的胜利，尚属首次。这也说明冀热辽军区司令程子华、政委黄克诚对八、九纵队的指挥有方。在秋季攻势中，战争范围较小，声势不大，共军伤亡也不重。经过短暂休整后，双方将开展第二次冬季攻势。共军第二次冬季攻势由1947年12月15日开始。年初第一次冬季攻势展开在长春郊区，林彪尝到了打败新一军的甜头，证明套用俄国的寒冷武器立竿见影。现在战争中心已由吉林南移到辽宁，计划在沈阳郊区继续借用寒冷，教训教训新六军。东北国军十四个军中，唯有廖耀湘还没尝到苦头，不仅如此，林彪在四平的两次惨败都是败在廖耀湘麾下的新六军手中。报仇雪恨的时候到了，林彪对秋季攻势作了总结，尽管没咬住新六军，但他的陈老师败在两个二流纵队脚下，让林彪兴奋不已，高明的老师也不过如此而已。

陈诚喜欢作战争总结。在抗战中，每个大战役过后，他都进行精辟的分析，总结出经验教训，升华为理论，发到各部队进行学习与借鉴。对刚刚结束的秋季战役也进行了惯例总结。总结中教训多于经验。总结的结论是：在军力均等的情况下，共军善于集中局部优势打击国军一点，在战场上国军各支部队应齐头进退、步伐一致，前后、左右互相照应，不留缝隙给共军所乘；增援部队的前进速度宜慢忌快，走走看看，且不要上共军围点打援的圈套；今秋，林彪集中主力于沈阳市郊寻衅闹事，由于国军布防严谨、进退有致和无懈可击，共军不战而退；从辽西共军两个弱势纵队的战斗力来看，目前东北国共两军实力不管是从数量还是战斗力，共军已占优势，想打败林彪小子谈何容易！如果校长不再增兵五个军的话，东北的未来一片渺茫，如增兵的话必须包括十八军或第五军两张王牌之一，但希望不大。根据当前局势，国军只能采取守势，即使共军实力脆弱的辽西也不能小觑。如无兵可增，个人尽早脱离东北这块是非之地。

进入12月份，辽宁大雪铺天盖地，气温骤降零下三十度，好像寒冷的天气却给陈诚冰冷的心情带来了温暖。他以为在冰窖般的环境里，共军只能冬眠。陈诚庆幸的是九年前十九军一个士兵在隰县朝林彪胸部打了一枪，从此林彪遇冷就咳嗽。在今天的严寒下，林彪是不会出动的，他会像毒蛇一样冬眠。想到此，陈诚心情愉快异常，一扫多日愁绪。

陈诚的错误估计表明，他对拿破仑与希特勒兵败莫斯科的原因，没进行过分析；对林彪利用寒冷秘密武器全然不知，对天时、地利与战争的影响没研究；对士兵出生地域与抗寒的关系更是无知，所以陈诚不能算是高明的将军。他至少比库图佐夫、朱科夫、林彪矮一截子。

陈诚尽管很有才气又是林彪的先生，但对林彪阅历没进行深入分析。去年5月的四平阵地防卫战、今年年初对新一军与七十一军的冬季攻势及5、6月间的夏季攻势证明，林彪已逐渐成为一名优秀战役指挥官。他能指挥五十万人以上的大兵团作战，他的指挥能力不在王耀武、薛岳以下。陈诚没看透林彪逐渐长进的军事才能，最致命的是，他忽略了林彪旅居苏联三年半，对苏德战场的研究心得，使他吸收了苏、德两国军队的经验与教训，以及学到指挥大兵团作战的本领。

在林彪看来，苏联红军在莫斯科保卫战中，坦克、飞机当时尚很少，主要是靠步兵轻武器防卫，却取得了胜利。这主要利用寒冷为武器的结果。林彪在一至三月的冬季攻势中对寒冷运用自如，现在冬季已到，又该是林彪上演拿手好戏的时候了。陈诚反而估计林彪要冬眠，这岂不哀哉？要知道，林彪在苏联三年半所学到的知识，远远超过在黄埔一年的课堂听讲。

12月15日，北风呼啸，大雪飞舞，气温骤降零下二十九度。林彪的二、七、十等三个纵队突然包围了沈阳西北郊的法库与彰武两城；八、九两纵队威胁锦州、义县，并包围了新立屯；一、三、六等三个主力纵队分别插到新民、法库、铁岭、沈阳之间准备打援；四纵队插进沈阳之南的辽中地区，监视沈阳。陈诚急令新一军、七十一军、五十三军、新五军由长春、四平、开源、锦州等地调来沈阳、铁岭、新民地区，增强沈阳的防御力量，一场大战即将开始。

28日，二纵队、七纵队与炮兵纵队协同，经过五小时激战，攻克了彰武城，歼灭四十九军第七十九师全部九千人。1948年1月1日，陈诚调动五个军十五个师，摆成扇形，在一百多华里的战线上由沈阳向西北方推进，寻机决战，并解法库之围。国军兵分三路。新六军与新三军为中路，由沈阳、铁岭向西北进发；新一军与七十一军为右路，由昌图、四平向西南进发；新五军为左路，由新民向北进发。三路大军齐头并进，给共军无乘隙分割之虑，力量最弱的是左路。

1月2日，力量单薄的新五军被六纵队引诱到公主屯地区，逐渐与中路新六军、新三军拉开距离，节节后退的六纵队突然组成钢铁防线，堵在公主屯北角；二纵队围在东侧；七纵队围在西侧；三纵队在南面断后。这是林彪借鉴粟裕去年五月在孟良崮消灭王牌军整编七十四师的典型打法，林彪学得很成功。粟裕在孟良崮把华东第九、四纵队摆在正面；一纵队在西侧隔离；八纵队在东侧隔离；六纵队在南面断后。林彪成功复制了粟裕的战术。林彪之所以成为伟大军事家，是因为他不仅掌握了库图佐夫、朱科夫的寒冷武器，还把粟裕的战法学到了手，可谓三人行必有林师焉。血战三天，步、炮、空协同作战的新五军不得前进一步。1月5日，被六、二、三、七纵队合围，新五军军部及其一九五师、四十三师两万多人被歼，其中军长陈林达及两位师长以下一万三千人被生俘。这是东北战场两年来，共军第一次全歼国军一个军、两个完整的师，歼敌人数略少于年前陈光指挥七师攻克长春一役。

得知新五军全军覆没，蒋公极为震惊，他火速飞来沈阳。当时新五军与新六军相邻咫尺，但怕共军歼灭，不敢越雷池一步。蒋公大骂军长李涛、兵团司令廖耀湘见死不救，要提刀问斩。由于沈阳周围枪炮声不断，蒋公不敢久留，命令他们将功赎罪。

1月25日，一、八纵队攻克新立屯，歼灭四十九军二十六师全部。

1月29日至2月11日，四、六纵队先后攻克辽南地区的辽阳、鞍山、海城等，分别歼灭国军二十五师、五十四师、暂编六十二师。3月2日，处于辽北地区的一、三、七纵队揭开四战四平的序幕。

四战四平的总指挥仍是三战四平的总指挥李天佑。攻城部队有一、三、七纵队及独立二师共十个步兵师，另有炮兵纵队一百六十三门大炮、三十多门高射炮约十六万人。布置在铁岭以北五个纵队三个独立师打援。守城部队为七十一军的八十八师、三个保安团及一个骑兵团不到两万人。国共两军人数为六比一。去年6月3日战四平，国共两军人数为一比一。林彪显然接受了去年夏天的教训，大大地提高了共军的数量优势及炮兵绝对优势。

　　去年三战四平的守军为七十一军的八十七、八十八、九十一师及三个保安团三万人，总指挥是名将陈明仁。今次守军主力八十八师已被歼灭过两次半，去年3月12日在靠山屯、郭家屯被第一次全歼；两个月重组后，于5月18日在怀德县黑林子地区被第二次全歼；一个月又重组后，在四平防守中伤亡过半。一而再、再而三地被歼灭几次的部队，其战斗力可想而知。陈明仁军长是七十一军官兵的偶像，陈军长有功被贬导致全体将士愤懑不平，这是促使八十八师战斗力下降的另一因素。今年不到三个月的冬季大战中，国军已有七个整师被歼，这次八十八师也在劫难逃，每个官兵不说自明。

　　由于以上诸多客观条件，李天佑这次轻而易举地攻克了四平，四战四平总攻只用了二十一个小时，战斗就结束了。第二次冬季攻势三个月共歼国军八个整师，连同地方部队共十五万人。

　　在共军排山倒海的冬季攻势下，吉林、九台、乌拉街、德惠、农安等新一军及六十军的守军全部撤往长春。1948年的3月，东北国军只剩下长春、沈阳、锦州三大孤岛。自1945年11月17日，国军占领山海关算起，到现在的3月12日四战四平结束，两年零四个月的时间内，共军由狼狈逃窜到耀武扬威；国军由所向披靡到草木皆兵，东北局势发生了翻天覆地的变化。国军已被歼三十六万人。

　　半年前陈诚夸下海口，决心六个月扭转东北战局，准备在东北待六年，否则用手枪自杀，这显然是哗众取宠。半年已过，他不但没扭转战局，反被弟子林彪打得鼻青脸肿。陈诚幻想逃出东北这个大冰窖，一天也不愿待下去了，他劝其夫人谭曼怡到南京走后门，谎称胃溃疡复发。夫人的干娘宋美龄向夫君为陈总长求情，陈诚方得以逃出东北。可是全国舆论大哗，朝野上下一致要求惩办陈诚以谢国人，要他负失掉东北的责任。

陈诚被林彪淘汰后，卫立煌临危受命由南京飞来沈阳。卫立煌是国军将领中的老资格，曾为孙中山的警卫排长，在北伐中军功烜赫。

1937年于山西忻口保卫战中毙伤鬼子三万余。1936年双十二事变，在西安与周恩来往来密切。抗战初期在太原与周恩来、朱德交往莫逆，战斗配合默契。1938年3月林彪遭国军误伤，4月卫立煌专程去延安慰问，从西安拨给延安八路军总部步枪子弹一百万发、手榴弹二十五万颗、牛肉罐头一百八十箱，作为对林彪的慰问品。十余辆卡车满载军火及罐头由西安运抵林彪驻地二十里堡村，林彪连声答谢："礼重了，礼重了！"在延安，中共领袖毛泽东等热情地招待了他。1943年在缅甸接替陈诚为远征军司令后，消灭日寇九个师团。因之获得国家最高的青天白日勋章。他在抗战中的威望与先后毙伤日寇十万之众的薛岳齐名。

作为林彪的老朋友的卫立煌现在任职东北国军最高司令长官，看这两位朋友如何出手扭打！按年龄，林彪四十一岁，年富力强；卫立煌五十一岁，阳刚渐衰。按指挥能力，十年前卫立煌指挥百万大军的大战役多次；林彪在目前的冬季战役初次指挥六十多万人战役；论火力，共军仍稍逊于国军；论兵力，国军稍少于共军；论后勤，双方相当；论兵源，共军充足；论军事技术，国军占优势；论士气，国军低迷；论政治宣传，共军占绝对上风；论天时，共军抗寒，国军怕冻；论地利，东北百分之九十五的土地已落入共军之手，国军处于孤军被围之中；论人和，双方半斤八两，均不得人心。综合以上权衡，共方大大强于国方。

卫立煌接管东北军权后成竹在胸。他设计出自己的战略方针，并总结了孙立人、杜聿明、陈明仁、郑洞国、陈诚、廖耀湘的成功与失败的经验教训。孙立人败于陈光的围点打援战术；杜聿明、郑洞国败在顾此失彼，进攻力量分散，又孤军深入，给韩先楚、胡奇才造成可乘之机；陈明仁的成功是致力于防守，与城池共存亡；陈诚的失败是对自己的力量估计过高，看低了对方。卫立煌挑来拣去，选中了陈明仁守四平、廉颇守长平、苏军守列宁城的战术。

长平、列宁城坚守三年的战例值得效法。目前五十多万国军固守在东北三座孤城，长春守军为郑洞国第一兵团的十万人；沈阳守军有廖耀湘第九兵团及周福成第八兵团等二十七万人，由卫立煌直接指挥；锦州守军有范汉杰、卢浚泉的第六兵团十三万人。希望每个城市像长平、列宁城一样坚守三年。在坚守中静观其变，如时机一旦成熟，三点连成一线，再由线扩大为面。尽管胜利的曙光很渺茫，但还是有希望的。

卫立煌走马上任三个月后，蒋介石召他到南京，商议撤出长春与沈阳，重点固守锦州。大军在锦州，进可恢复东北失地，退可与华北傅作义联合一体。卫立煌的战略思想与蒋公相左，在他看来，丢掉长春与沈阳即使守住锦州，也算失掉了东北。将像当年张学良一样受到全国唾骂。目前林彪的军事能力只能在野战中一次吃掉陈林达的新五军两个师，而陈明仁的三个师连保安部队不到三万人坚守四平成功，林彪啃了十六天，伤亡一万三，攻坚的两大王牌纵队失去战斗力，结果陈明仁大胜。那么长春与锦州各有守军十万以上，光主力师就有六七个，再加强防御工事建设，如守备部队学习廉颇、陈明仁的防守战术，可令小林彪望城兴叹，叫他狗咬刺猬——无处下口。

如果蒋公同意的话，把陈明仁重新调回东北任第六兵团司令，代替范汉杰指挥锦州防务，他一个人等于增加两个军的力量。在缅甸，陈明仁在卫立煌的麾下，卫立煌很了解他的军事才能不在孙立人、廖耀湘之下。

卫立煌继续思考：廉颇、陈明仁做到的，一定要求各兵团司令也做到。东北五十万国军的战略战术就是一个字"守！守！守！"为了避开共军的围点打援的一贯伎俩，各守备点遇到围攻时，尽量不派援军，看不透小林彪的本事能超过日军驻缅总司令——河边正三大将。蒋公还要求，如果不撤出沈阳的话，至少要撤出长春，增强沈阳的防守力量，或者在锦州再增加一、二个军，形成哑铃式的两个铁拳。卫立煌仍不同意，郑洞国兵团一旦脱离长春的工事突围，会正中林彪下怀，几十万共军像狼群一样阻截他、围攻他。部队会被分割在五、六百里的空间中，这是林彪求之不得的，等于主动把一块肥肉填进狼口。一旦长春失守，唇亡齿寒，沈阳将处于前沿，成为林彪首当其冲的打击目标。

陈诚来东北，蒋公赠给三个军为礼物。卫立煌来东北，没赠给他一兵一卒，令人心寒。由于卫立煌与林彪及中共领袖们的抗战友情，共方宣传机关对其没像对前两任的杜聿明、陈诚那样的人身攻击，这点卫立煌也深深感受到了。

第二十六章 卫立煌借鉴古今
林彪刮目看粟裕

卫立煌既是国军中的老资格又有巨大军功。他虽属蒋公嫡系，但性格倔犟，常顶撞蒋公，成为蒋公手中的热芋头，又可爱又烫手。这次让他来东北任职是迫于无奈，实在找不出更合适的人选。

东北第一任剿匪总司令长官是杜聿明。1945年11月自秦皇岛登陆直打到沈阳只有五十二军与十三军共五个师。杜聿明虽身为中将，但属黄埔一期蒋公得意门生，曾是中国第一支机械化部队二零零师师长，后扩编为第五军，继任军长。1940年于桂南昆仑关一役毙鬼子第十二旅团长中村正雄以下四千余人，杜聿明声名鹊起，升为第五集团军总司令兼昆明城防总司令。

五十二军军长赵公武，十三军军长石觉虽与杜聿明没有私人瓜葛，但对杜聿明的威名毕恭毕敬，令行禁止，服服帖帖。1946年1月远征军新一军、新六军、七十一军调来东北，郑洞国于同年3月来东北任副司令长官。新六军军长廖耀湘原为第五军新二十二师师长，是杜聿明的老部下，对他当然言听计从。新一军军长孙立人虽与杜聿明没私人关系，但郑洞国是新一军的第一任军长，曾是二零零师副师长、第五军副军长、军长，也是黄埔一期与杜聿明为同窗好友，私交甚厚。杜聿明通过郑洞国掌握新一军没问题。七十一军军长陈明仁与杜聿明、郑洞国均为黄埔一期老同学，关系亲密。新一军、新六军、七十一军、五十二军四个远征军都对杜聿明服服帖帖，其他非主力军更不在话下。杜聿明对东北国军的五个军的指挥可谓随心应手，五个军全团结在他的周围。

东北内战前期一年半，国军所向披靡取得了巨大胜利，占领了四平、长春、吉林市，完整地控制了辽宁、吉林两省，再加陈明仁在四平防守的成功，这些都与杜聿明的军事才能与高级将领的团结一致分不开的。但经过1947年初第一次共军冬季攻势及夏季攻势后，杜聿明好景不长，成为强弩之末。他借口胃病远走高飞，被小师弟林彪败下阵来。

东北国军第二任总司令陈诚，在东北国军中没多少人脉关系。他的起家本钱是十一师，以后改为十八军。在中原来东北也没带多少自己的派系人马，只带来当年保定军校炮科同窗罗卓英任其副手。走马上任伊始，就撤掉了一批杜聿明集团的主干，安插了自己的人马。被撤骨干中包括在防守四平街立下奇功、刚获得青天白日勋章、升为第七兵团司令的陈明仁，从而引致黄埔校友大哗。从此陈诚在东北国军内部威信扫地，指挥不灵。首先受到了杜聿明集团黄埔同窗郑洞国、第九兵团司令廖耀湘以及新一军军长潘裕琨、新六军军长李涛，尤其是七十一军向凤武的抵制。陈诚的日子很不好过，外有林彪六十万大军堵着沈阳城门叫骂，内有十来位高级将领拆台。上任不到半年，就灰溜溜地卷起铺盖逃出东北冰窟，导致全国舆论一片喊打声。

　　蒋公发现安排陈诚接手东北军政大权与撤掉陈明仁兵团司令两个决定加速了东北国军的失败。就像刘少奇因安排好友彭真为东北第一把交椅一样，为自己埋下灾难的种子。安排亲信是主观愿望，如果亲信不适应局部的政治环境，就变为失望。蒋公痛定思痛，在接替陈诚的干部遴选上着实费了一翻心思。小诸葛白崇禧的军事智慧足可顶住林彪，但他属桂系军阀，如让他独占东北等于放虎归山，比共产党更厉害，再说白崇禧现在也拔不出腿来，需要蹲在武汉监视大别山上的刘伯承，而且他也辖不住东北一大群黄埔将；薛岳在抗战中表现出非凡的军事才能，他属张发奎、黄琪翔粤派主将，抗战积极，内战消极，有粤人治粤独霸一方的阴谋，目前还需要他坐在徐州压住陈毅、粟裕的叛乱；王耀武是后起之秀，他的七十四军打得鬼子丢盔弃甲，不过他现在在山东的表现很不好，连吃败仗。把第一快速纵队、七十四军都统统送给了共产党，对王耀武不是提升的问题而是应当查办。再说他是黄埔三期生，镇不住东北一大帮一期生。

　　蒋公把手下的名将逐个排队遴选，最后排到满身是刺的卫立煌身上。如果说卫立煌也属蒋公嫡系的话，在一大串嫡系名单中他肯定排在最后一位。蒋公一直对他送给林彪的重礼及在太行山与朱德的交情耿耿于怀。个人间恨归恨，不和归不和，还得以党国利益为重，所以蒋公迫切地邀请卫将军出山。蒋公面召卫立煌，要求他去东北接替陈诚的职务，卫将军婉拒："东北非陈总长难以力挽狂澜，我何德何能，敢当此重任？"蒋公碰了个软钉子，不得不放下架子转托张群、顾祝同游说，卫立煌勉强走马上任。

据蒋公分析，卫立煌虽与中共高层周恩来、朱德、林彪有过交往，那都是为了统一全民抗战，他本人并不赞同马列赤化中国。他的军事才能是一流的，抗战中为党国争得荣誉。他是远征军总司令又是老资格上将，目前新一军、新六军、七十一军、五十二军都是他当年麾下的国军主力，他们之间的团结没有问题，只有锦州范汉杰一个与他稍有龃龉，但军人以服从为天职，以大局为重。范汉杰也不会为难卫立煌，所以卫立煌是接管东北最适当人选，寄望他再为党国立军功。

卫立煌上任后第一件任务是抓三大据点及其钢筋水泥城防工事的建设，他专门派作战参谋访问陈明仁在四平的工事建设及巷战经验以及共军的攻城战术等，并进行理论总结发至各部队学习，同时附带"长平之战"的印刷资料。命令七十一军军长、师长、团长组成一个城防研究班子，进行讨论总结。把陈明仁、向凤武及七十一军的总结作为东北国军的守城教材。

总结分为两部份，第一部份是共军的攻坚特点；第二部份是国军的防守要点。

第一部份：共军十七师是林彪的一把攻坚尖刀，攻坚特点一是炸药连续爆破，对防御工事爆破前先用小炸药包或手榴弹制造烟雾，借烟雾掩护爆破兵接近爆破目标，爆破成功后继续第二次第三次连续爆破，或者用火力掩护冲锋；特点二，进攻路线不沿街道运动，而在街道的一侧炸开居民院墙，或民房，构成街道的侧支暗道，突然迂回守军的核心工事，一举打掉指挥中心，使守军处于瘫痪，这是最致命的一手。

第二部份要点一，国军主要防御工事是钢筋水泥浇灌的地堡及构成火力网的地堡群，地堡后通道建有钢门，钢门内外都按门栓，士兵进入地堡后，销死门外栓，士兵只有死守无法退却，每个地堡只放三个士兵，避免人多伤亡大。如一百个地堡被攻破只有三百人的伤亡，若攻克一百个地堡将耗费若干时日；要点二，战斗一旦开始，距地堡一百五十米内的民房及墙壁一律炸平，阻断侧支暗道形成；要点三，核心工事或指挥中心挖掘防御壕，壕内四角建碉堡，以防共军的坑道作业；要点四，在指挥中心、十字路口及要塞周围遍撒黄豆粒。

以上总结印成小册子，题目是《城防纲要》，同时附加上长平及列宁城的防守资料。派参谋长赵家骧飞到长春、锦州催郑洞国、范汉杰照法炮制。沈阳由廖耀湘负责。除了建设防御工事外，卫立煌的第二个任务是扩编、训练军队，训练军队的科目以城防巷战为主。在训练军队方面也要借鉴陈明仁的经验，他能把一群散漫的新兵，训练二、三周后就能变成主力部队，其八十八师曾被林彪吃掉过三次，补充上新兵后，不到一个月就又变成劲旅。蒋公不会像照顾陈诚那样照顾卫立煌了。卫立煌曾几次要求增兵东北，但都无下文。只能自力更生，发奋扩军。他把被共军吃掉的四十九军三个师、新五军两个师、五十三军一个师、四十三军两个师共八个师整编补齐进行训练。经过半年整顿，卫立煌仍恢复了四个兵团、十四个军、四十四个师的编制，再加地方部队约五十多万人。

林彪的精力都用在战役策划方面。军队的政治教育、军事训练、扩军整编都由罗荣桓、刘亚楼负责。一九四八年初的冬季攻势结束后，共军又增编了第五、十一、十二纵队和七个独立师。每个纵队三个主力师附属一个独立师，一个重炮团、一个警卫团、一个汽车锱重营。纵队人数由五万八千到六万两千不等。还有炮兵纵队四个师、一个坦克师，另外一个铁道兵纵队、一个高射炮指挥所及一个工兵指挥所，共七十三万人，加地方部队三十万，超过百万。在林彪心目中，六纵、一纵是两张王牌纵队；三、四、二纵队是一级主力纵队；八、九、十纵队是二级主力纵队；七、五、十一、十二纵队是三级主力纵队；独立师是战斗实习队。十二个纵队中有六个主力师，其中包括六纵队的十六、十七师，一纵队的一师、二纵队的四师、三纵队的七师和四纵队的十师，六个主力师中令林彪最宠爱的攻坚老虎十七师，师长为龙书金；还有资格最老也是林彪、陈光的起家部队十六师，师长为李作鹏以及攻坚野战全能的一师，师长为梁兴初。在四平攻坚战之前，只有十六师与一师是林彪的最爱，在运动战转入攻坚战的关键时刻，十七师应运而起，成为攻城夺寨的老虎，为林彪分忧解难，后来居上，成为林彪掌上明珠。十七师宛如上苍送给林彪的一件珍贵的礼物，比当年卫立煌送给他的十多辆汽车弹药令他快活多了。林彪每想到十七师，就心花怒放，感恩上苍的慷慨。一个十七师，可以带动若干师的攻坚能力。

第二次冬季攻势结束后，东北已无小仗可打，只剩下长春、沈阳、锦州三大据点。林彪命令一纵队第三师、六纵队第十八师及其独立师与十二纵队四个师另加五个独立师围困长春。就像二战的德国人围困列宁城一样，他准备把郑洞国的十万大军饿得像木乃伊一样再去收拾他们。由肖劲光、肖华第一兵团指挥围城部队十三个师。在辽西南由程子华、黄克诚组成第二兵团指挥所，指挥八、九、十一纵队等十二个师，在锦州以西的承德、凌源、朝阳练兵。一、二、七、十纵队在沈阳以北四平以西的昌图、康平、彰武、郑家屯练兵。五、六纵队及炮兵纵队在四平以东西丰、辽源、梅河口练兵。三、四纵队在沈阳南鞍山，辽阳练兵。

大有大的难处，尽管林彪麾下军队百万以上，但一口吃掉国军一个军部两个师的战斗只有一次，只能在运动中消灭敌人，还没有一口吃掉三个师的记录。那么三个大据点，守军最少的是长春十万人，两个主力军，攻坚碉堡成群、高楼成林的大城市能取胜吗？这是林彪最大的心事。他把视野转移到二战欧洲战场及当前关内各战场。

1941年6月，德国闪电般，在不到半年时间攻占了明斯科、斯摩棱斯科、基辅、哈尔科夫、罗斯托夫、沃罗涅日，以及大半个斯大林城，并消灭了苏联三百个师，依靠的是两个装甲集团军及十九个步兵师，在欧洲平原坦克起到了关键作用。一九四三年初，库尔斯科反攻成功，苏联依靠的主要是大炮及刚刚生产出厂的三千辆坦克，尤其是大吨位的T-34型坦克镇住了德国吨位较小的"虎式"、"豹式"坦克。美英盟军对德国城市的进攻先以优势空军的轰炸为先导，后期发明火箭筒虽是坦克的克星，但攻地堡或楼房功效不大。林彪的脑子里像放电影一样，把二战的先进武器浏览了一遍，只是过眼云烟。土八路既无飞机又无坦克，朱瑞手下的炮兵还是刚出壳的鸡雏。攻城夺寨，只能用土办法了。林彪越发觉得龙师的连续爆破的可贵。

欧洲战场上的先进经验对我们是南辕北辙，毫无用处，只有苏俄的寒冷武器除外。目前的现实是山东战场比东北战场的军队少、武器差、火药少，反而打胜仗多，大胜仗更多。每想到此情此景，林彪倍感羞愧。在以往的军事会议上，他经常提到刘司令的战争经验及军事思想的可借鉴性。当初高级将领们不知他指的刘司令是何许人，又不敢问，最后还是旁敲侧击地从刘亚楼那里得知，刘司令就是刘伯承。本来林彪只崇拜刘伯承，现在出了个青出于蓝而胜于蓝的粟裕，令林彪刮目相看。现在林彪把看地图的时间挪用到对粟裕指挥的各战役研究上。孜孜不倦地学习古今中外名将的战争经验，勇于在众将面前总结自己的失败教训，是林彪成功的两大法宝。

林彪曾向毛泽东索要关内各战役资料，以资学习借鉴。毛泽东满足了他的要求，责令一架专门电台为林彪传递关内各战场资料。林彪如饥似渴地研究这些第一手材料，他还责令秘书把关内每次战役的国共双方新闻报导、军事评论装订成册，藉以参考。在学习中，他把关内四大战场分别列表统计，表上有军区名称、战役名称、时间、地点、双方伤亡、歼敌数量、双方参战部队、双方指挥员姓名、双方军事力量消长、评论等九条。根据时间先后进行填写。华北与西北两战场的战争规模较小，林彪把精力主要放在粟裕指挥的山东战场上。统计时间限定在日寇投降后的1945年10月开始，至目前的1948年9月为止。

1946年1月，华东军区主力部队十八万，中原十五万人，东北十万，华北十二万。1947年1月各大军区主力部队统一整编为纵队，华东为九个纵队加一个特种兵纵队约二十八万人。九个纵队中一、二、四、六、七纵队为原华中新四军；三、八、九、十纵队为原山东八路军。中原军区整编为五个纵队约十五万人；东北军区也整编为五个纵队约十五万人。1948年7月，华东野战军整编十一个纵队，一个特种兵队约三十八万人；中原野战军整编为七个纵队、一个炮兵旅，约十三万人；东北野战中十二个纵队、一个炮兵纵队约七十三万人。

经过两年半的战斗，华东野战军扩大两倍多；中原野战军不但没扩大反而缩小百分之十三；东北野战军扩大近五倍。

三大野战军歼灭对方达四千人以上的战斗（役），华东野战军二十四次；中原野战军二十次；东北野战军十二次。经过两年半的内战，三大野战军歼灭国军人数是，华东野战军歼敌八十七万人，平均每次战役消灭国军三万六千人；中原野战军歼敌四十万人，平均每次战役消灭国军两万人；东北野战军歼敌三十七万人，平均每次战役消灭国军三万人。同时，消灭国军两个整旅的战斗次数，华东野战军十三次；中原三次；东北一次。三大野战军每年每次动用十万人以上的大战斗频率，华东野战军1946年八次，1947年9次，1948年前九个月六次；中原野战军1946年十一次，1947年四次，1948年前九个月两次；东北野战军1946年四次，1947年两次，1948年前九个月一次。三大战场的国军人数是，华东战场六十二个旅（师），五十万人；中原战场三十二个旅（师）二十六万人；东北战场四十五个师（旅）五十万人。对火力方面的统计资料不精确。据估计，东北一个纵队的火力相当华东三个或中原五个纵队的火力；东北野战军的火力相当华东、中原两大野战军火力总和的四倍。林彪根据统计资料，命令绘图员制成图表挂在墙壁上。他每天阅读图表上的坐标、曲线、数据与时间，阅读时间长了便温故而知新，在脑子里形成新的思想与计划。他反反复复阅读地图的习惯也是出于这个道理。

　　林彪对他尊敬的刘司令的处境至为关切，经过两年半的苦战，东北共军发展为八倍，华东发展为两倍，而中原不仅没有发展反而略有缩小，其原因有三个。第一是日寇投降后，内战初期中央军委应集西北贺龙部队、华北聂荣臻部队及中原刘伯承部队合力向心发展，消灭阎锡山的十万地方部队，控制整个山西省，使三大军区融合为一片，以山西作为大后方。三支部队不应分别向平津、西安、郑州三个不同方向分散发展，结果三个方向都没取得成功。第二个是，中原军区四面八方受敌，东面有徐州绥靖区的薛岳及济南绥靖区的王耀武；西面有西安绥靖区的胡宗南；北面有太原绥靖区的阎锡山；南面有武汉绥靖区的白崇禧；中间还有郑州绥靖区的刘峙。中原军区部队像处在铁笼子里，与六个绥靖区作战。东北相反，东北国军只有一个沈阳绥靖区，七面受敌，只有西南方向一个脆弱通道。第三个条件是人为错误，图表上表明，1947年6月，跨渡黄河后刘伯承的四个主力纵队的十万大军，经敌人堵截，已失去战斗力，这又重演了长征途中兵败湘江的惨痛教训，当时如不是陈赓兵团两个纵队出击豫西，粟裕兵团六个纵队出击皖北的支援，刘邓部队在黄河与淮河之间黄泛区有全军覆没的危险。

　　刘邓大军过黄河的失败，是毛泽东盲动冒险主义的又一例证。林彪只能在心里想，不敢向任何人说刘邓过黄河的教训。林彪很敬佩粟裕的胆量，刘伯承过黄河后，毛泽东又命令粟裕立刻带领三个主力纵队跨越长江进军江南，作第二次军事冒险，被粟裕拒绝了，并专门偕同陈毅到毛泽东居住的河北省阜平县城南庄解说过江弊病及不过江的利益所在。

尽管毛泽东心里有百个不满意，结果还是同意了粟裕的战略思想，决定在内线消灭敌人。如果粟裕像刘邓一样盲目执行毛泽东的冒险计划，过江后的三个主力纵队将失去战斗力，留在山东的三个主力纵队不能进行大兵团作战，华东军区被削弱的情况下很可能大败，而身处绝境的三个纵队可能覆没。刘邓部队得不到粟裕兵团的支援也很可能全军覆没。届时，历史又是另一个模样。

粟裕的抗命挽救了毛泽东，却给自己带来误解。林彪敬佩粟裕不只是他的抗命胆量，更重要是他的军事才能和指挥大战役的本领。图表证明，粟裕指挥大兵团、大战役的能力是从战争实践中逐渐学成的，而且进步很快。说明军事天才不是先天的，是后天敏于对战争实践进行总结、比较，使其理论化，再用理论指导战争的一个过程。

1946年夏季，粟裕指挥自己的起家部队新四军一师三个主力旅、一个独立旅及三个特务团共十五个团，或者相当于五个旅，共三万多人，在苏中地区与国军李默庵十五个旅及保安部队约十二万人对峙。经过四十五天的七次战斗，消灭国军六个旅及五千人的五个交通警察大队共五万三千人，史称七战七捷。创立了以少胜多的全国模范战例。

七战七捷的胜利促使粟裕逐渐掌握了指挥大战役的能力，而且其胃口越来越大。1946年12月，徐州绥靖区公署、抗战名将薛岳指挥二十五个半旅，由鲁南、苏北、两淮分三路同时北进，目的控制陇海路东段，分割山东与苏北共军的联系。粟裕指挥二十四个团，相当八个旅，向宿迁北力量最弱的一路国军合围。此路是国军整编六十九师师部（军）及其六十旅（师）及九十二旅一个团，同时还有整编五十七师的预备第三旅和整编二十六师的第四十一旅共三个半旅。经三天激战，将其全歼共两万一千人，师长自杀，副师长被俘。这是全国战场首次全歼国军一个整编师部及三个半旅的光辉战例。

粟裕指挥大兵团进行大战役的经验逐渐成熟，当东北军区进行第一次冬季攻势，陈光拳打脚踢孙立人的时候，于1947年1月，粟裕在鲁南枣庄、峄县、台儿庄地区指挥十二个团为右路，十五个团为左路围攻国军整编二十六师及第一快速纵队。二十四个团在苏北方向打援，经十九天战斗，全歼二十六师、五十一师四个旅及快速纵队共五万三千人，并活捉二十六师师长马励武及五十一师师长周毓英，缴获美制坦克二十四辆、大炮八十九门、汽车四百七十四辆。粟裕又首创一次消灭国军两个整编师、一个快速纵队并收复了枣庄、峰县、台儿庄等城市的光辉战例。粟裕的胜利令林彪眼花缭乱。

1月20日，鲁南枣、峰、台战役刚结束，陈诚亲自指挥国军进行鲁南会战。南线由十九军军长欧震指挥八个整编师（军）、二十个旅由陇海路北犯临沂；北线由第二绥靖区副司令李仙洲指挥三个军（师）九个旅由胶济路南下新泰、莱芜。两路南北对进，企图与粟裕决战临沂城下。粟裕指挥十一个纵队围攻较为分散、力量较小的莱芜一线国军，经三天激战歼灭了国军七十三、四十六两个军（师）、七个师（旅）共六万余人，俘虏了李仙洲，并收复胶济路两侧的十余座城镇。

莱芜战役的胜利曾令林彪震撼，对照当时自己指挥的第一次冬季攻势的规模之小、收获之微，汗颜不已。林彪称粟裕为当今韩信。集中优势兵力，抓住小股，挡住大股，短短的三天消灭敌人六万，打得干净、利索、快速，如同快刀斩乱麻的优秀战例。

山东共军为蒋公心腹大患，于是集中全国精锐部队重点围剿。一级上将顾祝同坐镇徐州，指挥二十四个整编师（军）六十个旅计四十万人，其中有五大王牌军中的三个，包括张灵甫的整编七十四师（军）、胡琏的整编十一师（原十八军）及邱清泉第五军与东北国军力量相当。六十个旅编为三个机动兵团，分三路向山东腹地进攻，吸收以往力量分散屡屡被歼的教训，命令各部队同步行动，紧密结合，缓慢前进，避免突出，左右呼应，前后顾盼。

左翼兵团由徐州北进济南，然后沿胶济路由西往东推进，中路与右翼携手由兖州至临沂公路密集北上，寻找共军主力决战。

右翼汤恩伯第一兵团为了争夺头功，不待二、三兵团行动，率先指挥整编七十四师为突击部队；整编二十五师及八十三师左右为邻，横向沂水至蒙阴公路由南而北齐头并进；第七军三个整编师与四十八师攻占沂水、六十五师防守蒙阴，配合七十四师主攻。

1947年5月，整编七十四师准备于14日攻沂水至蒙沂公路上的重镇坦埠。13日晚粟裕选择两个战斗力极强的第一与第八纵队，分别在七十四师左右两翼与二十五师、八十三师相距数华里到三十里的缝隙间，进行勇敢的纵深楔入，左右分隔；另外第四与第九纵队同时由北而南发动攻击；第六纵队于14日晨由临沂以北急速北上，堵死七十四师退路。七十四师处于四面楚歌中。另外四个纵队分别布防沂水西、蒙阴东、临沂北打援。15日拂晓，五个进攻纵队摆出"于百万军中取上将之首"的架势由四面八方向七十四师猛打猛追，迫使国军退到孟良崮山区。经十四个小时厮杀，在抗战中被视为国军骄傲的七十四军灰飞烟灭，军长张灵甫饮弹身亡。整编74师在王耀武指挥下，于抗战中曾消灭日寇七万，排名全国第二，仅次于新一军。七十四师被歼，张灵甫身亡震动南京朝野。蒋公为张灵甫与七十四师招魂遥祭，为张灵甫追赠上将衔。此战役后，国军更加倍小心谨慎，不敢穷追冒进，而且士气低落。共军相反，他们士气高昂，既然能吃掉七十四师就没有啃不动的骨头。粟裕的名望如日中天，共军上下无人不知，无人不晓。作为行家，林彪对粟裕佩服得五体投地。粟裕胆量之大，不仅敢顶抗毛泽东的冒险渡江成命，还敢一口吃掉一支王牌军，对大兵团作战的指挥艺术臻于完善。林彪受启发最深的莫过于在两支强大敌军相距三十里的牙缝间，插进自己最精锐的部队，完成对敌军的分割包围，堪称军事杰作。完成这次军事杰作需要若干条件，在林彪看来最重要的条件是粟裕亲临前线指挥，掌握敌我最新动态与情报，得知七十四师于14日晨发动进攻的情报后，快速进行反准备，于13日晚提前八小时先声夺人。这个八小时，对消灭七十四师可谓值金值银。英雄所见略同，五年前的1942年，林彪于莫斯科得知在库尔斯克前线，朱可夫获得情报，得知德军1日三时将发动总攻击，朱克夫提前四十分钟开炮，摧毁了德军工事，打乱了德军的进攻阵容，对苏军取得库尔斯克胜利起到关键作用。粟裕驾驭战役的技巧，比朱可夫元帅犹过而无不及，令林彪惊叹不已。何时把粟裕歼灭七十四师的技巧稼接到东北野战军，借以消灭新六军，这是林彪朝思暮想的。

不知不觉中，林彪又把陈光与粟裕互相比较。陈光擅长在敌人眼皮底下远走高飞，转危为安的突围本领；粟裕善于在敌人眼皮底下调兵遣将，转败为胜地突然袭击的特长。两人的共同点是勇敢加智慧。尽管与陈光有些误解，但林彪对其军事才能还是念念不忘，这是名将固有的胸怀。

目前东北国军五十多万大军集中在长春、沈阳、锦州三大据点。城市攻坚与巷战是东北共军重大军事课题。林彪继续想：没有朱可夫的喀秋莎与T-34型坦克，但借用粟裕在攻坚方面的经验可解燃眉之急。

林彪的注意力集中到1948年华东共军四大攻坚的战役，他将每个战役的资料画成一张独立图表挂在墙上。资料包括每支攻坚部队的番号、历史、指挥员的阅历、歼敌人数、攻城所耗时间、攻城战术、伤亡人数、经验教训等项。

1947年6月中原刘邓大军渡过黄河后，九月陈毅、粟裕率华东外线兵团六个纵队及特种兵纵队跟随其后进入中原。1948年3月，以华东野战军参谋长陈士榘率第三、八两个纵队攻坚洛阳，十纵队为预备队。中原第四、九纵队打援。11日十九时，三纵队第八师第二十三团首先突破敌城，然后三纵队主力由突破口入城，向西、北、南门攻击；12日中午南、西两城门也被八纵队突破，两个纵队会合，对敌青年军第二零六师二个旅及保安团实行分割，分别围歼。战至12日二十二时，全歼守敌两万余人，耗时三十九小时，攻坚手段是土洋结合，大炮与炸药并用。

1948年4月山东内线兵团许世友，率领第九纵队渤海纵队攻坚潍县；第七纵队在西线阻击济南援敌；第十三纵队在东线阻击青岛援敌。从2日到18日肃清外围据点五十多处。23日开始总攻，经过地道作业，在爆破与火炮配合下，九纵队突击城垣，经四天苦战，到26日全歼守敌九十六军，整编第四十五师、十五个保安团和土杂武装四万六千人。许世友内线兵团四个纵队发扬连续作战的精神，于5月29日开始对兖州周围城镇发起攻击，乘胜攻占大汶口、曲阜、邹县、滕县、泗水、济宁、汶上、肥城、章丘等十一座县城。6月下旬包围兖州，经两天激战拔掉城垣，全歼守军第十二军。经一个半月战斗共歼灭国军六万三千人，生俘军长霍守义以下八名将官。连同潍县战役，在四个月内，许世友的山东内线兵团共歼灭国军十一万。

林彪如饥似渴地阅读华东兄弟部队的攻城夺寨的资料，在他看来，这些资料目前对东北共军的借鉴性远超过《孙子兵法》及二战中的任何欧亚战场上的战例。

粟裕率领的山东外线兵团六个纵队中的三个，于3月中旬攻克洛阳后，于5月发起以攻克开封为中心的豫东战役。当时由徐州至郑州铁路沿线及南北两侧的中原战场，屯驻国军二十五个整编师（军）五十七个旅（师）及四个快速纵队，约五十多万人。在同一地区活动的粟裕外线兵团只有六个纵队（军）十八个师（旅）和一个特种兵纵队约十六万人。5月30日，粟裕率一、四、六等三个纵队（军）突然于鲁西南横渡黄河南下，企图消灭王牌军第五军。国军邱清泉、孙元良、黄伯韬、区寿年等四个兵团围堵粟裕三个纵队于鲁西南，进行决战，由于国军怕被歼灭，各部队密集，缓慢齐头并进，粟裕无法对邱清泉的第五军插上包围圈。当时开封城空虚，粟裕放弃消灭第五军的计划，临时命令在许昌地区的陈士榘、唐亮率领的三、八、十纵队快速北上乘虚攻击开封。6月17日陈唐兵团对开封开始攻坚，经五天激战于21日占领开封，全歼守军一个整编师另加两个保安旅共三万八千人。援军四个兵团继续向开封围拢。粟裕为了把邱清泉与区寿年两兵团的距离拉开，寻找穿插缝隙，命令三、八、十纵队撤出开封，移兵南下。邱清泉部占领开封后品味着收复开封的胜利，行动稍有迟缓，与区寿年兵团拉开了约四十公里距离。粟裕见缝插针，突然包围了区兵团。经六天分割突击，消灭区兵团全部，并生俘区寿年，共歼国军一个兵团部、两个师部、四个正规旅、两个保安旅，加上开封被歼国军共达九万之众。

粟裕又刷新了自己数次创造的消灭国军最高的全国记录。这次战役使林彪受益最深之处有四点。第一，粟裕根据前线的千变万化，临时决定攻占开封；第二点，借撤离开封的行动，拉开邱、区两兵团四十公里的距离，见缝插针；第三点，时间不到半个月的战役竟消灭敌军九万之众的空前全国记录；第四点，粟裕是孤军深入，竟消灭敌军一个兵团，这是高度的战争艺术。

林彪相形见绌，再次深感自愧不如。粟裕虽消灭了国军九万大军，但林彪高兴不起来。勃拉姆斯听完施特劳斯的《蓝色多瑙河》后，给夫人扇面上题词：可惜！此曲非我所作。这时林彪的心情亦是如此。

粟裕令林彪更为尴尬的战绩还在后头。1948年8月下旬，以华东野战军代司令代政委的粟裕在曲阜大成殿召开攻打济南的军事会议。粟裕考虑到山东部队在攻坚洛阳、开封、潍县、兖州表现出的特长，把原山东部队组成的三、八、九、十、十三、渤海鲁中南纵队共七个纵队十四万人作为主攻济南的集团军。济南前线司令为山东兵团司令许世友。其他由原华中新四军组成的八个纵队十八万人布防徐州以北打援，归粟裕指挥。粟裕虽身为华东野战军代司令、代政委，但对原山东军区的老将领、老干部以礼相待。他与原胶东司令许世友、鲁中军区司令王建安、原山东军区参谋长陈士榘配合默契。粟裕的大名令敌人闻风丧胆，但对同志和蔼可亲。

粟裕率华野外线兵团深入中原的六个纵队，始终令参谋长陈士榘率三个山东纵队进行独立攻坚作战。这次攻打济南战役，令山东兵团司令许世友率七个山东纵队主攻，粟裕率八个纵队打援，以单纯分工上看，他与陈士榘、许世友是平等的，如果陈士榘、许世友打不好，就觉得对不起粟裕的重托。尽管分工平等，但战斗一旦打响，粟裕全神贯注，每分每秒地对陈士榘、许世友在火线上出现的问题进行及时指导。所以华东野战军三百多位高级将领像众星捧月一样团结在粟裕的周围。粟裕宽宏大量的为人，增加了林彪对陈光的谅解。粟裕还有一段历史佳话比他的辉煌无比的战功更令人感叹。在1948年，陈毅像鲍叔一样让贤，把华东野战军司令兼政委两个职务让给粟裕。毛泽东很同意，并下达了命令。但粟裕不干，仍坚持为陈毅当副手。司令、政委两职仍为陈毅。毛泽东无奈，只能让粟裕代司令、代政委，正职还是陈毅。粟裕不仅为当代韩信，还是当代张良。如果林彪学得了粟裕的军事本领，再学得他的温、良、恭、谦、让，就不会出现陈光悲剧了。

华东野战军外线兵团与内线山东兵团于7月中旬在鲁中会师，又恢复了原建制。根据分工，许世友率山东兵团指向济南。济南守军司令是抗战名将、原七十四军军长，曾获得过青天白日勋章的王耀武。他歼灭日军之多，仅次于薛岳、卫立煌与孙立人。济南守军有第二绥靖区司令部、三个军、九个正规旅、五个保安旅及特种兵部队共十万人。攻城部队分为东西两个集团。东集团主攻部队为第九纵队，由聂凤智为指挥；西集团的十纵队由宋时轮指挥；十三纵队及渤海纵队为助攻；三、八纵队为预备队，比进攻潍县城的部队只多一个十纵队。十纵队原为渤海军区的主力部队，十三纵队原为胶东军区的警备旅。

9月16日，东西集团勇猛对进。在共军炮火、炸药猛烈打击下，19日，国军九十六军军长吴化文率三个旅两万多人起义。23日晚，攻城部队一度受挫，济南城墙既高又厚，大炮、炸药无济于事，突入的两个连被消灭，内部发生歧见。经许世友从中安排，24日凌晨，九纵队与渤海纵队突入城内，巷战到黄昏，全歼守军十一万人，活捉高级将领二十三名。抗日英雄王耀武将军化装逃出济南三百里，于28日在寿光县被民兵抓捕。

济南被攻克，标志着共军由野外运动战将转为城市攻坚战。战争形势发生质的变化，这也将预示着更大规模的战役即将拉开序幕。

济南攻坚战的成功，增加了林彪攻打锦州的信心。在双城出发锦州前线之前的晚上，林彪与情报部长苏静在作战室有一段很长的谈话。林彪问苏静："你在山东抗战八年，对山东各支部队的情况了如指掌。你能把最近半年粟裕攻克潍县、兖州、洛阳、开封、济南的部队给我介绍介绍？各部队的特长、抗战中的战绩，各部队的发展过程等，给我概述一下。"

苏静参加红军后就在林彪麾下。在战争年代，上下级的关系很平等、自由，说话也随便，并没有建国以后的那种尊卑贵贱、等级森严的人际关系。他们的谈话气氛平和，是战友之间的侃侃而谈。苏静比林彪更关注山东军区的发展，因为他有许多老战友没来东北，仍在山东独当一面。当林彪让他介绍目前山东部队的攻坚情况时，他的话像开了闸的河水滔滔不绝。

虽然林彪喜宁静，但对苏静有声有色的，高调门的介绍兴致盎然。苏静说："我注意到，粟裕同志把每次攻坚战的任务都派给山东部队，说明山东部队擅长攻坚。攻坚洛阳与开封是三、八、十纵队。三纵队是抗战结束后整编的鲁南部队，把主力编为八师；八纵队是鲁中部队，当时鲁中有三、四两个主力师，三师就是我们的三纵队，四师就是目前山东的第八纵队；十纵队是渤海军区的三个特务团为基础，渤海七师是我们的六纵队第十七、十八师。这三支部队的攻坚战是由原来你的作战科长，以后的山东军区参谋长陈士榘指挥。攻坚潍县、兖州、济南是山东九纵队、十三纵队、渤海纵队。攻济南还增加了三、八、十纵队。九纵队与十三纵队都是胶东部队，跟我们四纵队是兄弟纵队。不过我们的四纵队没有山东九纵队战斗力强。你曾知道，第五师来东北之前许世友偷梁换柱，把五师的主力团换走，以后编进胶东九纵队。九纵队是他的心肝宝贝……"

林彪打断了苏静没完没了的介绍："为什么粟裕同志专挑山东部队打攻坚战？"苏静不加思索地说："山东各军区干部都一致认为，山东八路军到外省打鬼子据点很容易攻克，而外省八路军来山东攻打据点，很难取胜。但大家分析不出什么原因。"林彪分析说："是不是山东部队由于用炸药爆破，提高了攻坚能力？一方面军对爆破用得很少，那么山东部队的爆破技术怎样开展起来的呢？"苏静说："山东部队擅长攻坚起源于1938年淄川矿工起义，组成了一支游击小分队，这支小分队以后参加渤海军区直属团，就是今天我们的六纵队十七师四十九团。矿工把爆破挖煤的技术，搬用到炸碉堡攻城巷战上。杨国夫、郑大林、龙书金又把爆破技术推广到全山东各部队，但都不如四十九团娴熟。"听后，林彪一反常态，哈哈大笑，从椅子上跳起来，大喊："好！好！好！十七师！十七师！"林彪的失态令苏静既快活又尴尬。林彪冷静下来继续说："粟裕毕竟是才华横溢的军事家，思想敏锐。到山东不久，立刻发现山东部队的特点。他攻坚有山东部队组成的三、八、九纵队，我们有一、三、六纵队。我不信有攻不破的城市。号召全军学习十七师的攻坚技术，如果训练出四个十七师，我军就能横行天下，能无坚不摧，无城不克。粟裕是我军一颗冉冉升起的新星而后来者居上。近半年我们一仗没打，一个敌人没消灭，同期他却打了六个大仗，消灭三十七万敌人，平均每月打一仗，每仗消灭敌人六万多。我们必须奋起直追，不要落在粟裕后头。东北兵多将广，装备精良，应该比粟裕有更大战绩。"苏静旁敲侧击地暗为老首长陈光说话："粟裕同志虽兵少将寡，但有三位能征善战的名将扶佐，陈士榘、许世友、王建安对他帮助极大，都能独当一面。"他没敢说林彪周围缺乏将才，但林彪听出苏静话里有话，只是微微点点头，没有作答。

在四年内战中，粟裕是林彪的活教材。内战结束后，他在半隐居期间，为粟裕创立的十四项军事第一进行总结，这是后话。

第一个第一，是1946年7月到8月间，在苏中七战七捷。以十五个团共三万多兵力，对阵国军李默庵集团十五个旅共十二万人，经四十五天血战，消灭国军六个旅及五个警察交通大队，共五万三千人，创造了以少胜多的全国战例。

第二个第一，1946年12月15至19日的宿北战役。国军薛岳集团二十五个半旅二十万人由徐州向鲁南、苏北进攻。粟裕率领一、二、三、九纵队十二个师（旅）约十一万人与其对阵。经四天激战，将其突出的整编第六十九师三个整旅全部歼灭，共计两万一千人。粟裕首次指挥大兵团，创一次战斗消灭敌人的一个完整师（军）的战例。

第三个第一，是1947年1月2日至20日的鲁南战役。粟裕指挥山东野战军十二个团为右路纵队，华中野战军十五个团为左路纵队。另外二十四个团，在苏北阻击向鲁南增援之国军。1月2日，趁新年之际，出敌之不意，突然向敌发动攻击。由于雨雪交夹，道路泥泞，国军之快速纵队失去作用，经十八天鏖战，消灭国军整编第二十六师（军）、整编第五十一师两个师部、四个旅一个快速纵队共五万三千人，并缴获坦克二十四辆、榴弹炮、野炮、山炮八十九门，汽车四百七十四辆。首创全国战场一次消灭两个整编师（军）的记录。

第四个第一是莱芜战役。1947年2月20至23日，一次消灭李仙洲两个军七个师六万多人，又首创全国战场消灭敌人数量之最。

第五个第一是，1947年5月13至16日于鲁南孟良崮一次消灭国军五大王牌之一的整编第七十四师三个旅全部，共三万二千人。师长张灵甫被击毙。首创完整地消灭一个王牌军的辉煌战例。

第六个第一是1948年3月9日至14日，三、八两个纵队攻克古都洛阳，消灭青年军二零六师师部及二个旅和一个保安团，共歼敌两万。这是内战中全国共军第一次攻克一座中等城市。1946年四月长春与哈尔滨的被攻克，守军为伪满军不是国军正规部队。

第七个第一，是豫东战役。粟裕指挥第三、八纵队攻克古都开封后又指挥第一、四、六、十纵队围了区寿年兵团，消灭了一个兵团司令部、两个整编师部及四个正规旅、两个保安旅共九万人。又一次创一次战役消灭国军数量全国之最。

第八个第一是粟裕于1948年9月16至24日作出攻坚济南决定，山东兵团六个纵队十四万人参加，由许世友指挥。经九天攻坚战，全歼国军九个正规旅五个保安旅及特种部队共十一万人。创全国四年内战中攻克人口六十万的第一座大城市。

第九个第一是，1948年11月6日至1949年1月10日，于徐州地区会战。粟裕指挥华东与中原两大野战十七个纵队共五十一万人，对阵国军三十四个军八十二个师共七十万人。经六十五天大战，消灭国军一个剿总司令部、五个兵团、二十二个军、五十六个师共五十五万五千人。创中国古今消灭敌人最多的一次战役，仅次于二战末期朱可夫消灭柏林的德国守军之人数。

第十个第一是1949年5月12日至6月2日，解放中国最大的工商城市——上海。

第十一个第一是在四年内战中，粟裕部队消灭国军两百四十万，排在各野战军榜首。

第十二个第一是军事智慧第一。韩信用兵靠人数之多多益善，隆美尔、古德里安靠坦克仗势，朱可夫靠喀秋莎大炮，艾森豪尔靠飞机仗势，日本军阀靠武士道精神仗势，唯有粟裕与孙膑靠军事智慧仗势。

第十三个第一，为了革命利益敢于忠言直谏。1947年夏，毛泽东命令刘邓大军率四个主力纵队冒险过黄河，涉淮水进入大别山后，又命令粟裕率一、四、六主力纵队跨长江挺进苏浙国民党的核心地区作战。粟裕偕同陈毅去千里之外的河北省阜平县城南庄会见毛泽东。勇敢地陈述转入外线作战的弊病及把敌人消灭在家门口的便利。一贯刚愎自用的毛泽东破天荒接纳了粟裕的谏言，收回成命。这是其他将帅没有勇气做到的事。粟裕反复推敲，华东野战军主力有一、三、四、八、九、十等六个纵队，如果把这六个纵队形成的铁拳头一分两半，华野不仅失去打大仗的能力，反而有可能被国军分头消灭。以后历史证明，刘邓大军过河后，虽没被消灭，但失去打大仗的能力，不仅没发展壮大，反而部队人数大大减少。未进入大别山前，1947年7月28日，在金乡县羊山集一口吃掉国军整编六十六师三个旅另加增援的一百九十九旅三万人。但进入大别山后，战斗力大为降低。在战斗中，所谓刘邓大军不能一口吃掉两个旅，在淮海战役中只能作配角打援。对黄维兵团的消灭，还是粟裕派去四个纵队及炮兵师解决的。

最后一个第一，也是最重要的第一，粟裕具有任何高级将帅所不具备的谦虚仁让、品德高尚的个人修养。具体表现在二让司令一让帅。1945年让华中军区司令予张鼎丞；1948年让华东野战军司令予陈毅，中央军委已下达命令，任粟裕为司令兼政委，他宁做陈毅副手；1955年授军衔时，中央军委及老毛原已钦定粟裕授元帅衔，经周恩来隐约进行政治权衡，他主动把元帅让给叶剑英。粟裕的军功冠古今，粟裕的仁德谦恭万古留名。林彪把粟裕的十四个第一，作为自己的十四面镜子，这也是他为粟裕作总结的目的。林彪对粟裕的军事评价是正确的，但缺乏对其深邃思想的认识。

按一般规律，大军事家与大科学家一样，应同时也为思想家。唯林彪例外，尽管林彪知己知彼，战争计划做得天衣无缝，可就是不认识毛泽东的本性。这是后来造成全家悲剧的关键。1935年1月，在长征途中，毛泽东指挥红一方面军四渡赤水河，行军走弓背路。红一方面军即使被国军打不垮，也得被毛泽东的连续行军拖垮，对此，林彪颇有微词，曾给毛泽东写信，要求毛泽东退出指挥岗位，让彭德怀指挥红军。

其实，毛泽东在川、黔、滇边界地区只行军不打仗有四个政治目的。第一个是在川、黔、滇边界地区虏掠财物、扩充兵源；第二个是不激惹国军引火烧身，诱使国军把主力集中到川北围剿张国焘的红四方面军；第三个原因是毛泽东手下的区区三万残兵败将，不敢与兵强马壮的张国焘八万红军会师，以免被处处占优势的张国焘夺取指挥权。毛泽东只能绕大圈子往西走，不敢向北进入川陕苏区；第四个原因是要吃没粮，要穿没衣，士气低落，溃不成军的红一方面军战士一旦见到物资充沛、兵多将广、士气高昂的红四方面军，会影响士气，更重要的是影响毛泽东的威信。只知军事利害的林彪，当时给毛泽东写了一封不识时务的信函。

1935年6月长征中，红一与红四方面军会师。会师时红四方面军出于对败北的红一方面军的兄弟之情，给其补充了若干财物，这是毛泽东最害怕的。8月，两军到达毛儿盖，毛泽东命令林彪、彭德怀率红一方面军偷跑了，与红四方面军不辞而别。毛泽东谎称偷跑的理由是张国焘要吃掉红一方面军，而张国焘对毛泽东的红一方面军突然偷跑却一头雾水，不知其里。其实毛泽东偷跑的理由是显而易见的，单从军队数量上比较，红四方面军是红一方面军的三倍，其装备、战斗力、士气等条件不止三倍；从个人才智、资历、学历、实力、威望比较，毛泽东远在张国焘之下。如两军会合，中共中央必然重新洗牌。张国焘肯定重执中共牛耳，毛泽东将名落孙山。失去权力是毛泽东最害怕的结果。于是毛泽东劫持党中央及其常委周恩来、张闻天、王稼祥、博古等，偷偷逃跑北上，使党中央远离红四方面军。这样，毛泽东就可以挟中央而令诸侯。林彪至死也不知在毛儿盖为何偷跑。林彪认为1947年6月30日，刘、邓大军四个纵队十二万人冒酷暑雨季强渡黄河，然后进入泥泞的黄泛区，尾随三十万敌军，前面又有涡河、沙河、汝河、沘河及淮河横路，这是十足的军事冒险。他却不知这是毛泽东借刀杀人的凶险目的。这与借马家军消灭西路军、借顾祝同部消灭新四军的计划如出一辙。属于周派的刘邓十二万大军所以没有覆没，是由于周恩来的盟友陈毅、粟裕率领华东一、三、四、六、八、十等纵队二十万大军及时挺进豫皖平原；另外周恩来的另一盟友陈赓率第四、第九纵队深入豫西南，与刘邓部队形成"品"字型，呈现犄角态势的支援，所以没全军覆没。

　　毛泽东一计没成又生一计，为了毁掉已经形成的安全犄角，于1948年2月，命令粟裕带领华东一、四、六等三个王牌纵队横渡长江，插入国民政府的心脏——江南地区建立根据地。这等于到老虎嘴里抢肉吃。另外，他命令陈赓兵团北上陕北保卫党中央。在周恩来策划下，陈毅、粟裕、陈赓分别到毛泽东驻地与其辩论，说明他的计划不可取。毛泽东只好让步，收回成命。因此周派军事力量得以保存和壮大。以上这段政治游戏，林彪是很难理解的，他只会用兵打仗，但林彪对古今中外诸名将的成败总结与学习，是他成为名将的关键。

第二十七章　林彪二调老虎师
锦州城灰飞烟灭

　　1948年9月中旬，东北共军发动第三次冬季攻势，后称辽沈战役。

　　1948年3月至9月，东北共军已扩大为百万大军，国军五十万，但半年无战事。林彪不会像粟裕那样主动制造战机，只会耐着性子等待姗姗来迟的秘密武器——寒冷。

　　国军集中在长春、沈阳、锦州三个孤立要塞，积极修建永久性防御工事，采取守势。共军一、六、十纵队及若干独立师围在长春周围，积极练兵、操演攻城技术。宣传口号是：解放长春，活捉郑洞国。

　　郑洞国是东北剿总副司令兼第一兵团司令。长春笼罩着乌云压顶、一触即发的战争气氛。每天成百上千的难民由城内逃出城外，地方政府部门设有专门组织安排难民吃住问题。长春守军司令是新一军第一任军长郑洞国。守军是新七军、云南六十军及地方保安团约十万之众。

　　卫立煌日夜催促三大据点的工事修建外，他考虑最多的是东北国军的命运问题。在他看来，消灭东北共军最好的时机是1946年5月四平街会战。新一军、新六军、七十一军三个远征军消灭刚从山东来的要吃没吃要炮没炮的土八路易如反掌。消灭共军的第二个机会是共军由四平撤向哈尔滨后，蒋公应及时向东北再增兵三个军，分别占领哈尔滨、齐齐哈尔及佳木斯，致使东北共军失去生存的地理环境，把东北共军扼死于摇篮中。可惜这两个机会都失掉了。当时杜聿明手下有装备精良的五个主力军，共军只有老弱残兵十万，但杜聿明没有取得胜利。现在共军已羽毛丰满，由区区十万发展到百万大军，国军想取胜那等于白日说梦。

　　陈诚总参谋长来东北坐镇六个月，蒋公赠给三个军九个师共十万人，他丢掉了二十一个师十五万人。我卫某人来东北，蒋公不赠我一兵一卒，还要求我保住东北，日子不好过呀！根据目前东北两军形势，东北国军再保住一年无恙就谢天谢地了，所庆幸的是东北共军统帅是林彪，如果换上粟裕，东北一年也难保。粟裕的优势是擅长以少胜多、以弱胜强、孤军深入，取张灵甫之首，活捉区寿年，敢啃硬骨头，敢攻固若金汤的洛阳、开封、济南等大城市。在品德上谦卑恭让，不唯权不唯利，对待部下一律平等，受全军爱戴。相比之下，林彪胆小、谨慎、犹豫，不敢冒险且性格孤僻，不深入部队，给下级以高深莫测的感觉，手下没有好帮手，不似粟裕有陈毅、许世友、王建安、陈士榘、叶飞、陶勇那样众星捧月。林彪做出对国军最有利的一件事是排挤了东北共军名将陈光。

　　如果粟裕与林彪调换一下，让粟裕指挥百万东北共军，不等半年，不但吃掉东北国军，就连华北傅作义的地盘也会变成红色。林彪擅长冬季攻势并每每取胜，而在夏季多以失败告终。今年冬季林彪必然有大动作。林彪攻势所指，不用情报部门侦察就可了解，根据共军一、六纵队的所在位置及行动轨迹就可猜透林彪的进攻目标。六纵队司令部驻扎在吉林市，四个师分别驻扎在岔路河、双阳、伊通、范家屯一线；一纵队司令部驻扎在农安县，四个师分别驻扎在开安、合隆、怀德、公主岭一线，两个主力纵队要对长春进行左右夹攻之势。四平、铁岭间驻扎七个纵队；阜新、黑山、北镇有八、九两个纵队；沈阳正南的辽阳、辽中有第四纵队；十一纵队在兴城绥中活动。根据以上共军布局，今冬进攻长春无疑，同时打击沈阳的援兵。在林彪进攻长春之前，命令锦州范汉杰出动六个师袭击十一纵队，但又怕八、九纵队乘虚袭击锦州；或者命令廖耀湘兵团袭击辽阳四纵队，又怕八、九纵队截断廖兵团的退路而陷在沈阳郊外。退一步说，即使消灭了十一纵队或第四纵队，也无法挽救东北的颓势。在之前，四纵队只有两万多人的时候，郑洞国曾率领新六军、五十二军、七十一的九十一师与二零七师八万大军围剿第四纵队，都没成功，现在四纵队已扩大为四个师六万人，即使沈阳三十万国军全体出动也难以保证第四纵队不溜走，而北面共军又将乘虚而入沈阳。最后，还是按原计划，死心塌地地防守吧。与阵地共存亡为上策。可想而知，长春注定是死城一座，将是十万健儿的墓场。如果沈阳大军出城增援，正好中了林彪围城打援的诡计，不但救不了长春，本身也将成为过河的泥菩萨。对不起了，桂庭兄，请原谅吧亲密的老部下、老朋友，党国的命运已到了爹死娘嫁人各人顾各人的时候了。时至今日，只有遵循廉颇陈明仁的"三十六策守为上策"的办法了，走是走不了了。卫立煌每每想到长春的十万生灵，心情倍感酸楚，在自己宽大的办公室里，默默地走来走去，嘴里嘟囔着："以守待变……"

1948年3月中旬，正当共军主力集中在沈阳以北攻打四平寻衅挑战之际，乘长春、吉林方面共军力量空虚，国军六十军趁机逃往长春。六纵司令部于3月23日驻进吉林市直到9月初。

吉林是东北最美丽的城市，有山有水，树木郁郁葱葱。北山不高但秀丽，松花江不宽却旖旎，松花湖不大但迷人。沿江街道宽敞清净，路旁设有石几石凳，任游人受用。人们在江里舒服地游泳，冬天在江上滑冰。名城所以出名不在高楼而在山水。伦敦出名因有泰晤士河；巴黎因有塞纳河；日内瓦因有莱芒湖；威尼斯因河道成网；杭州因钱塘江和西湖；上海因黄浦江；宁波因三条大江汇集在市中心。不靠长江大河的城市、楼房越高，人们越望而却步，没有庭院的高楼就像囚笼。水，不仅能繁衍生命，而且能修补千疮百孔的精神世界，所以人类对水感情亲切。

石鸿儒每天午饭后，跟伙伴们到江里游泳，在江滩上晒太阳，身体晒得又黑又亮，游泳技术也越练越精，每次游泳都能横渡松花江。

石鸿儒已经十八岁了，嘴唇上已长出毫毛，见到异性往往很羞怯。从前他与梅玲、车颖谈笑自然，像兄弟姐妹一样。现在跟她俩在一起，心里有一种莫名的紧张。一次三人去光明电影院看苏联片《攻克柏林》。梅玲主动买了三张票。梅玲和车颖把石鸿儒夹在三张椅子的当中，石鸿儒心里一阵阵发慌，感到很不舒服。看完电影在回宿舍的路上，梅玲教石鸿儒哼唱阿廖沙在柏林大厦前跳俄罗斯舞的舞曲，石鸿儒唱着唱着不禁脸红了。车颖笑道："你看，小石脸红啦，真好玩！小石知道害羞啦！"梅玲也笑道："我教过你多少支歌了，都没见你脸红过，这次怎么啦？"石鸿儒无言以对，慌乱地为自己找着借口："肖斯塔柯夫的曲子似有温情。"梅玲反驳说："你瞎诌，这是一支欢乐无比的舞曲，哪来的温情啊？"梅玲转了转眼睛，神秘地说："好像温情不是来自肖斯塔柯夫，而是来自……以后不叫你小石了，叫你大石。"一天，梅玲叫小石到她的宿舍玩，车颖也在，她表现有些不自然，光朝小石裂着嘴似笑非笑。在炕桌上有一把糖块。车颖让石鸿儒吃糖，石鸿儒说："糖块不如芝麻糖好吃，以后买芝麻糖别买糖块。"说着，他拿起一颗薄荷糖放到了嘴里。梅玲笑着说："昨天的大车姑娘，今天已变成新娘啦。昨晚跟戴夫部长已结为秦晋之好了，今天专门来给你送喜糖来着。"大车轻轻地捶了一下梅玲。石鸿儒听了心里猛然一震，糖从嘴里掉了出来，呆呆地望着车颖，连半句祝贺的话也说不出来。过了一个时辰他对车颖说："你成人家的人了。"梅玲解释说："姑娘大了，早晚成人家的人。"车颖在她的家乡扶余参军后已两年半，一直与石鸿儒一起工作，互相帮助，生活上互相体贴照顾，确实像姐弟般亲近。尽管他们无话不谈，可是石鸿儒从未听车颖说起与戴夫结婚的事。今天突然听到这个消息，如雷轰顶，不知所措。

最后石鸿儒低声嘟囔了一句："你走了，梅玲姐也快成人家的人了，也快走了，我们将各奔东西。"梅玲照样嘻嘻哈哈地说："我不走，我陪着你。走也走不远，都走不出六纵队。"大车说："别难过，有空我常来看你。"因为电影片子稀缺，一个片子演个把月不更换。《攻克柏林》的海报总算被撤了下来，从哈尔滨换来的还是苏联片《乡村女教师》。上午十点半开演第二场。梅玲来找石鸿儒，进门就喊："复生子，又来新电影了，去看吗？"本来三个人的朋友圈子少了一个，自大车结婚后，梅玲与石鸿儒更加亲近，称呼也由"小石"改为"复生子"了。石鸿儒高兴地与梅玲来到电影院门口，周围停满吉普车及撑起帆布棚的十轮大卡车，门口有岗哨。不用问，看形势是各师干部来市内集体看电影。

最近军内规定，师以上干部骑马的待遇改坐吉普车，每人配一辆苏联小吉普，但各师作战科长把苏式小吉普换成缴获的美国大型吉普。因为各师的作战科长、侦查科长、纪要科长、警卫排长等等都喜欢跟师首长挤在一起沾光。师首长们也觉得与各职能科室干部挤在一辆车上，就像一个流动指挥所，打起仗来挺方便，所以也愿意换成大吉普。在所有军事首长中唯有赖传珠政委例外，他的大吉普不让任何人沾光，因为他身躯肥胖，行动不方便，不能久坐，只能躺在车内。

电影好像散场了，电影院门口人潮涌动。石鸿儒与梅玲站在街旁等候人潮过后再买票进场。突然他们发现在人潮的前头都是纵队及各师干部。有洪学志、赖传珠、杨国夫、龙书金、温玉成、刘其仁、李作鹏、闫捷三、徐斌洲，还有许多不认识的干部。石鸿儒拉着梅玲的手要躲进背静的地方，免得见了首长打敬礼。刚朝胡同没走几步，就听身后有人叫："小复生子站住！"

石鸿儒回头，只见一个左臂摆动异常的人走近他们，石鸿儒马上致举手礼，说："龙司令来看电影啦？"龙书金未开口便哈哈笑起来："我哪有闲工夫看电影啊。今天是开团以上干部大会，研究练兵打长春的事。这次打长春要比前年春天难度大，那次敌人是两万多人，现在有十万多，增加了五倍。"石鸿儒说："那时我们这支部队才七千人，现在六万人，增加了九倍呢！打长春没问题！"龙书金听了一愣，又笑起来说："你倒是挺轻松的。小复生子个子长大了，两年没见，我快不认识你了。"龙书金看了看身旁的梅玲，打趣地说："这不是白毛女同志嘛？"三个人你看看我，我看看你，开心地笑着。在身旁路过的干部也受到感染跟着笑起来，只不过他们不知为何而笑。

龙书金说："你们到娘家十七师去玩嘛！现在我有汽车了，晚上可以把你们送回来。"他们又经过简短的谈笑就分手告别了。

目前的六纵队四个师、一个重炮团、一个警卫团，共六万三千人，相当山东八路军来东北的总数，其火力超过当时的五倍以上。

下午石鸿儒和梅玲终于看上了《乡村女教师》。他们平时除了看些苏联电影外，大车在宣传部给他俩送来许多苏俄小说，包括《青年近卫军》、《静静的顿河》、《巴黎的陷落》、《战争与和平》、《钦差大臣》、《为什么》、《钢铁是怎样炼成的》、以及普希金的诗歌。几个月的战争空间他们熟读了许多苏俄的文学巨著，了解了俄罗斯的文学概貌，日子过得倒挺充实。

每看完一部他俩就互相交换读后心得。当看完《复活》后，两个人把聂赫留道夫、娜塔沙与王金荣、苏三两对悲剧人物进行比较。石鸿儒说："欧洲的爱情以分裂为结局；中国以团圆为结束。这是两种不同的文化体系在文学上的不同的发展归宿。中国人以和为贵；欧洲以暴力为主。所以两次世界大战都以欧洲为主要战场。"梅玲听了觉得有道理，说："是呀，白毛女与大春最后仍以团圆为终场。梁山伯与祝英台活着没团圆，死了变成了蝴蝶也要团圆。白娘子与许仙也是团圆，西厢记也是团圆；莎士比亚的悲剧所以出名，就是因为最后结局都是死亡……"

两个年青人海阔天空的谈话很有趣味，文学使他们的关系更加亲密。

粟裕的胜仗越大，林彪越心急火燎。济南的攻坚成功，好像打击的不是王耀武，而是林彪。济南战役结束后，林彪彻夜无眠，他脑子里反复考虑：粟裕三十多万部队，消灭五耀武十万守军。我手下有百万大军，没有一次消灭敌人十万的战绩，实在惭愧啊！

林彪对两次攻坚四平的经验教训与济南攻坚成功进行了比较。去年夏天攻坚失败，一个重要教训是攻坚部队太少，只是一纵队的两个师，两个师失去战斗力后又调十七师续攻。一共只有三个师与陈明仁的守军力量相当，他们也是三个师，我军不占优势。三个师先后加入战斗，不如同时加入战斗更具爆发力，攻坚十七天以失败告终。今年三月攻坚四平是三个纵队十二个师，守军只有一个曾被消灭过两次的八十八师，双方力量是十二比一。攻坚二十个小时以胜利结束。济南王耀武的守军是三个正规军九个旅、五个保安旅，经三天战斗吴化文的九十六军三个旅投降，正规军减去三分之一。许世友的山东兵团攻坚部队为四个纵队，二个纵队主攻，二个助攻，另有两个纵队为预备队，双方力量对比为一比一，战斗九天获胜。如果九十六军不投降，战斗还得延长时日。山东兵团在攻坚济南之前，已经积累了攻坚潍县消灭敌人四万多，攻坚兖州消灭敌人六万多人的经验。

根据以上比较，四个纵队攻坚济南十万守军，费时九天，说明攻坚力量仍嫌不足，应该继续增加一至二个纵队，这样，战斗结束时间方能缩短。林彪还总结了三月攻坚洛阳与五月攻坚开封的经验。洛阳守军为青年军二零六师三个旅两万人。陈士榘率两个纵队六个师主攻，双方力量是二比一，战斗结束耗时三昼夜。陈士榘两个纵队攻坚开封，守军为一个整编师三个正规旅，另两个保安旅共三万八千人，双方力量不足二比一，战斗耗时五天，比攻洛阳延长两天，这说明攻坚快速获胜，攻方比守方的力量至少大三倍以上。

林彪在1948年3月至9月的半年时间内，除了叫苏静多次介绍粟裕麾下的山东部队攻坚特长外，他都闭门谢客，专心致志设计第三次冬季攻势，他特别不让参谋长刘亚楼进办公室，嫌他说话像连珠炮，咋咋呼呼吵得人耳鸣心乱，打乱宁静。济南攻坚战中，如果吴化文的九十六军不投降，许世友该怎么办？林彪在心里给许世友设计了两个方案，一个方案是延长进攻时间；另一个方案是作为预备队的三、八纵队替换九、十纵队，就像去年夏天十七师替换一师一样。林彪越思越想，今冬打长春的计划就是济南战役的复制。长春与济南的守军都是十万，长春与济南的北面都是解放区，不用设打援部队；长春与济南的援军都来自南面，长春距沈阳援军五百里，济南距徐州援军也是五百里；济南守军有九十六军投降，长春的六十军不稳定；攻打济南有四个山东纵队，攻打长春我也有四个山东纵队。

所不同的是，东北我军炮火强于山东；守军将领济南的王耀武比长春的郑洞国更有军事才能，郑洞国也不比陈明仁凶猛；攻坚济南有许世友、陈士榘为粟裕出谋划策，也能独当一面，我林彪手下缺乏这样的优秀帮手。战役计划的设计与执行就得靠自己了，一身兼设计师及建筑师。粟裕、许世友、陈士榘亲临前线指挥又是他们成功的另一个条件。今年第三次冬季攻势再冷、咳嗽得再厉害，我都得离开双城，亲赴前线。去年夏天四平的大败，与本人远离前线不无关系。

林彪把去年四平攻坚战的失败，与今年济南攻坚成功的大大小小的教训与经验都进行了系统的整理，变成自己的军事参考资料。今年第三次冬季攻势，攻打长春的主意拿定了，可是毛泽东命令林彪打锦州。军人以服从命令为天职，他不得不把军队由长春移往锦州。

林彪来到新立屯，得知葫芦岛国军增兵十二个师。老毛以盲目冒险著称，长征前的十万中央红军到陕北只剩七千；他命令长征后的五万红四方面军西进宁夏覆没了一半；一九四六年春天命令林彪把四平变成马德里；去年六月命令刘伯承过黄河，结果十二万主力虽没全军覆没于黄泛区，但失去了战斗力；同时又命令粟裕带三个主力纵队跨长江，进江南，开辟新区，结果被远见卓识的粟裕拒绝了。现在老毛又命令林彪冒险攻打锦州。

林彪在四平被陈明仁打怕了，如果锦州像四平一样打不下来怎么办？卫立煌顶抗蒋公理由充足，林彪不听老毛的理由更多。虽然共军云集锦州周围，林彪还是向老毛慷慨陈词，说四平失败是败在南北夹击的援军，打锦州可能重现四平的险象。锦州南三十公里的葫芦岛敌方有装备精良的十二个师整装待发，随时北援锦州；锦州北五百里的沈阳三十万敌军随时南下；锦州城区有七个师另有十个团的十万大军防守。

林彪自以为没有一下子吞掉十万敌军的大胃口。他继续申辩，四平没攻克撤军较容易，当时没有重火器。打锦州不同，有大量汽车牵引的大炮、高射炮及二十辆坦克，而燃料缺乏，只有单程没有返程的汽油。一旦攻城不克，大量重火器撤不下，损失巨大，为了安全保险，还是北返打长春为上策。

老毛收到林彪要回师打长春的电报，几乎把肺都气炸了。如果林彪在他面前的话，他会扯住林彪的头发搧他的脸，非把他揍个鼻青脸肿不可。老毛身高体壮，林彪身小清瘦，三个林彪也不是老毛一人的对手。老毛冲着跟前的周恩来大吼大叫："粟裕三十万军队敢打济南，林彪百万大军不敢动锦州！胆小如鼠！陈明仁该欺负他、羞辱他、叫他丢脸，我解恨！该叫他跟老彭调个个，别占着茅坑不拉屎。"周恩来打圆场："还是同意他打长春吧，他有他的难处。"毛泽东说："将在外军令有所不授，只能听他摆布了。"

虽然向老毛发出不打锦州打长春的电报，林彪还是绞尽脑汁冥思苦想。几十万大军已屯兵锦州郊区，再北返打长春。就像希特勒兵临莫斯科城下，不打莫斯科而去打基辅一样，来回折腾，劳民伤财，耗日费时，最后在莫斯科城下失败，有必要重新考虑方案。林彪打仗很稳重，从不冒险，不像粟裕那样好用奇兵。如果不是毛泽东的主张，不会两败四平。虽然两败四平，但没出现皖南事变的全军覆没，这多亏林彪善跑，一看情况不妙，撒腿就跑，不恋战不犹豫。会逃跑也是大军事家必备条件之一，就像李仙洲、张灵甫、区寿年、王耀武，他们就是吃了不善跑的亏。

林彪脑子里对部队重新调配。打锦州也不是完全没有胜利的希望，于是又给老毛发去一封决定打锦州的电报。毛泽东回了一封喜笑颜开的电报，对林彪的恨也烟消云散，像老子恨儿子一样，只是恨铁不成钢罢了，并非真仇实恨。

林彪于9月中旬先命令十一纵队及三个独立师打击绥中、兴城国军三个师，破袭北宁路，剪断东北与华北的脐带。10月1日经四个小时总攻击，三纵队关闭了锦州的北大门义县。在战斗中，炮兵司令朱瑞在前线触雷身亡，这是东北内战中，共军牺牲最高级别的将领。他的死亡暂保密，怕在冬季攻势之前影响士气，因为山东八路军全体官兵当年都是他的老部下。

锦州守军有范汉杰的东北剿总锦州指挥所、冀热辽边区司令部、卢浚泉的第六兵团司令部、盛家兴的九十三军两个师、六十军一个师、新八军三个师、四十九军一个师、两个特务团、两个炮兵团、一个工兵团、一个战车团、一个辎重汽车团、三个宪兵团，还有两个骑兵团共十多万人。工事坚固，楼房成群。

葫芦岛守军本来只有一个师，逐渐增援四个师，最后增至十一个师，还有海、空军配合，拥兵十万，所以动摇了林彪打锦州的决心，开始的指挥官为六十二军军长阙汉骞，以后改为十七兵团司令官侯镜如。长春守军司令为东北剿总副司令官郑洞国，有李鸿的新七军及曾泽生的六十军，另加地方保安部队约十万人。最大的一摊是沈阳剿总司令卫立煌三十万大军，其中包括两个兵团，一个是周福成的第八兵团；另一个是全国最精锐的廖耀湘第九兵团，其中包括新一军、新六军、七十一军、四十九军都是美械化远征军及新三军，五十二军在营口。

林彪攻坚锦州的部队有六纵队的攻坚老虎十七师、三纵队、二纵队、七纵队、八纵队及九纵队等共二十一个步兵师，还有两个炮兵师，约三十多万人，攻防力量为三比一，纠正了四平攻坚二比三的荒谬。他是参照粟裕、许世友攻坚济南投入四个纵队、十二个师，耗时八天的资料，从而比攻打济南多投放了九个师。济南的守军九个正规旅（师）五个保安旅。即使吴化文九十六军投降后仍还有六个正规旅。不管人数还是战斗力方面都比锦州强，王耀武的军事才能又远远超过范汉杰，预计会短于九天攻下锦州。如韩先楚三纵队的攻坚能力能赶上他的山东兄弟部队八、九纵队的水平，再加上十七师，可能攻占锦州的时间短于济南一倍。如南北阻援部队能坚持五天，锦州战役就能取得胜利。

锦州胜败的关键不在于攻城，而在于葫芦岛锦西方面的阻击战。锦西距锦州仅仅六十华里，敌人有十一个精锐之师。锦西阻击战比锦州攻坚战更重要，所以把五大主力纵队的两个放在锦西方面，四纵队为第一线，放在第一线后面的一纵队为预备队，再加三级纵队的十一纵队配合，共十八万人。即使四纵队顶不住的话，一纵队肯定能把侯镜如挡在打鱼岛高桥、塔山、白台山、虹螺岘一线以外。以上双方两个军事集团，我方占优势。

阻击沈阳援军的任务极重，因为沈阳有全国最精锐的廖兵团。虽然其中五大王牌之一新一军已被打得锐气丧失，可是新六军来东北近三年还没有受到重挫，锐气仍在。两次四平失败，都败在新六军手里，三纵队的防线都是被新六军突破的。这次我换上六纵队，看看我的"六"能挡住廖耀湘的"六"不？叫两个"六"比试一下，看谁是好汉谁是孬种。

黄永胜不但指挥他的六纵队，还给他配一个属于二级纵队的十纵队、一个属于三级纵队的五纵队，共十一个师（缺十七师）。如沈阳敌军倾巢而出的话，黄永胜集团不占优势，这也是林彪最揪心的事。如果卫立煌像滚雪球一样，三十万军队向锦州滚来，怕再次出现攻坚四平的失败，想到这儿，林彪不由得出了一身冷汗。

肖劲光、肖华指挥属于三级纵队的十二纵队及七个独立师围困长春，阻击突围。这个集团力量最弱。卫立煌增援锦州之前，先把长春守军接出来，会一起冲向锦州。

林彪日夜在猜测，锦州的成败在十七师及三纵队；锦西阻击战成败在四纵队及一纵队；沈阳阻击战成败在六纵队；阻击长春突围关键在十二纵队。十二纵队虽不是主力，但纵队司令钟伟点子多，很灵活，善于猛打猛追。郑洞国的汽车轮子不准跑过钟伟的两条腿。

正当辽西大战一触即发之际，蒋公飞抵沈阳。飞机路过锦州上空时，他投了一封亲笔信给范汉杰，信中规定：尽快突围、死守待援及不能守的三种信号。范汉杰发出"死守待援"的信号，认为锦州吸住共军大部队，由华北、沈阳各派一个兵团，南北夹击共军，以图取得会战胜利。

蒋介石抵达沈阳后，立刻召集军事会议。东北剿总参谋长赵传让说："锦州共军炮火猛烈，超过上海抗战日军炮火，他们擅长采取坑道迫近作业战术，锦州有失守的可能。"卫立煌说："锦州城防坚固，能守得住。共军目的不是攻城，而是围点打援。如果沈阳主力出城增援，正中共军的下怀，会全军覆没。"廖耀湘说："辽西有共军重兵集结，这条路有危险，援军可直奔营口，再由盘山向西，与葫芦岛北进兵团携手锦州城下。能解锦州之围更好，如锦州万一失守，有营口海港，沈阳也不会沦为第二个长春。"蒋介石霍地一声站起来，疾言厉色道："我不同意你们的意见。锦州是不能丢的，锦州一丢后果严重。当务之急是组织西进兵团，由廖耀湘率领主力西进，同时在葫芦岛、锦西组织东进兵团。东西对进，可解锦州之围。"

范汉杰屈指数来，对卢浚泉说："去年陈明仁两万多人坚守四平十六天，大获全胜。我们的部队比陈明仁多五倍，锦州坚守三个月没问题，我们叫林彪在锦州像在四平一样，尸积如山，血流成河。"卢浚泉说："但愿如此，反正我们的力量比陈明仁强大得多。"

廖耀湘兵团十月八日开出沈阳。葫芦岛十日开始攻打塔山。廖兵团怕被歼灭，不敢朝西南锦州方向前进，而奔向沈阳西北方的彰武、新立屯，自以为截断共军的后勤供应，共军便无力进攻锦州。蒋介石命令廖兵团继续西进，卫立煌命令其东返沈阳，这使廖耀湘左右为难，既不敢西进也不能东返，就把部队撒在荒野外，置于绝地。

候镜如兵团攻打塔山四天四夜，不能前进一寸，所得到的是五六千人的伤亡。共军14日11时开始向锦州发起总攻，林彪估计如五天之内拿下锦州便胜利在握，否则凶多吉少。是凶是吉要看龙书金的本事了。

10月1日，龙师由伊通驻地开往四平。四平站整整齐齐地停着八列火车，为龙师南下锦州备用。目前龙师有一万五千人，当一万五千健儿踏上八列火车时，龙书金感慨万千：1939年4月在陵县大宗家，我五团的一个特务连和十连三百多人，倒在两千五百鬼子刀下，如果我有现在一个连的火力，管教两千五百鬼子有来无回。前年五月兵败四平后，本师撤往哈尔滨，当时哈尔滨车站停着四列火车为全师继续北撤备用，现在八列火车坐得满满当当。两年多来全师人数扩大一倍，但火力比防守四平时增加了六倍，如果当年我师有现在的火力，新一军、新六军将不在话下。由冀鲁边区、青河区起义的农民，肩上扛着套筒子，怀里掖着手榴弹，腰上缠着不超过五发子弹的子弹袋，每夜行军两次的游击队发展到今天无坚不摧的正规师，实在令人回忆无穷！看来革命已显现曙光！想着想着，不由自主地，龙书金哈哈大笑起来，把政委徐斌洲吓了一跳，问："老龙，你又笑啥？""我笑大宗家的鬼子没遇上我今天的十七师。"徐斌洲说："噢！九年前的事了，如果历史倒流，甭说两千五百鬼子，即使有两万五千，我们十七师也保他灰飞烟灭。"

八列火车开进阜新站，龙师下车。在开往锦州之前，林彪、罗荣桓、刘亚楼分别向龙书金、徐斌洲交待了任务。林彪接见时，龙书金问道"首长，战士们问我，练了半年兵，准备打长春，怎么老是一股劲地向南开。"林彪不紧不慢地说："军人服从命令为天职，你们十七师为攻坚老虎，在四平搞纵深爆破，打巷战有经验，现在不打长春打锦州，过来看看地图。"林彪指着锦州地图说："东北剿总锦州指挥所与第六兵团司令部在铁路局大楼为指挥中心。这次专门调你师来剖腹掏心。"

罗荣桓接见龙书金时说："你们师政治动员怎么样？对夺取锦州有信心吗？"刘亚楼接见时说："你十七师可以受二纵队，也可以受三纵队指挥，他们一旦打开突破口，你们师就由突破口直指铁路局大楼指挥中心。限你两天之内完成任务，完不成我撤你的职。"龙书金说："撤职问题倒不大，我怕铁路局大楼与四平的红楼一样关系全局。我向首长立军令状，两天内拿不下来，我龙书金提头来见！"刘亚楼乐了，说："铁路局大楼关系锦州战局，锦州战局又关系东北命运，东北命运又关系全国胜利。"

五个纵队加十七师攻坚锦州分三个方向。东面是助攻八纵队，向西打；南面是助攻七、九纵队向北打；北面是主攻二、三纵队及十七师。二纵队司令刘震、三纵队司令韩先楚跟龙书金打电话套近乎，刘震说："老龙啊，到我们这边来吧，保证吃得好喝得好。"韩先楚说："老龙啊，到我们这边来吧。我们有哈德门香烟。"经过交谈，龙书金得知刘震怕十七师夺头功，不让十七师借用二纵队的突破口进入城内，他想叫十七师自己打突破口。韩先楚是锦州前线指挥员，为人心胸豁达，三纵队打开突破口后，首先让十七师进入城内巷战。

10月14日11时总攻开始，各纵队总攻前都开展了坑道迫近作业。坑道临近城墙及地堡群，再加炮兵纵队五百门大炮的配合，城防轻而易举地被炸开大面积的突破口，十七师由三纵队的突破口顺着康德街及大同街两侧的民宅，炸开侧支暗道。四十九团三营七连炸毁二十多个地堡冲向纵深，八连攻占大楼十多座。二营只用三十多分钟连续爆破，夜11时，神社与铁路局大楼灰飞烟灭，范汉杰与卢浚泉的两个指挥所与炮兵观察所被打掉，使范汉杰与各部队之间失掉了联系，整个锦州守军的指挥系统完全瘫痪。

十七师的进展速度出乎林彪意料之外，在锦州北郊帽儿山指挥所，他即席向十七师口述嘉奖令："部队投入纵深，发展迅速，望发扬'攻坚老虎'的巷战威力，争取锦州战役全面胜利。"15日下午6时，锦州攻坚胜利结束，历时31小时。锦州是规模最大的一场速战速决的攻坚战，31小时全部消灭守军十数万，在我国军事史上罕见。这与"老虎师"的连续爆破、纵深发展、剖腹掏心的战术是分不开的。擒贼先擒王，"老虎师"与粟裕打七十四师一样，在百万军中取上将之首如探囊取物。林彪对锦州的快捷的胜利喜不自禁，心头的压力豁然若失。这次战役令他印象最深的两个关键人物，一个是龙书金；另一个是胡奇才。胡奇才率领四纵队十二师在塔山阻击候镜如一个兵团，苦战七昼夜，没让敌人超过雷池一步，保证了龙书金掏心斩首的成功。

10月15日蒋公向长春空投一信催郑洞国突围。准备突围之际，17日长春曾泽生六十军起义，18日郑洞国收到周恩来一封劝降信。19日，李鸿的新七军投降，21日郑洞国投降。锦州攻克第二天，毛泽东命令林彪歼灭葫芦岛候镜如兵团。林彪回电说葫芦岛靠海，敌军集中，不好插包围圈，决定北上歼灭廖耀湘兵团。当东北国军三个孤立据点已陷落两个的时候，新立屯地区的廖耀湘兵团还没有大难临头的感觉，既没有南下与候兵团会师锦州的动向，也没有退回沈阳的行迹。林彪讥笑法国陆军大学毕业生廖耀湘无能短才，他对刘亚楼说"廖耀湘完了。"刘亚楼命令十纵队司令梁兴初堵住黑山三天，一面命令攻锦五个纵队北返，围歼廖耀湘兵团。六纵队在新民地区，十纵队在黑山地区，五纵队在六、十纵队之间的绕阳河地区，阻击廖兵团回返沈阳。

锦州陷落七天，长春陷落一天后，廖耀湘方觉得处于绝境。10月23日，他准备重返沈阳，结果在黑山被梁兴初的十纵队阻击，猛攻三天不下，便绕道大虎山去台安，经大洼，进营口，好从海路撤退。25日，在台安被独立二师阻击，错认为又碰上了共军主力，部队收缩，只剩向东北沈阳退却的一条生路，没料这条生路被六纵队封死。10月26日，攻锦五个纵队赶到，这时廖耀湘已入绝境。十万大军被围困在黑山以东、大虎山东北、绕阳河以西、无梁店以南、魏家窝棚以北纵横约一百二十平方公里的狭窄地带。第一、二、三、十纵队和六纵队十七师以及炮兵纵队，从黑山由西向东突击；第七、八、九纵队从大虎山由南向北突击；第五纵队从绕阳河、二道镜子由东向西突击；第六纵队从无梁店由北向南突击。

正当廖兵团处于风雨飘摇、战场情况瞬息万变之机，新一军、新三军、七十一军的防区划分不明，责任交接不清，各军间警戒线松懈。26日拂晓之前，三纵队趁国军防线紊乱之机，浑水摸鱼，像孙悟空一样突入廖兵团的腹部。七师二十一团三营占领了廖兵团指挥部所在地胡家窝棚的北山。八连三排渗入胡家窝棚东侧，快速冲进新六军炮兵阵地，俘虏新六军副军长刘建章以下一百余人。经过短暂审问，清楚了胡家窝棚为兵团及新六军、新一军、新三军三个军部的所在地。八连三排采取渗透战术，绕过十几个敌兵驻守阵地，沿着一条灌木丛生的小河，于拂晓时分摸进胡家窝棚，一举打掉了兵团司令部及新六军军部。与此同时，三营还打掉了附近新一军与新三军的军部。整个廖兵团队形大乱，群龙无首，廖耀湘找不着军长，军长找不着师长，师长找不着团长，士兵找不着连长，就像1938年南京城内的唐生智兵团，队形乱了套。经两天混战，全国最精锐的第九兵团寿终正寝。其中包括五大王牌军的两个，还有后起之秀的新三军，扬名四平街的七十一军以及战斗力极强的四十九军，仅仅两天的时间，林彪拨快了中国历史走针至少两年的行程。

连续四天长途急行军，石鸿儒与梅玲累垮了。他们常常掉在队伍的后头，最后只能坐在手术室的大板车上。廖兵团被消灭后，全军直指沈阳，满山遍野无边无垠、前后左右，四面八方望不到尽头的部队，排成千万条纵队，像潮水一样朝沈阳方向前进。人生一世，难有机会亲临如此壮观的战争场面。七个纵队，四十万大军集聚在沈阳，西南郊区井水被喝干了，农家粮食被吃光了，柴草做饭也烧光了。六纵队自姜屯开始向东北方向行进，队形不乱。黄永胜的吉普车在前，缓慢地领着纵队直属机关及部队向前行进；闫捷三率领他的十八师；李作鹏率领他的十六师前进。温玉成的独立二师在六十里外的半拉门，估计此时此刻也可能朝沈阳前进。黄永胜反复高声强调："千万不要掉队，掉了队就乱了，找不着原单位了。"

10月31日，六纵队行进到浑河镇，传说一、二、十二纵队已进入沈阳，其他纵队原地休息，不准继续进沈阳。11月1日占领了沈阳。据传2日九纵队占领营口；十日四纵队占领葫芦岛及锦西；12日十一纵队占领承德。历时五十二天的第三次冬季攻势，歼灭国军四十七万多，俘虏郑洞国、廖耀湘、范汉杰以下将领六十二名。辽沈战役其战争规模可与二战欧洲诸大歼灭战相媲美。经三年逐鹿，东北鹿抓在林彪之手。

辽沈战役最终结局出乎林彪预料之外。他首先担心锦州攻不下将出现去年四平的丢人现眼的局面。即使打下来的话，也没预料到廖兵团突然的土崩瓦解、长春郑洞国挂出白旗及沈阳的不战而屈人之兵。像俄罗斯的谚语所言，林彪追赶的是兔子，得到的是熊。内向的林彪从没像现在如此欢乐。他眉飞色舞，他的欢乐不仅仅是毕其功于一役，占领了全东北，而且打败了老师陈诚、朋友卫立煌及杜聿明、廖耀湘、范汉杰、郑洞国等众多师兄和西点军校毕业名将孙立人。更为觉得露脸的是他的战役指挥能力。攻打大城市的速战速决，一役歼敌数量近五十万之多，一口气吃掉两个王牌军，名声之显赫已超过他尊敬的粟裕。啊！欢乐啊！他心头第一次响起了《一八一二序曲》，内向的林彪即使最快乐的时候也摆脱不了深沉抑郁的气质，就像音乐表达的一样，恢弘而细腻，欢乐而有节制。

欢乐之后林彪又习惯地进行了战役总结，取得第三次冬季攻势胜利有五个关键条件。一是寒冷；二是胡奇才的阻击战；三是龙师的攻坚爆破术；四是三纵七师二十一团三营八连三排渗透进牛魔王的肚子；五是朱瑞创建的强大炮兵部队。

10月31日上午，卫立煌上飞机逃亡之前，久久坐在办公室内深思。他想的是国家前途、东北失败的原因及个人的未来归宿等。但更多的是回想抗战初期在山西与朱德、周恩来、毛泽东、彭德怀的多次愉快的会见。特别是慰问林彪一百万发子弹、二十万颗手榴弹及一百箱牛肉罐头。林彪当时说："礼重了，礼重了。"这句话，最近几天不绝于耳，响得越来越厉害。当一个人突然遇到劫难时，不料对方恰好是自己多年没见面的朋友，遇难者往往把过去给予对方的小芝麻看成大西瓜；而得势者相反，则把过去朋友给他的大西瓜看成小芝麻，这便是人类心理规律。

自卫立煌来东北九个月，身居国军最高权位以来，林彪从没想到过卫立煌那点区区礼物。那时他只有万把人的家底，现在有百万大军，水涨船高，今非夕比了，他每天冥思苦想是如何把卫立煌踩在脚下。

自廖兵团覆没以来，沈阳共产党地下组织通过多渠道劝说卫立煌效法郑洞国的义举，特别是他的妻外甥女、沈阳医学院学生傅小姐向姨夫反复传达共产党的宽大政策，但他仍然拒绝投降。在他看来，如果投降，当然毛泽东、周恩来、朱德、林彪这些老相识不能慢待他，可是身为降将，远征军的赫赫战功、抗日名将的光辉将永远蒙上羞辱的黑纱，所以他决心宁死不降。

北陵机场外，已响起共军的枪声，副官把卫立煌拖上车子。卫立煌在飞机上俯瞰沈阳、锦州及整个东北大地，卫立煌的眼睛湿润了。再见了，四千万东北父老！再见了，遇难的弟兄！都怪罪我卫某无德无能。他的心中响起了《马太受难曲》，祈祷上帝对五十万生灵施舍慈悲。

林彪对东北五十万国军瞬间灰飞烟灭，也为国军做出总结。总结有以下三大原因。第一，最高统帅与将领之间意见不一。蒋公主张趁共军南下锦州之际（此是长春曾泽生起义之前），沈阳国军主力接回郑洞国突围部队，然后再撤出沈阳增援锦州，这条意见很好。可惜卫立煌坚持死守沈阳，既不增援长春也不增援锦州。结果廖耀湘不能不执行最高统帅的增援锦州的命令，九兵团开出沈阳城外，摆出增援锦州架式以应付蒋公；同时又不能怠慢顶头上司卫立煌守城旨意。虽然九兵团开出城，但离沈阳又不远，随时可班师回城执行卫立煌的守城命令。结果十万精兵晾在野外二十天，给我创造了全胜机会。第二，东北国军最高统帅卫立煌坚决效法廉颇、陈明仁的坚守战术，不为任何被围据点增援，破解我军围点打援的一贯战法，这个战术也很有见地。廖耀湘、周福城两个兵团三十万大军像当年苏联红军坚守列宁城一样，只要飞机给运来食物、弹药，坚守二三年也没问题，以守待变。可是蒋公不同意，致使下级将领无法全力支持卫立煌的战术，大家处于左右为难的境地，结果输了满盘棋。第三，以猛打猛攻而著称，对两次四平胜利做出贡献的廖耀湘将军折衷蒋、卫两人的意见，主张把撤出沈阳的部队开进营口，通往营口的中长路两侧，共军很少，比较安全，到达营口后，进可以西援锦州，退可以由海路撤军，避免沈阳变为第二个长春。这条折衷的意见也颇具道理，但蒋、卫两人都摇头否定。以上三条意见如全力执行任何一条的话，都不会令全军覆没，可惜任何一条都没执行，全错在蒋、卫意见相悖，下级将领无所适从上。可叹！五十万将士只能在劫难逃了，这并不怨林彪无情。

廖兵团五个精锐之军之所以在两天内快速覆没也有三个教训。第一，二十六日夜晚，新一军、新三军、七十一军的防区责任不明、戒备松懈，我三纵队七师二十一团三营乘虚而入，顺着一条灌木丛生的小河摸进胡家窝棚，一举摧毁了兵团与新六军的指挥部，致使群龙无首，秩序大乱。第二条，二十五日黄昏，新二十二师向军长李涛报告，大虎山以西、高山子车站附近有一大行军纵队向南移动，李涛疏忽没向廖耀湘汇报，却不知这是韩先楚的第三纵队悄悄地钻进牛魔王的肚子里。第三，廖耀湘已命令龙天武的新三军于二十六日当夜南下台安、大洼奔向营口，可是龙天武没听命令，大睡一夜，结果二十七日中午赶到台安，正好碰上上午刚刚赶到的冀热疗军区弱势的独立二师的阻击。国军以为碰上我军主力，回头北窜沈阳，到达厉家窝棚一线，恰好又碰上我军主力中的主力六纵队，致使廖兵团有翅难飞。

无独有偶，前面已讲过，1946年5月四平防御战中，我曾命令新四军三师十旅接防东南方的塔子山，遇到一条南北河，据一位农民说河水很深，没船不能过。十旅在河西睡了一夜，天亮后发现河水很浅，部队蹚过河东岸，到达塔子山前，新六军已消灭了一个营的守军，占领了塔子山制高点，整个四平裸露在炮口之下，导致我军全线崩溃。新三军一觉致使廖耀湘兵团全军覆没。吴子曰："用兵之害，犹豫最大；三军之灾，生于狐疑。"十旅狐疑河水深，新三军狐疑独立师为主力，故双双降下灭顶之灾；蒋公与卫立煌犹豫于守与撤、增援与反增援之间，导致一败涂地。

快活地像喝醉酒般的林彪继续战争总结。辽西会战共俘虏国军十八位中将、四位兵团司令。其中两位兼东北剿总副司令、九个军长。一网打尽了国军十一个军三十三个整师又十六个团，近五十万人。这与1930年12月30日第一次反围剿，在龙岗全歼国军十八师，并活捉师长张辉瓒等九千人一仗比，那简直不算是战争。平型关战斗消灭千把鬼子等于与鬼子捉迷藏。在1948年10月辽西战役之前，东北我军一次战斗最多吃掉新五军的两个师（旅），远远落在华东粟裕的后头。林彪在快乐之余，忽发奇想，他邀见被俘师兄范汉杰将军。林彪问范汉杰锦州战役的意义，范汉杰说："锦州像一条扁担，南面挑着华北，北面是东北，这下子扁担断了，华北、东北都完了。"一向不苟言笑的林彪哈哈大笑，范汉杰的话真令他开心，令他充分品尝了胜利者的欢乐。林彪想，当年朱可夫占领柏林国会大厦时的欢乐也不过如此吧。不过两人的欢乐性质各异，朱可夫的欢乐是深沉而带泪的；林彪是谐谑嬉笑的。因为前者是对万恶敌人的复仇；后者是对同胞师兄的称强。

第二十八章　中国炮兵之父　朱瑞流芳千古

　　朱瑞同志既是军事家又是政治家。作为军事家开创了我国炮兵部队；作为政治家远离宗派斗争漩涡。他是有才干、有思想而没受到羞辱的少数高级干部之一。他撒手火线，成为烈士，这是众功臣羡慕的归宿。

　　朱瑞生在英雄辈出的苏北地区，家乡是宿迁县，古称下相，与项羽同乡。古老传统、乡土习惯、历史演变、生活方式、文化底蕴、自然环境、经济条件等等的潜移默化，影响人类思想、性格的发展趋向。在宿迁相隔两千三百三十七年，诞生了项羽和朱瑞两位英雄人物；在东南方相距百里的淮安县，几乎与其同时，也诞生了两位大英雄——韩信与周恩来。

　　朱瑞将军1906年生于江苏省宿迁县，先后在徐州及南京读中学。1924年入读广东大学。1925年就读于莫斯科中山大学，毕业后又入读于莫斯科克拉辛炮兵学校两年。二十岁时，加入苏联共青团。1928年二十三岁加入苏联共产党，同年转入中国共产党。

　　1929年二十四岁回国，在以周恩来为实际负责人的上海中共中央作为周恩来的军事参谋。1930年12月与周恩来等中央领导人，先后由上海潜入江西中央苏区根据地，被选为中华苏维埃共和国中央执行委员，并在红一方面军总司令部工作。曾作红三军团、红五军团、独立十二军政委、红一方面军政治部主任。参加了南雄、水口等战役以及第四次、第五次反"围剿"作战。1934年10月参加长征。

　　1937年7月抗日战争全面爆发后，任中共中央北方局委员、组织部长、军委书记，并负责对国军将领的统战工作。同时指导、整顿中共直南、豫北特委。在晋豫边区、太行南区等地创建了抗日游击队，为建立晋冀豫抗日根据地创造了条件。1939年5月，任八路军第一纵队政委，与司令员徐向前赴山东统一指挥鲁苏两省的中共武装力量，并带领一批原红四方面军将领进入山东。

1939年8月1日，根据八路军总部决定，八路军第一纵队司令部在山东鲁南沂蒙山区成立，下辖九个支队（旅）约五万多人，并建立了青河、胶东、鲁南三个军区。8月9日，中共中央北方局批准成立山东军政委员会，朱瑞任书记，徐向前、郭洪涛、陈光、罗荣桓、黎玉为委员。山东军政委员会为山东地区党、政、军工作的统一领导机关，隶属中共中央北方局。当时山东中共党员已发展为五万一千多人。1940年朱瑞任中共山东分局书记。

　　朱瑞同志为山东抗日根据地的建立以及山东八路军的发展贡献巨大。在山东工作期间，他数次向延安毛泽东发电报，建议调走陈光、罗荣桓，任徐向前为一一五师师长及山东军区司令，他嫌陈光性格粗暴，罗荣桓优柔寡断、又稍逊军事能力并身患重病。结果相反，徐向前于1940年5月调离山东，1943年9月他被调离山东。

　　徐向前在山东工作一年，朱瑞在山东工作四年又四个月。1945年6月在延安举行中共第七次全国大会，作为山东党、政、军主要领导人的朱瑞甚至没进入中央委员会。罗荣桓被指定为中央委员，黎玉为候补中央委员，陈光更名落朱瑞之外。

　　朱瑞到达延安后，毛泽东看在周恩来面上，让朱瑞填补已牺牲的副总参谋长左权的职位。不料朱瑞拒绝了高官的尊位，要求到炮兵学校任职。毛泽东乍听了朱瑞的要求，感到疑惑不解，心头一愣，随之而来的是心花怒放，但在朱瑞面前并没喜形于色，压住了内心的喜悦。

　　延安人都知道延安有抗大、延安公学、中国医大、鲁迅艺术学院、党校等，谁也没听过有炮兵学校，更不知其校址在何方。八路军用的是长矛，最先进的武器是汉阳造套筒子及手榴弹，与大炮无缘。即使缴获几尊追击炮，也得销毁，因为不会制造炮弹。所以炮兵学校毫无用处。身为一级大军区山东省委书记，统帅九个旅、三个二级军区，按级别应该是军级或兵团级干部。朱瑞自愿到一个团级的炮校任职，的确让毛泽东匪夷所思。毛泽东快活地满足了朱瑞的申请。

　　少私寡欲、与世无争只有圣贤才能做到。朱瑞将军并非圣贤，也不是大思想家，他只具有军事家与政治家的才能。他之所以弃高就低是在苏联听到的、见到的诸多人间悲剧，致使他视权力为毒蛇猛兽。二战之前，苏联百分之七十的中央委员、百分之九十的高级将领死于斯大林的刀下。每想到苏联革命者的下场，朱瑞不寒而栗。省委书记无故被撤职说明屠刀逼近了他的脖子，怎敢去接手副总参谋长职务呢？

朱瑞拣轻避重的公开理由是炮兵技术是自己的专业，深爱着自己的专业，到炮校能大显身手，为党为革命为反攻培养炮兵干部。这是天衣无缝的借口，即使以狐疑著称的毛泽东也看不出破绽。不过毛泽东对朱瑞的行为有两种分析：一种是可能真正的热爱炮兵专业，这个可能性不大；更可能是伪君子，比贺龙、彭德怀、陈光等明火执杖跟我对着干的人更危险。

日本投降后，他带着一千名学员告别了一排排黑黢黢的窑洞，经几千里跋涉来到哈尔滨，以后又落户沈阳小河沿原日本空军营房。来东北后他可有了用武之地。建一所大学级的炮校谈何容易！首先要物色一帮优秀教员。优秀教员散落于日军战犯营及国民党俘虏营中，在这方面，有一位井冈山的老战友何长工，负责战犯管理，他帮忙征集了四十多位优秀教员。这些教员都是军校炮科毕业又有实战经验，专业水平很高。为了表示感谢，朱瑞还请何长工吃了一顿粘豆包。

专业教员有了着落，校址选在牡丹江原日军空军营房。空军营房都是红砖的二层楼。楼不高，不气派，不过学校是否办得好坏不在于楼房高矮，而决定于教员水平，所谓"山不在高，有仙则灵。"教员解决了，校址也定了，还得筹备教学实物标本及实习用炮。他跑遍了全东北，搜罗了各种类型各种口径的火炮，这些炮有的需要火车拉的，有的要用汽车或炮车牵引的，有的用六匹马拉的，有的用骡子驮的，有用肩扛的，还有的用手提。其中最大的是要塞炮，三门要塞炮是从兴凯湖边、中苏边界处的密山县用火车运来的。

在整个东北共收集了火炮七百门，炮弹五十万发。1946年2月在法库县秀水河子战斗中，从美械化十三军手里夺来四门榴弹炮。参加战斗的两支部队是新四军七旅和山东一师。。七旅旅长彭明智、一师师长梁兴初原是朱瑞的老部下，他们把缴获的四门榴弹炮送给了老首长。为感谢两位部下的支持，他把彭明智、梁兴初请到一家小饭店吃了一顿炸酱面。三位老战友有说不完的话，一顿面条吃了整三个钟头。彭明智说："首长培养出炮兵干部要首先装备到我们七旅。"梁兴初说："首长同时装备我们一师。"朱瑞高兴地说："产品还没出厂，订货单下来了。我一定把第一期成绩最优秀的学员派给你们，我计划每个师建一个重炮营，到时你们别嫌麻烦，打游击习惯了轻便武器，嫌重武器不方便。大炮还得用汽车拖、用马拉，汽车还得烧汽油，马匹还得吃草料。你们要有思想准备，我们的部队将由游击队走向正规军。"

日本炮散落在东北各大、中城市及边防要塞中，被苏联红军收缴干净，剩下的是少数破烂货。要想要大炮还得找苏军驻东北总司令马利诺夫斯基元帅。找到马利诺夫斯基比找彭明智、梁兴初麻烦多了。在杜聿明率领的五十二军没进入沈阳之前，朱瑞先到沈阳与中共东北局第一书记彭真见面，说明炮校需要教学及实习用的大炮。彭真与马利诺夫斯基联络好，朱瑞到了东北苏军司令部。马利诺夫斯基对中共派来东北有苏联背景的高干心中有数。林彪、张闻天、朱瑞、肖劲光、刘亚楼、伍修权的名字熟记在脑子里。对他们的阅历十分了解。马利诺夫斯基与朱瑞一见如故，像老朋友一样，其实他们在莫斯科并不曾相识。朱瑞的俄语带有浓重的莫斯科味，使两人一下子缩短了距离。

寒暄后，马利诺夫斯基开门见山地问："你本来是山东一级大军区政委，怎么现在办起炮校来了？"朱瑞说："八路军是游击队，我要把游击队改造成正规军。正规军的主要标志必须有炮兵。我把苏军的炮兵技术引进到中国来，炮兵校长一职是我梦寐以求的，是我主动向毛泽东同志申请的。今天来请你帮忙，给我一批教学和实习用的大炮。"马利诺夫斯基说："四月份我们将撤军回国，仓库的大炮已运往我国，能不能满足你的需要，我得把后勤司令及炮兵司令叫来。"朱瑞继续说："你不该把这些日本炮运往苏联，该交给我们。"马利诺夫斯基说："这批大炮将不被销毁，暂储存在赤塔。如贵军以后有胜利把握，再把这批武器运回来交给你们；如果你们没有胜利希望，交给你们就等于转交给蒋委员长了。"

炮兵司令与后勤司令来到总司令办公室，马利诺夫斯基介绍朱瑞与两位司令相见，并说明了来意。事先，朱瑞填了一份要炮申请单，他把申请单递给了后勤司令。后勤司令说："清清仓库底子能满足你的要求。好在要的数量了了，不过申请要两门喀秋莎火箭炮办不到，这是我们的秘密武器。"朱瑞说："你们作废的火箭炮也可以嘛。"马利诺夫斯基说："给你火箭炮的事，不但我主不了，国防部长朱科夫也主不了，得请示斯大林同志。你先把其他炮种运走。火箭炮的事再听消息。"

在大东区武器库里，按清单查找，有战防炮、加农炮、反坦克炮、高射炮、野炮、山炮、追击炮、掷弹筒等等。朱瑞见了这些炮，像孩子见了玩具一样眉飞色舞，太快乐了！他用手抚摸每门大炮。人类很奇特，有各种各样的嗜好，有人好烟、酒、色、财、土地、树木、宠物、科学、音乐、书法、绘画等，而朱瑞喜好大炮。时过三日，马科诺夫斯基给彭真打来电话，伍修权在旁边作翻译。马科诺夫斯基请朱瑞同志到他司令部去一趟，说朱瑞可能会如愿以偿。为了保密，电话里说得不很具体。

朱瑞来到张作霖大帅的院子，进入彭真办公室。抗战初期，两个人同为北方局主要成员，朱瑞的职位在刘少奇之下彭真之上，现在不同了，彭真不仅身为中央委员，还是政治局委员；不仅是政治局委员，还是东北局第一书记、东北共军第一政委，如同一个中等强国的国王。目前朱瑞比他差好几节股子。

朱瑞对彭真的谈话不能像在北方局那样随便，太随便显得对上级不尊敬。一些幽默的话更不能说，心里很别扭。彭真当然猜出朱瑞的心事，故意说些笑话借以缓解老朋友之间的局促和无言的尴尬。彭真问："老朱呀，你到马利诺夫斯基那去，空手去好吗？"朱瑞说："需要跟马利诺夫斯基搞好关系，以后好谈判，把运到赤塔的武器再运回来。火箭炮是苏联的秘密武器，赠给我们虽是两门，但情分太大了。如果美国得到一门的话，明年就造出千门来。我一无所有，无礼可送。"彭真又问："何长工同志帮你物色了四十多个教员，你怎么表示的？"提到这件事，朱瑞高兴了。彭真从他眼神中也发现了喜悦。朱瑞说："我请他吃了一顿粘豆包。"彭真笑弯了腰，说："一顿粘豆包换来一个加强排的炮兵专家，一本万利。你赚啦，你赚啦。你那四门榴弹炮也是用粘豆包换的了？"朱瑞也乐了："那四门榴弹炮是用两碗炸酱面换的。"两个人开心地笑也感染了在座的其他同志。彭真说："人家马利诺夫斯基是百万大军的统帅，请他吃顿粘豆包、喝两碗面条，就太小气了。如请他吃顿西餐，怕声势太大，被国民党抓住把柄。谭政把总政治部收集的一些古董放在我这儿保存，你看看送什么合适呀？"彭真把文物登记薄递给朱瑞看，朱瑞浏览了一遍说："一些稀世珍品是国宝，不能送给外国人。其中明瓷很多，花瓶体积太大，不好携带。送给他四个盘子就够了。"彭真同意了，说："好吧，两个盘子换一门火箭炮。不过你得写个收据，说明盘子的去向，事后免得谭政跟我算不清的帐。"

朱瑞外出经常有秘书、炮兵参谋、警卫员等四人随从。这次去马利诺夫斯基司令部多带了一位娴熟照相的参谋，准备与马利诺夫斯基等苏军将领合影留念，以后好打交道，另外还带了两位汽车司机，准备开炮车。

刚走进马利诺夫斯基办公室，马利诺夫斯基第一句话就说："恭贺你，你的面子真不小。斯大林同志同意你的申请，赠给你两门火箭炮。这是苏联第一次把火箭炮赠送给外国朋友。东欧朋友也没你朱瑞将军的面子大。可斯大林同志命令我们把火箭炮最机密的技术部件拆卸下来。"朱瑞心一沉说："没灵魂的人是行尸走肉；没有关键部件的火箭炮不成为火箭炮了。"马利诺夫斯基说："服从命令是军人的天职，斯大林同志的命令谁也没权力修改。斯大林同志还有一条命令说，火箭炮在危险情况下，一定炸毁，不允许落入敌人之手。你得在保证书上签字。"

尽管朱瑞满腔怒火，但还是表现得礼貌而愉快。作为穷国的乞讨者，对强国的趾高气扬，只能忍气吞声。朱瑞说："感谢马利诺夫斯基元帅对中国革命慷慨相助。"朱瑞与马利诺夫斯基及炮兵司令、后勤司令合影留念，然后他们被送往大东区武器库，接收喀秋莎火箭炮。朱瑞把照相参谋叫到方便的地方说："以和拆卸部件的五位苏军技术员合影留念为借口，把机密部件拍下来……"参谋心领神会。

后勤司令叫仓库保管干部从仓库里开出两尊喀秋莎大炮后，双方在提货单上签完字，后勤司令就扬长而去。拆下机密部件后，朱瑞先与五位技术员站在部件后面集体合影，然后在不同方向与每个人合影，这样，从不同的角度拍下六张照片，每张照片上都有人像，也有部件的不同侧面。即使特务发现这组照片，也看不出破绽。

朱瑞把几十门大炮、小炮装上火车，派专人送往牡丹江炮校，五天后，照片冲洗出来。朱瑞跟彭真说："还得去苏军司令部一趟，以给马利诺夫斯基送合照为名，索要新版炮科教材。上次去他那儿听到要拆卸火箭炮机密部件时，一生气把教材的事忘到了九霄云外，瓷盘也忘了给他。苏军撤军前跟马利诺夫斯基多交往几次，有利于将来为赤塔那批日本武器回归谈判。马利诺夫斯基也愿意同我们交朋友，他的目的是在我党内培养苏联势力，我们可将计就计。"彭真说："我跟你有同样的看法。你跟苏联士兵照的那几张照片是不是就不要给他们了，明眼人一看那就是偷窃军事机密的谍报活动。你这个人想得这么系列化，要是让我遇到这种事就傻眼了。人家斯大林决定拆掉机密部件，我有什么办法？你这架照相机可立了大功。"朱瑞笑着说："我们的力量不足，可用智慧补嘛。"

朱瑞第三次走进马利诺夫斯基的司令部，首先对他与斯大林同志对我们炮校的援助表示感谢。马利诺夫斯基说："对兄弟党的帮助是苏联党义不容辞的国际主义义务。"朱瑞从手皮包里拿出四个瓷盘，放在马利诺夫斯基的办公桌上，并说："苏军快回国了，中国人民感谢苏军帮助中国打败了日本军国主义，为了感谢你对我们炮校的帮助，我给你带来四只明朝的瓷盘。"马利诺夫斯基站起来答谢："谢谢朱瑞同志，回国后我把这四件珍品送给斯大林同志，他会感受到中国同志对他的爱戴。"朱瑞拿起一只盘子向他解释说："这是五百年前明朝时期的产品，出自景德镇官窑。这是蓝釉的白花盘，胎体较厚，盘底当中为青花双圈同心圆，外粗内细。盘中是花果图案，外壁是一周莲花。画面是白花蓝底。白蓝相映光辉艳丽。图案布局疏密得当，线条流畅自然，色彩浓淡相宜，有独特的艺术魅力……"马利诺夫斯基尽管对中国文物一窍不通，仍不时地点头附庸风雅。快要告别的时候，朱瑞说："1929年，我由莫斯科带回国来的炮兵教材是二十年前出版的，太陈旧了。没有第二次世界大战的新内容，能不能帮我搞一套俄文新版教材？"马利诺夫斯基说："这件事我能主了，不用斯大林同志批准。教材内容是公开的，没有机密。我的一位战友是伏龙芝军事学院的炮科主任，我派人向他求援，我们每天有回国的飞机。我会派个参谋专门回国办这件事。一周后，教材就能到沈阳。"

马利诺夫斯基确实践诺，一周后他派人把炮科九套新版教材送到彭真下榻的张大帅大院。朱瑞如获至宝，昼夜废寝忘食埋头于教材翻译。另外他又物色了六名俄文翻译，成立了翻译室及图书室。翻译室订了三种俄文专业杂志及两种报纸。教材科负责印刷，铅字印刷机及排版技工极为缺乏。暂刻钢版油印，因陋就简，逐渐发展。

办炮校就像创建解放军一样，从无到有，从小到大，由弱变强，这是事物发展规律。战争亟需炮兵干部，局势不允许一切条件具备之后再按部就班地招生、开学。朱瑞安排好课程进度表，先讲的课程先翻译；后讲的后译。一面译一面印一面讲。他命令总务处日夜赶制千张课桌，制作完成之前，先打制小板杌一千个，每位学员一个，可以坐在课堂里听课，这是借用抗大的经验。

朱瑞事必躬亲，工作千头万绪。为了建立中国第一所专业炮校，他付出了有损健康的操劳。每天睡眠四小时，还常失眠。由于劳累和睡眠的严重不足、食欲不振，身体逐渐消瘦。

现在教员、校址、宿舍、课堂、教学与实习实物、教材、小板杌一应俱全。下一步是制订招生计划。生源分两个渠道，一个是解放军战士，凡具有小学文化程度的战士均可保送入学，炮兵战士优先，名额八百人；另一渠道是招考社会男青年两百名，共一千名。五十人一个队（班），分二十个队。学期为半年，授课二十周，实习六周。在一千名学员中选拔五十名优秀学员成立一个高级队（班），学期两年。高级队的条件是：学历为国高毕业以上，毕业成绩95分以上，实习成绩优秀。目的是培养炮兵高级人才及教员。对炮兵干部的培养既要照顾到当前的燃眉之急，又要考虑到长远的战略发展。在讲义编写方面，分为普通班与高级班两套内容深浅各异的课本。在高级班增设俄语与数学课。

1946年3月在黑龙江省及吉林省部分市县招生，顺利完成招生任务。在3月的第三周第一天开学。开学很隆重，学员们组织了歌唱队、京戏团、丝竹乐队、二人转、朝鲜舞、新疆舞、俄罗斯舞等节目。中共东北局一些大人物也来助兴，有北方局的老搭档彭真、陕北老相识高岗、山东军区的老战友陈光，还有经常帮他翻译教科书的张闻天。

张闻天是有名无实的政治局委员，佳木斯当时称合江军区，属旅级单位。张闻天被贬为合江军区政委，虽名誉为政委，但合江军区的一切党、政、军大事均无他参与的权力，更甭说决定权了。张闻天又很羡慕朱瑞，朱瑞虽然也被贬，但他的专业技术能为革命战争以及建立正规军继续做出贡献。他日日夜夜操劳，没有时间烦恼。张闻天也借翻译炮科教材分享朱瑞的部分快乐，他的真实职务是朱瑞翻译室的编外翻译，而不是政治局委员。

朱瑞与张闻天心照不宣的感觉是：毛派嫡系人物林彪、罗荣桓没到场，他们虽在中共中央的表面职位不高，仅仅是中央委员，可他俩的实权足以压住东北的任何政治局委员喘不过气来。

使朱瑞感到稍微宽心的是，林彪、罗荣桓派谭政来参加开学典礼。谭政是来凑热闹的呢还是来察言观色？但愿他上天言好事。

谭政毕竟是个诚实的政治家。他回到双城后向林彪、罗荣桓汇报说："名不虚传，朱瑞确是一位智勇双全、才华横溢的人物。既有文化修养和技术专业又有组织才能和实干精神。延安的炮校徒有虚名，一门大炮也没有，只有百十个人。院子长满草，窑洞黑乎乎。现在的炮校有一排排的教学楼、宿舍楼。各种各样的炮有七百门，还有两门火箭炮。斯大林虽批准给他两门火箭炮，可是把机密部件卸掉了。朱瑞同志以与拆卸部件的技术兵合影为名，把卸下的部件正、反、前、后、侧面都拍了下来。经机床厂按图加工，残废的两门火箭炮变成功能完好的火箭炮。这等于我们掌握了制造火箭炮的技术。他把斯大林、马利诺夫斯基都唬咙了。按朱瑞同志的计划，到九月能组成一个炮兵师，明年三月能组成两个炮兵师，到1948年3月能组成三个炮兵师另十个重炮团。届时东北我军的火力不仅超过当年的日军，也将超过目前新一军、新六军。朱瑞同志将为我国炮兵及我军正规化做出重要贡献。他现在正呕心沥血、废寝忘食地完成自己设计的炮兵发展计划。"

林彪听了谭政的汇报心里很满意，并一再颔首微笑，很敬佩朱瑞的才能及创举。未来进行大兵团会战、大城市攻坚、东北军力的整体提高，必然得益于朱瑞。但是林彪只是在心里想，嘴里不吐只言片语，不像谭政口无遮掩。原因是毛泽东并没把朱瑞当成自己圈的人。你朱瑞再能、再有本事、再有创造力有什么用？毛泽东就是不用你！你原为一个大省的书记、一级大军区的政委，现在贬你为一个副旅长级单位当校长，可见你的政治头脑太愚笨了。

1946年9月，第一期炮校生毕业。考试成绩良好。朱瑞向林彪提出书面申请，要拨调三个独立团，组建炮兵团。当时东北共军兵败四平已过去四个月，土地改革开始发动，军队开始补充整顿。在兵源稀缺的时候，朱瑞要三个独立团，开始林彪很犹豫，但从战略角度看，军队正规化、火力现代化是大势所趋，是革命的迫切需要。林彪舍不得给他各军区训练较好的独立团，只调给他刚参军没几天的还不会左右转的农民刚刚组成的三个县独立团。名义上是三个独立团，各团编制缺员，每团只有千把人。有两个团只有两个营；有的营只有两个连；有的连只有五六十个人。各团的干部奇缺，有的团只有一个代理副团长主持工作，代理副团长自己还不会打步枪；有的营长当过胡子，只会玩大烟枪；有的连长是日伪时代的保家长，因是贫农家庭成份，当上了连长，只会骂人不会下操。朱瑞要把这帮乌合之众训练成正规炮兵师，谈何容易？

朱瑞把九百五十名毕业学员派进炮兵团，安排他们当士兵、排长、副连长、指导员、副指导员等。营、团长由延安来的抗日老战士担任。经过两个月的艰苦操练，这帮乌合之众成长为炮兵劲旅。他们的射程预测、角度调试、目标命中率、炮手与装弹手的配合以及开炮车等都达到要求。

炮兵团组织起来了，但大炮缺乏。如把炮校的大炮装备部队，将影响教学。朱瑞建议中共东北局，派代表团赴莫斯科，要回存放于赤塔的日式大炮。代表团组成成员有高岗、伍修权、朱瑞等五人组成，高岗为团长。无巧不成书，斯大林嫌朱科夫在军中威望过高，把他由国防部长的位置上贬为敖德萨军区司令，以后又转为乌拉尔一个小军区司令，以此羞辱他。马利诺夫斯基升任为国防部长。

朱瑞与马利诺夫斯基的私交派上了用场。谈判很顺利，不仅把储存在赤塔的原日军大炮等重武器交给中共，而且供应两千辆苏制五吨卡车及燃料油。这为朱瑞的炮兵建军及东北共军的正规化提供了物质条件。

朱瑞得到了梦寐以求的千门大炮，他酷爱的专业将为中国革命做出巨大贡献。每想到此，他心潮起伏，快乐的无以复加，对大炮就像对妻子、儿女一样爱。

1947年2月炮兵纵队两个团参加德惠攻坚战。虽然攻坚失败，但他总结出宝贵的教训，最主要的教训是步兵指挥员对炮兵无知。步炮协同脱节，炮弹打出不少，震得地动山摇，白白浪费了炮弹，没用在关键时刻、关键目标上。第一次冬季攻势后，他向林彪建议，每个纵队抽出团以上指挥员五十人到炮校办步炮协同培训班，学期为六周。五个主力纵队的纵队级、师级、团级指挥员都要轮流得到培训。在培训期间打靶一次，让每个人得到开炮的机会，培养各级指挥员对大炮的兴趣。

朱瑞的建议对林彪如及时雨。林彪对朱瑞的军事智慧愈加赞叹不已。他命令刘亚楼通知各纵队抽出干部到炮校报到。各级指挥员经过培训，对大炮兴致盎然，在课堂上下、宿舍内外、操场各个角落言必有炮。

　　朱瑞对炮兵的集中使用、步炮协同、抵近射击、战术原则、炮兵组织训练、装备制度等都作了规定。

　　在1947年夏天对四平的攻坚战中，三个炮兵团在摧毁城防外围打开突破口方面比攻德惠有明显进步，但四平攻坚又失败了。失败的原因主要在步兵，但朱瑞认为炮兵也有责任，对纵深目标及核心工事的打击方面火力不足，精确度也有待提高。在炮兵教学及实习中强调重点突出、纵深射击。对核心工事要集中火力，实施重点打击。

　　1948年9月之前，炮校在两年半中，已培养了四千炮兵普通干部和一百多名高级专家，共组建了二十二个炮兵团、一百四十四个炮兵营、四百三十二个炮兵连。东北炮兵形成独立兵种，建立了独立指挥系统。朱瑞经过德惠、四平二战役的教训总结及对各级步兵指挥员的培训，东北炮兵技术臻于完善。东北共军对大城市的攻坚所以获得速胜，一方面与老虎师的爆破有关，另一个重要因素是与强大炮兵威力分不开的。进攻固若金汤的义县，用两百门大炮，只用了九个小时就结束了一个美械化师的战斗；打锦州也只用了三十一个小时，攻克超级大城市天津仅用了二十九个小时，各消灭敌人十万以上，创大城市攻坚的奇迹。

　　德军攻列宁城三年不克，攻斯大林城四个月失败，攻斯摩棱斯克二十天；苏军攻柏林用了大炮四万二千门、坦克六千多辆、飞机七千五百架，血战十六天方获得胜利；日寇攻上海耗时三个月、武汉五个月。二十九小时攻克一座铜墙铁壁的超级大城市天津，消灭十多万守军，创世界先例，这就是朱瑞将军的军事壮举。

　　如果说宋美龄是中国空军之母；而朱瑞就是中国炮兵之父，这是当之无愧的。

　　东北共军在第三次冬季攻势中，将南下攻打锦州。继德惠、四平两战之后，朱瑞再为炮兵即将攻打锦州总结经验。他跟随炮兵纵队南下，在进攻锦州北大门义县的时候，他亲临城墙突破口观察，搜集、记录炮距城墙的有效射程、炮弹吨位与突破口的面积、炮弹密度、持续炮轰时间、步兵冲进突破口的理想时机与步炮之间的协同等诸多资料，以资为攻打锦州及以后教材的改写准备数据。城内战斗即将结束时，在突破口附近不幸触雷，他永远离开了这个是是非非的世界，是年仅四十三岁。

毛泽东假发慈悲，虽没把义县改为朱瑞县，而命令东北炮兵学校冠上朱瑞的英名。

将军虽驾鹤西去，山东人民永远怀念在抗战期间与三千万同胞风雨同舟、生死与共的朱瑞将军；东北百万将士永远缅怀恩师的炮兵创举！将军虽死犹存！

朱瑞同志不仅是一位有创造性的军事家，也是一位出类拔萃的政治家。林彪曾言："东北五个主力纵队都是他一一五师的老底子。"此话缺乏事实依据。照林彪将军所言，那么一一五师的老底子当然是红一方面军。

红一方面军在长征初始大军十万，到达陕北只剩老弱残兵七千。当时毛泽东眼疾手快，在陕北还没站稳脚跟立刻把由红四方面军徐海东的二十五军与陕北刘志丹的红二十六军、红二十七军组成的红十五军团吞并到红一方面军，以后编为一一五师的三四四旅。原红一方面军的七千人编为三四三旅。每个旅只有两个团。除两个旅外还有师直特务营、骑兵营及独立团等。一一五师师长为林彪、政委为聂荣臻；三四三旅长为陈光、政委为肖华；三四四旅旅长为徐海东、政委为黄克诚。

1938年一一五师分家，聂荣臻分得独立团及骑兵营，建立了晋察冀军区；林彪分得三四三旅两个团，由代师长陈光带入山东；三四四旅两个团已归八路军总部指挥。三四三旅的六八五团的底子是红一军团，由彭明智团长带往苏豫皖边区发展。陈光的一一五师师部与三四三旅旅部，其实是一个单位。与师部一起活动的只有杨勇的六八六团。1938年8月，一一五师建立了鲁西军区与独立旅，杨勇任司令兼旅长；六八六团由张仁初任团长。同年9月，六八六团随陈光的一一五师师部进入鲁南。一一五师及六八六团进入鲁南之前，山东农民的抗日起义风起云涌，以黎玉为首的中共山东省委把起义军编为救国军，后张经武来山东，帮黎玉把救国军改称八路军山东纵队，下设九个支队。

1939年5月徐向前与朱瑞来山东，把山东纵队改称八路军第一纵队，仍辖九个支队（旅），并建立胶东、青河、鲁南三个军区。

1940年以陈光为首的一一五师师部把九个支部改编为七个独立旅，并建立了鲁中滨海两个军区。一九四五年抗战胜利，以山东农民起义军发展起来的七个独立旅为基础加五个军区地方部队整编为山东八路军八个主力师、十二个警备旅、两个独立旅。

无可否认，一一五师对山东农民起义军战斗力的提高、走向正规化起到重要作用。对山东农民抗日起义军的发起、扩大、建设曾做出重要贡献的主要领导人物，按其作用大小应排列为：黎玉、朱瑞、陈光、徐向前、张经武、罗荣桓。如果说山东八路军发起、壮大是一一五师的功劳，这是不尊重历史；如果说山东八路军的壮大与一一五师无关也不公正，客观地说，山东人民才是东北五个主力纵队的老底子。

一一五师的主要领导干部把自己看得很高、很神、很正统，引起了山东党、政、军主要领导人朱瑞的厌恶。他看不上老粗不细的陈光与唯唯诺诺的罗荣桓。在他看来，国共两党是宿敌，为了抗战，现在团结在一起了，难道红一方面军与红四方面军的领导人还有什么深仇大恨吗？

站在民族利益的角度，站在八路军发展壮大的立场，他向毛泽东几次建议调走陈光与罗荣桓，任徐向前为一一五师师长及山东军区司令。小肚鸡肠的毛泽东不但没接受建议，反而把他调出山东，这还不算完，作为一级大军区的党、政、军主要领导人物，在中共七大会议上，竟没有朱瑞的中央委员或候补中央委员的座位。一颗耀眼的军政明星突然陨落了。

在任何会议、任何文件上都没有宣布朱瑞犯有什么错误。在毛泽东看来，徐向前是张国焘的红四方面军山头上的头面人物，又是黄埔军校周恩来的弟子。朱瑞是苏联共产党员，回国后又在周恩来手下工作，跟周恩来既是老乡又同为知识分子，惺惺相惜，无疑是周恩来一派。如果把一一五师交给徐向前及朱瑞，毛泽东手里的枪杆子就等于交给周恩来，那么八路军的三个师都变成周恩来山头。没有枪杆子的人也就没有政权。在毛泽东看来，朱瑞这个洋知识分子看不起他，就要他下地狱。

朱瑞被调到延安党校后，坐上了冷板凳，方知道得罪了君主。一次老毛试探他，声称要安排他填补已牺牲的左权副总参谋长的空缺。朱瑞看透了这种小把戏，为了自身安全，要求到荒凉的炮校工作。他的要求证明，他是具有大智慧的政治家。当时毛泽东高兴地心花怒放，痛快地答应了朱瑞的要求，后来他越来越觉得此人不善！

朱瑞做梦也没想到，日寇突然投降。炮校进驻东北，新的环境为他酷爱的专业提供了用武之地，为中国开创了炮兵兵种，把被贬职的坏事转化为荣耀的好事。人生自古谁无死？更令朱瑞同志庆幸的是，当他完成了自己的梦想，创造了辉煌的功绩后，能光荣地死在火线上。这让以后的高岗、陈光、彭德怀、林彪无限羡慕！

斗大的字不识一麻袋的龙书金曾被扣上里通外国的帽子。如果你朱瑞再多活两年的话，你留学苏联的背景、苏联共产党员的身份、斯大林送你两门火箭炮、你送马利诺夫斯基四个瓷盘子、马利诺夫斯基又送你千门大炮、数千辆汽车及千百吨汽油等将成为物证，给你扣上里通外国、苏联特务的帽子，使你百口难辩！

退一步说，即使不给你扣上里通外国的帽子，1955年借授军衔之际，也得羞辱你一番。按你过去在山东的职位、资历、功勋，与聂荣臻、贺龙、陈毅、刘伯承同级，理所当然地该授予大将以上军衔。但你不是候补中央委员，在你手下的炮兵司令、政委、副司令仅授予的是中将军衔，如果毛泽东故意授予你上将，你当然会感到屈辱；如果你说出不满，就是向党伸手要官；如果你逆来顺受，就失去人的尊严；如果你为此自杀，就是叛变革命。你活也不是死也不是，活着比死还难受。你自己也没料到，你死在恰到好处的时间——建国前；恰到好处的地点——锦州前线；恰到好处的空间——完成了炮兵创建。

建国后的功臣们，每当上天无路入地无门时，朱瑞的音容笑貌就闪现在自己的面前。

朱瑞同志安息吧，你的英名永远闪耀在历史长河中！石鸿儒在辽沈战场、平津前线、反右派运动、反彭、黄、张、周运动、大跃进、滕县劳改队、陈光受难、文化大革命中，经常与朱瑞同志梦中长谈，对其结局，羡慕不已。

第二十九章　林彪三调老虎师
天津卫楼倾城破

　　林彪的性格像东北的天气一样冰冷。他生就一张毫无表情的希格拉底面孔，像有抑郁症的患者。他习惯长时间深思，不是因为喜欢沉默寡言，而是很少能遇到志同道合的谈话对象。人类太浅薄了，世上很少有几个思想深刻、见解独到、知识渊博的人。但他对粟裕、朱瑞印象良好。

　　巨大的辽西战役结束了，应该做一份精彩的战争总结，把这份总结载入历史、载入军校教材。尽管东北雄兵百万、战将如云，但能执笔的人少之又少，为此林彪苦思冥想。

　　如叫刘亚楼总结，他报上来的准是战争进度表和罗列一些枯燥无味的具体数字。其他人可能连进度表、战争数字也写不出来。朱瑞能帮帮忙，可惜他不该提前退出历史舞台。

　　林彪习惯趴在椅背上看地图，其实地图上的标记全不在他眼里，他只是借用这个姿势进行思考。一旦离开地图，就会思绪混乱，脑子一片荒芜。地图对林彪就像女人对李斯特一样，没有女人陪伴，就谱不出传世佳作。现在林彪正趴在椅背上，自己在脑子里作战争总结。

　　进入沈阳后驻进马路湾原卫立煌的司令部，这儿的生活与办公条件与双城吴大舌头官邸相比有天壤之别，但他仍想念吴大舌头大院的宁静，以及大院南边开阔的操场。在整整三年内战中，林彪千百次观察过像羊头般的东北大地图，但对这张地图并没有多少感情。自辽西战役结束后，他对墙上的东北地图倍感亲切，因为东北已完全变成自己的地盘。在哈尔滨总工会大礼堂报告时，非常担心自己变成无家可归的叫花子，而现在杜聿明、陈诚、卫立煌确实变成了无家可归的叫花子了。此一时彼一时，当时我军如惊弓之鸟，狼狈不堪。东北的面积相当于德、法两个欧洲大国之和。其矿藏、木材、粮食超过德、法两国。东北将变成支援全國戰爭的大後方，東北的軍工、機械、鐵路、鋼鐵、煤炭、電力都是全國之最。

地圖上令林彪印象最深的莫過於中長鐵路及北寧路。由1945年11月16日撤出山海關、26日撤出錦州，1946年3月13日蘇軍撤出瀋陽，國軍五十二軍隨即佔據。4月14日蘇軍撤出長春，陳光指揮七師於18日收復長春。4月17日至5月18日進行四平保衛戰，失敗後一直跑到哈爾濱。

1947年1月2日，發動第一次冬季攻勢，打敗孫立人的新一軍，從此開始反攻，我軍由北逃變為南追。以後的戰爭一直順著長春、四平、瀋陽、錦州這條鐵路線進行。

現在這條鐵路線不僅全為我有，這條鐵路線上大中城市以及全東北已都為我所有，林彪首次感到自己太富有了。他的視線落在地圖上的錦州、塔山與胡家窩棚。東北最後一戰的鏈鎖勝利由多種因素促成，這次大獲全勝出乎意料。三十一小時快速攻佔錦州取決於龍師的連續縱深爆破及炮兵縱隊的縱深射擊。炸藥包是步兵的手提大炮，不僅對地堡、樓房、城牆有巨大威力，在反坦克方面也是最有效的反坦克炮。

朱瑞創建的炮兵縱隊在錦州攻堅戰中發揮了巨大成功。逼近縱深射擊技術逐漸成熟，摧毀樓房有明顯進步，但對地堡的摧毀尚有待提高。關鍵是如何提高地堡測量的準確性。準確性差，炮彈浪費大。四縱隊的塔山阻擊戰打得很成功。

在保障錦州攻堅戰的安全進行方面，胡奇才立了大功。塔山雖幾次易手，但終於奪回來守得住。塔山的勝利防守表明，四縱隊的主力地位不低於任何縱隊。在兩天內全部消滅廖兵團的五個主力軍與韓先楚的七師二十一團三營八連三排，機密快速地滲透進胡家窩棚是關鍵，一舉打掉廖兵團司令部及三個主力軍軍部，使敵人群龍無首，秩序大亂。遼西戰役在戰爭史可增寫兩大奇蹟，一是在三十一小時內攻克一座固若金湯的中等城市，全殲十數萬守軍；二是在四十八小時內全殲全國最精銳的一個兵團的五個主力軍，其中包括兩個王牌。

三年的東北內戰已經結束，對各部隊的戰績及高級將領們的功勞需要進行總結排隊。自1946年10月組編五個主力縱隊及炮兵司令部以來，根據其戰績與對東北戰局的影響排列如下：炮兵司令部、六縱隊、一縱隊、三縱隊、四縱隊、二縱隊。1946年10月炮兵部隊完成組建，稱之為炮兵司令部而不是炮兵纵队，林彪是有想法的。炮兵作为独立兵种，自南昌起义直到今天，是第一次出现的建军新课题，这对我军由运动战转向攻城阵地战具有划时代的意义，这是军队由非正规走向正规的标志。其次，朱瑞将军是创建炮兵的开天鼻祖，为炮兵建设鞠躬尽瘁，如把炮兵、步兵同称为纵队，无疑贬低了朱瑞将军的创举与政治地位。炮兵司令部称谓代表全国、全军的统一称谓，炮兵纵队的称谓是局限于东北野战军的范畴。四战四平二十二小时获得成功；攻打锦州三十一小时取得速胜，都是由炮兵抵近射击、纵深打击取得的胜利。我军由战略防守转入进攻，战争形势发生质的变化，炮兵的作用是显而易见的。

六纵队在焦家焦、城子街、小丰满先后消灭新一军五十师、新三十师及新三十八师各一个团，从此新一军的战斗力一蹶不振，孙立人因咎被贬；在吉昌镇地区消灭六十军暂二十一师，此外对消灭新五军、阻击廖兵团返回沈阳做出了贡献。十七师在攻坚四平，特别是攻坚锦州成绩突出，在全军树立了攻坚标兵的形象，故排第二。

一纵队在拉法新站消灭新六军一个加强团，阻止了杜聿明的追击的步伐；在其塔木消灭新三十八师一一三团，这是远征缅甸最露脸的一个团；在郭家屯、姜家屯配合二纵队消灭七十一军八十八师；在攻打锦州作为预备队，没落着打仗，这支部队战斗力很强，但没遇到好机会，应排在六纵队之后，为第三位。

四纵队在新开岭全歼远征军第五十二军的千里驹---第二十五师，表现优秀，创一个纵队单独消灭一个完整美械化主力师之先例；塔山阻击战也为全军阻击战树立了榜样，因此排行第四。

三纵队在威远堡用剖腹掏心的战术一举吃掉五十三军一一六师；以同样的战术，悄悄地渗入廖兵团的腹地---胡家窝棚。一个排突然打掉廖兵团的司令部、新六军军部，几乎同时，三纵队其他部队也打掉了新一军及新三军的军部，为消灭廖兵团立了关键的一大功。三纵队也曾参加锦州的主攻任务，因此三纵队排第五。

第二纵队在怀德几乎消灭新一军刚补充的一个团；与七纵消灭敌一个师，也参加了锦州的主攻任务。排行第六。

东北名将排行榜次序是：朱瑞、陈光、韩先楚、胡奇才、龙书金、梁兴初、李作鹏。炮兵司令朱瑞是炮兵之父；六纵队司令陈光打败新一军，把孙立人拉下马；三纵队司令韩先楚擅长剖腹掏心战术；四纵队司令胡奇才善于诱敌入瓮和顽强阻击；十七师师长龙书金是攻坚老虎；一师师长梁兴初善打硬仗；十六师师长李作鹏擅打野战。以上六位名将所以成名都有战术创新，各有所长。

林彪的战争总结还包括取得胜利的五大法宝。其中包括二大战略法宝、三大战术法宝。

一大战略法宝是借土改之名行扩军之实；另一法宝是不计较一城一池得失，集中优势兵力消灭敌人一点，保存与扩大自己的有生力量为目的。三年战争中我军整师、整军、整兵团地吃掉敌人，而敌人无法消灭我一个整营。三大战术是围点打援，纵深爆破及强大的炮兵抵近射击、步炮协同的攻坚娴熟技术。

围点打援的经典战例是围攻其塔木一个营；在张麻子沟、焦家岭消灭孙立人援兵两个团；围攻锦州守敌十万，消灭廖耀湘援兵五个精锐军。

林彪很客观，不但总结了过五关斩六将的荣耀，也正视两败四平一败德惠的耻辱。四大失败教训是，一自己没亲临现场；二情报不明；三攻城部队不足；四步炮协同脱节。锦州攻坚接受了以上四大教训所以获得速胜。四大失败教训也说明一个真理：历史上没有常胜将军，包括项羽、拿破仑、隆美尔、朱可夫、山本五十六、薛岳、孙立人、粟裕，还有自己。

天色已晚，林彪还在总结。辽西战役是决定国共两军胜败的战役，我国历代以中原决定胜负，这是第一次以塞北为主战场。现在东北胜利了，全国战争仍在继续，还不到马放南山、刀枪入库的时候，还需要继续扩大军力，充实装备。部队需要休整三两个月，然后进关作战，把三十三万俘虏兵中的二十五万补充部队，再扩编四个纵队。把缴获的榴弹炮增编三个炮兵师。进关的时候就有浩浩荡荡的百万大军，好不荣耀。

可是林彪又想，百万大军荣耀是荣耀，但是需要火车、汽车供应百万大军的吃、喝、穿、睡。屈指算来，关内军事集团有北平的傅作义、徐州的刘峙、西安胡宗南、武汉白崇禧、京沪汤恩伯、广州薛岳等六大集团。平均每个集团有四五十万人。他们的战斗力远逊于卫立煌、廖耀湘集团。目前东北野战军八十万，在战争中可以一次吃掉六大集团中的任何一个，如部队为百万，也不能同时吃掉两个集团。仍以目前八十万为宜，勿需扩大，还是稳扎稳打为好，但是三个榴弹炮师还是要增编。

林彪站起来，走到窗前，伸了伸懒腰，打一打哈欠，自言自语道："好好睡一觉吧，东北已经没事了，不用我操心了。"躺在床上，突然想起令他生气的一件事。五十二军在营口逃掉万把人，毛泽东极不满意。五十万敌军漏掉五十分之一，还横指鼻子竖挑眼，吹毛求疵！谁也不能保证吃饭不掉一粒米！林彪越想越气，竟一夜没睡着。

林彪不仅为自己的部队作了总结，还为卫立煌、廖耀湘作了总结。如果廖耀湘听卫立煌的不增援锦州，廖兵团不会覆没；如果听蒋介石直接冲向锦州我军可能就重蹈三战四平的覆辙，廖兵团可能大胜。廖耀湘犹豫不决，既不冲向锦州又不返回沈阳；既要听从最高统帅的旨意，又要兼顾顶头上司的命令，致使三军覆没，很为廖耀湘惋惜！如果廖兵团安全地退回沈阳，沈阳守军将有三十万之众，可能重现廉颇守长平、苏军守列宁城的长期相持局面，东北战争不但1948年解决不了，1949年甚至1950年也解决不了。在一个巨大的工业城市里要消灭三十万装备精良、训练有素的守军谈何容易！目前，我东北野战军还没练出这样硬的牙口。

林彪计划让苦战了四个月的战士们休整两三个月，全军太疲劳了。许多战士因过度疲劳、营养不良而患上肺结核。可是毛泽东一点也没感到疲劳，他想一口吞掉中国，两口吞掉地球，命令林彪发扬连续作战的精神，立刻整装入关。在大部队出发前，先派两个先遣纵队由热河入关，其他部队也要夜行晓隐秘密入关，林彪只能从命。

1948年11月2日占领沈阳，十二个纵队的七个在沈阳附近，三个在营口。四纵队与十一纵队仍留在他们打阻击战的锦州以南地区。11月9日杜聿明把候镜如兵团由海路撤往塘沽，林彪命令第四及第十一纵队于11月12日，占领承德，然后立刻由北平东面的古北口秘密入关，经密云、怀柔插到北平西边的怀来，截断北平与张家口、绥远的联系。在林彪看来，这是一步险棋。如果傅作义以逸待劳指挥三、四个军在怀柔地区插上包围圈。本来在塔山伤亡很大又极度疲劳的两个纵队有覆没的危险。

于11月23日，林彪兵分三路快速入关，右路走冷口；中路走喜峰口；左路走山海关，尾随两个先遣纵队之后，以资呼应。

东北五十万国军覆没后，华北剿总司令傅作义已成惊弓之鸟，只有招架之功，无有还手之力，所以林彪的两个先遣纵队招摇过市，傅作义不敢损其毫毛。12月22至24日，东北两个纵队配合华北杨得志及杨成武两个兵团，在新保安张家口地区轻而易举地吃掉了傅作义的王牌三十五军两个师两万多人及十一兵团七个师，近八万人。从此拉开了平津战役的序幕。

华北守军傅作义部有十三个军四十四个师，六十万人。华北共军有三个兵团八个纵队约二十万人。华北部队每个纵队二至三个师，每个师七八千人，每个纵队约一万五千至两万三千人不等。东北共军每个纵队四个师，每个师一万五千人，纵队还有直属炮兵团、警卫团、辎重营等，每个纵队有五万八千至六万三千人。东北一个纵队人数相当于华北半个兵团，其火力相当于华北三个兵团。

12月12日，东北共军抵达蓟县、玉田、宝坻；12月20日，东北共军第五、十一、三纵队攻占丰台、海淀及南苑飞机场，完成对北平的包围；第六、一、十纵队进入廊坊、马头镇、通县，阻断了平津之间的联系；第七、八、九纵队占领唐山、军粮城、杨村、杨柳青等地，阻断了天津与溏沽的联系，形成对天津的包围。六纵队司令部与林彪总都驻在蓟县。

天津警备司令官为陈长捷，守军有两个军十个师及地方部队共十三万人。天津守军战斗力比锦州强，人数比锦州多，防御工事比锦州坚固。天津是我国北方名城，与上海、北平齐名，高楼林立、河渠纵横，易守难攻。陈长捷在天津城外造成十公里的真空地带，清除一切房屋、树林，布雷四万颗；在各十字路口、巷口建立钢筋水泥碉堡、地堡数千个；有四十多公里的护城河，水深三米；绕河有电网，整个天津卫变成水泼不进、鸟飞不进的一座庞大无比的碉堡。

攻打天津的总指挥为参谋长刘亚楼，参战部队有一、二、七、八、九纵队，六纵队十七师为预备队，还有炮兵部队的上千门大炮，共二十个师三十四万人。第十二纵队临近溏沽候境如的十七兵团。第三、五、六、十、十一纵队驻扎在丰台、大兴、通县、香河一线，阻击北平守军向天津、秦皇岛突围。第四纵队与华北杨得志第二兵团布防石景山、门头沟、南口、昌平一线以防傅作义西窜绥远。

天津总攻即将开始的时候，林彪规定老虎师属第一纵队李天佑指挥。李天佑与龙书金进行战前协商时，龙书金提出要求攻打陈长捷指挥中心的核心工事。1937年9月平型关战斗时，李天佑是主攻部队六八五团团长。龙书金当时是他手下的连长，李天佑不耐烦龙书金的贪得无厌："攻坚四平时，你打了陈明仁的指挥中心大红楼，攻坚锦州时你又打了范汉杰的指挥中心铁路局大楼。今天你又要求打陈长捷的指挥中心，你还叫一纵队抬起头来吗？"龙书金还没听完就哈哈大笑起来，说："打陈明仁的指挥中心是你指挥我打的嘛，今天打陈长捷的指挥中心还是你指挥我嘛，你是我的老首长，我是你的老部下，永远错不了嘛。我老龙的成绩就是李司令领导有方嘛，不能分彼此你我嘛。"龙书金的憨笑及肺腑之言，令李天佑不好与老部下争功，只能向龙书金委婉解释："老龙啊，我们是老战友不错，可是你现在归六纵队。在锦州我们一纵队没捞着打仗，目前打天津再捞不着打陈长捷的脑袋，憋足了气的一师能干吗？不给我面子没关系，怎么也得给一师留点面子吧。你就别跟一师争啦，下次打北平傅作义的指挥中心让给你。"

李天佑把与龙书金的僵持反映给前线总指挥刘亚楼。刘亚楼通知龙书金来前指一趟。龙书金进门，打完敬礼还没坐稳，刘亚楼说："你十七师归前指指挥。"龙书金说："命令上规定我们不是属一纵队指挥吗？"刘亚楼说："怎么？我这个前线总指挥指挥不了你呀？"龙书金连忙说："首长不能这么说呀。"

1949年元月14日上午十时天津总攻开始。上千门大炮一齐怒吼，四十分钟后突破口被炮火撕开。第一、二纵队为西集团，由李天佑指挥，由东郊门往东打，为第一主攻方向，大炮、坦克拨给西集团三分之二；第七、八纵队为东集团，由邓华指挥，由民族门向西打，为第二主攻方向；第九纵队为南集团向北打，为助攻；独立四师、独立七师在城北佯攻；老虎师为总预备队，属前线总指挥刘亚楼指挥。在二十二个步兵师、二个炮兵师、一个坦克师中，老虎师是唯一直接接受前线总指挥部指挥的一个师。

总攻前，龙书金在全师连长以上干部动员会上说："现在天津攻坚战即将打响。中将陈长捷为天津警备司令。警备司令部为指挥中心，守军有两个军、十个师加保安团部队共十三万人。我军参战部队有一、二、七、八、九纵队、两个炮兵师、一个坦克师，我师为总预备队共三十四万人，与敌人比为三比一。我师自抗战后期即开始锻炼攻坚战，利津城、田柳庄、商河城三大攻坚战的成功，提高了我师的攻坚能力，并探索出连续纵深爆破与迫近地下坑道作业战术。林总戏称我师的炸药包为步兵的手提大炮。来东北后，在四平、锦州显示了手提大炮的厉害。历史是发展的，抗战后期我师的前身只是渤海军区不足四千人的三个小团。现在的四十九团底子是直属团、五十团是四军分区的独立团、五十一团底子是二军分区的三个独立大队。现在我师已发展到一万五千人，还有炮兵营、警卫营、工兵连等，各团又有炮兵连、重机枪连、警卫连等，人数增加四倍；火力增加十倍。瞄枪换炮了，我师硬起来了。我们硬起来了，敌人也硬起来了。陈明仁、范汉杰和目前的陈长捷比马成龙、田三秃子、李光明硬多了。他们的防御工事、火力比汉奸们也强大多少倍，不能轻敌，否则要吃亏的。攻坚德惠，我们就吃亏了嘛！德惠、四平攻坚失败固然有多方原因，但有一个非常重要的原因就是步炮协同脱节。朱瑞同志为此为我们办了培训班，在锦州攻坚也接受了朱瑞同志的理论指导，步炮配合大为改进，所以取得速胜。日前，攻坚天津除了要继续完善纵深连续爆破战术外，千万要指挥好步炮协同。为此，我专门请来炮兵司令部的一位专家，今天给大家讲解一下。这次攻坚，每个团攻两条街，留一个营作为预备队，师预备队是警卫营。纵队炮兵团拨给我们两个营，总部炮兵纵队拨给我们一个团。炮兵集中在师部使用，哪儿需要就向哪打，但要指挥无误。加上师炮兵营，目前我师有三个步兵团、两个炮兵团，再加上我们的手提大炮，天津就是有铜墙铁壁也把它砸个稀巴烂。"

龙书金的讲话被掌声打断，他憨笑了一下，继续说："我师这次攻坚任务是天津自来水厂、南开中学、海光寺、电车厂、罗斯福大街、中央医院、英法租界，都是高楼林立的地区，特别是海光寺是全市最重要的火力支撑点之一。它的坚固性不次于警备司令部的核心工事，所不同的是陈长杰不在里头。"大家听了都露出诧异的目光，互相轻声嘀咕，好像都在质问，为什么不让我们攻打警备司令部？

龙书金最后说："请大家谅解，东北百万大军，不能把便宜都让给我们十七师。我们在四平、锦州已经打出了名堂。一纵队特别是一师在锦州是预备队，没排上用场，大家说窝火不？一师、十六师是全军主力，这次在天津不叫一师出口气行不？为此，李天佑司令给我作了很长时间的工作。这次把攻打核心工事的任务让给一师老大哥，让他们露露脸，大家说行不行？"下边说"行"的声音不太响。龙书金又扯开喉咙问了一遍："行不行？"大家齐声高喊："行！"龙书金在台上憨笑起来，感染得全场大笑。天津总攻前两小时，北平剿总副总司令邓宝珊代表傅作义来蓟县孟家楼林彪总部谈判。林彪不擅巧舌，对不着边际的马拉松式谈判不耐烦了："邓将军，再过两小时我们就攻打天津了，我已于昨天发布了作战令。"聂荣臻接着说："所以说，这次谈判不再包括天津。"

邓宝珊愣了愣说："你们计划要打多久？"问完后自言自语道："恐怕三十天也打不下来。"林彪轻蔑地笑了笑说："用不了那么多时间，我看有三天足够了。"邓宝珊惊愕地望着林彪，以为听错了，说："你不是在开玩笑吧？马上要打天津了，你怎么还坐在这儿呢？"林彪淡淡地说："天津用不上我，那里有一个刘亚楼，你知道他是我们的参谋长。我们将三天打下天津，不信，可以打赌。"

天津的防御工事南面最坚固，其次是北面。东西较差，中间最弱。一月的节气有小寒及大寒，是全年最寒冷的时候，故称孟冬。林彪怕冷，不能亲临前线。天津前线指挥必须具备兵团级以上级别的将军，而且有战役指挥能力。选来选去，像许世友、陈士榘那样的战役指挥员，在东北共军中稀罕。朱瑞与陈光也曾不断地浮现在林彪的脑海里，但最后勉强选上刘亚楼。

刘亚楼指挥西、东两个集团向心性对进，把天津拦腰截为两段，然后再向北、南分割，最后分片围歼。刘亚楼把战术总结为：东西对进，拦腰截断；先南后北，先割后歼，先吃肉后啃骨头。

刘亚楼把老虎师放在工事最坚固的南面。1月14日十点，天津总攻开始。15日五点，东、西两集团军在金汤桥会师，完成了拦腰截断；然后南、北分割围歼。十五日八时，老虎师一路爆破加炮轰碾碎了全市主要火力支撑点——海光寺。十时，一师攻克警备司令部，活捉陈长捷。

下午三时，战斗结束，战斗歼敌十三万，其中老虎师歼敌八千多，是天津战役歼敌最多的一个师。耗时二十九个小时，比攻克锦州少两小时。邓宝珊幸亏没跟林彪打赌，否则必输无疑。

1月17日，塘沽守军侯镜如第十七兵团五个师，约五万人乘船南逃。天津攻克五天后，20日国共于北平签订和平协议。31日，北平宣布和平解放，傅作义二十五万部队开出北平城听候改编。平津战役历时五十六天，消灭国军三个兵团、十三个军共五十二万人。辽西战役歼敌四个兵团、十一个军、四十六个师计四十七万人，连续作战屈指算来一百零六天，消灭国军一百零一个师，平均每日消灭一个师，每日消灭一万人。

1月10日，华东野战军进行的淮海战役结束。战役历时六十五天，消灭国军五十六个师，共五十五万人。平均每天歼敌八千多。东北、华东两支共军大战141天，在辽西、淮海、平津三地区共消灭国军156个师，合150万人，平均每天消灭一个多师。国军主力被歼殆尽，大规模战争已经结束。中国的历史面貌将由白变红，国家局势发生质的变化。国军由大变小、由强变弱、由进攻到溃败；共军胜券在握，以后的战争形式只是追击土崩瓦解的散兵游勇而已，有组织的、大规模抵抗不会再现。

胜利是把双刃剑，可给人带来欢乐，也可给人带来败亡。使人败亡的机率大于欢乐。胜利必然诱发骄傲、贪婪、昏庸和虚伪。人无一例外的惯性是一阔脸就变、官大脾气长，以奴隶主自居、以统治者为荣，这就为胜利者埋下的悲剧的种子。

三大战役使西柏坡的毛泽东翩翩起舞。胜利啊，太令人陶醉了！而南京的蒋介石第一次品味到李后主的亡国之音：问君能有几多愁，恰似一江春水向东流。他骂南京这个鬼地方，谁在此建都谁短命。他后悔应在重庆，不还都多好啊。

聂荣臻的政治谋略优于军事韬略。傅作义于1月20日投降签字后的当天，聂荣臻就建议举行北平入城式。林彪一向不苟言笑，这次对聂荣臻的建议眼睛发亮而面露微笑，心想：心有灵犀一点通。确是多年的好政委！聂荣臻还建议，阅兵台设在前门箭楼，不能设在天安门。林彪猜想：天安门是紫禁城的正南门，如在紫禁城的门楼上阅兵就有登基之嫌，将后患无穷。而选在前门就不会引起他人猜忌。

　　事后，大军南下之前，林彪要求聂荣臻替换罗荣桓再回来为他当政委。其实，聂荣臻提议举行入城式是一箭双鵰的。表面目的是张扬革命力量的强大，对外产生凝慑，对内增进凝聚力；其次是表彰林彪军功天下无双，也等于为他的后台毛泽东增光。再次是聂荣臻属周派，林彪是毛派，聂林的亲密无间表明周毛之间的无芥蒂，麻痹毛泽东对周派的敌意，但其深远的目的是利用毛泽东的无限权力欲及多疑性格，极力宣扬林彪的威望与实力，促使毛派内部斗争，进而令毛泽东及其山头在世人面前出丑。聂荣臻的政治技艺能瞒过林彪，但瞒不过火眼金睛的毛泽东。对方的手法越无懈可击，越引起毛的警惕。

　　1938年初毛命令一一五师一分为二就是嫌聂荣臻太精明，林彪不是他的对手，久而久之，怕一一五师和一二九、一二零师一样，都变成周家羽林军。毛泽东既嫉妒又羡慕周恩来，为什么像聂荣臻、朱瑞、粟裕这些文武双全的优秀人物都是他的朋友？林彪军事上机灵、政治上迟钝，关于1938年一一五师大分家，时至今日林彪仍不知个中缘由。而现在他居然要求聂荣臻回去当他的政委，林彪在政治上的憨态可掬，同时引起毛泽东与聂荣臻的讥笑。但林彪之所以得宠于毛泽东，正是因为他是军事伟人、政治侏儒。1949年入城式由兵团司令程子华指挥。2月3日上午十时，站在前门箭楼上的林彪，望着潮水般的大炮、坦克、汽车、骑兵及闻名塔山的四纵队官兵，他心潮澎湃。此时此刻，他回忆起1941年10月革命节的红场，斯大林阅兵的壮观场面也不过如此而已。对北京入城式，毛泽东还是满意的，不管包含聂荣臻的多少政治题材，只是心照不宣罢了。

　　平津战役结束后不久聂荣臻被任命为中共中央军事委员会副总参谋长（周恩来为总参谋长，叶剑英为解放军总部参谋长）。

　　1949年3月25日上午七时，毛泽东由西柏坡进住北京紫禁城。

　　1947年3月18日延安失守，彭德怀率领仅有的两万多部队在陕北打游击。中共中央警卫团仅有区区两个连保护毛泽东在陕北夜出昼隐，与胡宗南部二十七万大军捉迷藏。

　　1948年3月3日，彭德怀在宜川县瓦子街歼灭胡宗南五个旅近三万人，此役扭转了陕北共军的颓势，不久就收复了延安。3月23日，毛泽东在吴堡县川口，率领两个警卫连东渡黄河，结束了整整一年的游击队生活，告别了陕北黑窑洞及山沟荒坡，转移到华北平原，住进西柏坡的平顶房。尽管平顶房矮得伸手可及房檐，狭小得足可限制肥胖的毛泽东的自由转身，但毕竟比陕北黑窑洞豪华多了。由于林彪把卫立煌打倒在地，又逼着傅作义交了枪，同时粟裕又逮住杜聿明，结果天下大变，今非夕比了。毛泽东在平山县的小平房里足足住了一年，现在要搬进雕栏玉砌、飞檐画栋的紫禁城。

中共中央军事委员会及解放军总部，除毛泽东外，其他四人都属周恩来一派的人马，包括朱德、聂荣臻、叶剑英。其中聂荣臻兼平津警备区司令；叶剑英兼北平市长。周派各大将必须将毛泽东进京安排得如同登基加冕、盛况空前。把他几十年的梦幻实实在在地呈现在他面前。以周恩来为首，中央成立了一个中共进京转移委员会。

3月24日，从东北野战军中抽调大小汽车两百辆，开往西柏坡，搬家备用。自24日开始搬家，沿线警卫部队分工包段。驻在阜平县的华北杨得志第二兵团六万多人负责西柏坡、平山、石家庄、保定到高碑店之南一线警卫，在保定吃午饭；自高碑店、涿县、长辛店以南一线为东北第五纵队六万多人警卫，在涿县五纵队司令部住宿、吃晚饭；自长辛店至西直门一线为东北第四纵队六万多人警卫；自西直门至香山为东北第八纵队二十三师一万五千人警卫，以后这支部队改为中央警卫部队；空中保卫由刘亚楼负责。叶剑英乘专列由北平到涿县迎接。专列于25日凌晨自涿县开出北上，七时到达北平。

下午三时在西郊机场举行阅兵式，参加阅兵的除了毛泽东、朱德、周恩来、刘少奇、任弼时外，还有林彪、聂荣臻、叶剑英、罗荣桓以及四纵队负责人吴克华、莫文骅等。参加检阅的部队均为东北野战军，包括炮兵、坦克兵。四纵队连以上干部以及塔山英雄团、塔山守备英雄团和白山英雄团，这是中国共军自南昌起义以来，首次举行阅兵式，而阅兵地点在古都北平，这象征中国历史已掀开新的篇章。

毛泽东乘敞车来到几百门大炮、几百辆坦克队列前，他激动地举起手高呼："同志们好！"差一点错呼成"大炮好！"枪杆子出政权嘛，炮筒子必然出金銮殿。1947年毛泽东在荒凉的陕北领导两个连打游击，而今是十八个师、五百门大炮、两百辆坦克、二十万大军保护他进京。

任何皇帝的加冕盛况也不如毛皇帝威风露脸，虚荣心与权力欲得到了极大的满足。

今日西郊机场的辉煌，被宣传是出自于伟大领袖的正确领导，而与四平红楼、锦州铁路局大楼、天津海光寺前成片成片倒下的爆破手无关！对于蔡家沟那被烧焦了的四十二位烈士、焦家岭三百位烈士、胡家窝棚那个一人无剩的八连三排战士更无瓜葛！史诗般的历史好像是英雄创造出来的，平头小兵只有抛头流血的份！胜利了！胜利了！人生在世，可有几时能体验到如此胜利的欢乐！毛泽东心花怒放。

但胜利与骄傲是双胞胎。中共的全国胜利，取决于三大战役；三大战役胜利取决于辽西战役；辽西战役的胜利取决于锦州的攻克；锦州的攻克取决于龙师爆破铁路局大楼指挥中心。第二个要素也取决于廖兵团的覆没；廖兵团的覆没取决于胡家窝棚遭突袭。如果不是三纵队七师二十一团三营八连三排突然打掉廖兵团指挥所及新六军军部，廖兵团将有条不紊地退回沈阳，即使担任阻击的六纵队（缺十七师）有三头六臂，也挡不住五个主力军有组织的冲击。一旦五个主力军回到沈阳，加上沈阳周福成的第八兵团，至少一年之内，东北共军啃不动沈阳的三十万守军。一年后的局势很难预测又发生什么样的戏剧性变化。如果廖兵团退回沈阳，锦州的胜利就显得苍白无力，但是没有锦州的胜利，廖兵团也不会覆没，长春的郑洞国两个军也未必投降。

如果没有辽西战役胜利，就没有平津战役。华北共军有三个兵团；每个兵团三个纵队；每个纵队两万人多点，全军主力二十五万将不敢对傅作义的六十万大军动手动脚。如果没有辽西战役的胜利，没有沈阳11月2日陷落。即使粟裕有韩信的才干，有项羽的胆略，也不敢在11月6日全面发动淮海战役，否则一旦战斗打响，侯镜如兵团由连云港登陆，与徐州杜聿明集团呼应，东西对进。蒋介石必然命令傅作义或陈长捷由平津派遣两个军占领德州、虎视济南。德州是渤海军区的主要城市，渤海军区是华东野战军的大后方。如果没有大后方支援，华东野战军将成为无源之水、无本之木。很少有人想到老虎师四十九团三营七连的爆破手炸掉铁路局大楼的范汉杰的指挥中心、三纵队七师二十一团三营八连三排，干掉的胡家窝棚廖耀湘指挥部，竟促使偌大中国历史大更迭！

周恩来为毛泽东安排的进京加冕的隆重超过历代任何皇帝。外人看来周恩来是在拍毛泽东的马屁，令人不齿。毛泽东认为周恩来对他的忠诚与崇拜堪称五体投地。但周恩来认为这恰是自己的政治杰作，用虚假的恭维，换取周派权力的稳固与扩大。周恩来的政治智慧是善于用花架子，换取巨大的政治利益。

古今中外，国家的枢纽地区是首都，谁掌握了首都的警卫部队谁坐天下。皇宫的警卫军称为羽林军，是皇帝的亲信部队。

与北平守军头目傅作义谈判的中共首席代表是东北野战军的林彪。参加北平入城式的部队是林彪的第四纵队，看来第四纵队将变为毛泽东的羽林军。

在三大战役之前，全国有东北野战军、华东野战军、华北野战军、中原野战军及西北野战军等五个野战军。三大战役结束后，西北野战军改称第一野战军；中原改为第二；华东改为第三；东北改为第四，而华北野战军改为平津警备部队。从字义上看好像平津警备部队不如野战军的称谓威武，但在政治上恰好相反。平津警卫部队司令是华北的聂荣臻。他与周恩来在法国勤工俭学、在南昌起义时已结为朋友。这说明首都的安全大权掌握在周恩来手中。不仅如此，周恩来的另一位莫逆之交叶剑英被任命北平首任市长。周恩来利用毛泽东的虚荣心搞了一套迎来送往的热闹杂耍，使其眼花缭乱。毛泽东毫无察觉地被周恩来夺去了未来首都的统治权；周恩来悄无声息地安下了自己的两位哼哈二将，为北平的守门神。

平津战役结束后，林彪对聂荣臻说："你再给我当政委好吗？"聂荣臻说："中央安排了我在平津地区的任务，不好再变。"可见大军事家在政治上多么糊涂，竟以为野战军比羽林军重要！

四年的内战结束了，即将开始和平建议，但历代封建王朝的规律是：人可共患难，不可共富贵。不知这条千百年的规律，能否在当今紫禁城重现。

三大战役的结束就等于中国持续了一百零九年的战争结束。各个单位建立了党组织外，还建立青年团、儿童团、少先队、妇女会、农会、工会、工商会。最恶毒的是在小学少先队中，只有成份好的孩子有资格入队，戴红领巾，黑九类的孩子没资格戴，给六七岁的孩子打上了阶级印记，进行羞辱。

老毛对各行各业进行垄断统治，包括三五个人的小茶馆、小理发店、小修脚店、小杂货铺、小药店、小裁缝店、自行车修理店，都得有党员当组长，党员说了算。在政治运动中，党员在几个非党员中指定斗争对象，每个党员都是老毛的打人的棍子。哪个棍子打人打得轻，就是同情敌人。同情敌人的人就是敌人，结果出现了新棍子打老棍子的闹剧。

每次政治运动中，老毛规定百分之五以上的指标，完不成指标单位就投票选举，或抓阄凑数。

毛泽东只许人民有纵的联系，由党员、团员、组长、支书、党团委会一条线。不许有横的关系，不兴交朋友。在家庭中要大义灭亲，检举父母。在群众中、党团员中也要分为积极、中等、落后分子及干部等层次。在组织机构之间也有区别，如组织部长比宣传部长红，宣传部长比统战部长红。打小报告者为靠近组织、思想进步，反之是与组织为敌、思想反动。溜虚拍马者受奖，直言者挨罚。吹牛、撒谎者受重用，实事求是者被降级。盲目服从者受提拔，独立思想者被批斗。成就突出者要削尖插白旗，庸庸碌碌者披红戴花。生产先进成果累累者，要割资本主义尾巴，宁要无产阶级的草，不要资产阶级的苗。越富越反动，越穷越光荣；知识越多越落后，无知反而越进步；越无能越被提拔，越有本事越被贬低。

为了政治运动的需要，宣传机关百般迎和毛泽东，反复地撒谎、颠倒黑白、吹牛、编造谣言。按以上斗争方式，历经十六次政治运动，毛泽东把中国折腾了二十七年，仁义礼信的文明祖国变成了牲口圈。

第三十章　积劳成疾倍思乡
祖孙泪洒北大荒

　　抗战期间，山东八路军主食为小米绿豆干饭，喷香可口。虽一月五角钱的菜津，但每餐都有白菜豆腐杂烩菜，热量营养足可保障身体健康。在战斗前还有改善生活的制度，战斗后犒赏劳军，猪肉、鸡蛋为家常便饭。战时卫生处及野战医院人员沾伤兵的光，与伤兵同一食谱，白面馒头，猪肉菜敞开肚皮吃。1945年春讨伐汉奸张景月，夏天打寿光田柳庄、秋天攻打无棣、商河，生活蛮好，馒头、猪肉、鸡蛋、西瓜成堆成嶙。当时小石吃的又白又胖。

　　日寇投降后，渤海主力出关。自驻进山海关那天始，部队食谱完全变为东北化。主食是高粱米干饭，口涩味淡，垫牙难咽，副食是土豆酸菜，又酸又棉，干噎不香，食欲大减，并大便秘结。

　　来东北三年多，小石一直不习惯东北饮食。吃饭了了，身体消瘦，又正处在生长发育的年龄，东北食谱对他的发育极为不利。来东北以后，临战之前改善生活的制度也取消了，不管战前战后，一律是高粱米。伙房偶尔煮锅猪肉菜，但东北的猪肉不如山东的香，也难激起食欲。

　　小石来东北后有两段短暂的时间生活有所改善。一段是1946年3月住在望奎县。望奎县是东北春小麦主产区，城内有一家面粉厂。部队三天两头能吃上馒头，虽然春小麦不如山东冬小麦味香可口，但比高粱米好吃多了。另一段是同年四月驻进长春关东军医院。与四平下来的伤兵同一伙房同一食谱。自撤出长春直到平津战役开始一直吃高粱米、土豆子，实在难吃难咽。在以后的年代，苏联领袖赫鲁晓夫说："到共产主义吃土豆烧牛肉"；当时小石心里想：这样的共产主义我吃不消。小石在饮食习惯上厌恶面包，吃面包就干哕。东北各城市有许多白俄，哈尔滨尤其多。他们把烤面包技术推而广之。中国人学欧化不卖馒头卖面包，铁路沿线各站到处是面包店，每次出差或转运伤兵时，买不着可口的食物，常常空腹而归，这也是他营养不良的又一原因。

东北天气严寒，寒冷消耗热量大。林彪把苏联的寒冷武器学到手，喜欢发动冬季攻势，他怕冷，冬季躲在双城吴大舌头官邸，指挥部队作战，双城有壁炉取暖。但士兵没这福分，打仗不能只选择有壁炉的地方打。寒冷对健康不利，极寒的空气进入肺脏可使肺脏贫血，抵抗力下降，容易患呼吸器官疾病，所谓"肺恶寒"是有道理的。所以东北人慢性支气管炎、肺气肿、肺结核的患病率特别高。小石也不例外也处在这个冰窟般的世界里，对他肺部健康影响极大，但最摧毁健康的莫过于昼夜不停的长途奔袭。前两年战争范围小，行军路途短，战役多在一两个月结束。但1948年9月到1949年1月，在整整五个月内打了辽沈、平津两大战役，部队不是行军就是打仗，经常二十四小时行军二百里。人体有限的体能做出了无限的消耗，出现了大批病号。小石就是其中的一个。

正好三年前的十月，小石正处在生长发育期的孩童时期，靠尚未发育成熟的两条腿由乐陵出发，一直向东北方向跋涉。穿过华北平原，跨过长城，越过东北平原抵达冰天雪地的黑龙江。以后又由黑龙江回过头来向西南方向，按原路回归。在这条通道上，不是共军打国军，就是国军打共军。国军打共军的理由是剿匪安民，共军打国军的理由是解放人民，双方的理由都很滑稽，都说是对人民好。但人民没见到任何一方的丝毫好处，自己的儿女被拉去走向不归路。这到底是政治家帮人民呢或是人民付出头颅为政治家夺王位呢？人最珍贵的是生命，双方千百万士兵的生命都没有了，还稀罕政治家许下的空头好处。

在辽西战役中，六纵队为了阻击廖兵团增援锦州，经常一昼夜行军二百里以上。廖兵团刚出沈阳时，六纵队由彰武县一天一夜赶到大虎山一线，行程二百多里。公路两旁东倒西歪的都是掉队的战士。赖传珠政委坐一辆大吉普车在部队后头负责收容，成千上万的战士让他收不胜收。一昼夜行军历程不能超过70里，这是生理允许的极限。超过这个极限将付出健康的代价。攻克锦州后，又怕廖兵团返回沈阳，六纵队又沿辽河两岸布防。在辽河两岸还没挖好工事，立刻又向西围歼廖兵团。廖兵团歼灭后，马不停蹄的向东北方向行军围攻沈阳。占领沈阳后没休息两天急急忙忙向西南方平津进军，行程两千里，直到六纵队驻进蓟县。

在行军中每人每天只吃两三碗高粱米饭，没有副食供应，二十多天的总行军，越走离家越近，山东籍的战士都很高兴。但小石高兴不起来。他每天下午发热三十八度以上，夜间盗汗，行军掉队，几次被赖传珠收容。到达蓟县后虽暂时得以休息，但病情没有好转，马克辛部长给他开了病号饭的条子。每天照顾病号吃面条，仍没有蔬菜副食。

在平津战役期间，除了十七师被调往天津前线担任主攻任务外，其他三个师与三纵队、十纵队、五纵队布防天津北平之间，任务与辽西战役相同，负责打援。在攻打天津期间，北平傅作义部队没增援天津也没向南突围。在战争空间，六纵队得到了休息的机会。阴历年初一，部队吃上饺子，天津与沈阳的铁路已恢复通车。面粉、白菜、猪肉、土豆等生活用品从东北源源不断的运到天津。1月20日傅作义签字投降，22日国军开出北平城。

29日是大年初一，大家过了一个不战而屈人之兵的春节。但小石欢乐不起来，病情持续恶化。他想家，北平到德州只有一步之遥，他想念父母、奶奶、爷爷、姑母和表姐妹，想念广德堂以及石庄的松林、破窑洞、马颊河上的芦苇及杨柳。他还想念德县县大队的人，时俊禹政委以及渤海军区卫生处的李平凡指导员。回想县大队打游击，一夜两头行军的战斗生活，伏击陈马亮伪军，开辟吴桥、抓几个据点的特务以及四位侦查员抓住土桥一个伪军中队等等，总像放电影一样在脑子里浮现。多么想回家见到自己的亲人、乡亲及战友们啊。虽身在蓟县，好像听到家乡的鸡鸣狗叫，看见了松林的松鼠蹦蹦跳跳，嗅到了家乡清新芬芳的空气，家乡太可爱了。人越有病越想家，越遇到灾难越想念亲人。小石和所有孤单的病人一样想家。现在部队离家近了，有成千上百的战士开小差跑回家看父母的。

马克辛每天来看望小石，现在部队供应充足，病号饭除了面条外，马克辛特批给小石每天增加半斤猪肉。马克辛确诊小石为肺结核，但不敢给小石说明。西医对肺结核尚没有特效治疗药物，补充营养是唯一的治疗方法。所以马克辛每天给小石特批半斤肉，还给他开了一瓶鱼肝油作为营养药物，还有维生素类。部队供给制不发任何津贴，女同志每月发五角卫生费，买草纸做月经垫子。梅玲把节省下来的卫生费给小石买花生吃，她还把病号饭面条的批条增写面粉一斤、猪肉半斤，再向火房要点油盐白菜剁成菜馅包饺子给小石吃。小石食欲大增。

火房司务长是1938年参军的老八路，平原县人，跟小石既是老乡又是战友，所以每天给小石的肉、面、菜、油比批准的量多不少。梅玲每天还给小石唱他喜欢的俄罗斯民歌、弥赛亚、蝴蝶夫人、茶花女、英国民歌绿袖子等。车颖在宣传部里搜寻各种书籍送给小石阅读，其中有中国的、外国的、古代的、现代的、保守的、开明的、音乐的、文学的、艺术的、美术的、历史的、哲学的等等。宣传部就是缺少科学技术及外文图书。

有一天，马克辛叫小石给自己开个中药方，进行中药治疗，以填补西药的无能。小石开出一张培土生金、壮水补肺方。马克辛看后怀疑地问："你自己诊断是什么病？"小石说："肺结核，说出来把你们都会吓跑的。"马克辛笑着说："你发热盗汗的第一天，我就怀疑你患上了肺结核，西医治肺结核就是增加营养，没有好办法。不过我并没有吓跑，每天来看你呢！可能梅玲听到是肺结核要吓跑了。"梅玲说："我更跑不了，我每天给小石熬中药，直到治疗痊愈为止。"马克辛喜欢小石的忠实、博学、工作出色、谈话内容丰富，没把他当成下级而当为晚辈看待。梅玲喜欢接近小石除去马克辛的条件外，也许还有更关键的原因，不过她也说不清楚。但有一点是可以肯定的，她至少把小石当为亲弟弟看待。

小石像对长辈一样尊敬马克辛是因为他是一个高级知识分子，离乡背井参加抗战。他是六纵队六万多人中唯一的一个名牌大学毕业生，文化基础深厚。哈尔滨军医大学参军六纵队的几位大学生知识面窄、技术不精湛、综合文化水平低、语言匮乏，充其量也就是专科水平。

小石喜欢接近梅玲首先因为她是歌唱家，酷爱欧洲古典音乐，她的歌声给一个远离亲人的灵魂以无限安慰，给冰冷的军旅生活增加了许多温暖。她的峨眉秀目、朱唇皓齿、婀娜腰肢，宛似一尊玉石雕像，他与她的心相距很近，但始终没融会在一起。

3月毛泽东进京登基，黄袍加身，宴请了四野师以上干部。

4月第四野战军将南下渡江，渡江前老弱病残都留下送东北。经过两个月治疗休养及中药治疗，小石的体温已降到三十七度三左右，盗汗轻微，病情好转。马克辛决定把小石送往后方野战医院疗养，免得渡江作战长期奔袭使病情恶化。小石不愿意离开六纵队，想随军南下。马克辛说："虽然你病情缓解，但远没痊愈，怕行军劳累病情复燃。"又过了一天，马克辛接到调令，调他去重组的中央军委卫生部保健处任处长。梅玲也接到通知，长春重建电影制片厂，原满洲电影公司失散的演员、导演、摄影师、乐师、编剧等全部返回长春制片厂任职。三个人都将离开了六纵队。马克辛、梅玲离开六纵队说明新的国家初现雏形，象征革命即将胜利。小石离开六纵队说明革命不仅需要千百万人付出生命，还需要千百万人付出健康。全野战军病号统一在丰台上火车，丰台站有一家野战医院负责收容病人。六纵队二百多名病号集中在卫生部。

临上汽车的这一天，卫生部全体与小石告别，小石挥泪离开了他亲爱的六纵队。最后和他握手的是车颖、梅玲与马克辛。小石随身携带的除了简单的行李外，主要是车颖给他的一百多本书，装满一柳条包。

在丰台车站集中了两千多病号，两列火车坐得满满的。重病号车厢有硬卧铺，火车日夜不停地向东北行进。

往日是石鸿儒负责向后方医院转送伤病员，现在是被其他人转送。火车上的食物是常规的面包、香肠与白开水，石鸿儒对这些食物很熟悉。过去他转送病号也是吃同样的食物。石鸿儒厌恶面包的味道，又嫌香肠制作不卫生，在旅途中，他很少吃东西。火车足足行走了五天五夜，终于到达鸡西野战医院。离开六纵队之前，石鸿儒的发热、盗汗等症状已经缓解，但现在体温又升到三十八度。每夜汗水淋漓，头发、衬衣都湿漉漉的。离开六纵队对石鸿儒的精神刺激颇深，他从参军、抗战到现在整整五个年头了，一直没离开过这支部队。从德县大队到四十三军，名称改过多少次，但还是那支老部队。石鸿儒是在这支部队中成长起来的，在这支部队入的党，在这支部队打的仗，战友、朋友都在这支部队，他把六纵队当成自己的家。离开了这支部队就等于背井离乡。心情沉重是病情复发的主要原因，火车上的饮食不可口，没有躺卧睡眠的空间也是复发的两个因素。

鸡西医院很不正规，没有水平。在医院住了七天，只见过一次医生查房。护士每天测体温两次。吃饭没有护士照顾，也不给药吃。其实西医当时还没有治结核的药物。

七天后石鸿儒被转入密山野战医院。这所医院还多少有点医院的秩序，每天上午由一位日本女医生查房。胸部定期X线透视或拍片。日本护士每天三次测体温，并送药三次。药物仍与马克辛开的一样，有鱼肝油、维生素乙丙等，还有止咳合剂药水。其实石鸿儒并不咳嗽，这所医院对肺结核的主要治疗方法就是高蛋白食物疗法。每天每人两个鸡蛋、半斤猪肉、半斤鱼虾。每周还改善一次生活，吃一顿海参馅的饺子。医院有电影院、澡堂，图书馆每天开放。病号们戏称：医院一切条件都好，美中不足的是没给配个媳妇。密山县在东北的尽东北角，濒兴凯湖及乌苏里江，距日本海也很近。盛产鱼虾、螃蟹、海参等；人口稀少，没有工业，一望无际的大平原，天蓝、草绿、水清，空气极为新鲜，是比苏杭更理想的天堂，就是不知为啥被称为北大荒。

平津战役结束后，津浦路仍没恢复通车。石振铎与老伴商量去北平探望孙子。人人都知道平津战役是林彪部队打的，可以肯定陈光的六纵队目前也在平津两地区参战。因为这支部队是林彪的王牌。石振铎专程到了德州车站，询问去北平的通车时间。车站回答争取五一全线通车。

到五一担心林彪部队又远去了，石振铎决定骑毛驴进京看孙子。进京形式各种各样，毛泽东进京是前呼后拥，车水马龙，兴师动众，如同皇帝登基。石振铎一头小毛驴就够了。如果毛公也骑一头小毛驴进京，他将是一位比李世民更为开明的君主，将成为历史美谈。可惜老毛为人腐化多于恬淡、骄傲多于谦虚、风头多于尊让、暴躁多于冷静，更重要的是跟曹操一样，只能教我负天下人，不教天下人负我。

石振铎骑着小毛驴进入天津卫，打算在去北平之前先在天津打听准六纵队的详细驻地。小毛驴停在原陈长捷警备司令部门前，现在门上挂着：中国人民解放军天津市卫戍司令部的牌子。一位值星连长远远望着毛驴及毛驴上的老者，好像嗅到了浓浓的山东家乡味。连长快步跑上前，向老者敬了一个举手礼，然后牵着毛驴走向司令部大门，边走边问："老大爷，你是从山东来的吗？"石振铎一听挺高兴，说："是啊，我是从山东来的。"连长高兴地问："你是来找儿子的吧？"石振铎摇摇头："不，我是来找孙子的。"连长问："你孙子在哪个部队？""陈光的六纵队卫生部。"连长说："我们是一纵队一师，你先住在我们这休息几天，六纵队驻蓟县。不过六纵队十七师在天津。"

连长把毛驴栓到马厩，喂上草料，把老人安排在会客室，沏茶准备饭菜。这时，一群山东老兵围上来问长问短，就像当年在林彪司令部一样，好不热闹。一个战士说："总算见到家乡父老啦。知道了家乡的情况，乡愁去了不少。"有的战士问："家乡对淮海战役的贡献很大吧？"石振铎感慨地说："山东每个县每个村甚至每个家庭，对淮海战役的人力、物力方面都做出了贡献啊！每个县都设有支前指挥部，组织担架队，组织小推车、花轱辘车运输队，支援粮食、鞋袜、衣服、油盐等等。各县组成新兵团，补充主力部队。参战的五十多万部队中，至少有四十万是山东子弟兵。辽西、平津战役是你们打胜的，山东子弟对三大战役做出了主要贡献……"战士们七嘴八舌，觉得作为山东子弟兵无限豪迈。吃完午饭，石振铎想与龙书金见见面，就向战士们打听十七师的详细地址。战士们惊讶地问："你怎么认识龙书金的？"石振铎笑了笑说："我是他的老房东，是抗战时期的朋友。"值星连长说："龙师可是今非昔比了，现在林总誉称十七师为攻坚老虎师，小老弟的名气好像超过我们一师老大哥了。"石振铎开怀大笑："山东每家每户每个人因为有一师、十七师这样的优秀子弟兵感到无限光荣啊。你们为山东人民争光了！"战士们快乐地手舞足蹈，听到了老人的夸奖就像听到了三千万父老乡亲的赞誉声。

老人决意要去十七师。他骑上了毛驴，连长找到另一个连长来提前接班，自己骑着自行车带路，直下南开区，找到十七师师部。

十七师师部的干部，除师长龙书金、政委徐斌洲外，副师长以下干部全是渤海军区的抗战老兵。龙书金、徐斌洲虽不是山东人，但他们在山东抗战八年，妻子儿女都是山东人，山东也成为他们的第二故乡，所以也跟山东人一样爱山东。

十七师值星王连长是陵县城南王马村人，与石庄相距十二里路。王连长十二、三岁时还有尿炕的毛病，是石先生给他治好的。这次老乡见老乡，激动万分。

王连长把石先生直接领进师长办公室，他在办公室门外喊了一声："报告！"推开门敬礼说："龙师长，你看谁来了。"龙书金突然站起来，快步走上前："哎哟！救命恩人来了，快！快！快请坐！"徐斌洲也站起来，同石振铎握手问候。

石振铎高兴地说："今天上午我找到卫戍区司令部，一师的同志接待了我。听他们介绍十七师变成老虎啦？可吓我一跳。"龙书金又爆发了一阵憨笑，其他同志们也跟着哄堂大笑。龙书金说："我们这支部队在渤海军区抗战的时候，就锻炼得擅长用炸药包。现在攻坚大城市派上了用场，而且取得良好的成绩，所以林总称我们为'攻坚老虎'"说完，他又哈哈笑起来。

石振铎望着大家说："渤海区子弟兵为渤海人民争光了，感谢你们啊！"龙书金说："去年夏天，我在吉林见过复生子。他们卫生部驻蓟县，你说，是把你送到蓟县纵队司令部呀，还是把复生子接到这儿来呀？现在咱有汽车啦，不是土八路了。"石振铎说："我骑毛驴来的，明天我还是骑毛驴去蓟县吧，不给你添麻烦啦。"龙书金马上说："毛驴也没关系嘛。把毛驴抱到汽车上一块拉着走。"说着，他又哈哈笑起来。徐斌洲插话："石先生明天不能走，你得给部队报告报告家乡的情况，现在一些老战士离家近了，都想家，有些开小差的。你作作报告，稳定稳定军心。"龙书金一拍脑袋说："对，对！明天召开全师排以上干部会议，地点在大光明电影院。"

石振铎几乎一夜未眠，琢磨明天的报告腹稿。第二天上午九点，石振铎在电影院向十七师全体干部作了以下报告："作为渤海区父老，我来天津看望子弟兵来着（热烈的掌声）。抗战胜利后，你们自乐陵离开家乡，挺进东北，家乡人民非常想念你们（鼓掌）。四平两次恶战，家乡父老更是放不下心。随着东北战局的逐渐好转，家乡人民的心才慢慢放下来……昨天我才得知，十七师在四平、锦州、天津的攻坚战中表现出色，被林总誉为老虎（鼓掌），家乡人民感谢你们为家乡争得了光荣（鼓掌，长时间的热烈鼓掌）。十七师确确实实是一群老虎（笑声），攻坚锦州只用了三十一个小时；攻克天津这个超级大城市只用了二十九个小时，这是世界军史上的奇迹。这个奇迹是由渤海子弟兵创造出来的。家乡人民是多么为你们骄傲啊（热烈的掌声）！你们在省外取得了辉煌的战绩，名扬全国，留在家的子弟兵也同样为革命战争做出了贡献。你们离开乐陵后，渤海区留下的主力整编为两个特务团。以后两个特务团扩编为山东第十纵队，编成第十纵队后又把地方部队编为渤海纵队。抗战结束后连你们六纵队在内，渤海区整编出三个纵队，相当一个兵团。十纵队是华东主力纵队，不管攻坚洛阳、开封，还是济南，都是打头阵，而且攻无不克。在莱芜战役、鲁南战役、孟良崮战役，消灭黄伯韬兵团、围歼黄维兵团、歼灭杜聿明集团的战斗中都是以一当十，勇往直前，战无不胜的，也为渤海区人民争得了荣誉。（热烈鼓掌）……在解放战争中，渤海区是华东野战军的大后方。渤海军区为淮海战役作出了突出贡献，及时、主动地支援前线人与物，这是淮海战役胜利的保障……希望十七师这帮老虎更上一层楼，继续为家乡争得荣誉，与兄弟的第十纵队比比赛。"徐斌洲对石先生的报告表示由衷地感谢，龙书金只是在一旁哈哈地笑。昨天夜晚人静的时候，石振铎问了龙书金左臂伤口复发的情况。龙书金也了解了石开山夫妇赴美留学的消息。下午一辆卡车停在师部门口，战士们给毛驴腹背前后栓上两条绳子，提着毛驴上了汽车。石振铎坐进驾驶楼里与老虎师的指战员挥手告别。

石振铎来到蓟县六纵队卫生部，马克辛像对长辈一样接待了他。总务科借来工兵营的吊车，把驴子吊下车。十七师的汽车返回天津。

石振铎坐了一阵子，不见孙子来，眼神发出疑问。马克辛眯缝着眼，微笑着，慢慢向石振铎解说着石鸿儒的病情："因为部队在三个月内连续进行两次大战役，中间没有休息，指战员过分劳累，营养又缺乏，不免产生一些病号。小石在结束辽西战役后，紧接着入关行军，期间开始低热，经过两个月的治疗，病情控制。部队目前将南下过江，为了使其病情稳定，避免反复，我劝他留下住院治疗。他愿意南下，不愿留下，最后决定还是把他留下住院。"

石振铎担忧地问："他住的医院在什么地方？"马克辛说："全纵队集中了两百多病号，十天前，送到鸡西野战医院去了。鸡西很远，在东北的东北角，约有四千多华里。"石振铎的心提到了嗓子眼，心里不住地一阵阵发慌，轻声问："他可能患的是什么病？"马克辛把盗汗患结核的初步诊断瞒住了："至于该确诊什么病，目前部队诊断技术缺乏，但有一点是确切的，在转院之前，体温已降为正常。胃口也很好，每天吃猪肉、水饺、面条、豆腐等高蛋白食物。"马克辛在说出高蛋白食物后马上后悔不已，因为医生肯把高蛋白食物与结核病联系起来。马克辛最怕讲话不慎引起石振铎的怀疑，结果他最怕的问题被提了出来："孩子盗汗吗？"马克辛不知如何作答，如果承认盗汗，结核的诊断就确立了。结核是不治之症，人们谈核色变。如果不承认，那是不诚实的。

马克辛支支吾吾地说：“身上可能有点潮乎，但很快就好了。”石振铎又问：“孩子吃中药了吗？”马克辛回答：“吃了两个来月。梅玲同志天天给他煎药。”石振铎似乎松了口气，说：“谢谢这位梅玲同志。他吃些什么中药？”这又把马克辛难住了，他不敢说出“培土生金”及“壮水补肺”治疗原则。因为这是治疗结核的理法。马克辛这次回答的挺快：“我不懂中医，也不认中药，他自己开方，别人照方取药。梅玲负责煎熬，到底用些什么，对中药我外行。

石振铎对孙子的病有疑虑，心中忐忑不安。晚餐虽很丰盛，但他吃得很少，也没尝出饭菜的滋味。小石的爷爷由山东来看望小石的消息很快轰动了卫生部。梅玲因为石先生的青霉素治愈了她的盆腔炎，特来卫生部办公室看望石先生。石振铎也着实感谢她给孙子煎药之劳。他问梅玲：“你把药渣滓都丢了吗？”梅玲说：“没丢，我都倒在一个大篓子里了。”石振铎焦急地说：“请你领我看看去好吗？”梅玲快活地回答：“好的，好的。”

马克辛心里又急又气：这个傻丫头，长得细皮嫩肉的，挺漂亮挺机灵，心里怎么一盆糨子。其实马克辛错怪梅玲了，她只懂声乐，不懂中药。

梅玲快快活活地带着石先生及马部长来到一个竹篓子前，石振铎抓起把药渣滓一看，心里“咯噔”一声，他有气无力地说：“这是培土生金、壮水补肺的中药。患的是肺结核无疑。”梅玲嘴直心快说：“是的，是的，马部长早已确……”这时，马克辛狠狠瞪了一下梅玲，吓得她没把话讲完。马克辛说：“只是怀疑，还没确诊。不管是什么病，治疗的效果很好。”

石振铎紧锁着眉头，决定明天一早立刻回山东家，带上盘缠去鸡西看望孙子。马克辛也同意尽快去鸡西野战医院，有了爷爷的中药调治，小石能早日恢复健康。

马克辛叫总务科王科长去找辎重营安营长。老安原是卫生部的老总务科长，去年春调往辎重营任职，马克辛要求他派一辆汽车送石先生回德州。安营长看在老上司的面子上答应了，另外他和石鸿儒感情极好，也认为这是送现役军属回家，与私与公都合乎情理，并非我老安私用公车。这位老红军粗中有细，想得挺周到。

1946年秋后在双城，老安在卫生部任总务科长时与石先生吃过几次饭，并照顾过他的日常生活。他对面前这位老先生印象深刻。老安虽没文化，但对有文化的人不但不嫉妒，反而很尊敬，所以他随车来到卫生部欢送石先生。大家谈笑间，毛驴已被吊上美制的十轮大卡车，老安、马克辛把石先生托上驾驶楼，大家挥手告别。

所谓公路，就是稍微宽点的花轱辘车道。由于战争年久失修，坑坑洼洼坎坷不平。汽车像大海中的小船，忽上忽下。汽车后的尘土像龙卷风直冲云霄。不到八百里的路，竟走了十六个小时，比撤退四平时由长春开出的伤兵战犯列车快不了多少。

半夜时分，差一点不到零点到达石庄。兄弟爷们拉来一辆花轱辘车，蹶起车尾与汽车尾部相接。毛驴像新媳妇下花轿一样哆哆嗦嗦地走来下。宫氏用鸡蛋面条招待了司机，司机睡了几个小时后返回蓟县。

宫氏是既有脾气又细心的老太太，尽管在夜间昏暗的油灯下，从老伴的脸形得知，孙子无大难但也不是一帆风顺。司机吃完饭在西里间睡熟后，石振铎告诉她孙子患病的部份实情，隐却了马克辛向他隐瞒的那部份。但宫氏知道老伴脸上的实际记录与其口头上的轻描淡写并不一致。好处是宫氏不懂医，提不出令医生张口结舌的疑问。

为了把东北的军火及物资运往长江北岸，支援即将渡江作战的部队，东北铁道兵团日夜赶修被破坏的津浦路。4月上旬，恢复了客运。

虽然山东还没有通黑龙江的直达火车，但已有分段客车，如济南通天津、天津通沈阳、沈阳通哈尔滨等车次。石振铎把家庭安排妥当，带上盘缠，第二次向黑龙江跋涉。客车行速一小时三十公里，到一个大站等一两天也买不到下站的车票。客车上也没有服务员，没有检票员。车厢比厕所还脏，尿臭味、烟臭味，垃圾成堆，粘痰、烟蒂比比皆是。满脸横肉的恶汉躺在座位上睡大觉，妇孺老人挤在通道上，站累了蹲下，蹲累了坐在肮脏的地板上，谁也不敢惹醒座位上熟睡的汉子。

石振铎属于妇孺耄耋弱势群体，自然蹲在不体面的地方。已经离开山东八九天了，终于到达哈尔滨。石振铎实在又累又眍不能继续乘车旅行，准备下车休息两天。

刘虎臣的第六纵队驻哈留守处撤销南下了，石振铎找了一家小旅店住下。火车上的恶汉不让座，旅店的臭虫不让睡。石振铎合衣躺在通铺上，臭虫像下雨前的蚂蚁一样纷纷扬扬，跟1947年夏天攻坚四平时，哈福车站大车店的臭虫一样多。不过那时石鸿儒因几天没睡觉，躺在通铺上就睡着了。这次石振铎没法入睡，他又联想到，哈尔滨香坊站是日本七三一细菌部队的细菌工厂，这些臭虫是不是日本人培养的带菌传染媒介。越想越害怕，睡意没有了。他三更半夜爬起来，走进哈尔滨车站候车室。幸运的是四月的哈尔滨虽然仍很冷，但气温已在零度以上，不会被冻死；其次是四月的哈尔滨天亮得早，早晨三点半天色就大亮，比山东提前一个多小时。

天亮了，人多了，就少些阴森恐惧感，睡神也就消失了。在疲劳、困倦、饥饿、烦恼、担忧的袭击下，石振铎对哈尔滨的鹅卵石马路、欧式建筑、顿河马拉着的四轮马车及金发碧眼的白俄毫无兴趣。目前，在他看来，人间真正的天堂是石庄，哈尔滨像地狱。在车站等了七八个小时，终于坐上了哈尔滨通牡丹江的火车。到达牡丹江已是满城灯火。他不敢再去旅店喂臭虫，就在候车室又等了一夜。

牡丹江至鸡西不通客车。石振铎坐在一列拉煤炭的小火车上，火车顶着北风而上，他被吹得满脸是黑炭末，就像刚爬出矿井的采煤工人。最出人意料的是机车经常烧不上汽，力量不足，经常误车，坐车人还得下车推火车。

牡丹江距鸡西一百二十里，火车整整走了十二个小时。到了鸡西，天也黑了。石振铎终于找着了野战医院。天黑对石振铎比较有利，因为医院的人员看不清他的脸是自然黑色还是一层炭末。医院对不远千里而来的山东军属招待有加，安排他住进医院招待所。招待所里洗澡、吃饭如同自己家一般，非常舒适。

经查找入院登记，石振铎被告知孙子两周前被转入密山结核医院。病历上记载转院时下午体温三十八度以上，有盗汗，不咳嗽，不咯痰，拟诊肺结核。尽管招待所有饭吃，有水喝，能洗澡，没臭虫，可石振铎还是睡不着觉。他心里七上八下，就像有许多蚂蚁在爬，他挂心孙子的病能否治愈。一想到孙子被疾病折磨得可能骨瘦如柴，石振铎就心慌意乱，恨不得一步跨到密山见上孙子。

第二天，石振铎跟着转送病号的火车到达密山结核病医院。这天是五一节。

这天，阳光明媚，春意盎然。漫长压抑的冬天终于远去了。石鸿儒的病情明显缓解。等军医查过房，他就往东南方向的兴凯湖滨踏青去了，虽然尚无青可踏。山东踏青最适宜的时节是清明，在4月5日前后，整个大地像铺上一张绿色大地毯，到处郁郁葱葱。但东北的清明还没出现草色遥看近却无的景色。兴凯湖中仍有冰块漂浮，寒气袭人。这样的天气一直持续到小满，和山东刚好相差一个月。

兴凯湖南岸是苏联，再往南是海参崴。海参崴是中国地名。带"崴"字的地名起源于吉林省，如汪清县有一、二、三、四、五、六道崴子，一道崴子就是第一道山沟，六道崴子就是第六条山沟。图门县有南崴子、北崴子，就是南山沟、北山沟的意思。珲春县有东崴子、西崴子，就是东山沟、西山沟的意思。弯曲不平的山沟就叫崴子。现在苏联把中国的海参崴子改称为"符拉迪沃斯托克"，就像英国人把珠穆朗玛峰改称为"艾菲尔斯峰"一样，等于这座山峰就属于英国的了。帝国主义既要中国的山峰也不放过山沟，原来兴凯湖是中国的内湖，渔民可自由打鱼，现在被帝俄割去了一大半，中国渔民不能越过分界线。

石鸿儒本来高高兴兴地来兴凯湖春游，见到兴凯湖想起了一串国耻，怎么也高兴不起来了。高兴而来，扫兴而归。

石振铎被安排在招待所住下，并把石鸿儒所在病区、病房告知他。石振铎急不可奈地到了病房。病房有三张床，其中一张床头上挂着石鸿儒的牌子，但床是空的。同室病友说小石去兴凯湖踏青去了。

孙子即能去郊外踏青，病情必然有所缓解。石振铎一直紧缩的心略微松弛了些。他告诉同室病友自己是小石的爷爷，住在招待所，小石回来后请转告。

石振铎来到了医生办公室，借阅了孙子的病历。病历上的体温降至正常十一天，三张X光片经对照阅读，右肺上野有云絮状阴影，病灶逐渐缩小，阴影逐渐转淡，这表明是浸润性肺结核吸收期。一个多月来，石振铎的心第一次舒张开，紧锁的眉头第一次松展开。X片显示的结果给他带来慰藉，这是他梦想中的治疗结果。石鸿儒回到了医院的大院子，他望见一个山东打扮的老头走进招待所大门，身影有点熟悉。是不是爷爷来了！他三步并作两步赶上去，飞快地挨门挨房地找。他推开走廊尽西头的一间房门，大喊一声："爷爷！"祖孙俩抱头痛哭！

石鸿儒抽噎着说："这儿是北天边，是中国的西伯利亚。你怎么找到这儿来啦？一路不知受了多少罪。"石振铎一面擦着泪一面说："找着你，我就放心啦。"石鸿儒拿来一块湿毛巾给爷爷擦着脸，可石振铎的泪仍然不断地流下来。

晚上，石鸿儒干脆就陪爷爷睡在了招待所。祖孙俩聊了一天一夜。石鸿儒问到奶奶的健康，爸爸妈妈的消息；外祖父母、姑妈、表姐、舅舅、姨妈、二爷爷家的情况及家乡的土改消息等等。石振铎一一向孙子介绍，最后说："你爹娘同时去国外留学这步棋既正确又是时候，否则在辽西将成为战俘，终生遗憾。在短暂的一生中，走对一步可登天，走错一步可入地。当时你爹留学的目的是为了避免爷儿俩成为两个阵营的敌人，互相对着干。谁也没想到局势变得这么快。"

石振铎继续说："国共内战，在山东打得最凶。两军一百多万人来回拉锯。山东是全国最主要的大战场，是重点战场，整个山东被打穷了。

渤海军区虽没摊上拉锯，但它是华东共军的大后方。粮食、布匹、运输工具、牲畜都支援了前线，青壮年都参了军，再加土改斗争，山东就像古战场一样凄惨凋零。咱家土地、牲畜、农具都分给了穷人，房子虽没分，但药店已变为农会的办公处。南苑子变为农会的仓库，只剩下中间的宅子啦……这倒也没关系，只若有人在，不怕没柴烧……"石鸿儒对爷爷说："爷爷，在蛟河县我碰上崔长金啦。他以打猎为生，他的隐居地点要求保密。回家不要提到他的现状及地址。"石振铎听了说："崔长金是咱当地的抗战豪杰，落得如此下场，以管窥豹可见一斑。推完磨杀驴是朱元璋的政策，怕这个政策当今也要重复……以后共产党对我的态度还不清楚，单从抗战贡献方面，我不如崔长金功劳大。但既然对崔长金如此薄情，对我不可能高抬贵手。崔长金的落魄，是给全国功臣的一个信号弹。唉，闷着头混吧，混到哪算哪……你还年轻，涉世太浅，以后事事要加倍小心啊……"

石鸿儒心想：尽管我的家庭背景不是工人阶级的同盟军，但本人从十四岁参加八路军抗战，十六岁参加中国共产党，一直生长在红旗下，吃共产党的奶水长大的，不会有大的闪失，爷爷有些过虑了。但是没有远虑必有近忧，爷爷毕竟是远见卓识的优秀人物。未来历史，怕他言中。

天亮了，祖孙俩也睡着了。

第三十一章 中医治愈沉疴顽症
石鸿儒走向新岗位

　　结核病医院医务科，把石鸿儒作为典型病例进行讨论。本院康复最快的病人是住院六个月，而石鸿儒住院不到两个月，病情几乎痊愈，X片证实，病灶已被吸收。过去几次X线检查，均诊断为浸润性肺结核进展期。他的居住环境、饮食条件、治疗方法与其他病人完全一致，为什么他的病灶吸收得快，而且快得多，至少提前四个月痊愈。讨论几次找不到原因，无果而散。

　　在一次查房中，日本女医生问小石："石君，在来本院前，进行过治疗吗？"小石答："进行过。"女医生精神一振，好像发现了什么新问题似的："吃过什么药？"小石很随便的说："中药。"女医生笑道："中药种类太多太多了，你吃的什么中药？"小石也笑了："我说出来你也不懂，吃的是培土生金，壮水补肺类的中药。"女医生听不懂，不是她的中文不好，而是不知道这八个字的意思，她要石君把这八个字写在她的小笔记本上。然后又问："在前方给你治病的是中医？"小石说："不是，是我自己开的方。"女医生更好奇啦："你是中医？"小石说："我是中医世家，已经五代传人。"日本医生哈哈大笑，用日语连说三个好！好！好！分别的时候向小石鞠躬三次，用日语连说三次谢谢。全室病友不知其中之奥秘。女医生走后大家都笑个不停："这个日本医生犯神经病。"

　　日籍女医生把自己的发现像当成科学成果一样，兴奋地反映给医务科。院方反复向石家老小两位中医座谈摸底后，决定让老石先生向全院作抗痨学术报告。大海报贴在礼堂旁布告栏里，题目是："中医抗痨学术报告会"报告人：中医内科专家石振铎先生。

　　石振铎经过三天准备，写出八千字的报告文章，题目是《中医治疗肺结核展望》文章分为一、前言；二、病因；三、征候；四、诊断；

五、中医辨证；六、中西医治疗方法对比；六、中医专方治疗。石振铎在报告会上侃侃而谈。

开宗明义："西医称肺结核是由结核杆菌感染的，中医称肺痨是由肺气虚而得。不是每个感染结核菌的人都发病，必须有适宜结核菌生长的环境。肺气虚给结核菌提供了良好的发病条件。造成肺气虚的条件多种多样，所谓肺恶寒，寒冷致使肺部血液循环不好，支气管、肺小叶容易因寒冷发生炎症。抵抗力下降、致使肺气虚，结核菌可乘虚而入。中土不实也易形成肺气虚，根据阴阳五行学说，土为金之母，土能生金。脾虚必然导致肺虚。结核病状出现在肺脏某个部位，但这不是肺脏局部疾病，而是全身疾病。由于中西文化背景迥异，产生两种观念不同的医学。西医根据解剖学，倾向于局部探索，中医根据天人相应学说，习惯于整体研究。我们中国医生的任务就是把西医的局部观与中医的整体观取长补短，融为一体，形成一种新的世界医学。盲目地排斥国外文化，迷信中国文化都是不可取的。必须以客观的态度，进行比较、研究、分析、综合，然后才有创造。对肺结核症候及诊断大家很熟悉了，在此不再多言。重点是肺结核的中药治疗。西医治疗肺结核，和其他疾病一样，致力于局部治疗。据传，治疗结核的西药已经面世，可能一两年后将出现在我国市场。西药一定是对结核菌的杀灭及局部病灶的改善。即使结核菌临时被杀灭，局部病灶有所缓解，但虚弱的整体环境没改善，仍是结核菌重新感染及结核病复发的良好条件。顺便举个例子，人体就像一个国家。陈胜吴广在大泽乡起义，不是大泽乡局部问题，而是秦国整体出了问题，即使把陈胜、吴广从局部消灭了，项梁、刘邦、英布、彭越又从其他地方起义了。秦朝要想不亡，必须进行整体调整，只顾局部修修补补无济于事。肺结核治疗必须着眼于整体。在肺痨治疗中，两个主要治疗原则就是培土生金与壮水补肺。培土健脾药有陈皮、黄芪、党参、白术、茯苓、山药、苡仁、白扁豆、大枣、干姜等；壮水益肾药有熟地、山茱萸、补骨脂、女贞子、何首乌等；补肺润肺药有：红参、蛤蚧、紫河东、胡桃、麦冬、沙参等。为了西医初学者方便，拟定了几个固定方剂，各位根据病情的辨证可对号入座。"

石振铎把专方写在黑板上。一、抗痨基础方：黄芪五钱、红参二钱、白术三钱、陈皮三钱、山药五钱、熟地六钱、山茱萸三钱、麦冬三钱、蛤蚧一对、甘草三钱、桂枝三钱、五味子三钱、。蛤蚧缺货可用紫河东粉二钱代用。二、抗痨咳嗽方：基础方加桔梗三钱、百部三钱、川贝母三钱、细辛一钱、半夏三钱。三、抗痨咯血方：基础方加白芨三钱、三七三钱、阿胶三钱（烊化）。四、抗痨虚热方：基础方加地骨皮三钱、青蒿三钱、生地黄六钱、鳖甲六钱。五、抗痨盗汗方：基础方加麻黄根五钱、煅牡蛎一两。六、肺空洞方：基础方加白芨三钱、丹参五钱。

在黑板写完处方后石先生说："病人的症状不可能按我们的处方而发作，可能同时出现几个症状或体征，我们可不能把六个处方都摆上去。应根据症状的主次及急则治标，缓则治本的原则施治。例如以咯血为主，主要参考治咯血方，其次佐以治咳嗽方。如以发热为主，主要参考抗痨虚热方，其次佐以治盗汗方。"

石先生最后重点交代说："中医把发热分为虚热与实热两类，治疗原则完全相反。虚热发病多为慢性消耗性疾病，如结核病，它的体温曲线多为下午或夜晚达到高峰，子夜后热退，多出虚汗。实热多为病毒或细菌感染，高热持续不退，不出汗。实热舌红苔黄厚，虚热舌淡苔薄白，把两种热型一定鉴别好，否则用治虚热方法治实热，越治越实，越实越热。治疗实热的参考方为：生地一两、生石膏一两、麻黄两钱、知母三钱、黄连二钱、栀子三钱、防风三钱，如瘟疫导致气血两番，加犀角粉一钱、分两次冲服。如把治实热的诸多凉药治虚热，则越治越虚，越虚越热。"报告结束，大家报以热烈掌声。

全院对石先生的抗痨报告有三种反应，多数医生反映热烈，少数医生态度冷淡，个别吃政治饭的人持反对态度。

三类人各有各的理由。反应热烈的人认为，目前西医抗痨走进死胡同，无药可治，唯一的方法就是高蛋白饮食。高蛋白饮食与中医的培土生金，壮水补肺原则相一致。患者石鸿儒确实服中药后获得良效，医院需要用中药治疗更多病例进行临床观察，是一项很好的研究课题，而且中医本身很安全，没有毒性，没有副作用，何乐而不为。如果为抗痨发现一个有效新方法，不就是对革命的贡献吗？同时认为，石先生对中西医学都造诣很深。

态度冷淡的人迷信西医，认为西医无法治疗的疾病，中医也不可能有灵丹妙药，一包树叶子，一把草根子能治好慢性病，岂非天方夜谭，简直是封建迷信。他们对西方文化崇拜地无以复加，堪称西医沙文，达到无视客观蔑视科学的程度，唯西方独尊。持反对态度的人迷信政治、崇拜苏联、敌视既往、空幻未来。上边没有文件规定要办的事，下边不能自作主张，否则是破坏民主集中，搞独立王国，现在全军倡导西医，废弃中医，我们不能独立于全军之外，苏联没有的事物，我们也不能提倡，否则会影响社会主义大家庭团结，凡是古老的，过去的东西都是反动的，应该被打倒。中医师属于千年前的封建医学，应被淘汰，将来革命胜利了，一些新鲜事物会层出不穷，会自然而然的出现新医学，苏联人民会在医学方面创造出奇迹，供我们受用。苏联会成批成批地培养出众多巴普洛夫。院长是医院的关键人物，他学的是西医，但他的祖辈与父辈两代悬壶中医，由于国民政府淘汰中医的政策，他考入西医学院，学成西医生。童年时代中医的耳濡目染，令他相信中医的伟大。他决定先建立起中药房，然后再建立中医科。因为院长相信中医，反对中医的人也就偃旗息鼓了。院长不仅是肺病专家，还兼任院党委书记，反对书记就等于反对党。反对党就是反对革命，谁也不愿因反对中医而被扣上反党反革命的帽子。当然院长也不可能采用高压手段去推广中医，不能牛不喝水强按头，任其自愿。但作为中国医生谁不学中医谁吃亏。

为了筹建中医科，医院挽留石先生参加医院工作，也就是参加革命。院长深信石先生中西医学造诣颇深，他的中医抗痨报告令全院医生大开眼界，开拓了抗痨新思路，这是东北地区极其缺乏的中医人才。石振铎婉拒了医院的挽留，理由是年龄已进入耄耋之年，在山东过了一辈子，很难再适应省外环境，特别东北的寒冬，省外老人吃不消。他的理由很正当，给对方没有回旋的余地。

石振铎心里想的没有他说的这么简单。儿孙参加抗战是为了民族危难，抗战胜利了国共大打内战，令人厌恶。儿子为了不参与内战愤然出走国外，这是极为正确的抉择，孙子却卷在政治漩涡里无力自拔，我不能继孙子再陷到儿子躲避的漩涡中。三大战役表明，共产党将赢得天下，但中国口口声声要建立一个苏联式的高压社会，脱离自己的民族传统，引进一个不伦不类的政治模式，令人百思不得其解。对目前的政治纷争，只能旁观，不能凑热闹。

石振铎回顾了一段历史：张良辅佐刘邦，目的是推翻秦朝暴政。暴政被推翻了，他却隐居微山。如今自己儿子是隐居在美国罢了。范增就不如张良有远见，秦朝被推翻，他继续辅佐刚愎自用的项羽，项羽逼他返乡，病死于途中。苏轼著文，评说范增的韬略不逊于张良。苏轼错了，至少在辅佐明君，功成身退这个节骨眼上，范增的眼力不如张良。张良辅佐的对象较宽厚，谦虚听话。范增辅佐的项羽只有匹夫之勇，骄傲、霸道、拒纳忠言。张良功成身隐，刘邦吕后还没倒出空来杀他，他就不辞而别了。范增功成不退，与项羽的矛盾重重，即使不主动返乡的话也得被杀。抗战胜利了，国共两军的英雄豪杰们，不但不隐退反而积极参与政治赌博，最后等待他们的不是家破人亡，就是遗恨千古，必然重蹈范增的后尘。

据哈尔滨铁路局公告，鉴于津浦路全线修复，三棵树到兖州的直客于5月1日开通。小石送爷爷到哈尔滨买上到德州的直通车，祖孙俩在站台上挥手告别，心里没有悲伤，也没有欢乐。小石反复地喊："奶奶爷爷保重身体！"

院长是事业心很强的人，决心建中医科。留不住老石先生，小石先生在医院的手心里攒住。叫小石在中医科任职，老石的儿子不在国内，至少每年来医院几趟看孙子，趁机请他作报告，也能提高本院的抗痨水平。院长专邀小石谈话，目的是留下他建立中医科。小石却说："痊愈后我要返回六纵队，六纵队是我的家。"院长不把小石的话信以为真。他现在就开始筹建中医科，叫小石一面养病一面工作。任命他为副科主任，并配进两位五官端正的单身女医生，中药房配进两位亭亭玉立的未婚护士当药工，不信还有不吃鱼的猫儿。中医科中药房建立起来了，但小石不上班，仍住在病房里。四位窈窕淑女轮流到病房里钓鱼，他也不上钩。院长愤怒了，不管他痊愈不痊愈把他赶出医院，送往沈阳东北军区政治部。政治部宣布，第四野战军已进入两广作战，回部队是赶不上了，在东北的伤病员，痊愈后都留在东北当地工作。小石归卫生口，到军区卫生部分配工作。小石重归六纵队的幻想被破灭了，从此再也见不到马克辛、梅玲、车颖了。

小石住在卫生部招待所。一周过去了，卫生部没人找他谈话。招待所还住着二十多个等待分配工作的人，其中有卫生队长，卫生股长、科长、部长，也有受过高等教育的医生，就是小石的职位低。

现在沈阳正组建空军医院，一部分人得悉，将被分到空军医院任职。小石觉得空军挺好玩，能上天游逛游逛，希望分到空军医院。负责分配工作的干部是医政处长，姓黄，小个子，瘦的像干虾，面色蜡黄、干瘪，像个大烟鬼，其仪表还不如林彪。星期一的这天，通知小石去医政处，小石快快活活地走进处长办公室，他没把这位貌不扬众的处长放在心上，很随便地坐在黄处长的对面。黄处长像个抑郁症病人，面无表情的问："你要求到哪儿工作？"小石蛮有把握的说："现在不是正在组建空军医院了吗？我要求到空军医院工作。"黄处长抬起他那个前锛后凿，啄木鸟般的脑瓜，狠狠盯了小石一眼说："空军医院需要高级大夫，你是哪个大学毕业？"

快乐的小石，突然像被雷击一样，头脑发麻，眼前发黑，自尊心受到伤害，等了好长一阵子愤怒的说："既然你有权力决定一切，就用不着侮辱我了。"小石退出办公室，"砰"的一声把门带上。回到招待所，蒙上被子睡了一天。

今天之所以受到侮辱是因为没有高等学历，只是那位粗鲁的黄处长表达出了人们对没文化人的蔑视。第三天，医政处给小石送来去东北军区后勤部卫生处的介绍信。小石拿到介绍信后，没有立刻到新岗位报到。受到侮辱后，几天没缓过神来。在宏大电影院、东北电影院看了几场蝴蝶、上官云珠的电影，赶走愤懑情绪，不能把沮丧的情绪带到新的工作岗位。

卫生处长姓王，面目和善，说话热情，看了介绍信及相关资料说："六纵队的干部，欢迎。六纵队是王牌纵队，我们处的保健科长是六纵的，你认识吗？""姓啥？""姓罗。"小石惊奇的喊了一声："噢！罗科长，女同志。她也在这里？这么说她的对象钱处长也留在沈阳了？"王处长说："对，他的丈夫在橡胶厂当厂长，都快五十来岁的人了，应该离开部队了。"王处长继续说："你到保健科，给你的老上司当科员怎么样？"小石说："可以，罗科长有心脏病，我可以替他多跑跑腿。"王处长说："对，他每天下午足面浮肿，你可以多帮帮她。"王处长领着小石去保健科，在走廊里就大声喊："罗科长，我给你送来个好帮手，你认识这是谁吗？"罗科长开门一看："哎呦！小石从哪里来呀？"小石高兴的问："罗科长身体好，钱处长身体好！"罗科长说：“好好好！都好！”王处长对罗科长说：“石鸿儒同志跟你当科员，你身体不好，叫小伙子替你多跑跑。”

东北是重工业区，沈阳是重工业区的核心，这都是字面上的知识。没有身临其境，不知道重工业区到底重到什么程度。保健科的工作任务是调查和预防工人的职业病，对工厂、车间及不利于工人健康的采光、通风、工业灰尘、防暑、噪音、防护器材、防护服装、头盔、手套、防护眼镜等逐一进行检查，然后向厂方提出改进建议。小石跑遍沈阳的各个兵器制造厂及军需工厂。沈阳是全国重工业区的核心，铁西区是核心的核心。进入铁西区，犹如进入洋灰烟囱的森林。最高的是冶炼厂的烟囱，距沈阳几十里就能看到，这个高入云霄的白烟囱，它代表沈阳向你招手致意，表示欢迎。铁西的街道只有两个大门，南北街只有一个东门一个西门，东西街只有一个北门一个南门。门里头是一座大工厂，一个工厂整整占一条街。门口有岗哨，院墙上设有电网，有触电即死的警示词。在上班时间，街可罗雀，下班时间车水马龙，这是铁西独特的马路风光。每个工厂都通火车。铁路修进每个组装车间及大部件车间，机器完成组装后，直接吊上火车，运往其他城市或港口。兵器厂除设在铁西区外，大东区也有许多工厂。弹药厂、枪械厂还继续生产，这些厂子的机器很陈旧，苏军没完全抢走。制造枪弹、炮弹、枪械技术较简单，老工人就能胜任，从熟练工人中提拔出来的技师可代替工程师制图领导生产。炮厂完全停工，没有制造大炮的工程师，而且制造大炮的机器，苏军抢走了。坦克厂与飞机厂也完全停工了，既没有日本工程师，机器也被苏军弄走了。制造坦克、飞机及大炮的工人没活干，他们除了打扫院子就是清理东西，组织他们政治学习。照常发工资维持生活，因为工人阶级是领导阶级嘛，没活干也不能没饭吃。

自1944年底，日本在太平洋连吃败仗。美国对日本本土连续轰炸，日本国内的兵器工厂大部搬来东北。工程师清一色日本人。苏军占领东北后，把东北的机器，特别是制造兵器的机器，抢夺一空。不但把机器抢走，把日本工程师作为战俘也押往苏联。沈阳的兵工厂，只有厂房与院墙没被搬走。各工厂满目凋零，百废待举。

不目睹沈阳各家兵器制造厂的现状，就不了解我们国家落后的程度，不仅没有自己的机器，更重要的是没有自己的工程师。机器可以到外国去买，但培养工程师非一日之功。海外留学生，都是学民用技术的，进入军工专业很困难，即使勉强进去的话，毕业后也不许回国，即使允许回国，也得把全部笔记本留下，不准携带任何技术资料为本国服务。

宋美龄建立了三所空军学校，共产党在东北建立了一所空军学校，这四所学校是培养驾驶员，及地勤人员的，没有飞机设计及制造专业。当时我国四五亿人口，但其中就没有一个飞机设计师。每个中国人应感到汗颜，没资格挤进世界民族之林。更可怕的还不是我们没有飞机设计师一类的高级工程人员，令人百思不得其解的政治口号是越白越革命。当时在《人民日报》上曾有过这样的奇闻：大学毕业的思想就不如高中毕业的进步；高中毕业就不如初中的进步；初中毕业就不如小学的进步；小学的就不如只识几个字的进步。这显然是向知识宣战，歌颂愚昧。更可怕的不是这篇文章，可怕的是这篇文章出自党的喉舌《人民日报》。《人民日报》就是共产党的心声，毛泽东的旨意。

后勤部的军需生产好于兵器生产。兵器生产主要是弹药生产，其次是枪械生产，没有重兵器生产。国内战争已进入尾声，前方缴获的武器弹药是够用了，后方生产已无足轻重。可是军队人数及规模与日俱增。解放军过江后已无仗可打，只是追击行军罢了，伤亡很少，可是后方新兵源源不断的开往前线补充部队。其次是投降、起义、和平整编的国军数量巨大。致使军鞋军装供不应求。因此军需生产规模日渐扩大并日夜加班。

在军需生产方面沈阳有三个具代表性的大厂子，一个坐落在大东区的第一被服；，一个是铁西区的毛纺厂；一个是和平区橡胶厂。被服厂的任务是为士兵生产军装，毛纺厂是为将校生产军装，橡胶厂的主要任务是生产军鞋。衡量社会进步程度是工具生产，包括生产工具、制武器工具、运载工具、科学实验工具等等。对衣服鞋袜的制作技术在五千年前就臻于完善，说明我们的军需生产并无先进可言。尽管现在的裁缝速度比古代有所改善，但裁缝的机器，剪刀是进口的，非我国生产。说明我国的经济、技术水平只达到制作衣物鞋袜的水平。而且这个水平并非每个地区都可具备，只有我国唯一的重工业中心的中心沈阳才具备，沈阳的水平就是全国最高水平。由此可了解我国工业生产水平的真实性。

小石三天调查一个工厂，第一天收集资料，第二天总结并向罗科长汇报，根据罗科长的意见拟定出建议稿，第三天向厂方提出改进建议。小石对沈阳兵器及军需各工厂的情况了如指掌，也间接的了解了我国的工业实际情况，因为军事工业，是各国工业中最先进的工业。

各工厂都设有门诊部，五千人以上的厂子，门诊部设内科、外科、化验室、X线室、药房、救护车等，医生、护士等十多人。五千人以下的厂子只有医生护士五六个人，不分科。小石在进行劳动防护调查中，各厂门诊部都给与热情帮助。开始，小石对各位医生的热情表示感谢，他越想越不对劲，后来不但不感谢而且鄙视他们。他不但鄙视护士、医生，还鄙视所有工人。小石衡量人的好坏是以抗战与反抗战为标准。

厂子的医生都毕业于日本人创办的满洲医科大学。杨靖宇烈士牺牲后，满洲医科大学解剖了杨靖宇。如果眼前这些医生即使没有亲手解剖的话，至少他们在病理解剖室进行实习观察，用烈士的躯体，增进自己的医学知识，这显然是犯罪。其次他们服务的对象是厂内的日本人，及为日本人生产武器的汉奸工人。他们对解放军干部的热情是假象，是怕受到追查和审判，他们实实在在是汉奸。

对兵器厂没活干的数万工人仍然领取工资，并称他们是国家的领导阶级。小石非常反感，这简直是好坏不分，是非不明。在抗战八年中，他们为日本鬼子生产了大量的飞机枪炮，鬼子用这些武器在北平、忻口、上海、南京、台儿庄、武汉、长沙、缅甸战役中杀了数百万中国抗日战士，他们碗里的饭不是高粱米而是抗日战士的血肉。这些汉奸工人的罪状比汪精卫、陈公博重的多。他们是什么领导阶级，是什么国家主人，他们是十恶不赦的汉奸。打龙书金、孙立人、左权、彭雪枫、戴安澜、张自忠、赵登禹、王铭章的那些武器、弹药就是这帮国家主人制造的。他们为日本鬼子服务，小石认为自己为他们的劳保进行的调查又等于为汉奸服务，因此，他工作劲头、质量、速度突然降低了。为汉奸服务可耻，至于军需工人比兵器工人的罪恶小一些，但也是汉奸。他们的被服鞋袜也为鬼子们身体保暖，起到孝子贤孙的作用。如果为了某种政治利益，硬规定工人阶级是领导阶级，是国家主人，必须除去汉奸工人，不管什么人，只要为鬼子服务的，一律按汉奸清算。同一道理，不管什么人曾为抗战服务的都应受到褒扬，他们才是黄帝的优秀子孙，是国家名正言顺的主人。这是大是大非的问题，不容倒置。如果说汉奸工人是国家主人，那么跟杨靖宇、赵一曼打游击的战士算什么？算客人？鬼子撑劲向鬼子献媚，共产党成功了变成主人，这违背天理。几年前你们怎么不跟赵尚志同志上山打游击去呀？

罗科长发现，近期小石老在办公室看书，不如前期勤跑工厂、勤总结、勤汇报了。是不是有什么心事？是家庭有困难事，还是已到了谈情说爱的年龄，吃了闭门羹？她像妈妈猜儿子的心事一样猜小石。

罗科长四十岁，在抗战期间因患有风湿性心脏病，没跟卫生处随军作战，被安排在渤海军区野战医院任医务科长。她与李盈川院长配合默契，抗战胜利后随七师来东北。在长途行军中对小石照顾有加。婚后无生育，不知是怨她，还是怨钱处长。她对小石很亲，虽没把他当成自己的儿子，但对他婆婆妈妈的照顾令小石也觉得挺舒服。小石没把她当成顶头上司，只当成长辈孝敬。

星期一大家照常来到办公室报到。罗科长问小石："怎么最近没大下厂子？有事吗？"小石跟着罗科长到了她的小办公室。他把对兵工厂工人的看法全盘说出来，最后说："马耀南被打死，龙书金被打残废，就是他们生产的子弹！我不能为汉奸服务！"

罗科长听了小石的滑稽逻辑，笑出泪来："你这是胡思乱想些什么呦，真幼稚可笑。兵器工人在失去自由的情况下为日本人进行生产，白天被管制，晚上被监视，日本人领着狼狗日夜巡逻，厂子四角有岗楼探照灯，整个工厂就是监狱。住集体宿舍，不许回家，不许与厂外人接触，更没有通信、通话自由，他们是日本人的奴隶，说打就打，说杀就杀，不给吃饱饭，有病不给看。生产的每件产品都注明生产者的代号，一旦炸弹臭了，武器出现故障，按代号追查，查出生产者就立刻当众枪毙。他们日日夜夜，战战兢兢，兵工厂就是人间地狱，怎么能说他们是汉奸呢？"

罗科长继续说："现在他们被解放了，由地狱走向人间，虽然厂子暂时没机器，没活干，他们的健康、温饱问题，理应受到照顾。你为工人们的健康做些调查研究工作，改进有损工人健康的环境，是件很有意义的工作嘛。你为劳苦大众，为最低层的人民服务，是光荣的，这哪能是为汉奸服务呢？"小石一面听一面点头说："听娘一席话，胜读十年书。"从此小石又恢复了正常工作。

　　罗科长没把小石的想入非非汇报给王处长，怕笑话他的幼稚可笑，但回家告诉了丈夫老钱。钱处长是江西人，是红二师的老兵，长征前参军，在平型关打仗的时候，任六八五团二营六连司务长，因年龄较大，负伤多次，身体矮小又虚弱，抗战中期提升为清阿军区供给处副处长，脱离第一线作战，并与罗科长结为伉俪。抗战胜利后，任山东第七师供给处长来东北。辽西战役结束后，在六纵队后勤部长的位置上转入东北军区后勤部，任橡胶厂厂长。厂长是处团级，级别不高，但年龄已过五十，健康不佳，又无文化，在橡胶厂工作轻松，等于组织照顾安度晚年。

　　一天，小石到橡胶厂进行劳保调查，钱处长老远望着小石直乐。小石朝老钱走去。两人一同走进办公室，在沙发上刚坐下，老钱自抽屉里取出一盒巧克力糖递给小石，叫他自己沏茶喝。他慢悠悠地对小石说："你娘儿俩的观点都挺精彩，一个是满眼敌人，一个是满眼朋友。说的好像还都有道理。"老钱一面吸烟咳嗽、一面断断续续说，"鬼子投降已四年了，又经国民党时期，现在兵工厂工人总数已大为减少，在鬼子时期，工人中确有汉奸、走狗、把头，这些人已被清理了。目前兵工厂的工人没活干，还得吃饭已给公家造成负担。兵工厂复工没机器，即使把机器从苏联要回来的话，那些落时的机器生产出的产品还有什么用？日本能造零式飞机，速度像乌鸦，飞得低。现在人家苏联已生产喷气式飞机，超音速，飞得又高。日本生产最厉害的大炮是加农炮，现在人家苏联生产火箭炮，加农炮还算个玩意儿吗？日本坦克只有几顿重，苏联来东北的T-34型坦克六十吨重，而且速度快，大炮口径大，打日本坦克像石头砸鸡蛋一样。所以那些日本兵器已成废铁一堆，一文不值，如果要回那些破铜烂铁，还得搭人家的情分，甚至拿我们的粮食、牛肉、鸡蛋去交换。"

　　老钱又抽了一口烟，咳嗽几声继续说："如果我们想要建设军事工业，就得引进制造喷气式飞机、火箭炮、T-34型坦克的机器。买这些机器很贵，要花很大价钱。我们目前很穷，没有钱。即使有钱的话，苏联也不一定愿意卖给我们，因为制造以上三种武器的核心技术属于国家机密。再退一步说，即使苏联出于友好愿望，能把制造武器的核心技术转让给我们，也生产不出武器来，因为我们还没有这方面的工程师及熟练工人。培养工程师可不是一年两年就能完成的事，再说我国还没有军事工程学校，即使勉强建立起这类学校来，还没这方面的教员。我们真正的难处是军工人才。"

老钱又抽了一口烟继续说："苏联红军把日本的军事工程专家抓走了，其实苏联用不上这些工程师，日本没有发展出先进军事技术。与被俘的德国工程师不同，他们掌握了飞弹及原子弹的制造技术。如果我们想建立现代化军事工业的话，就得先向苏联派遣大批留学生，培养成功后回国建学校建工厂。但是留学生先学好俄文，没有两年时间的学习，听不懂俄文课，你说，我们目前的困难够多么大呀。我进入橡胶厂半年多来，学了很多东西，深深体会到工程技术人员的重要性，产品质量好坏，机器保养与维修，工厂在同行业间能否占一席之地，主要凭工程技术人员，其次是技术工人，再次是普通工人。一个国家跟一个工厂一样，没有各方面的众多工程师，甭想建立起强盛先进的国家，这是我进入沈阳之前所不知道的，你娘儿俩把精力放在对工人态度上，放在枝节问题上，你说可笑不？"小石接着笑说："俺娘儿俩只察秋毫之末，而不见舆薪，只见树木不见森林。钱厂长对技术这么有兴趣，再过两年也学成本行专家了。"老钱说："我文化低，年龄老了，成不了专家了，可是我能为技术专家服务，发挥他们的积极性能帮我生产最好的产品。你年轻有机会可去苏联留学，学造飞机，可以在沈阳造出喷气式飞机。"小石很感谢老钱的期望。小石问："钱厂长想部队吗？我老是想六纵队。"

老钱又吸了一口烟，咳嗽几声说："怎么不想，在这支部队待了整整十年，六纵队就是我们的家。目前咱们的家已过了长沙到达衡阳了……都是北方战士，不适应南方炎热的天气，部队受罪了，伤亡不大，病号很多，减员不少。"老钱的精神一振说，"小石，你说怪不怪，同一个陈明仁，在四平跟我们打的死去活来，最后还叫他打胜了。蒋委员长还奖过他青天白日勋章，这是国家最高奖。而现在他突然投降了，真不可思议。这个人反复无常。"小石说："四平撤退时，我们卫生部的手术器械被山洪冲的无影无踪，我恨陈明仁。四十九团李团长缴获了陈明仁的高头大马，与马克辛部长交换蒙古马时，我骑着陈明仁的马试跑，多打了它几鞭子，好像打在陈明仁身上解解心头之恨似地。陈明仁是蒋介石的得意门生，黄埔一期毕业生，他为蒋介石校长立过四次大功。第一次是1925年10月，孙中山决定东征讨伐叛变陈炯明，在攻打惠州时陈明仁当时已升任连长。他第一个爬上惠州城墙，把一面旗帜插上城头，消灭了城上敌人，部队随后涌入，打下惠州城。蒋介石亲发口令，吹军号三遍向陈明仁致敬，并当场任命为营长。第二次是1943年春渡怒江主攻龙陵，经七天七夜浴血奋战，攻占龙陵城，日军松井旅团长剖腹自杀，消灭鬼子二千多。第三次是1945年1月，远征军司令卫立煌命令陈明仁军主攻回龙山，消灭日寇八百多人，当时许多盟军将领交口称赞，这一仗是指挥艺术的杰作，誉陈明仁为杰出中国名将。第四次立功是1947年6月七十一军坚守四平四十多天，巷战十九个昼夜造成我军一万三千多伤亡，迫使我军撤退，一时博得国军将领刮目相看，被晋升为第七兵团司令，并授青天白日勋章。不久他的兵团司令被撤掉，这触怒了陈明仁。陈明仁与陈光一样性格暴烈，不但顶撞最高领导人，对陈诚、何应钦军界头面人物矛盾重重。他在四平所以取胜固然与他的指挥才能与勇敢精神有关，更主要的是林彪对城市攻坚战术生疏，对四平敌方情况不明，投入攻坚部队数量少，步炮协同脱节等有关。"

小石继续说，"陈明仁在长沙投降有四个主要条件：一、我军空前强大，锦州、天津攻坚战的速战速决证明我军熟练的城市巷战战术臻于完善，陈明仁幻想再像四平一样坚持十九天巷战已不可能，即使坚持十九天，也没有友军敢增援，因为第四野战军的力量可以同时吃掉敌方五十万援军没问题，华南国军已抽调不出五十万机动部队了。二、蒋介石令功臣心寒，往往卸了磨宰驴。三、毛泽东许诺既往不咎，并向程潜作保。四、不愿把家乡长沙像四平一样变成一片瓦砾。这四个条件中以第一个条件最重要，我方没有强大的实力，陈明仁是不会投降的。"

老钱点头称是，并说："你对陈明仁很了解呦！"小石说："因为我们手术室吃过他的亏，所以很了解他。有关他的资料，多数是从俘虏兵中了解的。"老钱又点燃了一支烟，咳嗽了几声，问小石："我看你对军事很有兴趣，我考你几个问题，看你能回答吗？"小石笑着说："浅显的能回答，很深的答不出来。"老钱问："你说第四野军刘亚楼第十四兵团与第二野战军的陈赓第四兵团对调了一下是什么意思？"小石说：

"根据我的分析，这不是两兵团对调，而是第四野战军帮助第二个野战军一个兵团二十万人进军大西南；陈赓第四兵团的任务不是帮助第四野战军，而是乘第四野战军南下的狂风，进入广西云南，对四川等实施大迁回，完成对宋希濂、胡宗南两大集团及卢汉、刘文辉两大地方军阀的战略包围，使其逃不出国境，是第四野战军帮助陈赓兵团关闭大西南地区南大门的任务，而不是相反。大西南敌军战斗力量不强，但人数不少，约有七八十万。如让第三野战军或第四野战军打这七八十万部队是小菜一碟。因第二野战军过黄河插入大别山区损失惨重，部队战斗力及人数一直没有提高壮大，凭二野自己的力量是吃不动七八十万大军的，不仅第四野战军帮助它一个兵团，华北贺龙、周士第率领的第十八兵团，也进入四川帮二野围歼西南敌军，第一野战军本来人很少，也命令第七军及陕南军区部队入川帮助第二野战军，说明第二野战军战斗力实在太弱了。在过黄河之前，刘邓大军与陈粟大军人数差不多，战斗力也差不多，根据地的面积，人口等比山东军区还大。如果不过黄河进军大别山，第二野战军的部队规模及战斗力不会弱于第三野战军的。"

小石最后说："第二野战军没发展壮大，原因有两个，一个是盲目执行了过黄河的命令，但最主要的原因是缺乏粟裕这样有胆识的伟大军事家。可见个人对历史发展的重要性。"

老钱对小石的大胆分析，既不敢肯定，也不好否定，心里认为说的有些道理，但锋芒太露，不够四平八稳。中央一直把刘邓大军过黄河说成是毛主席的伟大军事战略，而小石说成是第二野战军衰弱的原因，同时把粟裕的个人作用超过了党的作用，也不很妥。其思想观点与党报的八股文风马牛不相及，很独到，不落窠臼老钱对小石既刮目相看又心惊肉跳。小石还没敢把下达刘邓大军过黄河的命令与借刀杀西路军与皖南新四军相提并论，老钱就认定小石的思想已超越了党的警戒线，离经叛道了。两代人之间出现了鸿沟。

盛与衰

作者 / 邢磊
图文排版 / 詹凯伦

出版发行 / 邢磊
　　　11491 台北市内湖区瑞光路76巷69号2楼
　　　电话:+886-2-2796-3638

印制销售 / 秀威资讯科技股份有限公司
　　　11491 台北市内湖区瑞光路76巷65号1楼
　　　电话：+886-2-2796-3638　　传真：+886-2-2796-1377
　　　http://www.showwe.com.tw
划拨账号 / 19563868　户名：秀威资讯科技股份有限公司
读者服务信箱 / service@showwe.com.tw
网络订购 / 秀威网络书店：http://www.bodbooks.com.tw
　　　国家网络书店：http://www.govbooks.com.tw

ISBN / 978-957-43-0875-0
出版日期：2013年10月　POD初版
定价：625元

盛与衰 / 邢磊著. -- 初版. -- 臺北市 : 邢磊,
　2013.10
　　面 ；　公分
　簡體字版
　POD版
　ISBN　978-957-43-0875-0 (平裝)

857.7　　　　　　　　　　　　102019868

國家圖書館出版品預行編目